曾大兴　夏汉宁　高人雄　主编

| WENXUE DILIXUE |

文学地理学
——中国文学地理学会第四届年会论文集

中国文学地理学会
西北民族大学学科建设办公室
江西省社会科学院文学研究所　　合编
广州大学广府文化研究中心

·广州·

版权所有　翻印必究

图书在版编目（CIP）数据

文学地理学：中国文学地理学会第四届年会论文集/曾大兴，夏汉宁，高人雄主编．—广州：中山大学出版社，2015.8
　ISBN 978-7-306-05384-8

Ⅰ．①文…　Ⅱ．①曾…②夏…③高…　Ⅲ．①中国文学—地理学—文集　Ⅳ．①I206-53

中国版本图书馆 CIP 数据核字（2015）第 177902 号

出版人：	徐　劲
策划编辑：	曾一达
责任编辑：	曾一达
封面设计：	林绵华
责任校对：	廖丽玲
责任技编：	黄少伟
出版发行：	中山大学出版社
电　　话：	编辑部 020-84110283，84113349，84111997，84110779
	发行部 020-84111998，84111981，84111160
地　　址：	广州市新港西路 135 号
邮　　编：	510275　　　传　真：020-84036565
网　　址：	http://www.zsup.com.cn　　E-mail:zdcbs@mail.sysu.edu.cn
印 刷 者：	虎彩印艺股份有限公司
规　　格：	787mm×960mm　1/16　27 印张　513 千字
版次印次：	2015 年 8 月第 1 版　2015 年 9 月第 2 次印刷
印　　数：	1～1000 册　　定　价：68.00 元

如发现本书因印装质量影响阅读，请与出版社发行部联系调换

目 录

文学地理学学科建设

文学地理学具有广阔的发展空间(梁勇)/1
关注"丝绸之路文学景观带"(曾大兴)/3
文学地理学必须揭示文学地理的一般规律(朱寿桐)/6
文学地理学学科创建的原因、意义及关键问题(陈一军)/8

文学地理学基本理论研究

文学与气候之关系研究
　　——论气候影响文学的途径、机制和主要表现(曾大兴)/19
文学地理学批评的四个术语及其内涵简说(邹建军)/48
两个文学地理学？
　　——试论中国文学地理学的文学面与地理面(戴俊骋)/56

文学景观研究

虚构性文学景观研究价值初探(王姮)/65
酒神精神与日神精神
　　——东汉京都赋中长安与洛阳的形象比较(王柳芳)/73
易水文学景观研究(魏玮　蔡丹)/84
"临洮"意象内涵发微(连振波　李富强　贾伟)/95
论许承祖《西湖渔唱》的景观文化意义(宋雪玲)/104
瓦尔登湖文学景观(白阳明)/114

竹枝词研究

上海竹枝词描写的接财神习俗
　　——兼谈文人竹枝词的民俗价值(黄景春)/119
广阔迷人的民族风情画卷
　　——论舒位《黔苗竹枝词》的丰富内容与艺术特点(石天飞)/126

西北文学地理

北周本土文学意义探讨(高人雄)/137

秦简中的应用文体(延娟芹)/144

陇右地域文化对唐诗创作的影响(王忠禄)/154

岑参的西域行旅与"丝路"之作(杨晓霭 高震)/162

敦煌佚名组诗六十首的地域特征及文学情思(王志鹏)/173

元西域散文家及其散文的民族特质(王树林 史挥戈)/184

清代少数民族文学家族研究的现状与任务(多洛肯)/198

论王蓬文化游记散文的空间
——文本空间分析的一个尝试(火源)/203

北方文学地理

李益边塞诗中的唐代中国北疆(高建新)/212

地域文化与元代北方文学家族(张建伟)/223

卫拉特蒙古民歌中马的色泽相貌初探
——以红、棕、花红、海骝、豹花、灰白、斑白、褐色的马为例
(额尔登别力格)/232

乐亭史氏家风述略
——以《萱庭寿言二编》为例(王双)/241

古代邢地文学研究(胡蓉)/252

齐鲁文学地理

雍容舒缓歌大风
——《诗·齐风》语言的地域性研究之一(唐旭东)/264

从元代水浒戏看梁山泊文学地理形态之演进(吴宪贞)/273

荆楚文学地理

对神圣性精神家园的诗意期待
——荆楚巫祭文化与屈原的神秘主义书写(李措吉)/280

《全宋文》《全宋诗》失收及误收的江西作家与作品补订(刘双琴)/290

湘西原始宗教与沈从文的文学感悟(肖向明)/300

岭南文学地理

唐宋历史地理与诗歌地理中的岭南(侯艳)/310

论地域环境与刘克庄入桂诗的精神世界(张炜)/321

怀旧式书写与广州城市文化身份的再造(李俏梅)/330

国际视野

14 世纪日中韩三国的汉诗对话
　　——以清拙正澄(中)・李齐贤(韩)・绝海中津(日)为例(海村惟一)/341

关于中国接受村上文学的社会文化背景
　　——以村上文学中译本的流行状况为例(海村佳惟)/357

林罗山与朝鲜通信使的文学对话
　　——以江户文豪林罗山《和秋潭扶桑壮游一百五十韵并序》为例
　　(陈秋萍)/378

许世旭先生的文学地理学初探(朴南用　郑元大)/390

运用文学旅行 content 的韩中出版文化交流研究(李永求　姜小罗)/398

李齐贤的中国纪行词考察(金贤珠　金瑛美)/411

学科建设动态

中国文学地理学会第四届年会在西北民族大学举行
　　(《中国社会科学报》)/419

文学地理学:追寻文学存在的根脉(《中国社会科学报》)/420

百余名专家甘肃探讨"丝路"文学欲推动非遗保护(《中国新闻网》)/423

文学地理学会第四届年会召开:首提"丝绸之路文学景观带"
　　(《人民网》)/424

中国文学地理学会年会提出"丝绸之路文学景观带"新概念
　　(《兰州日报》)/425

让文学地理学为丝绸之路经济带建设提供智力支撑
　　(《唐山劳动日报》)/426

文学地理学学科建设

文学地理学具有广阔的发展空间

梁　勇

　　自 2011 年 12 月首届中国文学地理学会在江西南昌举办以来，至今已经成功举办了三届，2012 年第二届年会在广州大学举办，2013 年年会又移师到南昌。今天，第四届中国文学地理学年会又在历史文化积淀深厚的兰州，在文化学术氛围浓郁的西北民族大学顺利召开。在此，我谨代表江西省社会科学院向年会的召开表示热烈的祝贺！

　　回顾四届中国文学地理学会年会，江西省社会科学院文学研究所、江西省社会科学院宋代文学重点学科团队都是积极的倡导者、参与者、推动者和践行者。我们江西省社会科学院宋代文学重点学科团队，在文学地理学的研究中，也做了不少扎实的基础研究工作，出了一些成果，如《宋代江西文学家考录》《宋代江西文学家族研究》，等等。最近，又有一项新的研究成果《宋代江西文学家地图》正式出版。

　　中国文学地理学年会举办四年来，我们欣喜地发现：中国文学地理学的研究队伍逐年壮大。去年在南昌召开的第三届文学地理学年会参会的专家学者有 120 余人。据了解，今年的兰州年会，报名参加年会的专家学者有 225 人，来自全国 29 个省、自治区、直辖市。从已收到的 139 篇论文来看，专家学者们不仅对文学地理学研究充满着热情和激情，而且在研究领域方面也有较大的拓展，既有中国古代文学地理研究，又有中国现当代文学地理研究，还有外国文学地理研究等。由此也可以看到，文学地理学的理论魅力和影响力。

　　当然，文学地理学还是一个比较年轻的学科，这也预示着在我们面前还有许多路要走，还有许多难题需要我们去深入探讨。比如地域文化与文学的关系，作家出生地、宦游地、贬谪地对作家创作的影响，文学中心转移等问题，都有待我们一一破解。最后，相信在大家的共同努力下，文学地理学的研究一定会取得更加丰硕的成果。

（本文系作者在中国文学地理学会第四届年会开幕式上的致辞）
（梁勇：江西省社会科学院院长，研究员）

关注"丝绸之路文学景观带"

曾大兴

2013年11月28日，也就是中国文学地理学会第三届年会召开的前一天，高人雄教授在兰州给我打电话，表示愿意承办第四届年会。高教授特别强调："研究中国文学地理，不可不来西北。"2014年3月23日和5月19日，高教授先后发出第四届年会的《预邀函》和《正式邀请函》，一再强调"西北地域民族文化与文学地理学研究关系密切"。

高教授为什么要一再强调西北与中国文学地理的关系密切呢？我做了一点思考。我的体会有两点：第一，不来西北，不知中国文学版图之大；第二，不来西北，不知丝绸之路文学景观之多。

先说第一点。"西北"这个名称，如果从行政区划的意义上讲，也就是从功能文化区的意义上讲，是指陕西、甘肃、青海、宁夏和新疆这五个省（自治区），它的面积有310.97万平方公里，占中国陆地版图的32.39%，也就是将近三分之一的中国陆地版图。如果从区域文学地理的意义上讲，也就是从形式文化区的意义上讲，是指内蒙古中西部、宁夏、甘肃和新疆，它的面积是268.78万平方公里，占中国陆地版图的28%，也超过了四分之一的中国陆地版图。大家想一想，西北文学版图有多大？可以说是一望无际。然而一望无际的西北文学版图，也只是中国文学版图的四分之一多一点。那么，中国文学版图又有多大？所以我说：不来西北，不知中国文学版图之大。

再说第二点。2014年6月22日，也就是我们这个会议开幕前的22天，在卡塔尔的多哈举行的第38届世界遗产大会宣布，由中、哈、吉三国联合申报的丝绸之路"长安—天山廊道路网"正式成为世界文化遗产。丝绸之路再次成为一个热门话题。

西汉时开辟的丝绸之路，在东汉时往东延伸至洛阳，所以这一次的"丝绸之路申遗名单"中，中国境内有22处申遗点，其中河南4处，陕西7处，甘肃5处，新疆6处。这22处申遗点都是著名的文化景观，这22处著名的文化景观与文学地理学所讲的文学景观有重合的，也有不重合的。重合的有11处，这11处景观是：汉魏洛阳城遗址、隋唐洛阳城定鼎门遗址、崤函古道石壕段遗址、汉长安城未央宫遗址、唐长安城大明宫遗址、大雁塔、麦积山石窟、玉门关遗址、高昌故城、交河故城、北庭故城遗址。也就是说，丝绸之路上中国境内的22处著名的文化景观，有11处同时也是文学景观，文学景观占了一半。

丝绸之路一般可分为东、中、西三段。东段由洛阳、长安到玉门关、阳关，中段从玉门关、阳关以西至葱岭，西段从葱岭往西经过中亚、西亚直到欧洲。丝绸之路的东段和中段都在中国境内。实际上，在丝绸之路的东段和中段，著名的文学景观远远不只这11处，至少也有30处，仅仅是在甘肃境内就有10多处。像大家耳熟能详、向往已久的安定城楼，成县杜甫草堂、麦积山、陇山、凉州城、焉支山、祁连山、酒泉、嘉峪关、阳关、玉门关、敦煌等，就都在甘肃境内；还有北庭故城遗址（也就是岑参的边塞诗所写的轮台）、吴承恩所写的《西游记》火焰山，王昌龄等人多次写到的楼兰故城遗址等，则都在新疆境内。我曾经对中国境内的著名文学景观做过一个初步的统计，根据我的统计，中国境内的著名文学景观有158处，其中在丝绸之路上的就有30处，占总数的19%，将近五分之一。丝绸之路上的文学景观不是单一的，它们由东向西，迤逦延伸，构成了一个文学景观带，或者说是一个文学遗产廊道。所以我说：不来西北，不知丝绸之路文学景观之多。

所谓文学景观，就是与文学关系密切的景观，它们是景观的一种，但是比普通的景观多了一份文学的色彩与内涵。文学景观的魅力是巨大的，它的魅力源于文学。汉唐时巍峨壮观的阳关和玉门关，在今天看来不过是风蚀雨剥之后并不起眼的一堆黄土，但是人们仍然不远千里万里来朝拜它们，原因就在于王维的"西出阳关无故人"与王之涣的"春风不度玉门关"等文学名句，激发了人们丰富的历史与地理的想象。如果没有这些经典名句的吸引，没有一份因文学而时时鼓荡的文化情怀，谁会冲风冒雪或顶着烈日骄阳，跋山涉水舟车劳顿地来到这荒凉的一隅？

文学景观在地理上依托于自然与人文景观，但是它的文化意义和审美价值，多由文学家和千千万万的文学欣赏者、旅游者所赋予。不一样的生活经历和文化积累，不一样的价值观念和审美取向，甚至不一样的观赏时间和角度，都会赋予景观以不同的意义，因此文学景观的内涵非常丰富。从某种意义上讲，文学景观是人类文化的记忆库。你也说阳关，我也说阳关。阳关是军士们日夜把守的要塞，是信使们更换马匹的驿站，是商人们打尖歇脚的旅店，是游子们瞭望故乡的危楼，是思妇们怀念亲人的坐标，是诗人们抒情言志的意象，是后人追寻历史的符号……阳关累积了太多的历史记忆与文化想象，当人们有了闲暇，就要来看看它，看看自己心中的阳关。

现在中、哈、吉三国的经济学界、政界、商界都在热议"丝绸之路经济带"，其实在丝绸之路上还有一个文学景观带，除了中国境内有大量的文学景观。在哈萨克斯坦和吉尔吉斯斯坦，也有文学景观，例如在吉尔吉斯斯坦的托克马克市，就有伟大诗人李白的出生地。文学景观的魅力是巨大的，文学景观的旅游价值也是巨大的。古往今来，丝绸之路上的文学景观为沿线各地创造了多少旅游价值？这恐怕是难以估计的。因此我建议，有关方面在讨论和制定"丝绸之路经济带"的发展规划的时候，能够充分考虑到"丝绸之路文学景观带"的价值。我认为，正是在这个问题上，文学地理学可以发挥独特的作用。这个作用不是单纯的经济学或地理学所能取代的。文学地理学可以帮助人们更好地挖掘、研究和彰显丝绸之路的文学与文化内涵，这对于更好地保护、利用珍贵的文学与文化遗产，对于提高整个"丝绸之路经济带"的开发和建设水平，无疑具有重要意义。

如果有关部门讨论和制定"丝绸之路经济带"的规划而不邀请文学地理学学者参与，恕我直言，这个规划是会有缺陷的。

我们这届年会有两个内容：首先是讨论文学地理学的有关问题，然后是考察丝绸之路上的文学景观带。说到考察，我在这里要强调一下，作为文学地理学的学者，我们的考察和普通旅游者的考察是不一样的。文学地理学强调田野调查，而且这个田野调查还不是单纯的田野调查，还得事先做一些文献的收集、考证与理论的研究。因此，我们在考察之前，一定要把会开好。要围绕我们的会议议题，联系西北文学地理，联系"丝绸之路文学景观"，进行深入的讨论，要有新观点、新视角、新材料的出现，要能解决若干理论问题和实际问题，至少要提出若干问题。

最后，我要代表中国文学地理学会，感谢西北民族大学、江西省社会科学院和广州大学对这次会议的大力支持，感谢来自全国各地和日本、韩国的老中青三代文学地理学学者的亲自光临，感谢高人雄教授和她的团队为会议所做的热情而周到的服务。预祝各位专家在会议和考察期间交流多多！收获多多！快乐多多！

（本文系作者在中国文学地理学会第四届年会开幕式上的致辞）
（曾大兴：广州大学人文学院教授，广东省广府文化研究中心常务副主任）

文学地理学必须揭示文学地理的一般规律

朱寿桐

近些年来，文学地理学研究形成一股热潮，甚至形成文学学术的某种时尚。需要指出的是，文学地理认知并不是文学地理学。作为一门学科，文学地理学所要求的框架内容要复杂得多。它的学术内涵和外延需要进行详细而缜密的论证，它需要框定属于自己的资料系统和理论系统，它需要阐明独特而可行的研究方法。更重要的是它必须揭示文学地理的一般规律。

只有成功地揭示了相关规律性的内涵，学问的深度和学科的特征才能得到彰显与保证。文学的地理特征包括文学地域的风格差异，作为文学现象和文化现象可谓彰明较著，然而作为一种文学规律，则存在许多学术问题。一般而言，一定的地理条件，山川风貌，气候特征，会对长期活动在这一区域的文学家产生长久的影响，在他们的作品中会有较强烈的反映和较厚重的沉淀，这样的反映和沉淀会形成某种风格特征，那么这样的风格可谓文学和审美上的地缘风格。然而，这是否意味着在同一区域活动的文学家都会有同样的风格？文学家生活的地理空间和相应的自然环境，对其生命意识和生命感兴无疑会产生相当的影响，这是一种人文学的必然；而这种影响如果诉之于文学表现，则往往体现为文学表现的风格，风格的构成因人而异，其所涵容的主观性因素十分复杂，人文学的必然一般来说很难转化为风格学的必然。研究文学地理学需要非常谨慎地面对这种人文学与风格学的必然差异。

文学家创作风格的形成，其来源相当复杂，地缘因素和地理条件仅仅是其中一个方面的因素，而且对于一些文学家来说，这方面的因素所起的作用可能较为显著，可对另一部分文学家来说就可能较为潜隐。更为复杂的是，文人对某一地域山川风貌、气候特征的感受与表述，其强烈程度和频率往往并不是与他们在该地域生活的时间甚至体验的深度成正比，一个初来乍到的诗人面对从未目揽过的神异的群山或者从未亲临过的浩瀚的大海，其讴歌的热忱可能远远超过常住山间与海畔的文人。李白来自西北高寒地带，但对大海讴歌的热忱冠绝当时。文学家常常对陌生的地理风貌有一种难以阻挡的新鲜感和难以遏抑的歌唱欲，这其中可能包含着人类审美认知的一般原理：人们对空间物象的审美感受往往表现出趋异性，而对时间形态的审美感受则常常体现出认同性。忆旧的情结属于时间的感兴，面对时间维度，每个人都有回不去的故乡。一群人，一代人会拥有一个永久难以忘怀的集体记忆，特别是这样的集体记忆承载在特殊的声音之中，例如歌曲，便很容易唤起这群人或这代人的集体认同感。然而空间维度的情感反应就不会这样简单。人们熟悉的空间、地域与相关的风物固然能令人魂牵梦绕，但每当人们接触到他乡的风景，异地的景致，特别是那种至大至美的陌生景观，往往会形成巨大的审美冲击力，令人酣然久之而难以释怀，令人怦然心动而难以自持。如果是诗人或作家，会非常自然地将自己的笔墨浸入这陌生的空间，将自己的情愫倾注于这神奇的景象，其讴歌的力度或描写的频率可能会远远超过对他们故里俗景的文学表现。这对于文学地理学的研究就增加了许多困难与变数。文学地理学必须直面这样的困难与变数，在更加深蕴的理论开掘中解决这样的问题。

同时，在文学创作的构思环节，地理风貌等空间意象的占位又呈现出不同的层次。异域、异地的风物景观可能会非常频繁地出现在文学和审美的表述之中，但一般不会对文学家的意象思维产生深刻的影响和长久的作用，能够产生这种影响和作用的地理风貌和物候现象只能是与特定文学家深刻的生命体验密切相关的那些自然因素，包括该文学家长期濡染并置身其中的家乡风物与故地景观。现代著名诗人郭沫若的创作情形或可以说明这一点。郭沫若在20世纪50年代谈到自己30年前的早期创作时，矢口否认自己的山水构思与家乡的山川景象有关，认为基本上都是对日本九州博多湾的景象描写。如果从实景描写的角度而论，他的说法是可信的，因为他太醉心于博多湾的松原与大海，诗文写作常实写那里的风物景致。然而在进行虚拟性的意象构思与表现时，故乡峨眉山和乐山的秀丽雄壮会起到深刻的甚至为作者自己所浑然不觉的影响作用。在一篇题为《月光下》的小说中，一个有良心的知识分子忏悔自己青年时期讲课的失误，便是将"江南可采莲，莲叶何田田"中的后一句误释为"莲叶多得像是一田一田的"。这种意象虚构显然并不基于海边或平原的博多湾，而是基于有着层层梯田的南方高山景象：那一块块梯田铺满着稻秧的碧绿在山腰中呈现，恰好能令人联想到一茎茎莲叶的摆舞。这种关于"田"的意象，在空间景象方面已经远离了平原地区硕大平展的农田，而深深印刻着南方山区远望如绿色叶片的梯田形貌。这种能够参与文学家意象构思的地理风物往往是深层地沉淀在文学家脑海中的桑梓元素或家乡景致，成熟的文学地理学应能揭示出这种深层的地理因素与作品表层的地理景观描写之间的复杂关系。

可能还有许多现象、规律和问题，需要成功的文学地理学拿出自己的理论，做出自己的阐释。审慎的学者如曾大兴等，也许意识到这些复杂现象和问题的存在，对文学地理学的学术和学科呈现持非常慎重的态度。然而这些现象和问题的存在，只是引起文学地理学的研究者更深入的研究兴趣，而不应该成为这一年轻的学术课题进一步开掘与生发的障碍。其实，这些现象和问题的揭示，无不来自于文学地理学研究的启发，而且主要是曾大兴学术成果的启发。

（朱寿桐：澳门大学中文系主任，博士生导师）

文学地理学学科创建的原因、意义及关键问题

陈一军

一

近些年来,许多学者从地理角度热心从事文学批评和研究,在学界产生了不小反响。对于他们中的不少人而言,采用新的研究视角或方法倒在其次,首要的是建立一门新的学科。他们要在中国乃至世界上建立一门全新学科——文学地理学。当然,这不是一时冲动,实际上和近二三十年中国学界的学术动向、学术实践和学术累积相关。1986年,金克木发表学术随笔《文艺的地域学研究设想》[1]220-228,中国大陆学术界从地理空间维度研究文学并谋求建立新学科的实践活动便有意识地展开了。截至2011年,发表这一类型的各类论文达1093篇,出版相关著作多达234种。① 二三十年的时间积累了颇为丰富的学术成果。期间,胡阿祥等人在中国古代文学研究过程中提出创建"中国历史文学地理"学科的主张[2]174,谋求在中国古代文学研究领域建立文学地理学学科。类似的努力同样在比较文学研究、中国现当代文学研究等领域进行。于是,构建文学地理学学科的实践活动在中国文学研究诸领域展开。在这样的背景下,2011年11月11日至14日,江西省社会科学院文学研究所和广州大学中文系共同主办了首届中国文学地理学研讨会,并成立"中国文学地理学会",标志着文学地理学这门学科进入了更加自觉的建设阶段。

2012年12月10日至12日,由广州大学、江西省社会科学院、中国文学地理学会共同主办的"中国文学地理学会第二届年会"在广州举行,除了大陆的众多学者,香港和澳门也有学者参加,日本、韩国的学者也加入进来,人数达到100多人,议论的中心是把文学地理学建设成与文学史双峰并峙的一门独立学科。② 进一步明确了文学地理学建设的学科属性和目标定位。2013年11月29日至12月1日,"中国文学地理学会第三届年会"在南昌召开,会议的

---

① 该数据来源于李伟煌,曾大兴辑录整理的《文学地理学论著目录索引》,其中出版著作数目实际截止日期为2012年。具体参看曾大兴,夏汉宁主编:《文学地理学》,342~433页,北京,人民出版社,2012。
② 这是中国文学地理学学会会长、广州大学文学院曾大兴教授的学术观点,显然,这一观点得到了与会人员的广泛赞同,遂成为这次会议的中心议题。具体论述参见曾大兴:《建设与文学史学科双峰并峙的文学地理学科——文学地理学的昨天、今天和明天》,载《江西社会科学》,2012(1)。

主办单位增加了，除了江西省社会科学院、广州大学和中国文学地理学会，江西科技师范大学在积极争取下也获得了主办资格。参会学者的数量相比第二届学术年会也有所增加，尤为重要的是这次参会人员的地域分布更加广泛，学科背景也更加多元化，出现了自然地理学、文化地理学、民俗学、民族学、人类学和现代地理信息系统向文学地理学学科输送营养和深度融合的态势。第三届年会深入探讨了文学地理学的学科定位和知识体系，梳理了文学地理学的中外学术史，谋求建立文学地理学的基本概念、基础理论和基本研究方法，切实把文学地理学学科的建设向前推进了一大步。2014年7月13日至16日，"中国文学地理学会第四届年会"在兰州召开，西北民族大学、广州大学、江西省社科院和中国文学地理学会共同主办了这次会议。会议共收到论文139篇，有来自全国29个省、自治区、直辖市的200余位专家学者参加（单从参会人数看，日本、韩国等外国学者参会的积极性也比往届更高），是历届年会中规模最大、代表性最强、学术成果最为丰硕的一次会议。[3]这次会议的突出亮点是：文学地理学的理论研究更加自觉和深入；文学地理学的个案研究扎实推进，西北多民族文学地理研究成为本届年会的焦点之一；文学景观被看作是未来几年文学地理学研究的一个重点；提出了"丝绸之路文学景观带"的概念，谋求文学地理学学科建设与国家发展战略之间的融合；健全和完善文学地理学学会的组织机构。

文学地理学学科建设在中国学界已经深入推进，使得文学地理学的学科建设成为当前中国学术界的一个重要现象。这在中国学术史上是别开生面的，就算放到世界学术史的序列中也颇为引人注目。

对于西方学术界而言，从地理空间维度研究文学现象其实是很早的事情。18世纪，德国批评家J·G·赫尔德在运用自然的历史主义的方法评论文学作品时常常论及地理因素对文学的深刻影响。19世纪初期，法国著名学者斯达尔夫人在《从文学与社会制度的关系论文学》等著作中从地理环境角度研究欧洲文学，将其分为南方文学与北方文学，深入探讨它们各自的思想内涵和艺术特点，对后来的文学研究产生了很大影响。而后，法国史学家兼评论家丹纳在其文艺学名著《艺术哲学》中系统论述了"种族"、"环境"和"时代"对文艺的作用，牢固确立了包括地理因素在内的实证研究在文艺研究中的地位，直接促成了"文艺社会学"学科的建立。此后，在文艺社会学的发展中，文学的地理因素一直作为一个重要问题被关注。但是，文学和地理环境的关系问题并没有在这样的关注中被聚焦和放大，最终促成一门新的学科——文学地理学学科的建立。从这样一个简单的学术史梳理来看，文学地理学学科的建立确实成为中国人自己的"发明创造"了。

二

在世界现代学术史上，一门学科总是由西方人创建，中国学者仅仅是借鉴运用。现在，中国学者试图打破这一魔咒，破天荒由自己创建一门新学科——文学地理学，这实在是颇费思量、发人深省的。要知道，西方人很早就有这方面的学理准备。可是，就是在西方垄断现代学科体系建设背景下，中国学者高擎起创建文学地理学学科的旗帜，这究竟是为什么呢？

显然，文学地理学学科的创建是一个复杂的问题。

从前文有关文学地理学学术史的简单梳理中，我们看到，在对待文学与地理环境关系的问题上，中西学术界表现了不同的行为取向：西方学术界始终将其视为文学研究中的一个重要问题，中国学术界却力促其成为一门学科。这便构成了有趣的对照。可以想见，这种对照中必然包涵了中西方社会复杂的文化讯息，循此便可以深入到中西不同民族、不同文化的深层结构中。一方面，从文化的核心层面认识文学地理学学科建构的问题；另一方面，也可以从文学地理学学科建设的独特角度审视不同民族、不同文化的特性。

杨义、曾大兴、陶礼天、梅新林、邹建军等人可谓积极推动建立文学地理学学科的代表人物。对于建立文学地理学这门学科，曾大兴这样表露他的心迹：

> 就文学这个一级学科来讲，它的二级学科如文学史、文学批评、文学理论等，都是20世纪初期以来从西方和日本引进的，只有文学地理这个二级学科是在中国本土产生的，是一个地地道道的"中国创造"。[4]5-13

曾大兴在这里特别强调了文学地理学学科建立的中国属性，这是中国学者渴望自己创建新的学科门类的心态表露。19世纪后期以来，在西方文明的压迫和冲击下，中国逐步吸收、采用、建立了西方现代学科体系。在民族性格的心灵深处，这实在是不得已的选择。事实上，面对西方现代学科体系，中国学者内心一直存在着深深的压抑感。什么时候由中国人自己完全创建出一门学科来呢？这成为隐藏在中国学者灵魂深处的强烈呼唤。曾大兴等人终于在文学地理学这里找到了一个不错的突破口。于是，这些学者内心深深的压抑感终于有被疏散的感觉，在学科建立之初就迫不及待地表达出来。自然，这不只是曾大兴个人的心迹，而是压抑已久的中国学术界普遍心声的吐露；曾大兴有幸成为这一心声的代言人。所以，单就这一点而言，文学地理学学科建立的意义也是十分重大的，表明经过一个多世纪的吸纳、融会贯通，中国人终于到了自己独立自主创建学科的时候了。不管文学地理学学科未来的发展状况如何，仅仅凭借这一点，历史就会记住它。不过，仅凭一种心态是难以建立起一门学科的，所以，文学地理学学科的建立还需要结合文学地理学学科的特性，寻找创建这门学科所需要的其他条件，这就要求探寻中国文化自身的特殊性了。弄清楚这方面的问题，也就回答了西方人为什么没有能够建立文学地理学学科的疑问。

中国文化是以传统儒家文化为中心的。儒家文化奉行的是"实用理性"原则，"这种理性具有极端重视现实实用的特点"，不去探求、讨论、争辩抽象思辨的哲学问题。[5]34-35换句话说，这种思维兼具实用主义的有用性和实证主义的靠近现实实际的特点。这种思维方式在中国古代的文学批评中得到了充分表现。比如，东汉的班固在《汉书·地理志》中就"以诗证地"，援引《诗经》中的某些篇章和诗句来佐证"故秦地"的自然人文环境，而南宋朱熹在《诗集传》里大量使用"以地证诗"的方法。[4]5-13这些做法都在有意无意把文学作品往现实实存的层面靠拢。这事实上在中国古代文学批评史上形成一个强大的传统。因此，单从注重文学与地理环境关系的角度考察，中国古代文学批评史上实践的人物就数不胜数，除了前面提到的两位，突出的还有南朝的刘勰、唐朝的魏征、明朝的胡应麟、清朝的沈德潜，等等。到了中国近现代，梁启超、刘师培、王国维、汪辟疆、王瑶等人也在继承这一传统；梁启超甚至明确提出了"文学地理"的概念。

所以，近些年中国学术界热衷于建构文学地理学学科，表层与继承和发展中国传统的治学方式存在紧密关系，深层却受到中国传统文化中的实用理性暗暗起作用的影响。文学地理学学科的积极创建者邹建军这样规范他们所要建立的学科的属性：文学地理学的存在与发展，并不只在于有自己的研究方法，而主要在于其特定的研究对象，那就是文学中的地理空间问题。这就要求在文学地理学研究中运用这样的方法：在文本解析中发现作品与地理相关的细节、元素，研究者要根据文本信息"实地考察"，并借用地理学"图表统计"的方法，等等。[6]21-27这种诉求和班固、朱熹他们的做法在精神上何其相似，这实际是文学地理学学科建设的局中人对自身"实用理性"思维特性和实践追求的最清晰的展示。

反之，我们可以在对西方文化的观照中，追溯一下西方人在文学与地理环境关系研究方面的努力，借此发掘一下西方世界未能建立文学地理学学科的原因。19世纪，西方在斯达尔夫人、丹纳等人的努力下，也由于现实主义、自然主义文学创作的兴盛以及围绕这些创作所展开的文学批评的活跃，空前凸显了地理环境在文艺批评中的意义。但是，这一势头并没有持久保持下去，随着自然主义文学创作和批评的消歇，文学与地理环境的关系就不那么引人注目了。20世纪初期，形式主义批评在西方兴起，西方文艺评论界开始着重关注文学的内在形式问题，到了英美新批评流行的阶段，则明确主张文学批评要把文本的内部世界和外在环境区分开来。而结构主义批评一心着力于发掘文学文本的内部结构。西方批评界之所以这样做，是因为西方文化中一直强调文学的虚构性，强调文学的"游戏"性质①和表现心灵世界的自由创造功能。20世纪上半叶，当现代主义文学让西方文学更多承担起思考人类命运的哲学重任时，西方文学愈加显示出"抽象思辨"的特点，可谓"玄而又玄"。这样的文学实践和与此相关的评论显然与斯达尔夫人、丹纳等人的文学批评渐行渐远。所以，西方人面对着与中国人颇为不同的文学传承，而在西方的大文化传统中，从古希腊开始的注重哲理思辨的特质就一直是其文化的轴心。当20世纪西方文学与现代哲学愈益合流的情况下，指望在西方的文学批评实践中产生文学地理学这样的学科显然是不切实际的。

三

特定的民族文化特性是文学地理学学科在中国现身的深层原因。然而这并不会弱化和否定中国学界创建文学地理学学科的意义。

创建文学地理学学科首先基于文学自身的特性。文学是人学，人的生存离不开地理环境，作为人类活动形式之一的文学也离不开特定的地理环境。地理环境是由自然地理、人文地理和区域地理等内容构成的复杂系统，它和人的性情气质、思想情感、信仰习俗等生活的方方面面构成微妙复杂的关系，本身直接成为文学描写的重要内容与对象。不过地理环境对文学根本的意义在于文学现场感的获得，用杨义的话来讲就是：文学进入地理，实际上是文学进入了它的生命现场，进入了它意义的源泉。[7]73-84因此，文学研究无法忽视地理因素的作用和影响。从地理环境角度出发确实能澄清文学的诸多问题，比如文学的地域性问题，文学中的生态主题，作家出身与文学创作的关系，文学美学意义的生成，等等。这是文学地理学对于文学研究的普遍意义。然而，对于中国文学而言，创建文学地理学学科具有更为迫切的意义；或者说，创建文学地理学学科是中国文学研究的内在要求。中国历史绵延数千年，创造了极为浩瀚的文学。在文学创造过程中，中国广大的疆域和全世界少有的复杂多样的地理环境进入文学，成为形成中国文学丰富多样性的极为重要的因素。在以后的历史发展过程中，这种丰富多样性又被一代又一代的文化人的行走和文学创作的起起伏伏叠加，使中国文学的复杂多样性呈现几何倍数的增长。所以，中国文学丰富的地理资源构成了中国文学研究的富矿，促使并能够保证中国学者在"中

---

①古希腊柏拉图的文艺思想有"游戏说"的成分；近代的康德、席勒，现代的维特根斯坦、伽达默尔等人都强调文艺的"游戏"性质。参看洪琼：《西方"游戏说"的演变历程》，载《江海学刊》，2009（4）。

国文学地理"研究领域持续挖掘下去。杨义这样概括文学地理学对于中国文学研究的特殊意义：文学地理学能使中国文学研究"接上地气"，接上中国历史文化和现实生活的第一流资源，敞开其区域文化类型、文化层面剖析、族群分布以及文化空间的转移和流动四个巨大的空间，于其间生发出"七巧板效应"、"剥洋葱头效应"、"树的效应"和"路的效应"。"一气四效应"，是文学地理学在辽阔的文化空间中，为我们研究中国文学"输入的源源不绝的学理动力"。[7]73-84这就是说，中国学界积极创建文学地理学学科是缘于中国文学所拥有的得天独厚的"文学地理"资源，是它为中国文学研究促成和汇聚了极为强烈的"文学地理学"探究的热情和愿望。可见，中国文学存在的独特性催生了文学地理学这门学科，也使文学地理学学科建设在中国显得十分必要。没有理由阻止文学地理学学科在中国的建立、发展和成熟。

文学地理学学科与20世纪中后期世界知识的"空间转向"和"文学地域主义"之间的关系也在彰显文学地理学学科建设的意义。文学地理学学科的创建和20世纪中后期世界知识的"空间转向"存在一定关联。20世纪中后期，西方学术知识出现了"空间转向"，空间从西方古代和现代文化传统中被时间和历史支配的地位中解放出来，不再如同"空空荡荡了无趣味的容器"，被看作是"死寂、固定、非辩证和静止的东西"，而是和时间一样获得了"丰富的、多产的、有生命的、辩证的"特质，成为人类本体性的存在。① 这种空间转向给当代学术研究带来新的视野。就文学研究而言，启发、刺激并突出了对文学表达的社会生活空间的批判敏感性，这当然包含文学所呈现的地理空间。中国在20世纪中后期实行了改革开放，开放的环境让中国学者几乎和西方学者同步接受了世界知识"空间转向"的代表人物（比如福柯、列斐伏尔等）的思想。20世纪八九十年代中国文学研究界对"文学地理"的重视和热情，不能不说与世界知识的"空间转向"存在呼应关系。有理由这样讲：是世界知识的"空间转向"让中国学者对文学中的"地理"探究变成一种非常自觉的行为。于是，在20世纪末和新世纪初期，中国文学研究界也出现了程度不小的地理知识的"空间转向"。

文学地理学学科与20世纪中后期世界知识的"空间转向"之间的关联使文学地理学得以摆脱中国传统学术实践上的"以诗证地"或"以地证诗"，也与19世纪丹纳等人的文艺社会学的"地域决定论"式的文学批评拉开了距离，凸显着文学地理学作为一门新兴学科所拥有的现代学术视野和现代学术品格，并且有可能使文学地理学的研究方法也发生大的转换。说到这一点，不能

---

①福柯语。转引自刘进：《20世纪中后期以来的西方空间理论与文学观念》，载《文艺理论研究》，2007（6）。

不提及目前全球化时代美国兴起的"文学地域主义",它让全球化时代陷于同质化境遇和无根离散焦虑感中的人们强烈呼唤和维护文学的地域传统和多元特性。[8]98-106这个时候我们突然发现,中国学界的文学地理学科建设与全球化时代的"文学地域主义"在某种程度上也契合了。这当然也在标明文学地理学科建设应有的时代高度。

四

然而,文学地理学的创建根本上还是要归因于中国文化的实用理性。这种思维方式会促使中国学者在文学地理学学科建构过程中非常重视文学文本中地理因素的物质性、客观性和实存性,杨义对此做了形象化的表达:文学地理学"通过研究它发生发展的地理空间、区域景观、环境系统,对中国文学这片树林或者其中的特别树种的土壤状况、气候条件、水肥供给、种子来源,给了一个扎实、深厚、富有生命感的说明。[7]73-84这和邹建军提倡的研究方法一样灌注着科学精神,实际成为中国学者在探究文学和地理环境关系时普遍存在的行为取向,目的都是让文学"落地"、"接地气",凸显其"地域性"的特质。这自然夯实了文学以及文学地理学学科的"物质基础",使其建筑在坚实的大地上。这是实用理性在建构文学地理学学科时的优势。然而,任何事物都具有两面性,实用理性在让中国学者重视文学地理因素的客观物质性的同时,也让他们轻视了文学的想象性和虚构性。这让文学地理研究有可能背离文学的本质,也让文学地理学这门学科有可能背离其作为文学二级学科建设的初衷。可见,实用理性思维给中国学者创建文学地理学提供了便利,也形成了挑战。对于文学地理学学科的建设者而言,一个尖锐的问题摆在了眼前:如何在文学地理学学科建设中很好地协调和兼顾"文学地理"的物质性和精神性、想象性与实存性、客观性与虚构性的关系呢?这实际牵扯到对文学地理学研究对象的认识问题。看来对文学地理学学科的建设者来说,真正理解文学地理学研究对象的内在机理就变得至为关键了。

文学地理学的建设者们不止一次说过,文学地理学的研究对象是文学与地理环境之间的关系。这似乎清楚表达了文学地理学的研究对象,但是却发现仍有仔细辩白和厘定的必要。文学与地理环境之间的关系绝不意味着去发现文学中的地理或者一定地理条件下的文学,而是文学和地理之间的相互作用及其结果,文学地理学的任务就在于理清它们相互作用的机理。这实际上是要把文学看作社会空间的生产和再生产。

从渊源上讲这是法国思想家列斐伏尔的观点。在列斐伏尔看来,空间是被生产出来的,具有社会生产性。依此而论,文学中的地理空间就是文学生产过程中生产出来的。它和人的生存和主观感知、设想联系在一起，从根本上讲是一种与人的创造性相关的主观空间，是人的存在方式。这就是说，文学中的地理空间具有鲜明的社会生产性，哪怕是其中表现的自然地理因素，也附着了人的态度、情感、心理、想象和文化风俗。所以，文学中的所有地理因素不是外在于文学文本的，它们被纳入到文学生产活动中，构成文学活动的要素。这样，文学文本中的地理空间就与文学文本中的其他要素交织在复杂的社会关系网络中，成为无限开放、充满矛盾的过程，成为各种力量对抗的场所。[9]19-25 这样，即便是同一地理要素，在不同作家的作品中或者同一作家的不同作品中，往往表现出十足的可变性和异质性。正是基于这样的原因，文化地理学家麦克·克朗认为："文学并不是单纯反映外部世界。指望文学如何'准确'的和怎样应和着世界，是将人引入歧途。这样一种天真的方法错过了文学景观大多数有用的和有趣的成分。文学景观最好是看作文学和景观的两相结合，而不是视文学为独立的镜子，反映或者歪曲外部世界。同样，不仅仅是针对某种客观的地理知识，提供一种情感的呼应。相反文学提供观照世界的方式，显示一系列趣味的、经验的和知识的景观。称这种观点是主观论，实在是错失要领。文学是一种社会产品——它的观念流通过程，委实也是一种社会的指意过程"。①

这才是更为切合文学地理本质的看法。文学本质上是一种隐喻和象征的方式，是一种"以他物之名名此物"的人文现象。[10]17-19 文学中的地理本质上也不过是人们表情达意的"工具"，是文学用来名"意"的"他物"。这再也清楚不过地表明把握文学地理的重心应当是客观外在的地理空间在文学空间中被感知、被表现、被变形、被组合的角度和方式。然而，依此理路论述下去却有取消"文学地理"作为地理因素的相对独立性的可能，而这一点恰恰是中国学者在文学地理学学科构建过程中所看重和强调的，本身构成文学地理学学科建构的一个重要原因。那么，如何解决这一矛盾呢？

爱德华·索亚的第三空间理论能够为我们解决这一矛盾提供有效途径，而且还十分有助于帮助我们厘清文学地理学"地理空间"的概念。

爱德华·索亚的"第三空间"是与人类历史上的"第一空间"和"第二空间"相对而言的。索亚强调，人类从根本上是空间存在者，人类主体自身就是一个独特的空间性单元。人类的空间性是人类动机和环境或语境构成的产物。所以，索亚批判"第一空间"理论，认为它把空间看作是可以感知的物质的空间，可以通过观察、实验等方式直接把握并进行准确描绘，偏重于空间的客观性和物质性。而"第二空间"理论着眼于艺术和哲学等人类精神活动

---

① 转引自陆扬：《空间理论和文学空间》，载《外国文学研究》，2004（4）。

构建的精神的主体性空间，偏重于精神性和主观性。因此，"第一空间"和"第二空间"都有失偏颇，都不太健全。于是，索亚倡导"第三空间"的思考方式。人类生存的空间秩序产生于空间的社会生产，各种人文地理的结构既反映又构建了世界中的存在。第三空间既不减损物质性、社会性和历史性的意义，也不遮蔽"在其实践和理论理解过程中发展起来的创造性和批判想象"，把客体性与主体性、具象与抽象、真实与想象、肉体与精神等等都汇聚在一起，既包容物理空间和精神空间又超越两者，"在历史性和社会性的传统联姻中注入了新的思考和解释模式"。这样，第三空间既被视为具体的物质形式，可以被标示、被分析、被解释，同时又是精神的建构，是关于空间及其生活意义表征的观念形态。①

爱德华·索亚的第三空间是一个无比开放的空间，是符合人类实践和生存本质的空间理论。非常切合用来作为文学地理学地理空间理论建构的理论指南。一方面，第三空间理论意味着不轻视文学地理学中的"地理"要素，文学地理学的建设者要认真"标示"、"分析"、"解释"文学文本中所呈现的地理。另一方面，第三空间理论同样意味着不能轻视文学地理的"精神"因素。两方面的同等重视意味着同时超越这两个方面，完成索亚所谓的"第三空间"的文学地理的理论分析和建构。对于文学地理学学科建设来讲，索亚的第三空间确实颇具开放性，不仅促使研究者重视文学文本中地理因素的独立性及其给文学本身带来的地方性特点，而且突出了文学地理在人们的思想情感面前、在艺术化生产过程中的多元化和变异性，使文学地理研究变得切实而又玄妙，从而真正打开文学文本中的地理空间，给文学研究带来许多新的可能性，彰显文学地理学在文学研究中的活力。

经过前文的借鉴、辨析和论述，笔者相信，对文学地理学研究对象的理解，即文学与地理关系的理解，应该更加明晰了。文学地理学研究着眼的是文学文本中地理要素与其他要素在文学艺术生产过程中"共存和同在"中的相互关系和作用，所看重的是客观地理因素在文学文本中的异质性，由此给文学带来的极大丰富性，这即是：地理学的空间的文学方法，每一种都提供了理解一种景观的特定视域，每一种都吸收了其他方法，每一种都设定了它的读者群体，每一种都有它的修辞风格而要求勾勒出令人信服的图景。[11]31-37 总之，在当代空间理论的视野下，文学中的地理空间不能再简单地看作是对客观地理环境的再现或模仿。当然，文学地理空间来自于现实地理环境，与现实地理环境

---

①这里综合了陆扬和刘进对于爱德华·索亚第三空间理论的论述，具体参看陆扬：《空间理论和文学空间》，载《外国文学研究》，2004（4）。刘进：《20世纪中后期以来的西方空间理论与文学观念》，载《文艺理论研究》，2007（6）。

具有不可分割的关系。但是，更为重要的是文学中地理空间的文学化、艺术化构建过程及其结果。套用菲利普·韦格纳的话来说，文学中的地理空间是文学活动的"产物"，本身成为了一种文学的"力量"。文学中的地理空间更为看重的是它的属人性的一面，而非科学性的一面；文学中的地理空间已经与文学文本成为了一个整体，无法再与文学文本分割开来。这即是说，文学中的地理空间应该更加关注它的文学性。所以，文学中的地理并非大自然和社会存在的资料库，也不只是故事和情节展开的场景，而是表现人类情感观念的载体，本身已经历了复杂的变形和重组，成为表情达意的特殊结构。所以，麦克·克朗这样说，文学对于地理学的意义不在于作家就一个地点作如何描述，而在于文学本身的机理显示社会如何为空间所结构。考究文学与地理的空间关系，更好的办法是在文学文本的内部来探究特定的空间分野，这些分野可同时见于情节、人物以及作家自传等多种方面；弄清楚空间如何组构，空间如何为社会行为所界定……文学中空间的意义，较之地点和场景的意义要复杂微妙得多。[1]

结　　语

　　文学地理学的创建是中国学术界的一个重要事件。由于文学地理学天然与世界知识的"空间转向"相联系，将重新平衡"历史、地理和社会生活"三者之间的关系，寻求"空间—时间—存在"在本体论上的三位一体，从而为中国文学研究打开空前广阔的领域。学术界应该重视文学地理学学科建设，尤其是文学地理学的理论体系建设。当一门新学科拥有自己清晰的研究对象，拥有一整套自己的基本概念、基本原理、基本结构和基本方法，这门学科才算建立起来。本文着重辨析了文学地理学的研究对象，应该会对文学地理学理论体系的建立产生积极作用；因为明晰的研究对象直接关系到一门学科其他问题的设立，是这门学科理论体系建构的立足点和出发点。

　　在明辨文学地理学研究对象的时候，笔者发现，实用理性始终对文学地理学学科建设构成深刻影响和制约。所以，在建设文学地理学学科过程中，有理由警惕因为实用理性过分倚重地理因素而对文学想象性和虚构性造成侵害。在此有必要重申一下：文学的本质在于文学性本身，在于它对人的心灵的"自由"建构以及对人的存在形式的深度反思。所以，探究文学地理因素的过程中忽视文学本质、妨害文学"形而上"思考的做法是不可取的。然而，文学中的"地理"因素依然是需要重视的。为解决这样的矛盾，索亚的"第三空间"

---

[1] 转引自陆扬：《空间理论和文学空间》，载《外国文学研究》，2004（4）。

理论是可资借鉴的研究思路。这就是说，在把文学"地理"看作是知识学而进行实证主义科学求证的同时，始终要牢记文学作为认识论而要求超越实证主义科学方法的本质，简单来说就是既实证又超越。[12]36-38 这样既可以发挥中华文化的长处又能抑制其短处。"既实证又超越"可以视为文学地理学学科建立的基本方法论的原则。

文学地理学学科的理论建设因为中国文化的实用理性而显得格外重要，这倒为我们这个不太擅长理论建构的民族提供了一个契机。从目前的情况来讲，文学地理学的基础理论问题已经得到了文学地理学学科建设者的高度重视，不少学者目前都把目光聚焦在这一点上，如杨义、曾大兴、邹建军、梅新林、刘小新等人；而且已经结出了丰硕的果实：杨义对文学地理学的"中国意义"深入思考，曾大兴对文学与气候的关系、文学景观等问题系统深入地研究，邹建军在文学地理学的关键词、基本方法研究方面成绩突出……笔者相信，只要文学地理理论建设中始终"环顾"文学性，文学地理学作为一门成熟的学科必将在中国大地上建立起来。相信文学地理学的明天更美好。

参 考 文 献

[1] 金克木. 旧学新知集 [M]. 北京：生活·读书·新知三联书店，1991.
[2] 胡阿祥. 魏晋本土文学地理研究 [M]. 南京：南京大学出版社，2001.
[3] http：//dwzy. xbmu. edu. cn/news/show. aspx？cid = 26&id = 13309.
[4] 曾大兴. 建设与文学史学科双峰并峙的文学地理学科——文学地理学的昨天、今天和明天 [J]. 江西社会科学，2012（1）.
[5] 李泽厚. 中国思想史论·上 [M]. 合肥：安徽文艺出版社，1999.
[6] 刘遥. 关于文学地理学的研究方法与发展前景——邹建军教授访谈录 [J]. 世界文学评论，2008（2）.
[7] 杨义. 文学地理学的渊源与视镜 [J]. 文学评论，2012（4）.
[8] 刘英. 文学地域主义 [J]. 外国文学，2010（4）.
[9] 刘进. 20世纪中后期以来的西方空间理论与文学观念 [J]. 文艺理论研究，2007（6）.
[10] 林岗. 关于文学与社会的断想 [J]. 文艺争鸣，2004（4）.
[11] 陆扬. 空间理论和文学空间 [J]. 外国文学研究，2004（4）.
[12] 铁省林. 从认识论到知识学——哈贝马斯对实证主义认识论及其科学观的批判 [J]. 河南师范大学学报（哲社版），2006（4）.

（陈一军：陕西理工大学文学院副教授，文学博士）

文学地理学基本理论研究

文学与气候之关系研究
——论气候影响文学的途径、机制和主要表现[①]

曾大兴

文学与气候的关系问题，属于文学地理学的基础理论研究。文学地理学的研究对象，就是文学与地理环境的关系。地理环境包括自然环境和人文环境，自然环境又包括地貌、水文、生物、气候、灾害等要素，人文环境又包括政治、军事、经济、文教、宗教、语言、风俗等要素。地理环境的各个要素都能对文学构成影响，无论从哪一个要素着眼来探讨文学与地理环境的关系，都是很有意义的。然而一直以来，人们讲到文学与地理环境的关系时，其所关注之地理环境往往多指人文环境，殊少涉及自然环境。本文即是从气候的角度来探讨文学与地理环境的关系。

在中外文学批评史上，最早明确提到气候影响文学这一问题的是19世纪法国的著名批评家斯达尔夫人（1768—1848）。她在《论文学》一书里，在讲到"北方文学"（英国、德国、丹麦、瑞典、苏格兰等国的文学）与"南方文学"（希腊、意大利、西班牙、法国等国的文学）之间的差别时说：

> 北方人喜爱的形象和南方人乐于追忆的形象之间存在着差别。气候当然是产生这些差别的主要原因之一。[②]

斯达尔夫人的这个说法，可能是受了古希腊时代思想家的影响，例如希波克拉底、柏拉图和亚里士多德等人即已开始注意人与气候的关系。当然更有可能是受了她的前辈、18世纪法国启蒙思想家孟德斯鸠的影响。孟德斯鸠在《论法的精神》一书里，用了很多篇幅来探讨气候对法律的影响，指出人的精神气质和情感因不同的气候而有很大的差别，处于不同气候带国家的法律因此也有很大的差别。虽然孟氏没有提到气候对文学的影响，但是他的基本观点可

[①] 本文系作者所主持的国家社会科学基金项目"气候与文学之关系研究"（批准号：08BZW044）的部分成果。
[②] ［法］斯达尔夫人：《论文学》，徐继曾译，146～147页，北京，人民文学出版社，1986。

能启发了斯达尔夫人。

遗憾的是，斯达尔夫人并没有就这个问题进行专门的研究，她只是点到为止。在接下来的文字里，她用了大量的篇幅来描述南、北方文学的差别，但是并没有从气候的角度来探讨这些差别形成的原因，更没有探讨气候是如何影响文学的，以及影响到文学的哪些方面。

正如孟德斯鸠之后，还有一些学者继续探讨气候对人类文明的影响一样，① 斯达尔夫人之后，也有若干学者继续提到气候对文学的影响。例如比斯达尔夫人时代稍晚的法国另一位著名批评家丹纳（1828—1893）在他的《艺术哲学》一书里，除了一再强调"精神的气候"（风俗习惯与时代精神）对文学艺术的影响，也提到过自然气候对文学艺术的影响：

> 英国小说老是提到吃饭，最多情的女主角到第三卷末了已经喝过无数杯的茶，吃过无数块的牛油面包，夹肉面包和鸡鸭家禽。气候对这一点大有关系。②

与斯达尔夫人一样，丹纳也没有就这一问题进行专门的研究，他的重点一直放在时代、环境、种族与文学艺术的关系这一方面。

笔者认为，气候影响文学这一说法，可以说是一个非常重要的发现。这个发现无论是对文学批评、文学研究来讲，还是对文学创作来讲，都有着不可低估的意义。它从一个全新的角度揭示了自然环境对文学的影响，这是应该予以充分肯定的。问题是，气候是如何影响文学的？气候影响文学的途径是什么？机制是什么？主要表现有哪些？可以说直到今天，人们并没有就此进行必要的探索。由于这些最基本的问题没有获得解决，因此"气候影响文学"这个问题就只是一个或然性的问题；如果这些问题能够得到解决，也就是说，如果能够找到气候影响文学的途径、机制和主要表现，那么"气候影响文学"这个问题就成了一个必然性的问题，而且是一个可以展开深入研究的重要命题。

本文的目的，即在试图解答气候影响文学的途径、机制和表现问题。笔者认为，要真正解答这几个问题，必须借助气候学与物候学的有关知识，必须借助中国智慧。

一、气候影响文学的途径

气候是一种自然现象，文学是一种精神现象。气候是不能直接影响文学

---

① 例如19世纪中叶，英国历史学家H. T. 巴克尔就认为气候是影响国家或民族发展的重要外部因素，并认定印度的贫穷落后是气候的自然法则所决定的。美国地理学家E. 亨廷顿在他的《文明与气候》一书中，则特别强调气候对人类文明的决定性作用。
② [法] 丹纳：《艺术哲学》，傅雷译，149页，北京，人民文学出版社，1963。

的，它必须以文学家为中介。也就是说，气候只能通过影响文学家来影响文学。

气候影响文学家的什么呢？可以说，既能影响文学家的身体，也能影响文学家的精神。换句话说，既能影响文学家的生命（包括健康状况、寿命长短等），也能影响文学家的生命意识（包括对生命的种种情绪体验和理性思考）。就生命（或身体）这一方面而言，气候对所有人都能构成影响；也就是说，在这一方面，文学家和普通人并没有什么不同。气候对所有人的生老病死都能构成影响，并不因为某个人是文学家就有所不同。真正有所不同的，是在生命意识（或精神）方面。也就是说，在这一方面，文学家和普通人是有明显不同的。

正是在生命意识（或精神）方面，文学家对气候有着特殊的反应。

1. 文学家的生命意识

所谓生命意识，是指人类对于生命所产生的一种自觉的情感体验和理性思考，它包含两个层面的内容：一是对生命本身的感悟和认识，例如对生命的起源、历程、形式的探寻，对时序的感觉，对死亡的看法，对命运的思索等，可以称为"生命本体论"；二是对生命价值的判断和把握，例如对人生的目的、意义、价值的不同看法，可以称为"生命价值论"。

人的生命意识的形成，是与人的时间意识同步的。时间是无限的，人的生命却是有限的。如果说，时间是一条流淌不息的长河，那么人的生命只是长河中的一朵转瞬即逝的浪花。人所面临的最大问题，就是无法摆脱时间的限制，无法获得生命的真正自由，人在内心深处是既无奈，又不甘的。面对有限生命和无限时间的矛盾，人们采取了各种各样的应对方式，建立了各种各样的思想和学说，形成了各种各样的生命本体论和生命价值论。所以人的生命意识问题，从本质上来讲，乃是一个时间问题。

文学家的生命意识与普通人的生命意识，就其内涵来讲是一样的，但是表现不尽一样。文学家的生命意识比普通人更强烈，更敏感，也更细腻。尤其是对时序的感觉这一方面，文学家的优势特别明显。

时间的流逝是悄无声息的，一般人对时间的流逝过程，通常是浑然不觉的。在多数情况下，人们之所以能够意识到时间的流逝，之所以会有某种时间上的紧迫感或危机感，是因为受到某些生命现象的启示或警惕。这些生命现象主要包括两个方面：一是人类自身的生老病死。诚如索甲波仁切的《西藏生死书》所云："接近死亡可以带来真正的觉醒和生命观的改变。"[①]二是动植物的生长荣

[①] 索甲波仁切：《西藏生死书》，郑振煌译，35页，杭州，浙江大学出版社，2011。

枯和推移变迁，即有关的物候现象。英国学者弗雷泽指出："在自然界全年的现象中，表达死亡与复活的观念，再没有比草木的秋谢春生表达得更明显了。"①

人是自然界的一分子，人不可能游离于自然之外，更不可能凌驾于自然之上。人的生命，与自然界的动植物的生命是异质同构的。众生平等，万物同体，天人合一。人的生老病死，与动植物的生长荣枯一样，都体现了自然生命的节律。问题是，一般人对人类自身（尤其是对自己和自己身边的人）的生老病死的反应是敏感的，对动植物的生长荣枯和推移变迁的反应则不够敏感，甚至有些麻痹。多数情况下，似乎只有相关领域的专家（包括种地的农民）和文学家是例外。然而相关领域的专家对于物候的反应，通常是一种知性的或理性的反应，而文学家的反应，则多是一种感性的或情绪的反应。例如种地的农民看到杨柳绿、桃花开、燕始来等物候现象，想到的是季节的早晚，以及农事的安排；文学家看到杨柳绿、桃花开、燕始来等物候现象，则会想到时间的流逝，并由时间的流逝，想到个体生命的流程、状态、质量、价值和意义。陆机《文赋》云："遵四时以叹逝，瞻万物而思纷。悲落叶于劲秋，喜柔条于芳春。"② 就是讲文学家因四时物候的变化，引发了关于生命的或悲或喜的情绪体验。这种体验是一般人很难有的。郁达夫的散文《杂谈七月》写道："阴历的七月天，实在是一年中最好的时候，所谓'已凉天气未寒时'也，因而民间对于七月的传说、故事之类，也特别的多。诗人善感，对于秋风的惨淡，会发生感慨，原是当然。至于一般无敏锐感受性的平民，对于七月，也会得这样讴歌颂扬的原因，想来总不外乎农忙已过，天气清凉，自己可以安稳来享受自己的劳动成果的缘故。"③ 由此可见一般人和文学家对于物候的反应是不一样的。

文学是一种生命体验。文学家不仅能够对动植物的生长荣枯和推移变迁等物候现象有着更敏锐、更细腻、更强烈的体验，不仅能够由此而感知生命的流程、状态、质量、价值和意义，而且能够用一种诗化的形式，把他们的这些体验和感知生动形象地表现出来。黄宗羲《景州诗集序》："诗人萃天地之清气，以月、露、风、云、花、鸟为其性情，其景与意不可分也。月、露、风、云、花、鸟之在天地间，俄顷灭没，而诗人能结之不散。常人未尝不有月、露、风、云、花、鸟之咏，非其性情，极雕绘而不能亲也。"④ 所谓"以月、露、

---

① [英] 弗雷泽：《金枝》，徐育新，江培基等译，489页，济南，大众文艺出版社，1998。
② 陆机：《文赋》，见郭绍虞主编：《中国历代文论选》，第1册，170页，上海古籍出版社，1979。
③ 郁达夫：《杂谈七月》，见《郁达夫散文选集》，209页，天津，百花文艺出版社，1984。
④ [清] 黄宗羲：《景州诗集序》，见《南雷文定》卷一，耕余楼本。

风、云、花、鸟为其性情",就是指诗人能够敏锐地、细腻地、强烈地体验和感知动植物生命的律动;所谓"能结之不散",就是指他们能够抓住这种体验和感知,并且把它用诗化的形式(文学的形式)表现出来。

文学家对生命的体验、感知和表现,又可以唤起或强化更多读者对生命的感受、思考和体认。所以说,生命意识对所有思维健全的人都是重要的,对文学家尤其重要。一个文学家如果没有敏锐、细腻而强烈的生命意识,不能算优秀的文学家;一个读者如果不能从优秀的文学作品中感受到生命的流程、状态、质量、价值和意义,他(她)对于生命的体验和思考,乃至他(她)的生命质量,就要大打折扣。

2. 气候与物候

文学家为什么对物候现象有着更敏锐、更细腻、更强烈的体验?这与物候的特点有关,也与气候的特点有关。

所谓气候,按照《现代地理科学词典》的解释,就是指"某较长时期内气象要素和天气过程的平均特征和综合统计情况。"[①] 气候这个概念,和气象、天气这两个概念既有联系,也有区别。通俗地讲,"气象,是指发生在天空里的风、云、雨、雪、霜、露、虹、晕、闪电、打雷等一切大气的物理现象。""天气,是指影响人类活动瞬间的气象特点的综合状况。"而"气候,是指整个地球或其中某一个地区一年或一段时期(称为时段)的气象状况的多年特点。"[②]

气候有两个突出的特点:一是它的周期性,一是它的地域性。气候的周期性,导致物候现象的发生;气候的地域性,导致不同的地区具有不同的物候现象。

所谓物候,按照《现代地理学科学词典》的解释,就"是生物受气候诸要素及其他生长因素综合影响的反应",[③] 用我国物候学的创始人竺可桢先生的话来讲:"就是谈一年中月、露、风、云、花、鸟推移变迁的过程。"[④] "在温度表(发明于1593年)和气压表(发明于1643年)发明以前,人们不知道如何量气温和气压。在那以前,人们要知道一年中寒来暑往,就要人目来看降霜下雪,河开河冻,树木抽芽发叶、开花结果,候鸟春来秋往,等等,这就

[①] 刘敏,方如康主编:《现代地理科学词典》,129页,北京,科学出版社,2009。
[②] 严济远:《气象、天气和气候有什么区别》,见少年儿童出版社编:《十万个为什么·气象》,33页,北京,少年儿童出版社,1980。
[③] 刘敏,方如康主编:《现代地理科学词典》,99页,北京,科学出版社,2009。
[④] 竺可桢,宛敏渭:《物候学》,14页,长沙,湖南教育出版社,1999。

叫物候。研究这类现象关系的就是物候学。"①

"物候现象是各年的天气气候条件的反映。"② 物候现象是非常广泛的,在大自然中,那些受天气气候条件的影响而出现的、以一年为周期的自然现象,都属于物候现象。物候现象主要包括三种类型:一是植物(包括农作物)物候,如植物的发芽、展叶、开花、结果、叶变色、落叶,农作物的播种、出苗、开花、吐穗等现象;二是动物物候,如候鸟、昆虫及其他两栖类动物的迁徙、始鸣、终鸣、冬眠等现象;三是气象水文现象,如初霜、终霜、初雪、终雪、结冰、解冻等等。竺先生在《物候学》一书里,把我国温带、亚热带地区的物候观测种类列了一个名单,③ 笔者根据这个名单,制成下表:

表1 中国温带、亚热带地区物候观测种类简表

植物种类		动物种类		农作物	气象水文要素
木本植物	乔木	候鸟	家燕、金腰燕、楼燕、黄鹂、杜鹃、四声杜鹃、豆雁	禾本科粮食植物 棉花	霜
	银杏、侧柏、桧柏、水杉、加拿大杨、小叶杨、垂柳、胡桃、板栗、栓皮栎、榆树、桑树、玉兰、苹果、毛桃、山桃、杏树、构树、合欢、洋槐、槐树、枣树、梧桐、白蜡、桂花、紫薇、苦楝、栾树				雪
					严寒开始
					土壤表面冻结
					水面(湖泊、池塘)结冰
					河上薄冰出现
		昆虫	蜜蜂、蚱蝉、蟋蟀		河流解冻
					土壤表面解冻
					水面(池塘、湖泊、河流)春季解冻
	灌木				河面春季流冰
	牡丹、紫荆、紫藤、木槿、紫丁香				雷声
草本植物	芍药(白花的) 野菊花	两栖类	蛙		闪电
					虹
					植物遭受自然灾害

物候这门知识,原是为了适应农业生产的需要而产生的。我国是一个历史悠久的农业大国,为了掌握农时,早在周、秦时代,人们就开始了对物候的观测,根据物候来安排农事。我国关于物候的记载,在世界上是最早的,《诗

---

① 竺可桢:《中国近五千年来气候变化的初步研究》,见《竺可桢文集》,第4卷,448页,上海科技教育出版社,2004。
② 竺可桢,宛敏渭:《物候学》,14页,长沙,湖南教育出版社,1999。
③ 同上,136~138页。

经》《左传》《管子》《夏小正》《吕氏春秋》《礼记》《淮南子》等书，都有不少关于物候的记载。如《礼记·月令》讲："仲春之月……始雨水，桃始华，仓庚鸣……玄鸟至。至之日，以太牢祠于高禖，天子亲往……日夜分，雷乃发声，始电。蛰虫咸动，启户始出……耕者少舍，乃修阖扇，寝庙毕备。毋作大事，以妨农之事。"① 这就是两千多年前人们对黄河流域初春时的物候现象的一个概述。

物候被称作是"大自然的语言"，它是随气候的变化而变化的。它的最大特点，就是具有时序性和地域性。通过物候，可了解气候的变化、时序的更替和各地季节的迟早，所以物候学也被称为生物气候学。物候观测的历史要比气候测量早得多。竺可桢先生讲："在十六七世纪温度表与气压表发明之前，世人不知有所谓'大气'，所以无所谓'气候'。"② 人们对气候和季节的了解，是通过对物候的观测来实现的。十六七世纪以后，人们可以借助温度表、气压表，甚至是雷达、火箭、人造地球卫星等各种科学仪器来测量气候了，但是也没有放弃直接用眼睛和耳朵来观测物候，直到今天还是如此。这是因为"各项气象仪器虽然能比较精密地测量当时的气候要素，但对于季节的迟早尚无法直接表示出来。"③ 如果说，"观测气候是记录当时当地的天气，如某地某天刮风，某时下雨，早晨多冷，下午多热等等。而物候记录如杨柳绿，桃花开，燕始来等等，则不仅反映当时的天气，而且反映了过去一个时期内天气的积累。"所以物候学和气候学虽然是姊妹学科，但它们之间的差别还是很明显的。"气候学是观测和记录一个地方的冷暖晴雨、风云变化，而推求其原因和趋向；物候学则是记录一年中植物的生长荣枯，动物的往来生育，从而了解气候变化和它对动植物的影响。"④

3. 物候的时序性与文学家的时序感觉

有一个事实特别值得注意。在我国，最早关于物候的记载，并不是成书于公元前五世纪的《左传》，也不是成书于公元前三世纪的《管子》，而是成书于公元前六世纪的《诗经》。《诗经·豳风·七月》云："四月秀葽，五月鸣蜩"，"八月剥枣，十月获稻"，"七月在野，八月在宇，九月在户，十月蟋蟀入我床下"，讲的就是西周时期豳地（今陕西彬县、旬邑一带）的物候现象。而《秦风·蒹葭》之"蒹葭苍苍，白露为霜"，《邶风·北风》之"北风其

---

①《礼记·月令》，见［清］阮元校刻：《十三经注疏》（三），2947～2949页，北京，中华书局，2009。
②竺可桢，宛敏渭：《物候学》，5页，长沙，湖南教育出版社，1999。
③同上，3页。
④同上，1页。

凉，雨雪其雱"，《王风·黍离》之"彼黍离离，彼稷之苗"等等，讲的则是西周时期的秦（今陕西中部、甘肃东部一带）、邶（今河南汤阴一带）和东周时期的洛邑（今河南洛阳一带）的物候现象。这说明物候现象不仅影响到农业生产，也影响到文学创作；也说明文学家对于物候现象的感受、观察和描写，实际上要早于相关领域的专家学者。

农民根据相关物候的出现来判断季节的迟早，从而适时地安排农事。文学家则由相关物候的出现，感知时序的更替，从而引发种种关于生命的情绪体验和理性思考。这是中国文学的一大特点，也是一个由来已久的传统。《诗经·唐风·蟋蟀》云："蟋蟀在堂，岁聿其莫。今我不乐，日月其除。""蟋蟀在堂"，这是西周时唐地（今山西曲沃一带）秋天的物候。蟋蟀进屋了，一年的时光就所剩无几了，诗人由此想到有限的生命正在一天一天地流失，于是主张及时行乐，以此丰富生命的内容，提高生命的质量。但是又认为行乐也不能过分，还得顾及自己的责任："无已大康，职思其居。好乐无荒，良士瞿瞿。"所谓"忧深而思远也"[①]。这就是文学家由"蟋蟀在堂"这一物候所引发的关于生命的情绪体验和理性思考。所以笔者认为，物候与文学家的生命意识之间，是有一种必然联系的，就像物候与农事之间有一种必然的联系一样。中国文学有着3000年的历史，其中有2900年是古代文学的历史。古代文学作为农业社会的精神产品，它的题材、情感、思想、表现方法和形成机制等等，无不深深地打上了农业社会的种种印记。由物候联想到时间，再由时间联想到生命的流程、状态、价值和意义，这是许多古代文学作品的一种形成机制。

物候所体现的是大自然的节律。人是大自然的一分子，人的生命同样体现了大自然的节律。俗话讲："人生一世，草木一秋。"人的生命与动植物的生命，可以说是"异质同构"。是什么东西把物候和文学家的生命意识有机地联结起来了呢？笔者认为，是时间。物候所反映的是季节的迟早和时序的更替，它的实质是个时间问题；文学家的生命意识，是文学家对自身生命和时间的一种自觉，它的实质也是个时间问题。正是时间这个"节点"，把物候和文学家的生命意识有机地联结起来了。因此，在文学作品中，物候的出现与文学家的生命意识的流露，可以说是一种因果关系。当文学家写到物候的时候，多是为了表达某种对于生命的体验或者思考；当文学家表达某种生命的体验或思考的时候，往往离不开某些特定的物候现象的触发。

综上所述，正是气候的变化引起了物候的变化，物候的变化触发了文学家对时序的感觉（生命意识），文学家对时序的感觉（生命意识）被触发之后，才有了文学的产生。气候并不能对文学家的时序感觉（生命意识）产生直接

---

①[宋] 朱熹：《诗集传》，68页，上海古籍出版社，1980。

的影响,它必须以物候为中介;物候也不能对文学产生直接的影响,它必须以文学家的时序感觉(生命意识)为中介。图示如下:

图1 气候影响文学的途径之示意图

二、气候影响文学的机制

要解答气候影响文学的机制问题,必须借助中国智慧。早在南朝梁代,著名文学批评家刘勰(约466—约537)和钟嵘(约467—约519)就曾经不自觉地涉及这一问题。刘勰《文心雕龙·物色》云:

> 春秋代序,阴阳惨舒,物色之动,心亦摇焉。盖阳气萌而玄驹步,阴律凝而丹鸟羞;微虫犹或入感,四时之动物深矣。若夫圭璋挺其惠心,英华秀其清气,物色相召,人谁获安?是以献岁发春,悦豫之情畅;滔滔孟夏,郁陶之心凝;天高气清,阴沈之志远;霰雪无垠,矜肃之虑深。岁有其物,物有其容;情以物迁,辞以情发。一叶且或迎意,虫声有足引心。况清风与明月同夜,白日与春林共朝哉!

> 是以诗人感物,联类不穷,流连万象之际,沈吟视听之区。写气图貌,既随物以宛转;属采附声,亦与心而徘徊。故"灼灼"状桃花之鲜,"依依"尽杨柳之貌,"杲杲"为日出之容,"瀌瀌"拟雨雪之状,"喈喈"逐黄鸟之声,"喓喓"学草虫之韵。[①]

笔者认为,刘勰的这两段话其实就是在讲气候与文学的关系,说得更具体一点,就是讲气候影响文学的机制问题。要真正理解这两段话的意思,必须注意厘清以下三组概念(词语)的内涵:

一是"气"、"阳气"、"阴律";

---

① [梁]刘勰:《文心雕龙·物色》,见范文澜:《文心雕龙注》,693~694页,北京,人民文学出版社,1958。

二是"物"和"物色";

三是"心"、"情"、"悦豫之情"、"郁陶之心"、"阴沈之志"、"矜肃之虑"。

先看第一组概念(词语)。我们知道,"气"这个字在汉语中的意思是非常丰富的。据笔者统计,在《汉语大字典》里,"气"字的义项多达23个;在《汉语大词典》里,"气"字的义项多达31个,以"气"为词根(构词语素)的单词(不含成语)则多达180个。在《文心雕龙·物色》的这两段话里,"气"字一共出现了四次,依次为:"阳气萌而玄驹步"、"英华秀其清气"、"天高气清"和"写气图貌。"这四个"气"字是什么意思呢?

"英华秀其清气"的"气"是指气味,"写气图貌"的"气"是指气氛,"天高气清"的"气"是指天气,这三个"气"字似乎不难理解。那么,"阳气萌而玄驹步"的"气"是指什么呢?

这需要联系同一语境中的相关词语来理解。先看"阴律"这个词。刘勰讲:"阳气萌而玄驹步,阴律凝而丹鸟羞。""玄驹"就是蚂蚁,"丹鸟"就是螳螂;而"阴律"二字,就是指"阴气"。詹瑛《文心雕龙义证》:"阴律,阴气,古代用音律辨别气候,所以也可以用'阴律'代替'阴气'。"① 这两句翻译成现代汉语,就是"(春天)阳气萌发而蚂蚁行走,(秋天)阴气凝聚而螳螂潜伏"。②

在古代汉语中,当"阳气"(阳)和"阴气"(阴)并举的时候,有可能是一对生理学的概念,也有可能是一对气候学的概念。如《黄帝内经·灵枢·大惑论》云:"阳气尽则卧,阴气尽则寤。"即是讲生理问题,这里的"阳气"、"阴气"是一对生理学概念;而《左传·昭公元年》:"天有六气……六气曰阴、阳、风、雨、晦、明也。"则是讲气候问题,这里的"阳气"、"阴气"是一对气候学概念。刘勰的"阳气萌而玄驹步,阴律凝而丹鸟羞"这两句,是讲生理问题还是讲气候问题?或者说,这里的"阳气"、"阴气"是一对生理学概念还是气候学概念?笔者认为是后者。理由是:

第一,刘勰这两句话,从意思和句式两方面来看,均源于〔汉〕崔骃《四巡颂》:"臣闻阳气发而鸧鹒鸣,秋风厉而蟋蟀吟,气之动也。"③ 阳气萌发而鸧鹒(黄莺)鸣叫,秋风凌厉而蟋蟀呻吟,这是讲春秋两季的两种物候。这两种物候的出现,正是由于气候的变化,所谓"气之动也"。〔清〕宋荦

---

① 詹瑛:《文心雕龙义证》,1730页,上海古籍出版社,1989。
② 曾大兴:《中外学者谈气候与文学之关系》,载《广州大学学报》,2010(12)。
③ 〔汉〕崔骃:《四巡颂》,见〔清〕严可均辑:《全上古三代秦汉三国六朝文》,第2册,420页,石家庄,河北教育出版社,1997。

《〈明遗民诗〉序》云："譬诸霜雁叫天，秋虫吟野，亦气候所使然。"① 可以看作是对崔骃这几句话的一个最切当的解释。刘勰的"阳气萌而玄驹步，阴律凝而丹鸟羞"这两句是由崔骃的这两句而来，崔骃是在讲气候问题，刘勰也是。

第二，[明]苏浚《气候论》："晁错曰：扬粤之地，少阴多阳。李待制曰：南方地卑而土薄。土薄，故阳气常泄；地卑，故阴气常盛。阳气泄，故四时常花，三冬不雪，一岁之暑热过中……阴气盛，故晨昏多露，春夏雨淫，一岁之间，蒸湿过半。"② 这一段话是讲岭南地区的气候特点。这里的"阳气"和"阴气"并举，与刘勰的"阳气"和"阴律"（阴气）并举一样，都是讲气候问题。

再联系"四时"这个词来看。刘勰讲："阳气萌而玄驹步，阴律凝而丹鸟羞。微虫犹或入感，四时之动物深矣。"何谓"四时"？《黄帝内经·素问·六节藏象论》云："五日谓之候，三候谓之气，六气谓之时，四时谓之岁。"这是古代文献中关于"气"、"候"二字的最早的解释，而"四时"就是360天，就是一岁，也就是春、夏、秋、冬四季。当"气"字与"四时"处于同一语境的时候，这个"气"字便是指气候。所谓"微虫犹或入感，四时之动物深矣"，意思是小小的虫子（蚂蚁和螳螂）尚且受到气候的感召，可见四时气候对生物的影响是很深刻的。

总之，当"阳气"与"阴律"（阴气）并举，又与"四时"这个表示时令的词出现在同一语境的时候，这个"气"字，就只能是指"气候"了。

既然"阳气"与"阴律"这两个词是指气候，那么"春秋代序，阴阳惨舒"中的"阴"与"阳"这两个词，也是指气候，因为它们和"阳气"、"阴律"一样，也是与"春秋"这个表示时令的词组出现在同一语境里。

再看第二组概念（词语）。"物"这个字，《说文解字》的解释是："物，万物也。牛为大物。"段注："牛为物之大者，故物从牛。"可见"物"字的本义，是指客观存在之"物"。那么，刘勰《文心雕龙·物色》所讲的这个"物"，具体是指什么呢？王元化先生指出："《文心雕龙》一书，用物字凡四十八处（物字与他字连缀成词者，如：文物、神物、庶物、怪物、细物、齐物、物类、物色等除外），……这些物字，除极少数外，都具有同一涵义。……即《原道篇》所谓郁然有彩的'无识之物'，作为代表外境或自然景物的

---

① [清]宋荦：《明遗民诗序》，见[清]卓尔堪：《明遗民诗》，2页，北京，中华书局，1961。
② [明]苏浚：《气候论》，见[清]汪森辑：《粤西文载》（四），229～230页，南宁，广西人民出版社，1990。

称谓。"① 由此可见，刘勰《文心雕龙·物色》所讲的这个"物"，是指"自然景物"。

需要指出的是，"自然景物"不可笼统言之。按照物候学的观点，自然景物有随四时气候的变化而变化者，也有不随四时气候的变化而变化者。前者为物候，后者为一般的自然景物。例如《文心雕龙·物色》中所讲的"物"，就不是一般的自然景物，而是指物候。要理解这一点，必须搞清楚"物色"的涵义。

"物色"这个词，最早出于《淮南子》《礼记》等书。《淮南子·时则训》云："仲秋之月，……察物色，课比类。"《礼记·月令》云："仲秋之月，……察物色，必比类。"可见"物色"这个词，是和季节联系在一起使用的。又[梁]萧统《文选》"赋"的"物色类"中，收有《风赋》《秋兴赋》《雪赋》《月赋》四篇，[唐]李善注云："四时所观之物色之赋。""物色"的定语为"四时所观"，可见"物色"是随四时的变化而变化的自然景色，即物候，不是一般的自然景物。

大凡随四时的变化而变化的自然景色，即属于物候学所讲的"物候"。所谓"物候"，如上引竺可桢所言，"就是谈一年中月、露、风、云、花、鸟推移变迁的过程。"② 它是"各年的天气气候条件的反映"。③ 刘勰这两段话是在讲"物色"，其实就是在讲物候。讲物候随气候的变化而变化，讲物候对人的影响，讲物候的周期性，讲物候的季相，讲物候的具体表现。例如："春秋代序，阴阳惨舒，物色之动，心亦摇焉"，是讲物候随四时气候的变化而变化，讲物候对人的影响；"岁有其物"，是讲物候的周期性（以一年为周期）；"物有其容"，是讲不同的物候具有不同的季相（也就是不同的色彩和形态），而"阳气萌而玄驹步，阴律凝而丹鸟羞"，则是讲特定气候环境下的物候现象，④不是讲一般性的自然景物。至如"'灼灼'状桃花之鲜，'依依'尽杨柳之貌，'杲杲'为日出之容，'瀌瀌'拟雨雪之状，'喈喈'逐黄鸟之声，'喓喓'学草虫之韵"等等，也都是在讲特定气候条件下的物候现象，而不是讲一般性的自然景物。例如："灼灼"写桃花的鲜艳之貌（《桃夭》），"依依"写杨柳的柔弱之形（《采薇》），"喈喈"写黄莺之和鸣（《葛覃》），三者都是春天的物候；"杲杲"讲太阳之明亮，这是夏天的物候；"喓喓"写蝗虫之声音

---

① 王元化：《文心雕龙创作论》，106 页，上海古籍出版社，1984。
② 竺可桢，宛敏渭：《物候学》，14 页，长沙，湖南教育出版社，1999。
③ 同上，45 页。
④《大戴礼记·夏小正》："十有二月玄驹贲。玄驹也者，蚁也。贲者何也？走于地中也。八月，丹鸟羞白鸟。丹鸟也者，谓丹良也。白鸟也者，谓蚊蚋也。羞也者，进也，不尽食也。"这一段话可以说是"阳气萌而玄驹步，阴律凝而丹鸟羞"这两句的来源。

(《采蘩》),这是秋天的物候;"濛濛"讲雨雪之交加,这是冬天的物候。

再看第三组概念(词语),即"心"、"情"、"悦豫之情"、"郁陶之心"、"阴沈之志"、"矜肃之虑"。这一组概念或词语,就是指文学家的主观感受,也就是刘勰《文心雕龙·明诗》所讲的"人禀七情,应物斯感。感物吟志,莫非自然"中的"七情",① 亦即喜怒哀惧爱恶欲。这个不难理解。问题是,文学家的主观感受是有具体指向的,所喜者何?所怒者何?所哀者何?所惧者何?等等,是不可以笼统言之的。应该说,这也是一个值得探讨的问题。

人的情感也是有季节性的。陆机《文赋》云:"遵四时以叹逝,瞻万物而思纷;悲落叶于劲秋,喜柔条于芳春。"所谓"叹逝",就是感叹时光的流逝。时光周而复始,今年花开叶落,明年还会花开叶落。但个体的生命却不能周而复始,今年见到花开叶落,明年不一定还能见到花开叶落。所谓"今年花落颜色改,明年花开复谁在?""年年岁岁花相似,岁岁年年人不同。"② 所以"叹逝",具体来讲就是感叹个体生命在一天一天地流逝。这就是人的生命意识。人的生命意识是人的一种人文积淀,其中既有人类集体的记忆,也有个体的体验和思考,它是长期形成的,久存于心的,并不是此刻才孕育的。通常情况下,人不可能每时每处都想到生命问题,人的生命意识沉潜在人的意识深处,它需要某种感召,某种触发,才能被激活起来。所谓"喜柔条于芳春",就是说看见早春刚刚抽芽的柳条这一物候,感到新的一年又开始了,新的一年预示着新的希望,预示着生命新的起色,所以为之欣喜。所谓"悲落叶于劲秋",就是说看见深秋纷纷而下的落叶,感到一年的时光又将过去,自己的生命又老了一岁,离死亡的大限又近了一步,所以为之悲伤。这就是"瞻万物而思纷"。所谓"万物",在这里就是指不同季节、不同时令的物候;所谓"思纷",就是由不同季节、不同时令的物候所触发的关于生命的种种情绪体验和理性思考。所以说,人的"七情"(喜怒哀惧爱恶欲)是有具体指向和具体内涵的,是有季节性的,不可笼统言之。

刘勰《文心雕龙·物色》讲:"物色相召,人谁获安?是以献岁发春,悦豫之情畅;滔滔孟夏,郁陶之心凝;天高气清,阴沈之志远;霰雪无垠,矜肃之虑深。"在这里,"献岁发春"、"滔滔孟夏"、"天高气清"和"霰雪无垠"是四时物候,而"悦豫之情"、"郁陶之心"、"阴沈之志"和"矜肃之虑",则是与四时物候相对应的关于生命的体验和思考。物候乃四时之物候,具有季节性和时令性,文学家因物候的变化而触发的生命意识也具有季节性和时

---

① [梁] 刘勰:《文心雕龙·明诗》,见范文澜:《文心雕龙注》,第65页,北京,人民文学出版社,1958。
② [唐] 刘希夷:《白头吟》,见《全唐诗》,第20卷,247页,北京,中华书局,1960。

令性。

刘勰《文心雕龙·物色》中的"春秋代序，阴阳惨舒，物色之动，心亦摇焉"和"岁有其物，物有其容，情以物迁，辞以情发"这几句话，实际上涉及到以下三组关系：一是"气候"（阴阳）与"物候"（物色）的关系，二是"物候"（物色）与人的生命意识（心或情）的关系，三是人的生命意识（心或情）与文学（辞）的关系。

历来研究《文心雕龙》的学者，只注意到第二、第三组关系，而忽略了第一组关系。例如，刘绶松《文心雕龙初探》讲："'情以物迁，辞以情发'这两句很扼要地阐释了自然环境与文学的密切关系。只有真正地对自然环境有了深刻的感受，而这种感受迫使人们不得不用艺术语言（辞）将它表现出来，这样产生出来的作品，才能够具有感人的力量。"[1]刘大杰《中国文学批评史》讲："'情以物迁，辞以情发'两句，扼要地说明了人们的感情随着自然景物的变化而变化，而文辞则又是由于感情的激动而产生的。"[2]他们都强调：文学（辞）是由于感情的激动而产生的，而感情又是随着自然景物（物色）的变化而变化的，但是他们都不曾意识到，自然景物（物色）又是因为什么而变化的呢？其实这个问题刘勰已经触及到了，这就是："春秋代序，阴阳惨舒"；就是"阳气萌"和"阴律凝"，也就是气候的变化。气候的变化（春秋代序，阴阳惨舒）引起物候的变化（物色之动），物候的变化（物色之动）触发文学家的生命意识（心亦摇焉，情以物迁），文学家生命意识的触发（心亦摇焉，情以物迁）导致文学作品的产生（辞以情发）。这就是气候影响文学的机制。刘勰的表述本来是完整的，后人的阐释反而不够完整。

当然，也不能责怪后人思虑不周，或者"失察"，因为刘勰本人的主观意图并不在讲气候与文学的关系，而在强调"以少总多"的创作原则，反对"文贵形似"的错误倾向，倡导"物色尽而情有余"的艺术效果，也就是主张文学的思想内容与艺术形式的统一。所以笔者认为：刘勰的《文心雕龙·物色》，只是触及到了气候与文学的关系，但并没有意识到这种关系及其重要性，更没有对这种关系进行专门的研究。

值得注意的是，刘勰之后，梁代的另一位著名批评家钟嵘在他的《诗品序》里，也触及到了这个问题：

气之动物，物之感人，故摇荡性情，形诸舞咏。[3]

这里的"气"，就是指"气候"。我们可以联系该文中的另一段话来理解：

---

[1] 刘绶松：《文心雕龙初探》，转引自詹锳：《文心雕龙义证》，1732页，上海古籍出版社，1989。
[2] 刘大杰：《中国文学批评史》，转引自詹锳：《文心雕龙义证》，1732页，上海古籍出版社，1989。
[3] [梁] 钟嵘：《诗品序》，见曹旭：《诗品笺注》，1页，北京，人民文学出版社，2009。

"若乃春风春鸟，秋月秋蝉，夏云暑雨，冬月祁寒，其四候之感诸诗者也。"这个"四候"，就是指春、夏、秋、冬四季的气候。如上所述，当"气"字与"四时"处于同一语境时，这个"气"字便是指气候。而当"气"字与"四候"处于同一语境时，这个"气"字更是指气候。

　　许多学者在阐释钟嵘的"气之动物"这四句话时，喜欢引述《礼记·乐记》中的这一段话，以为是钟嵘之所本："凡音之起，由人心生也。人心之动，物使之然也。感于物而动，故形于声。……乐者，音之所由生也，其本在人心之感于物也。……凡音者，生人心者也。情动于中，故形于声，声成文谓之音。……夫民有血气心知之性，而无哀乐喜怒之常，应感起物而动，然后心术形焉。①"实际上，《礼记·乐记》的这一段话，并不比钟嵘的话高明。或者说，钟嵘的认识，已经超过了《礼记·乐记》。因为《礼记·乐记》只讲了"物"和"人心"的关系，以及"人心"和"乐"（声、音）的关系，而钟嵘则除了这两层关系，还讲了一个最初的关系，即"气"（气候）与"物"（物候）的关系。

　　笔者注意到，在所有解释钟嵘《诗品序》的论著中，只有郭绍虞先生主编的《中国历代文论选》一书解释得最好。该书在讲到钟嵘的这四句话时，就是这样解释的："气，气候。这四句说：气候使景物发生变化，景物又感动着人，所以被激动的感情，便表现在舞咏之中。这是讲诗歌产生的原因。②"把"气之动物"的"气"解释为"气候"，是该书的一个贡献，这是应该予以肯定的。

　　当然，这条解释还有两个不足之处。一是把钟嵘这里所讲的"物"笼统地解释为"景物"，二是把他这里所讲的"性情"笼统地解释为情感。实际上，钟嵘这里所讲的"物"，并非一般性的景物，而是指"春风春鸟，秋月秋蝉，夏云暑雨，冬月祁寒"等"四时"物候；钟嵘这里所讲的"性情"，也不是一般的情感，而是指由物候所触发的文学家的生命意识。我们不妨再看看《诗品序》的原文："气之动物，物之感人，故摇荡性情，形诸舞咏。……若乃春风春鸟，秋月秋蝉，夏云暑雨，冬月祁寒，斯四候之感诸诗者也。嘉会寄诗以亲，离群托诗以怨。至于楚臣去境，汉妾辞宫；或骨横朔野，魂逐飞蓬；或负戈外戍，杀气雄边；塞客衣单，孀闺泪尽；或士有解佩出朝，一去忘返；女有扬娥入宠，再盼倾国。凡斯种种，感荡心灵，非陈诗何以展其义？非长歌何以骋其情？"③ 在这里，"春风春鸟，秋月秋蝉，夏云暑雨，冬月祁寒"是四

---

① 《礼记·乐记》，见［清］阮元刻：《十三经注疏》，3310～3327页，北京，中华书局，2009。
② 郭绍虞：《中国历代文论选》，第1册，312页，上海古籍出版社，1979。
③ ［梁］钟嵘：《诗品序》，见曹旭：《诗品笺注》，1页，北京，人民文学出版社，2009。

时物候，而"嘉会寄诗以亲，离群托诗以怨"等等，则是与四时物候相对应的关于生命的种种体验和思考；包括逐臣去国的悲哀，弃妇离宫的伤痛，将士久戍不归的惆怅，思妇独守空房的幽怨，以及得宠之人的惬意与失意之人的迷茫等等，而这种种的体验和思考，其实就是文学家的生命意识。

笔者认为：钟嵘《诗品序》中的"气之动物，物之感人，故摇荡性情，形诸舞咏"这四句话，可以说是对刘勰《文心雕龙·物色》中的那两段话的一个概括。它们的价值，就是揭示了气候影响文学的机制问题，从而解答了一个世界性的命题，这就是：气候的变化引起物候的变化（气之动物），物候的变化触发文学家的生命意识（物之感人），文学家的生命意识被触发之后（摇荡性情），才有文学作品的产生（形诸舞咏）。

钟嵘的表述是完整的，但是这种表述和刘勰的表述一样，也是不经意的。也就是说，钟嵘的本意，并不在考察气候与文学的关系，更不在探讨气候影响文学的机制，而是在探讨五言诗的起源及其创作之得失。由于他自己并没有探讨气候与文学之关系的意图，语焉不详，点到为止，所以后人在解释这几句话时，也就顺着他的本意进行，而没有把这几句话当作气候与文学的关系问题来思考。而郭绍虞先生主编的《中国历代文论选》把"气之动物"的"气"解释为气候，也只是还原了"气"这个字在特殊语境下的本意，也没有顺着这个思路继续探索下去，最后还是被钟嵘的本意牵着走了，可以说是与"气候与文学的关系"这一命题失之交臂。

三、气候影响文学的主要表现

气候通过物候来影响文学家的生命意识，物候通过影响文学家的生命意识来影响文学作品。气候对文学的影响最终体现在文学作品中。气候具有周期性和地域性，受气候影响的物候具有时序性和地域性，受物候影响的文学家的生命意识既有时序性和地域性，也有个体性。因此，气候影响文学的最终表现主要有三点：一是因时序而异，二是因地域而异，三是因个体气质而异。

1. 因时序而异

陆机《文赋》讲"遵四时以叹逝，瞻万物而思纷。悲落叶于劲秋，喜柔条于芳春"；刘勰《文心雕龙·物色》讲"献岁发春，悦豫之情畅。滔滔孟夏，郁陶之心凝。天高气清，阴沈之志远。霰雪无垠，矜肃之虑深"；钟嵘《诗品序》讲"春风春鸟，秋月秋蝉，夏云暑雨，冬月祁寒，斯四候之感诸诗者也"。都是在讲物候的时序性以及文学家的时序感觉。文学家的时序感觉是非常强烈、敏锐和细腻的，历来写时序之感的作品不可胜数，其中又以大量的伤春、悲秋之作最为引人注目。

伤春之作，早在《诗经》里就有了。《豳风·七月》有句云："春日载阳，有鸣仓庚。女执懿筐，遵彼微行。爰求柔桑。春日迟迟，采蘩祁祁。女心伤悲，殆及公子同归。"① 即是最早的伤春之作。《诗经》之后的"伤春"之作更是不胜枚举。如［唐］王昌龄《闺怨》：

闺中少妇不曾愁，春日凝妆上翠楼。

忽见陌头杨柳色，悔教夫婿觅封侯。②

"春日"的"杨柳色"，这是我国暖温带和中温带地区的一种很典型的物候。由于春天气候回暖，曾经枯黄了一个冬天的杨柳开始返青了。作品的主人公原是一位"不曾愁"的少妇，她把自己打扮的那样整齐漂亮（凝妆），登上翠楼，原是为了欣赏楼外的景致。但是忽然之间看到了路边的"杨柳色"，她的心情立刻变了。因为杨柳返青这种物候无疑在提醒她：又一个春天到了，自己在孤单寂寞当中又过了一年，自己的青春又虚度了一岁。为什么会有这种感觉呢？因为她的夫婿很长时间都不在身边，"夫婿觅封侯"去了。在诗人王昌龄所处的盛唐时代，从军远征，立功边塞，是有志男儿"觅封侯"的一条重要途径。著名边塞诗人岑参诗云："功名只向马上取，真是英雄一丈夫。"（《送李副使赴碛西官军》）。她的夫婿就是这样一个"只向马上"取"功名"的理想主义者。当初她的夫婿从军边塞去"觅封侯"，她是同意的，甚至是鼓励的。可是这个"功名"毕竟不是囊中之物，毕竟不是那么好取的，夫婿居然很久都没有回来。平时的日子，她也没怎么想这件事，所谓"不曾愁"就是这个意思。但是现在看到了"杨柳色"这个物候，她立刻想到了自己当下的处境——一个独守空房的思妇的处境，甚至想到了今后的命运——一个很有可能被忘却、甚至做寡妇的命运。想到这里，这位少妇顿生后悔，后悔当初不该叫他去"觅封侯"。在现在的她看来，"功名"不就是个身外之物么？为了这么一个身外之物，把夫妇二人尤其是把她自己的青春、幸福和快乐都搭进去了，这显然是不值的。这就是抒情主人公的生命意识（也是文学家本人的生命意识），一种对生命价值的感悟、思考和判断。而这种感悟、思考和判断，完全是由"陌头杨柳色"这种物候引起的。

春天的物候为什么会触发文学家的生命意识？二者之间的联系是什么？或者说，伤春作品的生成机制是什么？要明白这个问题，必须了解春天的性质。《说文解字》："春，推也。从日草屯。"段注："此于双声求之。《乡饮酒义》曰：'东方者春。春之为言蠢也。'《尚书大传》曰：'春，出也。万物之出

---

①《诗经·豳风·七月》，见［宋］朱熹：《诗集传》，90～91页，上海古籍出版社，1980。
②［唐］王昌龄：《闺怨》，见《全唐诗》，第143卷，1446页。

也.'日草屯者,得时草生也。屯字象草木之初生。"① 在《辞源》里,春这个字有五个义项,其基本义项为"四季之首,即农历正、二、三月。如《公羊传》:'春者何,岁之始也。'"还有一个义项值得注意:"春情,情欲。如《诗·召南·野有死麕》:'有女怀春,吉士诱之。'"春天是一个万物复苏的季节,也是一个播种的季节。花开了,杨柳返青了,燕子回来了,蛰伏了一个冬天的昆虫开始活跃起来,它们忙着传递生命的信息,忙着求偶、抚慰、交配和繁殖。农民也开始了春耕和播种,人的情欲也旺盛起来,交流爱情,繁殖生命。可是有许多女子,由于这样那样的原因,求偶的愿望得不到传达,爱情的种子无由孕育,生命的花朵无由绽放,而时间却在一天一天地流走,青春在一天一天地虚耗。于是在心理上就显得很焦虑,很失落,甚至很伤感,由于这种伤感是因春天的物候而起的,所以就名之为"伤春"。《诗经·豳风·七月》有句云:"女心伤悲。"郑笺:"春女感阳气而思男,秋士感阴气而思女,是其物化,所以悲也。"② 此处所谓"阳气"、"阴气",实际上就是春、秋两季的气候;所谓"物化",实际上就是两季的物候对女人和男人的生命意识的触发和影响。某些男士的"伤春"之作,往往借女子在爱情上的失意来写男士在政治上的失意,实际上还是缘于女士"伤春"与春天的物候之间的这种关系。这就是"伤春"之作的生成机制。

"悲秋"之作,也是早在《诗经》中就有了。上文所引《唐风·蟋蟀》即是。《唐风·蟋蟀》之后,中国文学史上最有影响的悲秋之作,应该是战国后期楚国文学家宋玉所作的《九辩》:

悲哉!秋之为气也。萧瑟兮,草木摇落而变衰。憭慄兮,若在远行。登山临水兮,送将归。泬寥兮,天高而气清;寂寥兮,收潦而水清。憯凄增欷兮,薄寒之中人。怆怳懭悢兮,去故而就新。坎廪兮,贫士失职而志不平。廓落兮,羁旅而无友生。惆怅兮,而私自怜。燕翩翩其辞归兮,蝉寂漠而无声。雁廱廱而南游兮,鹍鸡啁哳而悲鸣。独申旦而不寐兮,哀蟋蟀之宵征。时亹亹而过中兮,蹇淹留而无成。……③

《九辩》是宋玉晚期的作品。宋玉曾是楚襄王身边的一个"小臣","识音而善文,襄王好乐而爱赋,既美其才,而憎之似屈原也。"④ 至楚考烈王时,竟遭斥逐而流落异乡。"君弃远而不察兮,虽愿忠其焉得?"政治上的失意

---

① [汉] 许慎撰,[清] 段玉裁注:《说文解字注》,47 页,上海古籍出版社,1988。
② 《毛诗正义》,见 [清] 阮元较刻:《十三经注疏》(一),831 页,北京,中华书局,2009。
③ [战国] 宋玉:《九辩》,见 [清] 严可均辑:《全上古三代秦汉三国六朝文》,第 1 册,133 页,石家庄:河北教育出版社,1997。
④ [晋] 习凿齿:《襄阳耆旧记》卷一。见黄惠贤:《校补襄阳耆旧记》,郑州,中州古籍出版社,1987。

（贫士失职、淹留无成）与旅途上的孤独（去故就新、羁旅无友），使他倍感生命的贬值、人世的冷漠和时间的严酷无情，他在"惆怅"、"不平"、"寂寞"、"自怜"之中惶惶不可终日，一再地预感到死神的逼近。他这种深入骨髓的个体生命的漂泊、孤独之感与坎坷、失意之怀，在中国古代文士中是非常具有代表性的，他的遭遇、心态和创作在无数的文士那里引起了强烈的共鸣。值得注意的是，他这种深入骨髓的个体生命的漂泊、孤独之感与坎坷、失意之怀，是因为什么而引起的呢？显然，是秋天的物候，是"草木摇落而变衰"、"蝉寂寞而无声"、"雁廱廱而南游"、"鹍鸡啁哳而悲鸣"以及"蟋蟀之宵征"等一系列具有长江、汉水流域之特点的物候。宋玉由此被奉为"千古悲秋之祖"，《九辩》的抒情模式，也成了历代悲秋之作的一个范本。

宋玉之后，几乎所有的悲秋之作，都会写到抒情主体对于个体生命的种种慨叹，诸如漂泊之感、家园之思、老病之怀、迁谪之恨等等，而所有这些关于个体生命的慨叹，又都是由秋天的物候引起的，例如草木之零落，候鸟之迁徙，秋虫之鸣叫，霜雪之降临等等。

秋天的物候为什么会触发文学家的生命意识？二者之间的联系是什么？或者说，悲秋作品的生成机制是什么？要明白这一问题，必须了解秋天的性质。《说文解字》："秋，从禾肖声，禾谷熟也。"段注："其时万物皆老，而莫贵于禾谷。故从禾。言禾复言谷者，该百谷也。《礼记》曰：'西方者秋，秋之为言愁也。'"① 在《辞源》里，秋这个字的义项有六，基本义项有二：一是禾谷成熟。二是指季节、时令。秋天是一个萧条、肃杀的季节②，西风起，秋花谢，草木零落，大雁南飞。昆虫完成了一冬的储蓄，准备蛰眠。大地开始收敛它的生机；秋天又是一个收获的季节，农民收获了自己的粮食，读书人也开始收获自己的功名。科举时代，有一个使用频率很高的专用名词，叫"秋试"，又叫"秋闱"，即每年八月举行的乡试。所以秋天对一个士人来讲，是一个不平静的季节。对没有科举功名的人来讲，是一个令他们向往的季节；对一个有科举功名的人来讲，是一个令他们回忆的季节。秋天萧条、衰飒的物候，提醒人们一年好景将成过去，自己的生命又老了一岁；秋天的收获与考试，又让那些士人想到自己的功名、仕途和前程。尤其是那些尚在蒙冤、遭谴、征戍、行旅、冻馁、老病之中的士人，看到落叶飘零、大雁南飞等物候，自然会想到自己当下的处境与未知的命运，觉得生命在浪费，在贬值，甚至在遭受践踏。于

---

① [汉]许慎撰，[清]段玉裁注：《说文解字注》，327页，上海古籍出版社，1988。
② [汉]董仲舒：《春秋繁露》十一："木居东方而主春气，火居南方而主夏气，金居西方而主秋气，水居北方而主冬气。"又云："春气爱，秋气严，夏气乐，冬气哀。"见[清]凌曙：《春秋繁露注》，北京，中华书局，1975。

是种种失落感、挫败感和屈辱感便涌上心头，感叹嘘唏，悲不自胜，乃至诉诸吟咏，化为文学作品。由于这种悲情是因秋天的物候而起的，于是其作品就以"悲秋"名之。这就是"悲秋"之作的生成机制。

当然，秋天的功名之想，是一种人文附加。秋天的自然本性，则是萧条和肃杀。那些不求功名的人，例如普通的思妇，同样也会有悲秋之思，这完全是因为秋天的物候，引发了他们对于有限生命的感叹。

2. 因地域而异

中国疆域辽阔，各地所处的纬度和海陆位置不一样，地形也不一样，季风的影响又特别显著，这就使得中国各地的气候环境具有很大的差异性。例如：从热量来看，中国就有热带、亚热带、暖温带、中温带、寒温带和高原气候区六个气候带；从降水量来看，中国又可以分为湿润区、半湿润区、半干旱区和干旱区四种气候类型区。可以说，世界上没有哪一个国家的气候环境像中国这样具有如此大的差异性。

气候的差异性导致物候的差异性。气候的南北差异、东西差异和高下差异，导致物候的南北差异、东西差异和高下差异。正是气候（物候）的南北差异、东西差异和高下差异，深刻地影响了中国文学的地域性，使其呈现出不同的地域色彩。

（1）南北差异

气候的南北差异，主要是由各地所处的纬度差异造成的。中国疆域辽阔，从最南端的曾母暗沙（位于北纬4°附近），到最北端的黑龙江主航道中心线（位于北纬53°多），南北相距约5500多公里，共占纬度49°多。南北距离如此遥远、纬度跨度如此大的国家，在世界上是少有的。就历史时期的疆域来看，虽然各个朝代有所不同，但都可以称得上辽阔。在这个辽阔的疆域内，南北方的气候差异是很大的，例如中国吉林省安图县的年平均气温只有-7.3℃，而西沙群岛的年平均气温却高达26.4℃，南北两地的年平均气温相差33.7℃。历史时期的南北气候差异也大体如此。

气候的南北差异影响到物候的南北差异。当北方的哈尔滨一片冰天雪地的时候，南方的广州仍然是鸟语花香。竺可桢先生讲："物候是随地而异的现象，南北寒暑不同，同一物候出现的时节可能相差很远。"[①] 他指出："物候南方与北方不同。我国疆域辽阔，在唐、宋时代，南北纬度亦相差30余度，物候的差异自然很分明。往来于黄河、长江流域的诗人已经可以辨别这种差异，至于被放逐到南岭以南的柳宗元、苏轼，他们的诗中，更反映出岭南物候不但

[①] 竺可桢，宛敏渭：《物候学》，6页，长沙，湖南教育出版社，1999。

和中原有量的不同，而且有质的不同了。"① 我们先看唐代诗人韩愈、白居易写在同一时间、同一城市的两首诗：

  漠漠轻阴晚自开，青天白日映楼台。
  曲江水满花千树，有底忙时不肯来？
      ——［唐］韩愈《同水部张员外籍曲江春游寄白二十二舍人》②

  小园新种红樱树，闲绕花行便当游；
  何必更随鞍马队，冲泥踏雨曲江头？
      ——［唐］白居易《酬韩侍郎张博士雨后游曲江见寄》③

  杂花生树，曲江水暖，这是唐代长安（今西安）仲春时节的物候。唐代属于5000年来的第三个气候温暖期，年平均气温比现在高1℃。从8世纪初至9世纪中期，也就是韩愈、张籍、白居易、柳宗元所生活的唐代中期，长安一带甚至可以种柑橘，并且能结果实，可见地处暖温带的关中地区，气候是相当温暖湿润的。在韩愈、白居易写这两首诗的仲春时节，长安的日平均气温在6℃—11℃左右，正是百花盛开的日子。韩愈被曲江池的千树繁花所陶醉，为白居易不能应约前来而遗憾，而白居易则回答说，他的私家园林的红樱树也开花了，他在园子里同样可以绕花而行。

  韩愈、张籍、白居易所处的长安是百花盛开，柳宗元所处的柳州就不是这样了。他的《柳州二月榕叶落尽偶题》写道：

  宦情羁思共凄凄，春半如秋意转迷。
  山城过雨百花尽，榕叶满庭莺乱啼。④

  百花凋谢，榕叶飘零，春半如秋，与韩愈、白居易笔下的长安迥然不同。这是因为柳州地处南岭以南，属于南亚热带气候。由于南岭山脉挡住了北方南下的寒冷气流，使得这里的气候非常温暖，冬季只有30多天，而夏季则长达210多天。又由于地势北高南低，有利于接受从海洋方面吹来的暖湿气流，又使得这里的气候非常湿润。在这个温暖而湿润的地区，通常只有凉季（11月—2月）、暖季（3月—5月）和暑季（6月—10月）之分，没有春、夏、秋、冬四季之别；或者说，干季和雨季的分别，比冬季和夏季的分别更为突出。柳

---

①竺可桢，宛敏渭：《物候学》，6页，长沙，湖南教育出版社，1999。
②［唐］韩愈：《同水部张员外籍曲江春游寄白二十二舍人》，见《全唐诗》，第344卷，3864页，北京，中华书局，1960。
③［唐］白居易：《酬韩侍郎张博士雨后游曲江见寄》，见《全唐诗》，第442卷，4942页，北京，中华书局，1960。
④［唐］柳宗元：《柳州二月榕叶落尽偶题》，见《全唐诗》，第352卷，3937页，北京，中华书局，1960。

州的二月正是凉季，雨过花残，榕叶飘零，是这里常见的物候。所谓"四时皆似夏，一雨便是秋"。柳宗元是北方人，他在长安生活了33年。在他过去的经验里，二月是没有叶落花残的物候的，所以当他在柳州初次看到这种物候时，便感到迷惑不解，甚至产生悲秋之意，异地为官的失落、人在旅途的孤独、思念家乡的伤感等等，纷至沓来。

（2）东西差异

气候的东西差异，主要是由气候的大陆性强弱不同造成的。凡是大陆性强的地区，冬季严寒而夏季酷热；凡是大陆性弱的地区，即海洋性气候地区，则冬春较冷，夏秋较热。中国的地势西高东低，西部为大陆性气候，东部沿海地区则带有海洋性气候性质。由于海陆之间受热和散热的快慢不同，夏季有东南季风，冬季有西北季风，这就使得中国东西之间的温差比南北之间还要大。在夏秋两季，东部比西部要热（西冷而东热）；在冬春两季，则东部比西部要冷（西热而东冷）。

气候的东西差异影响到物候的东西差异。[清]刘献廷讲："长沙府二月初间已桃李盛开，绿杨如线，较吴下气候约早三四十天"。① 长沙府在东经113°，吴下（这里应当指作者晚年所居住的江苏吴江）在东经120°60′，两地相差7°60′，按照"霍普金斯定律"来推算，② 刘献廷的说法有些夸大，但大体上还是符合事实的。在中国文学中，表现东、西物候之差异的作品也是不少的。且看下面一组作品：

北风卷地白草折，胡天八月即飞雪。
忽如一夜春风来，千树万树梨花开。
散入珠帘湿罗幕，狐裘不暖锦衾薄。
将军角弓不得控，都护铁衣冷难着。
瀚海阑干百丈冰，愁云惨淡万里凝。……
　　　　　——[唐]岑参《白雪歌送武判官归京》③

忆长安，八月时，阙下天高旧仪。
衣冠共颁金镜，犀象对舞丹墀。
更爱终南灞上，可怜秋草碧滋。
　　　　　——[唐]吕渭《忆长安十二咏》之八④

---

①[清]刘献廷：《广阳杂记》卷二，北京，中华书局，2007。
②美国著名森林昆虫学家霍普金斯认为，物候有纬度差异、经度差异和高下差异。具体来讲，就是物候每向北移动纬度1度、向东移动经度5度，或向上升400英尺（121.92米），植物的发育阶段在春天或初夏将各延期4天，在晚夏和秋天则要提早4天。这个发现被称为"霍普金斯定律"。
③[唐]岑参：《白雪歌送武判官归京》，见《全唐诗》，第199卷，2050页，北京，中华书局，1960。
④[唐]吕渭：《忆长安·八月》，见《全唐诗》，第307卷，3488页，北京，中华书局，1960。

八月蝴蝶来，双飞西园草。
感此伤妾心，坐愁红颜老。……

———［唐］李白《长干行》①

三首诗都是写八月的物候。东经84°的轮台（今属新疆）是北风凌厉，连坚韧的白草都被吹断了，飞雪漫天，俨然一幅冬天的景象；东经109°的长安（西安）天高气爽，仲秋的野草仍然碧绿而滋润，并没有枯黄的感觉；东经119°的江宁（南京）则是暑热未退，蝴蝶飞舞，纯是一幅夏天的景象。虽然三地都处在北纬32°—42°之间，即南北距离相差不到10个纬度，但是东西距离却相差25—35个经度，东西之差异大过南北之差异。表现在物候上，便一个是冬天，一个是秋天，一个是夏天。

（3）高下差异

气候不仅有南北（纬度）差异，有东西（经度）差异，还有高下（海拔）差异。气温随着海拔高度的上升而逐渐下降，一般每上升200米，气温就降低1℃，有的地区甚至每上升150米就下降1℃。这种差异也会在物候上表现出来。"霍普金斯定律"表明：在其他因素相同的条件下，气温每向上升400英尺（即121.92米），物候就要延迟4天。竺可桢先生指出："高度相差愈大，则物候时间相离愈远。在长江、黄河流域的纬度上，海拔超过4000米，不但无夏季，而且也无春秋了"。②气候与物候的高下（海拔）差异，在中国文学里也有充分表现。请看［唐］白居易的《大林寺桃花》：

人间四月芳菲尽，山寺桃花始盛开。
长恨春归无觅处，不知转入此中来。③

据作者《游大林寺》一文介绍，此诗写于元和十二年四月九日（公元817年4月28日），白氏时任江州司马，而大林寺，就在庐山的香炉峰顶。文章说："大林穷远，人迹罕到，环寺多清流苍石，短松瘦竹。……山高地深，时节绝晚，于时孟夏月，如正二月天，梨桃始华，涧草犹短，人物风候，与平地聚落不同，初到恍然，若别造一世界者。"④山下是孟夏月，山上则如正二月；山下桃花净尽，山上桃花正开。山下与山上俨然两个世界。这是因为大林寺所在的庐山香炉峰顶海拔在1100—1200米左右，平均气温要比山下低5℃，物候也要比山下迟20天左右。⑤可见同一纬度，同一经度，同一时间，如果高

---

①［唐］李白：《长干行》，见《全唐诗》，第26卷，359页，北京，中华书局，1960。
②竺可桢，宛敏渭：《物候学》，35页，长沙，湖南教育出版社，1999。
③［唐］白居易：《大林寺桃花》，见《全唐诗》，第439卷，4889页，北京，中华书局，1960。
④［唐］白居易：《游大林寺》，见《白氏长庆集》，第43卷，文渊阁《四库全书》本。
⑤竺可桢先生讲："如照他所说，大林寺开桃花要比九江迟60天，这失之过多，实际相差不过二三十天。"（见《物候学》第34页）

度（海拔）不一样，物候就会不一样。类似的例子还有不少。

3. 因作者气质而异

气候（物候）因不同的地域和不同的时序而具有不同的表现，文学家写到不同地域、不同时序的气候（物候），就会给文学作品带来不同的风格。这不同的风格又是什么风格呢？实际上就是不同时序的地域风格（例如二月的江南柳和九月的江南柳），或者不同地域的时序风格（例如江南的二月柳与中原的二月柳）。不同地域、不同时序的柳树，在文学作品中确实可以呈现不同的风格。问题是，如果两个或两个以上的文学家，都去写同一地域、同一时序的柳树，会是什么样的风格？会不会出现雷同？如果是这样，那就很糟糕了。

也许有人会说，气候（物候）的地域性和时序性虽然是客观的，但是文学家的生命意识却具有主观色彩，确实是这样。不同的文学家对同一地域、同一时序的气候（物候），确实会有不同的感受。这不同的感受，会导致同一地域、同一时序的气候（物候）在不同的文学家笔下呈现出不同的风格，这样就避免了雷同。问题是，不同的文学家对同一地域、同一时序的气候（物候），有时也会有相同的感受。如杜甫《咏怀古迹五首》（其二）：

摇落深知宋玉悲，风流儒雅亦吾师。
怅望千秋一洒泪，萧条异代不同时。
江山故宅空文藻，云雨荒台岂梦思。
最是楚宫俱泯灭，舟人指点到今疑。

这是杜甫在唐代宗大历元年（766）流落夔州（今重庆奉节）、三峡一带时写的作品。夔州、三峡一带，是战国后期楚国著名文学家宋玉曾经到过的地方，他在这一带写下了《高唐赋》《神女赋》《九辩》等一系列作品。如上所述，《九辩》是中国文学史上最有名的悲秋之作，这个作品开首即云："悲哉！秋之为气也。萧瑟兮，草木摇落而变衰。"杜诗中的"摇落"二字即从《九辩》而来。"草木摇落"作为夔州、三峡一带的秋天物候，同样被两位不同时代的文学家所注意，同样触发了他们的悲秋之感（生命意识），可见不同的文学家对同一地域、同一时序的气候（物候）也会有相同的感受。这样有没有导致作品在风格上的雷同感呢？事实上也没有，因为两位文学家的气质不一样。

宋玉属于"气馁"（中气虚弱）、"气孱"（气质孱弱）一类人。《史记·屈原贾生列传》："屈原既死之后，楚有宋玉、唐勒、景差之徒者，皆好辞而以赋见称，然皆祖屈原之从容辞令，终莫敢直谏。"[1]"莫敢直谏"就是"气

---

[1]〔汉〕司马迁：《史记·屈原贾生列传》，见《史记》，755～756页，北京，中华书局，1959。

馁"、"气屑"的表现。杜甫不一样,他属于"气劲"(意气傲岸)、"气雄"(气魄雄健)一类人,他是敢于直谏的。《新唐书·杜甫传》:唐肃宗至德二年(757),杜甫谒肃宗于彭原郡,拜左拾遗。"时(房)琯为宰相,请自帅师讨贼,帝许之。其年十月,琯兵败于陈涛斜。明年春,琯罢相,甫上疏言琯有才,不宜罢免。肃宗怒,贬琯为刺史,出甫为华州司功参军。①"由于气质不一样,使得这两位不同时代的作家面对同一地域、同一时序的气候(物候),虽然同样产生悲秋之感,但是作品的风格最终不一样。在宋玉的《九辩》中,远行之苦,离别之恨,羁旅之愁,"贫士失职"之不平,可谓纷至沓来,悲不自胜,其风格可以说是悲而近于衰飒、颓丧、绝望。杜甫就不一样。他虽然为宋玉生前的萧条不遇而悲伤,也为自己的萧条不遇而悲伤,但是这悲伤并没到衰飒、颓丧、绝望的地步。相反,他觉得宋玉生前虽然萧条不遇,死后却千古不朽,而当年那个打压、排斥、放逐宋玉的楚襄王,连同他的楚宫,连同他的云雨荒台之梦,早就烟消云散了。于是这悲伤之中,便有了几分刚强和达观的意味。

说到气质这个问题,我们有必要补充说明一下。文学家气质的形成,虽然是多种因素综合作用的结果,但是气候无疑是其中的一个很重要的因素。关于这一点,中外学者皆有认识。如〔唐〕李延寿《北史·文苑传序》云:

> 夫人有六情,禀五常之秀;情感六气,顺四时之序。盖文之所起,情发于中。而自汉魏以来,迄乎晋宋,其体屡变,前哲论之详矣。暨永明、天监之际,太和、天保之间,洛阳、江左,文雅尤盛,彼此好尚,互有异同。江左宫商发越,贵于清绮;河朔词义贞刚,重乎气质。气质则理胜其词,清绮则文过其意。理深者便于时用,文华者宜于咏歌。此其南北词人得失之大较也。若能掇彼清音,简丝累句,各去所短,合其两长,则文质彬彬,尽善尽美矣。②

所谓"六情",即喜、怒、哀、乐、爱、恶,这是人的几种最基本的情绪体验。这几种情绪体验的强弱,便是气质的表现。所谓"六气",即阴、阳、风、雨、晦、明,就是指"气候"。所谓"四时",即春、夏、秋、冬。"气候"随"四时"而变化,体现出它的周期性。李延寿讲"情感六气,顺四时之序",实际上涉及到了"气候影响文学家的气质"这一命题。他讲"江左宫商发越,贵于清绮;河朔词义贞刚,重乎气质"等等,实际上涉及到了"气候作用下的文学家气质影响文学作品风格"这一命题。

---

①〔唐〕刘昫等:《旧唐书·杜甫传》,见《旧唐书》,5054页,北京,中华书局,1975。
②〔唐〕李延寿:《北史·文苑传序》,见《北史》,北京,中华书局,1974。按:有人讲,李延寿的这一段话源自魏徵《隋书·文学传序》,不过笔者认为,李延寿比魏徵讲的更全面,所谓"后出转精"。

在法国批评家丹纳的《艺术哲学》一书里,也谈到了气候作用下的气质对文学艺术作品风格的影响:

> 美国人因为气候干燥,冷热的变化很剧烈,雷电过多,养成一种烦躁不安的心绪,过于好动的习惯;这在尼德兰人身上也是看不见的。他生存的地方气候潮湿而少变化,有利于神经的松弛与气质的冷静;内心的反抗,爆发,血气,都比较缓和,情欲不太猛烈,性情快活,喜欢享受。我们把威尼斯和佛罗伦萨的民族性与艺术作比较的时候,已经见到这种气候的作用。①

丹纳的这个意见可能受了孟德斯鸠的影响。不过孟氏在《论法的精神》一书里只是讨论了气候作用下的气质对法律的影响,并没有涉及气候作用下的气质对文学艺术的影响。丹纳的意见与李延寿的意见是相通的,即气候作用下的气质对文学艺术的影响是不容忽视的。正因为气候作用下的气质对文学艺术有着不可忽视的影响,所以我们有理由相信:即便是在时令相同、地域相同的气候条件下,即便文学家的生命意识也是大体相同的,但是由于有文学家气质的中介作用,文学作品的风格也不会出现雷同。图示如下:

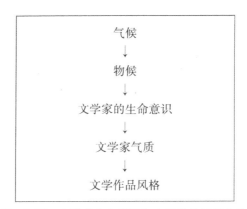

图2　气候、气质、文学家生命意识与文学作品风格之关系示意图

结语:本课题研究的意义

文学与气候的关系问题是一个很重要的问题,这个问题的实质,就是文学与自然的关系问题。以中国而论,中国是一个历史悠久的农业大国,中国3000年历史的文学,至少有2900年的文学是在农业社会的土壤中产生的。这

---

①[法]丹纳:《艺术哲学》,傅雷译,162～163页,北京,人民文学出版社,1963。

种文学与自然的关系原是非常密切的。刘勰《文心雕龙·原道》云:"文之为德也大矣,与天地并生者何哉?①"所谓"天地",就是自然。在他看来,文学是与自然并生的,文学家感物吟志,是受了自然的启发,是一种自然的表现。刘勰的观点是很具代表性的。事实上,中国古代其他学者论文学,同样不乏自然的眼光。在中国古代文论中,诸如"神与物游"、"感物吟志"、"体物写志"、"睹物兴情"、"情以物兴"、"物以情观"、"应物斯感"、"写物图貌"、"象其物宜"这一类的语词,可以说是屡见不鲜。这个"物"字,一般都是指自然景物,包括物候。这就表明:中国古代学者论文学,虽然不乏社会的眼光,但是更多的似乎还是自然的眼光。中国文学的这个特点,就世界范围来讲,可以说是非常突出的。

西方国家进入工业社会的时间比中国要早,所以西方文学与自然的疏远也比中国文学要早。美国环境学家杰里·曼德在《神圣的缺席》一书中指出:在美国,"自然环境已大多为人工所取代。从视觉、听觉、触觉、味觉、嗅觉等诸多角度来看,我们所体验和理解的世界已经被人类加工处理过了。我们对世界的体验再也称不上是直接或者本源的了,而是间接的。……当我们居住于城市中,人与地球的直接体验就无从谈起了。事实上,所有的体验可以说都是间接的。水泥地覆盖住了一切原本可以从土壤生长出来的生物;建筑遮住了自然美景;我们的饮用水是从水龙头里流出来的,而不是来自溪流或蓝天;所有植被也被人类的思维所局限,被人类按其品味任意改变;野生动物消失殆尽,多石地带不见了踪影,花开花落的反复循环也不复存在,甚至连昼夜也无法区分。……我们生活的环境是人类按照自己的意愿创造和重建的,严格地讲,这是人类大脑的产物。生活在这样的环境中,我们无法确信自己知道什么是真,什么是假。"②

在这种被人类加工处理过的环境里产生的文学,肯定是没有多少自然属性可言的。所以在美国的文学批评界,人们发出了一种对自然的呼唤。例如美国著名的自然写作文学家和生态批评家加里·斯耐德就在《空间里的位置:伦理、美学与分水岭》一书中写道:"普通的好文章就像一座花园。在那里,经过锄草和精细的栽培,其生长的正是你所想要的。你收获的即是你种植的,所谓种瓜得瓜,种豆得豆。然而真正的好文章却不受花园篱笆的约束。它也许是一排豆角,但也可能是几株罂粟花、野豌豆、大百合、美洲茶,以及一些飞进来的小鸟儿和黄蜂。这儿更具多样性,更有趣味,更不可预测,也包含了更深

---

① [梁] 刘勰:《文心雕龙·原道》,见范文澜:《文心雕龙注》,1页,北京,人民文学出版社,1958。
② [美] 杰里·曼德:《神圣的缺席》,张春美译,转引自鲁枢元主编:《自然与人文》,757~758页,北京,学林出版社,2006。

广得多的智力活动。它与关于语言和想象的荒野的连接,给了它力量。……好文章是一种'野生'的语言。"① 像这种具有自然属性的语言和文学,在中国农业社会的文学中,可以说是比比皆是。

遗憾的是,20世纪50年代以后,由于深受前苏联庸俗社会学的影响,还有一波又一波的国内政治斗争的影响,中国文学由来已久的自然属性开始遭到扼杀。那个时候的文学,就是追求社会性,阶级性,斗争性。整个文学界都在高扬所谓社会主义现实主义文学的大旗,批判所谓自然主义的文学。那时候全国上下都在高唱"人定胜天",高唱改造自然,战胜自然。本来是大自然一分子的人类,俨然成了大自然的主宰。在这样的时代背景和人文环境下,不仅当代文学中的自然属性荡然无存,就是古代文学中的那些以描写自然山水取胜的作品如山水诗、山水散文等,也被当作"毒草"而遭到严厉的批判。

"文革"结束之后,国家进入以经济建设为中心的时期,强调科学技术是第一生产力,物质和金钱成为人们追求的第一目标,科学主义、技术主义、拜金主义也因此而甚嚣尘上。在这样的时代背景和人文环境下,虽然古代文学中的山水诗、山水散文等不再遭到批判,但是也被许多人所轻视;而文学创作中的自然属性,虽然不能说是荡然无存,但也是十分稀少的。如果说,新中国建国之后30年的文学,是社会属性扼杀了自然属性,那么改革开放之后30年的文学,则是经济属性扼杀了自然属性。即使在今天,在自然环境遭到空前破坏,人与自然的关系空前恶化,少数有识之士的环保意识开始觉醒的情况下,文学的自然属性仍然没有得到恢复。在西方的生态文学和生态批评日益繁荣,并逐步被引进到中国的情况下,中国多数作家的创作与多数批评家的批评,对于文学的自然属性这一问题,仍然是无动于衷的。

正是在这样的时代背景和人文环境下,笔者极力主张开展文学地理学的研究。因为文学地理学的研究对象,就是文学与地理环境的关系,地理环境首先就是指自然环境。而"文学与气候之关系研究",无疑是这种研究的一项重要内容。笔者相信,在生态环境空前恶化,人类与自然的关系空前紧张的今天,从事这项研究是有重要意义的。它的意义并不仅仅在文学这一端,而是可以通过文学,来逐渐恢复人们对大自然的记忆,进而重建人类与大自然的联系。美国哲学家欧文·拉兹洛指出:"诗歌能有力地帮助人们恢复在20世纪在同自然和宇宙异化的世界中无心地追逐物质产品和权力中丧失的整体意识。所有伟

---

① [美] 加里·斯耐德:《空间里的位置:伦理、美学与分水岭》,转引自鲁枢元主编:《自然与人文》,992页,北京,学林出版社,2006。

大艺术也一样：美学经验使我们感觉与我们同在的人类，感觉与自然合而为一。"① 笔者对此表示高度认可。

虽然文学地理学还是一个成长中的学科，许多学者对地理环境的理解，甚至还局限在人文环境这一层面，而笔者本人对"文学与气候之关系"的研究，也只是一个初步的尝试，错误和不足在所难免。但是笔者相信，今后会有更多有思想、有才华的学者来从事这项研究，从而大大地超越笔者的认识和水平。也就是说，文学地理学的研究，包括"文学与气候之关系研究"，乃是一个可持续发展的课题，它将为文学研究提供一个新的"增长点"，它的光明前景是可以预期的。

（曾大兴：广州大学人文学院教授，广东省广府文化研究中心常务副主任）

---

① [美] 欧文·拉滋洛：《布达佩斯俱乐部全球问题最新报告》，王宏昌等译，129页，北京，社会科学文献出版社，2004。

文学地理学批评的四个术语及其内涵简说

邹建军

什么是文学地理学？我们应当如何理解文学地理学？这是直到今天也一直引起争议的问题。所以，我们讲文学地理学研究与理论建构的关系，首先要回答这个问题。我认为，对不同的概念要有不同的认识，"文学地理学"与"文学地理学研究"、"文学地理学批评"具有不同的内涵，然而它们都是相关的概念，是对一个学科中不同领域的表述。"文学地理学"是一门学科，是从地理的角度研究文学及其相关问题的新学科，与"文学心理学"、"文学伦理学"、"文学美学"属于同一级别，是中国语言文学学科下面的二级学科，是一门与中外文学史、中外文学理论、中外文学批评关系密切的学科。"文学地理学批评"是指文学地理学的批评方法，是文学地理学的一个延伸，是中国文学批评理论中的重要部分，属于文学理论与批评方法的范畴，与从西方传进来的新批评、精神分析法、结构主义、解构主义与新历史主义，属于同一个体系与范畴。而"文学地理学研究"是中外文学研究的一个重要的领域，主要是研究文学与地理之间的关系问题，或者从地理的角度研究文学，或者从文学的角度研究地理，是运用文学地理学的批评方法对文学现象与文学问题的具体研究。因此，文学地理学批评与文学地理学研究，都可以列入"文学地理学"学科所属的内容之一，是文学地理学学科中两个重要的方面。因此，对文学地理学的认识，从大的方面来讲，至少应当包括以下四个方面：一是应该明确文学地理学是一门与文学史相关的新兴学科；二是文学地理学是一门与比较文学相关的交叉学科；三是文学地理学是一种新的批评文学的方法；四是文学地理学是一个全新的文学研究领域。对于文学地理学的批评理论，我在《文学地理学批评的十个关键词》（《安徽大学学报》2010年第2期）、《应当如何展开对文学地理学的研究》（《江汉论坛》2013年第3期）和《文学地理学批评的十个关键理论术语》（《内江师范学院学报》2015年第1期）三篇论文里，进行了详细的阐述与分析，不再细说。

文学地理学也存在一个理论建构的问题，所以，今天我想与大家讨论一下文学地理学批评理论的问题。我们的古人在很早的时候，就开始从事文学地理学的研究，但并没有一种理论上的自觉，因此，中国古代并不存在体系完备的文学地理学批评理论。今天，我们从事文学地理学的研究，可以从古代文论中借鉴一些东西，但少有现成的理论体系，特别是少有理论术语可用。西方的文学地理学有一些理论成果，由于中国文学产生的基础是中国的自然与人文地理环境，西方的术语并不一定适合我们当今的文学地理学研究。所以，建立中国文学地理学批评理论，就显得很有必要。当然，我们也要认识到一点，文学地理学批评是一种文学批评理论，然而其生命力主要体现在实际运用层面，即对具体作家与作品等文学现象的阐释与研究上。我想，在文学地理学批评理论体系中，有以下四个关键理论术语，要引起我们的高度重视。

第一，地理基因。所谓"地理基因"，是指存在于作家身上，与其所生活的自然环境与人文环境存在直接关系的一种生命能量与基本质素；它往往构成某一特定地域里的人们在生活方式、生命观念与思维方式上的一致性，在具体的文学作品里可以透视到它的明确存在与生存形态。作家生存与自然环境之间所存在的天然联系，也许是一种必然的、不可否定的关系，因为每一位作家总是生活在特定的自然环境，及其在此基础上产生的人文环境里，因此在作家身上就必然存在地理基因的问题。世界文学史上的每一位作家，都不可能脱离他自身生存与发展的环境而单独存在与独立发展。通过对地理基因的研究，可以解决作家与地理环境之间的关系问题。易卜生出生于挪威首都奥斯陆附近的小城希恩，那里位于高山峡谷之间，被称为一座"洪水之城"；这样的自然环境对其暴烈性格的形成，存在直接的、明显的关系。他出生于那里的一个木材商人家庭，生活比较富裕，且有一种自由民主的风气；同时由于他是一个典型的富家子弟，有的时候脾气很大，自高自大，自以为是，一般人很难与他打交道。后来，由于发生了商业上的变故，家境日窘，他只有外出到离家乡比较远的一个小城药店打工，在这里，一位少年气盛的人却受尽了种种屈辱。正是在这种苦恼的日子里，他与一个比他大十多岁的女人鬼混，在无意之中产下了一个私生子，让他一生与痛苦的心情相伴。只有了解易卜生早年的生活及其与自然环境和人文环境之间的关系，才能更好地理解他的一生，以及他所有的文学作品。易卜生身上的地理基因，就是由他从小所生活的那个大海峡湾与洪水之城的环境所决定的，是被他的家庭生活环境与小城药店生活环境所影响的，所以他的成长与发展与中国作家鲁迅、徐志摩、张爱玲等相比，就有很大的差异。同一个环境里出生与成长起来的作家，其身上的地理基因也并不相同；因为人的性格与气质也存在遗传的问题，在一个大的自然与人文环境下，不同的作家身上存在的地理基因各不相同，他们与自然环境和人文环境之间的关系也是千差万别。地理基因与作家的创作之间，往往也不是一种一一对应的结构关系，因为它并不总是在所有的时候都起着决定性的意义。不过，从总体而言，作家身上的地理基因不仅是存在的，并且对于一个作家的文学创作，也是起着基础的与制约性意义的。没有人会否认地理基因的存在与意义，但也少有人能够界定地理基因的涵义与意义。有史以来，在我们的文学理论与文学批评实践中，作家身上的地理基因并没有得到应有的重视，就更没有全面而深入地探讨了。所以，提出"地理基因"这个概念，不仅具有理论上的意义，而且具有实践上的作用；因为我们可以由此破解作家与特定自然环境之间的关系，以及作家与在此基础上所产生的人文环境之间的关系，虽然可能是直接的、间接的关系，或者是多重的、复杂的关系。在这个世界上，对文学艺术作品产生的原因与过程的理解，在人文社会科学研究中是最为复杂的理论问题之一，"地理基因"这个术语所标明的涵义，则是一个不可缺少的重要切口。由此我们可以明确文学艺术是如何产生与如何构成的。文学是由作家创作出来的，然而是由地理基因所制约与决定的，地理与文学的关系就是这样一种存在与被存在、决定与被决定的关系，而不是一种表现与被表现、传达与被传达的关系。这样的认识，有可能改写现有的文学理论教材中对于文学现象产生与发展的描述。

第二，地理空间。"地理空间"是指文学作品存在的与地理相关的空间形态，并非与文学无关的自然地理空间或人文地理空间。也就是说，"地理空间"是存在于具体的文学作品里的，是地理形象、地理意象、地理景观为基础而产生的空间形态，如乡村空间、都市空间、山地空间、大海空间、高原空间、盆地空间等等，在本质上是一种艺术空间或审美空间。在文学地理学批评中，离开了文学作品，就谈不上地理空间建构的问题。文学作品对自然或地理空间的建构，以此为基础而构成的艺术审美空间，是作家通过自我观察与想象而实现的，没有作家的参与和创造，就没有文学作品中地理空间的存在。地理空间之所以会在作品里存在，有的时候是对现实生活中自然地理空间与人文地理空间的描写，有的时候则是出于作家的艺术传达需要而产生的地理想象，在本质意义上是一种审美的"乌托邦"。在人类的生活中，在人类的历史上，在世界的各个地区，必然存在具有自然属性的、各不相同的、色彩缤纷的地理空间；但它不是文学地理学批评理论中所讲的"地理空间"，而是还没有成为文学艺术作品之前的自然空间，与文学艺术没有产生任何联系，它只是文学作品里地理空间的来源与对象。"地理空间"的概念，可以有效地回答与解决文学作品与地理环境之间所存在的真实关系问题。在一部文学作品特别是长篇文学作品里，特有的地理空间建构对主题表达、人物塑造、艺术结构与审美方式的实现，往往具有重要的意义，发挥着基础性的作用。因此，文学地理学批评关注作品里的地理空间建构及其所产生的种种意义，就是理所当然的。并不是说每一部文学作品里都存在地理空间问题，然而可以说大部分的文学作品里都会有地理空间的建构，是作家艺术构思的重要内容与艺术传达的重要手段。现代主义与后现代主义产生之后的一些文学作品，特别是在一些比较短的文学作品里，也许不存在地理空间的问题，或者地理空间的问题不突出、不明显，没有产生实质性的意义。但是，这样的作品并不是没有意义，所以文学作品的成功与否，也不是地理空间一项就能够决定的。但是，在任何文学作品里，美学空间却是存在的，篇幅再小的作品，也不可能没有任何空间感；就是一首小诗，哪怕只有两三行，也是存在空间问题的，但并不一定就是我们所说的"地理空间"。所以，"地理空间"这个概念的提出，不可能解决所有文学作品里的问题，只能解释存在特定地理空间作品里的问题。当然，无论中外，世界上绝大多数的文学作品里都是存在地理空间的，并且具有各自不同的意义与价值，这就让"地理空间"的概念不仅具有产生的雄厚基础，而且具有了广阔的运用与实践前景；可以用此来分析许多重要作品，特别是叙事性比较强的长篇作品，包括长篇小说、长诗、多幕剧与长篇山水游记等。

第三，地理感知。所谓"地理感知"，是指诗人与作家对自然界万事万物的感觉与认知，强调诗人与作家之所以要创作文学作品，虽然具有多种多样的情况，然而对自然的认识与对人类的认识是两条最基本的途径。每一个人自出生以来，只要他有正常的知觉能力，对天地之间的所有物象就会有一个地理感知，并在此基础上产生认识与探索，对于诗人、作家、艺术家的创作而言，往往具有重要的意义与价值。有史以来，特定的地理环境对文学创作所产生的影响是巨大的，而这种影响之所以产生，主要就是因为诗人与作家对于天地之物的感知，以及在此基础上的认识与发现。没有感知与认识的过程及其结果，人类表现自然是不可能的，在自然中求得生存的人类也是不会存在的。因为你对自己生存的环境没有任何感觉，也没有基本的认识，那还有什么文化传统与艺术传统呢？人类的生存与发展，与地理感知存在重大关联。人类本身就是随着"地理大发现"的过程而成长与发展起来的，也是在"地理大发现"中得到了更加广阔的生存与发展空间。从地理大发现的角度分析柯勒律治长诗《老水手行》，就会有许多新的发现、新的认识。如果西方探险家没有发现新大陆，也许就不会有长诗中对地球上大海各区域的地理想象；没有相关的地理知识与地理空间的观念，那样的想象就是没有基础的，也是不可能的。诗人不一定到过大西洋与太平洋的所有地方，但是他总归出生在英伦，生活在与大海所在的地区，于是从小开始就有了对大海的感性认识，不然，他创作这样的大海诗篇就没有基础。同时，人类对宇宙空间的新探索，让诗人、作家的想象方式和想象的幅度发生了很大的改变。我们的古人写月亮和星星的诗有不少，古诗十九首中就有《迢迢牵牛星》，苏东坡有"明月几时有"，现代诗人郭沫若还有《天上的街市》。他们对星空的想象是存在巨大区别的，可见不同时代的诗人对同一个天空具有不同的想象，其结果就是他们的作品里存在不同的地理空间，对于地理感知就有不同的结果。郭小川与温家宝都有题为《望星空》的抒情诗，显然，它们中的地理空间及其所表达的感情是不一样的，这就来自于他们不同的空间知识与宇宙观念，具有了并不相同的地理感知。中国古代诗人的"望星空",与中国当代诗人的"望星空",在内容与方式上都有了很大的不同。为什么会有这种不同?原因当然是多方面的,然而对于地理的感知与认识的程度和方式,是最为重要的原因之一。通过对地理感知的内容与方式的研究,可以在一定程度上解决文学作品的产生与来源的问题。文学是人学,并且是审美的人学,这是没有错的;然而,文学是不是必然要以人为中心,只能表现人类本身与人类的社会生活?这就是一个值得探讨的问题。首先,人必须生活在特定的自然环境里,因此对于人的描写与表现也不可能是单一的;其次,自然与人类是相对而存在的,它往往具有自己的独立性,也就是说没有人类的存在,自然也存在,并且它存在的历史,远比人类要早得多;再次,自然是人类存在的基础与条件,没有自然界所提供的条件,就没有人类的生存与发展,更没有人类的文学与艺术作品的产生。因此,诗人、作家对地理的感知是进行文学创作的重要内容,也是从事文学创作最基本的条件;作为人类重要成员的诗人与作家,也不得不这样做。那么,"地理感知"就成为认识诗人、作家及其作品的重要途径,并且许多作品是在诗人、作家地理感知的基础上产生的,如山水诗、山水散文、游记、地域文学与地方文学、甚至包括民族文学与世界文学,等等。有了这样的认知,"地理感知"就成为了文学地理学批评里的重要概念。在我们的文学理论教材里,总是认为文学只是表现社会生活,除了人类的生活以外,似乎文学是不存在的,甚至是不能产生与生存的,这种认识是一种极其严重的偏差与误区。许多文学作品的产生,是来自于诗人、作家对人类某一特定区域的社会生活与人类自身的观察,然而同时许多文学作品也来自于诗人、作家对自然山水的观察与表现,特别是中国古代的诗人与作家,外国古代的诗人与作家也大致差不多,李白的诗中有多少是表现人类社会生活的呢?相反,对于自然山水的表达与呈现占据了他诗中的大部分篇幅。因此,我们对于文学的起源与产生,对于文学的本质与文学的属性,从文学地理学的角度来说,要重新认识与表述。可见,"地理感知"对于文学研究而言就具有了重要的意义,没有"地理感知"这个概念,许多问题还不能得到解释,或者无从得到合理的解释。在文学地理学的批评理论中,如果说有许多重要概念的话,那么"地理感知"则是不可缺少的重要概念,具有基础性的理论地位。

第四,地理叙事。所谓"地理叙事",是指文学作品里存在的与地理相关的叙事过程与叙事方式。作家通过地理意象、地理形象、地理描写与地理影像,从而实现了对主题思想、人物形象与艺术想象的表达。根据我们的阅读体验,中外文学作品中大量存在种种地理叙事的现象,如在白居易、李白、苏东坡与郭小川等诗人的作品中,出现了许多地名意象与地理景观,成为了他们作品里的重要内容与形式,成为其作品艺术审美与艺术风格不可缺失的部分。同时，在沈从文、莫言、哈代、劳伦斯、梭罗等作家的作品中，通过地名意象与地理景观，完成了故事讲述与人物塑造，并且在此基础上形成了显著特色与明显优势。由此可见，文学作品里的"地理叙事"是自古就有的，只是不同的民族文学中对于地理的表现有所不同，不同文体的文学作品中对于地理的描述也有所不同，不同作家的作品中对于地理的叙述自然也是并不相同的；就是对同一个自然地理区的表现，同样也是如此。"地理叙事"这个概念不是来自于西方的叙事学，也不是来自于西方现有的文学理论，而是我们根据古今中外文学作品里的艺术事实，而做出的一种新的概括。通过对文学作品中"地理叙事"的探讨，可以解决文学作品的艺术构成问题，既有思想内容的构成，也有艺术形式的构成；包括艺术形式、艺术手段、艺术风格的构成。在西方现有的文学理论体系中，存在所谓的"伦理叙事"、"历史叙事"、"乡村叙事"、"都市叙事"这样的术语及其相关的理论表述，但并不存在"地理叙事"的术语及其相关的理论。"地理叙事"概念的提出是基于文学作品里的现实存在，以及它在文学作品里的重要意义，它针对的是文学作品里的艺术构成问题，而不是文学作品的思想主题与内容问题本身。当然，并不是每一部文学作品里都存在地理叙事问题，有的文学作品特别是现代主义的文学作品，表现主人公封闭的内心世界，着重于对个人的精神探索，叙事方式与地理没有必然的联系。因此，"地理叙事"也只能解决某一部分文学作品里存在的艺术构成问题，不可能解决所有文学作品的艺术构成问题。然而，并不意味着这个概念不重要，相反却相当重要。因为在自古以来的文学作品里，叙事性的作品占很大比重，即使是在古代中国，除了抒情诗以外，还有叙事诗、戏剧与小说，就是《左传》与《史记》这样的作品，主要也是叙事的。就是在抒情诗里面，绝大多数的作品也存在与"地理"相关的抒情，李白名诗《将进酒》《梦游天姥吟留别》《蜀道难》等，白居易《卖炭翁》《长恨歌》《赋得古原草送别》等，张若虚的《春江花月夜》，哪一首诗里没有地理意象与地理空间存在呢？所以，地理叙事（其实包括地理抒情）是一个十分重要的现象，也是很重要的一个概念，它意味着一种理论的发现，对一个新的文学领域的探索。

在我们所提出的文学地理学批评的所有术语中，以上四个术语是最为重要与关键的，因为它们内涵深厚，具有特定的所指，也能解决文学与地理关系中最主要的问题。更为重要的是，它们相互之间界限清楚，其所指的对象具有特定性，所要解决的问题也并不一样。"地理基因"是针对作家自身的，"地理空间"是针对作品内容的，"地理感知"是针对文学作品产生过程的，"地理叙事"是针对文学作品的艺术形态的；它们各有所指，各有所能，各有所用，联合起来就能解释一部文学作品里的诸多现象,并对它们进行理论上的阐释与剖析。由于它们能够解决与文学现象相关的一些基本理论问题,所以在具有很强的理论性的同时,也具有很强大的实用性。并且这四个术语可以在以后的文学研究中得到运用;不过,在运用这些术语的时候,也需要根据自己所选择的研究对象,进行灵活的处理,因为每一个术语可能只是体现了一种研究角度与研究方法。每一个作家或者作品中存在的地理现象及其所体现的问题是并不相同的。同样是"地理感知",劳伦斯与哈代的小说就可能是不一样的形态,那就说明作家在自小开始地理感知的时候,总是根据自己的气质与个性来进行选择,并且他们所感知的多半也是不同的地理形态,其结果自然也是不一样的。我们要研究的就是这种不一样,而不只是对于"地理感知"这个术语的一种说明而已。在一个民族的文学里,不同作家与作品里存在的地理形态具有很大的不同,我们要研究的就是这种不同,而不只是它们之间的同。这就是在"求同"研究的同时,更要注重"求异"研究。四个概念的提出就是求同的结果,在此基础上在运用的过程中,主要就是"求异";以显示它们不同的地理基因、不同的地理感知、不同的地理空间、不同的地理叙事,以及它们各不相同的思想与艺术形态,它们各不相同的意义与价值。文学的魅力在很大程度上就是这种异,而不在于它们之间的同。这正是世界比较文学研究的生命力之所在。

从我们所提出的以上四个术语,也可以说明文学地理学批评理论的原创性。从总体上来说,文学地理学批评不是来自于西方文论,也不是来自于中国古代文论,而是根据文学地理学研究实践的需要,由中国学者自己提出来的具有原创性的文论思想与文学批评方法,并且现在已经具有了初步的理论体系,在文学批评与研究界产生了重要的影响。当然,文学地理学批评作为一种具有原创性的批评方法,还只是一个开始,然而其学术意义与实践价值是不可低估的。中国的文学地理学研究,已经取得了丰硕的成果,主要体现在对中国文学历史的研究方面,特别是对于宋代文学与近代以来文学的研究方面,著述甚丰,影响甚大。相比之下,理论建构相对滞后,批评理论并不完整。因此,我们必须加以重视,在不远的将来建构起一整套中国文学地理学的批评理论体系,从而加强中国文学地理学的学科建设。有的人轻视文学理论,认为现有的文学理论没有什么用处,殊不知有公共知识体系中的理论,也有处于前沿探索中的理论,有从西方来的批评理论,也有中国学者自创的批评理论,所以我们要有不同的态度进行接受与研究。文学地理学是一门新的学科,虽然我们的古人很早就开始了文学与地理关系的研究,但他们没有理论的自觉意识,也没有把文学地理当成一门学科,所以,文学地理学的批评理论也没有能够完整地建立起来。我在这里只是抛砖引玉,对四个概念进行简要的讲述,可能都是个人不成熟的想法，希望引起学界的重视，也期待各位的批评指正。

（本文根据作者在中国文学地理学会第四届年会上的大会发言录音整理，经过作者审阅）

（邹建军：华中师范大学文学院教授，文学研究所副所长，博士生导师）

两个文学地理学？
——试论中国文学地理学的文学面与地理面①

戴俊骋

文学地理学研究日益受到重视，随着2011年首届文学地理学研讨会在南昌召开和"中国文学地理学学会"的筹备委员会成立，该学科开始逐步建立起来。目前文学地理学尚未真正体系化，尽管文学现象本身离不开地理环境因素，但"遗憾的是，文学地理学并没有像文学史学那样……发展成为一门成熟的学科"。受限于不同研究者的学科背景，文学地理学从话语上容易被人为地割裂成为"受地理影响的文学"和"被文学影响的地理"。文学学科下的文学地理研究与地理学学科下的文学地理学研究大不相同，造成了在"文学地理学"这一学科话语下，似乎出现了两条泾渭分明的研究路线，对学科的发展造成了一定的困扰。要想推动文学地理学的真正发展，需要将文学和地理学对文学地理学的研究范式进行统筹，使其可以实现对话。故本文通过在对现有两大范式下的文学地理学文献进行综述对比研究，旨在寻找两大范式的差异和融合之处，为两大学科对文学地理研究的相互对话提供参考。

一、文学地理学的"文学面"

"文学面"主要指的是以文学学科背景为主的研究者在文学地理学领域所做的研究。目前，国内真正意义上较为体系化的文学地理学研究正是文学学科所主导的。学者认为"文学地理"作为一种学术意识和研究方法，早在公元前6世纪，《诗三百》编定成书的年代，作为中国首部诗歌总集的"国风"按照不同地区进行分类，被视为文学地理意识的体现。"文学地理"真正作为一个概念被提出，则始于1902年梁启超《中国地理大势论》一书。据统计，从1905年至1980年，在中国发表的与文学地理学有关的论文只有26篇，有关著作只有3种。而文学地理学真正发展阶段是在20世纪80年代以后，从1981年到2011年收录的中国关于文学地理学的论文有1126篇，专著257种。

从研究对象上看，文学地理学的"文学面"认为学科精髓在于使文学接通"地气"。文学地理学包括：一是文学要素的地理分布、组合与变迁；二是

---

① 感谢国家自然科学基金（编号41301135）；北京市教育委员会面上项目（SM201311417007）；中国博士后科学基金资助项目的资助。

文学要素及其整体形态的地域特性与地域差异；三是文学与地理环境之间的相互关系。具体而言，主要从以下几个方面展开：一是对文学家的地理分布的研究，文学家包括诗人、词人、散文家、戏剧家、小说家等，地理分布的含义则包括本籍、客籍、祖籍、郡望等；二是对文学作品地域特点与地域差异的研究，即包括文学作品体裁、形式、语言、主题、原型等的地理分布及其组合变迁，进而构成"文学的地域性"；三是对文学家族的研究，是对"本籍文化"，及依托于血亲关系且在某一地域形成的文学家族的研究；四是对地域性文学流派的研究，这包括流派成员出生地与文学活动之地均为同一地域，或仅文学活动之地在同一流域的两种情形；五是地域性文学群体的研究；六是对地域性文学史的研究；以及文化与地理环境之间的关系研究、文学地理景观研究等更偏重于地理环境意味的主题。而杨义在提出重绘中国的"文学地图"中也提及相似的观点，认为文学地图中的地理学问题主要包括：一是地域文化；二是作家的出生地、宦游地、流放地；三是大家族的迁移；四是文化中心的迁移。梅新林也认为文艺地域学（也就是文学地理学）包括分布研究、轨迹研究、定点研究与播散研究。可以说，文学范式中文学地理的研究对象可以理解为以文学为核心，文学作品、作者、读者等要素的地理分布、变化，地域性的形成及两者的相互关系，着重剖析文学作品如何受到地理环境的作用。

目前文学地理学"文学面"的研究对象已经相对集中稳定，这可以从2011年开始的历届文学地理学年会中窥见端倪。但是，需要探讨的是现有的文学地理学更多是以古代文学、文学史的研究，而在中国现当代文学研究中，"文学空间"的引入是否可以纳入文学地理学的范畴？这个问题实质在于文学很大程度上受到西方以列斐伏尔、福柯、索加等为代表的空间理论的影响。中国文学界已经开始尝试运用空间理论研究中国现当代文学，文学空间理论成为当下较为流行的文学理论和文学研究话语。但这些文学空间理论研究尽管同样探讨文学与空间关系，但其自身被视为与传统的地域文学研究不同，似乎也并未真正纳入到目前国内文学地理学"文学面"的研究范畴，关于文学空间理论的研究更多时候是作为文学评论的理论出现的。

二、文学地理学的"地理面"

"地理面"则指的是地理学者做的有关文学地理学的研究，相较于文学地理学"文学面"中国学者的颇多创见，国内地理学者在文学地理学的研究可谓凤毛麟角。曹诗图先生曾做过有关论述：认为"文学地理致力于研究文学与地理之间多层面的辩证关系，探讨文学的地理风土性质及其成因，以及文学的地域差异及其地域风格的时空变化规律"。但是他人从地理面之于文学地理的研究，更多可以视为是国外理论的"舶来物"。

按照马克·布罗索（Mark Brosseau）的梳理，从地理学角度看，文化地理学可以追溯到米尔斯（Mills）于 1910 年出版的《地理学导论》（*Mill's guide to geographical books*），更早的可以回溯至 1904 年维达尔·白兰士关于《奥德赛》（*Odyssey*）的短文，甚至是于 1847 年出版的冯·洪堡的《宇宙》（*Cosmos*）中对文学与绘画的探讨。但是真正被西方公认确立文学地理学科分支的是怀特在 1926 年出版的《历史地理学的使命》（*plea for the history of geography*）。

表 1　文学地理方法论的演变

时期	方法论	价值	主要流派	表征	主题
1960	区域主义	纪实，教育	19世纪现实主义和地方文学	摹仿论（反映地理现实）	事实虚构，地方认同，景观标志
1970	人本主义	经验性，存在主义，符号性	19世纪现实主义和地方文学	间接摹仿论：反映地理现实经验	地方感，地方经验，居住空间
1980	激进主义—唯物主义	意识形态，批判性	19世纪现实主义，地方文学和大众文学	摹仿论（反映生产的社会环境）	空间中的社会，（不）公平（阶层、种族等）
1990	新文化地理	认识论，认知，变革	现代主义文学，犯罪/黑色小说，当代文学，科幻小说等等	建构主义，后结构主义	城市写作，城市未来，地理知识和话语
2000	新文化地理	反霸权，批判	殖民和后殖民小说，非西方小说，儿童小说，奇幻小说	建构主义，后结构主义	认同和差异政治（性别、阶层、民族、性等）

西方文学地理学真正意义上的发展是从 20 世纪 60 年代开始的，区域地理学家们试图从小说等文学作品中解析出真正的地理事实。到 70 年代受人本主义地理学影响，文学地理学开始对地方认同、地方感以及地方经验的关注，最具代表性的是当时称之为"景观文本意义"的分析运动。而发展到 80 年代，受激进马克思主义的影响，激进文学地理学家开始对空间社会不公平持续关注，该时期将文学作品作为社会和空间存在的反映，采用唯物主义观点来审视文学，将文学中虚构的一面视为一种从建构的事实中分离出来的现实。文学不仅仅是一种孤独天才的创作，而是嵌入在社会生活物质性的社会生产中。到

90年代后新文化地理学视角下,包括性别、阶层、民族等文化政治主题被纳入研究视野。该时期面临三大转型:一是标准化,文学作品被视为文化地理学科常规的研究对象,文学地理学进入教材;二是复杂化,文学的地理学研究受到文学理论和一系列批判理论的关注,如女性主义、后结构、后现代等;三是多元化,地理学家分析的文学作品范围扩大至当代城市小说、童话、犯罪小说、科学小说、神话、诗歌、漫画书等。进入21世纪,文学被视为一种"意义网络",是包括阶层、性别、种族、民族、国家认同和性的文学表征,现阶段的文学作品不仅仅被视为一种文化现象的反映,同时也被视为一种文化意义的建构,进而指向各种权力。

可以说,地理范式下文学地理学更关注文学作品对地方及地方性的再现及塑造研究。目前受新文化地理的文化转向影响,该范式下的研究特别关注各种文学形式中的空间和地理景观的意义。文学作品里有各种各样对于空间的描述和阐释。文学作品体现了人对地方的理解。进一步来说,文学不只描绘地方,它协助创造了地方,因为现代人对地方的认识,许多时候并不来自于亲身经验,而是来自于文本的再现。文学的主观性恰恰表达了地方与空间的社会意义。不同时代、不同类型的地方书写,展现出时代和生活的变化,并包含了各种体验世界和组织世界的方式。通过研究这些书写,不仅可以理解一个地区的居民如何理解身处的空间,而且可以把握社会媒介赋予地方意义的过程。英国文化地理学家迈克·克朗在其著作《文化地理学》中同样指出:文学作品不能被简单视为是对地方的描述,很多时候是文学作品帮助创造了地方,提供了认识世界的不同方法,展示了包括情趣景观、阅历景观和知识景观等在内的各类地理景观,使读者认识到一个地方的独特风情或特色。文学作品中的不同观点组成了一个相互关联的网络,通过它可以了解世界;此外,文学作品不仅描述地方,还或多或少揭示了地理空间的结构以及其中的关系如何规范社会行为。换句话说,文学作品在地理学研究框架下,被视为对地方性的一种再现。文学作品和地方研究都讲述在特定地方的人类活动,都希望能够唤起读者对地方的感知和共鸣,虽然二者都不可避免地带有作者自身的主观见解,但文学作品仍是地理学者研究地方的重要材料,能够帮助地理学者更好地理解地方。

三、文学地理学两大范式比较

1. 两大范式的出现与研究者的学科背景相关,且受限于现有培养体系,短期不易调和

利用中国知网(CNKI)数据库的"主题"检索功能,在"题名、关键

词、摘要"范围下检索"文学地理",通过"学科"选项,可以得到如图1的文学地理研究的学科背景。发现文学一级学科背景下的中国文学、文艺理论、世界文学占据现有研究69.96%的比重,可见文学地理学中文学范式是主力。且中国文学,尤其是中国古代文学是文学范式中的主流研究群体,这是文学空间理论并未在文学背景的文学地理学研究受到重视的重要原因。而地理学门类仅仅占据13.99%。虽然与文学学科研究仍然有很大差距,但是初步形成了文学和地理学"分而治之"的局面。

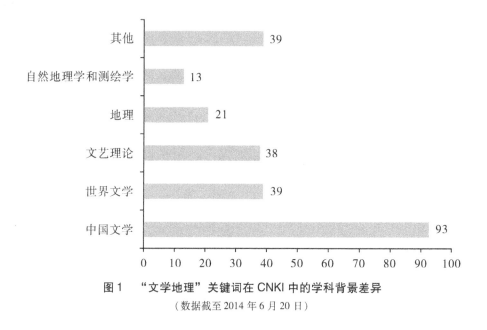

图1 "文学地理"关键词在CNKI中的学科背景差异
(数据截至2014年6月20日)

从学科体系建设来看,文学背景的研究者认为文学地理是"与文学史学科双峰并峙的学科"。具体而言,有学者认为文学地理学是"融合文学与地理学不同学科的跨学科研究,文学地理学之文学与地理学研究的地位并非对等关系,而是以文学为本位,并且可以发展为一门新兴的交叉学科,乃至成为相对独立的综合性学科"。但是从地理学学科的背景来看,文学地理学在研究主题上是一种对文学文本与地理环境关系的探讨,且更多借用了文本、空间、地方等(新)文化地理学的概念和理论,因此文学地理学可以有机纳入到现有文化地理学的研究框架中。如果单从文学的角度出发,地理学背景的学者往往将文学地理学纳入文化地理的分支下,认为(目前的研究)大多还缺乏环境作用机理等科学理性层面的解释,存在任意解说的倾向……不过在有些人文地理学者看来,文学地理学已经成为自发形成的人文地理学的构成核心,同时并行于文化地理学发展。这得益于近三十年来,国外地理学者对各种文本的关注不断增加,他们将文本看作是研究地方、地方意义的途径。所谓文本是指与书面表达相关的一系列表达方式的集合,甚至包括所有相关的文化产物。这些文本包括诗歌、小说、故事、传说等文学作品形式,有着丰富的对空间现象和景观的描写,它们体现了作者对地方的理解和解释地方的努力。

但是受制于现阶段学科培养体系,地理学尽管在中学阶段属于文科,但在大学阶段均授予理科学位,整套学科训练中也以理论训练方式为主,在文本搜索、分析能力方面的训练相对欠缺。因此,在推动文学地理学发展层面,现阶段只是更多从西方舶来相关理论进行探讨。而在文学学科背景中,受中国古代文学或文学史熏陶的研究者居多,很多时候研究主题选择以中国古代文学要素的空间分布、迁移及人地关系为主,在一定程度上造成了在现当代许多话题讨论中的失语。这种学科背景的不同,最终造成了现有两个"文学地理学"的假象。

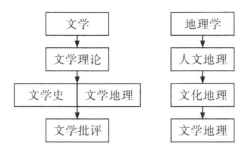

图2　不同背景认知下的文学地理学学科分类(曾大兴,2012)

2. 都充分意识到文学地理学的重要研究意义,从实践价值的认同上指向一致

文学地理学是文学与地理学的交叉学科,其作为一种跨学科的研究理论与方法,之所以能在世纪之交引起学界的广泛关注,并逐步向相对独立的新兴交叉学科发展,既有赖于几代学人的不懈努力,更在于其具有值得诸多学者付诸努力的重要意义。从研究的理论意义来看,从文学角度来看,文学地理学为当下的文学研究提供了新的途径:能有效破解文学发生的地理基础问题,能有效阐释作家艺术个性与艺术风格的构成问题以及深入探讨文学作品中叙事艺术风格的问题,并促进文学作品中文化基因的生成、传递和迁移。而从地理学角度来看,尽管文学作品与地理环境之间并不严格对应,但是文学作品作为一种重要的文本,之于地理学的价值在于提供了地理学研究不可或缺的补充。正如达比在1948年对托马斯·哈代笔下的威塞克斯(Wessex)的评论:"作为一种

文学形式，小说具有内在的地理学属性。小说的世界由位置和背景、场所与边界、视野与地平线组成……任何一部小说均可能提供不同形式、甚至很有价值的地理知识，从对一个地区的感性认识到对某一地区和某一国家的地理知识的客观了解。"

从实践层面上看，随着全球化、现代化、城市化进程的加快，地方景观、地方组织、地方精神等各方面正逐渐失去自身特性。在地方与全球化的拉锯过程中，地方间的同质化、地方传统的消弭越来越严重，保护地方性迫在眉睫。文学作品一方面是重塑地方性的重要手段，另一方面其自身就能构成重要的地方景观，值得研究与开发利用。改革开放以来，在我国境内发生的景观之争，其实有许多就是文学景观之争，例如碣石之争、隆中之争、赤壁之争、桃花源之争、花木兰故里之争、李白故里之争等，全部与文学名著有关。因此，无论是地理学科还是文学学科都把文学地理学看成是再现并重塑地方性的重要手段。

3. 理论差异表现在对西方理论的接纳范围上，文学的空间转向和地理学的文化转向使之出现并轨迹象

20世纪70年代开始，尤其是90年代后，文学出现"空间转向"。此时，文学与空间理论的关系不再是前者再现后者，而是都构成了社会空间的生产与再生产。这其中以巴赫金的"空间诗学"、莫里斯·布朗肖（Maurice Blanchot）的"文学空间"等一批当代文学空间转向的作品为代表。国内学者谢纳对那个时期空间转向视阈中的文学研究做了全面的回顾，他以当代西方空间转向为基础，以中国现代小说为文本分析对象，在文学与空间的互动中阐释文学空间理论。同时期对应的是地理学的文学转向。其中，亨利·列斐伏尔（Henri Lefebvre）奠定了城市空间理论的基础，为地理学与文学都提供了新的思维范式与研究对象；米歇尔·福柯（Michel Foucault）的空间权力学为空间研究提供了研究方向；弗雷德里克·詹姆逊（Fredric Jameson）、皮埃尔·布尔迪厄（Pierre Bourdieu）、道格拉斯·凯尔纳（Douglas Kellner）等西方学者开始关注文学作品中的空间表征。这其中迈克·克朗的《文化地理学》从地理学视角对文化转向下的文学空间研究做出了突出的贡献。迈克·克朗论述了文学空间的能指与所指，他认为文学空间是文学与空间的两相结合，文学作品中的地理描写远远超出地理书的描写；他还指出了地理空间是如何为文学所想象及文学对特定地理空间的建构意义。

国内文学地理学"文学面"和"地理面"的差异就集中表现在对西方文学空间理论的接受程度上。现有文学地理学的文学范式中，无论在研究框架、研究对象，还是学科构建体系中，都未把文学空间、空间诗学等研究文学与空

间关系的理论真正纳入其中，而只是在文学评论和现当代文学研究中有所涉及。相反，在地理学范式下，由于现阶段国内本土地理学背景出发的研究还比较少，因此直接从西方发展较为成熟的文学地理学体系中引进这些理论更为直接，且由于这些空间理论大多为人文地理学者应用较多的理论，相比较而言更为熟悉。

当然许多文学研究者也已经进行了反思。文学地理学，不仅应该以古代各种文学现象研究为主，许多现当代文学地理现象研究也是不可或缺的，而这就需要应用到文学空间的相关理论。现当代文学地理的研究，更多可以被视为是关于认同政治和话语差异隐喻的研究。这里的文学空间，不仅仅指文学作品所再现的地理空间，也包括由文学想象的事物所建构的文化空间。在文学地理学中引入空间转向下的文学空间理论，可以突破文学研究过分注重时间向度的模式，将空间向度引入文学研究中，形成一种空间化的思考研究范式。通过现当代文学空间研究可以更多地在现实问题上形成话语权，提升文学地理学学科影响力，同时也为地理背景和文学背景皆有的文学地理学研究的融合提供了途径。

4. 技术方法上各有所长，文学文本分析手段和地图呈现分析手段被相互借鉴

学科背景不同也造成了在技术方法上各有所长。现有文学范式下的文学地理学研究长于历史文献分析研究，通过对不同时期历史文献进行归纳梳理分析，可以对不同时期文学作品与作者空间分布与变化的趋势进行深入而全面的分析和了解。而文本分析法也是文学学者所擅长的，作为人文社会科学研究中普遍使用的质性研究方法之一，研究者借助各类文学作品发现、分析问题，将文本中的文字、图像等内容，进行系统化的编码研究。地理学则在地理环境分析层面更为深入，如人才地理学中关于地理环境的分析，运用了包括相关分析、回归分析等统计定量分析手段。而历史环境变化重建的手段与各种定年的技术方法在文学地理研究中也有所使用。采用地理信息数据库技术，将文学领域的集成资源和主题资源的海量信息与特定的地理空间信息相结合，形成专题的历史文化的地理信息系统，也是文学地理学地理信息系统的一次有力尝试。

而现阶段，两者已经出现明显融合，文学背景的研究者的研究论著中也越来越多的出现地图。如《文学地理学研究》和《宋代江西文学家地图》中令人印象深刻的一系列文学家的地理分布图。文化地理研究者也越来越多采用文本分析的方法，如郭诗咏对施蛰存小说进行的解读，指出小说里对地理和空间的想象是以城市为中心，并分析了空间的流动性与符码化以及新的城乡关系。

四、结　　论

　　目前国内文学学科背景下的文学地理学研究已经初具规模，地理学方面的研究则刚刚起步，更多的是借用西方的空间理论进行探讨。受制于不同学科背景，形成了文学与地方关系中侧重于文学的研究及侧重于地方的研究。前者着力于分析地理要素对文学作品本身的影响，后者则着力于文学作品对地方的再现与塑造。两大研究范式都充分意识到了文学地理学研究的重要意义，尤其是其在地方文学景观塑造和再利用上的重要实践意义。两者在研究技术方法上逐渐实现了融合，理论差异上可以通过纳入文学空间理论来实现对话。

　　造成文学地理学看似"分离"成两大范式的情况，实则是交叉学科常有的一种现象。正如标题上打的问号，本文所指涉的"两个文学地理学"实际上是不存在的。无论是文学背景的研究者，还是地理学研究者，从事文学地理学研究，都经历或将经历从对物质文学景观的强调，向象征性文学景观与表征权力的文学空间等议题的发展过程。并且这个过程不是迭代性的，而是有重叠的，会形成多种研究范式并存的局面。而在地理学科背景下，文学地理学研究的相对缺位，原因在于国内该学科尚未获得真正认可。要想得到地理学真正的认可，需要重新认识文学作品，不仅将文学作品视为一种地方文本，承载着地方的经验，还需要关注的是隐含在文学空间生产过程中的地方权力更迭和话语争夺等实践议题，更要研究文学作品对重塑和再现地方的重要意义。正如大卫·哈维提出的一样："希望创造一个更一般性的理论架构，用以诠释空间与时间的历史地理学，同时可以理解文化和美学的实践……（理解）如何介入社会和政治变迁的政治经济动态"。总之，在文学地理学这个大的研究框架下，文学范式和地理学范式可以打破学科边界，更多地进行相互交流、相互借鉴，最终达到学科建设的共同诉求。

（戴俊骋：北京师范大学文学院博士后，地理学博士）

文学景观研究

虚构性景观的研究价值初探[①]

王 姮

摘 要：虚构性景观的概念源自"景观"一词，主要指文学作品中故事展开的场景。其生成方式多样，有的是以作家潜意识中的地理信息为基础，大量运用想象，建构起玄幻多姿的地理景观；有的则是与现实的地理环境相结合，化用地理元素。虚构性景观的独立性、文学性和主观创造性使它具备有别于实地景观的鲜明特点。关注虚构性景观，可以发现隐藏在人心、地域、传媒等外界因素下的独特审美，具有更加丰富的人文性，也为当代中国文学的发展提出了新的要求。

关键词：文学景观　虚构性　价值

中图分类号：I206.7　　**文献标识码**：A

近年来，文学地理学风生水起，文学与地理的结合之处便是文学景观。当今，学界对文学景观的研究多偏重于实体性研究，即通过调研、考察、统计与文学活动、作家生活、作品描写有关的遗迹，试图还原文学发生、传播的全过程，给予文学景观以直观的表现。然而文学景观中不仅有与文学息息相关的实体景观，还包括依托人类旖旎想象，与现实地理元素交织融合的偏重于虚构的文学景观。这些具有鲜明地域特色的虚构性景观，引发读者无限神往，启示着文学欣赏与研究的新方向。

---

① 本文为陕西理工学院研究生创新基金项目"新时期小说中的'塞北'与'江南'的比较研究"（项目编号：SLGYCX1405）成果之一。

一、虚构性景观的生成模式

文学景观的概念是不断丰富发展的,最初由"景观"一词衍化而来。景观是一个具有时间属性的动态整体系统,如今,它的概念已经涉及地理、旅游、建筑、文学等多个方面。在地理学中,景观主要指一种地表景象,是一定区域内由地形、地貌、水体、植物和动物等要素所构成的综合体。旅游学家把景观当作资源,建筑师则把景观作为建筑物的背景或配景。在文学家那里,景观是自然风景与人文风俗交融的产物,一定程度上等同于风景,可以推动故事情节的发展。景观一词在文学领域的应用,使其自身增添了不同于其他学科的人文气息和文艺色彩,文学中关于景观的界定也在不断丰富和深化。19世纪晚期以前,景观指"用肉眼能够看得见的土地或领土的一个部分,包括所有可视物体,尤其是其形象化的侧面"[1]。这时的文学景观强调可视性和观赏性,是具体存在的,是自然和人文属性的统一。到20世纪初期以后,景观的概念扩大到"由包括自然的和文化的显著联系形式而构成的一个地区,实际上'所有的景观都变为文化景观'"[1]。文化景观、文学景观的提法是从景观的概念中衍伸而来的。1992年,世界遗产委员会提出文化景观的概念:"它具有广泛的内涵,是某一地域环境下各种文化要素的整体体现,文化景观的形成带有一定的自然性和人文性特征。"[2]国内学者对于文学景观有这样的认识:"'景观'是指具有审美特征的自然风光等风景画面,是人类希望和理想所寄托的精神空间。"[3]"文化景观包括物质和非物质两个层面,物质文化景观主要涉及土地、生存区域和建筑等;非物质文化景观是一种内在体现,包括思想、语言、风俗、艺术、文学、信仰等。"[4]从中可以看出,文学景观的含义从最初的偏重于自然属性,逐渐扩展到了人文属性和文学属性。曾大兴教授是这样界定文学景观的:"所谓文学景观,就是指那些与文学密切相关的景观,它属于景观的一种,却又比普通的景观多一层文学的色彩,多一份文学的内涵。"[5]他的研究推进了学界对于文学景观的认识,实地景观的考察如火如荼,虚构性景观的意义和研究价值也逐渐被学术界发现和重视。

虚构性景观,强调的是"虚构"。一切艺术,特别是文学创造的共同规律,就是以假定性的艺术情境反映和表现社会生活。虚构不仅仅是"文艺创作中为概括生活、塑造形象、突出主题所采取的一种艺术手法。即作者在塑造形象时,不是简单地摹写社会生活中实有的人和事,而是对生活素材进行集中、概括,并运用丰富的想象,补充人物、事件中不足的和没有发现的环节,以构成情节、塑造形象"[6],而更是文学的本体之存在,是文学区别于历史传记、心理学、语言学等其他学科的本质特征。正如雷·韦勒克在《文学理论》

中写道:"将一部伟大的、有影响的著作归属于修辞学、哲学或政治论说文中,并不损失这部作品的价值,因为所有这些门类的著作也都可能引起美感分析,也都具有近似或等同于文学作品的风格和章法等问题,只是其中没有文学的核心性质——虚构性。这一概念可以将所有虚构性的作品,甚至最差的小说、最差的诗和最差的戏剧,都包括在文学范围之内。"[7]虚构的文学世界,即便有相似于现实世界的人物、故事,也与真实世界截然不同:"文学提供给我们的只能是一个想象的虚拟的创造的世界,即使这个世界是怎样的真实,怎样的逼真,怎样的像模像样,说到底也是一种虚拟的真实,它充其量只可能与现实世界相当,却不可能与真实的现实世界等同。"[8]所以,"文学既然不是对真实生活的照抄照搬,作家就必然要根据自己的认识和感悟,对真实生活进行发掘、选择、补充、集中、概括、提炼,通过想象与虚构予以重现、变形和再造。"[9]虚构,是作家进行创造、想象的威力无限的法宝。

虚构性景观的生成模式多种多样。第一种是基于作家潜意识中的地理信息,通过想象营造奇妙多姿的地理景观。中国青年作家郭敬明的《幻城》是青春文学的力作,它虚构了一个纯净空灵的幻雪帝国作为故事展开的背景。生活在刃雪城的二皇子樱空释为了让哥哥卡索自由地过自己想要的生活,做了许多伤天害理的事情,最终被卡索亲手杀掉。后来卡索知晓弟弟的真实意图,悔恨不已,便通过雪雾森林进入幻雪神山寻找可以让所有死去的人复活的隐莲,企图复活樱空释以及所有枉死的人。终年被白雪覆盖的纯净秀丽的刃雪城,弥漫着神秘气氛的雪雾森林、幻雪神山,小人鱼欢快歌唱的深海宫等,都是作者虚构出来的地理元素,用以渲染气氛或人物心理,推动故事的开展。此类作品不胜枚举,其中塑造的虚构性景观多姿多彩,在现实中着实无踪迹可循。

第二种是取材于实在的地理环境,又在现实基础上通过主动想象、嫁接,或者是无意识的错乱、拼合而形成的虚构性景观,这是更常见的生成方式。有的作品中,真实的地理信息有迹可循,甚至是可以按图索骥的。最典型的就是希腊神话。它作为希腊文学的最初样式,是希腊人对于周边熟悉的地理环境的最初想象。希腊神话中众神生活的奥林匹斯山坐落在希腊北部,靠近萨洛尼卡湾,东北部与希腊北部名城塞萨洛尼基遥对,海拔高度2917米,是塞萨利区与马其顿区间的分水岭。古希腊人认为主神宙斯、天后赫拉、海神波塞冬、智慧女神雅典娜、太阳神阿波罗、月亮与狩猎女神阿尔特弥斯、战神阿雷斯等神祇都居住在雄伟的奥林匹斯山中,他们在这里饮宴狂欢、主宰地球,上演着一幕幕神人同形同性的美丽传说。有的作品中,地理信息则几乎被完全抹灭,难以辨认。在英国当代著名作家菲利普·普尔曼(Philip Pullman)的代表作《黑质三部曲之一黄金罗盘》中,女主角莱拉成长的地方就是牛津乔丹学院。乔丹学院原型的灵感来自于牛津大学,却与现实中的牛津大学完全不同。在那里，每个人都有自己幻化多样的灵魂陪伴，可以随主人心情或要求随时变换造型，等到成年的时候灵魂才固定成某一种动物，代表着主人的职业和性格。

虚构性景观的生成方式是多样的，但归根结底都源自想象。这是作者用自己的感情熔铸文学景观的过程，是作者将地方场所的深厚情感杂糅进文学作品之中的过程，因此形成了虚构性景观迥异于实地景观的独特之处。

二、虚构性景观的特点

文学作品中的景观，不只是故事展开的场所，更饱含了作家对土地的深深眷恋，是地方场所被赋予人的情感和价值后，人与地的"合一"。它们构成了人们想象的共同体。作家总会在自己的作品中建构起理想的文学景观，赋予文学景观不同的文化内涵，成为人类文化的一个记忆库。虚构性景观是形而上的，无论是哪种生成方式，都有显著的想象因素掺杂其中，因而形成了虚构性景观有别于实地景观的显著特点。

首先，在作家潜意识的地理信息基础上变形、嫁接而产生的虚构性景观具有独立的审美特点，不需要依托现实地点而存在。作家往往是在已有的生命体验基础之上，构建起自己内心的文学圣殿。这些殿堂或富饶安逸，或奇怪诡谲，充满了浪漫的神秘气息。西方文学作品中不乏这类想象，无论是《十日谈》中的佛罗伦萨年轻人躲避瘟疫的景色怡人的别墅，还是托马斯·莫尔想象中的财产公有、人民平等、按需分配、在公共餐厅就餐的乌托邦；到后来爱丽丝梦游其中的奇幻仙境，甚至是近些年来美国漫威电影工作室出品的动作玄幻片《雷神》系列中的神域故乡阿斯嘉，这些虚构的景观，都是创作者在现实的基础上展开丰富想象的结果。他们描摹、刻画出具有魔幻色彩的神奇之地，激起人们的无限神思。在英国作家詹姆斯·巴里笔下，永无乡（Never Land）是一个远离英国本土的海岛，小飞侠彼得·潘和许许多多长不大的孩子快乐地生活在那里，玩闹、拌嘴、和精灵仙子游戏，邀请小女孩来当妈妈照顾他们，与前来骚扰的海盗英勇作战……小飞侠的永无乡是一个可以保持年轻纯洁的地方，隐喻着永恒的童年、不朽的纯净以及远离世俗纷争的淡然。它建筑在人类共同的童年记忆之上，并非某一个确定地点，无实迹可寻。

其次，虚构性景观具有鲜明的文学性，不求实地的访寻与考察。文学不同于现实世界的鲜明特点，就在于它的虚构性。我们关注文学作品中的景观，目的不仅仅是要明确故事到底发生在哪里，从而开发那里的旅游资源。景观的魅力，更多的是在于抒发作者的心境，为故事的展开和人物的塑造营造适当的环境，成为引起读者共鸣与神往的"境"。可悲的是，近年来关于名人故居的纠纷层出不穷，各地纷纷扛起支持第三产业发展的大旗，竭力挖掘，甚至无中生有，批量炮制与文学作品相关的所谓旅游景点。这些低水平的新建景点，当然不具有充沛的想象力与鲜明的文学性。当各地纷纷涌现"水浒城"、"武松故居"、"西门庆故居"时，水浒的义气与豪迈逐渐被潘金莲的香艳所取代，整部《水浒传》在人们心里被自动剪辑成了一个女人引发的血案。视觉上的愉悦与精神的意淫代替了更深层次的心灵共鸣，是一种舍本逐末、买椟还珠的做法，给人一种喧宾夺主的印象。

进而言之，对虚构性景观的实地考察，会导致景观的文学性与审美性降低。法国"情境主义者"德波认为，人们对事物影像价值的重视高于对它们的使用价值的考虑，事物景观化的程度决定着它能产生多大的文化意义。也就是说，景观的文化价值，更大程度上取决于视觉直观。想象中的事物总是美好的，有些景观经文学家的神来之笔描摹之后变得精致完美，实地考察反而将人们从梦境中抛入现实，适得其反。晋太元中武陵人的桃花源为后人神往，可是当"芳草鲜美，落英缤纷"的桃花林中出现了现代工业文明的"小商品"——塑料袋时，人们的幻想便大打折扣了。

再次，虚构性景观具有主观创造性，不同作家对同一事物的看法不同，甚至是同一作家在不同时期对同一事物的看法都有差异。正如同为山东作家，莫言和张炜的作品既有异曲同工之妙，又各具特色。在莫言的代表作之一《红高粱家族》中，莫言精心营造了故事开展的地理空间——高密东北乡。那是"地球上最美丽最丑陋、最超脱最世俗、最圣洁最龌龊、最英雄好汉最王八蛋、最能喝酒最能爱的地方"[10]。幽淡的薄荷气息和成熟高粱苦涩微甘的气味，萦绕在物产丰饶的黑土地上。永无尽头的高粱一穗连着一穗，如潺潺的河流一般。在那土地肥沃、农民自给自足的美好家园中，以"我爷爷"余占鳌和"我奶奶"戴凤莲为代表的淳厚血性的人们，纵情地相爱、生活、战斗，甚至在军备优良的日本军侵略之时，毫不畏惧地拿起日常劳作用的农具与之抗争。高密东北乡的高粱地成为读者神往之地，固化为特定的文学景观。然而在张炜的《九月寓言》里，"疯长的茅草葛藤绞扭在灌木棵上，风一吹，落地日头一烤，像燃起腾腾地火。满泊野物吱吱叫唤，青生生的浆果气味刺鼻。兔子、草獾、刺猬、鼹鼠，刷刷刷奔来奔去……"[11]贫穷的蜓鲅村里，人们住着小土屋，吃完地瓜后胃部或轻或重的灼痛感，成为每个村民都习以为常的感觉。

同样是当代作家，同样取材于山东，莫言笔下丰饶的"高粱地"和张炜描绘的贫穷的"地瓜田"却展示了迥然不同的风貌。山东以农田种植为主的自然环境，高拔健迈的民风，以及散发着浓郁泥土气息的民俗，构成了作家创作的民间文化素材，情感的逐渐发酵唤醒了读者沉睡的遥远记忆。然而不同作家潜意识中的记忆是不同的，他们用自己的眼睛观察世界，充分发挥主观想象、塑造作品中气象万千的虚构景观。于是，在莫言的笔下，火红的高粱地和隐秘了美好的民间世界，展现出诗意般的祥和状态，既具有鲜明的山东生态地域特征，又呈现出民间雄健豪迈的精神，成为读者共同的精神家园。而在张炜那里，藤蔓繁绕的地瓜田则充分展现着民间社会风貌和真实的底层文化形态，苦难意识的书写令人嗟叹，一种源自苦难与贫穷的不屈精神打动着读者的心灵。

文学景观产自于文学，是自然景观、人文景观与文学相结合的产物。虚构性景观如果可以为读者所接受，便可以最大限度地发挥读者再创造的潜力，张扬文学的生命力，让思考的责任由作者与读者共同承担，更好地相互理解，共同建筑宏伟壮丽的文学殿堂。

三、虚构性景观的价值

文学殿堂固然宏伟壮丽，但在经济社会迅速发展的今天，却难掩英雄暮年之势。在生活日新月异的今天，行色匆匆的人们更多的是去练就一门熟练的技艺，取得某项任务的胜利，获取巨大的经济利益，并非追求内心的升华与安宁。加之长久以来的地域差异，和逐渐覆盖人们交流的大众传媒的控制，文学，特别是纯文学的发展前景堪忧。在此背景下，虚构性景观从地理的视角来关注文学，可以发现隐藏在人心、地域、传媒等外界因素下的独特审美，关乎人的道德、信仰和情操，具有更加丰富的人文性。

第一，虚构性景观中寄托了作者与读者相通的情感体验，这在纷繁忙碌、人心隔膜的社会中是难能可贵的。它能够把作家在作品中寄寓的精神追求自然地传达给读者，为读者所接受。每个人都有倾诉的欲望，都有渴望被他人理解和接纳的愿景。捷克作家米兰·昆德拉认为，人们写书，是因为周围最亲密的人不想听他的倾诉，无奈之下只好求助于陌生的有同样情感的其他人。他用讽刺又无奈的口吻写道："只要还来得及，他就要把自己变成由语词组成的他自己的世界。……如果有一天（这一天为时不远了）所有人一觉醒来都成了作家的话，那么普遍失聪、普遍不理解的时代就降临了。"[12]于是，成为名副其实的作家而非"写作癖患者"，创作出能够真正打动人心的文学作品，是文学对作家提出的要求。作家的创作在多大程度上为读者所接受，作品中虚构的文学景观在多大程度上深入人心，成为评价一部文学作品优劣的重要指标："艺术家不是孤立的人。我们隔了几个世纪只听到艺术家的声音；但在传到我们耳边来的响亮的声音之下，还能辨别出群众的复杂而无穷无尽的歌声，像一大片低沉的嗡嗡之声，在艺术家四周齐声合唱。只因为有了这一片和声，艺术家才成其为伟大。"[13]虚构性景观可以弥补当代作家想象力的缺失，让作家自然而然地"把自己的联想告诉读者,或者如常言所说的,传达给读者,使之产生类似的联想。"[14] 共同的心理体验,能使作者与读者共同感受文学的美,在理性、务实的脑海中留一抹想象的色彩。

第二,虚构性景观具有超地域性。与其说它是某一作家想象的产物,不如说是一场凝合了人们共同记忆的集体性回忆。文学作品中的每一处虚构性景观都有自身的独特魅力,散发着浓厚的地域特色。但是,这种凝聚了人类共同情感体验的地域特色,往往能引发读者共同的审美体验。以墨西哥作家胡安·鲁尔福为例。胡安·鲁尔福是拉丁美洲新小说的先驱,其代表作《佩德罗·巴拉莫》和《燃烧的原野》一向被视作拉丁美洲文学的巅峰小说。这两部作品可以看做是并存共生的,共同描绘了1901年墨西哥资产阶级革命之后的哈利斯科州的乡土世界。常年大风、干旱的热带土地上,乡民的贫富差距有如天壤之别。在那里,富人吃着玉米饼蘸着鳄梨酱,思考着往潘趣酒中加石榴汁还是菠萝汁,穷人则吃着木槿花充饥,为自家的小奶牛喝不到奶而掉眼泪。1901年的墨西哥资产阶级革命被后人戏讽为"墨西哥大造反",在此背景下,胡安·鲁尔福描绘的哈利斯科州没有以往乡村书写中的那种田园诗性的生活方式,反而饱含着农民的血泪与苦难。哈利斯科州逐渐固化为拉美文学发生的场景,成为区别位于墨西哥东南部那座现实城市的独特文学的审美空间。它的炎热干燥让人难忍,它的苦难令人落泪,牵引着相距千万里的读者的共同心跳。

第三,虚构性景观建筑在人的心灵和想象力之上,提醒人们在纷乱的信息时代中,不忘初心。信息大爆炸的时代指日可待,正如尼尔·波兹曼在《娱乐至死》一书中表达的那样,当今传媒看似透明公正,其实它传达的信息,只是它想让你获取的信息——人在很大程度成了信息的奴隶。以往的情感体验、历史经验"正在被贬值,被无意义化,被游戏化,被无厘头化,被逐月逐日降低其重要性,变成茶余饭后的一种消遣,变得可有可无。"[15] 文学也被压缩到学科的象牙塔,被戏仿和消遣取代。在现实社会中,人们逐渐忘掉自己来时的方向,而虚构性景观的独立性、文学性和主观创造性则令人们回忆起土地的味道和回家的路,引起深藏于内心的对土地的眷恋。

虚构性景观是萃取文学情思与地域特性相熔铸的产物,寄寓着人的心性、信仰、情操,具有丰富的人文性。虚构性景观的价值和前景显而易见,却也难免有遗憾之处。最鲜明的遗憾就是,作为文明程度极高的中国,很少有被世界认可的虚构性景观,更不用说所谓的家园意象了。在当今社会,诸多打着"中国制造"旗号的虚构性景观不被更大范围的世界接受,至今占据银幕、荧屏、文本的诸多文学想象,不论是《魔戒》中霍比特人幸福生活的夏尔家园,还是《奥特朗托堡》中吸血鬼疯狂捕食、厮杀、恋爱的哥特城堡,或者是英国儿童畅销书《黄金罗盘》中切割儿童灵魂的邪恶之地伯尔凡加,一律为欧美制造。

所以，当代中国文学的发展，呼唤具有东方气质又有世界眼光的作家。当代中国文学作品，也希望能出现具有中国气质的城市写真。只有这样，才能构筑起真正属于中国人自己的精神栖息地，不再客居在仿照欧美城市批量建造的山寨"时尚家园"中。同时，在物质基础高度发达的今天，文化的繁荣日渐提上日程，中国的文化景观在多大程度上为世界读者接受，值得文学创作者和研究者共同关注。

参 考 文 献

[1] （英）R·J 约翰斯顿．人文地理学词典［M］．北京：商务印书馆，2004：367-368．
[2] 李和平，肖竞．我国文化景观的类型及其构成要素分析［J］．中国园林，2009（2），90．
[3] 孙明露．论惠山秦园的文学景观意义［J］．苏州教育学院学报，2010（9），20．
[4] 肖笃宁，李团胜．试论景观与文化［J］．大自然探索，1997（4），68．
[5] 曾大兴．文学地理学研究［M］．北京：商务印书馆，2012：128．
[6] 辞海（文学分册）［M］．上海：上海辞书出版社，1979：10．
[7] （美）韦勒克，沃伦．文学理论［M］．北京：生活·读书·新知三联书店，1984：15．
[8] 刘安海．文学虚构的再认识［J］．汕头大学学报，2009（4），16．
[9] 童庆炳．文学理论教程（修订版）［M］．北京：高等教育出版社，1998：98．
[10] 莫言．红高粱家族［M］．北京：人民文学出版社，2007：2．
[11] 张炜．九月寓言［M］．北京：作家出版社，2009：1．
[12] （法）米兰·昆德拉．笑忘录［M］．上海：上海译文出版社，2004：162．
[13] （法）丹纳．艺术哲学［M］．北京：人民文学出版社，1963：5-6．
[14] （俄）康·帕乌斯托夫斯基．金蔷薇［M］．上海：上海译文出版社，2008：204．
[15] 北岛，李陀．七十年代［M］．上海：生活·读书·新知三联书店，2009：7．

（王姮：陕西理工大学文学院现当代文学专业2013级硕士研究生）

酒神精神与日神精神
——东汉京都赋中长安与洛阳的形象比较

王柳芳

古人非常关注自身的生存空间,认为地理决定人事,会影响到一个国家的发展。地理位置的不同,往往生态环境不一,水土相异,影响到人们的生存状况、精神面貌。"都邑者,政治与文化之标征也"[1],都城乃一国之中心,具有极为重要的战略地位,故人们对国都的确立极为重视。都城的选择,显示了统治阶级的战略方针。东汉时期的迁都之争引发了时人对国都作用的大讨论,也兴起了一股写作京都赋的热潮。为了使自己的说法更具说服力,赋家选取不同的城市元素进行铺叙,针锋相对,各有侧重,塑造了截然不同的长安、洛阳的城市形象。

一、长安与洛阳的迁都之争

以长安、洛阳为中心的两点一线的中原地区是历代帝王都城所在地的轴心带。长安与洛阳是两汉政治中心的两极格局,西汉时以长安为都城,以洛阳为陪都;东汉时又以洛阳为都城,以长安为陪都;两都迭相起伏,互争雄长。

公元25年,刘秀登上帝位,他以长安破旧为由,暂时定都洛阳。天下承平已久,不少人将迁都之事提上议程。杜笃奏上《论都赋》立主迁都长安,此赋反响很大,引发了旷日持久的大讨论,众多士大夫参与了这次论争,纷纷写赋表达对迁都的看法。现存的迁都赋有杜笃的《论都赋》、傅毅的《反都赋》与《洛都赋》、崔骃《反都赋》、班固《两都赋》(包括《西都赋》《东都赋》)、张衡《二京赋》(包括《西京赋》《东京赋》)等。其中杜笃的《论都赋》是现存唯一一篇主都长安的赋,其他的赋作肯定洛阳的都城地位,颂扬了洛阳的美好品德。在迁都之争的大背景下,京都赋的作者站在各自的政治立场上各执一词。主都长安或洛阳,不只是地理空间的分歧,也是政治立场、治国理念、生活方式等诸多分歧的体现。

迁都之争是关中旧族与新兴王朝的势力之争,洛阳是刘秀的大本营,不少开国元勋是河南人。关中是西汉故老的势力范围,东汉统治者自然不愿迁都长安,以免自陷困境。代表关中地主集团的杜笃因上奏《论都赋》引发民心浮

---

[1] 王国维:《殷周制度论》,见《王国维遗书·观堂林集》第10卷,1页,上海古籍出版社,1983。

动,长期得不到朝廷重用。《两都赋》李善注曰:"自光武至和帝都洛阳,西京父老有怨。班固恐帝去洛阳,故上此词以谏。和帝大悦也。"① 皇帝并无迁都之意,因此赞美洛阳的赋作正合其心意。

迁都之争也是两种地域文化的较量。秦汉俗谚曰:"山东出相,山西出将"②,又云"关东出相,关西出将"③。由于关中靠近西北,常有少数民族进行骚扰,故关中民风剽悍,喜鞍马骑射,有尚武精神,多出将才。洛阳位于关东,人民重教崇文,多出宰相,《盐铁论》云:"文学皆出于山东,希涉大论。"④

都城是一国重心所在,其地理条件殊为重要,必须具备御外制内的功能,对外能抗击外敌入侵,对内能控制国内局势。论军事条件,长安四周地势险阻,易守难攻;洛阳则四面受敌,不是用兵之地。论政治条件,长安偏于西北,不易掌控全国;洛阳位于天下之中,是绝佳的施政场所。长安与洛阳各有优劣,互为补充。主都长安还是洛阳,是两种不同的治国理念。兵家主霸,故占据有利地形,便可称霸天下。政治家以王政为主要施政思想,位于天下之中,可使恩泽四方。迁都之争也是两种不同治国理念的争议,即霸业与王业。"长安和洛阳代表着不同的文化蕴涵,都城选址长安还是选址洛阳,意味着认同它们所代表不同的文化蕴涵,带有一定的文化取向和政策选择的性质"⑤,最能代表两都的城市性格正是霸政与王政的两种治国理念。赋家各抒己见,选取不同的城市符号进行论说,赋予两都不同的城市内涵,以彰显各自优势,塑造了不同的长安、洛阳形象。

同时,长安与洛阳之争也是生活方式的分歧体现,在东汉京都赋中,长安城的百姓尽最大可能追求生命的体验,狂歌醉舞,沉酣人生。洛阳城的人民能克制内心的欲望,节制有度,崇尚俭朴,"形神寂漠,耳目弗营,嗜欲之源灭,廉正之心生"⑥(《东都赋》),因而具有较高的道德修养。

美国人类学家露丝·本尼迪克特将尼采的酒神、日神学说引进了文化人类学,在《文化模式》一书中提出了酒神型文化与日神型文化的概念,酒神狄俄尼索斯"寻求在他最有价值的一刻得以摆脱五官加给自己的界限,突入另

---

① [梁]萧统编,[唐]李善注:《文选注·京都上》,见《文选》卷一,1页,上海古籍出版社,1986。
② [汉]班固:《汉书·赵充国传》卷六十九,2198页,北京,中华书局,1962。
③ [唐]房玄龄:《晋书·姚兴载记下》卷一百十八,3000页,北京,中华书局,1974。
④ [汉]桓宽撰,王利器校注:《盐铁论校注·国疾》卷五,333页,北京,中华书局,1992。
⑤ 曹胜高:《汉赋与汉代制度——以都城、校猎、礼仪为例》,46页,北京大学出版社,2006。
⑥ 费振刚等:《全汉赋》,北京大学出版社1993年版,本文京都赋文本均出于此版本。

一种经验秩序"①，酒神型文化崇尚暴力和竞争，是一种放纵型文化；日神阿波罗"只知道一种法则，即希腊人所说的'度'。他总是持一种中庸之道，不偏不倚，循规蹈矩，墨守成规，从不动那种冲出樊篱的邪念"②，日神型文化强调社会秩序，是一种抑制型文化，其特征是有条理性和能自我克制。

西汉是外向型国策，长安精神是外放性的，注重扩大疆土，富有开拓进取的精神，追求物质享乐，洋溢着激情澎湃的酒神精神。而洛阳则注重对内的治理，追求德化理治，注重国家秩序，加强对人民的控制，体现出严谨理性的日神精神。

二、长安与酒神精神

赋家对长安的娱乐生活多加表现，使人目乱睛迷，处处体现出游戏的精神，在放纵无序中有着对生命力的高度肯定与赞扬。京都赋中的长安有种狂乱的欢喜，仿佛被酒神主宰，人们陷入迷醉癫狂之中。尼采说："肯定生命，哪怕是在它最异样最艰难的问题上；生命意志在其最高类型的牺牲中，为自身的不可穷竭而欢欣鼓舞——我称这为酒神精神。"③

西汉疆域空前扩大，长安人大胆地吸收外来的事物，追求感官享乐，无拘无束，自由放纵，极具生命力，可谓是一种酒神精神。在尼采看来，酒神有着一股包容世界的激情。长安城充满饮食男女的欢娱，却也是开放进取的，就像是朝气蓬勃的青年，以开放的姿态去拥抱整个世界，充满激情，富有冒险精神。

1. 霸者风范

"京师者，四方之腹心，国家之根本"④，都城是一国社稷之所在，其地理位置至关重要，历代统治者在择都问题上都十分审慎。国都必须具备抵御外敌的能力，长安乃成就霸业的理想场所，具有得天独厚的军事地理条件，四周的山川可谓是天然屏障，又有关中千里沃野能够保证粮食的供给。主都长安者极力渲染固若金汤的地势，班固《西都赋》开篇便极力夸耀长安的地理形势："华实之毛，则九州岛岛之上腴焉；防御之阻，则天下之奥区焉。是故横被六合，三成帝畿，周以龙兴，秦以虎视。"

---

①②[美] 露丝·本尼迪克特：《文化模式》，王炜等译，80页，北京，三联书店，1988。
③[德] 尼采：《悲剧的诞生》，345页，北京，三联书店，1986。
④[唐] 韩愈：《御史台上论天旱人饥状》，见马通伯校注：《韩昌黎文集校注》，339页，北京，古典文学出版社，1957。

西汉初年，内有诸侯反叛，外有匈奴入侵，故统治阶级仍以武功为主，表面上使用黄老学说，实用法家之术。至汉武帝时独尊儒术，广招天下儒生，本为粉饰朝廷，并非要行仁义之举。"霸王道杂之"是西汉的传统国策，内儒外法，尚武功，重武将。汉武帝十分好战，"外事四夷之功，内盛耳目之好"①，轻启边衅，连年不休地发动对外战争，采取强硬的外交策略，"明犯强汉者，虽远必诛"②正是西汉霸业思想的体现。

赋家极力塑造出长安气势凌人的霸者形象，杜笃《论都赋》曰："夫雍州本帝皇所以育业，霸王所以衍功，战士角难之场也。"长安面向广袤的西域，故统治者常有向外开拓领土的雄心。管子曰："王主积于民，霸主积于将士。"③霸主重兵，王政重民。主都长安者念念不忘金戈铁马，渴望成就一番武功霸业，具有强烈的征服欲望。

杜笃出身于武将世家，重豪气，有将才，以不能驰骋疆场为憾事。东汉统治者偃武修文，"退功臣而进文吏"，以儒家思想治理国家，使兵家无用武之地。故杜笃心中常有郁结之气，《论都赋》抒发了他对武功霸业的向往。他支持迁都长安不仅出于西京故老的身份，也是出于兵家的身份。他渴望取得军功，故津津乐道于武力征服，对西汉的霸业赞颂有加，将汉武征战描绘得惊心动魄，颇具战国纵横家的气魄。

张衡《西京赋》曰："昔者大帝说秦缪公而觐之，飨以钧天广乐。帝有醉焉，乃为金策，锡用此土，而翦诸鹑首。是时也，并为强国者有六，然而四海同宅，西秦岂不诡哉？"这虽然只是一个神话传说，倒也显示出秦国最终统一六国的原因。定都长安者占据天时地利，一夫当关，万夫莫开，能控御全国，笑傲群雄，故能成就一番霸业。

2. 巨丽奔放

霸政追求规模宏大，以满足无限膨胀的心理欲求，以大为美，以富为美，以多为美，一方面是对外部世界的征服欲望，另一方面是对事物的占有欲望，霸者尽情享受着物质所带来的极大乐趣。西汉初年，天下未定，篡逆之事常有发生。霸者为震慑天下，需极力放大皇权的威严，体现在城市建设中便是将宫殿营建得宏丽无比，使人产生敬畏之感，班固《东都赋》曰："当此之时，攻有横而当天，讨有逆而顺民。故娄敬度势而献其说，萧公权宜而拓其制。时岂泰而安之哉？计不得以已也。"班固为西京宫室营建过度辩解，认为这是一种

---

①《汉书·刑法志》卷二十三，第4册，1101页。
②《汉书·陈汤传》卷七十，第9册，3015页。
③黎翔凤：《管子校注·枢言》卷四，上册，243页，北京，中华书局，2004。

塑造天子威严的措施。

长安宫殿宏丽，苑囿广阔，堆积着数量繁多的财宝，整座城市富丽堂皇，瑰异谲诡，有着巨丽之美。赋家不遗余力地铺陈长安城的异域奇物，以彰显物质生活之丰饶。来自各国的珍奇异宝汇聚一地，新事物层出不穷。赋家堆砌奇珍，铺陈物象，用热烈的色彩雕画出一座金碧辉煌的长安城。长安人对事物有着强烈的占有欲望，而长安城纵容了这种欲望。

长安的巨丽之美不仅体现在城市建筑当中，也体现在长安人开拓进取的精神面貌当中。长安是一种外向型的文化，人们敢于尝试，敢于创新，视野开阔。汉武帝派张骞出使西域，沟通了中国与西亚乃至欧洲的贸易通道。长安城兴起了西域热，来自西域的幻术令人眼花缭乱，西域事物风靡一时，人们争相购买。他们欣喜地接受外来的商品、娱乐，乃至思想，以前所未有的开放姿态迎接着外来的文化。

长安精神是一种昂扬的时代精神，与长安面向西域、俯视群雄的特殊地理位置是分不开的，凡是建在长安的政权，多半容易吸收外来的文化，形成多元化的风貌。"古秦汉时代那种雄伟、强劲的征服精神，这时又加上了奔放的情调与'和谐'的气氛，这就是长安文化的主要特征"①。西汉人民对外部世界有着强烈的向往，具有广阔的胸襟和浓厚的求知欲，长安正是西汉时代精神的体现。长安文化的多元化是多民族、多类型文化的融合，具有向外开拓的冒险精神。长安面向西域，兼容并蓄，海纳百川，具有纷繁绮错、元气漓淋的巨丽奔放之美。

3. 放纵失序

霸者，任凭个性的自由发展，也容易导致无序。"孝、昭治咸阳，因以汉都，长安诸陵，四方辐凑并至而会，地小人众，故其民益玩巧而事末也"②，长安充满了各种娱乐，人们竞相追逐感官欲望，整个社会陷入对物质的畸形追求之中，致使人民弃本逐末。这种风气是危险的，容易导致社会的无序，逾越礼节，出现"游士拟于公侯，列肆侈于姬姜"（《西都赋》）的情形。

马克思指出："古代国家灭亡的标志不是生产过剩，而是达到骇人听闻和荒诞无稽的消费过度和疯狂消费。"③ 西汉统治者欲壑难填，极度铺张浪费，"肇自高而终平，世增饰以崇丽。历十二之延祚，故穷奢而极侈。建金城而万雉，呀周池而成渊"（《西都赋》）。统治者的肆意滥为，致使整个城市进入失

---

① 黄新亚：《中国文化史概论——长安文化》，28页，西安，陕西师范大学出版社，1989。
② ［汉］司马迁：《史记·货殖列传》卷一百二十九，3261页，北京，中华书局，1959。
③ 《马克思恩格斯全集》第46卷，419页，北京，人民出版社，1972。

序状态。长安的繁华并非真正建立在社会生产力发展的基础上，而是建立在对自然资源掠夺的基础上。西汉天子热衷游猎，肆意屠杀，以致出现"风毛雨血，洒野蔽天"、"草木无余，禽兽殄夷"的场景。长安的繁华是畸形的，不考虑休养生息，只图眼前快乐，不为后代着想，"上无逸飞，下无遗走。获胎拾卵，蚳蝝尽取。取乐今日，遑恤我后？"（《西京赋》）这些所作所为与传统的保本育业的思想截然不同，极大地破坏了自然环境。西汉末年长安的社会风气更趋向淫艳轻浮，不懂得加以节制，消耗了大量的社会财富。翼奉甚至上奏迁都洛阳，他认为长安积重难返，风气很难改变，迁都洛阳可以形成一种节俭朴实的社会风气。

东汉京都赋笔下的长安城注重物质层面的享乐，缺乏精神上的提纯，人们狂歌醉舞，沉酣人生，整个社会已经失序。"人主好佚欲，亡其身，失其国者，殆"[1]，长安放纵的风气是危险的，威胁到国家的长治久安。霸的后果是导致社会陷入狂欢状态，最终带来毁灭性的打击。赋家们对长安放纵的社会风气不无担忧，"固感前世相如、寿王、东方之徒造构文辞，终以讽劝，乃上《两都赋》，盛称洛邑制度之美，以折西宾淫侈之论"[2]。班固、张衡通过铺叙长安眩曜之美，使人们意识到奢靡风气不可取，长安是作为洛阳的对立面出现的。

三、洛阳与日神精神

东汉京都赋中洛阳更像是阅尽人世的忠厚长者，谆谆善诱，注重自身的道德修养，以精神的提纯而喜悦。尼采认为日神是光明之神，它的光辉撒向人间，使万物呈现美的外观，荣格将日神看成是"美的内在意象的感受，是合乎尺度、抑制和均衡的情感感受"[3]，东汉统治者注重对内的治理，以礼制规范人们的行为，迁都赋中的洛阳处处体现出理性的光芒，可谓是一种日神精神。赋家着重描绘洛阳的朝政礼仪制度，洛阳百姓循规蹈矩，安分守己，在朝政礼仪中得到道德的提纯，处处体现出井然有序的和谐之美。

1. 王者气度

洛阳没有优越的军事地理条件，四面受敌，非用兵之地，却是和平时期绝佳的施政场所。"有德则易以王，无德则易以亡。凡居此者，欲令务以德致

---

[1] 黎翔凤：《管子校注·枢言》，252页，北京，中华书局，2004。
[2] ［南朝宋］范晔：《后汉书·班固列传》卷四十上，1335页，北京，中华书局，1965。
[3] ［瑞士］C.G. 荣格：《心理类型学》，吴康等译，160-161页，西安，华岳文艺出版社，1989。

人，不欲阻险，令后世骄奢以虐民也"①，都洛阳者宜行王业，须以德服人，实行仁政，方能国祚绵远。洛阳是成周故都，故赋家充分肯定周文化，以构建仁义之都的形象。

经过西汉末年的战乱，人们厌倦战争，渴望新的气象。光武帝刘秀积极转变政府形象，偃武修文，去奢改俭，建立儒家思想的礼乐制度，采取德治的治国方略，有迁都改制之意味。东汉时西北边境并不安宁，但是统治者并未频繁发动大的战争，而是以怀柔手段使异国心悦诚服，俯首称臣。"王者中立而听乎天下，德施方外，绝国殊俗，臻于阙庭"②，洛阳以王者的仁义感化四夷，德化布及天下，无须动用武力，却达到了汉武帝穷兵黩武所不能达到的效果，出现"四夷间奏，德广所及"（《东都赋》）的盛世局面。

洛阳虽不具备优越的军事条件，却有着极佳的政治优势，主都洛阳者扬长避短，突出洛阳的仁政德治，以应合统治阶级的定位。《荀子》曰："王重法爱民，而霸好利多诈。"③ 王者以百姓安居乐业为重，不轻易征伐。为政以德服人，远胜武力征服，班固领会到刘秀的用心良苦，其《东都赋》便充分利用洛阳源远流长的文化底蕴，突出洛阳的仁义内涵，以弥补其军事功能的缺陷。他强调洛阳"仁者"的性格，以王者对抗霸主，用仁义的矛来攻破利义的盾，借成周的文化品格打造了洛阳仁义之城的形象。

崔骃《反都赋》曰："故略陈祸败之机，不在险也。"天下之兴亡，并非以霸取胜，而在于争取民心。险峻的地理形势只能阻挡外来的敌人，并不能保证民心的向背。班固《东都赋》云："子徒习秦阿房之造天，而不知京洛之有制也；识函谷之可关，而不知王者之无外也。"真正的王者胸怀天下，为政以德，泽被大地。故无须兵甲，一样获得四夷臣服。王者无敌，乃在深得民心，维护一个政权的长治久安，关键在于使百姓安康。长安之霸，成就的是统治阶级的野心和抱负；洛阳之仁，是统治阶级对百姓的恩泽，百姓得到实实在在的好处。

2. 法度严整

东汉统治者积极运用洛阳的文化内涵，使得政府有认同周制、实行仁政的意味。傅毅《洛都赋》曰："分画经纬，开正轨涂，序立庙祧，面朝后市。"可见洛阳的营建依照《周礼·考工记》的成周制度。东汉初期的统治者将礼制与政治结合起来，将整个国家纳入有序的轨道。班固《东都赋》歌颂了光

---

① 《汉书·郦陆朱刘叔孙传》卷四十，2119页。
② [汉] 桓宽撰，王利器校注：《盐铁论校注·和亲》卷八，514页，北京，中华书局，1992。
③ [清] 王先谦：《荀子集解·大略》卷十九，485页，北京，中华书局，1988。

武帝的辉煌业绩，详叙了洛阳的朝政礼仪，笔下的洛阳处处具有礼制的规范，展现出雍容华贵、谨严有序的氛围，富有理性美。

东汉皇权有着绝对的威信，等级分明，"人神之和允洽，群臣之序既肃"。四夷称臣，万国宾服，君臣有序，文质彬彬，"万乐备，百礼暨。皇欢浃，群臣醉。降烟煴，调元气。然后撞钟告罢，百僚遂退"（《东都赋》）。孔子曰："安上治民，莫善于礼。"洛阳民众弃末返本，背伪归真，不过度奢华，不逾越礼制，各得其所，不追求感官享乐，注重道德修养，而有上古之遗风，"莫不优游而自得，玉润而金声"。东汉统治者以教化为大务，广开学校，加强思想意识的教育，使人们自觉遵守等级规范。礼乐教化的最终目的是移风易俗，使人民保持纯朴的作风，安纪守法，故天下安宁。

西汉的奢侈风气过度消耗社会资源，积重难返，提倡节俭深得民心。刘秀即位第二年，颁诏以省静节俭，章帝生活节俭，"身御浣衣，食无兼味"①。统治者的身体力行起到了一定效果，东汉初年时洛阳以勤约为风尚，班固《东都赋》颂扬了洛阳奢俭合礼的美德："抑工商之淫业，兴农桑之盛务。遂令海内弃末而反本，背伪而归真。"统治阶级以身作则，提倡节俭之风，使得民风归于古朴，有三代之遗风。

3. 和谐之美

《说文》曰："中，和也。从口，丨，上下通。"② "中"富有和谐之美，具有连接四面八方的凝聚力和亲和力。赋家在颂扬洛阳时，便着重突出这一中和特质。王政理想的境界是达到和谐之美，孔子在《论语·学而》中提出了"礼之用，和为贵"③。洛阳之美，不是建构在物质层面上的，更多的是一种精神上的圆融，处处体现出和谐之美，"奢未及侈，俭而不陋。规遵王度，动中得趣"（《东京赋》）。

天子在讲经治学的同时，也注重振师习武，"文德既昭，武节是宣"（《东京赋》），天子游猎，呈现出和谐场景，"飞者未及翔，走者未及去。指顾倏忽，获车已实。乐不极般，杀不尽物"。丝毫没有血腥猎杀的描绘，更注重游猎的军事演习作用。"不穷乐以训俭，不殚物以昭仁"（《东京赋》），洛阳懂得节制有度，处处显示法度之美。

我国很早就有生态保护的意识，孟子曰："谷与鱼鳖不可胜食，材木不可

---

① 《后汉书·孝章帝纪》卷三，130页。
② ［汉］许慎撰，［清］段玉裁注：《说文解字注》，20页，上海古籍出版社，1981。
③ ［清］刘宝楠撰，高流水点校：《论语正义·学而》，29页，北京，中华书局，1990。

胜用,是使民养生丧死无憾也。养生丧死无憾,王道之始也。"① 注重生态平衡,造福子孙,适当取用,这是王道的开始。长安的霸业是建立在对自然破坏掠夺的基础上,东汉士人认识到与其穷兵黩武,不如休养生息,应合理利用自然资源,以求国祚绵远。"外则因原野以作苑,填流泉而为沼。发苹藻以潜鱼,丰圃草以毓兽"(《东都赋》)。细水才能长流,在对自然索取的同时,也要注重培育生产。

洛阳的宫殿不过于奢华,既达到肃穆雍容的效果,又不过度浪费人力物力。张衡《东京赋》中的洛阳具有极佳的生态环境,人与自然和睦相处,苑囿并不以珍奇物种取胜,着重表现生物的适性自由,各得其性,尽情游戏。生命在循环中延续,无往不复,保持一种动态平衡。"于是阴阳交和,庶物时育",洛阳注重和谐发展,生命得以生生不息。

四、长安与洛阳的形象比较

美国学者怀特提出:"人类文化系统的底层是技术层次,上层是哲学层次,社会学居中,这样,城市文化也大体可分为物质文化、制度文化、精神文化三个层次。"② 东汉京都赋中的长安城有着宏伟的宫殿建筑、各种奇珍异宝、丰富多彩的娱乐活动,总体来说属于物质文化。"秦据雍而疆,周即豫而弱。高祖都西而泰,光武处东而约。政之兴衰,恒由此作"(《西京赋》)。关中有千里沃野,长安乃富庶之地,人们生活安康。洛阳侧陋,故处处节约谨慎。与长安的巨丽相比,洛阳要显得寒酸许多。赋家夸耀的长安是建立在物质文化基础之上的,主都洛阳者善于扬长避短,充分突出洛阳的文化内涵,以朝政礼仪为主要描写对象,突出洛阳的精神文化和制度文化。

钱穆在《国史大纲》说道:"西汉的立国姿态,常是协调的、动的、进取的。……东汉的立国姿态,可以说常是偏枯的、静的、退守的。"③ 东汉定都洛阳,表明统治者的政策从御外到治内的转变,由开拓疆土到加强国内的思想控制。高蹈扬厉的汉武盛世已成残梦,东汉的人们思想趋于保守,注重实用,追求实在的利益,为荣誉而战的伟大情怀已经没有了市场,统治者提倡保民育业,缺乏征伐的兴趣。于是,立足长安、开拓世界的进取精神慢慢消失,取而代之的是对内严谨秩序的追求。朝政礼仪属于制度文化,赋家精心描绘朝政事项目的在于突出洛阳的精神文化,洛阳居民受到礼制的教化,注重道德修养,

---

① [汉] 赵岐注,[宋] 孙奭疏:《孟子注疏·梁惠王上》,28页,北京,中华书局,1957。
② [美] 怀特:《文化科学——人和文明的研究》,曹锦清等译,85页,杭州,浙江人民出版社,1988。
③ 钱穆:《国史大纲》,193页,北京,商务印书馆,1994。

显得温良恭厚。因此，洛阳的城市文化更有层次，法度严整，富有精神之美。

东汉初年，匈奴屡犯边境，"中国虚费，边陲不宁，其患专在匈奴"①，然而光武帝并不愿意征伐。"帝在兵间久，厌武事，且知天下疲耗，思乐息肩。自陇、蜀平后，非儆急，未尝复言军旅"②。他将主要精力用于治理国内政务，保民育业，以民为本。杜笃《论都赋》委婉地表达了对东汉守成政策的担忧："上犹谦让而不伐勤，意以为获无用之虏，不如安有益之民；略荒裔之地，不如保殖五谷之渊，远救于已亡，不若近而存存也。"杜笃认为居安理应思危，强调了长安面向西域的地理位置。然而东汉时期民族矛盾不是主要的，最终导致东汉衰弱乃至灭亡来自国内矛盾，外戚、宦官的统治导致朝纲大乱，社会腐败。东汉初年统治者立足洛阳、保民育业的总体方针是明智的。

张衡写《二京赋》时正处于东汉由盛转衰的阶段，故对此体会颇深，他在《西京赋》批判了奢华无度的作风，在《东京赋》表达了对清明政治的向往，描绘了理想的城市场景。最终导致东汉灭亡的是帝国这一庞大机器本身的故障，并非异族的侵略，也不是地方割据势力的暴乱，而是来自内部的腐化。外戚、宦官迭相争斗，社会风气极为奢侈，腐败现象严重，黑暗政治已让东汉举步维艰，左支右绌。

赵翼指出班固《汉书·武帝纪赞》专赞武帝之文事，对其武功则不置一词，"盖其穷兵黩武，敝中国以事四夷，当时实为天下大害"③。汉武帝"征发频数，百姓贫耗"④，其武功霸业虽威震西域，却不利于国家的长治久安。班固等人顺应东汉统治者的守成政策，自觉鼓吹建都洛阳的合理性。"圣王分九州岛，制五服，务盛内，不求外"⑤，圣王理应关注国内事务，不宜过多开拓疆土。洛阳位于天下之中，所关注的是国内之事物，缺乏对异域的兴趣，较少冒险精神，注重自身的秩序，以礼来规范人们的行为。

东汉人民从西汉耽于游乐、好幻想的英雄理想主义中走出，更注重务实。洛阳位于天下之中，是一种封闭式的空间，容易产生自满情绪，行为趋于保守。东汉提倡简易平实的美学追求，排斥过多的华丽装饰。从出土的文物中来看，也显示出这种差异，"山东出土的西汉陶器多用彩绘，纹饰繁缛；东汉陶器则彩绘较少，施彩者亦纹饰简单，色彩单一"⑥。顾炎武指出："至东京，而

---

① 《后汉书·耿秉传》卷十九，456 页。
② 《后汉书·光武帝纪》卷一下，21 页。
③ [清] 赵翼著，王树民校证：《廿二史札记校证》卷二，34 页，北京，中华书局，1984。
④ 《汉书·刑法志》卷二十三，1101 页。
⑤ 《汉书·西域传》卷九十六上，3887 页。
⑥ 郑同修、杨爱国：《山东汉代墓葬出土陶器的初步研究》，载《考古学报》，2003（3），318 页。

其风俗稍复乎古,吾是以知光武、明、章果有变齐至鲁之功。"①

"汉代作为统一后第一个延续较长的中央集权专制国家,其治下的城市首次完成了从先秦时代分封制度下的封邑到统一政权下中央政府的地方统治据点的转变",所以"除北部与西北边地外,城市的对外防御功能减弱,转而着重于对内控制,凸现出一个统一王朝的成熟的背影"②。东汉初年,国家政策从"御外"向"治内"逐渐转变,统治阶级积极利用源远流长的洛阳文化,构建了新的都城观,注重实用,提倡简朴的生活作风,以礼乐制度来规范人们的行为举止,加强意识形态的控制。

班固、张衡自觉地担当政府的鼓吹者,"孟、张二子,皆抑西而伸东,以二子均主居东者也"③。他们扬长避短,对被动的军事局势避而不谈,突出洛阳"中和"的特质,颂扬洛阳的法度之美,构建了仁义之都的洛阳形象。"家园与居住环境越能陶冶人们——个人或集体,则社会也越有可能维持悠久的社会秩序"④。百姓安于居,方能乐于城,而洛阳的法度有序、和谐融洽的氛围为百姓提供了最佳的庇护。从长安到洛阳,代表着两汉时代精神的更相转迭,从面向外部广袤世界逐渐转化为对内部严谨秩序的追求,从追求游戏的酒神精神转化到注重理性的日神精神。东汉京都赋中的长安、洛阳形象的不同,也是西汉、东汉两朝不同国策的显现。

(王柳芳:南昌师范高等专科学校副教授,文学博士后)

---

① [明] 顾炎武著,[清] 黄汝成集释:《日知录集释》卷十三,750 页,上海古籍出版社,1985。
② 周长山:《汉代的城郭》,载《考古与文物》,2003(2),54 页。
③ 林纾:《春觉斋论文·流别论》,见郭绍虞主编:《论文偶记、初月楼古文绪论、春觉斋论文》,51 页,北京,人民文学出版社,1998。
④ [美] 伊利尔·沙里宁:《城市:它的发展、衰败与未来》,顾启源译,3 页,北京,中国建筑工业出版社,1986。

易水文学景观研究

魏 玮 蔡 丹

摘　要：易水因荆轲刺秦于易水河畔送别而闻名于世，易水成为了文人怀念这段历史特定的文化符号。历代文人对"易水送别"这一画面的书写为易水构筑了一道独特的文学景观。易水送别的确切地点有多种说法，应以南易水为准。易水送别的画面因《史记》的描写而定格，因历代文人对荆轲慷慨悲歌的赞颂而得以永恒。同时，由于时代背景和个人经历的不同，部分文人也有讽刺易水送别之作。易水文学景观凸显了燕文化慷慨悲歌的精神内涵。

关键词：易水　文学景观　慷慨悲歌

易水是现今河北省中部的一条河流。易水被人们熟知，被历史铭记，源于"荆轲刺秦王"的故事，源于易水河畔悲歌送别的画面：

> 太子及宾客知其事者，皆白衣冠以送之，至易水上，荆轲作歌曰："风萧萧兮易水寒，壮士一去兮不复还！"高渐离击筑，宋意和之。荆轲为变徵之声，士皆垂泪涕泣……于是荆轲遂就车而去，终已不顾。[①]

秋风卷走了英雄荆轲的背影，历史的脚步渐渐离我们远去，易水的鸣咽为荆轲唱起了一曲悲壮的赞歌，易水河畔烙下了英雄落寞的剪影，悲歌壮气，千载犹存。易水，也由此成为了壮别之地。

"文学景观"是曾大兴先生在《文学景观研究》中提出的一个概念，曾先生认为"所谓文学景观，就是指那些与文学密切相关的景观，它属于景观的一种，却又比普通的景观多一层文学的色彩，多一份文学的内涵。"[②] 易水，本是一条普通的河流，然而，当历代文人歌咏那段慷慨悲歌的历史时，当他们悲叹荆轲这位沉毅豪迈的悲剧英雄时，当他们临水驻足，送别友人，写下诗篇时，易水自然而然成为了文人怀念这段历史特定的文化符号。文人对"易水送别"这一画面的书写也为易水构筑了一道独特的文学景观。

一、"壮别之地"的多种说法

凄寒易水古今流，而荆轲壮别到底在何处？古今学者对此莫衷一是。

[①][汉] 刘向：《战国策》，1156页，上海古籍出版社，1985。
[②]曾大兴：《文学景观研究》，载《广东技术师范学院学报》，社会科学版，2011 (2)。

北魏郦道元《水经注》中载:"濡水又东南迳樊於期馆西,是其授首于荆轲处也。濡水又东南流迳荆轲馆北,昔燕丹纳田生之言,尊轲上卿,馆之于此……阚骃称太子丹遣荆轲刺秦王,与宾客知谋者祖道于易水上。《燕丹子》称,荆轲入秦,太子与知谋者,皆素衣冠送之于易水之上,荆轲起为寿,歌曰:'风萧萧兮易水寒,壮士一去兮不复还。'高渐离击筑,宋如意和之,为壮声,士发皆冲冠;为哀声,士皆流涕。疑于此也。"[1]《汉书·地理志》载,涿郡故安县的濡水,即源出河北易县西北,东会南易水,注入拒马河的北易水。唐代张守节《史记正义》中认为燕太子丹送别荆轲之地在"易州在幽州归义县界"[2],归义县即今河北省雄县,是指南易水;也有学者认为,相传在南易水之阴有一个荆轲壮别地;还有学者认为壮别之地是《战国策》中记载的"祖泽",西晋左思在《魏都赋》中描绘的白洋淀一带,与"祖泽"的古地理环境相似,也是古代南易水河畔。而现今易县旅游"易水秋声"的景色中心在易县高村大桥北侧。现今的易水河畔,这里称为"送荆处",被认为是当年燕太子丹送荆轲渡河的地方。

之所以历代学者会对易水壮别之地有多种说法,是因为易水两千多年来经历了无数的变迁。现今,我们能看到的较早记录易水的资料是北魏时期郦道元的《水经注》,其中记载了南、北两条易水的流经走向。此记载反映的是东汉时期易水的状态,而在此前,受黄河和白洋淀变化的影响,易水也有变化。据王会昌先生的研究,距今7500到2500年,白洋淀进入了湖淀扩张的全盛时代,白洋淀范围东北起自永清,向西南方向历雄、霸二县北部,东部地区则与文安水洼水域相连。[3] 易水从太行山流出后多汇入古白洋淀——文安水洼水域中,再从东部流入大海。这一道东西分布的辽阔水域,可视为河北平原之上的天然屏障。进入战国时期,这片水域就成了燕国和赵国的界河,南属赵国,北属燕国。

苏秦曾说:"燕东有朝鲜、辽东,北有林胡、楼烦,西有云中、九原,南有滹沱、易水。"[4] 可见,当时易水是燕国南部疆域的界河。这条作为燕赵界河的易水,后被称为南易水。因此,太子丹送荆轲到燕国边界,应该是在南易水河畔,但具体是在南易水河畔的哪个确切位置,有待进一步考证。

古今学者虽然对荆轲壮别地有争议,但是易水河畔悲歌慷慨的侠义之气,将生死置之度外,矢志不渝的坚定意志,铸就了千百年燕赵儿女的生命之魂,

---

[1] [北魏] 郦道元:《水经注》,228页,成都,巴蜀书社,1980。
[2] [汉] 司马迁:《史记》,2534页,北京,中华书局,1982。
[3] 王会昌:《一万年来白洋淀的扩张与收缩》,载《地理研究》,1983(3),8~18页。
[4] [汉] 刘向:《战国策》,1039页,上海古籍出版社,1985。

也吸引了无数文人驻足吟咏。

二、"易水"的文学书写

1. 风萧萧兮易水寒——悲壮画面的定格

"易水送别"这一画面在《战国策·燕策》《史记·刺客列传》中皆有记载,以《史记·刺客列传》中的描述最详尽细致、最具感染力:

> 太子及宾客知其事者,皆白衣冠以送之。至易水上,既祖取道,高渐离击筑,荆轲和而歌,为变徵之声,士皆垂泪涕泣。又前而为歌曰:"风萧萧兮易水寒,壮士一去兮不复还!"复为慷慨羽声,士皆瞋目,发尽上指冠。于是荆轲遂就车而去,终已不顾。①

司马迁详细描绘易水送别的精彩场景,精心塑造出为知己者死,知其不可为而为之的悲剧英雄荆轲的形象。使这一画面永久定格在历史长河中。萧萧易水之滨,白衣宾客,垂泪涕泣,击筑和歌,慷慨悲壮,草木动容,风云变色。这幅画面勾勒出中国历史上最荡气回肠的送别图。而这一悲壮的送别,将荆轲勇敢无畏、慷慨赴死的英豪气概表现得淋漓尽致。后世诗人吟咏荆轲,自然而然会提及这一壮别的画面,如陶渊明作《咏荆轲诗》:

> 燕丹善养士,志在报强嬴。招集百夫良,岁暮得荆卿。君子死知己,提剑出燕京。素骥鸣广陌,慷慨送我行。雄发指危冠,猛气冲长缨。饮饯易水上,四座列群英。渐离击悲筑,宋意唱高声。萧萧哀风逝,淡淡寒波生。商音更流涕,羽奏壮士惊。公知去不归,且有后世名。登车何时顾,飞盖入秦庭。凌厉越万里,逶迤过千城。图穷事自至,豪主正怔营。惜哉剑术疏,奇功遂不成。其人虽已没,千载有馀情。②

短短150个字,是陶渊明以诗歌形式再现《刺客列传》中的荆轲,堪称一篇完美的荆轲颂。陶渊明目睹政局动荡、民不聊生却又无力改变,因此退隐山林、采菊东篱下,然而其反对暴政、渴望明主之心却从未改变。他曾多次在咏史诗中抨击秦王朝的残暴统治,反复称颂那些有操守、能为忠义道德而献身的历史人物,这和司马迁在《史记》中对暴秦的屡次批判是一致的,这也是陶渊明和司马迁在对待因反对暴秦而献身的英雄荆轲的态度上形成了强烈的共鸣。作为历史典籍的《史记》,关于荆轲的记载较为复杂全面,而《咏荆轲诗》则用极其凝练的诗句高度再现了荆轲刺秦的起因、过程和结局,构思新

---

① [汉] 司马迁:《史记》,2534页,北京,中华书局,1982。
② [晋] 陶渊明著,袁行霈校笺:《陶渊明集笺注》,381页,北京,中华书局,2003。

颖，是史传体咏史诗的佳作。诗歌舍弃了史书所载荆轲结交高渐离、燕市豪饮、田光引荐等情节，只简单交代了刺秦一事的起因，将笔墨集中在已被司马迁精心打造过的易水送别场景之上，强烈渲染了荆轲慷慨赴死的悲壮气氛。

明代中期诗人李贤《咏荆轲》同样描绘了这一壮别的画面：

> 荆轲战国士，志欲摈秦嬴。适逢燕太子，尊之位上卿。欲报强秦雠，慷慨赴咸京。药淬匕首利，怀之乃西行。临岐惨将别，清吹飘华缨。忽尔哀筑起，座上悲群英。涕下不可遏，乃复为羽声。壮士志激烈，誓死不顾生。白虹忽贯日，见者心为惊。挟彼秦舞阳，同取盖世名。函封督亢图，拜献秦王庭。利刃揕豪主，愁云压重城。惜哉事莫济，徒然费经营。白兹速燕亡，咄嗟何所成。至今易水歌，徒伤千古情。①

然而，对于荆轲的态度，两首诗的侧重点不同，陶诗偏向于"士为知己者死"，强调荆轲未报知遇之恩慷慨赴死的英雄气概，而李诗则是从强秦出发，将荆轲刺秦的原因归结为国家大义，是"欲报强秦仇"的反暴之举。

清人蒋敦复的《咏古三首和陶·荆轲》将易水送别的场景描写得更为详尽：

> 车驱不复顾，入此虎狼嬴。衣冠白如雪，千里送荆卿。酒杯浇热血，努力在兹行。头颅为公掷，仰天笑绝缨。平生重意气，不尔胡豪英。击筑动天地，志已无秦声。田先生既死，樊将军何在。肝胆舞阳裂，魂魄祖龙惊。剑术虽未讲，烈士固狥名。美人惜菹醢，骏马空前庭。时危任刺客，才岂当千城。咸阳楚人火，西风汉家营。天意固有在，人事奚由成。故交屠狗辈，痛饮难为情。②

诗歌花费较陶诗更多笔墨渲染易水送别的场景，诗人将"悲"字抹杀，着意凸显荆轲的豪情壮志。诗作彻头彻尾称颂荆轲的侠义精神和壮志豪情，更是在诗中强调刺秦失败乃是天意，无关英雄，自然可以看出诗人对荆轲由衷的钦佩。诗人生性旷达、落拓不羁，与荆轲性情略似，欣赏之情自然略胜于他人。

2. 易水流得尽，荆卿名不泯——悲壮画面的永恒

历代咏荆轲的诗人大多将突显荆轲品质性情的"易水送别"入诗，而直接以此为题的咏史诗数目也极为客观，约34首；或再现送别场景，凸显其"悲壮"，或借古论今，寄托诗人对现实的深刻感慨和对历史、人生的体验与感悟。

---

① [明] 李贤：《古穰集》卷二四，影印文渊阁《四库全书》本，1244册，741页。
② 徐世昌辑：《晚晴簃诗汇》四册，卷一五九，124页。

东汉末年著名文学家王粲的《咏史诗》是专咏"易水送别"最早的一首:

> 荆轲为燕使,送者盈水滨。缟素易水上,涕泣不可挥。①

诗歌描写了荆轲的身份、送别地点、送行人衣着、悲痛情感等,客观真实地再现了司马迁笔下"易水送别"的场景。全诗格调悲戚,诗人借古人之悲透露出身在异乡的愁怀和怀才不遇的苦闷,语言平淡质朴,符合咏史诗初期发展的特点。同为"建安七子"的阮瑀《咏史诗》(其二)也写易水送别:

> 燕丹善勇士,荆轲为上宾。图尽擢匕首,长驱西入秦。素车驾白马,相送易水津。渐离击筑歌,悲声感路人。举坐同咨嗟,叹气若青云。②

阮诗较之王诗更为细致详尽,"上宾"更进一步说明荆轲与燕太子丹二人之间关系之特殊。接下来,在描摹易水送别场面时,又有"渐离击筑歌,悲声感路人"这一王诗并未涉及的重要细节的描写,使得诗歌弥漫着浓重的悲壮气氛;但诗人同时也突显了荆轲"长驱西入秦"的豪情壮气,为后人绘制出一个视死如归、慷慨悲壮的荆轲形象。

初唐诗人有着建功立业的豪情壮志,然而才华横溢的诗人骆宾王身世悲惨、命运多舛,造就了他的诗作除了初唐诗人群体共有的自信和慷慨,还掺杂了许多悲凉和无奈,如《于易水送人》则饱含幽愤与寄托之情:

> 此地别燕丹,壮发上冲冠。昔时人已没,今日水犹寒。③

诗人本是才高志远之人,却始终沉沦下僚、郁郁不得志甚至被囚禁失去自由;是以,他在易水之畔送客时,便借古论今、抒怀咏志。寥寥数语,既生动传神地再现了昔日燕丹及其宾客,白衣缟素送别荆轲的悲壮场景,肯定了荆轲的人生价值,又将今时的物是人非以及诗人倾诉的抱负和苦闷、对友人的希望都寓以其中。今昔对比强烈,以景寓情,堪称个中高手。盛唐,尤其是中唐诗人对荆轲的评价褒贬不一,且贬斥之音渐多,感情复杂多变,后文亦有相关论述。然而到了晚唐,荆轲再次受到世人称赞。安史之乱、藩镇割据,使唐朝国力每况愈下。朝廷腐败、民不聊生,内忧外患迭起,诗人们纷纷寄情于诗,希望出现荆轲式不畏强暴的英雄人物来拯救腐朽的唐王朝。虽刺秦失败,但精神犹在的荆轲已然成了积极的代表、精神的动力,如贾岛的《易水怀古》:

> 荆卿重虚死,节烈书前史。我叹方寸心,谁论一时事。至今易水桥,寒风兮萧萧。易水流得尽,荆卿名不泯。④

贾岛一生潦倒,诗多荒凉、枯寂,世称苦吟;但此诗却是慷慨激昂之作,

---

① 吴云主编:《建安七子集校注》,274 页,天津古籍出版社,2005。
② 逯钦立辑校:《先秦汉魏晋南北朝诗》,379 页,北京,中华书局,1983。
③ [唐] 骆宾王著,[清] 陈熙晋笺注:《骆临海集笺注》,178 页,上海古籍出版社,1985。
④ [唐] 贾岛著,黄鹏笺注:《贾岛诗集笺注》,31 页,成都,巴蜀书社,2002。

诗人先是一扫前人言及易水送别之悲，感慨荆轲的高风亮节，突显其雄心壮志。由以上论述可知，荆轲形象的塑造有着极强的社会因素和时代特征，形成诗人接受《史记》荆轲形象的多重性、复杂性的特点。

宋代郭祥正有骚体诗《补易水歌》：

> 燕云悲兮易水愁，壮士行兮专报仇。车辚辚兮马萧萧，客送发兮酹兰椒。击筑兮喑咽，歌变征兮思以绝。易水愁兮燕云悲，四座伤兮皆素衣。歌复羽兮慷慨，发上指兮泪交挥。①

单从诗题上看则可知，此诗是有意针对荆轲当日所作《易水歌》而作，诗歌体裁、创作主旨、思想情感皆延续荆诗，着力渲染风吹易水送别之悲，慷慨悲壮的情绪充溢全诗。元代杨维桢有咏史乐府《易水歌》：

> 风潇潇，易水波，高冠送客白峨峨。马嘶燕都夜生角，壮士悲歌刀拔削。百金买匕尺八铦，函中目光射匕尖。先生老悖不足与，灰面小儿年十三，事大谬，无必取，先机一发中铜柱，后客不来知奈何，狗屠之交谁比数。太傅言议谋中奇，奇谋拙速宁工迟。可怜瞠目旧时客，击筑又死高渐离。镐池君，璧在水，龙腥忽逐鱼风起。沧海君犹祖遗策，孰与千金买方士。乌乎荆卿荆卿虽侠才，侠节之死心无猜。君不见文籍先生卖君者，桐宫一泄曹作马。②

诗人是元末咏史大家，元代末期战乱频仍、朝廷腐朽，民族矛盾激化，反元暴政呼声愈高；杨维桢吟咏反秦暴政的英雄人物荆轲有深刻的社会现实性，正符合咏史诗借古言今、乐府诗缘事而发的特点。诗歌以易水送别场景为切入点，加以丰富的想象、独特的叙事，既有对历史的追思，也有对现实的品味，且气势雄浑、情节生动，引人入胜。

明代李东阳受杨维桢影响极深，也是著名的咏史大家，试看《易水行》：

> 田光刎头如拔毛，于期血射秦云高。道旁洒泪沾白袍，易水日落风悲号。督亢图穷见宝刀，秦王绕殿呼且逃。力脱虎口争秋毫，荆卿倚柱笑不咷。身就斧锧甘腴膏，报韩有客气益豪。十日大索徒为劳，荆卿荆卿嗟尔曹。③

诗人精通史料，其拟古乐府多取材于正史，拓宽了前人杨维桢只将咏史一体引入古乐府创作之路。这首吟咏荆轲的诗作即是精心剪裁《史记·刺客列传》中的荆轲史实所成，开头两句用夸张的手法写及田、樊二人的自我牺牲，再有易水送别场景的描摹，慷慨悲壮跃然纸上。诗人还描绘了荆轲刺秦王的具

---

① 傅璇琮等主编：《全宋诗》十三册，卷七五六，8807 页。
② [元] 杨维桢撰，[清] 楼卜瀍注：《杨维桢诗集》，14 页。
③ [明] 李东阳撰，周寅宾，钱振民校点：《李东阳集》，14 页。

体细节，既再现了荆轲临危不惧的英雄气概，又生动的刻画出秦王张皇、狼狈的丑态，足见此诗强大的表现力。诗人又在结尾处将荆轲与张良作对比，赞颂之余表达其对他事败身死的惋惜之情，荆轲悲剧英雄形象就是在众多的再创造中成熟丰满起来的。朱元璋建立大明王朝后，统治更为专制，思想禁锢明显，荆轲形象冷落颇久。然而晚明时期因清军入关，国家动荡不安，荆轲再次成为诗人笔下的宠儿，已然成为抵御满清入侵、不畏强暴之盖世英雄的理想化身。由此可见，荆轲形象的多层次性和其被屡次因不同的时代背景而赋予不同身份有莫大的关系。如致力于匡扶社稷、挽救国家民族衰亡的陈子龙有七言歌行《易水歌》表达抗清决心的坚定：

> 赵北燕南之古道，水流汤汤沙浩浩。送君迢递西入秦，天风萧条吹白草。车骑衣冠满路旁，《骊驹》一唱心茫茫。手持玉觞不能饮，羽声飒沓飞轻霜。白虹照天光未灭，七尺屏风袖将绝。督亢图中不杀人，咸阳殿上空流血。可怜六合扫一家，美人钟鼓如云霞。庆卿成尘渐离死，异日还逢博浪沙。①

诗人曾特意说明此诗创作主旨："案此诗似专咏古。或云为左梦古奉使求成而作。"②可知，咏荆轲是现实的触发，诗人以荆轲类比左懋第，既为感念左氏等，更为抒发自己的抗清抱负。诗歌悲壮动人，前半部分用"古道"、"白草"、"轻霜"等悲凉意向相结合，渲染古时易水送别和当日送别左兄的苍壮悲凉，烘托出浓重的悲剧气氛。后半段，诗人交代秦庭刺杀史实，还用"空流血"表达其深深的惋惜，悲壮情感愈重。然而末尾两句，使诗风趋于高扬，诗人以高渐离的前赴后继和张良最终胜利的史实，表达其高昂的斗志和必胜的决心。

许多诗人皆认为荆轲义薄云天、重诺守信、视死如归，秉持"士为知己者死"的原则，却只能选择知其不可为而为之，慷慨赴死，是司马迁塑造极为成功的悲剧英雄形象。萧瑟荒凉的易水景致饱含着诗人凭吊与惋惜古人的炽烈情感，诗人们或感怀昔日荆轲易水送别的悲壮，或借叙述荆轲史实感叹英雄不在，亦或表达诗人渴望英雄斗士再现拯救国家民族的愿望。

3. 耻作易水别，临岐泪滂沱——对悲壮画面的嘲讽

易水壮别铸就了荆轲的悲剧英雄的形象，易水也成了荆轲的代名词。但古代诗人对荆轲形象的接受是复杂、多变的过程，荆轲重义轻生的侠义风范和反抗暴秦的英雄气概，彰显其人格魅力，历来是世人典范，使人们钦佩敬仰。很

---

① [明] 陈子龙著，施蛰存，马祖熙标校：《陈子龙诗集》，303页，上海古籍出版社，2006。
② [明] 陈子龙：《陈忠裕公全集》卷首。

多诗人在吟咏荆轲时既关注荆轲刺秦行为的本身，也注重刺秦的结果；因此，提及易水的诗中也有一部分是对荆轲持否定态度，责难荆轲逞匹夫之勇，是无谓的牺牲者。

对荆轲极为偏爱的李白在《结客少年场行》中却对荆轲的能力和行为进行重新评价：

> 紫燕黄金瞳，啾啾摇绿鬃。平明相驰逐，结客洛门东。少年学剑术，凌轹白猿公。珠袍曳锦带，匕首插吴鸿。由来万夫勇，挟此生雄风。托交从剧孟，买醉入新丰。笑尽一杯酒，杀人都市中。羞道易水寒，从令日贯虹。燕丹事不立，虚没秦帝宫。舞阳死灰人，安可与成功。①

诗人一反平日对荆轲英雄气概的大肆赞扬，而是批判他逞匹夫之勇，荆轲刺秦未成，因为秦舞阳的无能，留下千古遗恨，让易水为之蒙羞。李白在《留别于十一兄逖裴十三游塞垣》中也写道："裴生览千古，龙鸾炳文章。悲吟雨雪动林木，放书辍剑思高堂。劝尔一杯酒，拂尔裘上霜。尔为我楚舞，吾为尔楚歌。且探虎穴向沙漠，鸣鞭走马凌黄河。耻作易水别，临岐泪滂沱。"重提易水送别只会令人感到羞耻，画面失去了悲壮的色彩，仅剩下泪水滂沱的痛惜，而荆轲的形象也由一个英雄变成了鲁莽的杀手。李白对荆轲的评价呈现两面性，情感倾向鲜明，正是诗人性格的写照，也体现出个体接受的差异性，即使同一诗人在不同的时期对同一历史人物也可能有着不尽相同的理解、解释和评价。

中唐著名诗人柳宗元《咏荆轲》同样认为荆轲不明时势，效仿曹沫之举的愚蠢和可笑：

> 燕秦不两立，太子已为虞。千金奉短计，匕首荆卿趋。穷年徇所欲，兵势且见屠。微言激幽愤，怒目辞燕都。朔风动易水，挥爵前长驱。函首致宿怨，献田开版图。炯然耀电光，掌握罔正夫。造端何其锐，临事竟趑趄。长虹吐白日，仓卒反受诛。按剑赫凭怒，风雷助号呼。慈父断子首，狂走无容躯。夷城芟七族，台观皆焚污。始期忧患弭，卒动灾祸枢。秦皇本诈力，事与桓公殊。奈何效曹子，实谓勇且愚。世传故多谬，太史征无且。②

易水送别不再是悲壮苍凉，荆轲被人暗地里挑拨怂恿，一怒之下，选择轻生。诗人认为秦皇没有齐桓公的胸怀，而荆轲却因认不清现实导致祸害自身，可谓愚蠢至极。这是诗人针对现实社会所发的议论，唐代进入中期以后，藩镇割据势力大增，他们多豢养死士用于政治刺杀，许多名士、重臣都因此丧命，

---

① [唐]李白著，瞿蜕园，朱金城校注：《李太白集校注》卷四，263页。
② [唐]柳宗元：《柳河东集》卷四十三。

致使人心惶惶，刺客已经成为黑暗的代名词，造成了极恶劣的影响。因此，柳宗元对荆轲的批判、指责和否定都带有强烈的现实意义。明代诗人孙蕡《荆轲》与柳诗遥相呼应，将悲歌慷慨的壮别和刺秦时的胆寒对照，讽刺荆轲认不清形势：

  悲歌慷慨发冲冠，上殿披图却胆寒。
  生劫诅盟缘底事，错将秦政比齐桓。①

除此之外，还有刘震"奈何轻欲学曹沫，可怜易水千秋寒"，罗惇衍"易水料应惭轵里，秦皇争得似齐桓"等均出自柳诗，但情感的强烈程度不如前者。宋朝重文轻武，荆轲被视为一介武夫，颇受冷落甚至非议，更有诗人认为荆轲刺秦，不但没能拯救燕国，反而加速了大燕的灭亡。如周密《渡易水》中有"强燕反是速燕灭"，苏洵在《六国论》云："至丹以荆卿为计，始速祸焉"，与此意同。

元代刘因曾写下了一篇《吊荆轲文》，他在此文的序言中写道：

  岁丙寅十月，步自镇州，历保定，将归北雄，息肩于易水之上，草枯木寒，寒风飒起。登高四顾，慷慨怀古，人莫测也。"风萧萧兮易水寒"，此非高渐离之歌乎？荆轲与太子沥泣共决，扡血相视，就征车而不顾，望行尘之时起，非此地乎？方其把臂成交，豪饮燕市，烈气动天，白虹贯日，亦一时之奇人也。至若怒秦王，灭燕国，奇谋不成，饮恨而死，独非天意乎？呜呼，轲乎！吾想夫子之愤惋，千载不散，游魂于此矣。古称燕赵多感慨悲歌之士，余不忍负此言也，故投文以吊焉。②

作者途经易水，昔日史籍中所载壮别之景涌上心头，其对荆轲的缅怀、景仰和惋惜之情表达得还是很深切的。但序后祭吊辞的正文却批判荆轲不识时务，不讲策略；对当时天下的形势缺乏清醒的认识，以致铤而走险，招来杀身之祸；"遗千古之盗名"，"死而伤勇"。

明代何景明的《易水行》同样表达了对荆轲鲁莽行刺的嘲讽：

  寒风夕吹易水波，渐离击筑荆卿歌。白衣洒泪当祖路，日落登车去不顾。秦王殿上开地图，舞阳色沮那敢呼。手持匕首掷铜柱，事已不成空骂倨。吁嗟乎！燕丹寡谋当灭身。光也自刎何足云，惜哉枉杀樊将军。③

易水送别场面虽然悲壮，却是轻率之举，太子丹寡谋，荆轲身灭，可惜了勇士樊於期自刎献出首级的义举。

对易水送别场面的讽刺，对荆轲轻生行为的不满，也形成了易水文学景观

---

① [明] 孙蕡：《西菴集》卷七，影印文渊阁《四库全书》本，1237 册，546 页。
② [元] 刘因：《静修集》卷二十二。
③ [明]：何景明《大复集》卷六。

中一道特别的风景。

概言之,古代诗人对《史记·刺客列传》荆轲形象是多层次、多角度的全方位接受,诗人多是以司马迁之记载为基础,以感情为基调,与时代背景和个人经历相结合,创作出具有强烈情感色彩和鲜明时代气息的作品。历代文人对荆轲的评价由于时代原因,经历了由褒到贬再到褒贬交替共存的局面。

三、易水文学景观与燕文化特征的形成

江南送别,折柳为赠,离愁深浓却有一番柔婉的情趣;而易水之畔的送别则不同,在送别之时,已经意识到悲剧的结局,无论刺秦成败与否,荆轲都只有一个结局,就是死亡。明知不可为而为之,荆轲用自己的生命诠释了一个侠客悲壮的离别。从此,易水河畔就刻下了一组击筑和歌的悲壮画面,成为了千百年来燕这块土地的风格与底色。

正是千百年来文人对易水这一景观的文学书写,使易水送别这一悲壮的画面得以永恒,也使得燕文化的特征逐渐凸显。

慷慨悲歌成为了燕文化最大的特点,也成为其区别于其他地域文化的显著标志。韩愈说:"燕赵古称多慷慨悲歌之士"。元代方澜的《荆轲》诗云:"悲风寒易水,侠气小咸阳。六国群谋失,三军一匕当。"更进一步赞扬了荆轲任侠尚武的血性。明末清初,黄宗羲云:"燕赵之悲歌慷慨",更是标举燕文化的气魄。燕人多有一股侠义之气,秉性率真,性格直率,尚武、侠义、充满着骨气和血性。存在着一种尚武遗风,散发着个人英雄主义的浓香,充满着文化的悲剧之美。

易水送行,高渐离击筑,荆轲作歌,众人无不动容,然而荆轲升车而去,终不回顾,看似无情。荆轲已死,鲁勾践悲痛自悔,这几位侠士志向之高烈以及他们之间心意的默然契合,都已达到无与伦比的境界。荆轲之悲壮在于义士壮烈,以燕国的兴亡为己任,明知行刺成功的可能性极小,仍奋然前行,置生死于不顾。"风萧萧兮易水寒,壮士一去兮不复返。"铸就了中国历史中最悲凉、最凄美、最荡气回肠的背影。

慷慨悲歌是一种舍生取义的精神,是一种奋身抗暴的侠义之风,是一种知其不可为而为之的神勇。荆轲刺秦的壮举,易水悲歌的画面,将这一精神发挥得淋漓尽致。自战国之后,慷慨悲歌成为了燕文化的精髓,代代继承,历经两千多年不衰。期间在国破动乱的时代,更是受到普遍的称颂与赞同,被国人视为精神的武器,融入到中国传统文化的精神之中。

易水送别画面闪烁着燕文化的精神,荆轲的精神也是燕文化精神的凝聚和缩影。易水景观的文学书写,无论是褒扬或贬斥,都不能掩盖燕文化慷慨悲歌

的精神内涵。也正是千百年来文人的书写，使得这一凝聚着燕文化精神内涵的画面被千载传颂，在人们心中得以永恒。

参 考 文 献

[1] [汉] 司马迁. 史记 [M]. 北京：中华书局，1982.
[2] [汉] 刘向. 战国策 [M]. 上海：上海古籍出版社，1985.
[3] 逯钦立辑. 先秦汉魏晋南北朝诗 [M]. 北京：中华书局，1983.
[4] 吴云主编. 建安七子集校注 [M]. 天津：天津古籍出版社，2005.
[5] [北魏] 郦道元. 水经注 [M]. 成都：巴蜀书社，1980.
[6] [清] 彭定求等编. 全唐诗 [M]. 北京：中华书局，1960.
[7] [唐] 骆宾王著. 陈熙晋笺注. 骆临海集笺注 [M]. 上海：上海古籍出版社，1985.
[8] [唐] 李白著. 瞿蜕园，朱金城校注. 李白集校注 [M]. 上海：上海古籍出版社，1980.
[9] [唐] 贾岛著. 黄鹏笺注. 贾岛诗集笺注 [M]. 成都：巴蜀书社，2002.
[10] [元] 杨维桢撰. [清] 楼卜瀍注. 铁崖乐府 [M]. 上海：上海古籍出版社，2005.
[11] [明] 李东阳撰. 周寅宾，钱振民校点. 李东阳集 [M]. 长沙：岳麓书社，2008.
[12] [明] 陈子龙著. 施蛰存，马祖熙标校. 陈子龙诗集 [M]. 上海：上海古籍出版社，2006.
[13] 徐世昌辑. 晚晴簃诗汇 [M]. 北京：中国书店，1989.

（魏玮：廊坊师范学院文学院讲师）
（蔡丹：西藏民族学院文学院讲师）

"临洮"意象内涵发微[①]

连振波 李富强 贾 伟

临洮"秦汉以来为诸戎之地，后为吐谷浑所据。至后周武帝，逐吐谷浑，得其地，置临洮郡，寻立为洮州。……有洮水，源出西倾山，在郡西南吐谷浑界，桓水所出。"[1]因此，"临洮"在唐宋诗人的笔下，无论具体指陈"临洮"，还是以"临洮"为诗歌意象，都被赋予了特殊的内涵和意义。大唐盛世，国力空前强大，人们希望彻底解决自汉代以来一直困扰中央政权的边患问题。人们希望拓展疆土，打通商路，联通八方，威服四海。但是，临洮一带自安史之乱沦陷吐蕃，终唐之世未能收复，"临洮"成了大唐王朝的"国耻"，是唐宋诗人挥之不去的伤痛。因此，许多爱国诗人都对"临洮"一词，怀有特殊复杂的感情。从这个意义上讲，"临洮"在唐诗意象中更比"凉州"、"阳关"成了边关戍卒、要塞战场的象征，是被赋予特定含义的一个诗歌意象。

一、"临洮"的历史文化内涵

1. "临洮"地名的历史沿革

临洮作为古代地名，出现的时间非常久远。历史上的临洮，与现今的临洮地名相去甚远。今天的临洮古称狄道，古代为狄人所居。秦始皇统一六国，拓疆辟土，开始在民族地区设"道"进行统辖，狄道由此得名。公元前623年（秦穆公三十七年），秦穆公用由余之谋，西伐戎王，益国十二，开地千里，称霸西戎。古临洮（今岷县临潭一带）纳入秦国版图。公元前350年，秦孝公接受商鞅主张，集小乡邑，聚为县，置令、丞，凡三十一县，其中就包括临洮县。事实上，临洮属于陇西郡。秦代中央政府在洮河流域、渭河上游等羌族聚居区置陇西郡，其大致位置在甘肃舟曲、礼县以北，陇西、天水以西，广和、和政以南，卓尼、临潭以东的广大地区，涵盖整个洮河流域中下游地区，以及白龙江、嘉陵江的源头地区。下辖狄道、上邽、安故、氐道、首阳、预道、大夏、羌道、襄武、临洮、西县等十一个县。狄道（今临洮）、安故（今临洮南）、临洮（今岷县）、羌道（今甘肃舟曲县北）均在洮水以东，秦始皇"使蒙恬将兵略地，西逐诸戎，北却众狄，筑长城以界之"[2]。汉景帝时"将

[①]本文系2012年度国家社会科学基金项目"陇中文学研究"，项目号（12XZW008）。

研种留何及其种人安置在陇西郡的狄道、安故、临洮、氐道、羌道等地。"[3]元鼎五年（前112），"时先零羌与封养牢姐种解仇结盟，与匈奴通，合兵十余万，共攻令居、安故，遂围枹罕（今临夏东北）"。元鼎六年（前111），汉朝遣将军李息、郎中令徐自为等将先零与封养、牢姐羌击溃，并逐出湟中地区，"始置护羌校尉"。西汉时，护羌校尉大多数能够秉承"俯循和辑"的理念，对羌族各部采取征抚各异、区别对待的笼络怀柔政策。到了东汉，面对日益激化和尖锐的矛盾，中央政府采取分化离间、侵夺奴役甚至屠杀、暗杀的政策，致使边帅"专以多杀为快"日甚一日。据《后汉书》载，东汉政府募民和徙罪人于金城、陇西、酒泉、北地等羌族地方者，总共有十七次之多。因此，临洮一词，渐渐成为荒凉、萧索、流放、悲伤的代名词。北朝西魏文帝（535—552）改临洮县为溢乐县，并置岷州。"金城郡开皇初，置兰州总管府，大业初府废。统县二，户六千八百一十八。金城旧县曰子城，带金城郡。开皇初郡废。大业初改县为金城，置金城郡。有关官。狄道后魏置临洮郡，龙城郡，后周皆废。又后魏置武始郡，开皇初废，有白石山。"[4]814"临洮郡后周武帝逐吐谷浑，以置临洮郡。寻立洮州。开皇初郡废。统县十一，户二万八千九百七十一。"[4]820隋炀帝大业三年（607），改洮州为临洮郡，下辖临潭、美相、归政、洮阳、洮源、叠川、合川、乐川、和政、当夷、临洮县。"临洮，西魏置、曰溢乐，并置岷州及同和郡。开皇初郡废，大业初州废，更县名曰临洮……有岷山，崆峒山。"[4]820唐朝恢复州制，改临洮郡为洮州，唐玄宗天宝元年（742），再改洮州为临洮郡，唐肃宗乾元元年（758），恢复州制，改临洮郡为洮州。《新唐书·志第三十、地理四》：

> "临州狄道郡，下都督府。天宝三载析金城郡之狄道县置。县二。有临洮军，久视元年置，宝应元年没吐蕃。狄道，下长乐。下"[5]1042"岷州和政郡，下。义宁二年析临洮郡之临洮、和政置。……溢乐，中下。本临洮，义宁二年更名。……有岷山。西有崆峒山。"[5]1043

2. "临洮"为唐宋王朝之痛

①大唐痛失河西陇右。盛唐时期，从武德初至贞观八年，吐谷浑寇扰唐朝边境，见于记载的达二十四次之多。公元640年，唐太宗李世民嫁文成公主与松赞干布，唐和吐蕃的关系得到了极大改善。贞观九年，李靖、侯君集平定吐谷浑叛乱，吐谷浑成为大唐属国。唐太宗随即颁发《宥吐谷浑制》，正式以诺曷钵为河源郡王、吐谷浑可汗，"太宗并以宗室女弘化公主妻之"。"吐谷浑自晋永嘉之末，始西渡洮水，建国于群羌之故地，至龙朔三年为吐蕃所灭，凡三百五十年。"[6]吐谷浑传吐谷浑横亘在唐和吐蕃中间，实际上是一个十分重要的战略缓冲区域。但是，20年后，大唐和吐蕃因为吐谷浑而重开战端。唐高宗永

徽三年（653），吐蕃大败吐谷浑，占据今青海大部分，接着攻占西域地区，并向陇右扩张。诺曷钵及弘化公主等数千帐逃至唐凉州。苏定方奉唐高宗之命，采取"平两国怨"、"以安集吐谷浑"的消极策略，致使吐谷浑遭到彻底败亡，吐谷浑全境为吐蕃所有。"唐朝的岷、鄯、洮、叠、芳、旭、扶、兰、凉、松、河等十一州均受其害。"[7]82 咸亨元年（670），高宗"以右威卫大将军薛仁贵为逻娑道行军大总管，右卫员外大将军阿史那道真、左卫将军郭待封为副，领兵五万以击吐蕃。"[6]高宗纪下 吐蕃论钦陵率领四十万大军来战，但郭待封辎重尽失，薛仁贵兵败大非川，几乎全军覆灭。

唐玄宗开元二年（714），吐蕃岔达延、乞力徐统兵十万侵扰临洮、渭源、渭州、兰州等地，玄宗命陇右防御使、左羽林将军薛讷，太仆少卿王晙领军反击，展开了著名的"唐吐蕃洮河会战"。唐军大捷的消息传到长安，唐玄宗挥笔写下了"边服胡尘起，长安汉将飞。"（《平胡诗》）天宝十三年（754），陇右节度副使兼河西节度使哥舒翰又大败吐蕃于洮河两岸，收复了吐谷浑故地唐地九曲。但是，天宝十四年，发生了安史之乱，吐蕃趁机攻占临州、渭州、秦州、岷州、会州、成州、固原一带，甘肃全境被吐蕃控制。德宗建中四年（783），唐与吐蕃在今甘肃清水会盟，唐朝被迫放弃了对西域的统治，陇右地区陷入吐蕃统治长达85年。

②北宋经略洮西陇右。庆历二年（1042）四月，韩琦受任秦州（今天水）观察使。后"西夏寇边，使者使可（侯可）按视，……说渭源羌酋输地八千顷，因城熟羊（今陇西首阳）以抚之。"[8]侯可传,13406 宋神宗熙宁年间，茶马互市的重点逐渐转移到熙秦地区。朝廷派遣王韶开辟河湟，"熙河之役"大胜，遂建置熙河路（治所今甘肃临洮）。王韶于熙宁元年（1068）上《平戎策》指出，要制服西夏首要是收复河湟，而收复河湟的关键在于以恩信安抚沿边少数民族，其中最好的办法莫过于开展茶马互市。西羌"颇以善马至边，所嗜唯茶，乞茶与市"。为了筹措资金，在今陇西古渭寨设置"市易司"，以官钱为资本，借贷给商人，由他们与少数民族进行贸易，又以商人交纳的利息充作军费。宋军先后收复了熙（今甘肃临洮）、河（今甘肃临夏）、洮（今甘肃临潭）、岷（今甘肃岷县）、叠（今甘肃临潭南迭部）、宕（今甘肃宕昌）等州，设熙河路（治所今甘肃临洮）进行统治。熙宁七年（1074）开始在四川地区榷茶，由政府统一控制蜀茶，大量蜀茶运送到陕西秦凤（治所今甘肃天水市）、熙河（治所今甘肃临洮）两路，用茶叶与"西羌""博马"。从此，宋代亦有文人勃发唐人气概，如关学鼻祖张载尝学兵法于寅，"至欲结客取洮西之地。"[8]12723

宋代著名的杨家将、种家将都在陇中地区抗击西夏。熙宁元年（1068），陕西经略使、秦凤路副都总管韩琦，派杨文广前往筑筚篥城；九月，甘谷等三城堡修成，受到宋神宗诏书褒谕，筚篥城赐名通渭堡。另一位北宋名将游师雄，京兆武功人。"受学横渠。第进士，为仪州（今甘肃华亭）司户参军，迁德顺军判官。"[9]1114龙图游景叔先生师雄 元祐五年（1091）任提点秦凤路刑狱，在甘肃定西至通渭之间修筑护耕七寨，今平西寨、安西寨遗址犹存。[8]10689他在《贺岷州守种谊破鬼章》云："围合洮州敌未知，烟云初散见旌旗。忽惊汉将从天下，始恨羌酋送死迟。"[1]他诗中的种谊系种家将种世衡第八子，种氏三代为西北名将，世衡有八子（古、诊、谘、咏、谔、所、记、谊）。边将种师道是种记之子，"少从张载学"[8]7624。种师道以儒为主，兼融道、法，任熙州（今甘肃临洮）推官。鬼章即今岷县维新铁城。宣和元年（1119）初，奉徽宗命率军修筑席苇平城（今甘肃静宁），大败夏军。但是，暗弱的北宋王朝并不是所有人都赞同戍边洮西，如苏辙的《乞罢熙河修质孤胜如等寨札子》：

> 夫兰州不耕，信为遗利矣。若使夏人背叛，则其为患，比之不耕兰州，何翅百倍！故臣以为朝廷当权利害之轻重，有所取舍。况兰州顷自边患稍息，物价渐平，比之用兵之时，何止三分之一。若能忍此劳费，磨以岁月，徐观间隙，侯夏人微弱，决不敢争，乃议修筑。如此施行，似为得策。[10]946栾城集（卷四十三）

这件事因为"光禄卿、枢密都承旨，出知熙州"的范育力争而逼迫作罢。范育上疏曰："熙河以兰州为要塞。此两堡者，兰州之敝也，弃之则兰州危。兰州危，则熙河有腰膂之忧矣！"[9]1113学士范巽之先生育 又请（筑）城李诺平（今甘肃静宁）、汝遮川（今甘肃定西），称"此赵充国屯田古榆塞之地也。"才使朝廷认识到了经略陇右的重要。但是，临洮很快随着北宋王朝的灭亡而并入金、元统治之下，正如宋人范成大所说："州桥南北是天街，父老年年等驾回。忍泪失声询使者，几时真有六军来？"汴京人民尚且如此，大散关、函谷关等已经在宋人眼中遥不可及，"临洮"早已淡出了南宋文人的视线。

二、唐宋诗歌中的"临洮"意象

1. "临洮"意象表现唐宋诗人的爱国情怀

唐朝诗人对"临洮"的特殊感情，反映出临洮地区对安定西北、安定大唐的重要意义。因此，唐朝著名诗人如李白、杜甫、高适、岑参、王昌龄等，在自己的诗歌中都使用了"临洮"意象。很多诗人亲身经历了安史之乱和边塞战事，亲眼目睹了关陇河湟地区的沦陷，尤其以李白、杜甫、王昌龄、陈陶为代表。李白写到"临洮"的诗歌有三首，分别是《白马篇》《胡无人行》《子夜吴歌》。其中"发愤去函谷，从军向临洮。叱咤万战场，匈奴尽奔逃"

(《白马篇》)。活脱脱写出一个投笔从戎、血荐轩辕的爱国诗人的形象，这与高适《送塞秀才赴临洮》："料君终自致，勋业在临洮。"王昌龄《从军行》"大漠风尘日色昏，红旗半卷出辕门。前军夜战洮河北，已报生擒吐谷浑"（其五）有异曲同工之妙。应当说，李白并没有亲历洮西会战，安史之乱前，哥舒翰收服青海吐谷浑时，他还说"君不能学哥舒，横行青海夜带刀，西屠石堡取紫袍。""骅骝拳跼不能食，蹇驴得志鸣春风"。慷慨激越，义愤填膺，藐视草营人命的"功名"，同情边塞人民。但此时，他忽然要"发愤去函谷，从军向临洮"，足见"临洮"关系国家安危，大唐气运。再看陈陶《胡无人行》：

十万羽林儿，临洮破郅支。杀添胡地骨，降足汉营旗。
塞阔牛羊散，兵休帐幕移。空流陇头水，呜咽向人悲。

显而易见，这首诗中已经缺失了"从军向临洮"的豪气，全诗笼罩着一种失望和悲壮的气氛。在唐宋洮河一线，"杀添胡地骨，降足汉营旗"的事绝少发生，除了李靖、侯君集大败吐谷浑之外，在唐高宗永徽元年，屡见苏定方、薛仁贵等边帅全军覆灭，哪能"十万羽林儿，临洮破郅支"？因此，陈陶"空流陇头水，呜咽向人悲"的悲音，既是爱国的浪漫主义情怀的宣泄，也是壮志难酬的现实绝望。这在他《陇西行》（之二）中表现得更加明显："誓扫匈奴不顾身，五千貂锦丧胡尘。可怜无定河边骨，犹是春闺梦里人。"事实上，临洮和陇西在地理位置上是重叠的。他把边塞失败的残酷现实与少妇美梦交替在一起，造成强烈的艺术效果，表现出了无与伦比的爱国主义情怀。同样的边事，同样的临洮意象，在宋人作品中，如苏轼《获鬼章二十二韵》："青唐有逋寇，白首已穷妖。窃据临洮郡，潜通讲渚桥"。诗歌缺少了唐人豪气，多了一些怨恨和无奈。

2. "临洮"意象蕴含悲壮苍凉的边塞品质

洮河东以鸟鼠山、马衔山与渭河、祖厉河分水，西以长岭山与大夏河为界，北邻黄河干流，南抵西秦岭山脉，由于民族文化复杂多变，自古以来"临洮"具有特殊的文化情感和丰富的文化内涵。临洮边地的苍凉与边民的尚武豪情，使边民全民皆兵，不仅男人是战士，妇女儿童也很自然地融入战争，时时备战成了边地常态化的生活内容。表现在古代诗词中，其具有的悲壮苍凉和萧杀肃穆，往往胜过阳关、玉门关、阴山等具有西部特色的诗歌意象。"北斗七星高，哥舒夜带刀。至今窥牧马，不敢过临洮。"（西鄙人《哥舒歌》）它以短促的音节、诡秘的氛围、耸人的场景，让"临洮"意象给人一种特别肃杀诡谲的感情色彩。当然，这种文化色彩，不可能因为一首诗歌所形成，西鄙人在应用"临洮"这一诗歌意象时，说明当时的"临洮"意象已经具备了这种悲壮苍凉的内在情感和语言要素。哥舒翰平定青海吐谷浑在天宝十三年，不到两年，就爆发了"安史之乱"，河西陇右重新沦陷吐蕃之手，哥舒翰本人也身死潼关。"临洮"一词从表象到实质，都强化了这种悲情色彩的变化。

"安史之乱"后，杜甫有一段时间生活在秦州（今天水），因此，杜诗中出现的"临洮"意象，大多数是写实的无奈，并不像李白浪漫主义的豪气冲天。例如杜甫《秦州杂诗》（其三）：

州图领同谷，驿道出流沙。降虏兼千帐，居人有万家。
马骄珠汗落，胡舞白蹄斜。年少临洮子，西来亦自夸。

杜甫这首诗是写实的，安史之乱后的陇右已经沦陷吐蕃，"降虏兼千帐"，"胡舞白蹄斜"，均不是汉人习俗。白蹄，亦作白题。按服虔《汉书注》："白题，胡名也。《南史》卷七十九《白题国》：白题国王姓支，名史稽毅，其先匈奴之别种也。"《代醉编》云：李叔元在京，戎骑入城，有胡人风吹毡笠堕地。后骑云："落下白题。"乃知是毡笠之名（明万历二十五年，明张鼎思撰《琅琊代醉编》四十卷，12册）。故"年少临洮子"，恐怕已不是唐人纨绔？杜诗《喜闻官军已临贼境二十韵》提到临洮："花门腾绝漠，拓羯渡临洮。"作者把"绝漠"和"临洮"相对，由此可知经过战乱的洮河流域，已经不是"富庶天下"的陇右，而是荒凉冷漠，满目疮痍。"唐拒吐蕃，临州其控扼之道也。临州不守，而陇右遂成荒外矣。"[12] 这在唐代其他诗人的作品中，也得到很好地体现。如汪遵的《长城》："秦筑长城比铁牢，蕃戎不敢过临洮。"朱庆馀的《自萧关望临洮》："玉关西路出临洮，风卷边沙入马毛。寺寺院中无竹树，家家壁上有弓刀。"实实在在体现了临洮的风土人情和悲壮苍凉的边塞特质。

3. "临洮"意象寄托着民族和解的愿望

战争给洮西人民带来的苦难，杜甫以亲历者的身份，几乎全部品尝。因此，他往往对于官军取得的任何一点胜利，都能够欣喜若狂。同时，他开始对大唐的边防政策进行反思。唐、吐蕃和亲促进了双方贸易的发展，促进了双方文化的交流，加强了民族融合。"唐前期在民族关系上实行的和亲、互市、朝聘、册封、招抚等以安抚为主，讨伐为辅的恩威并施的怀柔方针，是对汉代以来民族政策的直接继承，只不过有所发展而已。"[13] 陈陶在《陇西行》中说"自从贵主和亲后，一半胡风似汉家。"以唐贞观时期主明臣贤、国富民强的态势，李世民尚且以文成公主、宣化公主下嫁吐蕃、吐谷浑，得到了和平稳定的边防形势，更何况经过了安史之乱的唐王朝。因此杜甫《近闻》：

近闻犬戎远遁逃，牧马不敢侵临洮。
渭水逶迤白日净，陇山萧瑟秋云高。

崆峒五原亦无事，北庭数有关中使。
　　似闻赞普更求亲，舅甥和好应难弃。

这里"牧马不敢侵临洮"，因为吐谷浑在高宗时灭国，其国土已经并入吐蕃，唐西域陇右均受吐蕃蹂躏，牧人谈临洮色变。这样，迫使唐王朝改变对外用兵策略。据《旧唐书》载，自唐中宗神龙二年（705）至唐穆宗长庆元年（821），唐蕃间前后共有八次和盟。杜甫所记的事发生在唐代宗大历元年（766），安史之乱已经平定了三年，杜甫五十五岁。据仇兆鳌《杜诗详注》说："《唐书》：永泰元年十月，郭子仪与回绝定约，共击退吐蕃，时仆固名臣及党项帅皆来降。大历元年二月，命杨济修好吐蕃。吐蕃遣首领论泣陵来朝，此诗盖记其事。"[14]此时，与杜甫关系最好的剑南节度使严武、高适已卒，杜甫又开始了颠沛流离的生活。这首《近闻》通过"似闻赞普更求亲，舅甥和好应难弃"来表达战争给人民带来的苦难和他对民族和解、和睦相处的良好愿望。

与杜甫风格不同，李白《子夜吴歌》（其四）："裁缝寄远道，几日到临洮"用另一种语言控诉战争之苦。作者通过描写一个为临洮前线寄送棉衣的思妇，从另一个侧面表现了人民的流离之苦和民族和解的重要。钱珝《春恨三首》（其二）更是用艺术的手法，描写一个在家思念丈夫的女子愿化作一只蝴蝶，去万里外的临洮寻找亲人，催人泪下，感人至深：

　　久戍临洮报未归，箧香销尽别时衣。
　　身轻愿比兰阶蝶，万里还寻塞草飞。

李白有诗云："君不见青海头，古来白骨无人收。"唐代的青海头其实就是"临洮"界。"临洮郡，东至和政郡一百七十六里。西至野，更无郡县。……西南到吐谷浑界。"[1]4549因此可知，"久戍临洮"就意味着死亡，征人白骨，而在家悬望的妻子，却希望自己变成一只蝴蝶飞到边关，寻找自己的未归人。这更加表现出了战争的残酷和征人思妇的无助，也从另一个角度表现了人们希望民族和解、和平共处的愿望。令狐楚《从军词》（五首）"征人几多在，又拟战临洮。"也是表现了对战争的无奈。中唐诗人吕温的《临洮送袁七书记归朝》一诗很值得注意。全诗如下：

　　忆年十五在江湄，闻说平凉且半疑。
　　岂料殷勤洮水上，却将家信托袁师。

吕温字和叔，唐河中（今永济市）人。贞元二十年夏，以侍御史为入蕃副使，在吐蕃滞留。顺宗永贞元年（805）秋，使还，转户部员外郎。该诗欲抑先扬，写出了旅经临洮时的复杂心理和思念家乡亲人的真挚情感。这种情感到了宋人那里，更多的则是对奸雄的怒斥、痛骂、仇恨，如陆游《董逃行》："渠魁赫赫起临洮，僵尸自照脐中膏。"诗中始终充满了对卖国贼、乱世奸雄的切齿仇恨。

4. "临洮"意象承载着诗人英雄主义理想

有些诗人虽然写到临洮,但并不一定到过临洮。有不少诗人亲自到过陇西临洮之地,亲身经历了边塞战事,亲眼目睹了惨烈的战争场面。马戴《出塞词》就是一首英雄主义战歌:

  金带连环束战袍,马头冲雪度临洮。
  卷旗夜劫单于帐,乱斫胡儿缺宝刀。

这首《出塞词》在雄壮的场面中插入细节的描写,神完气足,含蓄不尽。"金带连环"表现了将士的风神俊逸,"马头冲雪"传达出一往无前的气概和内心的壮烈感情。"临洮"一词给激扬的诗情涂上了一层庄严壮丽,使得诗歌激扬而精致,粗犷而丰满。"乱斫胡兵缺宝刀",其肉搏拼杀之烈,战斗时间之长,都在"缺"字中传出。在这首诗里,我们没有看到胆怯、惊惧、犹豫、失败和死亡,而是被勇敢、坚毅、机智和胜利所包围,人物之丰神壮烈,诗情之飞越激扬无以复加。另如王勃的《陇西行》:"烽火照临洮,榆塞马萧萧。先锋秦子弟,大将霍嫖姚。"王昌龄的《塞下曲》:"平沙日未没,黯黯见临洮。昔日长城战,咸言意气高。"高适的《送蹇秀才赴临洮》:"倚马见雄笔,随身唯宝刀。料君终自致,勋业在临洮。"他们使用的"临洮"意象,有一个共同的特点:诗歌总体上具有"兴象玲珑"的盛唐气象和个人英雄主义的气概。"临洮"在当时的集体无意识中,充满了诗人对收复临洮、青海,打通西域,光复河山的英雄主义的理想渴望。但是,安史之乱后的大唐,民不聊生,藩镇割据,乱象丛生,已经没有明主贤将能够建立"前军夜战洮河北,已报生擒吐谷浑"的功业了。惟有诗人把大唐之痛当作自己的耻辱,通过写实来表达自己心中的不满和伤痛。如:李昌符《登临洮望萧关》:

  渐觉风沙暗,萧关欲到时。
  儿童能探火,妇女解缝旗。
  川少衔鱼鹭,林多带箭麋。
  暂来戎马地,不敢苦吟诗。

萧关在宁夏固原东南,是三关口以北、古瓦亭峡以南的一段险要峡谷,有泾水相伴。作者见到的景象,经过战争摧残,满目疮痍,"川少衔鱼鹭,林多带箭麋",更何况多灾多难的边地人民。"不敢苦吟诗"与"欲说还休"的味道相似。"临洮"本来是富庶之地,"《志》曰:郡土田膏腴,引渠灌溉,为利甚博。其民皆蕃汉杂处,好勇喜猎。故徐达亦云:'临洮西通蕃落,北界河湟。得其地,足以给军储,得其人,足以资战斗也。'"[12]但是,人民却只见到查看探视烽火的"儿童"和为战士缝补旌旗的"妇女",这不仅让人无限感慨，更能激发出征人的英雄主义豪情，力尽关山，血洒疆场，还安宁于人民。因此，"临洮"意象，经过唐宋伟大的诗人引用、描写，无疑具有明显的时代特色和丰富的文化内涵。

参 考 文 献

[1] [唐] 杜佑撰. 王文锦，王永兴，刘俊文，徐庭云，谢方校点. 通典（卷一百七十四）州郡志四 [M]. 北京：中华书局，2007：4549.

[2] [南朝宋] 范晔. 后汉书·西羌传 [M]. 北京：中华书局，1973：2876.

[3] 耿少将. 西羌通史 [M]. 上海人民出版社，2010：102.

[4] [唐] 魏徵等撰. 隋书. 北京：中华书局，1973：814.

[5] [宋] 欧阳修，宋祁，范镇，吕夏卿. 新唐书. [M]. 北京：中华书局，1973.

[6] [后晋] 刘昫等撰. 旧唐书. 北京，中华书局，1973：5301.

[7] 周伟洲. 吐谷浑史. [M]. 桂林：广西师范大学出版社，2006：82.

[8] [元] 脱脱，阿鲁图. 宋史 [M]. 北京：中华书局，2012：7647 - 9947.

[9] [清] 黄宗羲. 宋元学案 [M]. 北京：中华书局，1986：1 - 1116.

[10] [宋] 苏辙著. 曾枣庄，马德富点校. 乞罢熙河修质孤胜如等寨札子. 栾城集（卷四十三）[M]. 上海古籍出版社，1987：946.

[11] 全唐诗. 上海古籍出版社，1986：1 - 2209.

[12] [清] 顾祖禹. 读史方舆纪要·卷六十·陕西九. [M]. 北京：中华书局，2007.

[13] 刘小兵. 唐蕃和盟关系研究 [J]. 云南社会科学，1989（5）：55 - 62.

[14] [清] 仇兆鳌. 杜诗详注. [M]. 北京：中华书局，1999.9.

[15] 傅璇宗. 唐才子传校笺（二）. [M]. 北京：中华书局，1989：542 - 544.

[16] 全宋诗.

（连振波：甘肃省定西师专陇中文化研究所所长，副教授）
（李富强：甘肃省定西师专中文系党总支书记，副教授）
（贾伟：甘肃省定西师专中文系讲师）

论许承祖《西湖渔唱》的景观文化意义

宋雪玲

清代许承祖《雪庄西湖渔唱》是一部专门吟咏杭州西湖的诗集,均为七言绝句,共三百六十五首。诗集卷前有序,篇各有题,题各有注,互相生发,相得益彰;全景式地展现了西湖绮丽的自然风景和丰厚的历史底蕴,具有特殊的文化景观意义。由于许承祖诗名不彰,长期以来,此书一直尘封于历史的故纸堆中,这是非常可惜的。故笔者不揣谫陋,尝试论之,以就教于方家。

景观(Landscape),一般来说包含自然景观与文化景观两个基本层面,但是在许承祖的笔下,西湖的自然景观已不再是作为风光满眼的自然存在,而浸润着丰富的人文意蕴;西湖的人文景观也不再是作为巧夺天工的文化存在,而成为了西湖自然景观的有机构成。因此,本文按照景观描写的结构布局、自然景观的文化内涵、文化景观的审美特点以及《西湖渔唱》的研究意义四个方面作具体论述。

一、景观描写的结构布局

《西湖渔唱》虽以西湖为名,但其内容涉及整个西湖所有的景观,并涉及西溪、钱塘等西湖周边景观,每一处景观皆赋诗七言绝句一首。然而,在结构布局上,以景观的空间方位的排列为次序,以"路"为线,以每一处景观为"点";既宏观的全景式地呈现以西湖为核心的杭州景观的全貌,又突出描写每一处景观的审美特点,犹如一幅立体的杭州西湖游览图。

全诗按"孤山路"、"南山东路"、"南山西路"、"北山东路"、"北山西路"、"吴山路"、"西溪路"分为七卷,以西湖景观为核心,全景、立体式地呈现了杭州景观。如卷一"孤山路"曰:

渔唱何以先孤山?山居南北两峰之间,当西湖中。行宫佛宇,金碧昭回。上下掩映,独岿然不与众山为伍。环而列者,若星之拱辰。[1]

明确指出,之所以以"孤山"为卷首,乃是因为孤山居于西湖景观的中心位置,岿然特立,众山如星辰之拱北辰。由此可见,诗人在全景式呈现杭州景观时,又突出以西湖为核心的结构布局上的艺术匠心。诗集以《西湖》为首篇:"泼眼空濛水气多,列屏山势涌青螺。春肥土鲋秋肥蟹,岁岁湖船倚棹

---

[1] 许承祖:《雪庄西湖渔唱》,1页,上海古籍出版社,1985。下引此书仅注篇名。

歌。"实际上也概括了杭州西湖景观的整体特点：湖水空濛满眼，山势滴翠参差，春季鱼美，秋天蟹肥，轻舟泛于湖上，櫂歌盈于水面。山水映带，物产丰饶，充满深厚的人文底蕴，这恰恰也是杭州西湖景观总体上的特点。所以后面诗歌的景观描写也基本围绕着这样的特点而展开。

诗集每一卷所描绘的景观又是按照空间的方位，类似游览顺序，依次分开描写，如"孤山路"卷又曰：

> 故始孤山。由圣因寺左行，至白沙堤。右行，至西泠桥，皆属山麓。而苏堤、赵堤、杨堤，横亘其西。凡里外六桥及三塔、湖心亭诸景，咸附见焉。曰孤山路。

因为孤山"在西湖中，一屿耸立，旁无联附，胜绝诸山。……行殿、精蓝，弥布椒麓，独揽全湖之胜"（《孤山诗》题注，引《咸淳临安志》）。具有西湖景观的标志性意义，所以全卷诗歌以孤山为核心，首先描写孤山独特景物："镜奁低接画图开，老桧虚传古柏摧。佳句令人思白傅，孤峰浮出小蓬莱。"湖映孤山，如镜奁照影，打开了一幅独特的景致，然而老桧古柏已经销蚀在历史传说之中，纵然如此，孤山耸立，水浮山影，若蓬莱神山，不禁使人想起白乐天"蓬莱宫在海中央"（《西湖晚归回望孤山寺赠诸客》）的佳句来。然后，又以"在孤山之阳"的圣因寺为路标，按照左至白沙堤、右行西泠桥的游览行踪，再以孤山之西以及里、外的空间方位简略描述之。而在每一处景观具体描写的诗前注释中，又特别说明这一景观的空间位置。如：圣因寺"在孤山之阳"；四照亭"在孤山巅"；岁寒岩在圣因寺后；照胆台"在孤山，亦称关帝庙"；水仙王庙"在孤山路口"；唐陆忠宣公祠"旧在孤山之阳"；白沙堤"自断桥起，迤逦经孤山，至西泠桥止，径三里余"；断桥"在孤山路口"；玛瑙坡"在孤山东"[①]等等，都明确交代了每一处景观所处的空间次序。即使是一些小的景观，所在方位也清晰可辨，如：勾留处"在孤山放鹤亭南"；放鹤亭"在孤山北，和靖处士故庐也"，这就使得整个景观的描述，构成一种立体的网状的互相联系的整体。

也有少数诗卷以景观的主题为结构布局的核心，类似于后代的主题公园。如"北山西路"曰：

> 西湖之有灵竺，天地精华，至此一聚，毓奇孕异，无美不臻。翘自翠华临幸，云林诸刹，弥觉改观。可谓独有众胜者矣。由青芝坞、胜泉西，履桃源岭，径合涧，趋鹫岭，又西至韬光，入巢居坞，迤石人岭、西源峰，皆属北高之麓。折而南行，过三竺，历乳窦、白云诸峰，越郎当岭，止天门山，曰北山西路。

[①] 以上引文均见《雪庄西湖渔唱》每篇之题注，不详注，下同。

虽然此卷所描述的景观并非完全属于佛教类，但是这一片景观中却以佛教景观最为引人注目，故以佛教的人文景观作为主体。

综上，《西湖渔唱》以五路为自然分界点，因南北两路"灵境较多"，又各列东西路分叙，故共厘定为七卷。一方面每一卷形成一个自然的景区，围绕一个主体景点展开，形成辐射式的结构，而且景点与景点之间有明确的空间次序的关系，以此清晰地交代了游览路线的空间、方位；另一方面七卷之间互相映带，既成为杭州西湖景观的全景式的呈现，又互相呼应，使每一个景区、景点的区域性、独特性与杭州西湖景观的整体性、映带性成为一个有机整体，将宏观鸟瞰与微观描述有机结合起来，使《西湖渔唱》在展示西湖景观的同类著作中具有无与伦比的价值。

二、自然景观的文化内涵

西湖以秀美的自然山水著称，湖水与群山紧密相依。旖旎的湖光山色激发了中国古代文人无限的创作灵感，成为历代诗人的吟咏对象。而吟咏西湖的自然风光，也是《西湖渔唱》最为重要的部分。《西湖渔唱》所描述的自然景观主要是山与水。与山有关的有山、岭、峰、岩石、山坡、山坞、洞穴等，计150处；与水有关的有江湖（河）、溪涧、港湾、水池、泉水、水井等，计59处。山色、水光互相映衬，构成了满眼风光的自然景观。诗人既写出了天籁自然的审美特点，也发掘其回味无穷的人文底蕴。

在诗人笔下，西湖的山川形胜，令人赏心悦目，峰峦与水光辉映，阳刚之气与阴柔之美统一，巧夺天工与天籁自然圆融，构成了西湖独特的自然景观。如《飞来峰》：

飞桥飞寺绝清幽，峰到飞来万景收。

百尺虬枝穿石傰，一条雪浪绕山流。

飞来峰，位于灵隐寺。《灵隐寺志》云："峰高五十余丈，怪石森立，青苍玉削。若骏豹蹲狮，笔卓剑植。顶有石如梁，横亘空际。有泉曰莲花，蓄岩隙。林木俱不假土壤，根生石外。冬夏长青，洵武林山之第一峰也。"康熙二十八年南巡至此，御书"飞来峰"三字。诗人仰望山岭，不仅峰如飞来之天竺灵鹫山，而且小桥凌空，寺依绝岭，亦如天籁清幽而飞落人间；俯观山下，古树虬枝，盘根错节，悬垂百尺而穿过石傰，泉水喷涌，洁白如雪。峰如飞来写其险峻，虬枝百尺写其萧森，清幽的静态之美与浪涌的动态之美组成一幅刚柔相济的动人画卷。其他如《武林山》："涧合东西流派远，山联南北结根深。蜿蜒奇秀开灵竺，千古真源属武林。"写南北山峦交织，幽深曲折，东西涧水分合有致，支派远流。山奇水秀，婉曲绵延，如神灵之天竺，千古之源头。山依水而奇伟，水傍山而灵秀，相融相生，柔而不弱，刚而不脆。

虽然诗人写山水，多以淡笔描写胸阔之境，化雄奇为柔美，化质实为空灵，但是有两点用笔不同。第一，部分诗篇用墨浓，用笔实，凸显高山之巅雄峻其先，如《北高峰》：

界石沉霾势少双，曲盘危磴瞰钱江。
斗枘直挂山尖塔，浩浩天风遍法幢。

北高峰，《灵隐寺志》："武林山左支之最高者。石磴数百级，自下至顶，曲折凡三十六湾。……群山屏列，湖水镜浮。江流折为带环，海色宿为莽沆，真大观也。"前二句以"界石沉霾"、"瞰钱江"突出其超拔于群山之上，以"势少双"、"曲盘危磴"描绘其山势险峻高耸。三四句以北辰挂在山尖塔上、浩荡天风吹动树木如法幡飘动的夸饰手法进一步突出高入云天。其笔墨与上引描写山水之诗有明确不同。然而，诗人在写泉水时又是别一笔墨，如《细雨泉》：

潋滟方塘一镜平，溟濛如雾散余清。
游人底事生惆怅，空听泉声作雨声。

题注曰："张遂辰《湖上编》：玉泉寺后，有细雨泉。泉眼上涌，浮潋波面。每斜风疏点，游人辄惊雨而去。故名。"诗写山上清泉散落，如雾濛濛，地上泉如方塘，平整如镜，阳光落在泉中，水光潋滟。游人听泉声若天雨之声，不禁顿生泥身世俗的惆怅。落泉的溟濛之境与游人的溟濛之心交织，是全诗透着梦幻般的轻柔，与《北高峰》风格完全不同。西湖泉甲江南，仅许承祖所描述的既有24处之多。

诗人依据西湖每一处自然景观的不同特点，用笔或浓郁或雅淡，写景取境或空灵或实际，或纯然描述，或情寓其中，眼前之景与想象之境交融，特别描述了西湖得之天籁的山水特点和醉人心灵的审美境界。

但是，《西湖渔唱》的意义并不止于呈现了西湖山水的天籁之美，而是在自然景观的呈现中浸润着深厚的人文底蕴，使自然景观或积淀了悠远的文化韵味，或构成了诗情的象外之意，增加了一份令人渺然遥想的神韵。这主要表现在三点上：

第一，在自然景观的描述中融进人文景观。自然景观与人文景观并非截然分割的两种存在，自然景观大多包含着人文景观的内容。《西湖渔唱》固然有单纯的自然审美描述，但部分诗歌也包涵丰富的人文景观内容，如《飞来峰》对"飞桥飞寺"的描述，《河渚》诗对"酒垆"、"溪女卖渔"的描述等。少数自然景观的名称本身就镌刻着深厚的人文情怀，《相思岭》题注曰："上下唐村，此岭为界。春秋两赛，保社中分，故曰相思岭。"也就是说，此岭分割两村，所以名"相思岭"者乃以喻两村情感相连而难以割舍也。而许承祖诗则因名生发，抒发由景而生的人文情怀：

　　纡回磴道恨难平，百转幽思触绪生。
　　肠断山前山后路，风愁雨泣不胜情。

全诗以男女相思情怀为主题，抒写其触目于山上石阶迂回曲折，幽思遗恨百转千回，令人肠断，山间风雨绵绵，亦如挥之不去的忧愁眼泪。可见，诗的主旨并非呈现自然景观的审美特点，而是抒发因景而生的人文情怀。

　　第二，在自然景观的想象中融入人文情怀。在《西湖渔唱》中，诗人的自然景观描述大多融注着自我的联想和想象，其中也往往包涵着丰富的人文内容。如上引《北高峰》"浩浩天风遍法幢"、《细雨泉》"游人底事生惆怅，空听泉声作雨声"的想象与联想，其中《南屏山》可视之为典型：

　　列嶂天成翠霭浓，画图层出展山容。
　　半生尘梦凭谁觉，敲破南屏一杵钟。

《净慈寺志》载：南屏山"高四十余丈，延袤可八里许，即九曜山分支。峰峦耸秀，怪石玲珑。中穿一洞，上有石壁，宛若屏障，旧称'南屏晚钟'。"全诗唯有首句正面描写南屏山峰峦耸秀，然后以"画图层出"概括其风景如画而虚承之。最后两句完全由南屏晚钟引出联想，抒写芸芸众生溺于如梦之尘俗而难以"觉悟"，无限人生感慨也蕴涵其中。

　　第二，在诗歌题注的叙述中渗透人文内容。《西湖渔唱》的题注，既表现了这一景观的天籁之美，也在叙述景点构成、考证人文掌故中，揭示出景观的丰厚人文内涵。这也是本书最有文化价值的部分，只举一例以说明之。如《大慈山》题注曰：

《名胜志》：在九曜山之西，去城可十里。山色苍蔚，中峰隆起，旁舒两翼。释法深《虎跑寺志》：左曰屏风山，石壁耸秀，形似屏障。右曰涅盘山，因济颠禅师茶毗此山，遂名。山巅曰越王台，相传越王演武于此。山之对，曰擎钵峰，圆覆如擎起势。山之下，曰锁云幢，因水泻山外，立此以抵之。并仙人石、美人峰、三块石、文笔峰、龙洞、虎洞诸胜。《游览》《西湖》二志，只载屏风山名，余俱失载。

　　题注通过引据典籍，先交代景观空间方位，再描绘风景特点，又叙述景观构成，并将相关历史传说、人文掌故交织进其中，从而使这一自然景观包涵着浓郁的文化内涵。

　　概括言之，《西湖渔唱》所描述的自然景观既注重描绘天籁自然的审美特点，写出意态、神韵，也注重描述自然景观的文化内涵，给人无限历史遐想和象外之旨的韵味。题注以阐释其文化意蕴为主体，诗歌以描述自然审美为特点，然而二者互相生发，使诗的内涵浸润深厚的文化底蕴，注的历史文化文献也映带着诗的韵味。因此即使是自然景观也渗透着深厚的文化意义。

三、文化景观的审美特点

西湖除了得天独厚的自然恩赐之外，也以近千年的文明与文化发展而积淀了丰厚的人文底蕴。西湖自然山水与人文景观交融渗透，共同构成了西湖令人神往的审美境界。《西湖渔唱》所描绘的文化景观主要包涵寺庙祠堂、楼台亭院、堤桥墓塔以及其他难以归类的人文古迹。其中最多的部分是寺庙约63处，桥约26处；有些古迹虽然数量不多，却影响巨大，如白沙堤、苏堤、赵公堤、杨公堤、白公堤、苏小小墓、宋少保岳忠武王墓、宋林和靖处士墓等。表现文化景观的丰厚文化底蕴，描绘文化景观的自然审美是《西湖渔唱》这部分内容的基本特点。

《西湖渔唱》在文化景观中尤其注重揭示其景观的文化意义。由于《西湖渔唱》由题注和诗歌两大部分组成，因此其文化景观的文化呈示也主要有两种类型。

第一，以注为主，以诗映带，题注详尽地揭示名胜古迹的深厚文化内涵，特别是对于文化景观命名的由来以及与景观密切的历史事件、历史人物、历史掌故等都引证史籍，加以详细说明。如《水仙王庙》题注：

> 一名嘉泽庙。俗称钱塘湖龙君。在孤山路口。成化《杭州府志》：旧在宝石山，后徙压堤桥。钱氏表请封广润龙王。宋乾道五年，安抚周淙以祷雨屡应，崇祀之。并以乐天、和靖、子瞻三贤附祀。有井曰"荐菊"。取苏轼诗"不然配食水仙王，一盏寒泉荐秋菊"之义。明嘉靖二十三年，郡守陈仕贤移建今处。康熙三十八年，圣祖仁皇帝南巡，御书"平湖秋月"扁额，建亭。为十景之一。遂徙水仙王像于亭后。按《越绝书》：伍胥浮尸江上，吴人称为水仙。唐乾宁间，封吴安王。故有水仙吴王之称。后因嘉泽龙王庙名水仙王庙，竟以龙王为水仙矣。

通过题注可以清楚看出：（1）祭祀对象。乃祭祀钱塘江龙君，即春秋吴国大夫伍子胥。（2）庙名变化。水仙王庙，原名嘉泽庙，俗称钱塘湖龙君庙，五代时钱镠请封为广润龙王，庙随之而改；又因为伍子胥死后尸浮江上而不沉，吴人称为水仙；而唐乾宁间，封吴安王，有水仙吴王之称，遂至后人移花接木，龙王庙竟被称为水仙庙。（3）庙址变迁。旧在宝石山，后徙压堤桥，明嘉靖移建今处。此外，还介绍了景观的其他景点及其文化意蕴，其中特别介绍了荐菊井、平湖秋月亭的来历，尤其点明后者在西湖景观中的地位。这就将这一文化景观的相关文化背景及其意蕴阐释得非常清晰。而其诗则抓住景观的核心特点，映带注文。"非鬼非仙坡老句，夜深曾记水仙游。举杯更向湖亭望，万顷玻璃一色秋。"首二句与题注所引东坡诗句互相呼应，并缀之合理联想；后二句说明平湖秋月亭所以成为"西湖十景"之一的原因：湖亭举杯远望，西湖胜境尽收眼底。以诗映带题注，更丰富了这一景观的文化内涵。同卷的《圣因寺》《四照亭》《照胆台》等皆属此类。

第二，以诗点题，以注阐释，诗歌撷取景观的核心文化内涵，叙述历史事件的核心内容及其深刻意义，而历史事件的发生、发展则在题注详尽原委。如《苏堤》诗曰：

> 平堤绕碧想前贤，太守风流接踵传。
> 在郡只争六百日，救荒湖水注千年。

这首诗叙述了西湖开发史上的一件大事。"平堤"即苏堤，"太守"指苏东坡。诗的后两句乃概述指东坡任杭州知府（1089年）疏浚西湖时取湖泥和葑草堆筑苏堤之事。苏轼上任之后，便亲自为西湖请命，上书哲宗《乞开杭州西湖状》，言"杭州之有西湖，如人之有眉目，盖不可废也"①，从而成为西湖历史性的文献。故诗云绕行碧绿的平堤追忆前贤，太守辉煌业绩一直流传。虽然在郡不足两年，仍然争夺时日，筑堤蓄水以救荒年，历经千年而沾溉后世。如果说上诗只在于撷取历史的碎片，重在写景；那么此诗则是着眼于宏观叙述历史事件，揭示深刻意义，重在叙事。而通过题注则将这一历史事件阐释得原委分明。虽然今天我们所见到的苏堤，已经过无数次的增补修葺，早已不再是苏东坡修筑的原样，但毋庸置疑的是，西湖是从这时起，才真正展现了天堂初景，成为人们流连忘返的风景胜地，"苏堤春晓"也因此而被誉为"西湖十景"之首。其他《问水亭》《梵天讲寺》《灵鳗井》等，皆属此类。

从诗的角度说，无论是微观撷取历史碎片，抑或宏观叙述历史事件，都蕴涵着历史人文情怀，具有厚重的文化意义。从注的角度说，详尽叙述历史事件、人物、掌故等等，更直接地呈现了景观的文化内涵。

诗人常将人文景观作为自然景观的一个有机组成部分而突出描写其审美特点、审美感受，如《云栖寺》："夹径萧萧竹万枝，云深岩壑媚幽姿。一天翠霭含山寺，春昼阴晴人不知。"又《洗心亭》："千层飞瀑万篔筜，六月僧堂似水凉。行到洗心亭子上，浮岚湿翠滴衣裳。"云栖寺在梵村云栖坞中，云深岩壑环绕，松竹滴翠簇拥，故诗写其夹径竹林掩映，漫天云霭湿翠，令人不辨天日，难分阴晴，特别衬托出云深岩壑中的寺宇给人的幽静妩媚之感。洗心亭在云栖寺门外约一里许，诗写飞瀑层层，竹林浓密，即使是暑天入寺，也是一片澄净清凉，拾级登亭，山峦在烟霭中浮动，湿润的水珠带着翠色打湿游人衣裳。二诗在写出景物审美特点的同时，又以"媚"、"知"、"凉"、"滴"写出

---

① [宋] 苏轼：《杭州乞度牒开西湖状》，见《唐宋八大家散文总集》（卷八），5983页，石家庄，河北人民出版社，1995。

在特定之境中特殊的审美感受。

当然,《西湖渔唱》更多地将由特定的文化景观所产生的人文情怀交融进对自然审美和主体感受之中,既丰富了诗歌的人文内涵,又增殖了诗歌的审美韵味。如《长桥》:"桃花流水两依依,路入南屏一径微。唱罢长桥短桥月,鸳鸯生小不单飞。"诗前二句写长桥之景,后两句则以虚拟想象抒情。题注曰:"《癸辛杂识》:淳熙间,王氏子与陶女名师儿,共溺桥下。"钱塘吴礼之《霜天晓角》词又云:"荡漾香魂何处,长桥月,短桥月。"因此诗人吟咏前人之词,藉想象以抒发美好的愿望。再如《表忠观》:"庙貌依然傍翠微,行人陌上看花飞。丹书铁券今何在,渭水销沉几夕晖。"表忠观乃为祭祀五代吴越王钱镠所建。钱镠因军功、政绩辉煌而被封为吴越王,并被赐予丹书铁券,故此诗在描绘庙观之景后,直接抒发感慨:一切辉煌在时间长河中烟消云散,丹书铁券也沉埋于渭水之中,惟有夕阳残照,萧森凄凉。在诗人的审美感受中浸透着无限的历史沧桑。

如果说题注重在阐释景观的文化内涵,那么诗歌则重在景观的审美属性,而并非刻意揭示其所蕴涵的人文意义。然而题注也引证史籍,间有景观的审美描述,诗歌描绘也多交融人文情怀,故曰题注、诗歌互相映带,相依相生,使得《西湖渔唱》有着无可替代的文化景观意义。

四、《西湖渔唱》的研究意义

西湖醉人的湖光山色使历代文人盘桓流连,创作了丰硕的西湖历史文献和诗词歌赋。这些历史文献和诗词歌赋,既记载了西湖景观的历史变迁,又为西湖景观增添了厚重的文化意蕴;研究这些历史文献和诗词歌赋,既可以清晰地了解西湖景观文化的发展历史,又可以为今天重建西湖的人文景观、恢复历史原貌提供历史的坐标,也可以为进一步扩大西湖的社会传播效应提供艺术审美上的有效媒介。《西湖渔唱》集历史文献与艺术审美为一体,因此研究《西湖渔唱》对于今天开发西湖的人文景观、扩大西湖的传播效应,都具有重要的现实意义。

在西湖历史文献中,《西湖渔唱》占有特殊的地位。其题注"广索旧文,博搜逸事,分注题后,备志乘之缺。间亦有酌非正误处,悉标陈书目,征引原文,非敢妄议前贤,独伸己见也。凡可供游历、资考证者,辄于题外就近附载,不嫌琐杂。"(《西湖渔唱》自序)可见,从历史文献的角度,研究《西湖渔唱》有两方面的直接意义。

第一,《西湖渔唱》的首要意义在于"酌非正误",其题注所涉及大量的考证辨伪,对于明确西湖景观的具体方位有重要意义。如《苏小小墓》题注:

唐徐凝《寒食》诗谓在嘉兴。陆广微《吴地志》遂引凝诗，载墓在嘉兴县侧。白乐天、刘梦得诗，皆指钱塘。说各不齐。按，嘉兴并无墓址可考。至元《旧志》亦无明文。而《钱塘苏小小歌》，早见于乐府。郭茂倩所编引。广曰：苏小小，钱塘名倡。南齐时人。古辞云"何处结同心，西陵松柏下"，是为钱塘人无疑。又《辍耕录》载《春渚纪闻》云：司马才仲，为钱塘幕官。其廨舍后有苏小墓。又周紫芝《湖堤步游》有《吊苏小墓》诗。据此，则宋时显有墓在湖上。与《咸淳临安志》《武林旧事》吻合。

据此可知，关于苏小小墓的具体方位有在嘉兴说、嘉兴县侧说、钱塘说，也有在西湖说。作者根据乐府古辞首先判断苏小小"为钱塘人无疑"；然后又据《辍耕录》、《吊苏小墓》诗，判断"宋时显有墓在湖上"，并提供后代文献作为佐证。这就为苏小小墓所在地的准确地理方位提供可靠的依据。对于历史文献记载有误的地方，作者也加以详细辩正，如《有美堂址》题注曰：

《名胜志》：在吴山顶。宋嘉二年，梅挚以龙图学士出守杭州，仁宗赐以诗，有"地有湖山美，东南第一州"之句，因以名堂。欧阳修撰记、蔡襄书。《咸淳临安志》：有美堂，钱氏初建看江亭于此，当在吴山最高处。东坡有《九日舟中望见有美堂，鲁少卿饮处》诗，又《会客有美堂，周泛湖往北山，闻堂中歌笑声，寄和》诗。夫曰望见、曰闻声，则必非凤山可知。旧志称：淳六年，府尹赵与发地，获古刻小碑于山巅太岁殿侧，即仁宗赐挚诗，则此堂故址当在吴山无疑。今故址已废，惟府治后堂，仍其名。《游览志》与《西湖志类钞》载有美堂在凤凰山者，误也。

有美堂址究竟在何处？笔者通过考证宋仁宗赐梅挚诗、《咸淳临安志》及东坡诗等历史文献，得出"此堂故址当在吴山无疑"，"《游览志》与《西湖志类钞》载在凤凰山者，误也"的可靠结论。而且作者的态度非常严谨，对于不能明辨者，则"存之，以俟参考"，如《幽居洞》题注。

第二，《西湖渔唱》另一意义在于"备志乘之缺"，其题注还涉及了大量的介绍西湖景观历史变迁的历史文献，通过拾遗补缺，可追溯西湖古代景观的原貌。如《扫帚坞》题注：

《杭州府志》：在栖霞岭后，以形似名。中有护国仁王寺，即黄龙祠。宋淳间，经略花园使孟珙建。元末毁。明洪武初，僧祖吉重新。又天龙庵、永安院、西靖宫并废。西为净性禅寺，傍曰青衣桥。

由题注可知，在扫帚坞中，原有宋代所建的护国仁王寺即黄龙祠，毁于元末，重建于明代，并有天龙庵等其他建筑，皆废。再如《麦岭》题注："地当南北两山之界，盖积庆山之陂迤逦者。《钱塘县志》：岭畔旧有显庆寺、太清宫、广福院、梅坡园、赞宁塔，并废。"如此等等，不仅叙述了这些景观的古今变迁，丰富了景观的文化意义，而且也影影绰绰地展示了古代这些景观的构成及其特点。

上述两个方面，对于今天如何开发西湖景观、恢复历史原貌等重建工作，甚至对于准确地介绍西湖景观文化内涵及其特点，都有着重要的参考价值。曾大兴先生《文学景观研究》指出：

> 景观的形象，在未曾光顾或者登临的人们心里，原是很抽象，或者很模糊的。但是凭借文学的描写，人们会由此而产生出丰富的联想或者想象，于是这些景观的形象便在脑海里浮现，变得具体可感，这样就会产生游览的愿望或者打算。优秀文学作品的传播效应，广告效应，超过了世界上任何职业的广告人所做的任何广告。[1]

这种特定的审美效应所引发的社会传播效应，是其他媒介所无可比拟的。因此，研究《西湖渔唱》的艺术审美，所产生的审美效应也可以进一步扩大西湖景观的社会影响。

近年来，有关西湖诗词研究，已引起部分学者的关注，但是研究者的目光大多集中于唐宋时期的名家大家，如白居易、苏轼、林逋等。事实上，清代西湖诗词，无论从诗人数量还是从作品规模上来说，都超越了前代，且许多作品在艺术审美上也并不逊于唐宋名家大家。特别是清代中叶以降，还涌现出许多出生于杭州本土的堪称"专业"的作家，这部分诗集和作品目前还没有引起充分的关注，这是很令人遗憾的。清代西湖诗词，有一个很明显的现象就是专集众多。仅李灵年、杨忠共同主编《清人别集总目》[2]，就辑录多达三十余种。另有国家图书馆藏光绪间稿本《西湖诗录》以及上海图书馆藏《西湖秋柳诗合稿》、《西湖秋柳诗集》。而《西湖渔唱》是清代西湖专集中尤为特殊的一种。厉鹗《序》曾以"为西湖开生面者"高度评价其书，认为许承祖吟咏西湖，不落前人窠臼。可见，在西湖诗词史上，许承祖《西湖渔唱》是很重要的一部。因此，研究《西湖渔唱》可以藉其高超的艺术审美效应而进一步推动西湖景观的社会传播效应。

所以，研究《西湖渔唱》，不仅有助于推动浙江文化名人研究，具有深远的文化意义；而且有利于西湖景观历史原貌的重建或恢复，强化西湖景观的社会传播效应，对于丰富西湖旅游文化，推动地方经济的发展，具有现实的社会意义。

（宋雪玲：浙江省社会科学院助理研究员，文学博士）

---

[1] 曾大兴：《文学景观研究》，载《广东技术师范学院学报》，2011（2）。
[2] 李灵年、杨忠主编：《清人别集总目》，合肥，安徽教育出版社，2000。

瓦尔登湖文学景观

白阳明

提起瓦尔登湖，人们首先联想到的是梭罗，是梭罗的一本书《瓦尔登湖》。在美国，《瓦尔登湖》成为人们的绿色圣经。在中国，对梭罗作品的译介主要为《瓦尔登湖》，国内的译本早已超过40种，其中最有影响的当属徐迟的翻译。相比西方而言，中国也出版了许多对《瓦尔登湖》研究的论文和专著，多从思想内容入手，或者从生态文学视角展开，研究领域不甚宽广，而且多有重复之嫌。在《我们应当如何开展文学地理学研究》一文中，邹建军教授提出了"从自我熟知的文学现象开始，从对具体作家作品的分析出发，关注中外文学批评史有关地理批评的理论与实践，科学研究方法与审美批评的结合，了解与认识当代西方的文学地理学"[1]五个方面的意见，这对于经典作家作品进行全新解读提出了建设性的途径。梭罗的《瓦尔登湖》使得瓦尔登湖成为著名的文学景观，《瓦尔登湖》已经超越文学本身，对社会文化产生了重大的影响，研究瓦尔登湖文学景观，可以更好地理解《瓦尔登湖》，亦可丰富人们对文学景观的认识，提高人们对文学的兴趣，其意义自不待言。

"文学景观"是曾大兴教授提出的一个概念，"所谓文学景观，是指那些与文学密切相关的景观，它属于景观的一种，但是又比普通的景观多一层文学色彩，多一份文学内涵。"[2]瓦尔登湖是美国的一处湖泊，人们知晓它是因为梭罗的《瓦尔登湖》，因此，它既是景观的一种，又多了文学色彩和内涵，已经超越其自然属性而成为一处文学景观。

一、瓦尔登湖

瓦尔登湖位于美国马萨诸塞州的康科德，北纬42度26分21.12秒，西经71度20分22.92秒，由10 000—12 000年前的冰川退缩形成，为典型的冰穴湖。表面积61英亩（25公顷），最深处可达107英尺（33米），湖岸长度约11.7英里（18.83公里）。现在由马萨诸塞州政府管理，是夏天颇受欢迎的一个游泳胜地。

在瓦尔登湖的西端曾经建有一座游乐园，但在1902年被烧毁，之后未重

---

[1] 邹建军：《我们应当如何开展文学地理学研究》，载《江汉论坛》，2013（3），23页。
[2] 曾大兴：《文学景观研究》，载《广东技术师范学院学报》，2011（2），76页。

建。1961年，米德尔塞克斯县委员会管理那片土地时，曾建议开辟一块地修建一个停车场。他们将一亩林地夷为平地后用作公共海滩。后来该县委员会被起诉，停止了对现有环境的破坏。马萨诸塞州高级法院法官大卫·罗斯裁定保护瓦尔登湖片区，禁止对该地区的进一步开发。这一决定得到国家的认可，罗斯法官收到上百封来自全国各地学校孩子们的来信，感谢他挽救了这片地区。1977年马萨诸塞州政府在瓦尔登湖铺设了多孔路面，这是一种特殊的技术转移示范工程，是按照美国环境保护署于1972年研发的方法操作进行的。几十年后，多孔路面依然看起来还是不错的和行之有效的选择，尽管相比世界其他大部分地区其冷热循环周期更长。1990年，老鹰乐队成员，独唱歌手唐·亨利发起瓦尔登湖森林工程倡议，防止开发瓦尔登湖及周围地区。瓦尔登湖及保护区位于MA-2/MA-2A国道的南部，MA-126公路穿越保护区，马萨诸塞海湾运输管理局的通勤铁路菲奇堡线经过瓦尔登湖西侧，不过实际上到达康科德中心最近的车站距离保护区西北侧有1.4英里（2.25公里）。

二、瓦尔登湖与梭罗

和1854年8月9日出世的《瓦尔登湖》一样，在很长时间里，瓦尔登湖是寂寞的，并没有引起大众的注意。即便是1845年梭罗来到了瓦尔登湖身边，瓦尔登湖依然寂寞。亨利·大卫·梭罗，1817年7月12日出生于康科德城，1837年哈佛大学毕业，1838年回家乡执教两年，期间在大作家、思想家爱默生的家里当门徒、助手和管家，并开始尝试写作。梭罗与瓦尔登湖结缘始于1844年。那年秋天，爱默生在瓦尔登湖旁边买了一块地，对于梭罗来说，这正是一个实现自己理想生活的机会，因为在梭罗看来，最快活的事莫过于在露天自由地欣赏广阔的地平线了。1845年得到爱默生的允许，梭罗向《小妇人》的作者阿尔柯特借了一柄斧头，孤身一人，跑进了无人居住的瓦尔登湖边的山林中，自己砍材，在瓦尔登湖畔建造了一座小木屋，并在小木屋住了两年零两个月又两天的时间。在这两年多的时间里，梭罗过上了一种自认为理想的生活模式，他在小木屋周围种上豆子、玉米、萝卜、马铃薯等，然后拿到村子里去交换粮食，自食其力，过着简单的生活。

就在湖边的小木屋里，梭罗观察倾听，感受沉思，记录下来自自然的感知与经验。开篇从经济谈起，对其生活的地方和为何生活进行思考，也有对阅读的感受，聆听自然之声，寂寞在自然中瓦解，访客种豆，有对村子的感悟。在梭罗笔下，"瓦尔登的风景是卑微的，虽然很美，却并不是宏伟的，不常去游玩的人，不住在它岸边的人未必能被它吸引住；但是这一个湖以深邃和清澈著称，值得给予突出的描写。"① 在"倍克田庄"章节里梭罗发出感慨，"由于缺少进取心和信心，人们在买进卖出，奴隶一样过着生活哪"②，因此湖边的生活是梭罗有目的地探索人生的生活，探索得出的人生更高规律是"任何崇高的品质，一开始就使一个人的形态有所改善，任何卑俗或淫欲立刻使他变成禽兽。"③ 在很多人看来梭罗是一名隐士，然而在"禽兽为邻"的章节里，隐士与诗人的对话实际表达了梭罗的心声，梭罗并不是消极地逃避人生，反而是积极地走向人生。冬天来了，从室内的取暖，到旧居民，冬天的访客，冬天的禽兽，梭罗写到了冬天的湖。波士顿的"冰王"，弗雷德里克·都铎，每年在瓦尔登湖采冰出口到印度，欧洲和加勒比地区。在《瓦尔登湖》中，梭罗对冬日采冰之后的情境充满想象"似乎紧跟着将要有查尔斯顿和新奥尔良，马德拉斯，孟买和加尔各答的挥汗如雨的居民，在我的井中饮水。……瓦尔登的纯粹的水已经和恒河的圣水混合了。"④ 这是梭罗在《瓦尔登湖》中给我们讲的众多故事中的一个：时间和空间都是可以突破的，天地之物最终都会混合在一起。正如雪莱的"如果冬天来了，春天还会远吗？"⑤ 冬天的湖之后，梭罗写到了春天，"每一个季节，在我看来，对于我们都是各极其妙的；因此春天的来临，很像混沌初开，宇宙创始，黄金时代的再现。……我们的展望也这样，当更好的思想注入其中，它便光明起来。……在一个愉快的春日早晨，一切人类的罪恶全部得到了宽赦。这样的一个日子是罪恶消融的日子。阳光如此温暖，坏人也会回头。"⑥ 自然就是如此奇妙，与自然融为一体，人类自会迎来自己的黄金时代，没有罪恶，没有坏人。梭罗倡导与大自然融为一体，不做摘花人，而做挥汗者。梭罗在结束语中说，"如果一个人按照梦中指引的方向勇往直前，过他想过的日子，那他就会获得平时意想不到的成功。生活越简单，宇宙法则就越不复杂，孤独不成其为孤独，贫困不成其为贫困，软弱不成其为软弱。"⑦ 在瓦尔登湖两年多的日子里，梭罗思考着、分析着、批判着、书写着个人体验，传达着朴素的唯物主义思想，宣扬着简朴生活的人生理念。

1862年梭罗病逝于康科德城，年仅44岁，生时孤独，死后百年间仍然与瓦尔登湖寂寂相望，默默相守。《瓦尔登湖》被美国国会图书馆和圣经一起评为"塑造读者的25本书"之一，然而在美国旅游景点的网站上却是查不到瓦

---

① [美] 亨利·大卫·梭罗：《瓦尔登湖》，徐迟译，156页，上海译文出版社，2010。
② 同上，184页。
③ 同上，196页。
④ 同上，261页。
⑤ [英] 雪莱：《西风颂》，王明凤译，117页，北京：机械工业出版社，2011。
⑥ [美] 亨利·大卫·梭罗：《瓦尔登湖》，徐迟译，274～275页，上海译文出版社，2010。
⑦ 同上，79页。

尔登湖的。州政府复建了梭罗当年的小木屋，梭罗的铜像就立在木屋前，头微侧着，似在观察，又似在倾听。小木屋前面有一块木牌子，由两根木桩支着，四周围着一些石头。木牌上写着"我到林中去，因为我希望谨慎地生活，只面对生活的基本事实，看看我是否学得到生活要教育我的东西，免得到了临死的时候，才发现我根本没有生活过。"① 去瓦尔登湖实地考察，看不到旅游景点应有的一切，只有清清的湖水，游动的鱼儿，还有山峦、树林与飞鸟。如今的瓦尔登湖静静躺在那里，简朴地诉说着的正是梭罗想转达的人生哲理：简单些，再简单些。

三、《瓦尔登湖》在中国

在中国是无法体味到瓦尔登湖作为自然景观的魅力了，然后，作为文学景观，《瓦尔登湖》在中国却是蔚为大观的。

最早将《瓦尔登湖》带进中国的是徐迟先生译介的《华尔腾》，1949年由上海晨光出版公司出版发行，1972年重译时更名为《瓦尔登湖》，由上海译文出版社出版发行。迄今中文译本《瓦尔登湖》已达四十多个版本，徐迟译本依然是大多数中国读者的至爱。徐迟先生在"译本序"中写道"这是一百多年以前的书，至今还未失去它的意义。……这《瓦尔登湖》毫不晦涩，清澄见底，吟诵之下，不禁为之神往了。应当指出，这本书是一本健康的书，对于春天，对于黎明，作了极其动人的描写。"② 在徐迟看来，《瓦尔登湖》就是一本静静的书，一本寂寞的书，一本孤独的书，是一本一个人的书。如果读者的心没有安静下来，恐怕很难进入到书中去。只有在静下心来之后，读者才有可能和梭罗一起，思考自己，思考更高的原则。对于梭罗，徐迟认为"他的一生是如此之简单而馥郁，又如此之孤独而芬芳。也可以说，他的一生十分不简单，也毫不孤独。他的读者将会发现，他的精神生活十分丰富，而且是精美绝伦，世上罕见。和他交往的人不多，而神交的人可就多得多了。"③ 正是徐迟对《瓦尔登湖》的介绍与推崇推动了《瓦尔登湖》与梭罗在中国的绽放。

海子写了一首诗《梭罗这人有脑子》表达了对梭罗的喜爱，在其诗学提纲《王子·太阳神之子》一文中将梭罗与陶渊明加以对比，对梭罗赞赏有加。1989年海子卧轨自杀时随身携带的四本书中有一本就是《瓦尔登湖》。受到海子影响的苇岸曾经谈到："我第一次听说这本书，是在1986年冬天。当时诗人

---

① [美] 亨利·大卫·梭罗：《瓦尔登湖》，徐迟译，284页，上海译文出版社，2010。
② 徐迟："译本序"，见《瓦尔登湖》，9页，上海译文出版社，2010。
③ 同上，2页。

海子告诉我，他 1986 年读的最好的书是《瓦尔登湖》。在此之前我对梭罗的《瓦尔登湖》还一无所知。书是海子从他执教的中国政法大学图书馆借的，上海译文出版社 1982 年的版本，译者为徐迟先生。我向他借来，读了两遍（我记载的阅读时间是 1986 年 12 月 25 是至 1987 年 2 月 16 日），并做了近万字的摘记，这能说明我当时对它的喜爱程度。"[1]《瓦尔登湖》使苇岸由诗歌创作转向散文，苇岸有中国的梭罗之称。

推动《瓦尔登湖》在中国逐渐流行的因素有很多，徐迟、海子和苇岸是最早将《瓦尔登湖》推进到中国的人，随之梭罗更多的作品被译介到中国。同时，《瓦尔登湖》其中一章《湖》被改名为《神的一滴》收入苏教版高中语文教材，从而更多的中学生能够在基础教育阶段就接触到《瓦尔登湖》；体会其丰富的含义，在其影响下进行个性化思考，学会感知内心，感受自然，学会与自然和谐相处。

在梭罗看来，只有在寂寞中人心才能宁静，只有在宁静中人才会思考，只有在思考中人才能认知自我，因此，向宁静靠近的最好方法是寂寞。如今的瓦尔登湖依然是寂寞的，没有因为梭罗的经典化而一跃成为著名的旅游景点，但是却是很多人心中最向往的圣地。在与中国近一个世纪的"交往"中，《瓦尔登湖》依靠自己的独特魅力在中国扎根并逐渐为中国人所广泛接受，曾经寂静，如今却洪亮，打动中国人心灵的正是作品中流淌的简单生活观。现代工业文明的发展危及人类与大自然的和谐时，梭罗通过《瓦尔登湖》转达的诗意栖居理念赋予瓦尔登湖文学景观不同的文化内涵。不管是远在大洋彼岸独自和谐的瓦尔登湖，还是大洋两岸因为《瓦尔登湖》而神交的欣赏者们，瓦尔登湖必将在人类文化的记忆库里永远吟唱，引领着人们去爱慕去欣赏去探索。

（白阳明：湖北工业大学外国语学院副教授，文学博士）

---

[1] 苇岸：《太阳升起以后》，120 页，北京：中国工人出版社，2000。

竹枝词研究

上海竹枝词描写的接财神习俗
——兼谈文人竹枝词的民俗价值

黄景春

  考察上海正月初五接财神的历史可以发现，这种习俗的出现比除夕夜接年要晚得多。除夕接年在《荆楚岁时记》已有记载，距今有1500年以上的历史，而正月初五接财神到清代才出现；就上海而言，接财神习俗的传入是清代较晚时期的事情。从明末到清康熙年间，上海地区没有发现对接财神习俗的任何文献记载。明朝万历年间编修的《上海县志》，清朝康熙年间编修的《上海县志》，甚至乾隆十五年（1750）续修《上海县志》，乾隆四十九年（1784）的《上海县志》，都没有提及接财神习俗。上海县属于松江府，嘉庆年间（1796—1820）的《松江府志》对正月的各项民俗叙述甚详，但也未见对接财神的记载。乾嘉时期华亭人陈金浩的竹枝词集《松江衢歌》，描述了包括上海县在内的松江府民间节日习俗，其中有过年、元宵、清明、端午、乞巧、中秋、重阳、冬至、除夕等，甚至还描述了千秋节为皇帝祝寿、暮春游山踏青、六月卖凉食、八月看潮头、深秋看红叶等民俗活动，却没有提到正月初五接财神。①乾嘉时期杨光辅的竹枝词集《淞南乐府》，主要描绘上海地区的风物名胜、街市商贸、风俗习尚，也只字未提正月初五接财神。道光之前的其他松江竹枝词（包括上海县竹枝词）也未述及于此。接财神习俗首先在城市商贾中间流行，这时虽然并不排除个别商贾之家信奉财神，但是鉴于各种文献都没有记载，基本上可以断定上海在道光之前没有接财神习俗。

  在环太湖地区的其他城市，如苏州、无锡、常州、宜兴等地，正月初五接财神习俗比上海出现得要早很多，有的地方在清初康熙年间就有了记载。康熙

---

①陈金浩《松江衢歌》，见《虞乡杂记（外三种）》，8～10页，北京，中华书局，1991。

三十四年（1695）《常州府志》描述正月习俗时说："祀五路神，祈利达也。"①五路神，就是五路财神，也叫路头神。雍正九年（1731）《昭文县志》载："（正月）五日祀五路神，以祈利达。"②乾隆十六年（1751）《无锡县志》载："（正月）五日祀五路神，以祈利达。"③嘉庆二年（1797）《宜兴县旧志》也载有："（正月）初五日，俗传'路头生日'，具牲醴致祭，大小户皆然。"④这种习俗发展到"大小户皆然"的程度，可见在宜兴已经蔚然成风了。此时上海未有此俗。

上海位于环太湖地区的东部边缘，在地理位置上偏居海隅，有"越尾吴角"之称。万历本《上海县志》说这里"偏处海陬，风气颛朴，人仰耕织而食"⑤。确实，与苏州、无锡、常州等地相比，在相当长时期内，上海的经济文化处于落后状态。然而沟通内地、连接海外也正是上海的优势所在。从明朝开始，尤其是嘉靖三十二年（1553）上海县筑城以后，上海县的商贸活动日益频繁。入清以后，朝廷曾施行海禁。康熙二十三年（1684），海禁解除，海上贸易又开始活跃。嘉庆年间的《上海县志》写道："自海关通，贸易闽粤浙齐辽海间，及海国舶卢（舻），浏河口淤滞，辄由吴淞口入舣，城东隅舳舻尾衔，帆樯如栉，似都会焉。"⑥经海道而来的宁波、福建、广东以及日本、吕宋的商人纷纷在上海造房租屋，开市经营，这里逐渐成为人物荟萃、货品杂陈的"东南名邑"。

上海与内地的人员货物往来也非常频繁，尤其是与苏州、无锡、常州等地，有多条河道相通，航运便捷，经贸联系密切。实际上，上海地区属吴方言区，"四时节物，略与吴门同"⑦，民间崇拜的神灵也相差无几。上海的很多文化习俗都是后来从苏、锡、常等地传播过来的。正月初五子时接财神习俗也不例外。上海所接财神与苏、锡、常等地一样，都称五路财神、五路神、路头神。至于是哪五路神，说法也有多种，有以为是五通神的，有以为是五显神的，不过大多数人以为是赵公明等五位（来自《封神演义》），或者杜平等五位（来自宝卷）；还有其他说法，譬如关公、比干、范蠡、沈万三、文昌帝

---

① 丁世良、赵放主编：《中国地方志民俗资料汇编》，华东卷，463 页，北京，书目文献出版社，1995 年。
② 同上，425 页。
③ 同上，454 页。
④ 同上，461 页。
⑤ 万历十六年本《上海县志》，卷一，8 页，上海图书馆藏本。
⑥ 嘉庆石印本《上海县志》卷一，42 页，上海图书馆藏本。这里的"城东隅"指上海县城之东的黄浦江十六铺码头一带；"海关通"，指康熙二十三年（1684）朝廷"弛海禁"，允许沿海城市进行海上贸易（见《清史稿·圣祖本纪二》）。
⑦ 正德年间编修《松江府志》，卷三十二，13 页，南京，江苏古籍出版社，1991 年。

君、利市仙官、杜学文等,也都曾被当作财神。正因为上海接财神习俗来自苏、锡、常等地,所接的财神也是一样的,接财神的时间、祭品、仪式等也都基本相同。

那么,具体来说,正月初五接财神是何时开始在上海流行的呢?可以初步断定为大约在道光年间。上海县诸生张春华刊刻于道光十九年(1839)的《沪城岁时衢歌》最早描述这一习俗:"三日新年息曳裾,觅闲窗下觉颜舒。忽闻吉语听来切,元宝一双金鲤鱼。"[①] 这首竹枝词的前两句是说,过年之后的闲暇到正月初四因为要接财神就结束了。第四句"元宝一双金鲤鱼",张春华在自注中解释道:"俗于初五子分,备宝马牲醴极丰盛,为接财神。必用鲜鲤极活泼者,为元宝鱼。先一日,担鱼者呼街巷,有以红丝扣鳍踵门而来者,谓送元宝鱼。"从诗文和诗注可知,到道光十九年,正月初五接财神习俗已经开始在上海流行了。接财神的时间为初五子时,祭品用鲜活鲤鱼,为求财而称之为元宝鱼;接财神时要对财神祷告一番,表达祈求发财的愿望。

道光十九年以后,上海竹枝词对接财神的描述增多,而且涉及到接财神活动的燃放爆竹、祭祀时间、祭品种类、对祭品的称呼等多个方面。这些描写为我们追溯上海接财神的历史状貌提供了宝贵的资料。如海上钓侣的《过年竹枝词》:"爆竹相连不住声,财神忙煞共争迎。只求生意今年好,接送何妨到五更。"[②]袁翔甫《海上竹枝词》:"元宝高呼送进来,财东今夜又招财。鲤鱼不跳龙门去,也逐金银上供台。"[③]有的指明所接的财神就是赵公明(即赵玄坛),如朱寿延《岁事竹枝词》:"灯烛辉煌供醴牲,玄坛到处受欢迎。神权是否随人愿,滚滚财源济苍生。"[④]倪绳中《南汇县竹枝词》:"元坛黑虎今来临,五路财神乞赐主。最是痴心供祭品,鲤鱼恰近利余音。"[⑤]上海近代小说描写的财神,一般也说他是赵公明。民间有赵公明是回民的说法,而回民是不吃猪肉的,所以有的人家用羊头上供。秦荣光《上海县竹枝词》:"拜年未了接财神,爆竹通宵闹比邻。鲤尾羊头增价倍,那知穷汉甑生尘。"[⑥]作者在诗后有注释:"五日接五路财神必用羊头,俗谓天下财神黑虎赵元坛奉回教故也。鱼必用鲤,取与'利余'音近相谐也。"接财神用羊头,以适应出身回教的赵玄坛,这种祭法颇有来历。顾禄《清嘉录》说:"(三月)十五日为玄坛神诞辰,谓

---

① 顾炳权编著:《上海历代竹枝词》,111页,上海书店出版社,2001。也见《中华竹枝词》第二册,1036页,北京古籍出版社,1997。
② 顾炳权编著:《上海洋场竹枝词》,402页,上海书店出版社,1996。
③ 同上,5页。
④ 顾炳权编著:《上海历代竹枝词》,574页,上海书店出版社,2001。
⑤ 同上,308页。
⑥ 雷梦水等编:《中华竹枝词》,第二册,845页,北京古籍出版社,1997。

神司财，能致人富，故居人多塑像供奉。又谓神回族，不食猪，每祀以烧酒牛肉，俗称斋玄坛。"① 历史学家邓之诚在《骨董琐记》中说，他看到过成化十年（1474）铸造的回回财神像。②程蔷认为，我国早在南北朝时期就流传胡人识宝的传说，唐代有大批胡人在长安做珠宝生意，关于胡人识宝、寻宝、贩宝的传说长期流行，西域胡人在一定程度上被当作财宝的化身。③所以，赵公明的回民、西域胡人特性，有着深远的历史渊源。

应当注意的是，在描写正月初五接财神的过程和仪式方面，文人竹枝词因为兼备诗歌的有感而发、文学的形象性、史志的写实性等特点，跟地方志相比，它描写风俗习尚更加及时，也更加生动翔实。我们今天可以搜集到的上海较早的接财神资料，几乎都来自于文人竹枝词；没有这些竹枝词，我们对19世纪中后期上海接财神习俗的了解将十分贫乏，对这一民俗传入上海的历史和演变过程也无法追述。

虽然竹枝词描写的是一个个民俗生活场面，难免给人见木不见林的感觉，但如果有足够多的篇什，也能由点到面，呈现出一个地方的民俗概貌。尤其是近代以来，竹枝词作者众多，保留下来的诗篇数以万计，所描述的民俗风情丰富而翔实，包含的地方文化信息具体而生动，所以有学者称之为"地方历史文化资料的宝库"。④

相比之下，上海地方志对接财神习俗的记载要逊色得多，直到同治十年（1871）才出现，比张春华的竹枝词要晚32年。同治十年本《上海县志》记载："（正月）初五，接财神，用鲜鲤，担鱼呼卖，曰送元宝鱼，至暮轰饮，曰财神酒。"⑤此记载跟张春华等人在竹枝词中描写的情况一致，但要简略得多，对于接财神的程序、祷词等细节都语焉不详。随后出现的其他地方志也有类似记载，如光绪年间编修的《松江府续志》载："正月四日夜，市肆祀财神，通衢遍列灯火，喧阗竟夕，曰接五路。"⑥光绪《川沙厅志》载："五日，商贾家接财神，用鲜鲤，曰元宝鱼，至暮轰饮，曰财神酒。"⑦光绪《青浦县志》载："五日接财神，用鲜鲤鱼，曰元宝鱼；轰饮，曰财神酒。"⑧这些记载陈陈相因，新鲜内容不多。

---

① 顾禄：《清嘉录》，81页，南京，江苏古籍出版社，1999。
② 邓之诚：《骨董琐记》，281页，北京，中国书店出版社，1991。
③ 程蔷：《骊龙之珠的诱惑——民间叙事宝物主题探索》，80～183页，北京，学苑出版社，2003。
④ 王慎之，王子今：《历代竹枝词·前言》，见王利器等辑：《历代竹枝词》（一），7页，西安，陕西人民出版社，2003。
⑤ 同治十年本《上海县志》，卷一，上海图书馆藏本。
⑥《中国地方志集成·江苏府县志辑·松江府续志》，120页，南京，江苏古籍出版社，1991。
⑦ 丁世良，赵放主编：《中国地方志民俗资料汇编》，华东卷，21页。
⑧《中国地方志集成·江苏府县志辑·青浦县志》，66页。

不少地方志都称只有公司、商铺或商人才接财神，似乎普通市民并不参与，直到民国十年的《宝山县续志》还说："正月五日，迎五路财神。祭品以雄鸡、鲤鱼等为必需，此唯各商铺举行之。"①正月初五接财神以商家热情最高，但说"唯各商铺举行之"是不准确的。上海开埠以来商家如云，大至公司洋行，小至挑担商贩，每逢正月初五都接财神，"通衢遍列灯火，喧阗竟夕"，声势十分壮观。一般市民同样希望碰到发财鸿运，也积极加入到接财神的行列中，于是形成全民性的放鞭炮、摆祭品、挂财神像、叩拜财神爷的民俗活动。这种描写在竹枝词中屡见不鲜。就拿上海的妓女来说，她们也会到庙里接财神。藤荫歌席词人的《洋场新年竹枝词》："烧香红庙前门因，但祝慈航渡我身。非惟缠头多博得，阿侬原不拜财神。"②这首竹枝词明确指出妓女们原本是不拜财神的，她们前来红庙烧香就是为了博得更多的"缠头"。南京路上的红庙是租界内香火最旺的道观，祀观音菩萨和关公，而关公是被当作武财神的，所以正月初五前来乞财的人非常多，曾发生"因拥挤蹈毙人命"的惨剧，工部局曾取缔红庙烧香的活动，后将山门放大重新开放，并派巡捕前来维持秩序。③

从上海近代报纸对接财神的报道也可以看出，清末民初正月初五接财神的民俗活动很多，而且是全民参与的。同治十二年（1873）农历新年期间，《申报》于正月初六刊载了一则由市民接财神引发火灾的报道，由于水龙队（即消防队）和众人及时扑救，火灾并没有延烧其他人家。接下来《申报》评论道："火者，旺相。敬财神而得旺气，知今岁申地生意各行必旺相加倍矣！"④发生火灾本来是坏事，经过《申报》这么一评说，反倒好像是预示发财的大好事了。在刚接过财神之际，《申报》这个简短评论，句句都是吉利话，间接地体现出当时部分媒体人对接财神、求发财的民众心理的顺应姿态。光绪二年（1876）正月初七，《申报》在新年复刊第一天还报道了财神出巡的消息："正月初四日，上海城隍庙前财神出会。此财神白面黑鬓红袍，即财帛司也，而俗谈以为即五路财神，不知五路则五神，此一神，非五路也。神高六七尺，坐显轿，执事咸备。初四夜财神出会，此风他处所无。"⑤ 其实，这个报道对城隍庙的财神出巡场面着墨不多，且持批评态度。上海城隍庙财帛司中的这位财神，有人说他名叫杜学文。如蒋通夫《上海城隍庙竹枝词》："侯封护国裕如宜，庙邑东偏财帛司。杜氏学文两字讳，出巡旧日一同驰。"下注曰："城隍

---

①《中国地方志集成·江苏府县志辑·宝山续县志》，502页。
②顾炳权：《上海洋场竹枝词》，207页，上海书店出版社，1996。
③陈伯熙：《上海轶事大观》，383页，上海书店出版社，2000。
④《里虹口火烛》，见《申报》同治癸酉年（1873）正月初六第1版。
⑤《财神出会》，见《申报》光绪丙子年（1876）正月初七第3版。

庙东偏财帛司神姓杜,讳学文,敕封护国公,何时敕封未考。"①不过,《申报》描述其形貌"白面黑鬓",跟"黑脸虬髯"的赵公明形象确实不同;但从"坐显轿,执事咸备"的出巡场面来看,又与上海城隍"三巡会"的场面相仿。当然,这则报道也有不确切之处:其一,财神虽称五路,主神只有一位,抬一位主财神出巡并无不可;其二,财神出巡并非"他处所无",其他地方接财神时也有出巡活动。如《盛湖志》载:"初五日赛路头会,预于初四夜迎像巡行于市,列绛炬,设馔于堂中,爆竹于户外,谓之接路头。"② 这位《申报》记者的报道之所以不确切,一方面是因为他对财神的知识比较有限,另一方面他从旁观者的角度来描写这场活动,不像竹枝词的作者那样作为主持者、协办者或参与者投入到财神出巡活动中,后者的感受当然要深切得多。

近现代上海的地方志、新闻报道、文人笔记乃至文学作品都对接财神习俗做了记载和描绘,不过,仍以竹枝词的描写最多、最详细、最准确。从这些竹枝词中不仅可以看到上海市民接财神的仪式过程,还可以看到这种最初只有商贾之家才举行的接财神活动,在短短几十年间,迅速转变成一种全民参与的民俗活动。这让我们对竹枝词的民俗志价值有了新的发现。

事实上,以前对竹枝词的研究已经有了史学、文学、民俗学等多个维度,但不管是人类学者或民俗学者,对竹枝词的重视都还是不够,挖掘也不够深入。尤其值得注意的是,各地在修撰地方志时,存在不少辗转抄袭的情况,从而降低了一些地方志的文献价值;相比之下,文人创作的竹枝词针对具体事件和活动,各有观察角度,各有情感态度,提供的民俗资料也更加丰富多彩。就上海近代竹枝词而言,有人称其为上海近代社会变迁的"一种文化标本",并认为:"这些诗作,大多以平直的风格记录了上海当时的民俗文化和社会风景,不仅在某种意义上具有直接的史料价值,也在一定程度上反映了作者面对近代化潮流的复杂心态。"③竹枝词中所反映的作者面对社会近代化潮流的复杂心态,可以在更深的层面上透视一个时代的文化特征,这在地方志中是很难寻觅的。

从另一个方面来说,我国历史文献虽然丰富,但正史记载注重帝王将相活动、重要事变、重大政策变更等,对州县以下的民间社会活动关注甚少。即便是州县地方志,对民众生活的记载也流于空泛概括,缺少对民众生活的实录式描述。再加上受修志周期、立意、趣味、格局等限制,地方志对民俗活动记载

---

① 顾炳权:《上海洋场竹枝词》,第337页。清末上海地区流行的《财神宝卷》,说五路财神是殷末周初的结义五兄弟,其中老大名叫杜平,与此处所说的杜学文同姓不同名。关于上海财神有多种传说,最流行的说法仍是黑虎玄坛赵公明。
② 丁世良,赵放主编:《中国地方志民俗资料汇编》,华东卷,435页。
③ 王子今:《清人上海竹枝词透露的近代化气息》,载《上海社会科学院学术季刊》182页,2000(1)。

更少而且相对滞后。相比之下，文人竹枝词具体而生动地描写了人们的生活状态，正好可以弥补史志文献细节贫乏的不足。一首竹枝词描写一个场景，一种习俗活动；而一部竹枝词集犹如一串民众生活的特写镜头，将过去时代的生活场面和细节展示出来，保留了大量的民俗文化信息。正因如此，有人称竹枝词是"韵文的地方志"[1]，也有人称竹枝词是"方志诗"[2]，都是对竹枝词的民俗志价值的充分肯定。

我国唐代以后很多文人创作过竹枝词，保留下来的篇什也相当可观，尤其是近代以来像上海这样的大都市，写作、发表和结集出版的条件较好，保存下来的竹枝词更多。这些竹枝词是研究地方社会史、文化史、民俗史的重要资料，学者应更好地挖掘和利用这座民俗文化的资料宝藏。

（黄景春：上海大学文学院副教授）

---

[1] 赵宗福：《韵文的地方志，鲜明的风情画——清代〈甘肃竹枝词〉刍评》，载《兰州学刊》76 页，1990（2）。

[2] 徐志平：《生动形象的"地方志"——读"长三角"明清竹枝词》，载《江南论坛》58 页，2006（6）。

广阔迷人的民族风情画卷
——论舒位《黔苗竹枝词》的丰富内容与艺术特点

石天飞

说起竹枝词，最有名的当属唐代刘禹锡的竹枝词十一首，其中"东边日出西边雨，道是无情却有情"等句，为人所熟知和传唱。清中叶著名诗人舒位，以自己的亲身经历，创作了大型竹枝词《黔苗竹枝词》五十四首①，规模远超刘禹锡竹枝词，反映的内容也更加具体而广阔，风格典雅清丽而充满趣味和哲思，具有珍贵的民族史料价值和极高的文学艺术价值，可媲美刘禹锡竹枝词，对此后黔地竹枝词的创作产生了影响。

舒位（1765—1816），字立人，号铁云，祖籍大兴（今北京），生于吴县（今江苏苏州），随父任居广西永福，后徙居苏州。乾隆五十三年（1788）恩科举人。后九上春官，皆未得中进士；于是黔西从军，遍游湖湘间，所到之处，皆为歌咏；有《瓶水斋诗集》十七卷，别集二卷，存诗二千四百余首。舒位诗歌创作得到了广泛的认可，赵翼八十高龄而愿以诗师，与之同时的法式善以舒位、王昙、孙原湘作《三君咏》，龚自珍评其诗风为"郁怒横逸"。舒位因自己在黔从军的亲身经历和感受，写成《黔苗竹枝词》五十四首。

作者在题记中，介绍了组诗的内容和创作缘起：

> 黔于汉属西南夷，唐、宋以来曰蛮、曰僚，洎明始设府州县。种类日渐繁息，则曰苗、曰蛮、曰僰、曰峒、曰仡佬、曰佯偟、曰番、曰木老、曰六额子、曰猓猡、曰仡兜；其自粤迁至者，又有若瑶、若僮、若水、若伶、与侬，咸隶属焉，然皆得名之曰苗，是真所谓苗裔也。苗既居处，言语不与华同，其风俗、饮食、衣服各诡骇，不可殚论。余从车骑之后，辄以见闻所及，杂撰为竹枝体诗，且为之注，盖不啻郭景纯作《山海经图赞》，吴道子画《地狱变相》也。设非亲历其境，骤而示之，以所作不几致疑于海上之木、山中之鱼哉？夫古者輶轩采风，不遗于远，而刘梦得作竹枝词，武陵俚人歌之，传为绝调。余诚乏梦得之才，又所记謏琐，无足当于采录。而以一书生，万里从生，往来柳雪，横槊而赋，磨盾而书，将以是为铙歌一曲之先声焉。

作者"亲历其境，骤而示之，以所作"，介绍了彼时彼地苗族之种类，指

---

① [清]舒位《瓶水斋诗集》卷二，光绪十二年边保枢刻，十七年增修本。以下凡引《黔苗竹枝词》组诗，皆出于此本，不再一一标明出处。

出各分支在语言、风俗、饮食、服饰方面均有不同，因而以诗纪之别之，且加以自注。正如作者所言，此组《黔苗竹枝词》，可以让人不质疑黔苗及其风俗为"海上之木"、"山中之鱼"，具有极高的民族史料价值。舒位自谦才不如梦得（刘禹锡），所记琐碎繁杂。而我们正因此可见《黔苗竹枝词》所记述内容之丰富细致。

一、《黔苗竹枝词》的丰富内容

舒位《黔苗竹枝词》反映的内容大概有以下几类。

1. 族源

作者常常通过介绍民族始祖而及民族之起源、繁衍等。如《西南夷一首》：嫁得盘瓠不自由，岑山仔水远来游。无因石室功臣表，狗尾如貂续未休。作者自注云："盘瓠，高辛氏之畜狗也。衔犬戎吴将军头献阙下，帝酬其功而妻以少女。盘瓠遂负女走入南山石室，三年生六男六女，自相夫妇。衣服裂裁，皆有尾形，号曰蛮夷。详见范史《西南夷列传》，此盖苗子之始祖矣。苗以山之高者为岑，水分流曰仔。'高辛'一作'南辛'。"记述了西南夷的起源、始祖、繁衍等情况。又如《夜郎一首》之"流水淙淙匝夜郎，浣沙人见竹三王"，自注云："初有女子浣于遁水，见三节大竹流入足间，闻哭声，剖竹得一男，归养之。长而自立为夜郎侯。以竹为姓。汉武帝杀之，后封其三子，民为立竹王三郎神祠。"记述夜郎的起源、姓氏等。《九股苗一首》介绍了九股苗的起源。《夭苗二首》其一介绍了夭苗姬姓的来源。《南平僚一首》介绍了南平僚首领姓氏、称号。

作者还从民族的规模、分支、分布、迁徙等因素把握民族概况，如《猓㺠四首》其一"蜀道曾挥济火戈，部民四十八猓㺠"。自注："猓㺠本卢鹿，而误为今称。汉时有济火者，从武侯破孟获有功，封罗甸国王，即安氏远祖。千余年世长其土，勒四十八部。"介绍了猓㺠的族称、起源、历史、规模等。《瑶人一首》自注："又有水、僮、伶、侗等族，皆杂居荔波县，此系自粤迁来，风俗尽同于瑶。"介绍了瑶人的分支、分布、迁徙、风俗情况。《仲苗一首》自注："仲家在五代时，楚王马殷自邕管迁来。其种有三：曰补笼、卡尤、青仲。散处贵阳、平越、都匀、安顺，南笼各郡属，风俗相同。"介绍的是仲苗迁徙、分支、分布、风俗等情况。

2. 民居

西南多山，地处亚热带，气候炎热多雨。因此，西南地区民居有自己的特色。如舒位诗《石板房》介绍了黔苗所建石板房之"石窗窈窕开，石壁周遭筑"。《黔苗竹枝词·西南夷一首》"无因石室功臣表"，作者自注："盘瓠遂负女走入南山石室……"这里所说的石室，所指即是石板房。

又如《南平僚一首》"夜深留客干栏宿"，自注云："人皆楼居，梯而上，名曰干栏。"与"干栏"类似，作用也接近的，是"羊楼"。《花仡佬一首》之"羊楼高接半天霞，杉叶阴阴仡佬家"，自注云："屋宇去地数尺，架巨木，上覆杉叶如羊栅，称为羊楼。"《佯僙一首》：山家风露竹墙低，麂眼玲珑望欲迷。从此不愁牛砺角，夜深封得一丸泥。作者自注："荆壁不涂，门户不扃，出入以泥封之，余俗与诸苗略同。"《瑶人一首》："何事居山偏爱水，草根短短树皮长。"自注："瑶之居处无常，必择近水者，以大树皮接续引水至家，不用瓮桶出汲。"两首诗介绍了民居所处环境、民居内部构造等。

3. 语言文字

舒位的《黔苗竹枝词》，也记载了少数民族地区特殊的语言和文字。如《西南夷一首》"岑山孖水远来游"，作者自注："苗以山之高者为岑，水分流曰孖。"《猓猡四首》其二"梅额新加耐德官"，自注："耐德，猓猡言妻也。"《黑苗三首》其三"耶头洞崽画鸿沟"，自注："黑苗以上户为耶头，下户为洞崽。"这是对少数民族地区语言的记录。

《猓猡四首》其一"谢表签名曲似蝌"，自注："亦有文字，类蒙古书。"《瑶人一首》"秋蛇春蚓贮青囊"，自注："有书名《榜簿》，其字类今所摹钟鼎款识者，然绝无考证，而彼珍为秘藏，愚者亦或谬赏之。"这是对当地少数民族文字、文献的记载。

4. 饮食

主食方面，如《夜郎一首》："年年饱吃桄榔饭，不信人间有稻粱。"自注："其地桄榔木可为面，百姓资食焉。"介绍了夜郎地区的"桄榔饭"。而八番则仍以稻谷为主食。《八番一首》"今年香稻满椎塘"，作者自注："刳木作臼，曰椎塘。临炊，始取稻把入臼舂之。"介绍了当地稻谷及其食用方法和习惯。

黔苗地区善饮。如《东谢蛮二首》其二"牛酒相邀古洞幽"，自注："东谢婚姻不避同姓，以牛酒为聘。"酒是婚聘中的重要彩礼。《剪头仡佬一首》"不作刘伶荷锸埋"，作者自注："性皆嗜酒，入市者无不陶然。"让我们了解和体会到了一股浓浓的民族饮酒之风。

还有涉及民族特色饮食的，如《黑苗三首》其三"醯菜藏来各几秋"，自注："所得羔豚鸡犬鸥鸦之属，死则连毛脏置之瓮中，层层按纳，俟其蜘蛆臭腐，始告缸成，名曰醡菜。珍为异味，愈久愈贵。问苗子之富，则曰藏醡桶几世矣。"注中所言黑苗醡菜的制作方法，确实非常奇特罕见，而其美味则令读者向往；以醡菜之多少作为贫富之标准，则更令人惊奇。

饮食方面的禁忌，如《木老一首》"无端食指今朝动"，自注："异姓不共食犬。"看来犬还是可食的，仅是限于"异姓不共食"，个中原因不得而知。

5. 歌舞乐器

《黔苗竹枝词》大量介绍了当地少数民族的歌舞乐器。如鼓类，除了铜鼓，还有腰鼓。《红苗一首》"调来铜鼓赛山神"，舒位自注："击铜鼓以歌舞，名曰调鼓。"《八番一首》"长腰鼓敲老虎市"，自注："凡燕会，则击长腰鼓为乐。"

笙类，如《牂柯蛮一首》"留得瓢笙作歌舞"，自注："宋时牂柯蛮入贡，令作本国歌舞。一人吹瓢笙，如蚊蚋声，数十辈宛转舞，以足顿地为节，名曰水曲。"《新唐书·南诏传》载："吹瓢笙，笙四管，酒至客前，以笙推盏劝釂。"《宋史·蛮夷传四·西南诸夷》载："上因令作本国歌舞，一人吹瓢笙如蚊蚋声"。舒位引史籍所载，结合自己之所见，对苗族瓢笙的演奏等作了更详细的介绍。

瓢笙，其实就是芦笙。《白苗一首》："折得芦笙和竹枝，深山酬唱妹相思。"自注："芦笙者，编芦管为笙，有簧。男女相会，吹以倚歌。歌曲有所谓妹相思、妹同庚者，率淫奔私昵之词。"舒位介绍了苗族芦笙及芦笙舞，惜其"率淫奔私昵之词"的评判，颇有诬蔑少数民族之嫌。

6. 服饰

服饰者，衣着、装饰也。舒位《黔苗竹枝词》中，大量反映了黔苗的服饰特点和文化。黔苗一些分支的服饰，常见金属饰品及皮革。如《东谢蛮二首》其一云"络额金银压两肩，皮冠革履去朝天"。《南平僚一首》记"竹筒三寸缀明珰"。《阳洞罗汉苗二首》其二云："髻上疏比项下钱，生苗居后熟苗先。不愁双鬟鸭堆重，又制银钚压到肩。"也有以珠为饰者，如《龙家苗二首》其一："明珠薏苡偏相似，肠断征蛮马伏波。"

黔苗服装颜色丰富，款式多样，喜裙装。如《南平僚一首》："新制通神称体量"自注："妇人横布二幅，穿中贯其首，号曰通裙。"《平伐苗二首》其一："长裙雌豸短裙雄，吹入山前一阵风。我亦青袍似春草，泥他裹影作渔翁。"《阳洞罗汉苗二首》其一："月场难筑避风台，衣冠匆匆隔夜裁。试问裙腰腰上带，唾绒一幅为谁开。"《蛮人一首》："草衣男子花裙女，花太短时草太长。"

组诗中对黔苗服装面料、颜色、工艺、款式、刺绣等也有所涉及。如《白苗一首》："蜡花染袖春寒薄"，自注："白苗之习略同花苗，其服先用蜡绘花于布，而后染之。既染，去蜡则花见焉。"《东苗一首》："半臂青青织锦阑，浅裙百叠不知寒。"《仡兜一首》："梳就风鬟堕马装，双心一袜绣鸳鸯。"自注："女子多美者，短衣、偏髻，绣五采于胸前。"

《九股苗一首》则介绍了九股苗的一种类似于盔甲的特色服装："牛尾枪开夜有声，佣中佼佼铁铮铮。当年铸就六州错，丞相原来是老兵。"作者自注云：

> 苗之剽悍，莫过于九股，在凯里司。武乡侯南征，戮之殆尽，仅存九人，遂为九股，散处蔓延。头戴铁帽，后无遮肩，前有护面铁两片，即铸于帽身。披铁铠，如半臂。自腰以下用铁链周围，形如环，垂及于足，坐则缩而立则伸。下以铁片缠其股，若袜，铮琮有声。健者结束，尚能左牌右杆，衔利刃，逾岭若飞猱，两足无冬夏皆赤，生时即漆其脚底也。其子母炮名牛尾枪，尤其猛恶。前明杨应龙之叛，九股实羽佐之。应龙伏诛，而不敢问罪九股。至本朝雍正九年，经略张广泗合楚、粤、黔三省官兵剿抚，然后搜缴兵甲，建城安汛焉。

介绍了九股苗的铁制服装，辅以史料，突出了九股苗的剽悍勇猛。

黔苗喜挽发髻。《蔡家苗一首》："卿卿毡髻我毡裳，做夏忽忽兴不常。"自注："妇人以毡为髻，饰以青布，若牛角状，长簪绾之。"《龙家苗二首》其一"狗耳苔亭绾髻螺"，自注："男子束发而不冠，妇人辫发，螺髻上指，如狗耳形。"《东苗一首》："一梳飞上昆仑月，便是君家黑牡丹。"自注："挽发盘头，笼以木梳。故用唐人墨池、雪岭之事为咏。"

黔苗还戴帽子，或以布裹头、束发。如《龙家苗二首》其二："看他披发伊川野，何不蚕娘祭马头？"自注："一曰马镫龙家，妇人作冠若马镫然，以七月七日祭于墓。又大头龙家、曾竹笼家，其俗约略相似。"或有以布裹头或戴斗笠者。《青苗一首》："不借双双大小同，浑难扑簌辨雌雄。低头争似抬头好，布自青青笠自红。"自注："男女皆著草履，衣亦无别，惟其首则妇人蒙青布一幅，男子戴红藤笠。非是，几不知鸟之雌雄矣。"《锅圈仡佬一首》自注："其曰'锅圈'者，女人以青布束乱发，肖其形也。"《猓猡四首》其二"梅额新加耐德官"，自注："其俗妇人用青布缠首，多带银，梅花贴额。"

7. 婚配

涉及婚配的诗作，包含了择偶、彩礼、迎亲、生子、野合、禁忌、夫死改嫁等诸多内容。

涉及择偶、生子的，如《仲苗一首》："浅草春开跳月场，聘钱先乞紫槟榔。隔年一笑占归妹，抱得新儿认旧郎。"自注："每岁孟春，会男女于平野，曰'跳月'，地曰'月场'。各为歌唱，合意则以槟榔投赠，遂为夫妇。而婚成三日，妇即别求他男与合，非生子不能归也。"通过歌舞选择婚配，这在南方少数民族当中比较常见，而"别求他男与合，非生子不能归"，则是仲苗民族特色，非常罕见，甚至有点骇人听闻了。《夭苗二首》其二："豆蔻梢头月似钩，山花开近女郎楼。不知谁擫青芦管，一夜春情散不收。"自注："其在夭坝者，女子年近十三四，即构竹楼，野外处之，闻歌而合。此较黑苗之马郎房更奇。"《西苗二首》其二："一曲山谣雨鬖花，月毬抛后女归家。野田岂有宜男草，更遣娄猪定艾豭。"自注："凡苗类有跳月之习，西苗制花球，于唱歌时掷所欢以结婚，亦非生子弗归也。"这些诗歌都反映了少数民族能歌善舞，并以歌舞为媒介，进行聚会以选择对象。择偶之会，除了歌舞，还有体育活动，如《龙家苗二首》其一："鬼竿影里两婆娑"，自注："春时，立木于野，谓之鬼竿，男女旋跃而择配。"也有简单直接的两情相悦而择配者，如《仡兜一首》："椶就风鬟堕马装，双心一袜绣鸳鸯。"自注："女子多美者，短衣、偏髻，绣五采于胸前。人调之，则笑而从焉。"显示出黔苗仡兜多情直爽的一面。

涉及彩礼、迎亲、禁忌的，如《东谢蛮二首》其二："红丝早已系绸缪，牛酒相邀古洞幽。底事相逢不相识，谢郎翻比谢娘羞。"自注："东谢婚姻不避同姓，以牛酒为聘。女归夫家，夫羞涩避之，旬日乃出。"婚姻不避同姓、初婚而夫避之旬日等，皆属少数民族之奇特婚俗。《宋家苗一首》："识字耕田不纪年，男婚女嫁两茫然。似渠打鸭休相笑，胜索开门一种钱。"自注："将嫁，男家遣人往迎，女家则率亲党锤楚之，谓之夺亲，俗诚可笑。然今人嫁女之家，有索开门钱者，竟至攘臂请益，则其异于苗子也几希！"《黑苗三首》其一："插遍青山黄竹子，哝哝还索鬼头钱。"自注："女父母向婿索头钱，不与或另嫁；有婿、女皆死，犹向女之子索者，则谓之鬼头钱。凡人死一月后，其生前所私男女，各插竹于坟前祭焉。"禁忌方面，有上户下户禁婚的，如《黑苗三首》其三："准待来年吃牯脏，鬼堂风雨自啾啾。"自注："黑苗以上户为耶头，下户为洞崽。虽男女多苟合，然洞崽不敢通耶头，犯则死期至矣。"有夫妇同房禁忌的，如《红苗一首》："两情脉脉浑无语，今夜空房是避寅。"自注："每岁五月寅日，夫妇别寝，不敢相语，以为犯则有虎伤。"有同姓禁忌的，如《木老一首》自注："其族同姓不婚。"

舒位诗中反映的黔苗婚配风俗，还有其他一些奇特之处，如《黑苗三首》其二："两姓姻缘接舅姑，乡风世世画葫芦。外甥钱少迟归妹，从此罗敷自有夫。"自注："清江婚嫁，姑之子定为舅媳；倘舅无子，必重献于舅，谓之外甥钱，否则终身不得嫁。或召少年往来，谓之阿妹。曰妹，讳之也。"介绍的是黑苗的姑子嫁为舅媳之俗。《打牙仡佬一首》："有意齐眉结婚欢，无端凿齿做人难。青唇吹火今宵事，口血分明尚未干。"自注："打牙一族，多在平远、黔西。其俗，女子将嫁，必先折其二齿，否则妨夫家。殆所谓凿齿之民欤？又剪前发而留后发，别取齐眉之意。"介绍了打牙仡佬的折齿而嫁、前发齐眉。

8. 丧葬祭祀

黔苗有殉葬、树葬、崖葬、火葬等葬法，甚至有"不葬"的。如《蔡家苗一首》："几见鸳鸯能作家，销魂人赠返魂香。"自注："夫死，将以妇殉。妇所私挟，众夺之去，乃免。其聚会亲属，椎牛跳舞，名曰'做戛'。"介绍了蔡家苗的殉葬、做戛。《夭苗二首》其一："华胄周南太觉遥，葛根难比远椒聊。山风夜夜吹枯骨，倒挂收香绿凤幺。"自注："人死不葬，以藤蔓束之树间。"介绍了夭苗的树葬。《猓猡四首》其二："锦缎招魂野色宽，精夫红葬骨难寒。"自注："其酋死，则以锦缎裹尸，焚于野。"这是"火葬"。也有"不葬"的，如《红仡佬一首》："三寸桐棺一栗牌，山围皮骨水湔骸。泪珠若到家亲殿，凭仗红裙细细揩。"自注："殓以棺而不葬，或置岩穴间，或临大河，不施蔽盖。树木主，识其处，曰'家亲殿'，岁时展扫之。"介绍了红仡佬的棺而不葬。

黔苗一些分支还有"闹尸"之俗。《克孟牯羊苗一首》："山房缥缈际青天，百尺梯头踏臂眠。才到三更春梦觉，泪花一斗听啼鹃。"自注："广顺州之金筑司，有苗曰'克孟牯羊'。择悬崖凿窍而居，不设床笫，构竹梯上下，高者或至百仞。亲死不哭，笑舞浩歌，亦曰'闹尸'。明年，闻杜鹃声，则举家号泣，悲不能胜，曰：'鸟犹岁至，亲不返矣！'"介绍了克孟牯羊苗的崖葬、闹尸等。《花苗一首》："无端飞出金蚕箭，掷破鸡黄又闹尸。"自注："人死则集亲友歌唱尸侧，曰'闹尸'。葬瘗以鸡子掷地卜之，不破者为吉。"介绍了花苗的闹尸和墓穴选择。《木老一首》："放鬼才过七七期，更传画鬼祀灵旗。"自注："父母死，长子闭户居四十九日，乃延巫庆祝，名曰'放鬼'。祀鬼则用五采旗。"长子闭户四十九日后延巫庆祝的"放鬼"之俗，与"闹尸"有相近之处。

黔苗还有其他奇特的丧葬习俗，如《平伐苗二首》其二："木槽埋趁一身宽，论定何须更盖棺。略仿南朝通替式，不知曾许再开看？"自注："平伐人死，盛于木槽而瘗之，有底无盖，独木所成。此与殷淑妃通替棺颇类。"介绍了平伐苗的无盖棺材。《紫姜苗一首》："从此天边飞破镜，分明女子重前夫。"自注："夫死，妻嫁而后葬，曰'丧有主矣'。"妻改嫁而后，才安葬前夫，非常独特罕见。《六额子一首》："空山埋后才三尺，冷水浇来又一回。不信膏肓容二竖，招魂入骨锦囊开。"自注："六额子，有黑白二种，皆在大定府，风俗相同。人死，葬亦用棺。至年余，则发家开棺，取枯骨刷洗之，至白为度。以布裹骨，复埋，一两岁，仍取刷洗，如是七次乃止。凡家人有疾，则谓祖先之骨不洁也。"介绍了六额子的洗骨奇俗。

舒位诗也反映了黔苗祭祀方面的习俗。有普通祭祀的，如《龙家苗二首》其二："抛却残春趁早秋，纸钱一陌笑牵牛。看他披发伊川野，何不蚕娘祭马头？"自注："以七月七日祭于墓。"有生前所私者祭于坟前的，如《黑苗三首》其一"插遍青山黄竹子"，自注："凡人死一月后，其生前所私男女，各插竹于坟前祭焉。"有祭天地祖宗者，如《黑苗三首》其三："准待来年吃牯脏，鬼堂风雨自啾啾。"自注："又每十三年，畜牡牛祭天地、祖宗，号祭曰'吃牯脏'。每寨公祭祖祠，名曰'鬼堂'。"有祭丰年者，如《西苗二首》其一："山塍高下接青黄，今岁丰收是涤场。便要椎牛祭白号，万山箫鼓闹斜阳。"自注："西苗居平越之清平。岁十月收获后，以牡牛置平壤，延善歌祝者导于前。男女童数十百辈随之歌舞。历三昼夜，乃屠牛以报丰年，名曰'祭白号'。"

9. 商业工艺

舒位的《黔苗竹枝词》，对黔苗的商业活动多有反映。《谷蔺苗一首》反映了谷蔺苗的织锦织布工艺："织锦簇簇花有痕，织布缕缕家无裈。月中织布日中市，织锦不如织布温。"作者自注云："其在定番州者，则有谷蔺苗。定番多织苗锦，而谷蔺独工于布，其布最精密。每遇场期入市，人争购之，遂有'谷蔺布'之名。皆深山遥夜，机杼轧轧所成，顾不自衣也。"从中可以看到当时黔苗民族地区民族工艺和商业的繁荣。

还有茶叶的交易，如《猓猡四首》其四："红泥坡下白罗罗，下姓相逢唤阿和。一带青山横作黛，春风吹遍采茶歌。"自注："白为下姓，原居普定者，曰'阿和'，多以贩茶为业。"

其他的还有关于集市日期、赶集时的装扮、活动、饮食等的记述，如《八番一首》："长腰鼓敲老虎市，今年香稻满椎塘。"自注："以寅日为市，凡燕会，则击长腰鼓为乐。"《蛮人一首》："记得牛场又狗场，带刀入市笑昂藏。"自注："在新添、舟行二司居者，曰'蛮人'。以丑戌日为市期，出入必佩刀。"《平伐苗二首》其一："我亦青袍似春草，泥他蓑影作渔翁。"自注："男子入市，则衣草衣，蕨蕨如渔蓑，顾影自喜，盖以为盛服云。"《剪头仡佬一首》自注："性皆嗜酒，入市者无不陶然。"《侬人一首》自注，也有"入市交易"之说。

10. 其他

舒位《黔苗竹枝词》中还有反映社会结构、男女社会关系的，如《八番一首》："八番女儿日夜忙，耕田织布胜于郎。"作者自注云："其俗男逸女劳，男皆仰给于女。"

有反映少数民族蛊毒的，如《花苗一首》："无端飞出金蚕箭，掷破鸡黄又闹尸。"自注云："好蓄蛊毒，夜飞而饮于河，有金光一线，谓之金蚕。每以杀人，否则反噬其主。故虽至戚，亦必毒之，以泄蛊怒也。"《仡兜一首》则记述了毒药的应用："不妨径向君家宿，行到深山药箭香。"自注："善为药箭，埋所居之远近，触之机发，往往伤人。"

有反映黔苗巫医者，如《锅圈仡佬一首》："平远州中鬼画符，传来面具有於菟。虽然不作招魂赋，且尽生前酒一壶。"自注："此族惟在平远州，其俗嗜饮，尚鬼。有疾，则延鬼师，以虎头一具，用五色绒装饰，置簸箕内祷之。"

有反映尚鬼习俗的，如《猓猡四首》其三："断头掉尾水西城，罗鬼关山行重行。乌蛮鬼大白蛮小，鬼方黑白太分明。"作者自注："俗皆尚鬼，亦称'罗鬼'。好畜骏马，善驰骤击刺，其兵为诸苗冠。谚曰：'水西罗鬼，断头掉尾。'"

二、舒位《黔苗竹枝词》的艺术特点和影响

舒位《黔苗竹枝词》五十四首在艺术上总体呈现出典雅而清丽的特点，又充满趣味和哲思。

竹枝词，清代吴敏树言："本出俚谣，善道男女风土，亦其声调宛转所从生也。"① 因此，如何将相对俗、艳的内容写得典重文雅，就是作者要思考的问题。舒位《黔苗竹枝词》，在面对一些特殊内容时，往往采用典故和神话传说。如《西南夷一首》的"狗尾如貂续未休"，盘瓠负女入室的传说。《夜郎一首》中引入《后汉书·西南夷列传》的夜郎传说。《东谢蛮二首》其一的"分明山海图经赞，那拟周书王会篇"，引郭璞的《山海图经赞》和武王《周书王会篇》两典，使东谢蛮的服饰多了一层浓郁的历史文化的意味。又如《龙家苗二首》其一：狗耳苔亭绾髻螺，鬼竿影里两婆娑。明珠薏苡偏相似，肠断征蛮马伏波。在讲述龙家苗"衣以五色，药珠为饰，贫者代以薏苡"时，引东汉伏波将军马援南征骆越时，运回薏苡却被诬为私运珍珠之典，既突出了

---

① 吴敏树《桦湖文集》卷五，光绪十九年思贤讲舍刻本。

龙家苗的服饰特点，又对"贫者"寄以同情，典雅而巧妙。

典雅还表现在作者语言表述的自然文雅。例如在男女恋爱婚配方面，其内容本来容易被认为"俗"，但经作者说来，则丝毫不觉庸俗下流，这得益于其自然文雅的语言表达方式。如《东谢蛮二首》其二之"底事相逢不相识，谢郎翻比谢娘羞"。一个中性的"羞"字，形象道出了自注中所言"女归夫家，夫羞涩避之，旬日乃出"的可爱情景。《蔡家苗一首》："几见鸳鸯能作家，销魂人赠返魂香。"自注云："夫死，将以妇殉。妇所私挟，众夺之去，乃免。"诗句用"鸳鸯"与"销魂"、"返魂"的比喻与对比，形象地描述了蔡家苗夫死妇殉之规和妇女免殉之法，化俗为雅，自然贴切。又如《黑苗三首》其二：两姓姻缘接舅姑，乡风世世画葫芦。外甥钱少迟归妹，从此罗敷自有夫。自注云："姑之子定为舅媳；倘舅无子，必重献于舅，谓之外甥钱，否则终身不得嫁。或召少年往来，谓之阿妹。曰妹，讳之也。"对于少数民族某些近乎荒唐的婚姻习惯和两性关系，作者以"画葫芦"比喻其由来，又以汉乐府《陌上桑》罗敷拒婚之典，表现黑苗女子摆脱非正常婚姻的渴望。

诗人在描写黔苗时，往往以清丽之笔，绘清丽之景，给读者带来清新活泼的迷人感受。如《夜郎一首》"流水淙淙匝夜郎"，《牂柯蛮一首》"一条冷水万荒山"，给我们描绘的是黔地的山水和地理。《花仡佬一首》"却减腰围余几许，桶裙量就一身花"。写桶裙之"花"，带给读者的同样是灿烂明丽的"一身花"之感。《猓猡四首》其四"一带青山横作黛，春风吹遍采茶歌"。既是写实，又是生动的比喻，既写出了环境之优美，又写出了生活的欢快。

在涉及男女婚恋情事之时，作者也常以清丽之笔出之。如《仲苗一首》"浅草春开跳月场"，作者自注："孟春，会男女于平野，曰'跳月'，地曰'月场'。各为歌唱，合意则以槟榔投赠，遂为夫妇。"孟春之时，草色浅青，青年跳月，是一个清丽、青春、浪漫而迷人的美好场景。又如《白苗一首》：折得芦笙和竹枝，深山酬唱妹相思。蜡花染袖春寒薄，坐到怀中月堕时。诗中给我们描绘的场景，有音乐和歌声，有大自然的美景，有浪漫迷人的月夜，有甜蜜的主人公，是一幅清新优美和谐的图画。

舒位是清中叶性灵派诗人，因而其《黔苗竹枝词》中也往往充满趣味，有时透出作者对人生的一些感悟和思考。如《夜郎一首》"年年饱吃桄榔饭，不信人间有稻粱"。自注"地桄榔木可为面，百姓资食焉"。本言民族饮食，却由此而扩大到"为稻粱谋"的生活和人生，让读者似乎窥见了作者穷困一生的内心感叹和悲哀。又如《平伐苗二首》其一："长裙雌兮短裙雄，吹入山前一阵风。我亦青袍似春草，泥他蓑影作渔翁。"作者对少数民族裙装"吹入山前一阵风"的形容，形象风趣，让人忍俊不禁。而诗人一袭青衫的读书人形象，在他看来也像是春草的颜色，他在彼时的内心深处，是多么渴望身着蓑衣，做一个和大自然亲近的渔翁、隐者。作者在介绍平伐苗时，不自觉地流露了他的心志。

舒位《黔苗竹枝词》内容丰富，反映了黔苗的民族风情，可谓大型的民族史诗，具有重要的民族史料价值。杨钟羲《雪桥诗话》认为，舒位《黔苗竹枝词》"于风俗饮食衣服言之甚详"。① 朱则杰《清诗史》认为组诗"广泛涉及贵州苗族人民的生活习惯、风俗传统，并且在每一首下面都添有详细的注释说明，既富有文学意味，又具有史料价值，不妨作为一种生动的民俗学著作来读"。② 曹光甫认为，舒位《黔苗竹枝词》"全面反映了苗族的历史、掌故和特殊风俗，可以视为该地区一部较早的风俗史诗"。③ 对于舒位《黔苗竹枝词》，王朝梧识：

> 凡苗之性，类与华殊。顺其性则喜，拂其性则怒，至于怒而无所不至矣。故治苗之术，则必识其性而驯扰之。今从政者或未尝识其性也，又从而取求焉，逮其无所不至，然后聚而歼旗。彼且不知致死之由，又并不知求生之路，冥然顽然，骈俪授首，是岂羁縻弗绝之始意？而所谓兵者，盖不得已而用之者也。览此可以思过半矣。④

从王朝梧的表述来看，舒位竹枝词的作用在于"识其性"以治之，达到长治久安。由此，客观上也反映了舒位《黔苗竹枝词》内容的丰富具体。

舒位之前，康熙间田榕有《黔苗竹枝词》24首，但"不分种类，随意铺叙"，⑤ 稍显纷乱。舒位《黔苗竹枝词》规模更大，内容更丰富具体，具有一定艺术特点，使得续作颇多；如张澍《黔苗竹枝词》、毛贵铭《黔苗竹枝词》、熊绍庚《黔苗竹枝词》、颜嗣徽《牂牁竹枝词》等。舒位《黔苗竹枝词》无论从规模来看，还是从内容的丰富性和艺术特点来看，可堪媲美刘禹锡反映巴渝风土的竹枝词，甚至有所超越，在当时及此后众多黔苗竹枝词中显得尤为突出。

（石天飞：广西民族大学文学院副教授，文学博士）

---

① [清] 杨钟羲：《雪桥诗话》卷八，民国求恕斋丛书本。
② 朱则杰：《清诗史》，302页，南京，江苏古籍出版社，2000。
③ 曹光甫：《瓶水斋诗集·前言》。见[清] 舒位撰，曹光甫点校：《瓶水斋诗集》，上海古籍出版社，1991。
④ 同上。
⑤ [清] 张澍：《养素堂诗集》卷三，道光二十二年刻本。

西北文学地理

北周本土文学意义探讨[①]

高人雄

如何评价北周文学，北周文学有哪些特质，对开启隋唐盛世文学具有何种意义？这些问题似乎一直困扰未决。

公元534年北魏分裂为东魏和西魏，很快东魏被北齐替代，西魏被北周替代。东魏、西魏实际上是北魏到北齐、北周政权的过渡。西魏的实际统治者就是北周政权的建立者宇文泰，故无论讨论北周政治还是文学，都包括西魏在内。北周草创之际经济落后文化萧条，远不及北齐发达繁荣。然而，经过近半个世纪的发展，北周由弱变强，北齐由强变弱。北周先吞并南朝梁江陵之地，又灭北方劲敌北齐，统一了北方，为全国的统一准备了条件。公元581年隋禅代周，隋承周制，唐又承隋制，中国社会进入繁盛时期。北周政治文化对隋唐产生重要影响，北周文学亦对以后的文学发展产生了深远影响。而对于北周文学的研究，历来多注重于两位由南入北的著名文人王褒和庾信，认为北周文学是在王褒、庾信等由南入北的士人带动之下逐渐兴旺起来，北周文人学习南朝文风，北周后期的文学创作多染南风。这些见解还是存有偏颇的，似乎立国于关陇之地的北周没有本土文学，没有本土文学风气的传承。事实上关陇自汉代以来儒学传承不断，成为隋唐文学复古主张的源流，尚用尚质的文学风气也离不开北周文学的影响，北周有自身的文学精神，由南入北的文人及其追随的南朝华丽文风，概括不了北周本土文学精神。

[①] 本文系教育部项目《关陇多民族文化背景下的北周文学研究》（项目批准号：10XJA751003）的部分成果。

一、北周文学的儒学传承

北周文学有着浓厚的儒学传承。北周以儒治国，兴儒学敦教化，这种政治思想层面的儒学传承必将体现在北周文学作品中。

首先，提倡礼乐、仁义、孝道、德治、教化以及以民为本等是儒家思想的具体体现，在诏奏文翰中处处可见。对君臣大义的思考，重视君臣之间的关系，体现了儒家的安邦思想。宇文泰的作品多为书信，而其内容多是对臣子功绩人品的肯定和赞扬，旨在招贤纳士。这些文章没有用典，没有洋溢恣肆的感情，多是一种朴实的中肯之语。比如《答李远》："公勋德兼美，朝廷钦属，选众而举，何足为辞；且孤之于公，义等骨肉，岂容于官位之间，便致退让，深乖所望也。"① 对臣子的选任以"勋德兼美"为标准，这样的良臣才有助于社稷江山，有助于教化百姓。孝闵帝宇文觉《举贤良诏》用诏书的形式来确认人才的重要性，选才任能，不拘一格。字里行间充满了希望君臣戮力同心，共治天下的愿望。明帝宇文毓《大渐诏》更是把这种拳拳治国的仁君之心，写的入木三分。武帝宇文邕诏书《大赦诏》教化万民以德行为重。周明帝宇文毓《大渐诏》实际上是一封遗书，叙述了自己豁达的生死观。晋国公宇文护《报母阎姬书》等体现了君臣大义、体恤万民、崇尚简朴、以孝为先的人伦大义。北周诏奏文翰中所蕴含的儒家思想正是西魏北周一代以儒治国推行儒教的政策体现。

其次，抒情诗文的爱国之心、守节之情和立功之志。颜之推在《颜氏家训·文章》中指出"朝廷宪章，军旅誓诰，敷显仁义，发明功德，牧民建国，施用多途。"② 认为文章者，经国之大业，不朽之盛事。北周统治者用儒家的经世致用法则来作为统治国家的信条，所以在当时的文官武将中，保家卫国，积极入世是一种发自内心的时代的召唤和时尚。将这种对国家的责任感写进自己的作品中是当时北周诗文的重要特色。表现了自己建功立业的决心，如高琳（北周大将），作《宴诗》，末章云："寄言窦车骑，为谢霍将军。何以报天子，沙漠静妖氛。"车骑即东汉的窦宪，和帝时为车骑将军，出师击破北匈奴，出塞三千余里，登燕然山，刻石勒功，纪汉威德。霍将军即西汉抗击匈奴的名将霍去病。作者追忆二人的丰功伟绩，衬托自己出师平定叛乱报答天子的坚定心情。至死苦谏，作诗以表气节。诸如杨文佑《为周宣帝歌》，周宣帝是北周诸帝中的一个昏庸皇帝，士人杨文佑的歌曰"朝亦醉，暮亦醉，日日恒常醉，

---

①［清］严可均：《全上古三代秦汉三国六朝文·全后周文》，3886 页，北京，中华书局，1958。
②王利器撰：《颜氏家训集解》，卷九《文章》，237 页，北京，中华书局，1993。

政事日无次。"① 杨士佑作为臣子，面对荒淫无道的君主，宁肯死也要劝诫其以国家百姓和江山社稷为重。这些为人臣子之人，在诗歌和散文的写作中，都时刻把国家的安危挂在自己的心中。文章者，不朽之盛事，爱国之心的跃然纸上是和儒家的忠君仁君意识遥遥呼应。

第三，秉持致用尚质的文学观念。西魏北周立国之时，在文化上选择的是关陇文化本位政策，陈寅恪先生在《隋唐制度渊源略论稿》中提出："范围颇广，包括甚众，要言之，即阳傅（附）周礼经典制度之文，阴适关陇胡汉现状之实而已。"② 这种文化政策旨在对抗强大的北齐和萧梁，推行以儒治国，维系关陇各阶层人心，除了政治层面的各种制度，在文学创作上就表现为抵制骈俪浮华的文风，提倡质朴尚用的文风。致用尚质的文风本身就是儒家的诗教观。《颜氏家训》中指出"朝廷宪章，军旅誓诰，敷显仁义，发明功德，牧民建国，施用多途。"③ 认为文章是君子立于世上所不可或缺的，"夫明六经之指，涉百家之书，纵不能增益德行，敦厉风俗，犹为一艺，得以自资。父兄不可常依，乡国不可常保，一旦流离，无人庇荫，当自求诸身耳。"④ 颜之推在文章的功利致用性观点上更加明显。文章的功利性和实用主义，直接导致"为用而文"，反对单纯追求形式上"以辞为工"不注重思想内容的华靡雕琢的文风，提倡质朴的文风。这和儒学倡导"中和之美"、"温柔敦厚"一脉相承。北周文学形成了致用尚质的文学观念，而这种观念的形成和国家的文化政策也息息相关。西魏北周推行关陇文化本位政策的过程，也开启了文风上的变革。《周书》里有这样的记载：文帝时，有人献上一只白鹿，臣子们都想对此事上书以表示庆贺之情。借此机会，尚书苏绰对柳庆说："近代以来，文章华靡，逮于江左。弥复轻薄。洛阳后进，祖述不已。相公柄民轨物，君职典文房，宜制此表，以革前弊。"（《周书·柳庆传》）柳庆瞬间写就，而且文章文质并兼。这篇文质彬彬的佳作受到了苏绰的大力赞扬，同时也向众人昭示了苏绰或者说西魏北周，对于文学创作的态度是提倡文质兼具，质朴尚用。之后不久，宇文泰就命苏绰做大诰，借鉴古《尚书》的写作方法，正式阐述了自己的文学主张。卢辨作为当时继承苏绰遗志，完成北周初年复古改革之人，其公文创作大有大诰体之风，形式古旧，语言拗口，几乎没有感情的流露，旨在表达为人臣子，必须忠君爱国之大义。可见复古的文风事实上存在一定的偏激。西魏北周立国之初的复古思潮，要求文章模拟"大诰体"，形成了"师古"的

---

①逯钦立：《先秦汉魏晋南北朝诗》，2344页，北京，中华书局，1983。
②陈寅恪：《隋唐制度渊源略论稿》，90页，北京，中华书局，1963。
③王利器撰：《颜氏家训集解》，卷九《文章》，237页，北京，中华书局，1993。
④王利器撰：《颜氏家训集解》，卷八《勉学》，157页，北京，中华书局，1993。

形式和内容。随着时间的推移，北周国力日盛，北齐和萧梁的威胁日益降低，国力强盛之后不再需要刻意模仿那些古板的东西。明帝之后公文开始有了变化，除了不变的质朴，便是增加了作者主体的个人情感，这也是文化交流的产物。北齐北周毗邻而建，交流在所难免；由南入北的大臣不断进入北周，带来了南方的不同文化，交流、学习、融合、适应时代发展的趋势。

北周的散文，确切地说是朝廷的公文也渐渐地脱离了大诰体，开始有了文辞的讲究和个人感情的融入。但是无论怎么变化，北周文章中所蕴含的那种言之有物、贞刚淳厚的核心没有动摇，一直贯穿始终的仍然是致用尚质的文学观念。

二、北周文学中的佛道元素

北周所处关陇之地自魏晋以来就广传佛法，并且道教在民间亦有很大影响。在这样纷乱的时代，社会各阶层都在感叹生命易逝，宗教信仰无疑是一种精神上的温情关怀，让他们在那里寻找安慰。道教是在中国传统文化基础上形成的民族宗教，它以道家和神仙家的文化哲学为主要价值导向；因此，修真悟道、羽化登仙是其最终目的，亦是其最高境界。而佛教的佛法无边、因果报应、精神不灭、生死轮回等教义也深深影响着创作者的文化构成。宗教文化以其宗教仪式的神圣感，教义的思辨性，天马行空的想象和繁丽的语言，都对当时的北周文学产生了深刻的影响。

首先，北周文学不乏佛道相关的内容。诗歌散文多有描写宗教场所和寺庙道观，热衷宗教的情怀。北周文士和宗教人士交往密切，经常出入寺庙道观，如明庆寺、云居寺、定林寺、同泰寺都是北周诗文描写的对象。还有僧道唱和诗歌，如庾信的《奉和同泰寺浮屠诗》《奉和赵王游仙诗》《至老子庙应诏诗》《奉和阐弘二教应诏诗》《奉和法筵应诏诗》《和从驾登云居寺塔》都是和宗教活动相关的，而且都是和皇族宗室一起，可见社会各阶层都深受佛法道法的影响。再者，传教论道的宗教说教诗歌。这些诗歌直接体现了佛教的教义，道教的理论，其内容完全是宗教内容的诗歌化，有着顿悟和看空的宗教韵味。有释氏释亡名的《五苦诗》。历史上怂恿周武帝灭佛的卫元嵩就是亡名的徒弟。五苦诗，顾名思义，就是写人生的各种痛苦，分别是《生苦》《老苦》《病苦》《死苦》《爱离》。生老病死是人生一世不可避免的事情，生别离也是人生的无奈，亡名在这五首诗中表现了佛家四大皆空的思想，此生痛苦，期待来生。道教诗歌中也有类似的诗歌，写人生在世的无常。如《三徒五苦辞》相对于释亡名的《五苦诗》，二者内容相似，都写人生在世的痛苦。释亡名的《五苦诗》和道教的诗歌都是旨在宣扬自己的宗教思想，渗透着浓浓的宗教意味。又引用或化用佛道典故入诗，扩大了诗歌的取材内容，增强了诗歌的灵动性和思辨性。

其次，佛道传教对文学体裁产生了影响。佛教和道教在北周发展迅速，教化的对象也越来越趋向广大民众。为了传教的需要，他们将自己的教义与仪轨通俗化处理，形成了以说唱和舞蹈为主的传播方式。而这种传教方式对文体产生了很大影响，当时佛教的俗讲从某种程度上影响了小说的创作，而道教传教直接刺激了道教歌谣和步虚词的发展。对志怪类小说影响尤甚。颜之推一生波折，由北齐入北周，其志怪小说《冤魂志》作于其晚年，其实也是北周文学的宝贵财富。《冤魂志》引经史来验证报应，充满了浓厚的宗教色彩。在《冤魂志》中，颜之推不满足于佛教的来世报应，而欲见害人者于现世受到报复。比如："梁武昌太守张绚，尝乘船行。有一部曲，役力小不如意，绚便躬捶之。杖下臂折，无复活状，绚遂推江中。须臾，见此人从水而出，对绚扶手曰：'罪不当死，官枉见杀，今来相报。'即跳入绚口。因得病，少日而殂。"由此故事就可以看出，颜之推宣扬的是佛教"三报"中的"现报"说，善有善报，恶有恶报。《冤魂志》中多是此类故事，故事想象奇特怪诞，曲折离奇，宗教色彩非常浓厚。道教在传教过程中，促成道教歌谣与步虚词的发展。道教升坛做法仪式称为斋醮。其法为设坛摆供、焚香、化符、念咒、上章、诵经、赞颂，并配以烛灯、禹步和音乐等仪注和程式，以祭告神灵。而其宗教功能主要是通过斋法和外在的仪轨对道士进行精神引导，从而获得宗教体验，完成心性的修炼，进入道教所追求的境界。在这种仪式中所吟诵的赞颂词章，旨在宣传道家思想，但是其想象瑰丽，音调和谐，充满着热烈的宗教情怀。首先北朝道教思想的活跃从现存道教歌谣中可见一斑，北周道教歌谣明显增多，而道教歌谣的演唱性和道教仪式中的赞颂词章有着密切的关系。这些歌谣无一例外的都是在解释和宣扬道教的教义。无名氏作有《青帝歌》《白帝歌》《赤帝歌》《黑帝歌》《黄帝歌》，歌颂的是道教的五位神仙，分别代表春天、秋天、夏天、冬天、土地。歌谣将神灵带来的四季变化，写得生动可见："东望重拜手，苍帝玉皇君。灵风鼓橐龠，育物布元春。云龙辔严驾，玉衡拥琼轮。枯萌泛霈及，大惠无不均。……"把春天的到来写成是青帝来到人间，一路凌风驾车，人间就春光一片，宣扬了其法力无边且想象力丰富。除此之外，多具有很重的说教意味，旨在吸引人入教。"大贤慎兹诫，忍性念割情。愚夫不信法，罪痛常自婴。吾念世无已，今故重告明。若欲度斯患，归命太上经。"[①]用大贤和愚夫做对比，指出世上所有人都逃脱不了生死命苦，而要想减轻苦痛，不如"归命太上经"。要么就是描绘地狱的恐怖"北都泉曲府，中有万鬼

[①]《三徒五苦辞·其二》，见逯钦立：《先秦汉魏晋南北朝诗》，2440页，北京，中华书局，1983。

群。但欲遏人算，断绝人命门。"① 万鬼上身，极为恐怖，也只有求助于悟道。大量的道教歌谣虽然艺术程度不高，但是其音调的和谐性，对神仙境地的极力描绘和对宗教的狂热感情，为道教的另一种配合仪式音乐的道教经文——步虚词，也提供了艺术上的借鉴。

步虚，是道教斋仪中使用的一种经韵乐章和韵腔，所谓"道士讽诵经章，嘹亮声律也"②，属于道教科仪。关于其起源，一说出自《洞玄灵宝玉京山步虚经》，称其由太极左仙公葛真人葛玄传于葛洪。配合步虚声韵的道教经文，称为"步虚词"。唐吴兢《乐府古题要解》云："步虚词，道家曲也，备言众仙飘渺轻举之美。"步虚词在内容上不离神仙之事，在形式上属于曲调一类。《先秦汉魏晋南北朝诗》录有北周仙道家无名氏所作的《步虚词十首》，描绘了道家圣地的飘渺空灵和法事的隆重繁丽。这些诗歌让我们触摸到纯粹的宗教热情和对飞升求仙的深刻在意之情。

游仙诗。北周如此浓厚的道教氛围，必然促进神仙变异之谈的流布，除去道教歌谣和文人步虚词的创作发展，随之出现了一批受道教影响的文学体式，如游仙诗。这些诗歌弥漫着令人心醉神荡的神仙之境，充斥着变幻万端的怪异之谈，浪漫的想象与炽热的情感交织其中。游仙诗即是歌咏仙人漫游之情的诗。魏晋以后，不仅道教中人创作游仙诗，文人亦相继创作游仙诗，一时"仙诗缓歌，雅有新声"（刘勰《文心雕龙·明诗》）。游仙诗一般表现人们远离尘俗，进入天上仙界游赏的诗境。同时也把憧憬仙界，向往长生不老的愿望寄寓在里面。

自此可见北周文学与佛道二教的不断发展关系密切。佛道二教的不断兴盛以至于受众不断增多和教义深度推广，直接影响了创作者的日常活动和思维方式。取材宗教故事和化用宗教典故，使得北周文学内容不断丰富，想象更加奇特。宗教的传播影响了北周文学文体的衍生和成熟，并且给了创作者在现实之外的另一种精神栖息地，这一切都使得北周文学充满了佛道的宗教情怀。

结　语

北周立国以关陇地域为中心，关陇自汉代以来儒学传承一脉相承，汉魏古朴文风对北周文学具有重要影响。又河陇、关中佛教传布历时已久，历代统治集团多信奉佛教。民间道教文化亦很浓重。北周统治集团立国秉承周礼，社会文化方面佛道昌兴，必然对文学也产生重要影响。所以北周本土文学有自身的

---

① 《第一欲界飞空之音》，见逯钦立：《先秦汉魏晋南北朝诗》，2440页，北京，中华书局，1983。
② 李叔还：《道教大辞典》，393页，杭州，浙江古籍出版社影印，1987。

面貌，并非趋步南朝。浓厚的崇儒尚用文风，为隋唐以后的复古思潮埋下了伏笔。佛道并崇风气也为唐代儒释道三家思想并举开了先河。多种文体文风的萌芽在唐代得到了生发和完善。实为隋唐文学的繁荣铺垫了道路。

（高人雄：西北民族大学文学院教授）

秦简中的应用文体

延娟芹

目前见到的秦简，以秦律和《日书》最多，这是目前见到的最早的系统的法律文书。众所周知，法家思想在秦国得到了最彻底、最成功的运用，但是法家并不产生于秦国。事实上，中国法律产生比较早，《尚书》中就有《吕刑》一篇，"苗民弗用灵，制以刑，惟作五虐之刑曰法，杀戮无辜。爰始淫为劓、刵、椓、黥"。这是夏代南方民族的事。《左传·昭公六年》载："夏有乱政而作禹刑，商有乱政而作汤刑，周有乱政而作九刑。"可见华夏在夏代就有了法律的雏形。西周在制礼作乐、用礼乐规范人们行为的同时，也制定了相应的法律。西周的九刑无论是罪名还是刑名，都较前代严密而广泛，《周礼》中就有专门职掌行刑的刑官大司寇、小司寇等。春秋时期产生了正式公布的成文法。《左传》记载鲁昭公六年（前536年）郑国子产首铸刑书于鼎，以为国之常法。之后郑国邓析因不满子产的刑书内容，也私作《竹刑》，二十几年后（前513年）晋国范宣子也铸刑书。战国以前的法令在一些古籍中有零星记载，如《左传·文公十八年》载周公作《誓命》："毁则为贼，掩贼为藏，窃贿为盗，盗器为奸。主藏之名，赖奸之用，为大凶德，有常，无赦，在九刑不忘。"对贼、藏、盗、奸等罪名做了明确规定。遗憾的是，像这样的记载非常少见，我们无法得到当时刑法的全貌。战国时各国相继颁布了一系列封建成文法，以魏国的《法经》和秦国商鞅变法后制定的秦律影响最有深远。

商鞅变法所制定的法律，据载是以魏国李悝的《法经》为基础，改法为律。《法经》早已亡佚，《晋书·刑法志》《唐律疏义》等文献中保留其篇目和少数佚文。据这些文献记载，《法经》包括六部分，即盗法、贼法、囚法、捕法、杂法、具法，后代统称"六律"。从秦简看，秦律远不止这六种，而是在《法经》的基础上作了很大扩充。

秦律中出现了多种应用文体，下面分别说明。

一、律、令

律是由国家发布的法律条文，具有最高的法律效力，是秦法律的主干，内容包括农业、畜牧业、关市、货币、粮仓、手工业、军队、官吏等，几乎涉及到社会生活的方方面面，名目繁杂多样。在数量上，这类秦简也最多。秦律多缺乏文采，语气肯定，不容辩驳，渗透着一种权威，具备法律条文的特点。多见"勿……"、"不得……"这样的句式。中国古代法律是以规定民众对统治者应尽的义务、规范他们的行为为核心的,而不是重在保障民众的权力。秦律中这类句式已经初步显现出了这一特点,如"百姓居田舍者毋敢酤酒,田啬夫、部佐谨禁御之,有不从令者有罪"。汉代、唐代法律虽有不同的形式,但是律始终是最主要、最基本的形式,形式、语言风格也与秦律没有多大区别。秦律虽较后世法律有些零散,不够系统,但是为后世律的法典化奠定了基础。

法律形式还有令。《说文解字》解释令为"发号也"。睡虎地秦简中多次提到令,如《语书》:"故腾为是而修法律令、田令及为间私方而下之。"《内史杂》:"非史子也,毋敢学学室,犯令者有罪。"秦令既包括国君的指令,也包括上级的命令。令具有更高的法律效力,律需保证令的执行。当令与律相抵触时,一般从令。如《法律答问》:"何如为'犯令'、'废令'?律所谓者,令曰勿为,而为之,是谓'犯令';令曰为之,弗为,是谓'废令'也。廷行事皆以'犯令'论。"秦令总是伴随着国家的重大举措而出现,如《史记·商君列传》载秦孝公时"卒定变法之令",后又有《垦草令》《逐客令》等出台。

秦始皇二十六年曾宣布"命为制,令为诏",即将令中由皇帝发布的最高指示称作诏。汉代法律中也有令,汉代诏令数量多,涉及内容广泛,是秦令的进一步发展。唐代法律中令也是重要形式,可见秦令之影响深远。

法律的功能是维护社会秩序的稳定,法律条文要明确说明可以干什么,或者不许干什么,以及犯法后要采取的相应的处罚措施,因此语言表述要清楚明白,不能含糊其辞,更不能使用比喻、夸张等容易引起歧义的手法。秦国律、令都基本符合法律条文的要求,文字大多简洁明白,干净利落,语气坚决肯定,字里行间渗透着一种凛然而不可侵犯的威严。

二、法律解释

这是对律中一些条文、术语所作的解释,多用"……何谓(论、也、以)……"这样的句式。睡虎地秦简《法律答问》一篇,就是对秦律中的主体部分——刑法所作的解释。《法律答问》这一标题由整理者所加,严格地说,本篇并不属于问答体。问答体在诸子散文著作中广泛使用,多次一问一答的形式同时也构成了简单的情节,推动故事一步步发展,使说理更加深入透彻。而本篇只是先提出问题,再作解释,类似于回答问题,解说部分很像后代的注与疏。但本篇也不同于后代的"解"、"说"一类成熟的论说文,篇中仅仅是对律中某一句的具体化和细化,并没有说理论证。

解释法律条文不同于注释其他书籍,注释法律条文的准确与否并不是由社

会来评价的,而是取决于官方的实际执行与注释是否吻合,因此这些解释也应当由官方颁布,与法律正文具有同样的法律效力。如:

"害盗别徼而盗,驾(加)罪之。"可(何)谓"驾(加)罪"?五人盗,臧(赃)一钱以上,斩左止,有(又)黥以为城旦;不盈五人,盗过六百六十钱,黥劓(劓)以为城旦;不盈六百六十到二百廿钱,黥为城旦;不盈二百廿以下到一钱,羛(迁)之。求盗比此。①

这段话解释"害盗别徼而盗,加罪之"一句。这句话乍看确实不知所云,很费解,这样的律文无疑会影响到该条文的实施,作进一步的解释实属必要之事。解说中主要是对"加罪"的具体标准以及相应的处刑办法所做的规定:五人共同行盗,赃物在一钱以上,断去左足,并黥为城旦;不满五人,所盗超过六百六十钱,黥劓为城旦;不满六百六十钱而在二百二十钱以上,黥为城旦;不满二百二十钱而在一钱以上,加以流放;求盗与此同样论处。经过这一番解释,刑官便有了具体的量刑定罪标准,更易于操作。到了汉代,对律文的解释成为了法律中重要的组成部分——《疏议》,相当于现在的司法解释。

在秦简中对正文作出解释的不只《法律答问》,王家台秦简的《政事之常》也属于这一类。《政事之常》竹简在墓葬中分三圈排列,内圈为正文,中间以及外圈是对正文的解释。说明这种类似于后代注、疏体的文体,在秦国应用非常普遍。

三、《语书》

《语书》出自睡虎地秦简十一号墓,是南郡的郡守腾颁发给本郡各县、道的一篇文告。简文首句"廿年四月丙戌朔丁亥,南郡守腾谓县、道啬夫"为考订本篇写作年代提供了重要依据。

睡虎地十一号墓随葬品反映的时间在七号墓入葬时间(秦昭王五十一年,前256年)之后,秦昭王五十一年以后执政超过二十年的只有秦始皇,故本篇中"二十年"应指秦始皇二十年。又,南郡原属楚,《史记·白起王翦列传》载:"其明年(指秦昭襄王二十九年,前278年),攻楚,拔郢,烧夷陵,遂东至竟陵。楚王亡去郢,东走徙陈。秦以郢为南郡。"秦设南郡在秦昭襄王二十九年,也可证文中"二十年"必不会指秦昭王二十年,而应是秦始皇二十年。

《语书》是地方政府发布的文告,类似现在的地方性法规,这是对秦律的补充和发挥,同样具有法律效力。睡虎地秦简各篇各章标题有的是简文原来就

---

① 睡虎地秦墓竹简整理小组:《睡虎地秦墓竹简》,150页,北京,文物出版社,1978。

有的，标题一般标在最后一简的简背。《秦律十八》的篇目大部分属于这种情况，如《田律》《厩苑律》《仓律》等标题均为原简所标，《语书》也属于这一类。简文没有标题的，整理者根据内容加了标题。

"语"这种文类其实早已存在，《国语·楚语上》申叔时说明对贵族子弟的教育时就提到"语"："教之《语》，使明其德，而知先王之务，用明德于民也。"韦昭注："治国之善语。""语"在当时本身就有教导的含义，《国语·鲁语下》载："季康子问于公父文伯之母曰：'主亦有以语肥也。'对曰：'吾能老而已，何以语子。'"韦昭注："语，教戒也。"这些记载表明"语"对受教育者具有训诫、教导使明其德的作用，这是春秋时期"语"体文类的特点与功用。①《国语》一书的素材大部分就来自各国之"语"。睡虎地秦简《语书》命之曰"语"，与春秋时期的"语"有没有关系呢？换言之，秦人将一篇地方文告命名曰"语"的原因是什么呢？还是从《语书》本身内容来看：

> 廿年四月丙戌朔丁亥，南郡守腾谓县、道啬夫：古者，民各有乡俗，其所利及好恶不同，或不便于民，害于邦。是以圣王作为法度，以矫端民心，去其邪避（僻），除其恶俗。法律未足，民多诈巧，故后有间令下者。凡法律令者，以教道（导）民，去其淫避（僻），除其恶俗，而使之之于为善殹（也）。今法律令已具矣，而吏民莫用，乡俗淫失（泆）之民不止，是即法（废）主之明法殹（也），而长邪避（僻）淫失（泆）之民，甚害于邦，不便于民。故腾为是而修法律令、田令及为间私方而下之，令吏明布，令吏民皆明智（知）之，毋巨（距）于罪。……凡良吏明法律令，事无不能殹（也）；有（又）廉絜（洁）敦悫而好佐上；以一曹事不足独治殹（也），故有公心；有（又）能自端殹（也），而恶与人辨治，是以不争书。恶吏不明法律令，不智（知）事，不廉絜（洁），毋（无）以佐上，媮（偷）随（惰）疾事，易口舌，不羞辱，轻恶言而易病人，毋（无）公端之心，而有冒抵（抵）之治。……②

文中用大半的篇幅说明发布文告的缘由：古代由于乡俗不同，人们好恶各异，为了有利于百姓和国家，圣王制定了法律。但是犯法乱令的事依然发生，民俗淫泆，民心邪僻。吏不用法，既不便于民，又甚害于邦。为使各县、道长官能够清楚了解国之大法，不再包庇邪恶，违法犯罪，故公布此文书。文书最

---

①事实上，古人命之曰"语"的著作有很多，除《国语》外，还有《论语》《汲冢琐语》《家语》《新语》等。俞志慧认为"语"是一种古老的文类，其体用特征是"明德"，大致分为重在记言和重在叙事两类。古籍所引谚语，"闻之"、"有言"所引话语，宪言、建言、法言之类，《逸周书》中《周祝》《武称》《王佩》，《文子》的《符言》《上德》，秦简《为吏之道》等都属于"语"。参见俞志慧：《语：一种古老的文类——以言类之语为例》，载《文史哲》，2007（1）。
②睡虎地秦墓竹简整理小组：《睡虎地秦墓竹简》，15～19页，北京，文物出版社，1978。

后还为广大地方长官指出了两种不同的官吏：良吏和恶吏。实际是为他们指出了为吏的具体标准。整篇文书都是对下级官员的训诫和教导，循循善诱，娓娓道来，一个秉公执法、一心为公的官员形象如在眼前。秦简中绝大多数律文直接说明允许干什么或者禁止干什么，三言两语，言简意赅；虽准确精练，却缺少几分感情和人情味，显得生硬、冷酷；这是由法律的性质决定的，法律是不可以讲人情的。本篇则不然，虽然也指出官吏若有失职行为，要依法惩处等内容；但更多的是晓之以理，动之以情，读了这样的文字，那些妄图徇私枉法的官员能不汗颜？

　　了解了《语书》的内容，对于它的命名就不难理解了，与其说是一篇法律文告，不如说是一篇对官吏的训导之词更加符合其内容。南郡郡守腾无疑是熟悉前代"语"这种文类的，因此才将本篇命之曰《语书》。

　　《语书》虽有与前代"语"体相一致之处，但是将《语书》与《国语》等比较，二者的区别还是比较明显。当时教育贵族的"语"一类教材主要有两方面内容：记载前人嘉言善语和前代诸国大事。《国语》对时人的教育多蕴含在言语、事件背后，主要通过具体的人和事来达到教育目的，以纯说理的形式出现的较少。《语书》则不然，主要是直接说理，通篇重点讲有法不依的危害，良吏、恶吏的不同表现。最根本的一点是，所讲道理最终要完全落到实处，各级官吏要严格依照法律公正执行，不得有渎职行为，否则，"志千里使有籍书之，以为恶吏"，由郡官记录在簿籍上向全郡通报，作为恶吏。

　　《国语》与《语书》的不同，向我们透露出"语"体文文类变化的轨迹：由重在记前人前事到重在直接说理，教育途径由提高道德、增强内省到依靠法律手段强制实施。西周到春秋，规范人们尤其是统治者行为的主要手段是礼，这时对他们主要是道德、思想的教育；这样前人的功过得失自然会有直接的借鉴意义，对于人们的教育起到了无可比拟的作用。战国礼崩乐坏，礼乐对人们的约束力逐渐消失，法成为了规范人们行为新的总则。既然要用法，礼乐时代的那些人事便失去了借鉴意义，因此腾在训导官吏时只能以新时代的新标准来阐明道理，不需要再引用前人前事，教育途径更需要与秦国变法的举措保持一致，强制实行。

　　一种文体的发展既与前代一脉相承，同时也需要在新的历史条件下为适应新的需要作出相应调整。春秋、战国虽然前后相随，但是两个时期的社会制度、价值观念却发生了质的变化。"语"体文类的发展正是反映了这两个时期对文体提出的不同要求，可以说，《语书》正是适应时代要求而产生的。秦国重实用，任何思想、形式只要对自己有利，就可以拿来为我所用。《语书》是"语"体文类在新的时代，经秦人从实用的角度出发改造后的产物。"语"体文类的这种变化反映了社会、政治对文体的细微影响。

四、判　　例

睡虎地秦简中记录了许多供当时司法者参考的判例，被称作"廷行事"。《广雅·释诂》："廷，平也。"王念孙《读书杂志》四之十二《行事》："行事者，言已行之事，旧例成法也。汉世人作文言'行事'、'成事'者，意皆同。"《法律答问》里多次提到"廷行事"，当时遇到有些案例，当律文无相应的规定或需要做一些变通时，则以"廷行事"作为参考，比附类推。如《法律答问》：

告人盗百一十，问盗百，告者可（何）论？当赀二甲。盗百，即端盗驾（加）十钱，问告者可（何）论？当赀一盾。赀一盾应律，虽然，廷行事以不审论，赀二甲。①

有人控告他人盗窃一百一十钱，审问的结果是盗窃一百钱，按照秦律，控告者故意私加十钱，应罚一盾。但是依据成例，应罚二甲，结果是以二甲为准。可见廷行事在当时有很大权威，有时甚至可以超越秦律。

在这些判例中涉及的人物一般都以甲、乙等指代。试举一例：

甲乙雅不相智（知），甲往盗丙，毚（才）到，乙亦往盗丙，与甲言，即各盗，其臧（赃）直（值）各四百，已去而偕得。其前谋，当并臧（赃）以论；不谋，各坐臧（赃）。②

甲、乙两人素不相识，甲去丙处行窃，正好碰到乙也去丙处行窃，两人合计，各偷盗价值四百钱的赃物，离开丙处时两人同时被抓获。如果两人事先有预谋，则将两人赃物合并进行论处；若没有预谋，则分别论罪。

龙岗六号墓中还出土了一份判决书，内容如下：

鞠之，辟死论不当为城旦，吏论失者已坐以论。九月丙申，沙羡丞甲、史丙免辟死为庶人。令自尚也。③

整理者认为："牍文应是乞鞠免罪的判决书。墓主生前曾被误判有罪而为城旦，乞鞠复审，冤案得以昭雪；由沙羡丞甲、史丙'免辟死为庶人'，且被安排在禁苑这种不易为常人所见的地方为隐官。"④ 这份判决书与睡虎地秦简中的判例非常相似。

秦简中所载判例都篇幅短小，但是已经具备了后代判文的基本要素：当事

---

① 睡虎地秦墓竹简整理小组：《睡虎地秦墓竹简》，167页，北京，文物出版社，1978。
② 同上，156页。
③ 刘信芳，梁柱：《云梦龙岗秦简》，45页，北京，科学出版社，1997。
④ 同上，48页。

人、事情原委、处理意见。

后代实际的判例大都语言质实平易，简明扼要，大体能做到辞达。如董仲舒《春秋决狱》所载判例：

> 甲无子，拾道旁弃儿乙养之，以为子。及子长，有罪杀人，以状语甲，甲藏匿乙，甲当何论？仲舒断曰：甲无子，振活养乙，虽非所生，谁与易之？诗云："螟蛉有子，蜾蠃负之。"《春秋》之义，父为子隐，甲宜匿乙，诏不当坐。①

除了引《诗》《春秋》外，其余部分语言风格与秦简中的判例如出一辙。

判文盛行于唐代，这与唐代科举制度有着直接的关系。但是流传到现在的唐判中拟判（即为备考而作的模拟判文）居多，实际的案判并不多；受当时文风影响，唐代案判有时也用骈文，工整而有文采，但有的案判也较为平易，如：

> 高燕公镇蜀日，大慈寺僧申报，堂佛光见。燕公判曰："付马步使捉佛光过。"所司密察之，……擒而罪之。②

唐代拟判较之案判文学色彩更浓，能否作判文成为了当时衡量士子能力的重要标准。与案判的实用平实不同，拟判辞藻华美，形式工整，有的还用典故。除了案判、拟判，还有花判，这是文人们就某些事情所作的类似杂感一类的判文，形式不拘一格，带有很大的文字游戏的性质。就流传的时间、范围来看，拟判、花判无疑比案判更受人们喜欢。

但是案判也有拟判、花判所不及的优点。汉以后案判除了常引经据典和喜用骈文外，语言风格、体制与秦简判例差异并不大。案判风格并没有随着时代的变迁而有太大变化，主要原因就是案判是用于司法实践，以解决问题为目的，拟判、花判却是为科考或娱乐。前者追求准确客观，更重视实用性；后两者追求精致华美，更看重文学性。事实上，就判文而言，实用性和文学性本身就是一对矛盾。实用性越强，便意味着更加准确客观，可以为后人起到断案参考的作用，其法学价值就更高；而文学性越强的语言，越容易引起读者丰富的联想，准确性反而越差。秦简中的判例虽然形式简单，语言质实，但是从司法要求来说，已经完全符合实际需要。案判并没有随着时间的推移而发生太大变化，正源于此。秦简中的判例，可以视作后代判文的雏形。

战国时各国争相进行变法改革，理应也有判例产生。遗憾的是，战国时除了秦国外，其他国家的法律条文多无法见到，这就使得秦简判例的出土显得尤

---

① 《东晋成帝咸和五年散骑侍郎贺峤妻于氏上表引》，见[唐]杜佑撰《通典》，卷六十九，382页，北京，中华书局，1984。
② [宋]李昉等编：《太平广记》，卷二八九，2301页，北京，中华书局，1961。

为珍贵。可以说，这是目前见到的最早的判例。秦简中的判例虽然还没有足够的证据证明已经是判文，但是视为判文的雏形还是合适的。

汉律有"比"。"比"又称"决事比"，是指经朝廷批准具有法律效力的断案成例或典型判例。毫无疑问，"比"直接由秦律中的廷行事发展而来。

五、式、爰书

睡虎地秦简中有《封诊式》一篇，其中所记一条案例载："甲、丙战刑丘城，此甲、丙得首也。"秦昭王四十一年（前266），秦攻魏取刑丘，故《封诊式》中有些文字创作时间不会早于本年。①《封诊式》内容主要是规定诉讼程序、审判的程序原则、如何写法律文书和勘验调查笔录等，具有行政法规的作用。如《治狱》：

> 治狱，能以书从迹其言，毋治（笞）谅（掠）而得人请（情）为上；治（笞）谅（掠）为下；有恐为败。②

意思是说，在审理案件时，能根据记录的口供，进行追查，不用拷打就可以得到案情的真相，是最好的办案方法。通过对犯人施行严刑拷打而得到真相，虽然达到目的，但只能是下一等的方法。若恐吓犯人，则是最失败的方法。这是对审判原则做的规定。

《封诊式》中许多地方提到"爰书"。爰书是根据式中的规定，就办案过程所作的记录，包括犯人供词、审讯过程、案件调查、处置情况等。如《盗自告》：

> □□□爰书：某里公士甲自告曰："以五月晦与同里士五（伍）丙盗某里士五（伍）丁千钱，毋（无）它坐，来自告，告丙。"即令令史某往执丙。③

爰书中记录的内容是：甲来自首说，五月底与同住一里的丙盗窃了丁的一千钱，除此之外，再没有其他违法行为，现在前来自首，并且来告发丙。于是立即派令史前往逮捕丙。

式与爰书的出现，表明秦国对法律的实施、执行过程有了具体、明确、细致的规定，秦法律正在逐步走向规范。到了唐代，式成为了法律中的重要组成部分。

---

①赵逵夫主编：《中国文学编年史》，周秦卷，395页，长沙，湖南人民出版社，2006。
②睡虎地秦墓竹简整理小组：《睡虎地秦墓竹简》，245～246页，北京，文物出版社，1978。
③同上，251页。

六、文　　牍

　　文牍主要见于里耶秦简。1996年在湖南龙山县里耶镇发现一座古城遗址，2002年在古城遗址的一号古井内发现一批秦简。主要是县一级政府的部分档案，内容包括政令、各级政府之间往来的公文、司法文书、吏员谱、物资登记和转运、里程书等。简文纪年始于二十五年，止于二年，应是秦王政二十五年到秦二世二年的遗物。试抄录一段：

　　　　卅三年四月辛丑朔丙午，司空腾敢言之：阳陵宜居士伍毋死有赀余钱八千六十四。毋死戍洞庭郡，不知何县署。今为钱校券一，上谒言洞庭郡，令毋死署所县责，以授阳陵司空。司空不名计，问何县官计，年为报。以誉其家，家贫弗能入，乃移戍所。报署主责发，敢言之。四月己酉，阳陵守丞厨敢言之：写上，谒报，报署金布发，敢言之。儋手。①

　　这些文牍是政府之间的往来公文，文学性不突出，但是为我们了解当时的公文样式提供了最直接的范例。

　　秦简中的各种应用文体，有的基本成熟，有的还处于早期阶段；但是，较之春秋时期的秦散文文体，形式更多样、内容更丰富，说明战国时期秦文学在前代基础上有了进一步的发展。

　　秦简中的这些文体大多数都被后代法律文书继承，甚至秦律的一些法律内容也被后代吸收。

　　秦律中的"律"被后代广泛使用，如汉律中有成文法典《九章律》，1983年湖北江陵张家山出土汉简中有《二年律令》。《二年律令》中有些律名与睡虎地秦简相同，如《置吏律》《传食律》《田律》《行书律》《效律》《徭律》《金布律》等。《汉书·百官公卿表》中载汉代许多官职，皆承秦制。《汉书·地理志》也载："汉兴，因秦制度，崇恩德，行简易，以抚海内。"汉承秦制，汉代法律就突出反映了这一点。西晋时律与令的概念、界限有了明确的区分，"律以正罪名，令以存事制"②。即律是定罪量刑的刑事立法，令是典章制度方面的政令法规。

　　汉代没有像秦"法律答问"那样的官方法律解释，但是出现了个人注释法律条文的现象。汉武帝时，廷尉杜周与其子杜延年曾对法律进行注释，世称"大杜律"、"小杜律"。东汉以后，私人引经注律之风盛行。汉代对法律条文

---

① 王辉，王伟：《〈秦出土文献编年〉续补（二）》，见《秦文化论丛》，第十三辑，西安，三秦出版社，2006。
② 《晋书·刑法志》。

的解释称作"疏义",成为了当时法律的重要组成部分。到了西晋,正式增加了律疏注释。由于晋律内容过于简单,对法律的理解和应用常常产生歧义,张斐、杜预对晋律进行了注释疏义,统一了法律概念、术语及律文含义,弥补了立法内容的疏漏;经由晋武帝下诏颁布,成为与晋律条文具有同等法律效力的官方法律解释。

隋代法律形式有律、令、格、式。到了唐代,律、律疏、令依然是国家法律最重要的内容。

秦简中有关办案过程规定的式、程、爰书等,在后代法律中也出现,且更加完备。汉代有"品式章程",与秦简中的《封诊式》作用相似,是对办案程序的规定,具有行政法规的作用。到了西晋,"式"的性质有了发展,如西晋太康元年(280)颁布的《户调式》,内容包括户调制、占田制、课田制等法律规定,"式"成为了独立的综合性法规。西魏大统十年(545)编订的《大统式》,"式"上升为国家基本法律形式。

后代法律应用文体在秦律中大都出现,秦律对后代的法律文体产生了重要的影响,起到了示范作用,秦律在中国法制上的地位不容忽视。

(延娟芹:西北民族大学文学院副教授)

陇右地域文化对唐诗创作的影响

王忠禄

声律风骨兼备的唐诗所取得的成就后世无疑是难以企及的，但当我们对唐代重要诗人的生平行事与创作背景、诗作的题材内容及艺术风格的演变做进一步的梳理研究后，发现陇右地域文化对唐诗内容及风格的形成或转变均有极其深刻的影响。

一、陇籍诗人与非陇籍诗人

唐代重要诗人中，属陇右籍的就有不少。见于《全唐诗》《全唐诗补编》的陇籍诗人约95位，诗作达3000多首，不论诗人还是诗作数量都占有相当大的比例。其人有帝王宗室、朝臣布衣、僧人羽客；有李白这样的著名诗人，也有连姓名都不知道的"西鄙人"；其诗朝政礼乐、僧道隐逸、边塞山水无所不包。由此可见，陇籍诗人在唐代诗史上占有重要地位。

在众多陇籍诗人中，出身陇右的李氏帝王颇引人注意。唐高祖李渊自称"我李氏昔在陇西，富有龟玉，降及祖祢，姻娅帝室。"① 其中，以初唐太宗的诗歌创作为代表。《全唐诗》存其诗歌约一百首。作为贞观诗坛富有特点的诗人，太宗的诗歌不乏宣扬武功、咏马写弓之作，如《饮马长城窟行》《幸武功庆善宫》《经破薛举战地》等，以征战北地的亲身感受为基础，抒发"提剑匡时"、"指麾八荒"的壮志和"畅武阅成功"的豪情。太宗之后，被史家称为"屠主"的高宗李治，追求武功的心迹与其父并无二致，他向往武功，也喜欢骑射，《九月九日》描写重阳节驰马射猎的场景，气势不凡："挥鞭争电烈，飞羽乱星光。柳空穿石碎，弦虚侧月张。"缔造盛唐气象的李隆基，处处以贞观之治为榜样，励精图治，追求文德武功，尤以建功立业为自豪。他的《过晋阳宫》《登蒲州逍遥楼》《旋师喜捷》《早度蒲津关》等诗，抒发振武扬文的博大胸襟和问鼎拔山的豪情壮志。从文化心理层面来看，这也是关陇文化尚武精神的振扬。可以说，尚武精神渗透到唐王室的血脉中，高尚气力的习俗代代相沿，直至"夕阳无限好，只是近黄昏"的宣宗李忱，仍能有贞观之风，他的诗歌如"大雄真迹枕危峦，梵宇层楼耸万般。日月每从肩上过，山河长在掌中看"（《百丈山》）等，亦能显示其武毅风采和博大襟怀。

---

① [后晋] 刘昫等撰：《旧唐书·裴寂传》，7页，北京，中华书局，1997。

李白的家世如何，学界意见歧异。但陇右这方热土孕育的文化在他心中的地位却是很高的。李白诗文中明确以陇西人自称的有两处：《与韩荆州书》中谓："白，陇西布衣，流落楚、汉，十五好剑术，遍干诸侯"。《赠张相镐二首》其二云："本家陇西人，先为汉边将。功略盖天地，名飞青云上。"李白追踪陇西，以布衣自称，意在说明自己"好剑术"、"干诸侯"和"心雄万夫"的豪侠本色。两处追踪陇西，尽管背景不同，但精神却是一致的，即陇西地域所蕴含的英烈传统及李氏家族的名将风采。李白写外甥从军以"出陇西"（《送外甥郑灌从军》）为荣；写平叛将帅，当如陇上壮士陈安（《司马将军歌》）；写报国的侠客，是"虽居燕支山，不道朔雪寒"（《幽州胡马客歌》）的陇右英豪；写美人，也是"燕支多美女，走马轻风雪"（《代赠远》）。李白曾感叹"代马"、"胡马"、"越禽"、"鹦鹉"的依恋故土。如《古风》"代马不思越，越禽不恋燕"。《古风》"秦水别陇首，幽咽多悲声"。《初出金门寻王侍御不遇，咏壁上鹦鹉》"落羽辞金殿，孤鸣咤绣衣。能言终见弃，还向陇西飞"等。诗人如此意象，意在寄寓故乡情怀，认为"代马"、"胡马"、"鹦鹉"思故地是"土风固其然"，并因此感物动心而生归情。这些诗中所流露的归情乡恋和寻根意识，正是对陇右乡土文化的认同。

以"关西将家子"（李益《边思》）自居的中唐边塞诗人李益，在《从军诗序》中写道："本其凉国，则世将之后，乃西州之遗民欤。"他的《从军有苦乐行》，也表达了对故土西州的无限眷恋："仆居在陇上，陇水断人肠。东过秦宫路，宫路入咸阳。"又如"凉王宫殿尽，羌没陇西云。今日闻君使，雄心逐鼓鼙"（《送常曾侍御使西蕃寄题西川》），"莫笑关西家将子，只将诗思入凉州"（《边思》），"心知旧国西州远，西向胡天望乡久"（《登夏州城观送行人赋得六州胡儿歌》）等，都抒发了对故土的魂牵梦系，字里行间渗透着对故国的忧念，对"凉国"勇武精神，英烈传统的发扬及以"世将之后"自居的责任感和自信心。和"陇西布衣"李白对英烈家世的追寻一样，"关西将家子"李益对故土执着炽热的思恋，同样是对"世将"家族的崇拜和自豪，鲜明地呈现着浓厚的陇右地域文化色彩。

保存在敦煌遗书中的两千余首唐五代（包括宋初）的诗歌，拟应归入敦煌地方诗歌的，亦粲然盈瞩，不仅数量几乎占了一大半，其中的佳作也蔚为可观。这些诗歌以P·2555卷中的两位"落蕃人"诗和P·2748等卷中的《敦煌廿咏》最有名。二者都被王重民辑录于《〈补全唐诗〉拾遗》，并称其在历史、文学或民族文化交流的研究上，都有着不可忽视的宝贵价值。

在唐代，以陇右题材进行创作的非陇籍诗人更值得大书特书。这些诗人，有被贬边庭而途径玉门关的初唐诗人来济，有为讨伐吐蕃而出河西的骆宾王，有武则天朝充任吐蕃宣慰使的员半千，直至晚唐时期还有翻越陇坂的李商隐等。据不完全统计，8世纪中叶河陇沦陷前，初盛唐知名诗人如陈子昂、王昌龄、王之涣、王维、岑参、高适、杜甫、白居易等数十人都亲涉陇右。西游河陇大地的王昌龄，写有《塞下曲》《山行入泾州》《从军行》等诗，其中《从军行》七首成了七绝连章中的神品。王之涣的二首《凉州词》，其中的第一首被推为唐代绝句的压卷之作。曾奉使出塞、做过凉州河西幕府判官的王维，在陇右创作了《使至塞上》《陇西行》《凉州郊外游望》《凉州赛神》《送元二使安西》等诗作，最后一首被后人尊为绝句中的古今第一。盛唐边塞诗派的代表之一高适，曾在河西节度使哥舒翰幕府充掌书记。在陇期间写有《送白少府送兵之陇右》《和王七玉门关听吹笛》《滴水崖》《金城北楼》等诗作。可以说，入幕河西成就了诗人高适，确立了他在盛唐边塞诗坛的牢固地位。两次出塞西北的岑参，有《苜蓿烽寄家人》《碛中作》《题金城临河驿楼》《敦煌太守后庭歌》《凉州馆中与诸判官夜集》《初过陇山途中呈宇文判官》《酒泉太守席上醉后作》等几十首陇右诗歌。肃宗乾元二年（759）秋，辞官西行的杜甫，在秦州（今甘肃天水）居留三月后，又南下同谷（今甘肃成县）。他将陇右的山川形胜、人民生活、社会环境及所见所闻都撷拾入诗中，写成了《秦州杂诗》《寓目》《山寺》《铁堂峡》《泥功山》《龙门镇》《木皮岭》等多达117首之多的陇右诗。陇右诗的完成，奠定了杜甫在唐代诗歌史上的重要地位。"乾元二年是一座大关，在这以前杜甫的诗还没有超过唐代其他的诗人，在这年以后，唐代的诗人便很少有超过杜甫的了。"[1]

二、陇右题材

陇右自然景观和边地生活是唐代诗人诗作的一个重要题材。像《陇头送征客》《陇头歌辞》《关山篇》《陇头水》《陇头行》《西凉曲》《西凉词》《西凉伎》《陇西》《凉州乐歌》《酒泉子》等，是专门吟咏陇右的诗作。这些作品或歌咏陇右神奇壮美的自然风光，或描写西凉充满异域风情的边地生活，或赞美陇右瑰奇灿烂的历史文化，或表达对这片神奇土地的向往之情。陇右自然形态、人文景观与地方风情在这里得到进一步的展示。这里有"陇山飞落叶，陇雁度寒天"（沈佺期《陇头水》）的萧索，有"黄河远上白云间，一片孤城万仞山"（王之涣《凉州词》）的壮阔，有"野云万里无城郭，雨雪纷纷连大漠"（李颀《古从军行》）的荒凉，也有"玉门山嶂几千重，山南山北总是烽"（王昌龄《从军行七首》）的雄伟。"关云常带雨，塞水不成河"（杜甫《寓目》）的陇云是那么变化莫测的。"大漠孤烟直，长河落日圆"（王维《使

---

[1] 朱东润：《杜诗叙论》，81页，北京，人民文学出版社，1981。

至塞上》)的落日是那么孤直壮观的。"雾卷白山出,风吹黄叶翻"(员半千《陇头水》)的秋色,是黄叶翻飞的。"四月草不生,北风劲如切"(长孙佐辅《陇西行》)的北风是劲如刀切的。闻名世界的莫高窟令人神往:"雪岭干青汉,云梯架碧空"(无名氏《敦煌廿咏·莫高窟咏》)。神奇壮观的白龙堆让人叫绝:"传到神沙异,喧寒也自鸣"(无名氏《敦煌廿咏·白龙堆咏》)。夕阳下的黄花驿飘渺迷离:"更看绝顶烟霞外,数树岩花照夕阳"(薛逢《题黄花驿》)。挺拔高峻的麦积山望而生畏:"绝顶路危人少到,古岩松健鹤频栖"(王仁裕《题麦积山天堂》)。这些雄奇壮观的自然形态、神异独特的人文景观和富有地域特色的风土人情,以特有的魅力构成唐诗的一道亮丽风景。

唐诗对陇右边地生活、陇人习俗的描写亦为人叹服。草原上身着胡服的牧马少年悠然自在:"毡裘牧马胡雏小,日暮蕃歌三两声"(耿湋《凉州词》)。大漠中惯于戎马的羌女胡儿驰骋自如:"羌女轻烽燧,胡儿掣骆驼"(杜甫《寓目》)。"腰悬锦带佩吴钩,走马曾防玉塞秋"(李益《边思》)的关西将家子英姿勃发。"扬眉动目踏花毡,红汗交流珠帽偏"(李端《胡腾儿》)的边地胡腾儿舞姿动人。壁挂弓刀的风俗体现了陇人的尚武精神:"寺寺院中无竹树,家家壁上有弓刀"(朱庆余《自萧关望临洮》)。击鼓赛神的民俗显示了西部边民的豪爽快乐:"健儿击鼓吹羌笛,共赛城东越骑神"(王维《凉州赛神》)。炙牛烹驼的生活场景散发着浓郁的异域情调:"浑炙犁牛烹野驼,交河美酒金叵罗"(岑参《酒泉太守席上醉后作》)。太守之家的锦筵玉食尽显边疆官宦的奢华富有:"城头月出星满天,曲房置酒张锦筵"(岑参《敦煌太守后庭歌》)。等等。

将士厌战、征人思家等题材是陇右文化影响唐诗创作的又一个重要方面。连年的战争使多少征人离家别子,从军陇右边塞。"关河别去水,沙塞断归肠"(卢照邻《陇头水》)。从出征边塞的那一刻起,他们就"死生随玉剑,辛苦向金微"(郭震《塞上》)。"征客重回首,肝肠空自怜"(沈佺期《陇头水》)表达了他们回望故土、有家难回的征戍之怨。"胡雁哀鸣夜夜飞,胡儿眼泪双双落"(李颀《古从军行》)谴责了给人民带来深重灾难和巨大痛苦的边塞战争。"何日平胡虏,良人罢远征"(李白《子夜吴歌》)是思妇的心愿,也是无数老百姓的期待。"由来征战地,不见有人还"(李白《关山月》)。诗人放眼古今,从更久远的边塞征战史上,寄托了厌战思归之情。从"不知何处吹芦管,一夜征人尽望乡"(李益《夜上受降城闻笛》)可以触摸到无数征人思乡的哀愁。而"空碛无边,万里阳关道路。马萧萧,人去去,陇云愁"(孙光宪《酒泉子》),抒发的则是闺妇思念征夫的悲怨之情。如此等等。诗人将征人厌战和将士思家艺术地结合起来,表达了对扩张战争的谴责和对和平安宁生活的向往。这是陇右地域文化影响唐诗创作的又一体现。

唐代边塞诗是中国古代边塞文学中最动人的乐章，也是中国诗歌史上的一枝奇葩，它的繁荣及高度的艺术成就是唐代国家强盛、边功卓著的结果，也是唐代文士尚武毅、重事功、追求千秋伟业以实现人生价值的时代精神的体现。由于它空前绝后的成功，被文学史家视为唐诗繁荣的重要标志。而唐代边塞诗又有鲜明的地域特色，它的卓越成就与之所依托的地域不可分割。在唐代，边战频繁的地区主要在三边：西北、朔方、东北，其中尤以西北为甚。《全唐诗》中的边塞诗约2000首，其中1500首与大西北有关[①]。更引人注意的是，这些诗反复歌唱的又多是这样一些地方：阳关、玉门、敦煌、酒泉、凉州、临洮、金城、秦州、祁连、河湟、皋兰、陇坂等。这些作品或描写雄奇壮美的边塞风光，或表现建功立业的豪情壮志，或描绘丰富多彩的异域生活，也有的谴责民族战争，表达忧国情怀，抒写戍边感受，这些诗作大都写得慷慨悲壮，沉郁苍劲。"笔力雄壮，又气象雄厚。"[②] 有人认为"最能体现盛唐气象，最能表现盛唐诗歌阔大、外展境界的，则无过于盛唐的边塞诗。"[③] 这些成就的取得，陇右独特的地域文化无疑功莫大焉。

三、陇右文化与唐代诗风

陇右文化对唐代诗人诗风的形成或转变也产生了重要影响。初唐贞观诗风的形成就证明了这一点。关陇集团的统治地位决定了贞观时期关陇文化的主体地位，因与北朝一脉相承的意识形态，便形成了贞观时代质朴实用的学风，也奠定了贞观诗风北方化倾向的文化基础。作为贞观诗坛的主要诗人，太宗的诗歌创作对初唐诗风无疑有很大的影响，他的诗美追求成为初唐诗歌美学思想的起点。太宗是贞观诗坛上存诗最多的诗人，戎马征战的生活经历，使其前期诗歌书写"武功"多于颂扬"文治"。《饮马长城窟行》《出猎》《咏弓》等所体现的胡族气质、将帅魄力和君临万邦的气势，使他总能赋予所写对象以恢弘气势，诗中高扬的也是崇尚气力、高尚武功的精神。这种精神开创了贞观诗风讴歌功业的劲健主潮，掀起了有唐一代尚武建功的创作风气。即使唐初来自南方的江左文士，也能在入长安后，将关陇刚健、豪侠的文化气息融入自己的诗中，如虞世南《从军行二首》《拟饮马长城窟》《出塞》《结客少年场行》等，就是采南北诗风之长而创作的具有艺术新境的诗作。贞观诗风的形成，初步显

---

① 杨晓霭，胡大浚：《陇右地域文化与唐代边塞诗》，见胡大浚：《陇右文化丛谈》，232页，兰州，甘肃教育出版社，1998。
②[宋] 严羽著，郭绍虞校释：《沧浪诗话校释》，251页，北京，人民文学出版社，1961。
③ 孟二冬：《中唐诗歌之开拓与新变》，34页，北京大学出版社，1998。

示了陇右文化对唐诗诗风的影响。

随着安史之乱的爆发及河陇的沦陷,唐诗所表达的情感及诗风也发生了巨大变化。"满目悲生事,因人作远游"(杜甫《秦州杂诗》其一)的伤国忧边与"谁能更使李轻车,收取凉州入汉家"(张籍《陇头行》)的收复失地、重振家国的愿望,构成了诗人们创作的主旋律。"一朝燕贼乱中国,河湟没尽空遗丘"(元稹《西凉伎》)的遗憾和"凉原乡井不得见,胡地妻儿虚弃捐"(白居易《缚戎人》)的悲痛;"遗民肠断在凉州,将卒相看无意收"(白居易《西凉伎》)的痛心与"牧羊驱马虽戎服,白发丹心尽汉臣"(杜牧《河湟》)的赤诚一直延续到唐代的终结。唐诗也由初唐的兼有气力风骨和开朗明丽的境界,盛唐的瑰奇壮伟、豪情慷慨转入中晚唐的夕阳秋风、气骨顿衰。在唐代,有很多著名诗人诗风的变化都受过陇右文化的影响,如盛唐的王维和岑参就是很鲜明的例子。王维的《陇西行》《使至塞上》等入陇之作几乎没有在此之前那种追求禅意、沉醉于空山新雨、松间明月的幽静情韵的痕迹。岑参出塞后创作的《凉州馆中与诸判官夜集》《初过陇山途中呈宇文判官》等陇右诗歌,内容上超越了之前对和谐的自然景物的偏爱以及对隐逸生活的表现,审美趣味上表现出对纤细的疏远和对悲壮的追求。在形式上,亦克服了吴均、何逊体的诱惑,努力用七言古体表现边塞风光。"关西将家子"、中唐诗人李益对世将传统的认同,为他武毅犷厉的边塞诗风奠定了精神基础。前代评论者指出,李益的绝句有盛唐王昌龄的气韵,五言古诗和歌行有李白的风味,不像大历十才子那般轻丽、柔弱。胡震亨将其与西凉地域联系起来考察,认为李益的从军诗之所以悲壮宛转,原因之一在于"生长西凉,负才尚气。"[1]

陇右文化对唐代诗人诗风影响最大的是杜甫。可以说,杜甫的成功很大程度上得益于陇右的江山之助。他早年的山水诗雄浑、豪迈,入秦以后创作的一些小诗清新精丽,有一种峭拔奇崛的风格[2],而这种风格的形成与秦陇文化对诗人心灵的陶冶、人生境界的升华是分不开的。"只有秦陇、夔巫那样雄奇伟丽的高山巨川才能真正拨动杜甫的心弦","才能与诗人的才思笔力相称。"[3]江盈科认为:"少陵秦州以后诗,突兀宏肆,迥异昔作,非有意换格,蜀中山水自是奇崛,独能状景传神,如春蚕结茧,随物肖形,乃为真诗人,真手笔也。"[4] 确是精辟之论。

陇右文化对唐代诗风的影响,不仅体现在某一时期的某一位或几位作家的

---

[1] [明] 胡震亨:《唐音癸签》,7 页,上海古籍出版社,1957。
[2] 聂大受:《杜甫与陇右地域文化》,载《天水师范学院学报》,2009 (6)。
[3] 程千帆,莫砺锋:《崎岖的道路与伟丽的山川》,载《社会科学战线》,1987 (2)。
[4] [清] 杨伦:《杜诗镜铨》,8 页,上海古籍出版社,1980。

诗风上，而是影响到初盛中晚唐四个阶段的边塞诗上。初盛唐西北国土的开拓与边战的胜利，使边塞诗高扬着理想的光芒。安史之乱后陇右的失陷，使得志士扼腕，百姓怨愤。此时，收复失地成为全民的呼声，当然也成了中唐边塞诗的第一主题。不仅陇籍诗人魂牵梦绕，"只将诗思入凉州"（李益《边思》）；那些从未亲临陇右者，也莫不把目光投向这片神圣的土地；或者神往于"人烟扑地桑柘稠"（元稹《西凉伎》），"无数铃声摇过碛"（张籍《凉州词》）的昔日繁荣；或者感伤于"河陇侵将七千里"（白居易《西凉伎》），"万里征人皆已没"（王建《凉州行》）的惨痛现实；或怒斥"边将皆承主恩泽，无人解道取凉州"（张籍《凉州词》），"唯有凉州歌舞曲，流传天下乐闲人"（杜牧《河湟》）的颓靡世风。大中时，河湟收复，河西归唐，举国欢腾，诗人们激情洋溢的颂歌，在晚唐衰微的诗风中，成为鼓舞人心的强音。这些都清楚地显示了陇右地区及其文化在唐人心目中的重要地位。

由以上分析可以看出，陇右地域文化对唐代诗人的创作心理、诗歌内容及诗风的形成与转变都有很大的影响。这种影响产生的原因是多方面的，归结起来看，主要有以下几点：

一是社会文化基础。李唐帝王出身陇右，他们的建国定鼎，是依靠关陇贵族势力建立起来的，关陇区内胡汉"混合品"的文化自然成为其文化构成的直接源头和主体，这对唐代诗风的形成产生深远的影响。关陇文化内涵繁富，陇右文化是关陇文化（包括关内、陇右）的一支。"若就地域言之，乃关陇区内保存之旧时汉族文化，所适应鲜卑六镇势力之环境，而产生之混合品。"[①]鲜卑习俗崇尚武力，贵壮贱老，具有浓郁的游牧文化特质，与汉族士大夫阶层"崇文鄙武"的传统迥然异趣。陇右文化又是（北）魏、（北）齐之源的组成部分，而（北）魏、（北）齐之源为具有拓跋鲜卑氏血统的李唐王室直接继承，因而陇右文化以鲜明的民族性、强烈的进取性和胡汉互化所孕育的特异性，对唐代文化、文学性格的形成必然产生深远的影响。

二是陇右粗犷悍厉、雄浑慷慨的文化精神，与唐人渴望建功立业、献身边疆的英雄气概的完美契合，为唐诗的发展营造了适宜的文化氛围。陇右是周、秦文化的发源地，秦人入居陇右后，在与西戎长期争夺与交流中，练就了粗犷悍厉、果敢勇猛的民族气质。秦人那种轻死重义、奖励耕战的价值追求和不畏艰险、积极向上的进取精神，构成了陇右文化的一大特色。[②]

唐代国力强盛，朝气蓬勃的世俗地主阶级知识分子，充满着渴望建功边塞，报效朝廷的思想。"喋血多壮胆，裹革无怯魂"（员半千《陇头水》）的

[①] 陈寅恪：《隋唐制度渊源略论稿》，4页，北京，商务印书馆，2011。
[②] 雍际春：《陇右文化的基本特点及其地域特征》，载《西北师大学报》，2006（6）。

献身精神和"黄沙百战穿金甲,不破楼兰终不还"(王昌龄《从军行》)的英雄气概,体现了唐人积极进取的时代精神。陇人不畏艰险、积极进取的精神,对亲历这片土地的诗人无疑具有积极的影响。

三是陇右独特的地理环境,为唐诗尤其是边塞诗的创作提供了现实条件。从秦汉起,中原的主要威胁在西北,陇右处于汉民族与游牧民族争夺的主要地区,是无数中原将士保卫边境的征战地。直至唐代,陇右地区仍具有重要的政治及军事意义。李唐承袭宇文泰"关中本位政策",全国重心本在西北一隅。故从太宗立国至盛唐玄宗之世,均以保关陇之安全为国策。[①] 诗人们不管是从军西北、征战河陇,还是沿陇右、河西行军远赴西域,陇右都是他们的必经之地。陇右地域辽阔,大部分为高原山地、沙漠戈壁、沼泽冰川。这里地势高亢,地形复杂,干旱严寒,气候恶劣。初涉陇右的关内人士,面对这样一片雄浑壮丽的神奇天地,他们无不放情高歌,骋足风流。从陇坂秦州到走廊西端,举凡陇右大地的主要城镇军戍、高山大河、戈壁战场,以至镌刻着数千年中华古史的众多文化胜迹,都无一例外地融入到唐诗的画廊之中。如此众多的壮丽画面,揭开了古代诗歌史上崭新的一页,成为唐诗中最富奇情异彩的一部分,在"胡风"浸染的唐代社会里,广受欢迎,传送吟唱。

总之,陇右浓郁的文化氛围与深厚的传统意蕴深刻影响了唐代诗人的创作心理。陇右奇丽的山川、特异的边地生活成了他们诗歌的歌咏对象,而唐诗风貌的最终形成与陇右文化亦有着十分紧密的联系,这些都应该是我们探讨地域文化与唐诗发展等问题时需要注意的。

(王忠禄:兰州城市学院中文系副教授,文学博士)

[①]陈寅恪:《唐代政治史述论稿》,200页,上海古籍出版社,1997。

岑参的西域行旅与"丝路"之作

杨晓霭 高震

作为中国古代诗歌的重要组成部分,边塞诗这一题材自其产生就品评不断;而唐代边塞诗歌更是历来研究的热点,尤其是进入20世纪80年代以来这一特征愈为明显[1]。检阅盛唐边塞诗歌的相关研究成果,对高适、岑参边塞诗创作的研究探讨可谓首屈一指,这一现象的形成亦反映出高、岑边塞诗的创作水平。"高岑殊缓步,沈鲍得同行。"(《寄彭州高三十五使君适虢州岑二十七长史参三十韵》)在同时代诗人杜甫笔下首次将高岑并称。"高岑之诗悲壮,读之使人感慨"[2],相同的入幕经历与相近的创作风格使得高岑并称,进而演绎出"边塞诗派"这一诗歌流派。尽管"边塞诗派"这一说法颇存争议[3],然而争论正体现出高、岑边塞诗创作的影响深远。"边塞诗派"之说虽有争议,但是诗人的边地之行、边塞之作却是客观存在、不容置疑的事实,更是需要深入探讨的。

盛唐边塞诗歌创作的繁荣无疑体现着"盛唐气象",而联结二者的纽带之一即为"丝绸之路"[4]。这一交通动脉经过汉代以来的不断延展,发展到盛唐更是显现出空前的繁荣,由长安经西域通往中亚、西亚、南亚乃至欧洲、北非,使得"盛唐气象"在空间上获得绝佳诠释。"丝绸之路的繁荣不仅表现出大唐帝国政治经济文化的强盛,而且唤起了唐代知识分子的热情和希望。"[5]

---

[1] 参见胡大浚,马兰州:《七十年边塞诗研究综述》,载《中国文学研究》,2000(3),88~92页。张晓明:《20世纪边塞诗研究述评》,载《青岛大学师范学院学报》,2005(4),76~84页。杨晓霭、高震:《21世纪边塞诗研究述略》,载《青海师范大学学报》,哲学社会科学版,2014(3),94~100页。

[2] [宋]严羽著,郭绍虞校释:《沧浪诗话校释》,181页,北京,人民文学出版社,1961。

[3] 20世纪80年代以来对"盛唐边塞诗派"提出质疑的相关文章中,较为典型的有:孟二冬:《盛唐"边塞诗派"质疑》,载《烟台大学学报》,哲学社会科学版,1988(3),32~35页。该文认为将盛唐时期高、岑等人为代表以写边塞题材而著称的一批诗人命名为"边塞诗派"欠妥,其理由之一是"这不仅容易使人们忽视高、岑等人其他题材的诗歌,也容易使人们忽视其他人的边塞诗歌。高、岑的边塞诗堪称杰作,但王维、李、杜等人的边塞诗,也未尝不可以称为绝唱。"戴伟华:《对文人入幕与盛唐高岑边塞诗几个问题的考察》,载《文学遗产》,1995(2),31~40页。该文认为高、岑等著名诗人入边幕在当时只是个别现象,且真正属于边地幕府中的士人屈指可数,文士入幕取决于作者的个性、品格,由个性所造成的总是个别的现象,因此不存在盛唐"边塞诗派"。

[4] "丝绸之路"一词最早由德国地理学家李希霍芬在其《中国》一书中提出,之后由德国东洋史学家阿尔巴特·赫尔曼在其《中国与叙利亚之间的古代丝绸之路》一文中将这一名词的涵义进一步延伸。参看杨秀清:《华戎交汇的都市——敦煌与丝绸之路》,兰州,甘肃人民出版社,2000。

[5] 李明伟:《丝绸之路与唐诗的繁荣》,载《中州学刊》,1988(6),88页。

行走于丝绸之路,并以其丝路之作来体现"盛唐气象"的诗人当首推岑参,"两次出塞深入西北边陲,是岑参一生中最有意义的壮举"①。

一、两次西域行旅的时间及路线

岑参现存诗歌388目,计409首②,其中两次西域之行的"丝路"之作约78首③(其中第一次西域行旅之作34首,第二次为44首),占19%。在其今存诗歌总数中,"丝路"之作所占比重近五分之一,正是这五分之一成就了岑参这一著名的边塞诗人。关于岑参的生年说法颇多④,但是各家针对其两次出使西域的时间说法较为一致,只是在具体月份上稍存差异而已。现以岑参两次西行相关诗作为线索,并参考前人研究成果对其行旅时间、路线予以考察。

1. 唐玄宗天宝八载(749)——天宝十载夏(751),安西之行

天宝八载(749),岑参由右内率府兵曹参军转右威卫录事参军,赴安西都护府高仙芝幕任判官,开始其人生首次西域之行。安西都护府始置于唐太宗贞观十四年(640),旧址在今吐鲁番以西的交河古城;高宗显庆三年(658)五月"移安西府于龟兹国,旧安西府复为西州。"⑤龟兹即今新疆库车。"安西都护府(今库车)是唐代前期中央政府控制西域之总部。其间(按:凉州至安西都护府)相去五千里,有通道达,为唐代西通西域中亚之交通孔道,亦唐代前期控制西域中亚之工具也。故此道允为当时国际交通之第一重要路线,全程皆置驿。……其间(按:长安至安西都护府)行程七千里,急行一月可

---

① 袁行霈主编:《中国文学史(第二版)》,第二卷,211页,北京,高等教育出版社,2005。
② 数据来源于[唐]岑参撰,廖立笺注:《岑嘉州诗笺注》,北京,中华书局,2004。以下简称"廖著"。
③ 该数据以[唐]岑参撰,刘开扬笺注:《岑参诗集编年笺注》,成都:巴蜀书社,1995。为底本进行统计,以下简称"刘著"。本文论述岑参两次西域行旅的时间以刘著为据,参以廖著作为补充。文中采用岑诗均引自刘著,诗歌系年亦本书。
④ 因岑参与杜甫同年去世,皆为唐代宗大历五年(770),故其卒年未有异议。关于其生年争议颇多,较早有赖义辉:《岑参年谱》,载《岭南学报》,1930,1(1)的"唐玄宗开元六年"说;曹济平:《岑参生年的推测》,见《光明日报》,1957-10-6的"开元二年"说;孙映逵:《岑参生年考辨》,载《南京师院学报》,1981(3)的"开元五年"说;关于以上诸说及辨证详见廖著《岑参年谱》。而影响较大的有"开元四年(716)"说,主此说者为刘开扬,详见其《岑参年谱》;"开元三年(715)"说,主此说者首推闻一多,详见闻一多:《岑嘉州系年考证》(收入氏著《唐诗杂论》,上海古籍出版社,1998)。廖著《岑参年谱》赞同此说,另有袁行霈主编:《中国文学史》,第二卷,北京,高等教育出版社,2005年第二版后附《文学史年表》涉及岑参生卒年亦采用此说。
⑤ [后晋]刘昫等:《旧唐书·地理志》,卷四十,1647页,北京,中华书局,1975。

达"①。

长安到安西属于"丝绸之路"的东段，岑参首次"丝路"之行其间创作数量虽不及第二次西行，但是根据这34首诗可以清晰还原其西旅轨迹，且较第二次"丝路"之作为详。诗人由京师出发一路向西，"一驿过一驿，驿骑如星流。平明发咸阳，暮到陇山头"（《初过陇山途中呈宇文判官》）。朝发咸阳，暮至陇山，驿站之多、驿骑之迅，可窥盛唐交通之发达。陇头分水岭上有"分水驿"，岑参有伤行役之作《经陇头分水》，借眼前的陇水写羁旅之愁肠即作于此地。过陇水，经渭州睹"渭水东流去"（《西过渭州见渭水思秦川》），一路向西复生思乡之怀。《题金城临河驿楼》作于金城，即今兰州，乃丝路重镇之一。由金城西北行入河西走廊，"燕支山西酒泉道"（《过燕支寄杜位》），"燕支山"即"焉支山"，在今张掖山丹县。过此山则西为酒泉，再向西为敦煌，岑参有《敦煌太守后庭歌》。出敦煌，诗人有《日没贺延碛作》等，"贺延碛"当为"莫贺延碛"，乃伊州境内之大漠，延袤两千里，水草不生，故有"平沙万里绝人烟"（《碛中作》）之说。过大漠，"火山今始见，突兀蒲昌东"（《经火山》）。"蒲昌"为今新疆鄯善，唐为西州所辖，火山高耸蒲昌之东。经火山向西，继有《银山碛西馆》《题铁门关楼》《宿铁关西馆》《安西馆中思长安》之作，可见继银山碛、铁门关后终达安西。"家在日出处，朝来起东风。"（《安西馆中思长安》）由"东风"推测岑参至安西之时当为天宝九载春。之后诗人又有焉耆之行（《早发焉耆怀终南别业》）；阳关之行"二年领公事，两度过阳关"（《寄宇文判官》）；玉门关之行"玉关西望堪肠断，况复明朝是岁除"（《玉关寄长安李主簿》）；由"二年"、"岁除"推测岑参当作于天宝九载（750）岁末。"苜蓿峰边逢立春，胡芦河上泪沾巾"（《题苜蓿峰寄家人》）；根据岑参行迹，"立春"上接"岁除"，时当为天宝十载春东归途中作。暮春至武威作《武威春暮闻宇文判官西使还已到晋昌》《河西春暮忆秦中》《登凉州尹台寺》等诗。岑参留武威时间较长，由《武威送刘判官赴碛西行军》中"五月"可见其滞留至夏，六月达临洮有《临洮龙兴寺玄上人院同咏青木香丛》《临洮客舍留别祁四》等诗。

"三年绝乡信"（《临洮客舍留别祁四》），岑参初使西域为幕僚前后近三年时间，其"丝路"之作反映出的行经之处与严耕望所考唐长安通往西域的大道完全相符。"岑参由长安逾陇坂、大震关、分水驿，经渭州、临州、兰州、至凉州，又经肃州、玉门关，渡莫贺延碛至西州，亦曾到沙州；西州又西

---

① 严耕望：《唐代交通图考》，第二卷，见《台北中央研究院历史语言研究所专刊之八十三》，421页，1985。

经银山、焉耆、铁门关，至安西。"① 此正为唐代"丝绸之路"中道之东段。

2. 唐玄宗天宝十三载夏（754）——唐肃宗至德二载夏（757），北庭之行

"（天宝十三载三月）乙丑，左羽林上将军封常清权北庭都护、伊西节度使"②。"北庭大都护府，本庭州，……长安二年（702）为北庭都护府。"③ 岑参首次西域行旅时，封常清与之同为高仙芝幕僚，封常清天宝十一载为安西副大都护，十三载因军功再居显位。同年四月岑参受封常清辟为北庭节度判官，遂发京师赴北庭（今新疆昌吉回族自治州吉木萨尔县城北），开始其第二次西域之行。

岑参第二次西旅之作约44首，抵达北庭前所作仅有6首，远不能与首次西行到达安西前所作数量（约16首）相比。根据这6首可知岑参途径陇山，诗写"陇山鹦鹉能言语"（《赴北庭度陇思家》），经临洮作《发临洮将赴北庭留别》《临洮泛舟赵仙舟自北庭罢使还京》，复经凉州有《凉州馆中与诸判官夜集》，"昨夜宿祁连，今朝过酒泉"（《过酒泉忆杜陵别业》），再由酒泉道向西过莫贺延碛，有《碛西头送李判官入京》一诗。观岑诗中所写此段行程虽不够详尽，但与首次赴安西路线亦合。然而继《碛西头送李判官入京》之作后即为《北庭西郊候封大夫受降回军献上》，后者乃北庭所作。由碛西到北庭，其间路途未有所作，大致推测诗人由碛西经伊州，再朝西北向北庭进发，于是年夏末或秋初至北庭。九月封常清西征，岑有《走马川行奉送出师西征》《轮台歌奉送封大夫出师西征》二名篇相赠。冬日，封破播仙凯旋，有《献封大夫破播仙凯歌六首》。天宝十四载春诗人自言"可知年四十，犹自未封侯"（《北庭作》）；三月出使轮台，作《轮台即事》。归北庭后相继作有《北庭贻宗学士道别》《登北庭北楼呈幕中诸公》《陪封大夫宴瀚海亭纳凉》《奉陪封大夫宴得征字时封公兼鸿胪卿》，八月作《白雪歌送武判官归京》。九月重阳作《奉陪封大夫九日登高》一诗，是月又有《赵将军歌》。随之出使交河郡有《使交河郡》《热海行送崔侍御还京》《送崔子还京》，冬作《天山雪歌送萧治归京》。十二月封常清、高仙芝因战败先后被斩于潼关，至德元年（756）岑作《送张都尉东归》自注"时封大夫初得罪"，且言"将军初得罪，门客复何依？"（《送四镇薛侍御东归》）于轮台别友，作《与独孤渐道别长句兼呈严八

---

① 严耕望：《唐代交通图考》，第二卷，见《台北中央研究院历史语言研究所专刊之八十三》，426 页，1985。
② [后晋] 刘昫等：《旧唐书·玄宗本纪》，卷九，228 页，北京，中华书局，1975。
③ [宋] 欧阳修，宋祁等：《新唐书·地理志》，卷四十，1047 页，北京，中华书局，1975。

侍御》。春日于北庭作《优钵罗花歌》《使院中新栽柏树子呈李十五栖筠侍御》等。孟秋至轮台，自言"轮台万里地，无事历三年"（《首秋轮台》）。冬日于玉门关作《玉门关盖将军歌》。至酒泉有《赠酒泉韩太守》《酒泉太守席上醉后作》，属东归途中作。至德二载（757）二月肃宗幸凤翔，岑参后亦至凤翔。

至此岑参人生中的两次西域行旅是为结束，但其"丝路"之作的深远影响方开端倪。在流传至今的唐代两千余诗人近五万首诗歌中，唯有在岑参笔下将"丝路"之行完整再现，这是岑参之幸，亦是唐诗之幸。

二、对于"丝路"之作内容的丰富与开拓

岑参的边塞诗歌均为亲历边地之作，真情实景的描写与抒发更能够表现其边塞诗作悲壮奇丽的风格①。岑参第二次西域行旅的"丝路"之作无论数量抑或质量都较首次西行创作为胜，尤其是第二次西行创作中的绝大部分诗歌为到达北庭后所作，且二次西行时间较首次为久，故后一时期的"丝路"之作对西域边地的描写更为丰富独特。创作手法的不断成熟使得风格渐趋成熟，慷慨激昂的创作心理明显反映于创作实践中，体现为诗作中的悲壮与奇丽。此并非强调岑参首次西行之作水平不高，其初使西域之作同样是唐代边塞诗中的优秀篇章；只是在初次西域行旅创作的对比之下，二次西行所作更能反映岑参对诗歌创作的有心探索，诗境的开拓正是通过前后对比体现出来。

岑参两次西行过程中的"丝路"之作对边塞诗，乃至对唐诗内容的丰富与开拓不单表现为战争主题的提升，更主要体现在对"丝路"文化、异域风情的多重呈现。后一主题正是因岑参的亲历西域方才体现于边塞诗中，进而使得边塞诗所表现的主题更加多样丰富；同时正是后一主题的呈现更突显出岑参边塞诗"奇丽"的风格。两次西域行旅对边地异域景物人事的呈现，大致可分为以下三个方面：

1. 自然景观

"丝路"之行，一路陪伴岑参的唯有日月。"月"在诗人笔下共出现18次，这一自然意象不仅记录着诗人的"丝路"行迹，亦是其心路历程的符号与象征，如：陇山"山口月"、敦煌"城头月"、凉州"城头月"、武威"边城月"、北庭"东楼月"、"轮台月"，以及"汉月"、"边月"无一不折射出对"故园月"的怀念。不仅是月，"日"（11次）亦被赋予这一涵义。尤其是在

---

① 关于岑参边塞诗的创作风格，详见廖立：《岑参边塞诗的风格特色》，载《郑州大学学报》，哲学社会科学版，1986（2），77～84页。

岑参第一次西旅，笔下之"日"多与长安相联系，"长安遥在日光边"（《过燕支寄杜位》），"家在日出处，朝来起东风"（《安西馆中思长安》），"长安不可见，喜见长安日"（《忆长安曲二章寄庞漼》），长安即故乡所在，由情及物，物亦着观者之情。

西旅所经不仅是山川河流，越向西，展现眼前更多的是戈壁大漠。岑参两次西行对沙碛描写极多，首次西行第一首诗便开始对其有所描写，"十日过沙碛"（《初过陇山途中呈宇文判官》）可见其广袤，尤其当诗人出敦煌亲历莫贺延碛时，无垠的大漠令人绝望，乃至发出"悔向万里来"（《日没贺延碛作》）的感叹。作为万里沙碛的标志性植被，"白草"在岑"丝路"之作中出现多达10次，然而诗中"白草"并非作为沙碛大漠的代名词，这一物象在诗人笔下巧妙表现了另一重涵义，即沙碛的广袤："白草磨天涯"（《武威送刘单判官赴安西行营便呈高开府》），"白草通疏勒"（《发临洮将赴北庭留别》），"白草北连天"（《过酒泉忆杜陵别业》），"千山万碛皆白草"（《赠酒泉韩太守》）等，正是在岑参笔下使"白草"成为边塞诗特有的意象。白草、白雪似乎为西域染上一层神秘的色彩，然而岑参笔下的"梨花"又为这神秘增添了几分生机。"梨花"在诗人笔下共出现三次，前两次均为实写："边城细草出，客馆梨花飞"（《河西春暮忆秦中》），"胡地三月半，梨花今始开"（《登凉州尹台寺》），这两首诗皆作于第一次西行途中；第三次写"梨花"为虚写，"忽如一夜春风来，千树万树梨花开"（《白雪歌送武判官归京》），以梨花之繁喻雪花之盛，设喻之奇妙为历来所称许。第二次"丝路"之作所体现出的奇丽风格经"梨花"的妙用得以升华，然而没有首次西行的"梨花"印象，没有亲历边塞的体验，此等奇景奇语是不可能出现在岑参笔下的。此外还有《优钵罗花歌》描绘了一种"叶六瓣，花九房，夜掩朝开多异香"独生长于西域的奇花，虽为借物抒怀之作，同样折射出异域自然风光之瑰丽。

边地气候温差极大，岑参不仅写严寒亦写酷暑，这主要通过"火山"予以表现。岑参首次见到火山系第一次西行，"火山今始见，突兀蒲昌东"（《经火山》）。时维严冬，然而却是"赤焰烧虏云，炎氛蒸塞空。"乃至"人马尽汗流"，诗人亦由衷感叹造化之功。第二次西行于五月盛夏复经火山，"火云满山凝未开，飞鸟千里不敢来"（《火山云歌送别》）。后作《使交河郡》第三次写到"暮投交河城，火山赤崔巍"。诗人久在边地却三次着墨火山，两次形容其"突兀"，山之高、山之奇尽显笔端，亦见异域自然风光的奇丽。

2. 异域风俗

边地虽有征战却并非处处苦寒，"丝路"之上不乏安定、富庶之地，只是特殊的地理环境造就出了别样的异域文化。由岑参首次西旅对敦煌的描写可见:"黄砂碛里人种田"(《敦煌太守后庭歌》),边地小郡虽不比中原,但"郡中无事",百姓安居;再如"凉州七里十万家"(《凉州馆中与诸判官夜集》),更是写出了"丝路"东段重镇凉州的繁华。即使在更为遥远的北庭,诗人亦有"胡地苜蓿美,轮台征马肥"(《北庭西郊候封大夫受降回军献上》)的赞颂。轮台县属北庭,"其俗帐居,随逐水草。帐门皆向东开门,向慕皇风也"①。岑诗描写该地"橐驼何连连,穿帐亦累累",以及"雨拂毡墙湿,风摇毳幕膻"(《首秋轮台》)正应史载。累累帐房、连连驼队折射出盛唐西域的繁荣与"丝路"的富庶。

边地民族多被称为"马背上的民族",军旅生涯中"马"更为主力。岑参笔下"马"这一物象使用频率极高,78首"丝路"之作中凡见44次,即每两首诗中"马"至少出现一次。但岑诗中的"马"并非只作为战争意象出现,诗人借"马"有写相思赠别之意。如:"山回路转不见君,雪上空留马行处"(《白雪歌送武判官归京》);"匹马西从天外归"(《送崔子还京》),"送君走马归京师"(《天山雪歌送萧治归京》)。有抒建功立业之怀:"功名只向马上取,真是英雄一丈夫"(《送李副使赴碛西官军》);"近来能走马,不弱并州儿"(《北庭西郊候封大夫受降回军献上》)。描写战争之激烈:"洗兵鱼海云迎阵,秣马龙堆月照营"(《献封大夫破播仙凯歌六首·其四》);"昨夜将军连晓战,蕃军只见马空鞍"(《献封大夫破播仙凯歌六首·其六》)。以及羁旅之岁长:"走马西来欲到天,辞家见月两回圆"(《碛中作》);"弥年但走马,终日随飘蓬"(《安西馆中思长安》)。此外诗人写边地之苦寒以衬托羁旅之辛苦亦是借助"马"这一物象,"双双愁泪沾马毛,飒飒胡沙迸人面"(《银山碛西馆》);"马毛带雪汗气蒸"(《走马川行奉送出师西征》),"城南猎马缩寒毛"(《赵将军歌》),"马汗踏成泥"(《宿铁关西馆》),"秋冰鸣马蹄"(《早发焉耆怀终南别业》),"胡沙费马蹄"(《碛西头送李判官入京》),"沙口石冻马蹄脱"(《轮台歌奉送封大夫出师西征》),"出塞马蹄穿"(《送张都尉东归》)。通对"马毛"(3次)、"马汗"(2次)、"马蹄"(4次)的描写,细处着眼却营造出极强的艺术效果。

岑参身处西域,边地民族自然为其诗作所反映。"蕃书文字别,胡俗语音殊"(《轮台即事》),"侧闻阴山胡儿语"(《热海行送崔侍御还京》),"羌儿胡雏齐唱歌"(《酒泉太守席上醉后作》),"胡人半解弹琵琶"(《凉州馆中与诸判官夜集》)。西域少数民族能歌善舞的普遍性演化为了一种风俗,在岑参笔下的军幕生活中尤多体现:"座参殊俗语,乐杂异方声"(《奉陪封大夫宴》);"横笛惊征雁,娇歌落塞云"(《奉陪封大夫九日登高》);"中军置酒饮

---

① [唐]李吉甫撰,贺次君点校:《元和郡县图志》,卷四十,1033页,北京,中华书局,1983。

归客,胡琴琵琶与羌笛"(《白雪歌送武判官归京》);"美人舞如莲花旋"(《田使君美人舞如莲花北鋋歌》)。军中生涯不仅是"角声一动胡天晓"(《武威送刘判官赴碛西行军》)之后的"终日见征战,连年闻鼓鼙"(《早发焉耆怀终南别业》)及"鸣笳叠鼓拥回军"(《献封大夫破播仙凯歌六首·其三》);军乐之外的宴飨之乐实为沙场之外的主旋律。尤其是胡歌、胡乐、胡妓、胡舞交相辉映的纷繁场景为"醉争酒盏相喧呼"(《玉门关盖将军歌》),"浑炙犁牛烹野驼"(《酒泉太守席上醉后作》)宴饮气氛的描绘增添无限生趣,极大拓展与丰富了岑参"丝路"创作的内涵艺术。

3. 边地人物

往来于塞外边地,岑参交往最多的乃是下层幕僚,相近的身份与境遇使他们心灵的沟通有了更多默契。往返奔走于"丝路"之上的这一群体,赠答中的寄托与勉励成为"丝路"上的又一主题。《玉关寄长安李主簿》《武威送刘判官赴碛西行军》《送韦侍御先归京》《送李副使赴碛西官军》《碛西头送李判官入京》《北庭贻宗学士道别》《白雪歌送武判官归京》《热海行送崔侍御还京》《送张都尉东归》等等,不同的酬赠对象却抒写着相同的送别主题。"与子且携手,不愁前路修"(《初过陇山途中呈宇文判官》),"时来整六翮,一举凌苍穹"(《北庭贻宗学士道别》),豁达的勉励亦无法掩盖羁旅的相思愁苦与仕途的坎坷辛酸。"相忆不可见,别来头已斑"(《寄宇文判官》),"勤王敢道远,私向梦中归"(《发临洮将赴北庭留别》),其实后者正是由来已久的边塞诗歌主题之一。岑参的成功之处不仅在于继承这一主题,更在于对这一主题的深化,"马上相逢无纸笔,凭君传语报平安。"(《逢入京使》)苦境之中犹能发旷达之语,悲壮之余更见慷慨。

边地的安定离不开地方官员的勤政,作为幕僚文士的岑参在其两次"丝路"之作中就有对地方官惠政的记录:"敦煌太守才且贤,郡中无事高枕眠"(《敦煌太守后庭歌》);边地郡守如此贤能,以至于在其离任时百姓"愿留太守更五年"。同样被称颂的还有酒泉太守,"太守有能政,遥闻如古人"(《赠酒泉韩太守》);以及地位并不高的郭司马,"不倚将军势,皆称司马贤"(《送郭司马赴伊吾郡请示李明府》)。武将之中被称颂的有玉门盖将军,"盖将军,真丈夫……南邻犬戎北接胡,将军到来备不虞"《玉门关盖将军歌》);以及多次被岑参歌颂的幕主封常清,"亚相勤王甘苦辛,誓将报主静边尘"(《轮台歌奉送封大夫出师西征》)。

岑参的边塞诗作具有悲壮的风格,但这一风格并非体现为杀伐征战。检阅岑参两次边塞行旅相关诗作不乏对战争的描写,但突破了以往边塞诗将战事作为创作主题,更没有对穷兵黩武的颂扬,这是岑参"丝路"之作的可贵之处,从其歌颂的对象中亦可窥见岑参的政治理想。无论汉将、蕃王在其笔下均显得分外融洽，"将军纵博场场胜，赌得单于貂鼠袍"（《赵将军歌》）；"黑姓蕃王貂鼠裘，葡萄宫锦醉缠头"（《胡歌》）；"花门将军善胡歌，叶河蕃王能汉语"（《与独孤渐道别长句兼呈严八侍御》）；数语之间个性彰明。"丝路"之上民族的多样与交融经岑参西行之作得以体现，进而为"盛唐气象"注入了异域气息。

三、关于"丝路"之作体裁的探索与创新

在岑参两次西域之行约78首"丝路"创作中，前后体裁的差异亦在一定程度上体现出诗人在艺术境界上的开拓。现以廖立《岑嘉州诗笺注》对岑诗的分类为依据，将其前后两次西域行旅创作的体裁分类列表如下：

创作数量（首） \ 诗歌体裁	五绝	五律	五古	七绝	七律	七古	总计
第一次西域行旅 33日，34首	5	11	6	8	0	4	72日 78首
	五绝+五律+五古 = 22			七绝+七律+七古 = 12			
第二次西域行旅 39日，44首	2	16	4	10	0	12	
	22			22			

岑参第二次西域行旅创作与前一次相比五言（五言律诗、五言绝句、五言古诗）诗歌创作数量持平，而七言诗歌（七言绝句、七言古诗）创作则比第一次西行创作数量显著增加，尤其是七言古诗的数量为前一次的三倍。戴伟华先生曾据《先秦汉魏晋南北朝诗》[①]对唐以前的边塞诗进行统计，将所得结论分为四个方面，其中就诗题分析而言，多为乐府诗。使用最多的是《从军行》（30首）、《陇头水》（20首）、《关山月》（16首）；就诗体分析而言，以五言居多，达144首，而以七言为主的杂言只有13首[②]。诗歌创作某一体裁数量的上升一定程度上体现着作者在该类体裁的艺术探索；而岑参第二次西域之行的"丝路"创作也恰好通过其七言诗数量的大幅增加予以体现；尤其是七言歌行、绝句创作数量的增加，水平的提升，成为岑参第二次"丝路"之作的特色；直接反映了岑参对诗歌艺术技巧等方面的努力探索与成功尝试。

---

① 逯钦立辑校：《先秦汉魏晋南北朝诗》，北京，中华书局，1983。
② 参见戴伟华：《论岑参边塞诗独特风格形成的原因》，载《文学遗产》，1997（4），27～35。

岑参在第二次西域行旅的创作中，针对诗歌体裁形式所进行的一系列努力与创新集中体现为对七言歌行体、七言绝句音乐性的重视与发扬。一方面，岑参继承并发扬七言歌行体的传统，将两次"丝路"之作进行对比，发扬创新的特点较继承体现得更为明显；大胆尝试并创新新题乐府，将七言歌行与边地风光实现了完美结合。在首次出使西域的创作中，岑诗中以"歌"命名的仅有两首，分别是《敦煌太守后庭歌》《田使君美人舞如莲花北鋋歌》，且皆为七言歌行体。到第二次西域之行七言诗则达到14首，其中七言歌行6首：《火山云歌送别》《天山雪歌送萧治归京》《优钵罗花歌》《玉门关盖将军歌》等；七言绝句8首：《献封大夫破播仙凯歌六首》《赵将军歌》《胡歌》等。娴熟运用中表现出艺术水平的臻于成熟，可见是诗人的有意尝试。七言较五言更能体现出诗歌丰富的音节变化，其本身的抑扬顿挫加之岑参的有意探索，句句用韵、数句转韵等手法的运用，急节多变的特点更能突显其边塞诗风的遒劲悲壮，作品的艺术个性亦更加鲜明。

另一方面，第二次"丝路"之作中的七言歌行创立了"……歌/行，（奉）送……"的新形式，如：《走马川行奉送出师西征》《热海行送崔侍御还京》《白雪歌送武判官归京》《轮台歌奉送封大夫出师西征》等，这是岑参在诗歌艺术形式上的创举。因为第一次西行创作中并未出现这一体式，甚至在岑参第二次"丝路"创作后，也再没留下采用这一形式的诗歌。正是岑诗中这一"空前绝后"的诗歌形式成就了第二次"丝路"创作的成功与精彩。

结　　语

岑参先后两次西行入幕，以其亲历边地所见之真情实景创作边塞诗歌。在记录"丝路"之行的过程中反映西域风光、歌颂异域人情，极大拓展并丰富了边塞诗的表现内涵。同时在诗歌题材上继承发扬七言歌行、绝句的音乐性，尤其在边塞诗创作中对七言歌行体的用心探索与成功运用，以新题乐府入边塞之作，并且创立了"……歌/行，（奉）送……"的歌行新体式；是对边塞体裁探索的成功践行，实现了唐诗创作中边塞题材与体裁形式的完美结合与诠释。此外，岑参奇丽、悲壮的创作风格体现在其边塞诗中对景物人事的描写，则分别对应为优美与崇高。也正是在这两个美学范畴上的并力探索，使岑参不仅成为盛唐诗人中边塞诗创作数量最多的诗人，"丝路"之行上的"丝路"之作亦将其推向边塞诗歌这一峻岭的艺术巅峰。

参考文献

[1] [后晋] 刘昫等. 旧唐书 [M]. 北京：中华书局，1975.
[2] [宋] 欧阳修，宋祁等. 新唐书 [M]. 北京：中华书局，1975.
[3] [唐] 李吉甫撰，贺次君点校. 元和郡县图志 [M]. 北京：中华书局，1983.
[4] 谭其骧. 中国历史地图集（第五册）[M]. 北京：中国地图出版社，1982.
[5] 严耕望. 唐代交通图考（第二卷）[M]. 台北中央研究院历史语言研究所专刊之八十三，1985.
[6] [唐] 岑参撰，刘开扬笺注. 岑参诗集编年笺注 [M]. 成都：巴蜀书社，1995.
[7] [唐] 岑参撰，廖立笺注. 岑嘉州诗笺注 [M]. 北京：中华书局，2004.
[8] 杨秀清. 华戎交汇的都市——敦煌与丝绸之路 [M]. 兰州：甘肃人民出版社，2000.
[9] 卢苇. 岑参西域之行及其边塞诗中对唐代西域情况的反映 [J]. 兰州大学学报（哲学社会科学），1980（1）：92-99.
[10] 廖立. 岑参边塞诗的风格特色 [J]. 郑州大学学报（哲学社会科学版），1986（2）：77-84.
[11] 李明伟. 丝绸之路与唐诗的繁荣 [J]. 中州学刊，1988（6）：87-90.
[12] 廖立. 岑参赴西域时间路途考补 [J]. 河南大学学报（社会科学版），1995（4）：38-42.
[13] 戴伟华. 对文人入幕与盛唐高岑边塞诗几个问题的考察 [J]. 文学遗产，1995（2）：31-40.
[14] 戴伟华. 论岑参边塞诗独特风格形成的原因 [J]. 文学遗产，1997（4）：27-35.

（杨晓霭：兰州理工大学文学院院长，教授）

（高震：西北师范大学文学院硕士研究生）

敦煌佚名组诗六十首的地域特征及文学情思

王志鹏

敦煌 P.2555 卷是一个内容丰富的唐人诗文写卷，计有诗歌 206 篇，文 2 篇，项楚称之为"唐代佚诗文之渊薮"[1]。迄今已有不少学者对之进行过校录、考释和研究，涌现出许多研究成果[2]，以至有的学者认为"今人对敦煌诗卷校录、研究最富有成果者，当首推此卷"[3]。其中保存的佚名组诗 60 首[4]，不仅内容丰富，而且地域色彩鲜明，文学情思隽永。本文拟结合前人研究成果，对这批组诗的思想内容和文学特征，特别是其中所表现的山川地理特征和艺术特色进行较为全面的分析考察。限于学力，其中定有不当之处，敬请方家指正。

一、组诗六十首的地域特征

敦煌 P.2555 卷中保存有佚名组诗六十首，作者可能是一位承担某项使命而离开敦煌的官员或使臣。作者按时间顺序记述自敦煌出使至最后被羁留的所历所感。其行程为由敦煌西南之马圈口南行出阳关，入今青海西北部的吐谷浑界，经墨离海，于青海（湖）畔有短暂逗留，复越赤岭（今青海日月山）、次白水戍（今青海大通县西北）、至临蕃城（今青海西宁市西），所行路线清楚。

---

[1] 项楚：《敦煌诗歌导论》，第一章，9 页，台北，新文丰出版股份有限公司，1993。
[2] 对 P.2555 卷先后进行校录整理或研究的有王重民、戴密微、向达、舒学、阎文儒、陈祚龙、刘修业、潘重规、柴剑虹、张锡厚、项楚、胡大浚、徐俊、高嵩、陈国灿、王志鹏等。研究成果主要有舒学：《敦煌唐人诗集残卷》，载《文物资料丛刊》，第 1 辑，北京，文物出版社，1977。陈祚龙：《敦煌学海探珠》，台北，台湾商务印书馆，1979。高嵩：《敦煌唐人诗集残卷考释》，银川，宁夏人民出版社，1982。王重民：《敦煌唐人诗集残卷考释》，载《中华文史论丛》，1984（2）。柴剑虹：《敦煌 P.2555 卷"马云奇诗"辩》，载《中华文史论丛》，1984（2）。柴剑虹：《敦煌唐人诗集残卷（P.2555）初探》，载《敦煌学论集》，兰州，甘肃人民出版社，1985。潘重规：《敦煌唐人陷蕃诗集残卷作者的新探测》，载台湾《汉学研究》，1985，3（1）。潘重规：《敦煌唐人陷蕃诗集残卷研究》，载台湾《敦煌学》，第 13 辑，1988。项楚：《敦煌诗歌导论》，第四章，台北，新文丰出版股份有限公司，1993。陈国灿：《敦煌五十九首佚名氏诗历史背景新探》，载《敦煌吐鲁番研究》，第 2 卷，1997。胡大浚等：《敦煌边塞诗歌校注》，189～244 页，兰州，甘肃人民出版社，1999。徐俊：《敦煌诗集残卷辑考》，686～757 页，北京，中华书局，2000。王志鹏：《敦煌 P.2555 卷〈白云歌〉再探》，载《敦煌研究》，2004（6）。
[3] 徐俊：《敦煌诗集残卷辑考》，686 页，北京，中华书局，2000。
[4] 组诗中《首秋闻雁并怀敦煌知己》八句，诸家多录为一首，总计为五十九首。然据组诗韵例，当为两首诗歌，故应为六十首。参见胡大浚等：《敦煌边塞诗歌校注》，198 页，兰州，甘肃人民出版社，1999。

诗中所记前后历时达两年之久，冬离敦煌，夏卧疾于青海湖畔，晚秋抵临蕃被禁。在临蕃遭禁后又度过一年多时光。

这批组诗前24首主要抒写途中见闻，带有纪行的性质，后36首是在临蕃所作。作者行程历历可辨，在诗题上就很清楚地显示出来。如组诗第一首《冬出敦煌郡入退浑国朝发马圈之作》：

西行过马圈，北望近阳关。回首见城郡，黯然林树间。

野烟瞑村墅，初日惨寒山。步步缄愁色，迢迢惟梦还。

此为诗人启程之作。"退浑"即吐谷浑，或称吐浑，其地在今青海一带，高宗时为吐蕃所灭，种人为吐蕃所役属。唐中宗嗣圣元年（684）崔融《拔四镇议》云："碛南有沙、瓜、甘、肃四州，并以南山为限，山南即吐浑及吐蕃诸部。①"中唐吕温使吐蕃时，即有《蕃中答退浑词二首》之作。马圈，即马圈口，在敦煌西南二十五里。敦煌 P.2005 卷《沙州都督府图经卷第三》"马圈口堰"条下云："右在州西南廿五里，汉元鼎六年造。依马圈山造，因山为名焉。其山周回五十步。"在"甘泉水"条下又有云："又东北流八十里，百姓造大堰，号为马圈口。其堰，南北一百五十步，阔廿步，高二丈，总开五门，分水以灌田园。荷锸成云，决渠降雨，其腴如泾，其浊如河。加以节气少雨，山谷多雪，立夏之后，山暖雪消，雪水入河，朝减夕涨。"阳关，敦煌 P.5034 卷《沙州图经卷第五》"古关"条下云："阳关，东西廿步，南北廿七步。右在（寿昌）县西十里。今见（已）破坏，基址见存，西通古于阗等南路。以在玉门关南，号曰阳关。"其地在今敦煌西南。

组诗开始点明是在一个冬季，作者从敦煌出发，经过马圈口向西南行进，"步步缄愁色，迢迢惟梦还"；表现了作者离开敦煌时，含情遥望，一步一回头的凄苦心境，仿佛是在同故国家乡最后作别；步步带愁，字字含泪，其笔下景物带有凄惨的色彩，一开始就奠定了这组诗歌的基调。下面《至墨离海奉怀敦煌知己》《冬日抒情》《登山奉怀知己》《夏中忽见飞雪之作》《冬（夏）日野望》《夏日途中即事》，抒写旅途的见闻和情怀。如《至墨离海奉怀敦煌知己》云：

朝行傍海涯，暮宿幕为家。千山空皓雪，万里尽黄沙。

戎俗途将近，知音道已赊。回瞻云岭外，挥涕独咨嗟。

据《元和郡县图志》"陇右道下"云："墨离军，瓜州西北一千里。②"《通典》卷一七二"州郡二·河西节度使"条下有云："墨离军，晋昌郡西北千里，管兵五千人，马四百匹，东去理所千四百里。"《新唐书》卷四十《地

---

① [宋] 李昉等编：《文苑英华》，卷769，4049页，"议九"，北京，中华书局，1966。
② [唐] 李吉甫撰：《元和郡县图志》，1018页，北京，中华书局，1983。

理志》"瓜州晋昌郡"条也云："西北千里有墨离军。"瓜州晋昌郡治所在今甘肃瓜州县东南76.5公里至锁阳城废址。墨离军，或作"墨釐军"，在敦煌写卷和石窟供养人题记中多处出现。故学者多怀疑《元和郡县图志》及《新唐书·地理志》等所记"晋昌西北千里"之说当有误。唐长孺疑"千"为"十"之误①。谭其骧《中国历史地图集·第五册》定墨离军在晋昌城，墨离或当在此附近。然其地在敦煌东北，与诗人南行出阳关入吐谷浑（今青海）背道而驰。又按《新唐书·地理志》"鄯州"条载，赤岭西"九十里至莫离驿……二百八十里至那录驿，吐蕃界也。"② 其地在今青海共和县境。据此，"墨离"一词当系由少数民族语转译而来。钱伯泉认为墨离军、墨离川、墨离海等名，实由吐谷浑的墨离部落而得。墨离海大约是今哈拉湖一带③。结合诗中所写的节气变化、山川塞色，以及"戎俗途将近，知音道已赊"等句，墨离海离敦煌应该不是很近。而且由于置身异域殊俗，才引发诗人内心对敦煌知己的强烈思念。

从这些诗歌我们可以清楚地看到作者一步步远离乡国，走入异域他乡的行踪——过马圈、望阳关、见城郭、戎俗将近，以及到异域殊乡。季节的变化，暗示了旅途的漫长和艰辛。诗歌表达了对乡国的深情眷恋和对知己的诚挚思念，以及投身异域殊乡后悲愁寂寞的感受。

组诗中有不少地名，如：《青海卧疾之作》《青海望敦煌之作》《夜度赤岭怀诸知己》《晚次白水古戍见枯骨之作》《晚秋至临蕃被禁之作》《感兴临蕃驯雁》《非所寄王都护姨夫》《非所夜闻笛》等诗题中，都含有地名，此外还有《望敦煌》《梦到沙州奉怀殿下》等缠绵思念之作。

《新唐书》卷四十《地理志》"鄯州西平郡"条下有云："鄯城。中。仪凤三年置。有土楼山。有河源军，西六十里有临蕃城，又西六十里有白水军、绥戎城，又西南六十里有定戎城。又南隔涧七里有天威军，军故石堡城，开元十七年置，初曰振武军，二十九年没吐蕃，天宝八年克之，更名。又西二十里至赤岭，其西吐蕃，有开元中分界碑。"④ 据《旧唐书》卷四十《地理志》"鄯州下都督府"条下云："隋西平郡。武德二年，平薛举，置鄯州，治故乐

---

①陈国灿也谓"西北千里"乃"西北十里"之误。参见陈国灿：《武周瓜沙地区的吐谷浑归朝事迹》，见《1983年全国敦煌学术讨论会文集》，（文史·遗书编）上册，兰州，甘肃人民出版社，1987。
②以上转引自《敦煌边塞诗歌校注》，191页，兰州，甘肃人民出版社，1999。
③参见钱伯泉：《墨离军及其相关问题》，载《敦煌研究》，2003（1）。而关于墨离海的具体位置，当前还有不同的看法，如高嵩认为墨离海是金山口以南的苏干湖，参见高嵩：《敦煌诗人残卷考释》，92页，银川，宁夏人民出版社，1982。同时，吕建福、荒川正晴、陈国灿、陆离等人均认为墨离海即苏干湖。
④[宋]欧阳修，宋祁撰：《新唐书》，1041页，北京，中华书局，1975。

都城。贞观中，置都督府。天宝元年，改为西平郡。乾元元年，复为鄯州。上元二年九月，州为吐蕃所陷，遂废。"①《资治通鉴》卷一四九《梁纪五》云："梁武帝普通三年（522）"胡注有云："赤岭在唐鄯州鄯城县西二百余里。"同书卷二〇二《唐纪十八》"高宗仪凤三年（678）"胡注引宋白云："石堡城西三十里有山，土石皆赤，北接大山，南连小雪山，号曰赤岭，去长安三千五百里。自鄯州鄯城县西行二百里，至赤岭。"② 按鄯城县即今青海西宁，赤岭今称日月山，而白水古戍即白水军戍地，其地在今青海大通县西北。可以说，佚名组诗六十首的内容所表现的正是我国这些西北地区的山川风情。

在这批组诗中，诗人集中描绘了"万里山河异，千般物色殊"的山川塞色和风俗人情。如：

　　殊乡寂寞使人悲，异域留连不暇归。万里山河非旧国，一川戎俗是新知。寒天落景光阴促，雪海穹庐物色稀。　　　　　　　　《冬日书情》
　　溪边论宿处，涧下指飧厨。万里山河异，千般物色殊。
　　　　　　　　　　　　　　　　　　　　　　　　　《夏日途中即事》
　　戎庭节物由来早，倏忽霜秋被塞草。旅雁嗈嗈□□□，羁人夜夜心如捣。　　　　　　　　　　　　　　　　　《首秋闻雁并怀敦煌知己二首·其一》
　　寒雨霖霖竟不停，羁愁寂寂夜何宁。山遥塞阔阻乡国，草白风悲感客情。西瞻瀚海肠堪断，东望咸秦思转盈。才薄孰知无所用，犹嗟戎俗滞微名。　　　　　　　　　　　　　　　　　　　　　　　　《秋中霖雨》
　　将谓西南穷地角，谁言东北到天涯。山河远近多穹帐，戎俗追观少物华。　　　　　　　　　　　　　　　　　　　　　　　《秋日非所抒情》
　　深山古戍寂无人，崩壁荒丘接鬼邻。意气丹诚□□□，惟余白骨变灰尘。　　　　　　　　　　　　　　　　　　《晚次白水古戍见枯骨之作》
　　昔日三军雄镇地，今时百草遍城阴。隤墉穷巷无人迹，独树孤坟有鸟吟。　　　　　　　　　　　　　　　　　　　《晚秋至临蕃被禁之作》
　　东山日色片光残，西岭云象暝草寒。谷口穹庐遥逦迤，蹊边牛马暮盘跚。　　　　　　　　　　　　　　　　　　　《晚秋登城之作二首·其二》
　　数回瞻望敦煌道，千里茫茫尽白草。　　　　　　　　　　《望敦煌》
　　近来殊俗盈衢路，尚见蓬莱遍街陌。屋宇摧残无筒（个）存，犹是唐家旧踪迹。城边谷口色苍茫，木落霜飞风渐沥。凌晨煞气半天红，薄暮寒云满山白。　　　　　　　　　　　　　　　　　　　　　　《晚秋羁情》
　　戎庭闷且闲，谁复解愁颜。　　　　　　　　　　　　　《困中登山》

---

① [后晋] 刘昫等撰：《旧唐书》，1633 页，北京，中华书局，1975。
② [宋] 司马光编著：《资治通鉴》，4670 页和 6386 页，北京，中华书局，1956。

蓬转已闻过海畔，萍居见说傍河津。戎庭事事皆违意，虏口朝朝计苦辛。　　　　　　　　　　　　　　　　《非所寄王都护姨夫》

组诗在描绘塞外山川地理的同时，抒写了诗人行经异域的新奇感受，注重突出异域色彩。如：

千山空皓雪，万里尽黄沙。　　　　　　　　　　《至墨离海奉怀敦煌知己》
三冬自北来，九夏未南回。青溪虽郁郁，白雪尚皑皑。
　　　　　　　　　　　　　　　　　　　　　　　《夏中忽见飞雪之作》
晚吹低丛草，遥山落夕阳。　　　　　　　　　　　　《冬（夏）日野望》
白日走风沙，黄昏飞雪花。愁云闇（暗）□（海）畔，寒色暝天涯。
　　　　　　　　　　　　　　　　　　　　　　　　　　　　《无题》
九夏无芳草，三时有雪花。　　　　　　　　　　　《青海望敦煌之作》
万里山河异，千般物色殊。　　　　　　　　　　　　《夏日途中即事》
寒气凝如练，秋风劲似刀。深溪多渌水，断岸饶黄蒿。
　　　　　　　　　　　　　　　　　　　　　　《夜度赤岭怀诸知己》
六月尚闻飞雪片，三春岂见有烟花。凌晨倏闪奔雷电，薄暮斯须敛霁霞。傍对崇山形屹屹，前临巨壑势呀呀。　　　　　　《秋日非所抒情》
野禽噪河曲，村犬吠林间。　　　　　　　　　　　　　　《困中登山》
虏塞饶白刺，戎乡多紫荆。　　　　　　　　　　　　　　　《失题》

这些诗歌真实、多侧面地描写了青海地区的山川风光、节物气候以及交通道里之状况。《梁书》卷五十四《诸夷列传·西北诸戎》记河南国（今甘肃西南部至青海东北部）其地云："乏草木，少水潦，四时恒有冰雪，唯六七月雨雹甚盛。若晴则风飘沙砾，常蔽光景。其地有麦无谷。有青海，方数百里，放牝马其侧，辄生驹，土人谓之龙种，故其国多善马。有屋宇，杂以百子帐，即穹庐也。著小袖袍，小口裤，大头长裙帽。女子披发为辫。[①]"这与诗歌所描写的民俗山川多有切合之处。诗人经行的路线，正是我国古代丝绸之路被称为吐谷浑道的一段，在文学作品中，历来未曾描写过。正是这组诗，第一次把古道的自然人文风貌作了独具特色的反映，这在唐代诗歌中具有开创意义。诗人运用了一系列色彩鲜明的词语，如"皓雪、黄沙、青溪、渌水、芳草、黄蒿"，生动地描绘了沿途所见的自然景物。把辽阔无垠的黄沙大漠，连绵千里的天际雪山，以及崇山巨壑的壮伟气势，断岸深溪的逸美情致同时尽收笔底，充分展示了"丝路"古道的风采。

---

① [唐] 姚思廉撰：《梁书》，810页，北京，中华书局，1973。

二、组诗六十首的文学情思

组诗六十首充溢着强烈的乡国之情,内容集中抒发了诗人去国之悲,缧绁之痛,以及对故国亲友的深刻思念。而且这种感情随着行程渐远、羁留日久而愈益增强,情调也愈发悲凄伤感。

诗人对敦煌(沙州)以及大唐王朝表现出的深情,这也是组诗情感最为强烈和最为动人之处,这从诗题上即可看出。如组诗第一首《冬出敦煌郡入退浑国朝发马圈之作》,第二首《至墨离海奉怀敦煌知己》,还有《青海望敦煌之作》《梦到沙州奉怀殿下》《望敦煌》等诗歌,诗题中都包含有"敦煌"一词。由此都可以看出诗人眷恋敦煌的深情,并可以推断作者应当在敦煌生活了较长时间①,因此对敦煌有着特别深厚的感情。同时,诗人把自己在殊乡绝域的所居之处称之为"非所"。如《非所寄王都护姨夫》云:"敦煌数度访来人,握手千回问懿亲。"表现当有敦煌亲友到访时悲喜交集的情景,欣喜之情溢于言表。《望敦煌》又云:"数回瞻望敦煌道,千里茫茫尽白草。"《梦到沙州奉怀殿下》:"昨来魂梦傍阳关,省到敦煌奉玉颜。"强烈的乡国之思,发之于内,刻骨铭心,魂牵梦绕。可以说,在诗人心中,敦煌是当时大唐王朝的象征,也是汉文化的象征,是诗人自己祖国家乡的所在,因而时时想念,未尝忘怀。这种感情在其他敦煌写卷中也有表现。如敦煌 P.2506 卷《献忠心》有云:"生死大唐好。喜难任,齐拍手,奏香音。"P.3128 卷《菩萨蛮》有云:"敦煌古往出神将,感得诸蕃遥钦仰。"P.3128 卷、P.2809 卷和 P.3911 等卷敦煌歌词《望江南》有云:"敦煌郡,四面六蕃围,生灵苦屈青天见。数年路隔失朝仪,目断望龙墀。"S.4359 卷又有诗云"莫欺沙州是小处,若论佛法出彼所。"这些诗词洋溢着强烈的民族自豪感和自信心。这也说明敦煌作为西北边地的政治、军事和文化中心,在当时人们心中有着崇高的地位。

与地域特征相联系,组诗也描绘了边地荒城破败的景象。如:

深山古戍寂无人,崩壁荒丘接鬼邻。意气丹诚□□□,惟余白骨变灰尘。汉家封垒徒千所,失守时更历几春。　《晚次白水古戍见枯骨之作》

一到荒城恨转深,数朝长叹意难任。昔日三军雄镇地,今时百草遍城阴。隤墉穷巷无人迹,独树孤坟有鸟吟。　《晚秋至临蕃被禁之作》

近来殊俗盈衢路,尚见蓬莱遍街陌。屋宇摧残无筒(个)存,犹是唐家旧踪迹。城边谷口色苍茫,木落霜飞风渐沥。　《晚秋羁情》

---

① 阎文儒认为诗人当是敦煌地方人。参见阎文儒:《敦煌两个陷蕃人残诗集校释》,见《向达先生纪念论文集》,180 页,乌鲁木齐,新疆人民出版社,1986。

长夜闭荒城，更深恨转盈。　　　　　　　　《冬夜非所》

　　组诗在描绘塞外异域的新奇之景时，往往有意与边地荒寒之状，特别是诗人内心的悲愁结合起来，极力渲染诗人的客居乡思的悲愁愤懑而又无可奈何的情怀。正如诗人自己在诗中所说："缧绁淹岁年，归期唯梦想。春色纵芳菲，片心终郁怏。"[《感蘽（丛）草初生》]"班班泪下皆成血，片片云来尽带愁。"（《晚秋》）可以说，诗人在敦煌启程时的这种恋恋不舍的感伤、悲苦情思，一直延续到最后，这是一条贯穿组诗整体的感情主线。如：

　　步步缄愁色，迢迢惟梦还。　　《冬出敦煌郡入退浑国朝发马圈之作》
　　戎俗途将近，知音道已赊。回瞻云岭外，挥涕独咨嗟。
　　　　　　　　　　　　　　　　　　　　《至墨离海奉怀敦煌知己》
　　殊乡寂寞使人悲，异域留连不暇归。……为客终朝长下泣，谁怜晓夕老容仪。　　　　　　　　　　　　　　　　　　　　《冬日书情》
　　闲步陟高岗，相思泪数行。……极目愁无限，椎心恨未遑。黯然乡国处，空见路茫茫。　　　　　　　　　　　　　　《登山奉怀知己》
　　海闇（暗）山恒暝，云愁雾不开。唯余乡国意，朝夕思难裁。
　　　　　　　　　　　　　　　　　　　　《夏中忽见飞雪之作》
　　徘徊喧不语，空使泪沾裳。　　　　　　　　《冬（夏）日野望》
　　愁来竟不语，马上但长吁。　　　　　　　　《夏日途中即事》
　　一夜秋声傍海多，五更寒色早来过。自然羁旅肠堪断，况复猜嫌被网罗。　　　　　　　　　　　　　　　　　　　　　　《秋夜》
　　独悲留海畔，归望阻天涯。　　　　　　《青海望敦煌之作》
　　旅雁嗈嗈□□□，羁人夜夜心如捣。
　　　　　　　　　　　　　　　《首秋闻雁并怀敦煌知己二首·其一》
　　肠断只今□□□，空知西北泣云烟。
　　　　　　　　　　　　　　　《首秋闻雁并怀敦煌知己二首·其二》
　　□（闲）来临水吊愁容，忽睹愁容泪满胸。肝胆骤离凡几度，云山阻隔况千重。……羁绁只今肠自断，更闻哀雁叫嗈嗈。　　《临水闻雁》
　　一从沦陷自天涯，数度栖惶怨别家。……睡里不知回早晚，觉时只觉泪斑斑。　　　　　　　　　　　　　　　《梦到沙州奉怀殿下》
　　皎皎山头月欲低，月厌羁愁睡转迷。忽觉泪流痕尚在，不知梦里向谁啼。　　　　　　　　　　　　　　　　　　　《秋夜望月二首·其一》
　　自从去岁别流沙，犹恨今秋归望赊。……昨来羁思忧如捣，即日愁肠乱似麻。为客已遭迍否事，不知何计得还家。　　《秋日非所书情》
　　一更独坐泪成河，半夜相思愁转多。　　　　《忆故人二首·其二》

一到荒城恨转深，数朝长叹意难任。……邂逅流移千里外，谁念恓惶一片心。　　　　　　　　　　　　　　　　　　　　　《晚秋至临蕃被禁之作》

夜来枕席喧风水，忽坐长叹恨无已。为客愁多在九秋，况复沦流更千里。　　　　　　　　　　　　　　　　　　　　　　　　《秋夜闻风水》

人易千般去，余嗟独未还。空知泣山月，宁觉鬓苍班。《有恨久囚》

长夜闭荒城，更深恨转盈。……愁卧眠虽着，时时梦里惊。
　　　　　　　　　　　　　　　　　　　　　　　　　《冬夜非所》

自怜漂泊者，邂逅闭荒城。欲识肝肠断，更深听叫声。《得信酬回》

缧绁今将久，归期恨路赊。时时眠梦里，往往见还家。《失题》

愤闷屡纵横，愁深百计生。相思凡几度，慷慨至三更。……关山尔许远，魂梦若为行。　　　　　　　　　　　　　　　　　　　《失题》

天涯地角一何长，雁塞龙堆万里强。每恨沦流经数载，更嗟缧绁泣千行。　　　　　　　　　　　　　　　　　　　　　　　《失题六首·其一》

一身尚栖屑，庶事安无忧。相见未言语，唏吁先泪流。
　　　　　　　　　　　　　　　　　　　　　　　　　《题故人所居》

夜闻羌笛吹，愁杂豺狼□（嗥）。涕泪落如雨，肝肠痛似刀。更深新月没，坐久明星高。感激不遑寐，连宵思我曹。　　《非所夜闻笛》

千回万转梦难成，万遍千回梦里惊。总为相思愁不寐，纵然愁寐忽天明。　　　　　　　　　　　　　　　　　　　　　《闺情二首·其一》

在组诗中，诗人偶尔回忆自己的人生经历以及身处现实困境中的种种忧虑、矛盾和感受。如：

昔时曾虎步，即日似禽笼。　　　　　　　　　　　　　《□□》

一从沦陷自天涯，数度恓惶怨别家。将谓飘零长失路，谁知运合至流沙。流沙有幸逢人主，惟恨无才遇尚赊。日夕恩波沾雨露，纵横顾盼益光华。光华远近谁不美，常思刷羽抟风便。忽使三冬告别离，山河万里诚难见。　　　　　　　　　　　　　　《梦到沙州奉怀殿下》

悄焉独立思畴昔，忽尔伤心泪旋滴。常时游涉事文华，今尔羁缧困戎敌。　　　　　　　　　　　　　　　　　　　　　　《晚秋羁情》

一从命驾赴戎乡，几度躬先亘法梁。吐纳共钦江海注，纵横竞揖慧风飏。　　　　　　　　　　　　　　　　　　　　《久憾缧绁之作》

童年方剃削，弱冠导群迷。儒释双披玩，声名独见跻。须缘随恩请，今乃恨睽携。　　　　　　　　　　　　　　　　　《春日羁情》

从以上诗句可以看出，诗人自幼出家，是一位兼通儒、释的文士。他当是在陇右河西地区相继沦陷之时来到敦煌，从而被擢拔任用，风华一时，令人称羡。他多次出使吐蕃，很好地完成了自己的使命。而这次出使却遇到了未曾想到的困难，正如诗人所说：

邂逅遇□（屯）蒙，人情讵见通？　　　　　　　　　《□□》
自然羁旅肠堪断，况复猜嫌被网罗。　　　　　　　　《秋夜》
心殊语异情难识，东步西驰意不从。　　　　　　　　《临水闻雁》
才薄孰知无所用，犹嗟戎俗滞微名。　　　　　　　　《秋中霖雨》
自从去岁别流沙，独恨今秋归望赊。将谓西南穷地角，谁言东北到天涯。……为客已遭□（迍）否事，不知何计得还家。《秋日非所抒情》
不忧懦节向戎夷，只恨更长愁寂寂。　　　　　　　　《晚秋羁情》
非论阻碍难相见，亦恐猜嫌不寄书。
　　　　　　　《忽有故人相问以诗代书达知己二首·其二》
今时有恨同兰芝，即日无辜比冶长。黠虏莫能分玉石，终朝谁念泪沾裳。　　　　　　　　　　　　　　　　　《久憾缧绁之作》
一介耻无苏子节，数回羞寄李陵书。　　　　　　　《失题六首·其二》

诗人是在国家多事之秋，危难之际奉命出行。明知前途凶险难测，他还是带着对乡国亲友的深切怀恋之情，投身殊域。但这次交涉的结果很不理想，以致使自己处境艰难，进退维谷。"忽使三冬告别离，山河万里诚难见"；自己匆忙出使，结果却再也回不到敦煌了。从"一介耻无苏子节，数回羞寄李陵书"看，诗人的遭遇与苏武、李陵有相似之处，但最终被迫屈节，因而带有自责的语气。而"今时有恨同兰芝，即日无辜比冶长"；诗人借怀有千古遗恨的刘兰芝和无辜被囚的公冶长，申述自己内心有苦难言却久被囚禁的不幸遭遇，在辩白中透示出无可奈何的悲凉。有时也流露出对玉石不分，是非不明的"黠虏"的无比痛恨，表达了作者对自身遭受不公正待遇的不满与愤怒，甚而是诅咒。如：

不闻村犬吠，空听虎狼声。　　　　　　　　　　　《冬夜非所》
戎庭事事皆违意，虏口朝朝计苦辛。　　　　《非所寄王都护姨夫》
踟蹰不觉三更尽，空听豺狼数遍号。　　　　　　　《春宵有怀》
春来渐觉没心情，愁见豺狼夜叫声。　　　　　　《晚秋五首》之五
夜闻羌笛吹，愁杂豺狼□（嗥）。　　　　　　　《非所夜闻笛》

"触槐常有志，折槛为无蹊。"（《春日羁情》）诗人是带有特定任务的使节，然而无论如何努力，如何挣扎，依然无法改变现状，而且毫无希望，甚至完全绝望。在极度苦闷中，此后诗人的诗歌集中抒写自身的缧绁之痛，去国之悲，以及对故国亲友深沉执着的思念之情。

"缧绁淹岁年，归期唯梦想。"〔《感蘩（丛）草初生》〕长期滞留异域殊乡，作者悲愁苦恨，集于一身，肠已断，泪空流，内心怅恨不已，然沦落他

乡，终不得归①。此间诗人虽然有过故人存问的意外惊喜，但更有亲友亡逝对他心灵的沉重震撼。对于这位与他一道沦落异乡亲友的意外亡逝，诗人表达出极为沉痛的哀悼，痛不欲生的悲恸。

> 哀哉存殁苦难量，共恨沦流处异乡。可叹生涯光景促，旋嗟死路夜何长。空令肝胆摧林竹，每使心魂痛渭阳。缥绁时深肠自断，更闻凶变泪沾裳。　　　　　　　　　　　　　　　　　　　《哭押牙四寂（叔）》

诗人投身异域他乡，既有遭遇艰难，进退失措，东步西驰而终然无可奈何的苦闷；也有羁愁孤愤，朝夕萦绕，无处倾泻的悲哀。长久的羁绁受困，极度的伤感苦闷，使作者孤弱的心灵，难以承受现实的重压，以致在月光迷蒙中，泪光点点，竟"不知梦中向谁啼"。在诗人眼里，"斑斑泪下皆成血，片片云来尽带愁"（《晚秋》）；有时登高远眺，那广阔的川原会在骤然间变小，因为诗人的心神早已飞驰到川原之外；白日凝视那一泉明净的溪水向东汩汩流淌，诗人的心儿仿佛伴着小溪轻快的脚步，自由地飘向远方；深夜遥望着天空中皎洁的明月缓缓向西移动，诗人寂寞的孤魂恍然飞上了天，随着明月一同回到了自己日夜思念的家乡。然而，这仅仅是诗人一时的幻觉，或是梦中的心愿而已，现实依然是那么失望，那么令人可咒，岁月也依然是那么漫长。

在写法上，以写景、纪行、自叹身世为主，社会时事淡化为诗歌的背景；而情景交融是组诗的鲜明艺术特色。如《青海卧疾之作》：

> 数日穷庐卧疾时，百方投药力将微。惊魂漫漫迷山际，怯魄悠悠傍海涯。旋知命与浮云合，可叹身同朝露晞。男儿到此须甘分，何假含啼枕上悲。

诗歌描写自己身处殊乡绝域，长时间身患疾病，百法用尽，不见好转；在病体奄奄之际，弱命若浮，魂魄欲飞，仿佛只有静静等待生命大限到来的悲哀。"惊魂漫漫迷山际，怯魄悠悠傍海涯"；惊魂怯魄，漫漫悠悠，迷茫沉浮于山海之上。由此感叹人生如朝露之短暂、命运如浮云般不定，生命又是如此脆弱，如此无奈。

诗人还常常运用近乎白描的手法，将眼前的景物与心中的愁思结合起来，情景交融，浑然无间，直抒胸臆。如：

> 去随愁处断，川逐思弥长。　　　　　　　　　　　　　《冬（夏）日野望》
> 泪与泉俱流，愁将草齐长。　　　　　　　　　　　　《感蘩（丛）草初生》

---

① 阎文儒认为"这些诗所以在敦煌流传，颇有可能是作者被释放后又回到了敦煌家中"。参见阎文儒：《敦煌两个陷蕃人残诗集校释》，见《向达先生纪念论文集》，180页，乌鲁木齐，新疆人民出版社，1986。但从组诗看，诗人被禁殊乡之后，还有故人亲友相访存问，故笔者认为这些诗歌完全可能是诗人托亲友或故人带回敦煌，并因此得以保留，而诗人重新回到敦煌的可能性不大。

发为多愁白，心缘久客悲。	《失题六首·其三》
日月千回数，君名万遍呼。	《失题六首·其五》
白日欢情少，黄昏愁转多。	《失题六首·其六》

班班泪下皆成血，片片云来尽带愁。朝朝心逐东溪水，夜夜魂随西月流。 《晚秋》

目前愁见川原窄，望处心迷兴不宽。 《晚秋登城之作》

皎皎山头月欲低，月压羁愁睡转迷。忽觉泪流痕尚在，不知梦中向谁啼。 《秋夜望月》

涕泪落如雨，肝肠痛似刀。更深新月落，坐久明星高。

《非所夜闻笛》

这些诗句生动形象，真切感人，借眼前之景很形象地道出诗人内心郁结的愁思，具有很强的感染力，体现出诗人丰富的文学想象力和高超的语言表达技巧。

总之，佚名组诗六十首具有鲜明的地域特征，不仅在诗题中包含有许多西北地名，而且以纪行的形式，多侧面地描写了当时青海地区的山川风光、节物气候的真实状况，集中展示了我国唐代丝绸古道的奇异色彩，这在我国诗歌史上具有独特的价值意义。其次，这批诗歌表达了对乡国敦煌的无限依恋怀念之情，思想观念上带有尊崇大唐王朝的倾向。同时，这批组诗可以说是诗人因无法归乡而创造出来的，其中许多诗篇是由诗人思念家乡的悲愁泣泪凝结而成，具有强烈的怀乡念国的凄苦文学情思，在诗歌艺术表现方面也有一定的创造性。就其诗歌情感来说，整体上突出表现为一种悲观失望之痛，情绪低沉，愁绪满怀，郁郁不得发抒，甚而诗人一直沉潜于自己内心的艰难苦恨中，因此悲愁泣泪，常发于笔端，人生态度较为消极。这为组诗蒙上了一层清冷凄切的色彩。诚如王重民所说："作者的思想并不高超，只是哭愁、哭病，思念家乡，几乎在每首诗里都要'断肠'。"[①]然而，这正是"在民族矛盾造成的历史巨变中，一个不能掌握自己命运的文人的悲歌"[②]。无论从文学史还是唐代的历史地理来说，这些诗都具有一定的史料价值。不仅如此，由于这批诗歌为我们生动地描绘出了特定时代中人们的真切生活感受和心理状态，这对于民族史社会史的研究，以及文学史的研究，会越来越显示出它的重要价值。

（王志鹏：敦煌研究院民族宗教文化研究所研究员，文学博士）

[①]王重民：《敦煌唐人诗集残卷考释》，载《中华文史论丛》，1984（2）。
[②]项楚：《敦煌诗歌导论》，256页，台北，新文丰出版股份有限公司，1993。

元西域散文家及其散文的民族特质[①]

王树林 史挥戈

元西域文家的散文创作是元代具有特征性的文学现象之一。陈垣先生《元西域人华化考》指出:"畏吾儿、突厥、波斯、大食、叙利亚等国,本有文字,本有宗教。畏吾儿外,西亚诸国去中国尤远,非东南诸国比。然一旦入居华地,亦改从华俗,且于文章学术有声焉。是真前此所未闻,而为元所独也。"[1]15这一论述,很好地说明了元西域文人"文章学术"在元代文化史、文学史上的珍贵价值。

一、元西域文家群体构成及其社会文化共生环境

1. 西域文家的群体构成

元西域文家的群体构成,是元西域人(即色目人)群体构成的组成部分,其认知问题颇为复杂。元代之所谓"西域",是一个地域概念,现代大多数学人认为是指河西走廊以西的大元的辽阔疆域。但在这一辽阔疆域中生活的民族种群众多,交互融合又极为复杂,一以概之,实为不易。元统治者将其臣民略而分为四等,即蒙古、色目、汉人、南人。这一划分不仅仅只是政治地位、不同待遇的区别,也是不同地域民族种群的划分。《中国历史大词典》(辽夏金元卷)释"色目"为"各色名目",是有一定道理的。色目人当指大元西域汉族以外的各民族人士的通称。这里所说的"西域文家",也即指元代西域色目士人之散文家。

元西域人(即色目人)的群体构成,最早见于元末陶宗仪《南村辍耕录》,其卷一列"色目三十一种",明凌迪知《氏族博考》七、王世贞《弇州四部稿》一六七、清《续通志·氏族略四》据以照录。清钱大昕《元史氏族表》、日本学者箭内亘《蒙汉色目待遇考》[2],据陶氏所列,作了有益考订。近人屠寄《蒙兀儿史记》一五四"色目氏族表",对色目人作了进一步考察,为后人研究西域人的族群构成奠定了基础。杨镰先生《元西域诗人群体研究》就"元代色目氏族中,确属西域人,而且又有用汉语写作的诗歌作品流传至今者",考得20种左右100余人[3]13,为西域诗人的研究开了先河。而对西域

[①]本文系教育部人文社会科学研究基金项目成果,批准号:12JA751059。

文家群体的专门研究，时人涉及很少。

陈垣先生《元西域人华化考》四《文学篇》之四"西域之中国文家"一节，是仅见关于西域文家的专论。先生考元西域文家仅得七人：赵世延、马祖常、余阙、孟昉、贯云石、赡思（亦祖丁）、察罕。在谈到西域文家研究之难时指出：

> 考元西域文家，比考元西域诗家其难数倍，因元西域人专集其传者类皆有诗无文，而元诗总集今传者尚众，如《元风雅》《草堂雅集》《大雅集》《乾坤清气集》《元音》《元诗体要》等，皆元末明初人选本。复有陈焯《宋元诗会》、顾嗣立《元诗选》、《康熙御选元诗》等集其大成，一展卷而西域诗人悉备。至于西域人专集之诗文并传者，今只有马祖常、余阙二家。元文总集只有《天下同文集》及《元文类》。《同文集》限于大德以前，西域人作品无有。《元文类》诗有五家，文有马祖常、赵世延二家，赵世延只有《南唐书序》一首。[1]69

陈老尚且慨叹元西域文家研究之不易，其难可见一斑。但书中提到元代前期西域人辛文房著有《唐才子传》，此书"虽非专意为文"，"志在谈诗"；然其文"琅琅可诵"，也可算得上一部不可多得的传记文学著作；先生将其拚弃文家之外，似有不妥。今考《全元文》，收西域人有文传世者30余人，除以上八家中的七家外，大多只有单篇文章行世。

2. 西域文家的社会文化共生环境

西域文家的家族背景、华化教养、仕历交游等社会文化共生环境，对他们的汉语散文创作产生着直接影响。对其共生环境考察，是全面认识其散文写作独特风貌的必要条件。纵观这一群体中有成就的散文家，虽然各自阅历有别，但其社会文化共生性质有颇多共同之处。

首先，元代史上有成就的西域文家，其家族入居华夏之地大多已历三世以上，或祖或父，皆有接受汉文化之背景。元末戴良《九灵山房集》一三《鹤年吟稿序》云："我元受命，亦由西北而兴。而西北诸国如克鼎满、伊罗勒琨、回回、西蕃、天竺之属，往往率先臣顺，奉职称藩。其沐浴休光，沾被宠泽，与京国内臣无少异。积之既久，文轨日同，而子若孙，遂皆舍弓马而事诗书。"这一特殊的历史文化现象，是元西域文家共生之家族背景。

《元史·察罕传》载：察罕，"西域巴喇勒哈城人，父布都讷。"蒙古兵下西域，"举族来归，事亲王实喇，授河东民赋副总管，因居河中猗氏县。后徙解州，赠荣禄大夫宣徽使柱国芮国公。"程钜夫《雪楼集》十八《大元河东郡公布都公神道碑铭》谓：布都讷虽不解中国书，但"切切以教子为务。尝戒之曰：我不幸少年百罹，不得学，尔等安居暇食，宜勉读圣人书，行中国礼，他日面墙，悔之无及。"布都讷娶了汉人出自书香世家的李氏为妻。《雪楼集》二十《河东郡公布都讷夫人李氏墓碑》云："夫人京兆李氏，金进士试长安令讳君宝之女。……夫人躬节俭，慎丧祭，和上下，正内外，不动声色而教被姻族，不出闺阃而化行邑里。……夫人固诗礼之胄胤耶！"察罕幼时，既"博览强记，通诸国字书"。

据《元史·赵世延传》载：赵世延，"其先永古特族人，居云中北边。"祖阿勒楚尔，"从太祖征伐有功，为蒙古汉军征行大元帅，镇蜀，因家成都。父赫色，因功袭父元帅职兼文州吐蕃万户达噜噶齐。"程文海《雪楼集》五《赵氏先庙碑》谓其祖"虽积苦兵间，而敬礼儒生，恒戒军中无毁文籍。……有古名将之风焉。"其父"虽出将家，自幼学问雍容闲雅，言貌甚都。"

马祖常先世乃雍古部基督教徒，据袁桷《清容居士集》二六《开封郡伯马公神道碑铭》载：辽道宗咸雍年间，其先祖"自西域入居临洮狄道"，金代徙居净州之天山（今内蒙古四子王旗以西）。其四世祖习礼吉思开始真正融入汉文化。习礼吉思精通多国文字，曾为金出使蒙古，为凤翔兵马都统管判官。因官职有"马"字，遂以马为姓，改汉名庆祥。曾祖月合乃历仕蒙古太宗、宪宗、世祖三朝，终礼部尚书。祖世昌、父润，自觉接受汉文化教育，具有丰厚的儒学基础。特别是其父马润，历官州县，仁厚爱民，以儒治政，有诗"《樵隐集》若干卷"。许有壬《至正集》四六《马文贞公神道碑铭》中云："公先世已事华学，至公始大以肆。"苏天爵《滋溪文稿》九《马文贞公墓志铭》亦云："公自先世皆事华学，号称衣冠闻族。"

瞻思，《四库全书》本《元史》作舒苏。《元史·儒学二》谓瞻思"其先大食国人。国既内附，大父鲁库乃东迁丰州，太宗时以材授真定济南等路监榷课税使，因家真定。父乌哲，始从儒先生问学。轻财重义，不干仕进。"贯云石，祖籍西域北庭。其祖阿里海牙战功显赫，母廉氏为畏吾儿名儒廉希闵之女，贯云石自幼随母在"廉园"读书，阅读了大量儒家典籍，深受儒家文化的熏陶。余阙世家河西武威，幼时随父迁官合肥，虽少既丧父，其儒学家庭背景是很明显的。

以上数例，仅见一斑。西域文家先辈由马背入居华地，舍弓马而事诗书，弃刀剑而操笔砚。其后代成为一代文家，被泽先光，在当时虽是普遍现象，但在中国历史上确有其特殊性。

其次，如果说上述相似的家族背景是西域文家共性特点的外显表现，那么，共同的儒家思想基础则是西域文家共性特点的隐性内涵，也是西域文家更深意义上的共生特征。

《元史·赵世延传》载：赵世延"天资秀发，喜读书，究心儒者体用之学。……历事凡九朝，扬历省台五十余年，负经济之资而将之以忠义，守之以清介，饰之以文学，凡军国利病，生民休戚，知无不言，而于儒者名教尤拳拳焉。"察罕，历官以民为本，以儒家清明政治为期。《元史·察罕传》载："帝尝问张良何如人，对曰：'佐高帝兴汉，功成身退，贤者也。'又问狄仁杰，对曰：'当唐室中衰，能卒保社稷，亦贤相也。'因诵范仲淹所撰碑词甚熟，帝叹息良久曰：'察罕博学如此邪！'尝译《贞观政要》以献，帝大悦。诏缮写遍赐左右，且诏译《帝范》，又命译《托卜齐延》名曰《圣武开天纪》及《纪年纂要》《太宗平金始末》等书，俱付史馆。"《元史·儒学传二》谓瞻思："生九岁，日记古经传至千言。比弱冠，以所业就正于翰林学士承旨王思廉之门，由是博极群籍，汪洋茂衍，见诸践履皆笃实之学，故其年虽少，已为乡邦所推重。……邃于经，而《易》学尤深。至于天文、地理、钟律、算数、水利，旁及外国之书，皆究极之。家贫，饘粥或不继，其考订经传常自乐也。所著述有《四书阙疑》《五经思问》《奇偶阴阳消息图》《老庄精诣》……藏于家。"《元史·马祖常传》谓"祖常七岁知学，得钱即以市书。……既长，益笃于学。蜀儒张须讲道仪真，往受业其门，质以疑义数十，须甚器之。……祖常立朝既久，多所建明。尝议：今国族及诸部既诵圣贤之书，当知尊诸母以厚彝伦。……文宗尝驻跸龙虎台，祖常应制赋诗，尤被叹赏，谓中原硕儒唯祖常云。"余阙早年耕读庐州东南青阳山中，《青阳先生文集》附程文《青阳山房记》说他"即田舍置经史百家之书，释耒则却坐而读之，以求古圣贤之学"，被学者称青阳先生，与大儒吴澄之弟子张恒游。《明史·余阙传》说他"留意经术，五经皆有传注"，文集外有《易说》五十卷。

儒家思想是中华先进文化的核心部分，西域文家群体不仅自幼受到良好的儒家思想教育，更能在以后的为官历仕中躬身践行。虽间杂释、道，但儒家思想无疑是西域文家的共同思想基础，也成为他们文章审美价值取向的主导观念。

第三，西域文家自觉接受现世文坛整体风气培育，与汉族文人融为一体，共同构成中华民族文家整体；他们相互间广泛交往，形成大元社会文化网络。

马祖常最崇奉的师长是北宗文派的两个大家姚燧和元明善。他在为元明善写的神道碑中云："有元古文之宗曰翰林学士清河元公。"又云："颂古学于当世，为一代之文宗者，柳城姚燧暨公而已。"其为文师承宗尚可知。苏天爵《御史中丞马公文集序》说他，"入翰林为应奉文字，与会稽袁公、蜀郡虞公、东平王公以学问相淬砺，更唱迭和，金石相宣，而文日益奇矣"。苏天爵提到的袁桷、虞集、王士熙是马祖常一生最要好的朋友。《石田先生文集》中与三人唱酬的诗歌颇多，而与袁桷相知最早最深。集中与袁桷酬赠联和诗十余首，有举荐袁桷的《举翰林待制袁桷等》文，并为其叔父袁德平《卧雪斋文集》作序。而袁桷《清容居士集》中与马祖常交往诗文有二十余处，诗近60首。

祖常与虞集的交游见于《石田先生文集》者有五处，而虞集《道园学古录》、《道园遗稿》中与马祖常的诗文却有十多处。虞集极为推崇马祖常的文章，晚年过从更密，曾因目疾请求解职，上章举马祖常自代。王士熙是马祖常在好友中唱酬交往最多的一位文人，他是东平、官至翰林学士承旨、中书省参议王构的长子；《石田先生文集》所载与其酬唱交往诗文近三十处，诗有50余首。马祖常在《杨玄翁文稿序》中谈到延祐初与他共同讨论文章，"讲求其说"的除虞集、王士熙外，还有"东平曹子贞甫（曹元用）、中山王仪伯甫（王结）、相下许可用甫（许有壬）、宣城贡仲章甫（贡奎）"。另外，与他同年举进士的黄溍、欧阳玄、杨载等人也是他的文章好友。

孟昉初登文坛，为文师法先秦两汉，作《拟古文集》，吴中傅若金、大都宋褧、山东苏天爵、庐州余阙皆为之题跋，讨论得失，切磋文艺。后新安程文、吴中陈基为其文集作序，表微阐幽，推爱有加。另，当时文坛大家虞集、名家如张翥、顾瑛、徐一夔、张昱等，方外鄱阳僧廷俊用章、豫章僧怀渭清远等皆与孟昉唱酬。

察罕是较早融入汉文作家队伍的西域文人，程钜夫、袁桷、徐明善、蒲道源、滕斌、安竹斋等皆其文友。特别是程钜夫，他不仅为其《历代帝王纪年纂要》作序，还为其父布都讷作神道碑铭，其母李氏夫人作墓碑；今《雪楼集》存留与察罕之赞、序及诗词题咏十余首。

贯云石更是得到当时文人的热捧。《元史》本传谓，"比从姚燧学，燧见其古文峭厉有法，及歌行、古乐府慷慨激烈，大奇之。"欧阳玄《圭斋文集》九《贯公神道碑》谓："仁宗正位宸极，特旨拜翰林学士中奉大夫知制诰同修国史，一时馆阁之士素闻公名，为之争先快睹。会国家议行科举，姚公已去国，与承旨程文宪公（钜夫）、侍讲元文敏公（明善）数人，定条格，赞助居多，今著于令。……移疾辞归江南，十余年间，历览胜概，著述满家。所至之处，缙绅之士，逢掖之子，方外奇人，从之若云。"特别是他的《芦花被诗》，一时"人间喧传"。

考现存元代文献，赵世延、瞻思、余阙等皆有极为广泛的文人人际交往。由上观之，西域文家所与交游者大都是一时著名的汉族文学家，他们朝野相煽，过从密切，形成一个西域文家与当时文人交融共生的文坛网络。这一庞大的文化网络，共同酿成了元代文学的盛世气象。从这一气象中可以看出，西域文家主动接收文坛整体风尚培育的精神风貌。

二、西域文家散文的文献考察

马祖常《石田先生文集》及散佚文章，笔者已有专述[4]；余阙《青阳集》

之版本源流得失，在《金元诗文与文献研究》一书中亦有详考[5]258，此不赘述。仅将察罕、辛文房、赵世延、赡思、贯云石、孟昉六家之文章，略考如下：

①察罕之文传世者不多，陈垣先生考其文仅得《安南志略序》一篇，今《全元文》收《安南志略序》外补辑2篇。一篇为《涑水东镇创建景福院记》（延祐三年），此篇辑自清光绪二十七年《山右石刻丛编》卷三七，有删节。另一篇为《林县宝严寺圣旨碑》（大德八年四月），此篇辑自1955年社会科学出版社《元代白话碑集录》。故今察罕存文仅此3篇。

②辛文房著有《唐才子传》一书，今存。除此之外，《全元文》将其《唐才子传》中《唐才子传引》《隐逸诗人论》《女性诗人论》《方外诗人论》《仙道诗人论》等五篇辑出编入。

③陈垣先生考赵世延文共计11篇，分别是《南唐书序》《茅山志序》《天禧寺碑》《灵谷寺钟铭》《钟山崇禧万寿寺碑》《加封圣号诏碑》（皇庆二年）《重阳宫敕藏御服碑》（延祐二年）《东岳庙昭德殿碑》（天历三年三月）《白云崇福观碑》（元统元年）《任城郡公札思忽儿锝墓碣》（至元三年三月）《御史台题名记》（删节不全）。据笔者考察，其中《钟山崇禧万寿寺碑》《白云崇福观碑》《任城郡公札思忽儿锝墓碣》有目无篇。《全元文》所收赵世延文17篇，其中《茅山志序》（泰定甲子）《南唐书序》《灵谷寺钟铭》《昭德殿碑记》《藏御服碑》（延祐二年）5篇与陈垣先生所考重，另12篇为所增益，分别为《净明忠孝全书序》《程氏读书分年日程序》《经世大典序录》《治典总序》《赋典总序》《礼典总序》《政典总序》《宪典总序》《工典总序》《孔庙加封碑跋》（皇庆二年五月十三日）《读书崖记》《太华山佛严寺无照玄鉴禅师行业记》。《全元文》所收与陈垣先生所考文相较，除去相同篇目及有目无篇之文，尚有3篇为《全元文》未收。今另从明赵琦美编《赵氏铁网珊瑚》十五辑得赵世延《崇真宫上清像赞》："泰定四年丁卯代祀江南三山，还朝醮于崇真宫，作上清像赞：冠芙蓉兮玉比德，衣云霞兮绚五色。谈大道兮坐瑱席，流琼音兮达宣室。贯义文兮妙德一，相箕畴兮广敷锡。轮天神兮天只尺，言谔谔兮帝心格。进崇阶兮总仙籍，着赞书兮表清直。事列圣兮如一日，显祖父兮饶封国。信行藏兮古是式，从赤松兮师黄石。玄中之玄兮太虚无迹，洞瞩万变兮凌厉八极。"明郁逢庆编《书画题跋记》二辑得赵世延《唐榻化度寺邕禅师塔铭跋》："欧书世所传者《九成宫碑》《邕禅师塔铭》，见者或鲜。尝观宣和内府所藏《荀公曾帖》，其清劲精妙与此帖殆无异，宜乎为世所宝也。至顺龙集壬申十月初吉，迁翁云中赵世延德敬父观于金陵之筼雪斋。"由以上考订，赵世延存世文今可见者22篇。

④赡思一生著述甚丰，著有《四书阙疑》《五经思问》《奇偶阴阳消息

图》《老庄精诣》《镇阳风土记》《续东阳志》《重订河防通议》《西国图经》《西域异人传》《金哀宗记》《正大诸臣列传》《审听要诀》及文集三十卷，惜其大部分著述已经散佚。据陈垣先生考定："今存者只《河防通议》二卷，辑于《永乐大典》，余皆不可得见。"陈垣先生辑赡思文得5篇，分别是《加号大成诏书碑阴记》《哈珊神道碑》《善众寺创建方丈记》《龙兴寺钞主通照大师碑》《龙兴寺住持佛光弘教大师碑》，其中《加号大成诏书碑阴记》仅有存目。今《全元文》收赡思文4篇，其中《大善众寺创建方丈记》与陈垣考得《善众寺创建方丈记》重，其余3篇为《宝庆四明志重刻序》《元甘肃等处行中书省平章政事荣禄大夫公神道碑》《河防通议序》。综合陈垣先生考定及《全元文》收录，赡思今存文为7篇。

⑤《元史·小云石海牙传》记载贯云石"有文集若干卷、《直解孝经》一卷行于世"，然皆散佚，今不可见。程钜夫《雪楼集》二五《跋酸斋诗文》提到其《洪弟之永州序》文，"恳款教告"，今亦不可得。陈垣先生考其文仅得《阳春白雪集序》一篇而已。《全元文》收贯云石文5篇，除《阳春白雪集序》外，另辑得文章四篇：《孝经直解序》《今乐府序》《夏氏义塾记》《万寿讲寺记》。

⑥孟昉为元后期散文名家，有《孟待制文集》《千顷堂书目》著录，已散佚。今仅见傅若金《孟天伟文稿序》、宋褧《跋孟天晖拟古卷后》、苏天爵《题孟天晖拟古文后》、余阙《题孟天晖拟古文后》、程文《孟君文集序》、陈基《孟待制文集序》、［明］刘尚宾《书孟左司文集后》等诸序跋。《全元文》未收孟昉文章。陈垣先生考孟昉文云："孟昉文不多见，《元诗选》癸之辛有《十二月乐词》并序一篇，《两浙金石志》（十八）有《杭州路重建庙学记》一篇。"按《杭州路重建庙学记》文，另见于清初倪涛撰《六艺之一录》一一一，可补《全元文》之缺。由此可见，今孟昉存世之文仅见二篇。

另外，查考《全元文》，畏兀儿人廉希宪有文3篇，回回人萨都剌有文9篇，葛逻禄氏迺贤有文5篇，康里巎巎有文12篇，其他西域人有文存世者尚有二十余人。这些人或以政显，或以诗著，或以书画闻名，可不以文家目之。

三、西域文家散文的民族特质及整体风貌
——以马祖常、余阙为例

上文对西域文家的散文文献作了考察，通过考察，我们可以发现，大部分西域文家的文集已经散佚，只有单篇文章行世，西域文家有文集传世者仅马祖常、余阙而已。《四库全书·石田集提要》这样评价马祖常："大德、延祐以后，为元文之极盛，而主持风气，则祖常等数人为之巨擘。"余阙"皆有关当

世安危"的散文创作,很大程度上反映了元末文风。可见,马祖常、余阙的散文创作在西域文家群体中具有一定的代表性,今以他们的散文创作为例,兼及其他文家,就其民族特质及整体风貌,略作探讨。

1. 稽古穷经,一根于儒,又释道兼收并蓄

西域文家颇具深厚的中国传统文化功底,他们言事为文,往往稽古穷经,引类比附,丝毫不弱于中土汉儒。胡助在《挽马伯庸中丞二首》中盛赞祖常:"稽古陈三策,穷源贯六经。文章宗馆阁,礼乐著朝廷。"[6]593苏天爵《魏郡马文贞公墓志铭》中记载:"公每进说,必以祖宗故实、经史大谊切于时政者为上陈之,冀有所感悟焉。"《石田先生文集》七《请慎简宫寮疏》一文中为了论慎选太子近侍的重要性,引《新唐书·元稹传》语:"成王始为太子也,太公为师,周公为傅,召公为保,伯禽、唐叔与游。目不阅淫艳,耳不闻优笑,居不近庸邪。及为君也,血气既定,游习已成,虽有放心,不能夺已成之性。"[7]据史引经,阐明事理。《建白一十五事》开篇即稽古阐明言事官之重要职责:"古者建立言事之官,非徒摘拾百官短长,照刷诸司文案,盖亦拾遗补阙,振举纲维,上有关于社稷,下有系乎民人。"自己以古言事之官自任,进言一十五事。余阙在《送月彦明经历赴行都水监序》一文中论及"河患"一事,历数前代治河历史:禹时治河,析二渠,播九河,河大有所泄,力有所分,患可平;周定时,河始南徙;汉初,禹之故道失,受患特甚;汉人马颊治河,偶合于禹所治河者,故不为患者数千百年;宋时,汉之故道失,今之河患与武帝无异。提出"而治河者不以禹之所治治之"而导致"河患"为其原因[8]。虽为纸上谈兵,但稽古引类,排闼而下,理直气壮,甚见壮观。余阙《元统癸酉廷对策》一文,"稽天地之理,验之往古",历数往代统治者保天下之成败教训,告诫当今圣上应施"仁"政以保天下。他们的这类散文与中土儒学政治家的文章一样,稽古穷经,说一理能尽得其意,尽得其意又能大成其势,给人以雄浑大气之感。

《元史》一八〇《赵世延传》说赵世延"为文章波澜浩瀚,一根于理"。史家所说的"理",即为儒家经典中行道、致君、泽民、修身之理。也即儒家的治世观,伦理观,道德观。西域文家们大都精研儒经,笃行儒道,以儒自据。为文往往以经明理,具有浓重的儒家情怀。《元史》本传谓马祖常被文宗皇帝叹赏为"中原硕儒",他的表笺、章疏类文章皆能体现这一特点;就是一些序跋、题记之文无不蕴含着儒士光辉。于阗人李公敏,"能尊孔子之教而变其俗,其学日肆以衍,浸渍乎六经,汪濊乎百家,蔚然而为儒者。流离困苦,益自刻厉。教授于青齐之间,赖公卿大夫知其贤名,荐牍交上,用是乃起家而入官焉"。之官之日,马祖常为序以赠。[7]9《送高富卿学正归滑州序》中对

"諈诿以为辞,骫骳以为学,利于时而踬于道,贱已而贵物","寡默以为廉,醒醒以为恭"的社会现象痛加挞伐;而对高富卿在光州为学正期间能"服孔氏之言","不踬于道,不贱乎已,使其在孔子之世,则有颜渊、闵子者为之依归而取正焉,斯能入善人之域"[7]9,则大加赞扬。为卢龙王义甫作《愿学斋记》,因义甫"当世教化方兴,特立于圣贤之乡,而为天子之郎官,有名于朝"。"犹名室曰愿学","古有云,非曰能之,愿学焉。非敢谓乃所愿,则学孔子也"。[7]8马祖常欣然为其书斋作记。

余阙也是如此。戴良在《余阖公手帖后题》中如此评价余阙:"公学问该博,汪洋无涯,其证据今古,出入经史百子,亶亶若珠比鳞列。"[9]4-199《元统癸酉廷对策》是余阙中进士时廷试的文章,也是他出仕的第一篇治世策论,开篇引《尚书·泰誓》以立论:"君天下者,凡以仁而已。""臣谨稽天地之理,验之往古,则仁之为道"。"祖宗以之而创业,后圣以之而守成,其理可谓至要"。"是仁者,人君临下之大本也。"接下来文章从五个方面分别论述了什么是仁政,为什么行仁政,当今怎么行仁政的问题。作者引经据典,"珠比鳞列",纲举目张,侃侃而谈。此策论不仅是一篇儒家的治世纲领,也可以看作余阙作为一个儒臣的政治宣言。余阙现存世文章中无一不体现他的儒家情怀。《梯云庄记》是为晋地黄杨许氏所居之地命名而写的一篇记叙散文。晋地"其为俗特不尚儒",而"儒之所以为可贵,以先王之道之所在也"。而"独杨黄许氏以儒称于乡。三时力田,一时为学,褒衣博带,出入里巷之间。其族数十家化之,皆敦于礼。……如是者已三世矣"。余阙为"风厉其乡人,使知儒之为可贵也",乃为文作记。《聚魁堂诗序》写临江贡士曾鲁与其友庐陵解蒙、高飞凤、刘倩玉寓止同舍,往还同舟,科举考试俱选列。余阙"爱鲁之交友得人",为序鼓励四人不要仅以中选而喜,应"升以行道、以致君、以泽民"。余阙精于《易》,为文多引《易经》为论,如《送许具瞻序》以《周易》之《谦》"阴""阳"以论君子与小人、"虚"与"实";《待制集序》以《易·革》之卦以论文运之兴替变化;《含章亭记》以《易》"乾""坤"卦象释"含章"之意蕴。[8]非是深于儒典,难写出如此之文。

西域文家以儒为归,但不斥释、道二教之说,其文章表现了三教融合、兼收并蓄的开放思想。元朝与前、后朝代最大的不同点是儒家文化并非独尊,政府施行兼容并包的文化政策,并奉行宗教自由。这种多元文化和谐并存的时代特征,在西域文家的散文中也留下了鲜明的印记。西域文家与当世的道教名流、大德高僧来往密切,文字往还颇多,特别是一些庙寺宫观、高士名僧的碑志墓铭、像赞哀诔屡见西域文人笔端。马祖常与南方道士玄教大宗师吴全节交厚,文章有《吴宗师画像赞》;他曾奉诏撰《敕赐弘济大行禅师创造福州南台石桥碑铭》,为高僧弘济禅师一生修行德业歌功颂述。余阙《高士方壶子归信州序》写信州道士方壶子忘却名利，深潜绘画艺术，并深为其高洁品格所折服。佛氏有《法疏》一书，僧西庵遂公"取而修订之，补其所未备，白其所未明，去其所未安"。余阙认为，可"濡须有道之士"，为作《藏乘法疏后序》。《题永明智觉寿禅师唯心诀后》一文，是余阙为永明寿禅师《唯心诀》一书写的题后记。余阙认为："心者万化之原也，迷则愚，悟则圣，存则治，亡则乱，《易》所谓差之毫厘，缪以千里者，正指是言也。"作者儒、佛互证，以见二教互融之精神。《化城寺碑》是记述禅师洪聪创建化城寺始末。余阙认为：浮图"其道以出世为说，而须世以生，故言道者病焉。"但洪聪"学出世之道而不须于世，故君子取之。"另，著名西域文学家萨都剌《全元文》中仅存其文章九篇，而八篇涉于佛教。辛文房《唐才子传》，专为方外诗人、仙道诗人专题立传，并各写有传论以总之。这类文章鲜明地体现了西域文家文章的时代精神。

2. 质朴平实，不尚虚华，又感情真挚动人

感情真挚朴实，不尚虚华，不仅是西域文人的普遍人格，亦是他们的文格。余阙《送归彦温赴河西廉使序》道及河西民族的性格俗尚时这样说："其性大抵质直而尚义，平居相与，虽异姓如亲姻，凡有所得，虽箪食豆羹不以自私，必召其朋友。朋友之间有无相共，有余即以与人，无即以取诸人，亦不少以属意。……岁时往来，以相劳问，少长相坐，以齿不以爵，献寿拜舞，上下之情，怡然相欢。醉即相与道其乡邻亲戚，各相持涕泣以为常。……其异姓之人乃如此，则其亲姻可知矣。"习性如此，为文亦然，叙事议论，多直陈无隐，不虚不华，挚朴可爱。元末散文家林希元称马祖常文章"如彝器陈于宗庙，无甚华饰，而质雅可观"。[10]72马祖常在自己散文创作实践中，曾刻意追求这种质雅朴实精神。他在《杨玄翁文稿序》中记载他刚中进士时，元明善对他文章的评价和指导，以及他对"质实"这一审美命题的认识："延祐初，予售于有司。是时以古文名者清河元公复初，假予以言曰：'子之修辞几于古矣，然于质实则过之，于藻丽则乏矣。'予起应之曰：'……今国家以文取四方士，其进也，不杂是以致此，幸先生教之。然称以质实，则祖常有未敢能。'兹十年余矣，……而犹以质实为难，而不得一变斯文为叹也。"[7]9马祖常赞赏国家取士，能以质实为尚，不以藻丽进人。但认为自己的文章还不敢说达到了"质实"的境界。他与同人"讲求其说"，"而犹以质实为难"，以"质实"变天下浮滑藻丽文风更不易。马祖常崇尚"质实"，反对文的"大艳"，也反对文章的"过实"。他认为："赋天地中和之气而又充之以圣贤之学，大顺至仁，侠洽而化，然后英华之著见于外者，无乖戾邪僻忿憝淫哇之辞，此皆理之自然者也。非惟人之于文也，虽物亦然。华之大艳者必不实，器

之过实者必不良。"(《卧雪斋文集序》)不仅他所主张的华藻乃是"赋天地中和之气而又充之以圣贤之学,大顺至仁,侠洽而化,然后英华之著见于外者"的英华,是自然化境中的"华";而不是徒以"乖戾邪僻忿懥淫哇之辞"的"华"。他所推崇的"质实",在《陈刚善文集序》中也有阐述,认为先秦古文,其思想虽然与儒家学说不尽一致,但"浑噩弗雕",天然质朴;汉司马迁的《史记》"得中州布帛菽粟之常",文则雄浑深厚,韩愈就是得司马迁之精微而"振发于不羁"。可见他推崇的是自然淳朴之"质","赋天地中和之气而又充之以圣贤之学","足以经世而载道"之"实"。

这种质朴平实,不尚虚华的文风在余阙的文章中也表现得较为突出。余阙将那些不会"捷机"善变、"强颜"、"媚说"的板直正气之人说成"迂",他认为自己就是这种不通机变的"迂"人。他在《贡泰父文集序》中说:"余天性素迂,常力矫治之,然终不能入绳墨,矫治或甚,则遂病不能胜。因思以为,迂者亦圣贤以为美德,遂任之,一切从其所乐。常行四方,必迂者然后心爱之而与之合,凡捷机变者,虽强与之,然心终不乐也,故暂合而辄去。"秉性如此,对待文章的审美标准也是如此。他对元初质朴平实的文风甚为称道。他在《待制集序》中以辩证的眼光看待文章的发展变化,认为文运"久则敝,敝则革,革则章"。"文之敝至宋亡而极矣,故我朝以质承之,涂彩以为素,琢雕以为朴。当是时,士大夫之习尚,论学则尊道德而卑文艺,论文则崇本实而去浮华。"[11]49-137他认为质朴本实之文可应盛世昌明之运,而浮华琢雕之文是衰世之象。为此,余阙为文,力避浮华。他的论说文言必有物,论必有据,如《元统癸酉廷对策》,引经立论,层层铺展,无一夸饰之词。《送归彦温赴河西廉使序》《送范立中赴襄阳诗序》,情纯意朴,一团真气。《湘阴州镇湘桥记》《梯云庄记》本可驰骋渲染,但文章据事直叙,朴雅可观。

质朴的文风,带来的是文章感情的真挚动人。《翰林学士元文敏公神道碑》一文是马祖常为元明善所作。元明善卒,"宾客僚隶皆四散,无一人顾之者"。马祖常为其作碑文,完全没有一般墓碑文的应酬之语。而《故显妣梁郡夫人杨氏墓志铭》一文,为马祖常为其母杨夫人所作,文中写道:"呜呼!祖常不孝,罪戾无赎,天降鞠凶,凤集于身,致吾慈母年不登寿,而罹罪不淑。……追痛罔极,殁身而后已,虽身殁而又何及耶!……忆夫人病将棘时,祖常孑然立床笫前,忽涕唾,夫人已不能言,顾指祖常唾迹,泣下而逝。呜呼!祖常尚忍书之耶!尚忍而不书耶?忍而书,其又能文耶?"母子深情,感人泪下。余阙记人叙事不仅充盈质朴之气,而且饱含质朴之情,《张同知墓表》一文,余阙记述张杏孙积学厉操,孝行乡里的事迹,可见其敦朴尚化之用心。《送樊时中赴都水庸田使序》,开篇直言往年江南都水庸田使不问水旱之患,"昧于本末之义",强征民租,激民"相哗以为厉"。极赞樊时中"有学术、知大体",盼他赴都水庸田使能哀矜穷民,"有以大慰吴越之民望,以副朝廷之倚注"。爱民忧国之情充溢字里行间。

3. 豪迈雄浑,感慨多气,多体现北方民族性格

西域文人其性格大多质直中带有浑厚,朴实中带有豪迈。其文多具豪迈雄浑,感慨多气的特点。马祖常少年既志向高远,豪迈多气。《壮游八十韵》诗云:"十五读古文,二十舞剑器。驰猎溱洧间,已有丈夫气。"《田间》诗写道:"意气每酣适,仰视北有斗。岂知念湘累,那复叹尼叟。丈夫贵立志,文字托永久。"为官半生,不减雄豪之气。《都门一百韵用韩文公会合联句诗韵》:"行歌鲜同欢,起舞真独作。啸咏气颇雄,攀跻力或弱。"《送别李彦方宪副之官》:"昔在翰林日,与子同官联。……各不识时贵,浩气超八埏。"《赠刘时中》:"江海归来气尚豪,立谈便合拥旌旄。"文如其人,《四库全书总目·〈石田集〉提要》谓马祖常的文章,"诸作长篇巨制,迥薄奔腾,具有不受羁勒之气。"四库馆臣说的"长篇巨制"多指他的碑板墓志之文,《石田先生文集》有"碑志"文五卷之富,如《大兴府学孔子庙碑》《皇元敕赠翰林学士杜文献公神道碑》《翰林学士元文敏公神道碑》等,确是奔腾雄浑,豪迈气壮。就是一些短篇小制,也多见雄浑之气象,如《李氏寿桂堂诗序》,不先写寿桂堂,而是从燕赵慷慨壮伟之"风声气俗"入手,接着写"国家都燕"之雄风壮势,最后才从"居都之民"而引出李正卿兄弟为八十岁老母"茸屋都邑之中"之"寿桂"堂。写一堂先从国都之形胜、国家之宏大以壮其势,给人以豪迈雄浑之感。因作者重在感慨的是一种"孝"行,又给人以"孝"充行于天地之气象。

余阙文章的"感慨多气"与马祖常的"豪雄"稍有不同,由于他生于元末乱世,国家已岌岌可危,其文中多呈现出一种朴厚刚烈之气。《合肥修城记》谓自己"生长合肥,知其俗之美"。合肥百姓"所不从乱而可与守者有三焉:其民质直而无二心,其俗勤生而无外慕之好,其材强悍而无屡弱可乘之气……惟其质直而无二心,故盗不能欺;勤生而无外慕之好,故利不能诱;强悍而无屡弱可乘之气,故兵不能诛。"文章写来,笔调宛如合肥之民,朴实浑厚,强悍刚正。论者颇多赞余阙《上贺丞相》四书牍,《四库全书总目·〈青阳集〉提要》谓余阙"集中所著,皆有关当世安危。其上贺丞相四书,言蕲黄御寇之策尤为深切。"其实集中各体文章多如此。他为文不屑于琐碎细事,往往从大处着墨,使文浩然宏阔,昌明正大,具有凛然不可犯之气。《送月彦明经历赴行都水监序》从大禹治水说起,《送樊时中赴都水庸田使序》从国家置官以民为本入议,《送葛元哲序》论"文"从天、地、尧舜引据,《穰县学记》从"圣人""人性""天命"发端。有些文章就是不得不写的小事,也能

以小见大，不减浩然之气。如《聚魁堂诗序》，写曾鲁与其同舍友四人同时科考入选，本不是什么天下国家大事，但作者期之"以行道、以致君、以泽民"之远大，文章的落脚处仍不失博大宏阔之气象。

《元史·赵世延传》谓"世延……为文章波澜浩瀚"。今观《元文类》所载赵世延《南唐书序》及《经世大典》两卷之文，雍容浩博，大气雄浑，却如《元史》本传所说。明人刘尚宾《书孟左司文集后》评孟昉文，谓其《蔡泽说范雎》《客说蔡泽》等篇，"真得战国机权策士关节"。战国策士之文以纵横激壮，感慨多气著称，而孟昉得之。刘尚宾又云："今观孟左司，其制行醇，故其文古，文古而又品格高，本北方之学者，故声音洪，吐兼南土之清新，故神情秀发。"刘尚宾评元中期之文谓："马伯庸、宋诚夫、袁伯长诸人，铺张盛大，援据端确，此中朝文气也。若夫恣意驰骋，发散在外，汗漫浸淫，无壮激之势者，则虞雍公、揭文贞近代之文气也。"而孟昉"出虞、揭之后，囿于气中而不与一气"，认为孟昉文接马祖常有"盛大"气象，而不同于虞集"无壮激之势"，可见他是赞赏孟昉文有"壮激之势"的[12]。今孟昉文集已散佚不传，从前人评价中可知其文是具有西域文人性格特点的。

蒙古平定中原，民族混杂相处，人际间的交流口语趋于简略，传情达意多以短语甚至单词只字为之，至今黄河中下游的广大地域民间还保留着这种口语现象。这种口语现象当然也会影响到书面语言。傅若金《傅与砺诗文集》卷五《孟天伟文稿序》讲到南北文风不同时云："南方作者婉密而不枯，其失也靡；北方简重而不浮，其失也俚。"袁桷在《真定安敬仲墓表》中谓北方文章："发扬称述……理偏而气豪。"元周权《此山诗集》卷首载欧阳玄《周此山诗集序》云："宋金之季，诗之高者不必论。其众人之作，宋之习近骫骳，金之习尚号呼，南北混一之初，犹或守其故习。"这种简重豪迈的气象，由此可见。西域文家原有自己各族语言，后习华语，与大量汉人相处，以汉语从事写作，其经过锤炼的文章语言保留其简洁为雄壮，去其俚俗而典则，形成一种简重多气的语言特色。

西域文家作为一个时代的文学群体，既有其共有的民族特质，同时也鲜明地体现了时代风貌，而每个散文家独具的生活经历及个性，个自又有其个自的文章的独特性。而每位散文家文章的独特性，只有放在个例研究中完成。

参 考 文 献

[1] 陈垣．励耘书屋丛刻：上［M］．影印民国三十年刻本．北京师范大学出版社，1982.
[2] ［日］箭内亘．蒙汉色目待遇考［M］．陈捷，译．北京：商务印书馆，1935.
[3] 杨镰．元西域诗人群体研究［M］．乌鲁木齐：新疆人民出版社，1998.
[4] 王树林．元代河南三先生文集叙考［J］．南阳师范学院学报，2006（4）．
[5] 王树林．金元诗文与文献研究［M］．北京：中华书局，2008.
[6] ［元］胡助．纯白斋类稿：七［M］．影印文渊阁四库全书本．第1214册．上海古籍出版社，1987.
[7] ［元］马祖常．石田先生文集［M］．北京图书馆古籍珍本丛刊（94）．北京：书目文献出版社，1998.
[8] ［元］余阙．青阳先生文集［M］．四部丛刊续编本．
[9] ［元］戴良．余阙公手帖后题［M］//九灵山房集：一四［M］．丛书集成初编本．北京：中华书局，1985.
[10] 王树林．《水东日记》中一篇元人文论之作者悬案释疑［J］．中国典籍与文化，2005（2）．
[11] 李修生主编．全元文：卷1495 余阙二［M］．49册．南京：凤凰出版社，2004.
[12] ［明］刘尚宾．书孟左司文集后［M］//［清］黄宗羲．明文海：卷二三六．影抄本（第三册）．北京：中华书局，1987.
[13] ［明］宋濂．元史［M］．北京：中华书局，1976.

（王树林：南通大学文学院教授）
（史挥戈：江苏大学文法学院教授）

清代少数民族文学家族研究的现状与任务[①]

多洛肯

长期以来,中国文学史著作的总体架构一直处于以汉族文学为中心而忽略少数民族文学的不完整状态。有清一代,少数民族作家蓬勃遽兴,超越前代,其文学创作对清代文学的繁荣起到了重要的作用。考察研究这些有贡献的少数民族作家的文学创作必将会对我们了解和认知中华多民族文学无比丰富的深刻内涵和相激相融的客观规律提供许多有益的启示。清代少数民族文学家族的文学创作繁兴突出的表征是一门风雅。一门风雅反映出清代少数民族文学家族内部文人化的聚合状态。对相关文献资料的调研摸底,清代满族文学世家有80家,回族文学世家14家、蒙古族文学世家10家,壮族文学世家11家,白族5家,彝族4家,纳西族3家,布依族1家[②](见下表)。

民族	家族数量	家族诗文家	别集总数	别集散佚数量	存诗人数
满族	80个	270人	360部	散佚115部	238
回族	14个	53人	91部	散佚25部	34
蒙古族	10个	31人	44部	散佚5部	10
壮族	11个	33人	28部	散佚18部	16
白族	5个	18人	26部	散佚15部	18
彝族	4个	14人	9部	散佚3部	11
纳西族	3个	11人	13部	散佚3部	11
布依族	1个	3人	6部	未散佚	3
总计	128个	433人	577部	散佚184部	341

近百年来,清代家族文化研究的成果仍主要集中于江南地区与中原腹地的汉族高门大姓。代表性著作如潘光旦《明清两代嘉兴的望族》[③]制作了嘉兴91个望族的血系分图、血缘网络图、世泽流衍图,将嘉兴一府七县望族的血

[①] 此文系国家社科基金项目"民汉文化交融中的清代少数民族文学家族研究"(项目编号14BZW156)的阶段性成果之一。
[②] 多洛肯:《元明清少数民族汉语文创作诗文叙录(清代卷)》,407～421页,北京,中国社会科学出版社,2014。
[③] 潘光旦:《明清两代嘉兴的望族》,北京,商务印书馆,1947。

缘与姻亲关系进行了系统的梳理。吴仁安《明清时期上海地区的著姓望族》[①]对三百余家上海地区的著姓望族的世系进行了考察，重点探讨了这些望族形成的历史原因、发展演变及其社会影响。江庆柏《明清苏南望族文化研究》[②]通过梳理考察相关文献史料，分析苏南望族与家族教育、科举、藏书、文献整理、文化活动等诸方面的关系。以家族文化为研究视野的古代文学研究受到文学史家的高度重视，研究工作也渐次展开，并取得较为丰富的成果。罗时进《地域·家族·文学——清代江南诗文研究》[③]、凌郁之《苏州文化世家与清代文学》[④]、朱丽霞《清代松江府望族与文学研究》[⑤]三部著作分别以系统梳理与个案探析的方式对江南、苏州、松江府等地的世家大族进行剖析。罗时进从宏观的视野意图对江南世家与文学的关联作整体的总结。朱丽霞重点考察了松江府望族的文化生态，并指出富裕的经济生活环境、尚文的社会风气、科举仕宦的自觉意识在家族文化生态中的关键作用。凌郁之重点选择八个文学家族并对其文学特色作出合理的分析与评价。徐雁平《清代世家与文学传承》[⑥]则以重要问题研究与家族个案研究相结合的手法探究清代汉族世家文学传统的衍生、继承与发扬。

就目前的资料来看，论及清代少数民族文学家族的论文有十余篇，陈友康《古代少数民族的家族文学现象》[⑦]中论及赵氏（白族）、桑氏（纳西族）两个文学家族。李小凤《回族文学家族述略》[⑧]对明清时期的回族文学家族进行了粗略的梳理，并浅析了回族文学家族产生的原因。王德明《清代壮族文人文学家族的特点及其意义》[⑨]《论上林张氏家族的文学创作》[⑩]两篇论文中对清代壮族文学家族进行了一定的梳理与论析。多洛肯、安海燕《清代壮族文学家族及其诗文创作》[⑪]对清代壮族文学家族中的作家、诗文作品进行了全面考察，指出了壮族家族文学在地域上分布不平衡，并将其与同时代的满族家族文学、蒙古八旗家族文学、云贵少数民族家族文学（主要是白族、彝族、纳

---

① 吴仁安：《明清时期上海地区的著姓望族》，上海人民出版社，1997。
② 江庆柏：《明清苏南望族文化研究》，南京师范大学出版社，1999。
③ 罗时进：《地域·家族·文学——清代江南诗文研究》，上海古籍出版社，2010。
④ 凌郁之：《苏州文化世家与清代文学》，济南，齐鲁书社，2008。
⑤ 朱丽霞：《清代松江府望族与文学研究》，上海古籍出版社，2006。
⑥ 徐雁平：《清代世家与文学传承》，上海，三联书店，2012。
⑦ 陈友康：《古代少数民族的家族文学现象》，载《民族文学研究》，2004（3）。
⑧ 李小凤：《回族文学家族述略》，载《北方民族大学学报》，2009（4）。
⑨ 王德明：《清代壮族文人文学家族的特点及其意义》，载《民族文学研究》，2009（3）。
⑩ 王德明：《论上林张氏家族的文学创作》，载《广西师范大学学报》，2009（5）。
⑪ 多洛肯，安海燕：《清代壮族文学家族及其诗文创作》，载《广西民族大学学报》，2014（1）。

西族）进行比较研究。米彦青《清代边疆重臣和瑛家族的唐诗接受》[①]与《清代中期蒙古族家族文学与文学家族》[②]两篇论文对清代蒙古族文学家族尤其是和瑛家族进行了较为系统的考察和探析。全面考察八旗蒙古文学家族文学活动的论文有多洛肯的《清代八旗蒙古文学家族汉语文诗文创作述论》[③]和《清代后期蒙古文学家族汉文诗文创作述论》[④]。涉及满族家族文学的则仅有多洛肯、吴伟《清后期满族文学家族及其诗文创作初探》[⑤]和《清代满族文学家族文学创作叙略》[⑥]二文立足文献，对清代后期四十五家和整个清代出现的八十家文学家族进行了全面的考察与评述。这些研究成果仍需不断充实与深化，还有许多亟待开垦的角落与细致挖掘的领地。

然而，在少数民族文学研究界，少数民族文学家族的研究尚需学者们不懈努力做出成绩来。问题的焦点在于，文学家族是从中古开始一直延续到近代中国文学史中的一种重要的文学现象。我们要深入细致地考察梳理清代少数民族文学家族文学创作的基本情况，摸清现存诗文别集的存佚情况、流布现况。摸清家底，为深入考察清代少数民族文学家族文学创作情况奠定坚实的文献基础。清人诗文集浩如烟海，少数民族文学家族成员创作作品分散庋藏各地，有不少还是未经刊印的稿本、钞本，有些刻本仅存孤本。对这笔文化遗产进行调查、摸底，为了防止文献散佚，必须将其进一步整理、辑录。这些文学作品蕴涵着十分丰富的历史文化信息，也是我国古代文学不可或缺的重要组成部分。编纂一部清代少数民族文学家族诗文总集，并做相应的学术研究，则是一项重大的基础工程。这项文献整理大工程应该尽早提到学界的研究日程上来。这将是国内外首次对少数民族文学家族作品的全面整理，也是对传统古籍整理项目的拓展，具有开拓性和总结性。

清代少数民族文学家族创作繁盛，这一方面是少数民族文化与汉文化互融互动的成果，汉文化影响的加强又推动了民族地区教育的发展，为文学家族的产生和壮大夯实了根基。少数民族文学家族的文学遗产，既是民族传统文化的一部分，蕴涵着十分丰富的历史文化信息，是中华多民族文明的巨大财富。只有对清代少数民族文学家族有了全面、系统、深入的了解与研究，才能比较准确地把握清代少数民族文学的总体风貌，才能比较真实地还原少数民族特定作

[①] 米彦青：《清代边疆重臣和瑛家族的唐诗接受》，载《民族文学研究》，2010（2）。
[②] 米彦青：《清代中期蒙古族家族文学与文学家族》，载《内蒙古大学学报》，2011（2）。
[③] 多洛肯：《清代八旗蒙古文学家族汉语文诗文创作述论》，载《民族文学研究》，2013（3）。
[④] 多洛肯：《清代后期蒙古文学家族汉文诗文创作述论》，载《新疆大学学报》，2013（6）。
[⑤] 多洛肯，吴伟：《清后期满族文学家族及其诗文创作初探》，载《满语研究》，2013（1）。
[⑥] 多洛肯，吴伟：《清代满族文学家族文学创作叙略》，见《中国文学研究》，23辑，157～165页，上海，复旦大学出版社，2014。

家群体的原生状态。

清代少数民族文学家族是在民汉文化交融的文化背景下形成壮大的。我们必须认识到汉文化尤其是儒家文化在我国少数民族思想文化中传播、影响历史久远。汉文化与我国少数民族文化交融激荡，少数民族文化对儒家文化的文化价值认同，以及多民族文化的互摄交融，促进了我国多民族文化的发展格局。在这里最基本的关键因素就是汉文化尤其是儒家文化的传播，特别是学校教育的推广对清代少数民族地区儒家文化传播的关键作用，这一点可以从官学、书院、义学、社学、私塾等方面进行细致梳理与考察。八旗满蒙的教育制度对于八旗满蒙的汉化以及对"国语骑射"政策的影响。清代是中国历史上第二个少数民族建立的全国政权，清王朝对不同民族地区采取了不同的政策，对满蒙八旗、对各地的回族、对南方地区的少数民族，采取了不少不同的促进社会经济的措施，为民族地区儒学的传播打下了一定的基础。

少数民族文学家族的文学创作往往是以汉语文诗文创作为主，在中国历史上，汉语文文学并非单一的汉族文学，汉语文文学很早就成为以汉族文学为主体的多民族文学。清代少数民族文学家族的文学创作既是本民族的，又是汉语文文学的光辉篇章。清代少数民族文学家族的文学创作，为少数民族文学书写新篇章的同时，也为汉语文文学的发展壮大做出了贡献，达到了古代少数民族文学史上的最高水平。

研究清代少数民族文学家族的文学创作，不但要考察八旗满蒙文人与诗坛领袖的师友传承关系，还要梳理考察清代重要的诗文流派，如性灵诗派、桐城文派在广西、云南、贵州地区的传播。对近三十年来文学家族的研究现况进行深入考察与述评。界定文学家族概念的内涵与标准，概括文学家族从家风、家学、家脉三个方面对少数民族作家和文学创作的影响，这也是文学家族研究应涉及的重要范围。在清代少数民族文学家族的个案考察中，主要的创作样式是以诗文为主的，但也应将词学世家、曲学世家、甚至戏曲世家也纳入考察的视野之中，从不同的文体角度开拓与深化清代少数民族文学家族的研究。

陈寅恪说："盖自汉代学校制度废弛，博士传授之风气止息以后，学术中心移于家族。而家族复限于地域，故魏晋南北朝之学术、宗教皆与家族、地域两点不可分离。"[1]，他还指出："东汉以后学术文化，其重心不在政治中心之首都，而分散于各地之名都大邑。是以地方之大族盛门乃为学术文化之所寄托"，"汉族之学术文化变为地方化及家门化"[2]，中古之后中国文学创作的重心的下移成为一种趋势，表现为地域化、家族化的倾向。清代少数民族文学家

---

[1] 陈寅恪：《隋唐制度渊源略论稿》，17 页，上海古籍出版社，1982。
[2] 陈寅恪：《金明馆丛稿初编》，131 页，上海古籍出版社，1980。

族的研究应关注自然地理和人文地理与文学创作的关系，人文地理环境因素是相当重要的内容，成为文学家族研究的重要路径和方法。生活在中原文化圈的满蒙八旗文学家族，由于地处政治中心北京，大多被儒家文化所融化。东北文化圈的满蒙八旗也逐渐转用了先进的汉文化，其文学家族的出现也就很自然了。云贵高原文化区的白族、彝族、纳西族，在明代就已开始受到儒家文化的濡化，清代改土归流后文学家族的现象就很突出。广西壮族地区随着"改土归流"政策的实施和地区经济、文化的发展，出现了11个"诗书传家"的文学家族。回族文学家族的地域性较为例外，主要分布在江浙、福建地区。

文学家族具有强烈的文化意识，文学家族往往具有良好的文化环境，并有相当的文化积累。文学家族致力于家族的文化教育，把教育作为培养人才，振兴家族的重要手段，并为此采取了许多切实的措施。各项文化活动的开展是否频繁，不仅培育族人对文化的重视，也使家族注意收藏大量的图书，这又进一步培育了家族成员的读书风气，促进了家族的健康发展。

清代少数民族文学家族著述丰厚的基础是家族文学创作的繁荣。其实我们对一些重要作家、学者的成就并不缺乏了解，只是因为缺少家族视阈，我们的了解是个别的、散状的、沙性的。文学家族作为一个认识维度，对清代少数民族文学创作，认识其文化精英阶层的文化成就，其意义不可忽视。

研究清代少数民族文学家族，一是有利于拓展中国文学研究的视野。家族是社会的细胞，文学家族是文学殿堂的基石。清代少数民族文学家族在中国文学家族发展史上的不可轻忽的地位，决定了少数民族文学家族研究对于拓展中国文学研究视野的重要意义与实际应用价值，为中国大文学史的形成提供更为丰富的内容。对于正确阐释中华文化多元格局，加强文化多元基础上的国家认同感，维护祖国统一，强化民族团结，促进多民族地区多元文化参与全民族文化整合与建构，具有积极的现实意义。

二是丰富中华多民族文学的研究成果。对清代少数民族文学家族展开全面、系统、深入的研究，可以从一个重要层面拓展中国文学研究领域，丰富中国文学研究的成果。研究中国文化，离不开文学家族，研究文学家族，离不开少数民族文学家族。只有对清代少数民族文学家族有了全面、系统、深入的了解与研究，才能比较准确地把握清代文学家族的总体特征。进而言之，只有真实、准确把握住了清代少数民族文学家族特殊的总体风貌与原生状态，才能为完整勾划出中国文学原貌奠定坚实的基础。

（多洛肯：西北民族大学文学院教授，少数民族文学典籍研究所所长，文学博士）

论王蓬文化游记散文的空间
——文本空间分析的一个尝试[①]

火 源

20世纪90年代，陕西作家王蓬转向文化散文写作，先写蜀道，后写丝路，洋洋大观两大卷。这些散文与一般的文化散文一样关心对象的文化内涵，但是更突出文化散文的游记特点[②]，具有巨大的空间性。所谓"空间性"不仅指王蓬文化游记散文所描写的宏大场景，也不仅指在作品中流露出的地域意识，而且指把他的单篇文章连缀成整体以后，可以发现：作为他的重要审美对象的空间感和在艺术形式方面的空间特点都能得到突显。王蓬的蜀道和丝路所具有的整体空间感正是由各个作品的空间感创造出来的。所有这些空间和空间感在作品中除了感性意义，就没有任何意义了吗？这个问题值得探讨，因为这个问题的解决将影响文学作品内部空间分析的可能性。下面借助对王蓬文化游记散文的空间进行分析，尝试探讨这个问题。

一、空间分析工具及理论准备

在具体分析空间之前，这里先简单梳理一下本文运用的理论工具和分析框架。

之所以假设空间分析是可能的，是因为文化表征理论提供了理论支撑。它认为："表征意味着用语言向他人就这个世界说出某种有意义的话来，或有意义地表述这个世界"[③]。在文化表征的阐释实践中，空间也可以看做语言的一种，借助于文化而发挥表征作用。列斐伏尔把这类有表征意义的空间视为与社会形态对应的空间[④]。当然，无论他的空间实践，还是"表征的空间"和"空间的表征"都主要指外在空间，其实内部空间也同样具有表意作用，因为内外是相对的，因此可以加以类推。既然一般空间可以作为表征的空间来加以分析，相应的文学作品的内外部空间也可以接受分析。

在文学作品的空间方面，文学地理学方法实际上是关注作品外部的空间，

[①]本文系陕西理工学院校级（重点）项目（SLGKY14-27）。
[②]为了强调其游记的特点，笔者称之为"文化游记散文"，而不是笼统地称为"文化散文"。
[③]［英］斯图尔特·霍尔：《表征：文化表象与意指实践》，徐亮，陆兴华译，15页，北京，商务印书馆，2003。
[④]［法］列斐伏尔：《空间的生产》，尼克尔森·史密斯英译版，33页，1991。

而空间叙事学则关注作品内部的空间。前者比较兴盛，而后者则相对比较冷落，原因出在工具的多寡。目前对外部空间的分析已经形成一定的理论基础，主要借助列斐伏尔（空间生产）——索亚（第三空间）和福柯（异托邦）作为理论视角，关心城市等社会空间的分析。而对文学作品进行内部空间分析，自弗兰克把"每一层次的物理位置"看做"它的精神意义的标记"[1] 以后，小说的空间分析算是有了起步；但是这种路向主要停留在空间性的揭示，而对于空间性与意义之间的联系还分析得较少，原因就在于理论准备显得十分薄弱。本文不揣固陋，从表征理论出发对理论工具稍加整理，然后在王蓬文化游记散文上加以试用。

其实，对文学作品内部的空间分析在中国可以上溯到很早。古代作家早就提出文学的空间性问题。王昌龄《诗格》分诗为三境：物境、情境、意境[2]。让人如"处身于境"的是"物境"；物境中有情感运思的是"情境"；更高级别的心（整体的自我）与外物交融就是"意境"。无论"意境"概念如何变化，有关"三境"内涵的理解如何争论不休[3]，"境"是空间，"三境"是空间与主体的结合，这个理解是大体不错的。这些区分实际上为我们分析空间划出了疆域和对象。下面只要运用文化表征理论，把文学作品看做作者所造之境就可以过渡到空间表意的认识上来了。作品中的诸种"境"（空间）：包括物、人、事，其所表达的作者之意和理，也就是说，从低级物境到高级意境，从无我之境到有我之境，都可以表"意"，可以表"情"，按照现代思想的主客二分思维都可归于"表意"。

本文所谓的文学空间指的就是"境"——是文学作品中建构的虚拟空间（有叙述者在其中的空间），以及读者阅读作品后在心中形成的空间感。它分为由诸意象组成的"物境"——"世界"，作者心中的空间感——"境界"（主体产生的与主体意义相适应的开阔的空间，不同的心灵产生不同的"境界"，是作家风格的基础），还有读者阅读后在心中形成的空间感——"视界"（读者凭借读者群共享的知识和个人知识在作品世界中窥视境界而升起的空间感）。作者依赖其境界，到"视界"的转换，传达意义。这里涉及三者：物、具有情意的创作主体和接受主体。因此，分析的对象包括三个：对象、主体和文化。

分析空间的方法之一是分析"象"的大小、关系和位置。空间分析的对

---

[1] [美] 约瑟夫·弗兰克：《现代小说中的空间形式》，秦林芳译，2 页，北京大学出版社，1991。
[2] 张伯伟：《全唐五代诗格汇考》，172～173 页，南京，江苏古籍出版社，2002。
[3] 参见蒋寅：《原始与会通："意境"概念的古与今》，载《北京大学学报》，哲学社会科学版，2007（3）。和贺天忠：《王昌龄〈诗格〉的学术回溯与"三境"说新论》，载《孝感学院学报》，2010（1）。

象不是作品的展示过程，也不是作者运思的过程，而是通读全篇之后心中所留之印象——视界。作品的视界必定是由重要的引人的印象和感觉所组成。强化"象"的力量和印象的简单方法是空间的大小，它是一般阅读容易把握的。作者通过给予某"象"篇幅的长短可以暗示其重要性的大小。

霍尔指出"意义是被表征的系统建构出来的"①，这样说不仅指意义从信码系统中生成，而且也指文本意义从文本的封闭系统中生成。系统性是很重要的表意根据，因此"象"之间的关系也是空间分析需要注意的。按照福柯的观点，社会空间是个人权力斗争的结果，是各个主体经过斗争而划定的疆域。同样，作品中的"象"也可以看做独立的个体，也具有权力和要求。它本身说明某个意义，但是在作品的整体意义中相互拒斥和吸引，抗拒和依赖，因此构成空间结构，形成空间位置，一起合成统一的意义。"并置"状态就是把不一定有关系的色块并列起来，让它们碰撞在一起，成为整体。正像画面的蒙太奇组接，经过格式塔心理过程形成大于个体之和的新意义。因此，作者对某个对象给予不同的空间、环境、陪衬物，都将影响其意义。

传统的作品分析主要关注形象，对于形象间的位置则较为忽略。其实，哪些形象安排在中心，哪些安排在边缘，也就是说"位置"是有意味的。某些空间具有象征意味，比如厨房是家庭发号施令的地方②，金銮殿上的宝座是皇帝专属的处所。空间也有强势和弱势。在强势空间中，事物的意义得到强调，否则相反。正如报纸的版面具有暗示性一样，文学作品中的位置也有暗示性，在作品的不同位置，某些意象或者方式具有强化的意义，比如在散文的开头和结尾部分正如绘画的中心一样吸引人，意义会得到强化。

分析空间的方法之二是分析"视界"中叙述者或抒情者的视觉方式。"物境"空间营造要受视角的影响，因此叙述者和抒情者站立的高度，距离象的远近，与物象的位置，也就是如何凝视，选择什么东西作为凝视的对象，详细到什么程度，都可能影响对"象"的赋意，而形成不同的空间意义。例如，叙述者采取平视、俯视、特写等视角会暗示作者的意见。

分析空间的方法之三是分析作者心目中的读者。这虽然不是以空间为分析对象，却是空间表意的基础。意义不是作者个人所表达，而是与他的读者一起营造的。很大程度上，"表征紧密地联系着认同和知识两者"③，因此语言表征意义总是通过文化做中介。作者要赋意或者作品要客观地呈现某种意义（超

---

① [英] 斯图尔特·霍尔：《表征：文化表象与意指实践》，徐亮，陆兴华译，21页，北京，商务印书馆，2003。
② [美] 爱德华·T·霍尔：《无声的语言》，刘建荣译，178页，上海人民出版社，1991。
③ [英] 斯图尔特·霍尔：《表征：文化表象与意指实践》，徐亮，陆兴华译，5页，北京，商务印书馆，2003。

出作者的本意），必须依赖于读者心理也就是所谓"文化信码"。因此要了解空间的意义需要借助于既有的文化习规，比如对作品结构的一般认识和期待。固定意象的表意准确性就是由于文化在发生作用，但是不是说意象是死的，作为作者也会有自己的个人的意象。固定意象类似于列斐伏尔的"表征的空间"，个人意象类似于"空间的表征"。分析这个部分，可以考察作者的目标读者是什么人，这些人的文化归属，以及读者与这种目标读者之间的差距，借此判定空间意义的内涵。

一定还有其他的分析空间的方法，目前先确定这些初级的方法就足够了。通过这些方法，读者可以在作者明白宣称的意图以外，找到额外的意义，甚至找到连作者本人都没想到的意义——潜藏在文本中的意义。

二、王蓬文化游记散文的空间性

下面运用以上工具分析王蓬文化游记散文的空间性。首先描述一下王蓬文化游记散文的空间表现，然后在下一节试着举例分析这些空间形态表达何意。

王蓬文化游记散文是空间分析的合适对象，其空间感可以从很多方面体现出来。首先，自然对象的描写具有空间性。王蓬的文化游记散文不但塑造审美对象，还描写了空间，就是说空间本身也是他的审美对象之一。无论是《蜀道卷》（《王蓬文集》第5卷）还是《丝路卷》（《王蓬文集》第6卷）都以地点（如褒谷口）、与地点相关的事物（如米仓道杜鹃）和与地点相关的人（《功在千秋》的张佐周）为关注对象，其中心都是地点。即使写人也突出其对土地的贡献（张佐周保护石门古迹的功绩）。他游历的是传统丝路、草原丝路、回纥古道、唐蕃古道……他所描写的是高山深谷、广袤草原和荒芜戈壁，西部雄伟的山体和广袤的荒野都以体量的巨大而震撼人心。在王蓬这类散文中，充满地理位置，以及使用俯瞰视角捕捉的空间画面，比如《黄河母亲》写兰州，然后写五泉山，后写白塔山，写寺庙，基本上以空间地点为对象。

王蓬这类凭吊遗迹的游历之作本来有文化和游记的双重欲求。为了文化的目的，他不免要营造历史的厚重，而为了写成游记，则不免要服从空间。相比之下，虽然"蜀道卷"有较多历史叙述，比如有像《陈仓道风云》这样全是历史的散文。但是总体上看，王蓬写的主要对象是道路上遇到的人、事、景物，更倾向于游记。他想记录下路上的所见所闻，因此有大量地理位置的记载，像《渭城朝雨》《天水流韵》等文的开头，文笔令我们想起《水经注》《徐霞客游记》这类作品，只不过没有具体的方位和里程记载而已。他采取的写作方式类似采风，记录下当时的见闻，然后回家整理笔记，查阅史料，因此行踪应该是其写作的根本轴心。他携带着相机，并在书上附上插图和地图，这些都更进一步增加了其创作动机中的地理因素。

与其相反的是余秋雨的作品虽然也有从西向东的行踪线索,但并不以游记为主,而是在单篇的独立空间中充塞作者的主体思想,主要是文化人的感悟。王蓬也有遐想,也有个人的感悟,从喀什的维族老人想到他身上的民族的沧桑(《解读喀什》)。但是总体上看,主体性色彩常常比较淡,较偏向于游记,像《翻越凤岭》就是典型的游记。王蓬以记述为主,转载历史知识为主,仿佛很少提出自己的意见,即使有也是点到为止,因此似乎没有强烈的主观性。相比之下,余秋雨的文章比较流利,充满灵性,而王蓬的散文比较质朴,充满仁义。余秋雨的文化散文追求有我之境,偏于文化性,而王蓬的文化散文追求无我之境,偏于游记体。

王蓬的游记没有太多的个人融入,于是少了主体的强烈的安排,在客观上形成了"马赛克"效果,也就是宏观上看结构按空间安排,对象并置无序,很多作品是拼贴式。"丝路"行踪的前后安排也不是按照实际行踪的顺序,因为他不是一次成就全部画卷,而是多次游历后才写成文章,所以呈现并置的四条行走线索,没有先后:传统丝路、草原丝路、唐蕃古道、河西回纥道,条条大道通罗马。从单篇作品来看,也是如此。《黄河母亲》没有按照个人行踪的顺序或者感情的线索来组织,写白塔山之后写黄河也是以位置毗邻所以才接着写的,里面的各部分重新安排也大体上是可以的。

王蓬写作蜀道的动机当然有外在动因,至于他的内在动因,他自己在《王蓬文集》第5卷的序里曾经有过交待:

> 常常,在已没了人烟的万山丛中,面对无言的青山,湍急的溪流,残留与悬崖峭壁之上的石梁、栈孔、碑刻、碥道,伫立呆看,只觉一股气势迎面扑来,遗痕处处,动人心魄,让人深深为古人的胆识、气魄与智慧激动。为什么偏偏是这种形制状态,而不是别的形制状态?为什么只发生在这里,而不发生在别的什么地方?为什么同样一段古道,秦汉、隋唐、明清却各有自己的形制?古人究竟出于何种思考……
>
> 一切都让人感叹不已,思量不已,深感自己才刚刚开始阅读一部无尽的大书![1]

激动的心情和崇敬之情溢于言表。说明王蓬对蜀道山水和历史遗迹拥有一种仰慕之情。因此他采取的是一种仰视的心理视角。

至于探访丝路的动机,王蓬也做过解说:

> 白炽强烈的阳光下,艳丽无比、对比分明的色彩如同巨幅油画般逼人眼目,让人心灵震撼,让人莫名感动,让人自觉渺小,让人对苍凉辽阔的

---

[1] 王蓬:《我与蜀道——自序》,见《王蓬文集》,第5卷,5~6页,北京,中国文联出版社,2006。

西部山水产生崇拜，产生一种挥之不去的敬畏！这种感觉一旦产生便会不断重复，往往在你烦躁、惶惑、不安时慢慢地不知不觉在心头再现，提醒和呼唤你放下手中的一切，从热闹、从喧嚣、从权势、从名利、从纠葛、从是非中悄然退身，不露神色地收拾行囊再次西行。每去一次都有新的发现和震撼，灵魂都如同经过一次洗礼，你再也忘不掉那些雄阔莫及的大山，皑皑泛银的雪峰，寥廓无涯的荒原和湍急咆哮的溪流……①

这里也同样充满着对于山水和历史遗迹的崇敬。因此王蓬文化游记散文存在圣化山水和历史的倾向。这种描写空间的心理基础决定了他只能以仰视的视角来感受历史，无法自由地言说。即使他是站在高处追记古人的丰功伟业，仿佛是在俯视，其实也混杂着仰视。加上游记性给王蓬文化游记散文增加上外来者、过客的视角，进一步造成主体与山水和遗迹之间的距离，因此他常常摄取中景，很难深入现实和人物的心灵。

从上面引文中，我们还看出王蓬所面向的读者是那些来自东部或中部的，远离自然的现代人，现代生活让他们烦躁、惶惑和不安；他们又是清醒的一群人，因此对那种生活感到厌倦，打算逃离名缰利锁，愿意接受大自然的洗礼。这种读者形象既是他创作的服务对象也是对读者的要约。

三、文本空间表何意

王蓬的文化游记散文并非每篇都适合空间分析，有些按时间顺序安排意象群体的文章就因为既没有自主安排又不是出于无意识，故此较少阐释空间。但是总体来看，适合分析的作品还是占绝大多数。限于篇幅，这里只选数篇文章为例，展示通过空间表达意义的方式，最后探讨王蓬行走于历史空间中究竟形成了什么境界。

《故土新疆》写作者坐火车进入新疆的一刻浮想联翩，追思西域在汉朝建立，在唐朝兴隆，在清朝复兴的历史，特别重点写了左宗棠励精图治设立新疆的历程故事。因此，新疆的空间得到极度扩展，与此同时，叙述者个人的现实空间则受到极度压缩，只有在开头和结尾处涉及现实。现时的极短和历史的广远形成对比，造成历史对现实的挤压，表达了叙述者的自卑感，正好与作者的仰视视角构成空间上的呼应关系。

历史形象与现实形象交替出现，一般是为了笔致的灵活，使叙述富于变化，但是王蓬散文还借此表意。他使用了很多历史远景，塑造历史的空间感，

---

① 王蓬：《从长安到罗马——自序》，见《王蓬文集》，第6卷，4～5页，北京，中国文联出版社，2006。

同时常常于宏观并置之外，注重点缀一两个小场景、小物件、特写镜头，如《黄河母亲》的雕塑，《雪域灵魂》最后写一则牦牛肉营养价值引起了外来人觊觎的消息，《胡姬当垆笑春风》中维吾尔族女子熟练招呼客人的场景。这些小场景、小物件和特写镜头常常被放置在文章最后。这样做除了能照应前文、增加现场感，更能暗示叙述者的感情和看法。《如镜湖泊》为了写青海湖，用了大海、沙湖、红碱淖来对比，写它本身的美，全文绝大部分是中景介绍，只用了一个空间场景：乘车经过青海湖时司机主动停车，乘客静心屏息观赏，此处一个静止的场面产生无声胜有声的效果。为什么照片的空间力量比文字力量大？为什么空间影像比文字更流行？因为空间能够涵容更多信息，作者的意图模糊了，但是却更具体可感，接受主体面对场面时更为自由。文章中的描写性场景比概述性的历史叙述有更强的空间性，更具体、更透明、也更意味深长。

王蓬总是把小镜头安排得非常经济，因为那常常是点睛之处。他在历史空间中常常展示巨大的时空体，比如悠长的蜀道、广阔的草原等，而在现实空间中常常放置着人性的真善美。因此如果不把这些现实场景放到更显眼的位置，那么非人的因素总是对人构成巨大的压力，而产生批评当前现实和压抑人性真善美的印象。于是，王蓬就把这些小镜头放到文章的开头和结尾，使其得到强调，有时还增大其内容，扩张其体量。像《甘南藏女》那样为了突出三位藏女回眸一笑的瞬间，详细描写了那一时刻那一场景的环境，写她们的淳朴，总之用了很多陪衬，目的就是强化这些部分。因为现实空间往往聚焦于人身上，所以借此表达了对于当前西部人的肯定。

再看一篇《米仓道杜鹃》。它写了米仓道的不少历史故事，同时表达了他之所以记载这些故事的目的：对这片土地的热爱。题名为"杜鹃"，却写了很多"米仓道"的历史。题目上两者是偏正关系，而在文章中，杜鹃和米仓道却成了并列关系。杜鹃虽为贯穿始终的线索，但是杜鹃与米仓道历史没有直接的联系，文中只说到赶马人眼前的景物里有杜鹃，以及提到红色杜鹃与革命的隐秘联系。如果不从空间关系来理解，这应该说属于"败笔"。从空间角度看结论则相反，它是有意义的。这种并列关系隐含的意义在文中也有一点提示：文章写道"杜鹃品种众多，在全世界 800 个品种中，中国占有 600 个，并且伴随着悠远的中国文化"①，这里的关键词是"伴随"。同样，杜鹃和米仓道历史两者似乎没有实际的联系，但是正如杜鹃和"中国文化"的那种伴随关系一样，杜鹃也是古老米仓道的历史见证。意识到这一点，才能理解文章最后，作者坐在越野车上看到古老又年轻的米仓道，看到杜鹃，所产生的情感升华了。

《解读喀什》属于细读地域的方法，有更多空间写法。作者用了一个月的

---

①王蓬：《米仓道杜鹃》，见《王蓬文集》，第五卷，147 页，北京，中国文联出版社，2006。

时间驻足喀什,所以有充足的时间从各个方面立体地审视它。他把喀什当做"经历千年的丝绸之路与古老的塔里木盆地一个完整的缩影"来写,先写喀什具有历史感的政治性建筑和宗教性建筑,叹服于维吾尔族的智慧和生命力。然后写生活区,尤其关注老城区小巷,用细致的笔墨具体描写自己独自探访土巷的经历。后来又再次强调维吾尔族善于经商和追求宗教的特点,从新的层面上呼应前面的宗教性建筑。因为重复使得宗教性从政治性的并列中突显出来。使人领悟到,无论在喀什这个古城兴起过多少政治风云,背后的宗教情怀都是更为永恒的,也更为令人起敬,维吾尔族同胞正因为生活在宗教氛围中才显得那样从容和朴实——这样世俗空间和宗教空间的相互并列无形中暗示了对象的精神层面。

接下来,文章更进一步关注世俗层面的内容:女子艳丽的颜色和魅力,能歌善舞的生命活力和独特天性,使得喀什这座古老的城市一下变得鲜活起来。形成土墙土巷与活泼的歌舞女人相映相发的效果。散文结尾部分出现了作为喀什象征的白须老人,通过他,追思喀什的历史和现在的文化成就。这样安排不仅为行文制造波澜,也为了凸显空间意义。作者借助于现实与历史的对比,更强调现实中维吾尔族人的生命活力和自由开放,表达了民族团结和老城新生的表面主题;同时也呈现出因为对现实的强调,而形成对宗教性的压抑,于是与他前面对宗教性的肯定构成抵触,揭示出作者内心的复杂矛盾。

他的矛盾心理总能通过空间得到表露。他的目标读者是来自东部的疲惫和迷失的人,他与他们具有相同的文化信码。那么他自己也采取了一个东部人的眼光,以现代人的心理走入西部广大的空间。虽然他对西部空间和蜀道历史空间具有仰视视角,欣赏过去的淳朴生活,敬仰崇高的生活,并且表现出对历史背景上现代因素侵入的隐忧(比如对寺院僧人打手机和草原上的摩托车正在代替马等表现的忧虑);但他还是带上了优越的外来者眼光,于是他在写当地人的淳朴时,有人类学家考察异国风俗的意味。他写塔尔寺藏民的宗教热情,写唐卡和酥油花等具有少数民族色彩的工艺美术,除了观看少数民族生活的高尚,同时也是为了表达保护的心理,也就是对少数民族的文化既爱又怜。

正如《敕勒歌》中的天、山、旷野、荒草、牛羊这些"象"构成的物境,以其宏大的空间,反映了写作者心灵的自由和博大。王蓬的境界也通过文中的空间得到突显。作为一个空间思维者,王蓬应该属于乐山者,与具有时间思维的乐水者不同,乐山者的思路属于厚重的类型,他比乐水者更尊重外物。他通过安排一种客观观照的视角,以博大的天地之空间,和行走者眼中的现实空间,反映了他与历史和现实的距离。表达了他对西部的特殊感觉,既喜欢它的神圣,又保持着距离,在赞美中表现出隐忧,在仰视中包含着俯视。正因为王蓬对西部特别是对丝路今昔的书写,塑造了人文西部和文学西部新的形象,使得丝绸之路有了更多畅想的空间，为将丝路与现代人结合做出了贡献。

　　文学作品中有空间，而且这个空间可以表意。空间分析的好处就是不仅限于把握文中明确表达的思想，还可以看出更多更丰富的内涵。因此可以通过阐释和研究帮助作者为其书写的对象赋意，而不是仅仅证明类似"地理与作品之间有关系"这样既定的结论。比如关于王蓬书写"丝路"的作品就不能满足于找到其中的地域特色，还应该提出"他塑造的空间表何意义"这类问题。文学地理研究要关注"文学景观"的话就不能只关注上述文本外部的东西，尤其应该重视文本内部的意义阐释，因为文学景观正是靠作家、读者的主观羼入才得到增值的。为了兼顾文本内部的意义生成，作为"空间转向"之结果的文学地理学也许应该突破"地理"疆域而更多使用"空间"话语。可喜的是随着理论探讨的深入，邹建军教授于 2008 年提出在文学地理学应该包括文本分析（自然山水和地理空间）[1] 的设想，这是一个很好的方向，可惜因为有方法上的障碍，实践者尚不多。本文的目的之一是在这个方向上做另一种尝试。就目前的状况看，探索还是很粗陋的，结论也并不细致和丰富，加上空间分析的理论本身还有待丰富和完善，因此本文的方法尚不成熟，还有待进一步深化和改进。

（火源：陕西理工大学讲师，文学博士）

---

[1] 邹建军：《文学地理学研究的主要领域》，载《世界文学评论》，2009（1），8 页。

北方文学地理

李益边塞诗中的唐代中国北疆

高建新

李益（748—829）长期征战，经历过多次战争，对边地及军旅生活非常熟悉，写了许多风光独特、内容丰富的边塞诗。李益"以征人的眼睛和心灵实地观察、体验而出的作品，极其真实，是同时代诗人虚拟想象之作所难以企及的"，[1] 由此成为盛唐边塞诗最有力的继承者。李益现存诗歌150余首，其中边塞诗50余首，占其创作的三分之一。李益边塞诗所反映的内容，集中在唐代中国北疆的风光、气候、风俗以及波澜壮阔、苦乐参半的军旅生活，而又以后者为主，这两者在其诗中往往是相互交融的。

一

李益的青壮年是在军幕中度过的。从李益的从军经历来看，当时唐王朝的北部边防重地朔方、灵州、宁州、夏州、上郡、五原、云中、振武、盐州、幽州等，即今内蒙古西部、陕西北部、甘肃北部、宁夏西北部、陕西及河北北部，李益都曾亲临。这一带是唐王朝的北部屏障，守卫着中原及京师长安的安全。《从军有苦乐行》说他从军之始就到了遥远寒冷的朔方：

秉笔参帷帝，从军至朔方。
边地多阴风，草木自凄凉。
断绝海云去，出没胡沙长。
参差引雁翼，隐辚腾军装。
剑文夜如水，马汗冻成霜。

诗题下原注（诗题自注）："时从司空鱼公北征"。司空鱼公，司空鲁公之

---

[1] 蒋寅：《大历诗人研究》，365页，北京大学出版社，2007。

误,指臧希让,大历四年(769)至九年(774)任渭北节度使。朔方,汉武帝所置十三刺史部之一,[①] 辖境相当于今银川市至壶口的黄河流域,北括阴山南北,南迄陕西宜川、宁县一带。唐玄宗时为防突厥入侵,置朔方节度使,治灵州(今宁夏灵武县西南),辖地相当于今宁夏东北部、陕西北部、内蒙古河套地区及鄂尔多斯一带。一说,朔方郡治今内蒙古乌审旗南白城子。[②] 李益说朔方凄冷萧条、草木凋零,经常出没于戈壁沙漠的军队如雁成行、威武雄壮;夜晚气温下降,剑上的刻纹如水清凉,疾驰的战马出汗旋即冻结成霜花。又如《暖川》(一作《征人歌》):

  胡风冻合鸊鹈泉,牧马千群逐暖川。
  塞外征行无尽日,年年移帐雪中天。

鸊鹈泉,即胡儿饮马泉。李益《过五原胡儿饮马泉》(一作《盐州过胡儿饮马泉》):"从来冻合关山路,今日分流汉使前"。诗人自注:"鸊鹈泉,在丰州城北,胡人饮马于此"。《新唐书·地理志一》:"西受降城。开元初(713)为河所圮,十年(722),总管张说于城东别置新城,北三百里有鸊鹈泉"。刘言史"碛净山高见极边,孤烽引上一条烟。蕃落多晴尘扰扰,天军猎到鸊鹈泉"(《赋蕃子牧马》)。李益"平戎七尺剑,封检一丸泥。截海取蒲类,跑泉饮鸊鹈"(《再赴渭北使府留别》)及"破讷沙头雁正飞,鸊鹈泉上战初归"(《度破讷沙二首》其二)。从这些描写看,鸊鹈泉一带经常有战争发生。这里提到的五原、盐州、丰州,唐代皆指今内蒙古河套地区。诗说边地苦寒,冻结了胡儿饮马的鸊鹈泉;牧马千群,都趋近于温暖的平川。塞外征讨不知何时是尽头,惟有年年在大雪纷飞中转移营帐。这首诗既写出边地气候寒冷,也揭示了边患久存、难以尽除的中唐现实。"牧马千群",写出了牧马之众多和草原之广阔,充满了生机。

李益亲历的北方边地,大多为沙漠之地。《登长城》(一题作《塞下曲》)"汉家今上郡,秦塞古长城。有日云长惨,无风沙自惊"。上郡,战国魏文侯所置,后为秦初三十六郡之一,治肤施县(在今陕西榆林市东南)。西汉辖境相当于今陕西富县以北,榆林、米脂、子长等市县及延安市西、内蒙古乌审旗一带。在秦的长城脚下、汉家的上郡故地,就是出了太阳,云常呈惨淡之色;即使无风之时,沙尘也会滚滚而起。李益曾亲临上郡,《从军诗序》说:"追贞元初(785),又忝今尚书之命,从此出上郡、五原四、五年,荏苒从役"。所以他的描述真实可信,绝非虚拟想象。时至今日,这一带的气候特征依旧如此。又如《度破讷沙二首》(一作《塞北行次度破讷沙》)其一:

[①] 谭其骧:《中国历史大辞典·历史地理》,8页,上海辞书出版社,1997。
[②] 范之麟:《李益诗注》,3页,上海古籍出版社,1990。

眼见风来沙旋移,经年不省草生时。
莫言塞北无春到,总有春来何处知。

破讷沙,亦作普纳沙,一名库结沙,即今内蒙古西部库布齐沙漠。《新唐书·地理志》:"又经大非苦盐池,六十六里至贺兰驿。又经库也干泊、弥鹅泊、榆禄浑泊,百余里至地颇泽。又经步拙泉故城,八十八里渡乌那水,经胡洛盐池、纥伏干泉,四十八里度库结沙,一曰普纳沙,二十八里过横水,五十九里至十贲故城,又十里至宁远镇"。库布齐沙漠位于鄂尔多斯高原北缘,西、北、东三面临黄河,长400公里,宽30—80公里,流动沙丘约占61%。北部边地从东到西,沙漠连着沙漠,构成绵延数千里的奇特瀚海景观:库布齐沙漠、毛乌素沙漠、乌兰布和沙漠、腾格里沙漠、巴丹吉林沙漠,直至今天新疆的塔克拉玛干沙漠。这些沙漠大部分为移动沙漠,风来沙走,而且多为不毛之地,所以李益说眼见着风来沙丘移动,整年不知道草生之时。因为不知道草生何时,也就难以通过草生判断春天的到来。虽说如此,诗人坚定地相信塞北的春天终将会到来。

李益熟悉西北边疆地理及其历史典实,其诗多写其亲历之地,如秦长城、单于台、受降城、青冢、云中、朔方、阴山、拂云堆等,皆在今天内蒙古西部,为我们研究唐代中国北疆提供了大量鲜活珍贵的材料。《批点唐音》就这样评价李益的"破讷沙头雁正飞,鸊鹈泉上战初归。平明日出东南地,满碛寒光生铁衣"(《度破讷沙二首》其二)诗:"不见此景,安得此语"。[1] 郑振铎先生称赞岑参说:"唐诗人咏边塞诗颇多,类皆捕风捉影。他却自句句从体验中来,从阅历里出"。[2] 如岑参一样,李益诗同样"从体验中来,从阅历里出",同样不捕风捉影。诗中写到的边地古迹名胜、郡县旧地,不仅给人以现场感,又增加了其诗的历史感和空间感。如《拂云堆》:

汉将新从虏地来,旌旗半上拂云堆。
单于每近沙场猎,南望阴山哭始回。

《新唐书·地理志一》:"中受降城,有拂云堆祠。接灵州境有关,元和九年(814)置"。《水经注》卷三:"又有荒干水,出塞外,南迳钟山,山即阴山。故郎中侯应言于汉曰:阴山东西千余里,单于之苑囿也。自孝武出师,攘之于漠北。匈奴失阴山,过之,未尝不哭"。李华《韩国公张仁愿庙碑铭并序》说:"公忠贯神明,虑几造化,镇以长策,溃其奸谋。一麾偏师,屠名王,复丧马,夺堑拂云,堆而城之,并河之阿,列筑三镇。将精士锐,谈笑就役,匈奴莫敢南视,雷哭而遁。老幼望公,以相震怖"(《全唐文》卷三一

---

[1] 陈伯海:《唐诗汇评》(中),1482页,杭州,浙江教育出版社,1995。
[2] 郑振铎:《插图本中国文学史》(二),324~325页,北京,人民文学出版社,1957。

八)。郦道元之所述,李华之所赞,正是李益诗之所咏。拂云堆,在黄河之北的中受降城(今内蒙古包头市西),战略地位极其重要。吕温《三受降城碑铭并序》说:"有拂云祠者,在河之北,地形雄坦,控扼枢会。虏伏其下,以窥城中,祷神观兵,然后入寇"。"三城岳立,以拂云祠为中城,东西相去各四百里,过朝那而北辟,斥堠迭望,几二千所,损费亿计,减兵万人,分形以据,同力而守。东极于海,西穷于天,纳阴山于寸眸,拳大漠于一掌"(《全唐文》卷六三〇)。《新唐书·高霞寓传》(卷一四一):丰州刺史、三城都团练防御使高霞寓"召为右卫大将军,拜振武节度使。会吐蕃攻盐、丰二州,霞寓以兵五千屯拂云堆,虏引去。浚金河,溉卤地数千顷"。拂云堆,是北部边防的标志性防御工事。拂云堆平安无事,北部边疆就平安无事。李益通过对盛唐边防历史的回顾,表达了对边境和平的期盼。

二

在李益眼里,边地虽然遥远荒寒,却有悠悠流淌的黄河、壮阔的草原、雄伟的高山,还有世世代代生活在这里的各少数民族及其特有的风俗文化。《送柳判官赴振武》中的"虏地山川壮,单于鼓角雄。关寒塞榆落,月白胡天风",描写的正是今内蒙古呼和浩特一带的风光。振武,唐方镇,治所在单于都护府(今内蒙古和林格尔县西北),北有阴山,西南临东受降城,军事地位重要。李德裕《条疏太原以北边备事宜状》:"三受降城相去四百里,自置天德军及振武节度,其东受降城中并在腹内,都无大段兵马镇守。就中中受降城不过三五十人,古城摧断,都不修筑。今虏众在阴山之北,山中尽有过路,若突出山南,便入二城,即天德、振武当时隔断。其中受降城本是突厥拂云祠,最是要地,今天德人力不及,望令太原、振武共出三千人,速与修筑,便令镇守,即天德形势自壮,虏骑不敢窥边"(《全唐文》卷七〇五)。"壮""雄"二字极富表现力,写出了此地河山壮丽,气候非常,人物风流。

李益的从军之地,皆在唐王朝的北部边地,是北方游牧民族的主要聚居地。这里的风俗不同于中原农耕民族的安于土地、春耕秋收,游牧民族好武尚勇、放养牲畜,以骑马射箭为常事。如《塞下曲四首》其一:

蕃州部落能结束,朝暮驰猎黄河曲。
燕歌未断塞鸿飞,牧马群嘶边草绿。

蕃州,指北部及西北少数民族的聚居地。黄河曲,黄河弯曲之处,李益所谓"黄河东流流九折"(《塞下曲》其三),指今内蒙古河套地区,包括准格尔旗、伊金霍洛旗、东胜等地,属于北方草原带上的绿洲,是游牧生产的关键地区。① 结束，装扮，这里指戎装。燕歌，燕地之歌，指牧歌。边地游牧民族喜欢戎装，一天到晚驰猎在弯曲之处。边地蓝天辽阔，大雁群飞，牧歌悠扬。在牧马群的嘶鸣声中，边草愈发显得翠绿可爱。太宗、高宗时期，朝廷为了经济发展和军事胜利，大规模开辟新牧场，河曲一带正是新牧场所在。② 诗人写出了边地及新牧场一派生气蓬勃的景象，饱含着热爱之情。从内容看，这是一首表现边地游牧民族及其生活环境的诗篇，而非有论者所称是表现守边部队的生活。③《登夏州城观送行人赋得六州胡儿歌》表现的则是六州胡儿的习俗及其对遥远故乡的深挚思念之情：

　　　　六州胡儿六蕃语，十岁骑羊逐沙鼠。
　　　　沙头牧马孤雁飞，汉军游骑貂锦衣。
　　　　云中征戍三千里，今日征行何岁归。
　　　　无定河边数株柳，共送行人一杯酒。
　　　　胡儿起作和蕃歌，齐唱呜呜尽垂手。
　　　　心知旧国西州远，西向胡天望乡久。
　　　　回头忽作异方声，一声回尽征人首。
　　　　蕃音虏曲一难分，似说边情向塞云。
　　　　故国关山无限路，风沙满眼堪断魂。
　　　　不见天边青作冢，古来愁杀汉昭君。

夏州，属唐关内道，治朔方，即今陕西靖边、内蒙古杭锦旗、乌审旗一带。六州，《新唐书·方镇一》：开元九年（721）"置朔方军节度使，领单于大都护府，夏、盐、绥、银、丰、胜六州，定远、丰安二军，东、中、西三受降城"。诗中的六州指六胡州，是初唐时为安置迁入黄河河套南的突厥降户而专门设置的，人口大约在三、四万左右。④《元和郡县图志·关内道四》"新宥州"："本在盐州北三百里。初，调露元年（679）于灵州南界置鲁、丽、含、塞、依、契等六州，以处突厥降户，时人谓之'六胡州'。长安四年（704），并为匡、长二州。"玄宗《遣牛仙客往关内诸州安辑六州胡敕》说："古之降虏，皆置边郡，将遂畜牧之性，以示柔怀之德。河曲之北，先有六州，群胡编列，积百年余"（《全唐文》卷三五）。"六胡州"设于"河曲"之地的中西部一带，介于六州中的灵州、夏州之间。在突厥降户中，主要是贾胡降户被集体安置在这些州城之内。这些州城位于今内蒙古河套地区的最南段一带，以及长

---

① 王明珂：《游牧者的抉择——面对汉帝国的北亚游牧部族》，66页，桂林，广西师范大学出版社，2008。
② 王仲荦：《隋唐五代史》（上），487页，上海人民出版社，2003。
③ 萧涤非等：《唐诗鉴赏辞典》，709～710页，上海古籍出版社，1983。
④ 周伟洲：《唐代六胡州与"康待宾之乱"》，载《民族研究》，1988（3）。

城以北较为狭窄的地区，属于北方著名的湖泽地区，利于养马，因为"六胡州"民多为北方游牧民族，具有养马等技术特长。西州，贞观十四年（640），灭高昌麹氏王朝，以其地置西昌州，后改名西州，治高昌（今新疆吐鲁番东南高昌故城）。青作冢，即青冢，汉王昭君墓，在今内蒙古呼和浩特市南。六胡州是唐代北方的游牧之地，生活着突厥等多个民族，所以六州的胡儿通晓多种少数民族语言，十岁时就能骑着羊追逐沙鼠。《史记·匈奴列传》："儿能骑羊，引弓射鸟鼠，少长则射狐兔，用为食"。在送别征人之时，胡儿用蕃语作歌，歌声呜咽。一想到旧国西州远在天边，一起面向西天、长久地伫望故乡。故乡渺远难寻，内心充满悲伤。这首诗把六州胡儿思乡之情表现得哀伤欲绝，动人情肠，《历代诗发》称此诗"声韵铿锵入古"。①《城傍少年》（一作《汉宫少年行》），描写的是生活在边地少年的英武异常、骁勇善战：

　　生长边城傍，出身事弓马。
　　少年有胆气，独猎阴山下。
　　偶与匈奴逢，曾擒射雕者。
　　名悬壮士籍，请君少相假。

　　城傍，是唐代的一种兵牧合一的军事制度。《唐六典·兵部·郎中》："诸州城傍子弟亦常令教习，每年秋集本军，春则放散"。城傍制度存在于唐前期的东北、北方及西北边区，士兵多由归附的北方游牧民族如契丹、突厥充任。"城傍相对于定额边兵是补充，但在征战时，由于其部落组织及骑射之强，为唐兵中最为善战者，因而成为唐开疆拓土战役中的主要依赖对象。城傍不仅是大唐帝国赫赫武功的重要创造者，而且对唐后期历史及军事均有较大影响"。②阴山，横亘于内蒙古西部，东段进入河北西北部，连绵1200多公里，是黄河流域的北部界线，也是古代游牧文化与农耕文化的分界；历史上一直是匈奴族的生息繁衍之地，匈奴也借此南下袭扰中原。秦始皇修筑的长城就在阴山之巅，主峰大青山在呼和浩特市至包头市一段。《汉书·匈奴传》："北边塞至辽东，外有阴山，东西千余里，草木茂盛，多禽兽"。王昌龄《出塞二首》其一："但使龙城飞将在，不教胡马度阴山"。可见阴山一带的辽阔富饶和军事地位的异常重要。由于生长在边城，少小就浸染了游牧民族的习性，喜好骑射，自有胆气，敢独猎于阴山之下。勇猛像当年的李广一样，曾擒获匈奴的射雕手。这样的少年，当然是属于壮士的行列，理应被人看重。诗中对边城少年的赞赏，实际上也是对北方游牧民族骁勇、英武的赞赏。当然，其中也有诗人自己的影子。

---

①陈伯海：《唐诗汇评》（中），1477页，杭州，浙江教育出版社，1995。
②王永兴：《唐代前期军事史略论稿》，102页，北京，昆仑出版社，2007。

三

李益表现唐代中国北疆的诗篇充满了英雄主义情怀,始终回荡着保家卫国、建功立业的主旋律,与盛唐边塞诗精神一脉相承。如《塞下曲四首》其四:

为报如今都护雄,匈奴且莫下云中。
请书塞北阴山石,愿比燕然车骑功。

都护,都护府的最高长官。都护府是唐朝设置在边疆用以统辖羁縻地区的军事行政机构。玄宗朝设有安东、安北、单于、安西、北庭、安南六大都护府。云中,云中郡,战国赵武灵王置,秦代治云中(今内蒙古托克托县东北),这里泛指唐王朝边地。诗说都护正严阵以待,来犯者切莫轻举妄动;在塞北的阴山上勒石纪功,希望能像当年大破匈奴的窦宪在燕然山(今蒙古国杭爱山)勒石一样。《塞下曲》更见信念意志,令人心神一振:

伏波惟愿裹尸还,定远何须生入关。
莫遣只轮归海窟,仍留一箭射天山。

伏波,东汉伏波将军马援,62岁尚请出征。《后汉书·马援列传》:"援曰:'方今匈奴、乌桓尚扰北边,欲自请击之。男儿要当死于边野,以马革裹尸还葬耳,何能卧床上在儿女子手中邪!'"定远,指定远侯班超,经营西域三十一年,老年渴望还乡,上疏曰:"臣不敢望到酒泉郡,但愿生入玉门关"(《后汉书·班梁列传》)。定远,语意双关,既指班超,又指安定边远。只轮,典出《春秋公羊传·僖公三十三年》,《论衡·儒增篇》:"秦缪公伐郑,过晋不假途,晋襄公率羌戎要击于崤塞之下,匹马只轮无反者",意谓杀得敌人片甲不留。海窟,瀚海,这里指西北大漠。一箭射天山,《旧唐书·薛仁贵传》:仁贵"领兵击九姓突厥于天山","时九姓有众十余万,令骁健数十人逆来挑战,仁贵发三矢,射杀三人,自余一时下马请降。仁贵恐为后患,并坑杀之。更就碛北安抚余众,擒其伪叶护兄弟三人而还。军中歌曰:'将军三箭定天山,战士长歌入汉关。'九姓自此衰弱,不复更为边患。"李益谙熟边地史实,一诗四句,句句有典,表达自己要像前代的马援、班超、薛仁贵一样,在边塞建立奇功。需要说明的是,薛仁贵的行为太过残忍,必须谴责,这也是后来引发李益反思边塞战争的一个重要原因。《暮过回乐烽》:

烽火高飞百尺台,黄昏遥自碛西来。
昔时征战回应乐,今日从军乐未回。

当烽火在百尺高台上熊熊燃起之时,黄昏也从遥远的大漠西边无声到来,又一个漫长的守边之夜也随之降临。同是征战,古今不同,昔时是"回应乐"，今日是"乐未回"。在"回应乐"、"乐未回"的对比中，体现了守边将士誓死卫国的豪迈之情。《夜发军中》所表达的也是要为国建功的愿望：

> 边马枥上惊，雄剑匣中鸣。
> 半夜军书至，匈奴寇六城。
> 中坚分暗阵，太乙起神兵。
> 出没风云合，苍黄豺虎争。
> 今日边庭战，缘赏不缘名。

六城，《新唐书·兵志》："三受降、丰宁、保宁、乌延等六城"；《资治通鉴》卷二百一十八《唐纪三十四》："朔方留后杜鸿渐、六城水陆运使魏少游"。胡三省注："朔方所统有三受降城，及丰安、定远、振武三城，皆在黄河外"，这里泛指北方边塞。诗说战马夜惊，剑鸣匣中；当敌人侵入边地六城之际，时刻保持警惕的唐军同仇敌忾，气势如虹。今日的边地作战，艰苦卓绝，就是要获得嘉赏，不只是为了博取个人的声名。这与张九龄"因声谢远别，缘义不缘名"（《送使广州》），钱起"安危皆报国，文武不缘名"（《送王相公赴范阳》）的精神实质是相通的。

从秦汉、魏晋南北朝、隋，直至初唐、盛唐，边塞战争绵绵不绝，无止无歇。汤因比教授说："7世纪，唐朝建立了一个大帝国，但最终还是饱受蛮族入侵之苦"。①"紫塞连年戍，黄砂碛路穷"（《石楼山见月》，一作《宿青山石楼》）。在常年的征战中，面对战争的血雨腥风，李益也在不断追溯边塞战争的历史，思考着如何才能彻底平息战争，让边境长久归于和平。如《塞下曲四首》其二：

> 秦筑长城城已摧，汉武北上单于台。
> 古来征战虏不尽，今日还复天兵来。

单于台，在今呼和浩特市西南。《汉书·武帝纪》："行自云阳，北历上郡、西河、五原，出长城，北登单于台，至朔方，临北河"。《通典·州郡九》（卷一七九）"云州"说："云中，汉旧县"，"单于台，在今县西北百余里。汉孝武帝元封元年（前110），勒兵十八万骑，出长城，北登单于台"。韦充《汉武帝勒兵登单于台赋》："汉兴五叶，帝曰孝武。气盖群方，威加丑虏。谓八有可以臣服，四夷可以力取。所以发王者之师于中原，登单于之台于北土"（《全唐文》卷七三三）。由此，北登单于台就成了展示胸怀、实现功名理想的象征。实际上，诗人在反思为什么边塞战争历代不息、年年征战，希望找到一条彻底解决边患的有效途径。《统汉烽下》（一作《过降户至统漠烽》）：

---

① [英]阿诺德·汤因比：《历史研究》（修订插图本），刘北城，郭小凌译，322页，上海人民出版社，2000。

> 统汉烽西降户营，黄河战骨拥长城。
> 只今已勒燕然石，北地无人空月明。

统汉烽，烽火台名；降户营，安置突厥降户地区的驻军营地，在六胡州一带。高宗调露元年（679），于灵州（今宁夏灵武县西南）南界置六州安置突厥降户，玄宗开元二十六年（738）废六州置宥州（今内蒙古鄂托克前旗东敖勒召其古城），统领突厥降户。玄宗《遣牛仙客往关内诸州安辑六州胡敕》："如闻已有逃在关内诸州，及先招携在灵、庆州界者，宜委侍中牛仙客于盐、夏等州界内，选土地良沃之处，都置一州，量户多少置县"（《全唐文》卷三五）。元和九年（814），又在宥州城北三百里置新宥州（今内蒙古杭锦旗一带），统领突厥降户。诗说在统汉烽西六胡州黄河两岸，发生了无数残酷的边塞战争，战骨簇拥在冰冷的长城脚下。虽说满足了边将勒石纪功的愿望，但也造成了北地空旷无人、一片萧条的现状。诗人意在指出战争是一把双刃剑，只要战火燃起，无论是战胜方还是失败方，都会受到严重的伤害。

思乡，是李益边塞诗的一大主题。与盛唐边塞诗不同，李益表达的思乡之情，往往与厌战情绪交织，因思乡而厌战，因厌战更加思乡，其中流漾着一种难以摆脱的感伤甚至是苍凉的情调。如《夜上受降城闻笛》：

> 回乐烽前沙似雪，受降城外月如霜。
> 不知何处吹芦笛，一夜征人尽望乡。

受降城，是唐高宗时朔方总管张仁愿为抵御突厥的入侵而建筑的，有东、西、中三城，均在今内蒙古西部的黄河以北；中城在今包头市西，东城在今托克托县南，西城在今杭锦后旗乌加河北岸，这里指的是西城。回乐，县名，故址在今宁夏回族自治区灵武县西南。回乐烽，回乐县（今宁夏灵武县西南）附近的烽燧。李益《暮过回乐烽》："烽火高飞百尺台，黄昏遥自碛西来"；烽，一作"峰"。芦笛，即芦笳，北方民族的一种乐器；笛，一作"管"。这是一首表现戍边将士思乡之情的诗篇，开头二句描写月下登城所见边塞的荒寒景色：回乐烽前的沙地如雪，受降城外的月色如霜，洁白清冷，让人望而生寒。"沙似雪"、"月如霜"，渲染环境荒寒，鲜明准确。后二句写闻笛生愁，在万籁俱寂的夜里，晚风传来的凄凉幽怨的芦笛声，更加重了征人的思乡之情！"尽望乡"之"尽"，写出了戍边将士无一不思乡，厌战情绪已暗寓其中。这首诗将景、音、情三者融为一体，意境浑成，简洁空灵，是中唐绝句中的名篇。再如《夜上西城听梁州曲二首》：

> 行人夜上西城宿，听唱梁州双管逐。
> 此时秋月满关山，何处关山无此曲。
>
> 鸿雁新从北地来，闻声一半却飞回。

金河戍客肠应断，更在秋风百尺台。

西城，西受降城；梁州曲，即凉州曲、凉州词，多用来抒写边关情怀。金河，在今内蒙古呼和浩特市南，西受降城所在，是唐代北方边防、交通要地，唐人多有描写："阵去金河冷，书归玉塞寒"（骆宾王《秋晨同淄川毛司马秋九咏·秋雁》）；"路出金河道，山连玉塞门"（员半千《陇头水》）；"紫塞金河里，葱山铁勒限"（沈佺期《塞北二首》其二）；"岁岁金河复玉关，朝朝马策与刀环"（柳中庸《征怨》）。悲凉的凉州曲连刚从北地飞来的大雁都不忍听，更何况久戍在外的征人！《唐诗笺注》："'鸿雁'二句，起得陡兀。'闻声一半却飞回'，'一半'二字，妙不可说，物犹如此，人何以堪！'更在秋风百尺台'，妙在托起一笔，分明是'一夜征人尽望乡'，'一时回向月中看'意，而故以托笔为缩笔，令人味之弥旨。此二首之用笔，真不可思议"。① 李益的这两首诗中，"秋月、秋风与边声，全由气氛烘托出来，其中有一重难以摆脱的感伤"。②

李益的边塞诗创作，无论是丰富多彩的内容还是让人感动的格调，都离不开其十几年的戎马生涯，诗人在《从军诗序》中自言：

君虞长始八岁，燕戎乱华；出身二十年，三受末秩；从事十八载，五在兵间。故其为文，咸多军旅之思。自建中初（780），故府司空巡行朔野。迫贞元初（785），又忝今尚书之命，从此出上郡、五原四、五年，荏苒从役。其中虽流落南北，亦多在军戎。凡所作边塞诸文及书奏余事，同时幕府选辟，多出词人。或因军中酒酣，或时塞上兵寝，相与拔剑秉笔，散怀于斯文。率皆出于慷慨意气，武毅犷厉。（清·张澍编《李尚书诗集》）

李益说自己大半生在军中生活，思考、创作都围绕着这一主题展开，创作的地点也多在军中、塞上，所谓"年发已从书剑老，戎衣更逐霍将军"（《上黄堆烽》）。所作皆有感而发，意气纵横，凌厉豪迈。"拔剑秉笔"，说明李益的边塞诗是真正意义上的军人的军中之作，而非一般的文人创作，这就大大超越了当时及后来的许多诗人。《唐才子传》卷四说：李益"二十三受策秩，从军十年，运筹决胜，尤其所长。往往鞍马间为文，横槊赋诗，故多抑扬激厉悲离之作，高适、岑参之流也"。《唐音癸签》卷七说："李君虞生长西凉，负才尚气，流落戎旃，坎壈世故，所作从军诗悲壮怨转，乐人谱入声歌，至今诵之，令人凄断"。可以这样说，没有长期的戎马生涯，没有真切的刀光剑影的

---

①陈伯海：《唐诗汇评》（中），1483页，杭州，浙江教育出版社，1995。
②袁行霈：《中国文学史》（第二卷），307页，北京，高等教育出版社，1999。

战争体验，也就没有李益的边塞诗和诗人笔下丰富鲜活的唐代中国北疆，更不要说"令人凄断"的感人力量。

（高建新：内蒙古大学文学与新闻传播学院汉语言文学系教授）

地域文化与元代北方文学家族①

张建伟

元代家族的研究主要集中在蒙古、色目等家族,而且着重于政治与文化方面。对于文学家族,杨镰先生在《西域诗人群体研究》《元诗史》等专著中用大量篇幅论述蒙古、色目诗人的文集与文学成就,涉及到北庭贯氏、廉氏等家族。他在《元代江浙双语文学家族研究》探讨了元代来自北庭而在江苏落地生根的双语文学家族。元代地域文化与文学的研究主要集中于蒙古时期东平、真定、平阳等地的文学创作,这些论著进一步丰富了这一领域的研究,但是文学家族与地域文化关系极为复杂,目前尚缺整体研究,尤其是北方。

中国文学与地域文化有着深远的联系,地域文化既有一定的稳定性,又受到朝代更迭的影响。元代虽然是版图辽阔的统一王朝,但元王朝的统一是分步骤多次实现的,其区域性表现得十分突出。元代之前是宋金长期对峙,南北文化有很大差异。金代通过百年的发展,将北方各民族文化重新整合融化,形成新的区域文化②。蒙古人灭金,继承了这一成果。元朝灭南宋后,出现了南北文化的交流与融汇,而南方和北方各自的不同区域内又存在着差异。

文学家族的家风家学,包括文学艺术,都和地域环境有着密不可分的关系。法国学者丹纳强调,"我们应当研究精神上的气候,以便了解某种艺术的出现,了解异教的雕塑或写实派的绘画,充满神秘气息的建筑或古典派的文学,柔美的音乐或理想派的诗歌。精神文明的产物和动植物界的产物一样,只能用各自的环境来解释。"③ 因此,研究文学家族,不能脱离地域文化④。对于文学地理学,文学家族的研究也是其中一个重要方面⑤。

那么,元代北方文学家族与地域文化有何关系?迁徙对家族文化传统有何影响呢?

---

① 本文为教育部人文社会科学研究青年基金项目(编号:10YJC751116)中期成果。
② 杨镰:《元代文学编年史》,太原,山西教育出版社,2005。牛贵琥:《金代文学编年史》,合肥,安徽大学出版社,2011。
③ [法]丹纳:《艺术哲学》,傅雷译,9页,北京,人民文学出版社,1963。
④ 当然,家族对地域文化的建构也有影响,比如汉人世侯对元初真定、东平等地的文化起到至关重要的作用。
⑤ 曾大兴:《中国历代文学家之地理分布》,武汉,湖北教育出版社,1995年初版。北京,商务印书馆,2013年修订版。专列一章探讨文学家族之地理分布。

一、地域文化影响下的北方文学家族

地域文化对文学家族的家学家风有着重要的影响，突出表现在耶律氏、河北汉人世侯、陵川郝氏、猗氏陈氏、东平王氏等家族①。

河北地处平原，极易受到北方游牧民族的冲击，自古为北方各民族冲突与融合之地。长期的战争考验使得该地居民好勇尚斗，悲歌慷慨。《宋史》卷八十六《地理志》认为河北路"人性质厚少文，多专经术，大率气勇尚义，号为强忮。土平而近边，习尚战斗。"在蒙古灭金过程中，涌现出大小众多汉人世侯，河北地区的真定史氏与保定张氏就极富代表性。保定张柔原是金朝将领，真定史氏则为地方豪强，他们降蒙后，由于英勇善战，忠心耿耿，为蒙古政权灭金伐宋，立下赫赫功勋，成为元朝新贵。尽管两个家族都出过一些文人，但其家族传统总体倾向于尚武，成为河北地域文化影响下的典型家族。

山西地区的文学家族同样与地域文化相关，比如陵川郝氏。陵川所在的泽州（今山西晋城），风俗原本重武轻文②。宋仁宗嘉祐年间，陈颢任晋城县令后，积极兴办学校，进行礼义教化③，极大促进了该地的文化发展④。泽州文化繁荣的局面一直延续到金代，总共产生了79名进士，在金代进士的地域统计中名列前茅⑤。隶属于泽州的陵川以状元出名，在金代共出了32名进士⑥。陵川郝氏虽然生活于浓郁的科举氛围内，但他们与赵氏、武氏等科举世家不同，家族成员学不为仕，不愿或者不长于科举，在金代没人考中进士。到金朝灭亡，蒙古兴起时，郝氏登上政治舞台，出现了郝经这样彪炳史册的人物。

郝氏治生与为学并重的传统与陵川的地理与文化环境有很大关系⑦。郝经在《先曾叔大父东轩老人墓铭》中说："金有天下百余年，泽潞号为多士。盖其形势表里山河，而土风敦质，气禀浑厚，历五季而屡基王业，而尝雄视天下，故其为学广壮高厚，质而不华，敦本业，务实学，重内轻外。"郝经认为，泽州学者质而不华，敦本务实，重内轻外的为学取向，原因在于泽州地理

---

① 关于耶律氏文学家族与漆水——燕蓟文化圈的关系，参见刘达科：《金元耶律氏文学世家探论》，载《民族文学研究》，2003（2）。
② 郝经：《宋两先生祠堂记》曰："河东自唐为帝里，倚泽、潞为重。五季以来，屡基王业，故其土俗质直尚义；武而少文。"
③ [元] 脱脱等撰：《宋史》，卷四二七，《程颢传》，北京，中华书局，1977。
④ 参见《伊洛渊源录》卷二，以及程民生：《宋代地域文化》，176页，开封，河南大学出版社，1997。
⑤ 在地域方面，属于上党地区的泽州的学术受河南之学的影响较深，参见刘影：《皇权旁的山西——集权政治与地域文化》，北京，新星出版社，2007。
⑥ 据民国《陵川县志》卷五，《选举志》统计。
⑦ 查洪德：《郝经的学术与文艺》曾指出郝氏之学与地方土风之关系，本文就此进一步讨论。

上表里山河，风气上敦质浑厚。泽州人把朴质尚义的本性与程颢的礼义教育加以结合，形成敦尚经学、通晓文理的良好风俗。从金元之后，泽州地区成为山西文化发达地区之一，并且一直延续到明清时期①。

山西地区的猗氏陈氏的家族传统也受到地域文化的影响。陈氏注重道德教化，主张学以致用。其所著书并非空谈，而是力求切于现实。这种家族学术传统实际上属于"关学"的特点。北宋关中学者张载及其弟子吕大钧兄弟、范育等人均为关中人，这一学派讲究道德风范言传身教，学习立足现实，突出表现在礼法方面。在他们的努力下，关中社会礼法大昌，吕氏兄弟还制定了改良社会习俗的具体实践条文《吕氏乡约》②。这一学派最终汇入二程之"洛学"③，并传播到南方，但是其余脉在陕西地区仍有留存④。北宋时河中府属永兴军路，行政上归入陕西地区⑤。而且，陈赓兄弟在金末曾经为避乱随父进入陕西华阴。因此，猗氏陈氏受到"关中"学派的影响⑥。

东平王公渊家族在金代长于词赋之学，并以此入仕。随着蒙古人灭南宋，理学北传，元初以词赋见长的东平学派与北方新兴的理学派发生摩擦，最终东平学风发生转化，词赋之学被理学取代⑦。这种学术风气的变化对王公渊家族产生了影响。王构为李谦弟子，继承其为文作赋之能⑧。王构之子王士熙发扬了家族的文学传统，作为邓文原弟子，"最以古文著名"⑨。王士点则承继了王构的博物之学，欧阳玄《禁扁序》说："继志蚤弃举业，慨然有志著述。"将其比之于宋代的虞栢心、王应麟等人。王士熙、士点兄弟二人都收入《宋元学案补遗》卷二王氏家学。王士点不事科举而专心著述的原因在于，在王构的影响下，"继志兄弟见闻异于常人，又以强记博学称于时。"⑩ 这种家学传统与元代科举内容颇不一致，导致这一家族未能适应元代科举，最终家族在元末走向衰落⑪。

---

①张建伟：《论金元陵川郝氏的理学传统》，载《晋阳学刊》，2012（5）。
②参见《宋元学案》卷三十一，《吕范诸儒学案》，北京，中华书局，1986。
③参见程民生：《宋代地域文化》第六章《各地学术状况及特点》。
④全祖望在《宋元学案》卷三十一《吕范诸儒学案》中说关学所传寥寥，在于女真人入主中原，殆未注意到金代学者传承关学的情况。
⑤据刘影研究，河东（今山西运城、临汾地区）自西汉时就利用靠近首都长安的优势得到发展，自此与关中一体。唐代政治中心转回关中，河东再度与关中紧密结合，成为人才渊薮与文化发达地区。
⑥张建伟：《论猗氏陈氏的家族传统》，载《晋中学院学报》，2012（6）。
⑦林威：《从东平学风的转向看元代理学的官学化》，载《东岳论丛》，2004（3）。
⑧王构被收入［清］冯云濠，王梓材编著的：《宋元学案补遗》，卷二《野斋门人》。
⑨［清］冯云濠，王梓材编著：《宋元学案补遗》卷二，《丛书集成续编》第248册，第127页。
⑩［元］虞集：《禁扁序》，见《道园学古录》卷六。
⑪张建伟：《东平王公渊家族与金元学风的变迁》，见《宋史研究论丛》第十二辑，保定，河北大学出版社，2011。

二、家族迁徙与文化传统的改变

元代北方家族的迁徙主要原因在于躲避蒙古灭金的长期战乱，也有因军事原因，或被掳掠，被编入军队，被强制征用，被买卖而迁移①。蒙古攻占中原地区后，有计划地实施了多次人口迁徙。比如太祖八年（1213），降蒙的永清县（今属河北）富户史秉直奉命率领十余万家降人迁到漠北②。平定河东后，诏徙太原（今属山西）十大家于河南③。无论是哪一种类型的迁徙，对家族文化传统都会产生重要影响。例如迁居合肥的西夏军人，"老者皆已亡，少者皆已长，其习日以异，其俗日不同。"原来质直尚义的风气变为争利相害④。姚枢家族、澳州白氏都属家族迁徙而文化传统发生变化的典型例证。

姚氏祖籍营州柳城，属辽西地区。营州柳城由于地理位置处于中原通往东北的古代交通要衢，历史上处于中原汉族与东北各少数民族互相交流及融合发展的纽带地区。比如隋唐时期在营州境内居住的民族有契丹、突厥、室韦、奚族等。辽金元时期，契丹、女真和蒙古族相继在北方建立政权，都将营州所在的辽西地区作为重要基地。长期生活在这种环境下的姚氏，对民族政权的认同感较强。

姚燧九世祖汉英在后周太祖广顺初年（951）出使辽国被留，侍奉辽穆宗、景宗、圣宗三朝⑤，此后子孙世代事辽。到姚燧四世祖玢入金，又世代在金朝为官。因此，姚氏早已适应了北方的民族政权，在华夷之辨方面较为通达。李治安先生《元代汉人受蒙古文化影响考述》（《历史研究》2009年第1期）认为，燕云十六州及其附近地区的汉人由于长期受到北方民族文化熏染且不断融入他族成分，在蒙古前四汗时期对蒙古文化认同性较强。金元易代之际，对于在金朝并未做过官的姚枢来说，很快认可了蒙古族政权的正统性，并出仕蒙古王朝，积极推行以汉法治国。这符合当时汉族文士在政治上的大趋势⑥。刘致《姚燧年谱》（《牧庵集》附录）说姚氏在辽西的后人"皆不读书，举鲜卑人矣。"生活于营州柳城的姚氏本来以武著称，多任武职，生活于民族混居之地，姚景行一支由于不读书，就被鲜卑族同化了。吴善《牧庵集》序

---

① 参见葛剑雄主编：《中国移民史》，吴松弟著：第四卷第十八章第一节，福州，福建人民出版社，1997。
② 参见《元史》卷一四七《史天倪传》。
③ [元] 贡师泰：《奉训大夫绍兴路余姚州知州刘君墓志铭》，见《贡礼部玩斋集》卷八。
④ [元] 余阙：《送归彦温赴河西廉使序》，见《青阳集》卷一，文渊阁四库全书本。
⑤ [元] 姚燧：《中书左丞姚文献公神道碑》说是世、景、圣三宗，世宗当为穆宗之误。
⑥ 李治安：《华夷正统观念的演进与元初汉文人仕蒙》，载《学术月刊》，2007（4），134页。

说姚氏原本"好驰马试剑,游畋为乐"。这一家族能够转变为理学与文学世家,与其迁徙到河南,尤其是定居洛阳密切相关。姚氏初至之地许州(今河南许昌)①,姚枢讲学之地辉州(今河南辉县),以及他们定居之地洛阳(今属河南),都是中原文化发达之地。尤其是定居洛阳后,姚氏逐步转变为文化世家②。

白氏的祖籍隩州,在金代属河东北路代州,北宋时属河东路火山军,为宋与辽、西夏边境地带,处于战争前线,教育极为落后。由宋入元的文人陈普在《十先生像序》中说:"隩,古林胡楼烦之地,宋所筑火山军以扞西寇者。彼民之于《诗》、《书》,何啻越人之于章甫!"③元好问《善人白公墓表》(《遗山先生文集》卷二十四)也说:"维火山自太平兴国中升为军,虽有学校而肄业者无几。"到了金世宗、章宗时期,隩州学校才兴盛起来,白贲、白华就是借助于良好的官学教育才得以考中进士,成为家乡的荣耀。如果说宋金易代给隩州白氏提供了发展的契机,那么白贲、白华考中进士,尤其是白华在首都汴京为官使得家族进一步发展。

金代灭亡后,白华、白朴父子所居的真定在史天泽家族的治理下成为北方的文化中心之一。蒙古灭金时,汴京、郑州之人多迁到真定,为真定的繁荣打下基础④;加上史氏家族的治理,尤其是史天泽任用王昌龄、王守道等人,使得真定成为北方避难的乐土,许多文士都投奔史氏⑤。这些人士除了协助史氏的政事外,还从事文化教育活动。史天泽"暇则与之讲究经史,推明治道。"(王恽《开府仪同三司中书左丞相忠武史公家传》)白朴在元曲的创作方面卓有成就,这和真定的文化环境有关。真定为元杂剧早期的中心之一,史天泽本人就是散曲作家,名列《录鬼簿》。他的次子史樟,以将门之子而喜好文艺,号史九散仙,撰有杂剧《庄周梦》。史氏汇聚的文人有不少人都作有杂剧,比如李文蔚、尚仲贤、戴善甫、侯正卿等人。白朴和这些杂剧作家有很好的交往,这对于白朴杂剧与散曲的创作极有裨益。

蒙古、色目家族的迁徙对其家族传统的改变影响更大,蒙古逊都思氏即为典型例证。色目家族在迁徙过程中逐步汉化的情况更为普遍。雍古马氏出自回

---

① 据[元]姚燧《中书左丞姚文献公神道碑》,姚枢父渊(仲宏)任许州(今河南许昌)录事判官,为姚氏进入河南之始。
② 张建伟:《地域文化与元代姚枢家族》,载《洛阳师范学院学报》,2013(4)。
③ [宋]陈普:《石堂先生遗稿》卷十三,见《全元文》卷四三三,第12册,529页,南京,江苏古籍出版社,2000。
④ [元]乃贤:《河朔访古记》卷上。
⑤ 参见[元]王恽:《开府仪同三司中书左丞相忠武史公家传》,及符海朝:《元代汉人世侯群体研究》,51页,保定,河北大学出版社,2007。

鹘，金元时期由高昌（今新疆）迁居甘肃临洮，后徙辽东，再徙净州天山（今内蒙古四子王旗北）加入汪古部，又随蒙古人进入中原，寄籍光州（今河南潢川）[1]。马润能诗，有《樵隐集》若干卷，其子马祖常与祖孝同登延祐二年（1315）进士第，祖义为乡贡进士[2]。马祖常著有《石田文集》十五卷，是个有特色的台阁诗文家[3]。马氏能够成为文人士大夫家族与其迁徙到光州有着密切的关系。高昌三大家族廉氏、贯氏、偰氏虽然汉化的时间与程度有异，但都与家族迁徙到中原以至江南有关[4]。

女真孛术鲁家族虽然在元代被归为汉人，但这一家族的汉化进程与蒙古、色目家族极为相似。孛术鲁家族原籍上京路隆安（今吉林省农安县），孛术鲁翀的父亲将家族迁居邓州（今属河南），邓州有着悠久的文化与良好的风俗。嘉靖《邓州志》卷八《舆地志·风俗》说：邓州"本夏禹国，政尚忠，当天下之中，民秉中和，性情安舒。"邓州属县淅川"民多淳厚而少轻浮，士习诗礼而尚忠厚"[5]。在这样的环境之下，孛术鲁翀很快就成长为知书明理的士子，其家族也加快了汉化的进程[6]。

从民族融合的角度看，这些内迁的蒙古、色目及契丹、女真家族具有特殊的价值，他们为传统文化提供了新鲜血液[7]，共同形成中华民族。具体到文学，这些蒙古、色目文学家族，作为文坛的新面孔，为元代文坛带来了活力，丰富了元代文坛的组成。

三、北方文学家族与南北文化交融

元代幅员广阔，南北地理环境与生活风俗差异很大。比如，幽并"气苦寒而多风，非其土著，至则手皲而足裂。其居处服食异用，绨葛、果茗、鱼鳙之物，不能以易致，皆性之所不便，故南方之人其至者恒少。非为名与利，无从而至焉。"[8] 元人归之为"五方之民俗有不同，由山川为之限隔，而风气殊

---

[1] 参见［元］黄溍：《金华黄先生文集》卷二十三《马氏世谱》，及李言：《马祖常家世考》，载《民族文学研究》，2006（2）。
[2] 参见［元］袁桷：《清容居士集》卷二十六《漳州路同知朝列大夫赠汴梁路同知骑都尉开封郡伯马公神道碑铭》。
[3] 参见杨镰：《元诗史》第三章《馆阁名臣马祖常与也里可温》。
[4] 参见萧启庆：《蒙元时代高昌偰氏的仕宦与汉化》，见《内北国而外中国：蒙元史研究》。张建伟：《论北庭贯氏的家族传统的转变》，载《民族文学研究》，2013（3）。
[5] 嘉靖《邓州志》卷八，14～15页，上海书店影印《天一阁藏明代方志选刊》。
[6] 张建伟：《孛术鲁翀家世考论》，未刊稿。
[7] 杨义：《重绘中国文学地图与中国文学的民族学、地理学问题》，载《文学评论》2005（3）。
[8] ［元］余阙：《高士方壶子归信州序》，见《青阳集》卷二，文渊阁四库全书本。

焉。"北方虽然文化不及南方，但是风俗淳朴。元末明初的梁寅说："尝闻乎北俗，其一家之幼必听命乎父，至严也，至敬也。凡齿德之尊于一乡，乡之民必率以听其教，斯为乡之父。县之令丞治一县，县之民必率以听其教，斯为县之父。州之守佐治一州，州之民必率以听其教，斯为州之父。"北方之人尊长者，尊官长，南方人则做不到。"其为一家之子者，或乃不知敬其父，矧为乡、县、州之民，而能敬其乡、县、州之父，亦几何人哉？大率豪陵其善，贪讥其廉，文嗤其质，巧侮其拙，伪欺其诚，忮疾其仁。若是者固自谓之贤也，而莫以为耻也。"① 尽管梁寅所言有些绝对，但南北方风俗确实差异很大。北方人文采不足而质朴有余，南方人则重利轻义。南北文风亦不相同，元人傅若金说："夫南北之气异，文亦如之。南方作者婉密而不枯，其失也靡；北方简重而不浮，其失也俚。"②

毕竟阻隔了一百多年，元代初期南方和北方还存在一些隔阂与疏远。河间（今属河北）人宋某从伯颜平宋而留江南，他操朔音，南方人莫能辨，称他为宋蛮③。但是，南北间的交流还是不可阻挡地开始了，而且越来越普遍，北方文学家族也加入到了这种洪流之中。

白朴家族为最早迁徙到南方的北方文学家族之一。自元世祖中统三年（宋理宗景定三年，1262）起，白朴南游到汉江、汴京、怀州、九江、岳阳等地。南宋灭亡后，白朴移家建康，并终老于此，还游览茅山、扬州、杭州等地。白朴的晚年基本上是在江南度过的，南方文化对他的创作产生了很大影响，其中突出表现在他的金陵怀古词。

白朴的词婉约兼具豪放④，这种多样艺术风格的形成，正与白朴纵贯南北的经历密切相关。虽然不能绝对的认为作家在北方的创作就一定豪放，在南方就一定婉媚，但是不同地域对作家风格的影响还是不言而喻的，庾信就是一个典型范例。正因为白朴由北入南，使得他的文学风貌呈现出新的特点，不同于固守于北方或南方的作家⑤。

大都宋氏是由于仕宦居留南方并北返的家族。至元二十年（1283），宋本父宋桢出为杭州东南隅录事判官。时年宋本三岁，随父亲到杭州，受句读于杭士石匡何天麟⑥。南宋偏安之后，杭州作为首都更成为全国的政治文化中心，

---

① [元] 梁寅：《送余县丞序》，《梁石门先生集》卷二，见《全元文》第四十九册，405～406页。
② [元] 傅若金：《孟天伟文稿序》，见《傅与砺文集》卷四，文渊阁四库全书本。
③ 董复礼：《宋蛮传》，见《全元文》第49册，17页。
④ [韩] 俞玄穆：《白朴〈天籁集〉的艺术特色》，载《山东大学学报》，1996（4），105页。
⑤ 张建伟：《金元白朴家族与地域文化》，未刊稿。
⑥ [元] 宋褧：《故集贤直学士大中大夫经筵官兼国子祭酒宋公行状》，见《燕石集》卷十五。

荟萃了四方贤能之士，至元代一统天下时仍为东南之大都会①。杭州优越的文化环境为宋本提供了良好的教育，为其日后的发展打下了良好的基础。后来宋本在武昌与江陵聚徒讲学养家，从慎独先生王奎文学习性命理义之学②。

宋本兄弟能够科举成功与他们在南方的学习有很大关系。自宋氏南迁，理学发展兴盛于南宋，而金人统治下的中原地区远远不及③。元代这种以朱熹理学为主要内容的科举考试，更适合南方学者应试④，宋本兄弟长期寓居南方研习理学，有利于他们由科举入仕。

除了学术，宋氏兄弟的诗歌创作也受到了南方文化的影响。宋本诗文所谓"典丽"与"雄浑"⑤，正是融合南北文化的表现。这种南北文化融合在宋褧身上更为明显。苏天爵《燕石集》序称其诗清新飘逸，危素序则称其精深幽丽，其诗歌风格明显受到江南文化的影响，其《竹枝歌》十八首就是明显的例子。然而，宋褧毕竟是世居燕地的北方人，欧阳玄《燕石集》序称其燕人凌云不羁之气，慷慨赴节之音，一转而为清新秀伟。南北文化交流只有在元代统一南北的条件下才得以实现，南北文士的流动与文化的交融正是元代文学的特点之一⑥。

元朝灭宋，使得隔绝一百多年的南北重归一统，为文人全国漫游提供了机会。南方人王谦道年老时还要北上观上国之光，临川（今属江西抚州）人艾庭梧也有同样的志向⑦。同南人歆羡北方一样，北人也仰慕南方的山水与文化，白朴游览镇江多景楼时说"江山信美，快平生，一览南州风物"⑧，以一睹江南景色为人生幸事。博陵（今河北定州）人李希微本欲遍览朔南川泽，赶上天下一统，转而下金陵，定居于江南⑨。蓟丘（北京）人李衎兴奋地记述了自己到钱塘（今浙江杭州）后终于见到了梦寐以求的文同画竹的真迹⑩。这种南北交流促进了不同文化的交融，开阔了文人的眼界。

北宋时期，南北学术与文学存在很大的差异，南方学风善用巧劲，有时学

---

① [元] 虞集：《书杨将军往复书简后》，见《元人文集珍本丛刊》本《雍虞先生道园类稿》卷三十二。
② 《宋元学案补遗》卷九十五，丛书集成初编251册，第633页。
③ 关于金代理学的发展脉络，参见姚大力：《金末元初理学在北方的传播》，魏崇武：《金代理学发展初探》，晏选军：《金代理学发展路向考论》。
④ 当然，元朝按蒙古、色目、汉人、南人四等人和地区分配名额的做法，对于考生基数巨大的南人来说，考中的几率更小。
⑤ [元] 宋褧：《故集贤直学士大中大夫经筵官兼国子祭酒宋公行状》。
⑥ 张建伟：《元代南北文化交融与大都宋氏之文学》，未刊稿。
⑦ [元] 程钜夫：《送王谦道远游序》，见《雪楼集》卷十四，《送艾庭梧序》，见《雪楼集》卷十五。
⑧ [元] 白朴：《念奴娇》，见《天籁集编年校注》，151页，合肥，安徽大学出版社，2005。
⑨ [元] 邓文原：《静修堂记》，见《巴西集》卷下，《文渊阁四库全书》本。
⑩ [元] 李衎：《竹谱详录》，《文渊阁四库全书》本。

得不多而善于表现，北方人则固守旧说，学风朴拙。南北文风也有类似的差别，大抵北人质朴豪放，不善表现与夸张，不免有粗糙之弊；南人柔慧缜密，文风细腻，弱点是流于软弱①。到了金与南宋对峙时期，这种南北差异更为明显。清人阮元在《金文最序》中指出，北宋苏氏父子文章中的浩荡之气，发展至南宋，"其气遽沮，说者谓文教使然，其亦学者之失也。"北方的金朝则不然，"大定以后，其文章雄健，直继北宋诸贤"。

《北史》卷八十三《文苑传》序："江左宫商发越，贵于清绮。河朔词义贞刚，重乎气质。气质则理胜其词，清绮则文过其意。理深者便于时用，文华者宜于咏歌。此其南北词人得失之大较也。若能掇彼清音，简兹累句，各去所短，合其两长，则文质彬彬，尽美尽善矣。"如果能将这种南北文学的差异进行互补，取长补短，则会达到文质彬彬、尽善尽美的境界。白朴与宋本兄弟就是融合南北文化的元代文人的较早代表。

杨镰先生说，在经历了一百多年的南北隔绝后，"在刚刚一统天下时，元代社会的一道风景线，就是南北人员、文化……的交流互动。""有了江南的诗人前往大都甚至上都，有了北方的诗人远游苏杭，直抵海南，元史与元代文学史的特点就出现了。"② 元代的南北交流促进了不同文化的交融，开阔了文人的眼界，白朴、宋褧等北方文学家族成员的创作就结合了南北双方的优长，使元代文学呈现出不同于金代与南宋的特点。

（张建伟：山西大学国学院副教授）

---

① 参见程民生：《宋代地域文化》第四章、第六章、第七章相关论述。
② 杨镰：《元诗史》，327 页，北京，人民文学出版社，2003。

卫拉特蒙古民歌中马的色泽相貌初探
——以红、棕、花红、海骝、豹花、灰白、斑白、褐色的马为例

额尔登别力格

卫拉特蒙古人关注自然和天象,把"白、蓝、红、绿、黑"当做基本颜色,在敖包祭祀等民俗活动中喜用五色旗幡以示敬仰,同时在民歌中歌唱各种毛色体态的骏马,以表达自己内心的情感。在骏马题材的民歌里,大都以马的形态、毛色、走势或脾性来表现演绎的主题,达到展示内心情感世界的目的。下面,笔者就以源自黑、白、红、黄、蓝五色的八种混色马匹在卫拉特民歌中的运用及其特征。

一、卫拉特蒙古民歌中红色、棕色的马

在游牧环境中产生的蒙古人的审美意识及以马命名的歌曲的真正含义与奥妙,是不能把它与他们所生存的地理环境、节气,还有他们视若生命的马群,牧人日常生活、劳动方式、风俗人情分割开来说的。这也使他们形成了在大自然环境和游牧生活中的特殊的认知和审美理念。卫拉特蒙古人给红色的马起名的时候,不太注重血红色,而是习惯以棕红马、枣红马这样的名称来柔和地形容或命名。红色是幸福、成功、兴旺的象征,也是象征健康、神采和生命的颜色。卫拉特蒙古人视红毛色的牲畜为吉祥如意、畜群兴旺的吉兆,于是在远嫁女儿的时候会唱以红色骏马为起头的歌曲。例如青海蒙古民歌《彩虹色的红马》是一首较为典型的嫁女歌。歌中唱道:

彩虹色的红马,吊着朦儿骑乘。

需要嘱托的事情,大伙一起商量[①]。

歌中反映了青海蒙古人在远嫁女儿的时候由父母亲人们再三叮嘱女儿并唱具有教诲哲理意义的歌曲送其出门的习俗。这些婚礼习俗歌曲不仅表达了内心的情感,而且包含了蒙古人世世代代相传的婚嫁习俗,期盼家庭和睦、子女幸福的美好寄托。红色与蒙古人崇拜火焰、太阳、光明的意识有关联,也是力量与权威的象征。蒙古人以红色命名岩石、大风、洪水等自然现象,用红皮蒜、生肉祭祀苍天,还把肉祭命名为"红祭"。过去的官员喜戴红顶冠帽也是崇尚

---

① 纳·哲来,巴义主编:《德蒙宗加旗志》,361~362页,通辽,内蒙古少年儿童出版社,1997。

红色的例子，这都是权力、力量与健康的象征。新疆蒙古民歌《长鬃枣骝红马》中唱道：

> 长鬃的枣骝红马，骑上它悠悠地起程。
> 在辽阔的杭盖山岭，追寻着猎物的踪迹。①

这首歌里唱的是猎人骑着红马出门打猎，以祝一路顺风满载而归。另外还有把红色的马和兄弟亲情，骏马的吉相、吉祥如意等联系起来以示崇敬、尊重的歌也很多。

卫拉特蒙古民歌里以棕色的马起头的例子很多。棕色是以红色为基础色的，红色和其他颜色混搭，会延生棕红色、褐色、粉嘴枣骝色、檀香棕色等各种毛色名称。蒙古人认为马的毛色多姿多样会带来马群的繁殖和兴旺，所以根据不同的毛色特征来给马起名。这类毛色的马适合作战、打猎时骑，在赴远途打猎时尽量使马的毛色与当地自然地貌、植被颜色和水土相搭融，并且为了不使猎物发觉，尽量选择棕色、褐色或棕黑色等较为深色的马。还有，在赶赴婚礼之地时会骑棕色的马。《赏心悦目的快棕马》一歌中唱道：

> 赏心悦目的快棕马，鞴好鞍子多威风。
> 隐隐远处有狐狼，风驰电掣捕猎归。②

这里表现的是骑着飞快的棕马打猎的情形。阿拉善民歌《帅气的小棕马》中唱的是骑着棕色马奔赴远方征战并消灭敌人的情形。歌中唱道：

> 帅气的小棕马，奔驰在万马之首。
> 驻守边疆的兄长们，奔赴在千军之首③。

棕色的马在卫拉特蒙古人心目中依然成为不屈不挠的力量和精神的象征，那些褐色脸庞的勇士们骑上红棕马奔赴战场，一定会凯旋而归的，希望和寄托已经深深地烙在了他们的民歌文化之中。在杜尔伯特、巴亦特、乌梁海、厄鲁特各部落中传唱的《健美的棕马》一歌中唱道：

> 健美修长的红棕马，步履轻盈驰远方。
> 亲密无间的兄弟们，居住在远方的故乡。
> 拴住那俊俏的棕马，鞴上那蒙古马鞍。
> 日夜牵挂的亲人们，在那遥远的故乡。④

这首歌曲里表达的是远嫁他乡的女子对家乡父母亲人的思念和骑上健美的

---

① 《汉腾格里》丛刊，乌鲁木齐，新疆人民出版社，1988（4）。
② 桑普勒旦德布主编，包淑梅、钢特木尔撰写：《蒙古长调民歌》，226页，呼和浩特，内蒙古教育出版社，1997。
③ 陶·额尔登巴图主编：《阿拉善和硕特夏司特尔民歌》，211页，呼和浩特，内蒙古人民出版社，2008。
④ 朝劳主编，敖其尔巴图等撰写：《十三匹骏马歌》，232页，呼和浩特，内蒙古教育出版社，1998。

棕马尽快地赶去和父老乡亲们早日相见的迫切心情。

二、卫拉特蒙古民歌中的花红色的马

卫拉特蒙古民歌中以花红马为起头的歌占了一定的比例。花红马指的是全身以枣骝色为主，白嘴唇或有的腋窝、腹沟、胸口上部等处灰白，鬃尾黑色的马，是黑、白、红、黄、青色的混合毛色。多数情况下人们在出门打猎、赶远路及日常生活中喜欢骑乘花红色的马出行，在杜尔伯特、巴亦特、土尔扈特、扎哈沁、乌梁海等部落中广为流传的民歌《鹿斑花红马》中唱道：

　　鹿斑的花红马，傍晚的时分吊膘。
　　设套捕获的雄鹰，撒放在富饶的阿勒泰。①

这里表现的是猎人的生活，歌中提到的花红马是猎人忠实的伴侣。

　　奔驰在茫茫远方的，是那枣骝花斑马。
　　心中无比爱怜的，是慈祥的父母双亲②。

这首《枣骝花斑马》里唱的是对父母双亲的思念之情。类似这样的出嫁的女子思念远方故乡的父母亲人，并以花红毛色的马起头的民歌还有很多。例如，《枣骝花样马》一歌中唱道：

　　枣骝花样马儿，放在人家的马群里。
　　性格温柔的女儿，定居在他人的旗乡。

　　银鬃枣骝马儿，用坚韧的索儿套住。
　　白发苍苍的母亲，赶在正月里探望③。

这里所表现的不仅仅是思乡之情，还反映了婚嫁习俗中禁止近亲通婚的规矩。古时的卫拉特蒙古人讲究跨旗与远乡的族人结亲，最好是九代之内不能通婚，所以女儿通常要嫁到他乡远方。于是远嫁的女人就期盼骑上心仪的骏马早日去探亲看望父母，因此也产生了许多以马为题的思乡歌。

三、卫拉特蒙古民歌中的海骝马

卫拉特蒙古民歌中以海骝马为题的歌不少，并且有着以海骝马起头的歌开

---

① 朝劳主编，敖其尔巴图等撰写：《十三匹骏马歌》，232页，呼和浩特，内蒙古教育出版社，1998。
② 那·才仁巴力，宫日格玛主编：《德都蒙古民歌》，292页，呼和浩特，内蒙古人民出版社，2000。
③ 卫·巴特尔、全布勒、哈达、都岱等搜集整理：《蒙古民歌丛书——阿拉善盟集》，887页，呼和浩特，内蒙古人民出版社，1988。

唱的习俗。海骝马指的是马的通体为泛青或枣骝色，鬃尾为黑色，有的脊背有一道黑色条纹的毛色。根据海骝马的毛色特征和不同毛色的混搭情况，还可细致地分为白海骝马、铁青海骝马、黑海骝马、苍灰海骝马，花纹海骝马等等。《生在北岭的海骝马》一歌中唱道：

> 生在北岭的海骝小马驹，是讨人喜欢的骏马。
> 生长南岭的银白海骝马，是值得一骑的骏马。①

这首歌里赞美了海骝马的色泽、形态和对马的喜爱之情，还以"三十个斑点的三岁海骝马"、"四十个斑点的四岁海骝马"等形容词来表现马的年岁、特征等，是一首较为典型的海骝马赞颂歌曲。阿拉善民歌《剪动着双耳的海骝马》中唱道：

> 剪动着双耳的海骝马，随着我的心奔驰。
> 向着远处眺望，亲爱的兄长在哪里？
>
> 望着原野的马群，白嘴黄马儿多孤单。
> 部落众人中间，不见可怜的兄长。②

歌中表达的是远居他乡的人思念故土和亲人的孤凄之情。因为海骝马深受人们的喜爱，所以过去的王公贵族相互间也会赠送海骝马，以示尊敬和礼物的贵重。作为身份和地位的象征，富贵之人喜欢骑海骝马。《英雄贝勒的马驹》一歌中唱道：

> 英雄贝勒的马驹，是莲花耳的海骝。
> 奔腾的乌里雅斯太河水，在驹马的时候就渡过。
>
> 年轻的渥巴锡汗的、天赐的一匹海骝马，
> 它那奔驰的姿势，犹如那滔滔的江水③。

当年渥巴锡汗所骑的马为奔跑的时候犹似江水波浪般飞快的一匹海骝马，这首歌所记载的正是这个典故。相传，作为礼物上供满清皇帝的那匹海骝马挣脱出来，千里迢迢地跑回到故乡。当厄鲁特明干图旗的达诺颜和众套马手前去套这匹海骝马时，该旗一位名叫索伦达的人创作并传唱了这首《英雄贝勒的马驹》④。

---

① 朝劳主编，敖其尔巴图等撰写：《十三匹骏马歌》，216页，呼和浩特，内蒙古教育出版社，1998。
② 陶·额尔登巴图主编：《阿拉善和硕特夏司特尔民歌》，476页，呼和浩特，内蒙古人民出版社，2008。
③ 纳·巴笙编：《新疆卫拉特蒙古叙事歌》，502页，赤峰，内蒙古科学技术出版社，1999。
④ [蒙] 色·道力玛著：《蒙古象征学》，131页，乌兰巴托，2000。

四、卫拉特蒙古民歌中的豹花马

豹花马指的是马的通体毛色中混有黑色、枣骝色、枣红色、白色等颜色的斑点，根据整体的毛色特征还可分为白斑豹花马、棕斑豹花马、枣红豹花马、黄斑豹花马、灰斑豹花马、米黄豹花马、白斑沙花马、虎斑马、鹿斑马等种类。其中还有不少讲究：白斑豹花马、黄斑豹花马一般由长辈或成年人骑乘，而年轻人或少年则多骑黑斑豹花马或枣骝豹花马，这样显得合乎身份和年龄，寄托吉祥如意，这也是卫拉特蒙古人传统马文化的一种理念。阿拉善蒙古民歌《花斑马》中唱道：

花斑马儿伴放在草地上，狼皮被褥也已铺好。
如果你真心诚意地爱我，等待启明星升起时再启程。

三岁的骏马伴放在门外，狐皮被褥已经铺好。
如果你真心实意地喜欢我，等到天亮时再起程吧。①

这是一首以马寄托情感的情歌，类似的情歌还有很多。例如新疆蒙古民歌《虎斑马》中唱的是男女之间复杂的爱情：

拴在那西边的虎斑马，主人会是谁，亲爱的？
握住你纤纤细手表恩爱的，心上人会是谁，亲爱的？②

就像骏马的身上有斑点一样，复杂纠结的爱情也会出现"斑点"，这里"虎斑马"这个引子成为整个歌曲所表达内容的伏笔，是一种暗示和隐喻的手法。另一首民歌《白斑沙花马》中唱的是对父母的养育之恩和老师的教导之恩的倾诉和敬仰之情。

白斑的那个沙花马，四蹄强劲有本事。
纯洁的乳汁哺育大的，母亲的恩情如何报答？

一笔一划教会了母语的，老师的恩德怎么报答？③

白斑沙花马、乳汁和母语，都是白色的象征，这里通过色彩的比喻，表现了对真善美的赞扬和崇敬之情。

卫拉特蒙古人还习惯与把这种斑点颜色混搭的马叫作花马或花斑马。新疆

---

① 卫·巴特尔，全布勒，哈达，都岱等搜集整理：《蒙古民歌丛书——阿拉善盟集》，668 页，呼和浩特，内蒙古人民出版社，1988。
② 《温泉县蒙古族民间歌曲选集》，137 页，内部资料，2005。
③ 桑普勒旦德布主编，包淑梅，钢特木尔撰写：《蒙古长调民歌》，525 页，呼和浩特，内蒙古教育出版社，1997。

蒙古民歌《花眼枣骝马》中通过对马的形态的观察，表达了对部族的兴旺、平安的寄托。

  心神不宁的花眼枣骝马，在马群中骚动不安。
  但愿部族安居乐业，畜群兴旺，生命长寿！

  犹似燃烧的光明佛灯，宗喀巴的神灵保佑我们。
  阳光普照吉祥大地，五谷丰登财运亨通。①

能歌善舞的卫拉特蒙古族以这样的方式传承着祖先的文化，通过歌声表达了对美好生活的向往和憧憬。

五、卫拉特蒙古民歌中的灰白色马

  灰白色马指的是以白色为基本色，其他颜色混搭的一个品种。根据黑、白、红、黄、青色的不同程度的混搭，还可分为灰白、海骝白、黑白等毛色。以白色为基本色的马在卫拉特蒙古民歌中的出现，大都是以思念父母，思念故乡为主题的。因为白色象征的是乳汁、纯洁以及善良等意境。民歌《银白色的骏马》中唱道：

  银白色的骏马，长得膘肥体壮。
  年岁已高的阿爸，待到秋天里相见。

  黑白色的骏马，长得肥壮健美。
  白发苍苍的阿爸，等到春天里看望。②

这首歌还有一个版本，表现的是与父母双亲见了面之后难分难舍的离别之情。两个版本所不同的是，前者表现的是和父母未见面时的思念之情，后者是见了面之后的离别之情。

  银白色的骏马，长得膘肥体壮。
  年岁已高的阿妈，如何舍得离别？

  黑白色的骏马，长得肥壮健美。
  白发苍苍的阿爸，如何舍得分别？③

---

①《汉腾格里》丛刊，乌鲁木齐，新疆人民出版社，1988（4）。
②朝劳主编，敖其尔巴图等撰写：《十三匹骏马歌》，236页，呼和浩特，内蒙古教育出版社，1998。
③桑普勒旦德布主编，包淑梅、钢特木尔撰写：《蒙古长调民歌》，298页，呼和浩特，内蒙古教育出版社，1997。

还有诸如《悠悠的灰白马》等思乡歌曲，表达的都是思念故乡、思念父母的情感以及做为儿女时刻铭记父母的养育之恩的感恩之情。

六、卫拉特蒙古民歌中斑白色的马

所谓的斑白色是和灰白色相对应的，灰白色是指以白色为基本色，别的毛色混搭的情况；而斑白色指的是以其他色为基本色，混搭进白色的情况。斑白色主要指在原来的枣红、枣骝色或黑色等基本色里夹杂了较为明显的白色，所以此类品种的马还可以细分为白斑黑、铁青、深棕、粉灰等毛色。以这类马为题材的民歌相对于其他以马为题的民歌是较为少见的。阿拉善民歌《山野中的斑白马》中唱道：

山野中的斑白马，难得把它骑乘。
淳朴善良的人儿，难以轻易地遇到。

狐背的那个骏马，难得轻易地骑乘。
真心实意的人儿，难以轻易地相会。①

这首歌表现的是由于受当时的社会条件和规矩的约束不能和心上人随心所欲地相亲相爱的忧伤之情，并以向往真情、期盼幸福的内心流露记录了当时的社会风情。而另一首名为《青隼色的铁青马》的新疆蒙古民歌中唱的是对民族英雄阿睦尔萨纳的怀念之情。

拥有青隼色的铁青马，怀着一颗等候的心。
拥有飞快的斑白马，怀着一颗守望的心。②

歌中同时反映了卫拉特英雄阿睦尔萨纳骑着一匹青隼色的铁青马驰骋疆场的历史足迹。

七、卫拉特蒙古民歌中的褐色马

卫拉特蒙古民歌中以褐色马打头的歌很多。褐色是白、黑、黄、青色的混合产生的毛色。牧人善于观察畜群，从牲畜的毛色就能预测出它会产什么毛色的羔羊或马驹。此类歌曲多与游牧生活的风土人情有关。如新疆民歌《机灵的褐马》中唱道：

---

①陶·额尔登巴图主编：《阿拉善和硕特夏司特尔民歌》，488页，呼和浩特，内蒙古人民出版社，2008。
②《温泉县蒙古族民间歌曲选集》，84页，内部资料，2005。

脾性机灵的褐马，拴在草地上驯服。
和父母生活在一起，内心充满了欢乐。

两岁的那个小马，在春天的时候壮膘。
年轻的牧马人啊，心情自然会舒畅。

三岁的那个骏马，来年的春天上膘。
年轻的牧马人啊，内心充满了喜悦。①

歌中表现的是牧人一年四季的牧业养畜场景。一年之计在于春，春天是草木复苏，牲畜长膘的良好时节。牧人们把游牧生活风土人情用歌谣的形式唱出来，就产生了丰富多彩的民歌文化。卫拉特蒙古民歌《如画般俊美的褐马》中唱的也是游牧生活的场景：

如画般俊美的褐马，夏天的时候长膘。
盛夏里酿造的酸奶，献给兄长们品尝。

岩石泉的清水，任由骏马饮足。
盛在奶桶里的酸奶，献给兄长们品尝。②

卫拉特蒙古民歌《两匹健壮的褐马》唱的是一段历史往事：

两匹健壮的褐马，
驰向遥远的和布克赛尔。
请告诉心爱的布仁泰，就说我一切平安。

在北边的山林之中，苦苦等候了十天。
请转告心爱的布仁泰，就说我一切平安。

五十发的火药弹，就像麦粒一样的多。
意气风发的小伙子，是否翻越了塔里克图岭。③

这首歌里表现的是一部分土尔扈特蒙古人从新疆的和布克赛尔故乡搬迁到青海、内蒙古阿拉善、额济纳旗之地定居生活的历史往事。有的歌曲中表现了人们骑着褐色的骏马，在羊群边或河岸上弹奏着陶布秀尔琴，唱着长调民歌，表达情爱，安居乐业的牧业场景。

---

① 《汉腾格里》丛刊，乌鲁木齐，新疆人民出版社，1988（4）。
② 朝劳主编，敖其尔巴图等撰写：《十三匹骏马歌》，142页，呼和浩特，内蒙古教育出版社，1998。
③ 巴达拉虎主编：《额济纳民歌集》，90页，内部资料，1998。

总之，马和蒙古人的生活朝夕相伴，不仅是交通用具和征战骑乘，还是蒙古人最忠诚的伙伴。于是蒙古人用歌曲来赞颂自己的马，用不同的毛色、体态来命名马，以此来愉悦心灵，度过漫长而孤独的游牧岁月。卫拉特蒙古人用十三种毛色的马来起唱的民歌就是鲜活的例子。蒙古人的这种多姿多彩的命名学是他们对颜色的敏感及对色彩学的认知结果。而其他民族中对马的毛色分类或色彩的分辨是没有蒙古族这样敏感细致的。本文只是对卫拉特蒙古民歌中的马的毛色分类做了初步的分析，没有深层次地研究它的内在含义、缘由及其所包含的象征意义。这一深奥的命题是值得继续深入探究。

（额尔登别力格：西北民族大学蒙古文化学教授，博士生导师）

乐亭史氏家风述略

——以《萱庭寿言二编》为例

王 双

历史上北方一直被视为"文风媕陋"之地。但像永平府（今唐山、秦皇岛二市辖域）这样的北方地区本来并不缺乏风雅传统。清道光丁未进士，曾任顺天学政、礼部侍郎、山西巡抚的鲍源深在《永平诗存》序中称："永平……其地负山据海，极峻峥嶙崒、济荡滂湃之观……雄伟甲燕蓟。故其人多磊砢英峙、意气激宕、雄直清奇之概。一发于诗，无苶靡不振之习。顾刚介自喜，不为翕翕热，尤不自相表暴。虽自汉以来称诗之士不乏，而著录阙如，其传者盖尠矣。"① 即使像乐亭这样僻处东海一隅的县区，明清以来也是士风蒸蒸，满邑弦歌，"里为冠盖，门成邹鲁"。前清新疆布政使，入民国后曾任清史馆总纂的王树枏在《涉趣园集序》中称："永平据古营州之域。长山巨川，回环缅属，亘以大海，塞以雄关。其扶舆旁魄、轮囷郁律之气，年淫代衍，实生伟人。有清二百余年，当代知名之士若石侍郎申、林山人征韩、张布政霖、张舍人霔、高明府继珩、毕明经梅，皆一时彬彬博雅之徒。而乐亭之姚文学恺戬、李太守披垣、李侍御广滋、史京卿梦兰尤为风雅所宗，脍炙人口。"②

文风融入家风，地域文化特质藉由家族传承，是中国传统社会民间性的一个重要表现。以史梦兰（1813—1899，字香崖）为族人标志、被称为"乐亭四大家族"之一的史氏家风，就体现了清中后期北方地区这种典型的地域文化景观。

一

乐亭史氏源于江苏溧阳，于明代迁至直隶乐亭县大港村，其后裔遂世居于此。至清中叶，成为一个富裕的耕读之家。史梦兰曾祖父史秉德，庠生；祖父史成获，太学生；兼祧父史纪元，廪贡生，曾任东光县训导。史梦兰生六月而丧父，在祖父与母亲王氏的教养下成长，道光庚子（1840）举于乡，后绝意仕进，奉母家居。光绪十七年（1891），刑部侍郎、督顺天学政周德润（生霖）以学行疏荐，朱批赏加史梦兰四品卿衔。时史梦兰又有"京东第一人"、

---

① 石向骞等点校：《永平诗存》序，长春，吉林大学出版社，2011。
② 王树枏：《陶庐文集》卷十五。

"京东第一才子"之称。同治、光绪年间，史家两次因五世同堂受旌表。

作为居于官府与底层民众之间的乡绅，史梦兰众望所归，德行垂范。他天性和易、笃孝，自奉俭约而喜施与。乡里发生纠纷，每为之排解；有相讼就质者，得其一言可以息争。遇公事义举，辄先人倡，而未尝以私事干谒公门。府县官员莅任，每先来见，询及风土人情及地方利弊，必详告之。平生不立崖岸，喜奖掖后进，远近知名士执弟子礼者数十人。他同地方中下层官吏及普通文人广泛交游，关注地方吏治和兴革事务，勉力以地方士绅身份赓续道统，通过兴校、讲学、著述、修志、诗文唱和等，倡兴民间清议，讽喻世事，臧否官吏。

史梦兰素嗜吟咏，对于自己的儿孙，他更是鼓励他们要敢于突破举业科名的束缚，大胆学诗。如他在一首写给儿子史履晋的《题晋儿〈初学吟草〉》中说：

> 三唐诗取士，今日竟如何。
> 爱此闲家具，殊乖制举科。
> 穷通有时命，岁月莫蹉跎。
> 黾勉《斜川集》，凭将慰老坡。

认为儿孙们如能继承风雅传统，将是对自己莫大的安慰。

光绪庚寅，史梦兰第三子史履晋（字康侯）连捷登进士第，初任刑部主事。史老先生遂作《示三儿履晋时以榜下用主事分刑部》七绝二首，勉励儿子做官须像于定国那样"读经慎刑"，须像曾国藩那样"仕学相资"。录之如下：

> 其一
> 读律还须细读经，引经断狱有前型。
> 于公自识门闾大，一念哀矜在慎刑。

> 其二
> 几人能不负科名，仕学相资漫自轻。
> 不见湘乡老侯相，三朝元辅一书生。

史梦兰去世后，史履晋的母亲田太夫人开始主持家政。田太夫人的持重仁厚，使一家人及附近乡民平安度过了庚子之乱。史履晋服官刑部，每当审理案件时，田太夫人必教以公明仁恕，宁宽勿苛；后史履晋任御史，又勉以伉直敢言，但不得妄肆纠弹。

光绪二十八年夏，京东遵化马兰镇发生了一起"群体性事件"：东陵承办事务衙门郎中文锦因克扣旗丁米粮并勒捐等事，激起众愤；旗丁聚众哄闹，闯入文锦家并包围了镇署。事件发生在京畿陵寝重地，一时京师震动。东陵守护大臣及马兰镇总兵立即飞章入告，并派兵弹压，捉拿为首旗丁六十余人，将兴大狱。朝廷急派吏部尚书敬信为钦差大臣前往查办，派史履晋为随员主审该案。到差后，史履晋调阅案卷，对涉案人员一一详加审查，并传肇事官员质讯，旁证曲喻，尽得事件真相。案定：旗丁一人充军、四人拘禁，郎中文锦革职。审讯过程中始终未曾用刑，最终也未杀一人。至此，史履晋一案成名。

光绪三十一年，鉴于洋人开办的工商业在华攫取垄断利润，史履晋偕他的两位好友御史蒋式瑆、翰林冯恕（字公度，北京大兴人），以"挽中国之利权，杜外人之觊觎"为宗旨，"不惜以商贾自秽，创工业于都市"；以官督商办的形式，成立了"京师华商电灯股份有限公司"。

光绪三十二年，史履晋甫一上任御史，便就预备立宪之事上奏朝廷，反对袁世凯等主导的立即设立责任内阁之议。但他并不反对立宪，只是认为立宪必须从先行设立议院，实行地方自治入手。他反对先行设立责任内阁，是唯恐最高权力者把立宪扭曲成由少数人弄权的"政府专制"。从奏章中亦可看出史履晋此举纯为忧心时政，不为参与权斗党争。这可从他辛亥革命爆发后率先奏请启用袁世凯和岑春煊等举动中得到印证。

光绪三十四年，史履晋与严修（范孙）、李士鉁（嗣香）、恽毓鼎（薇孙）、刘若曾、冯恕等京官十余人组成一个自治团体——直隶同乡会，凡遇地方公益应商之事，则集议之，酌量实行。

民国元年十月，时局动荡之颠，史履晋在前门内愿学堂发起成立"北京体育会"，并自任会长。体育会宗旨为"养成强壮身体，振起尚武精神"；主要事项为"专重操课，保卫治安，维持个人之生命财产"。其民间自治自保之意昭然若揭。

二

史履晋入民国后于1913年任直隶实业司司长，又迁内务司司长，但郁郁不得志，14个月后即在蒋式瑆的催促下辞职，由天津回北京，开始居家奉母，兼理京师华商电灯公司事务。民国四年（1915）正月初九日，史母田太夫人九十正寿，军、政、学、商各界各派的名流纷纷撰赠寿言，得文、诗、词、联数百帧。次年，史履晋集而刊之，成《萱庭寿言二编》四卷。从这些寿言中，大可窥见史履晋的为官、为人及北堂母训、史氏家风。兹摘录若干，间略加按语，邀与共赏。

刘仲鲁（直隶盐山人，乙酉解元，己丑进士；前翰林院编修，大理院少卿，直隶布政使、署民政长；现任参政院参政）寿文（节选）：

乐亭史子康侯，与余同年生而少余两月。自同官京朝，即与相习。近年游处与偕，更无数日不相见。曩者服政乡邦，共事匝岁，久而益亲。岁时佳日，每与升堂拜母，由是稔知康侯之孝及其母田太淑人之贤。……盖太淑人为京卿史香崖先生之簉室，旋为继配。京卿硕学耆德，名闻海内，得太淑人而贤益彰。来嫔之始，威姑健在，嫡姒疾笃，盥馈栉沐，洁羞涤腧，必躬必敬，历久不倦，是为太淑人之恭。前子早卒，遗子女各二，经营婚嫁，爱若己出。迨康侯官比部，每谳狱，必训以宁宽勿苛；及官御史，更训以条陈大政，不得毛举细故，妄肆纠弹。康侯均谨受命，故能治狱有声，抗疏有体，名著一时。是为太淑人之仁。家本素封，席丰履厚，顾躬处啬约，一丝一粟无妄费，每推其有余以赒穷乏。又尝谓："吾一日不手针黹，即此心不快。"故年八十余，犹日亲缝纫。敬姜之绩，孟母之杼，未尝或释。是为太淑人之俭。

——愚侄刘若曾

高熙亭（直隶宁河人，丙子进士，前上书房翰林，四川学政，太常寺少卿）寿文（节选）：

康侯……莅纲曹、登谏院，体历代圣主恤刑之隐而不一于宽，效历代忠臣纳诲之贞而不径以直。迨乎京师震动，执法如山，金谓善守官者。戊申议大礼，所见不涉雷同，盖卓然独立焉。寻以桑梓之望，出而图民，固有所不得已者。观政未数，决然而归，不俟终日。远则刘梦得，近则李天生，其养亲之志无多让焉。

——世愚侄高赓恩

王铁珊（京兆通县人，乙酉举人，前广西布政使；现充公府军事咨议官）寿文（节选）：

京卿公学为儒宗，行为士表；高名动于宣室，内行比于闺门。太夫人正色相庄，齐眉尽敬；锄后耕前，陶彭泽倡随之乐；南向北面，何侍中酬酢之仪。……芝祥与康侯以金石之交，展弟昆之分。……庚子之年，伏辰召寇。翠华时迈，烽火达于甘泉；赤县凋残，椎埋徧于闾左。神京板荡，畿甸震惊。康侯时奉太夫人，方颐性于枌榆，虑闻声于草木。或以避地为请，太夫人曰：家谢程罗之资，族有缨緌之重。观听系人，先去为望，不仁也；资装诲盗，求安或危，不智也。乃斥私财，用助望守。康侯物望攸归，实主其事。乡人钦其风义，争事输将。二尺之板，徼巡相属。于都亭万户之乡，鸣吠不闻乎鸡犬。以云好义，不其祎而及乎？板舆入都，兰陔养志。见报囚而闭阁，教行于从政之初；闻平反以加餐，喜见于洁羞之顷。是以康侯虽司白云之纪，惟以冬日为怀，深体臯苏；归廷尉之平决，尽回冤滥。得博士之亭疑，颂唐卿之不冤，思于公之折狱。会东陵有旗丁聚哄之事，大吏飞章，朝廷遣使，锒铛满狱，徽缧盈庭。康侯爰以理官，命随使节。屏钻钴而弗用,恃钩距以得情;不戮一人,考竟大狱。……康侯正色立朝,……及云台预议,连挂贵臣;始著风裁,竟干时忌。太夫人处之若素,嘉其不挠。迨受束帛于新朝,弥励素丝之初志。通商惠工,泽已周乎乡郡,辞荣戒养,誉更满乎中朝。

——如侄王芝祥

林畏庐(福建侯官人,壬午举人)寿诗:

辛亥居斜街,乃与贤母邻。蛩声时过墙,林花铺重茵。觥觥辽沈君,力能批逆鳞。医隐为吾绍,面此绝代人。感喟述母劭,遂节茹苦辛。天与松柏年,铸此期颐身。春花灿朝晖,寿酒甘且醇。贵寿两无极,宁云非前因?

——愚侄林纾

(按:此诗提示出林琴南先生辛亥年在北京寓所的位置,即于西城下斜街与史履晋为邻。又可知林氏是通过著名医家力钧的介绍而与史家相识的。"觥觥辽沈君,力能批逆鳞"之句,具体可能指1907年史履晋与御史赵启霖等联名参奏庆亲王奕劻的儿子、时任农工商部尚书的载振纳受段芝贵贿赂之事。史履晋时任辽沈道监察御史。)

田桂舫(江苏淮阴人,癸卯进士,现任农商部司长)寿诗(节选):

折狱方为隽不疑,如矢更效史鱼直。谏草朝陈数十篇,时艰无力可回天。略营实业为朝隐,并以所得策懋迁。

——世愚侄田步蟾

刘润琴(直隶肃宁人,甲辰状元,前翰林院修撰;现任内史)寿诗:

我闻仁者常多寿,如影丽形无爽谬。宁为德性含坚贞,亦乃慈祥自天佑。又闻见子知母贤,此语已自欧公传。义方有训浃灵府,陶铸性格同天然。康侯先生北方杰,气挟风霜肝胆热。我昔与游悚然异,侧闻慈训愈心折。汉代循良隽不疑,平反庶狱仁风披。严而不酷教者谁?高堂喜怒皆箴规。矫矫义方王御史,翻恐忠臣妨孝子。终将亮直著清标,孰知乃出慈亲旨。贤哉史母世所钦,高睎远映无古今。含蕴纯懿久愈茂,有如松柏长森森。祗今上寿登九秩,颜若神仙体坚实。笑看莱彩舞春风,安念便是长生术。

——愚侄刘春霖

(按:刘春霖,字润琴,号石云。清光绪三十年甲辰科进士及第,是中国历史上最后一名状元。刘春霖擅书法,尤以小楷为著,时有"大楷学颜,小楷学刘"之誉。)

唐昭卿(直隶盐山人,己丑进士,前大理院推事)寿诗(节选):

卿月临芳甸,春台祝上京。世推仁者寿,人羡太君荣。通德高门庆,经师汉殿英。求贤佐文母，列宿伴长庚。鸣凤当年卜，齐眉异日评。食谱老姑性，疾侍女君贞。淑慎传宗党，勤劬慰仲卿。十年椎髻影，五夜剪刀声。

——愚侄唐烜

徐鞠仁（直隶天津人，丙戌进士，前大学士，军咨大臣；现任国务卿）寿诗：

坤舆佳气郁初春，彩胜银罂事事新。郗母问年还胜壮，不疑决狱早如神。吹笙宛转诗教补，戏彩翩跹乐有真。阊阖风回花似海，绣将肇悦荐重茵。

——徐世昌

冯华甫（直隶河间人，前直隶都督；现任宣武上将军，督理江苏军务）寿诗并引：

引（节）：

壬子、癸丑间，余督师津门，康侯适视艺事之政务，以勤慎号为廉平。通商惠工，则卫文公之微德也；官山府海，则管夷吾之遗刑也。王贡弹冠，固已长安语遍；房杜侍食，早知祁奰恩多。洎余逡驻此邦，康侯亦避名本籍。却攀辕之请，慰倚闾之心。事亲成身，则更难能可贵者矣。

寿诗（六首选四）：

滦河侧畔钓竿丝，孝行当年话宪之。李贺心头关阿奶，张凭膝下盼佳儿。早探家世栽荆树，岂为风光选柳枝。十万聘钱三百礼，只今犹记玉台诗。

朴素裙钗布与荆，织蒲辛苦夜机鸣。风和一木樛枝曲，日暖双苞荔子生。合卺好调中妇瑟，入厨再作阿姑羹。绝非蓉舫师东涧，婆饼声中唤女贞。

三子周家尽珥环，阿奴特出济时艰。红绫啖月名题墨，白简飞霜论办奸。举甲防秦窥北地，上书推谢起东山。勉成揽辔澄清志，滂母声名岂等闲。

故乡焜耀锦衣身，回首飞云转忆亲。一自携琴辞孔笏，又闻侧帽迓崖轮。起居八座生欢境，丝竹双行压软尘。惭愧江南无所有，举杯遥上寿千春。

——愚侄冯国璋

蔡志赓（江西南昌人，丁酉举人；前直隶教育司长，现任山东巡按使）寿诗（四首选二）：

早年辛苦和熊丸，壮岁风裁峻豸冠。韦逞受经传绝学，不疑决狱劝加餐。龙蛇已逐风云急，磐石能令闾里安。绛县重周新甲子，起居八坐万人看。

群流清浊问沧浪，往事同袍永勿忘。觌面似君真季布，饮醇如我愧周郎。回春星斗辉南极，拜母衣冠盛北堂。喜气一阳天不老，年年此日捧华觞。

——愚侄蔡儒楷

（按：蔡儒楷为北洋大学创始人之一。民国成立后，曾被袁世凯委为教育总长。）

张绍轩（江西奉新人，定武上将军，长江巡阅使）寿诗（二首选一）：

彩衣粲粲舞华堂，瑶罩同称介寿觞。慈竹阴成缘孝笋，孙枝秀接比甘棠。频量鹦粒朝施粟，惯度鸳针昼织裳。懿德难将彤管罄，期颐晋祝日方长。

——张勋

世博轩（满洲正黄旗人，乙亥举人，清太傅、大学士）寿诗：

大德由来享大年，孝慈勤俭最堪传。芳增桂子荣双榜，秀茁兰孙绕四筵。防患义同朱母重，训词名等不疑贤。愿随莱老萱堂舞，共祝期颐合拜仙。

——年愚侄世续

沈叔詹寿诗（二首选一）：

中壸擒芳纂母型，累朝懿美一身并。温舒久奉宽仁训，邹浩兼传伉直声。桑梓寓兵坚守望，蓬莱隔世卜澄清。未能镇日闲无事，镜里浑忘白发生。

——愚侄沈金鉴

（按：沈金鉴，字叔詹，吴兴人。曾任北洋巡警学堂总办、京师地方审判厅推官、安徽提法使。中华民国成立后，任京兆尹、湖南巡按使。1920年任浙江省省长，任内整顿司法，恢复全省县议会和城乡议会，与沈钧儒等人发起分省自治制宪，主持召开被孙中山斥为"分省割据"的浙江省制宪第一次会议，制定并宣布了《中华民国浙江省宪法》。1922年，因反对曹锟贿选，随徐世昌下台，闲居北京。）

李直绳（四川邻水人，前广东水师提督）寿诗：

蟠桃早熟玉京春，瞻拜萱堂岁月新。有子威仪冠獬豸，多孙头角见麒麟。辛勤寿骨弥增健，博济慈心自近仁。帝锡九龄彰盛德，更将赍予百年身。

芝兰子舍缔交年，孟母为邻感旧缘。世族共荣征舜裔，间阎揖让乐尧天。金章紫绶虞侯养，赐诏分封晋国贤。寸草春晖无限意，莱衣狂舞绮筵前。

——愚侄李准

（按：李准是中国百年来维护南海诸岛主权最得力的海军高级将领。其所著《广东水师国防要塞图说》，至今仍是中国政府用以证明对东沙、西沙等海岛主权的重要文献。1912 年 10 月，李准奉袁世凯电召，到北京任高级军事顾问。1916 年离袁去港，次年定居天津。李准擅隶书、篆书，天津《大公报》刊头"大公报"三字即为其所书。）

曾重伯（湖南湘乡人，丙戌进士，前翰林院编修；现任国使馆纂修）寿诗：

　　天池碣石气葱茏，表海雄风毓女宗。绕膝孙曾新跨凤，承欢子姓旧骧龙。银花月映芝为诰，珠斗春回华祝封。慈顺一门凝燕喜，升歌鲁颂和笙镛。

　　　　　　　　　　　　　　　　　　　　　——世姻侄曾广钧

（按：曾广钧，字重伯，号馘庵，又号伋安，清末著名数学家曾纪鸿长子，曾国藩长孙。诗才出众，被王闿运称为"圣童"，被梁启超誉为"诗界八贤"之一。汪国垣《光宣诗坛点将录》以天巧星浪子燕青当之；钱仲联《近百年诗坛点将录》则以天慧星拼命三郎石秀当之。与当时李希圣、汪荣宝、孙希孟并称为擅长"玉溪体"的四大家。）

朱芷青（京兆大兴人，壬戌举人，前河南陈州府知府）寿诗：

　　回思四十七年前，曾上琅琊寿母篇。（同治己巳浴佛日，康侯司长令祖慈王太夫人寿，香崖先生来启征诗，窎瀛曾偕女弟各贡诗词数首。）太姒徽音今继起，溧阳慈范又争传。瑞云甫奏逢芳节，（正月九日进瑞云乐章，见《宋史》）爱日恒春煦舞筵。三阅海沧人似旧，晚真如佛更如仙。宫词亲撷彩毫香，（香崖先生著有《全史宫词》行世）正位仪旋冠北堂。献繠宛从齐敬仲，兴门合号女汾阳。心超湛宋仁弥普，领点曾玄庆正长。拭瞩金萱荣百岁，愿重挥翰佐霞觞。

　　　　　　　　　　　　　　　　　　　　　——世愚侄朱窎瀛

李伯芝（直隶永年人。中国银行总裁）寿诗（二首选一）：

　　琅琊三息少尤才，令望平分内外台。邹邑儒宗成断杼，庐陵家法问寒灰。五朝旧事闲能说，三径秋花晚更开。歌罢升恒留后约，期颐还进紫霞杯。

　　　　　　　　　　　　　　　　　　　　　——愚侄李士伟

陈筱庄（直隶天津人，前学部郎中，现任北京高等师范学校校长）寿诗：

　　华筵初敞锦屏张，竞逐东风进彩觞。矢直家声邦有道，期颐岁月寿无疆。衣冠济楚众宾集，笙管啾嘈春日长。设帨佳辰逢盛会，愿伸嵩祝快登堂。

　　　　　　　　　　　　　　　　　　　　　——愚侄陈宝泉

（按：陈宝泉为中国近代教育家。早年参加康有为创办的强学会，1902 年任天津民立第一小学堂教员，又协助严修创办天津师范讲习所，1903 年由严修保送到日本留学，专攻速成师范科。1905 年主编《直隶教育杂志》，并与高步瀛合编《国民必读》《民教相安》等，另编著《国民镜》《家庭谈话》等教科类图书多种。后随严修到清廷学部任职，拟订学部开部之计划，改定中等以下学堂章程，主持组织图书局和编纂教科书的工作。1912 年 7 月，任北京高等师范学校校长，并应教育总长蔡元培之约，出席"全国临时教育会议"，参与民国初年的教育改革。）

冯公度（京兆大兴人，前海军部参事）寿诗：

婺垣珠彩彻青霄，人日才过第二朝。（正月九日为太夫人设悦令辰）鹤笲十年逾晋国，（宋张齐贤母八十余封晋国夫人）女师一代拜曹昭。费高沆瀣文章古，（汉初，东莱费直传《古文易》以授琅琊王璜，璜授沛人高相。恕为香崖先生再传弟子，故云。）裴白婚姻谱牒标。（白香山诗：韦门女清贵，裴氏甥贤淑。康侯冡妇为恕之女甥，故云。）差幸冯唐头未白，亦随玉树酌璃瑶。

——门下晚生冯恕

（按：冯恕师从乐亭赵维藩建邦，赵建邦师从史香崖梦兰。）

赵辅臣（直隶故城人，前民政部郎中，时任政事堂机要局佥事）寿诗：

金樽檀板敞琼筵，佳日欣逢上九天。兰峪曾留慈母惠，（太夫人恺悌慈祥，流誉乡党。公谳狱兰阳，一秉母教，终事未刑一人，至今兰人称颂。）析津群颂使君贤。（公任直隶实业司，当地方未靖、财政艰绌，振兴实业，不遗余力。嗣改官内务，规划河道，造端宏大。随在位日鲜，未尽厥施，而后之治河者当无逾斯轨。）式如松柏无量寿，载咏台莱第一篇。更祝期颐增鹤算，云璈瑶曲自年年。

——赵熙栋

沈淇泉寿诗：

淑德清才出雁门，来归京兆有休征。乳姑每废晨兴栉，课子常移夜织灯。躬涤厕牏操井臼，手裁裙布却丝缯。高风吴下鸿光隐，阴德关西震秉兴。儿以平反娱色笑，孙皆劬学致螢螣。羹汤厨下过三日，（康侯同年去冬为儿娶妇）冠履堂前集百朋。身历五朝盛封诰，眼看七叶长昆仍。九旬介雅正初九，上寿先占百岁登。

——年家子沈卫

（按：沈卫，字友霆，号淇泉，晚号兼巢老人，亦署红豆馆主，浙江省嘉兴府秀水县人，系沈钧儒十一叔。光绪甲午科二甲第二名进士，入翰林，散馆授编修，后曾任陕西学政。善诗文，工书法，晚年寓居上海，被推为翰苑巨擘。）

王任安(直隶天津人,戊戌进士,前民政部郎中、河南巡警道;现任内务部佥事)寿诗:

寿星明

记得年时,筵开八秩,运届承平。曾献寿歌诗,铿金戛玉;娱亲戏彩,撅笛调笙。度过沧桑,更新岁月,寿母堂前快雪晴。登堂拜,祝瑶池无恙,永乐长生。幼年常窃诗名,自得入师门解正声。奈身寄梁园,黄河渡早;梦回京国,白发心惊。老去侯芭,重依杨宅,别有怀恩感德情。霓裳奏,愿亲随檀板,按律和鸣。

——门下士王守恂

(按:此词一见便知非虚应故事之作。王守恂早岁曾随史梦兰学诗,有诗名,学问文章亦见重于时。晚年参与组织城南诗社和崇化学会,与严修、赵元礼被誉为"近代天津诗坛三杰"。著有《王仁安集》《天津政俗沿革记》等。王守恂在其所撰史母八十寿诗引中称:"乐亭史香崖师,恂尝以诗受业。"又在《杭州笔记》中称:"余作诗年久,初为吾乡梅小树所许,继为吾乡杨香吟、乐亭史香崖所赏识,后为通州范肯堂师指导并得俞恪士先生讲求。有以印证,放胆为之,虽不能成家,自信无大背谬。")

梁卓如(广东新会人,己丑举人,前司法总长)寿联:

玉照中闺觞传北海,河润九里春盎一门。

——年愚侄梁启超

吕镜宇(京兆大兴人,丁卯举人,前商约大臣、兵部尚书)寿联:

喜八方寿宇宏开宾从跻堂祝贤母颐龄锦字留题人日后,羡九十韶光正永广庭合乐博慈颜欢笑春灯预试晚风前。

——乡愚侄吕海寰

(按:吕海寰为清末著名外交家。光绪三十年,日俄战争爆发,为救治伤兵、难民,吕海寰主持成立了"上海万国红十字会",光绪三十三年改名"大清红十字会"。民国成立后,"大清红十字会"又改名"中国红十字会",吕海寰任会长。)

段香岩(安徽合肥人,前彰武上将军,督理湖北军务;现任镇安上将军,兼奉天巡按使)寿联:

茹芝饵黄上寿百岁,璚英朱草蔚华元春。

——世愚侄段芝贵

(按:段芝贵曾在"杨翠喜案"中因遭赵启霖、史履晋等人的参劾而被免职,此时又飞黄腾达的他却也送来寿联,耐人寻味。或许这正可反证史履晋"正色立朝"、不事"妄肆纠弹"。)

结　语

　　在晚清京东地区，曾经围绕史梦兰而聚集起一个庞大的传统文人群体，他们与朝廷及"洋务"、"维新"派人物有着微妙的互动。作为地方士绅阶层，他们续学承统，以诗明道，赓飏风雅，对于驯化、维护、校正"政统"，对于规范官员行政、廓清地方吏治，确实起到了一定作用。而这一切又都凝聚为史氏家族的声望。乐亭史氏家族，其文誉与家风相得益彰，声名远播，影响卓著，堪称冀东一带的文化地标。

　　史梦兰去世后，史氏家风经由其妻子田氏及其曾经做官或做实业的儿孙（如史履晋、史亦傑、史亦俨）传承，在新的历史条件下又有所发扬。

　　乐亭史氏家族留下了三部寿言集：《萱庭寿言》《樗寿赠言》《萱庭寿言二编》，是分别针对史梦兰的母亲王氏、史梦兰本人和史梦兰的夫人田氏的。这三部寿言集不仅保存了诸多稀见的人物史料，更为后世树立了一个对中国传统社会极具解释力的家族标本。透过这三部寿言集，可以清晰地勾勒出乐亭史氏家族的家风传承；透过史氏家风，又可以精微地描摹冀东地区的地域文化特质。

（王双：唐山师范学院中文系副教授）

古代邢地文学研究

胡 蓉

邢台地区位于华北平原南部，历史上曾四次建国、三次定都；素有"邢国故土、襄国故都、依山凭险、鸳水之滨"的美誉。

夏商周称邢。上古时期，尧帝曾建都于柏人城（位于今邢台市隆尧县双碑乡），并在此禅位于舜。夏代《禹贡》定九州，邢属冀州。约公元前1525年商王祖乙迁都于邢。前1066年，周成王封周公第四子姬苴（邢靖渊）为邢侯，建立邢国。春秋末期，邢地辗转属晋。战国初，前372年，为赵国之别都。秦汉三国称为巨鹿郡。前221年，秦一统天下，于邢地设巨鹿郡，为全国36郡之一（治所邢台市平乡西南）。25年，光武帝刘秀在鄗城千秋亭（今邢台柏乡）登基称帝，建立东汉。两晋南北朝称为襄国郡。312年7月，羯族人石勒统一了北方，定都襄国，史称后赵。石勒修襄国城，城墙可卧牛，故称卧牛城，石勒引达活泉水周流城内。隋唐宋金时期邢台称邢州，元明清时期邢台改称顺德府（路）。

在悠久的历史中，范成大、元好问、耶律楚材、李攀龙、归有光、顾炎武等许多文学家、诗人倾慕于邢地山水风物。以邢地的潦水、达活泉、野狐泉、鸳水桥、鹊山、豫让桥、清风楼、老八景之一的柳溪春涨等自然景观为文学题材，成就了文学史上不朽的邢台书写，为邢台文学留下了永久的记忆。同时，邢台诞生了魏收、魏徵、宋璟、张祜、刘秉忠、元明善、顾随等很多知名作家，他们的作品像一颗颗璀璨的明珠闪烁在中国古代文学的历史长河之中。

一、文学史上的邢地书写

几千年来，邢地有着优美的自然景观，众多文学家，用他们生花的妙笔，书写邢地，邢地自然景观逐渐成为一种文学景观。邢字古通"井"，古邢台百泉竞流，故称井方，是著名的水乡。历史上邢台北部曾经有三条河，潦水、达活泉和野狐泉。清朝翰林商盘曾写《古风》一诗："邢襄绕郭多名泉，野狐达活清且涟。廿载源流忽枯竭，荒塍蔓草埋寒烟"。位于城西北的达活泉（今达活泉公园）、野狐泉（今邢台市北郊元庄村西）两泉并流成一条鸳水河，所以邢台又名鸳水。而现在仅存达活泉，被现代邢台人称为"邢台之肺"。明清时期有很多文人赞颂过达活泉，如明朝都御史杨澄《达活泉》："一泓鬐沸漾清秋，守护神功果相不？玉藻深中鸥鸟集，锦鳞跃处浪花浮。"

1251年，城北澧水、达活、野狐三河因堤埝失修，遇雨泛滥，百姓流离失所。邢州太守张耕找来郭守敬，顺利疏浚了邢州北澧水、达活泉、野狐泉三条河道后，又在御路通过处，修建石拱"鸳水桥"。从此，城北水路陆路都畅通无阻，农田得到灌溉。元好问的《邢州新石桥记》记载了这件事。

元好问，字裕之，号遗山，是我国金末元初最有成就的作家和历史学家，文坛盟主，是宋金对峙时期北方文学的主要代表，具有承金启元的桥梁作用，诗、文、词、曲，各体皆工。元好问多次到过顺德府（邢台），对邢地的地理风物比较熟悉。他的散文《邢州新石桥记》以简洁流畅的风格叙述了元初战乱后邢州水患和修石桥治水的过程，称赞了元初邢州地方官员张耕、刘肃勤于政务，为邢州百姓疏通河道、修建石桥。更为可贵的是，文中记载了郭守敬邢州治水的经过，郭守敬邢州治水的成功，为他日后开凿通惠河提供了实战经验。"州北郭有三水焉：其一澧水；其一曰达活泉，父老传为佛图澄卓锡而出。'达活'不知何义，非讹传，则武乡羯人之遗语也；其一曰野狐泉，亦传有妖狐穴于此。澧水由枯港行，并城二三里所，稍折而东去，为蔡水。丧乱以来水散流，得村墟往来取疾之道，溃堤口而出，突入北郭，泥淖弥望，冬且不涸。二泉与港水旧由三桥而行。中桥，古石梁也，淤垫既久，无迹可寻。数年以来，常架木以过二泉。规制俭狭，随作随坏，行者病涉久矣。两安抚张君耘夫、刘君才卿思欲为经久计，询访耆旧，行视地脉，久乃得之。经度既定，言于宣使，宣使亦以为然。乃命里人郭生立准计工，镇抚李质董其事。分画沟渠，三水各有归宿。果得故石梁于埋没之下，矼石坚整，与始构无异。堤口既完，澧水不得骋，附南桥而行。石梁引二泉分流东注，合于柳公泉之右。逵路平直，往来憧憧，无蹇裳濡足之患，凡役工四百有畸，才四旬而成。择可劳而劳，因所利而利，是可纪也。"这篇散文体现了元初散文纪实性的特征，具有典型意义。

位于今邢台市内丘县的鹊山，历史上因名医扁鹊而著名，元好问的家乡在山西太原秀荣，今山西省忻州市。元好问从山西到山东东平，多次路经此地，并留下诗篇赞颂鹊山美景。《赋邢州鹊山》："去时唐山道，遥望鹊山背。今朝西北看，奇秀益可爱。苍茫失层叠，解驳见紫带。浮云自来去，尽巧宁变坏。吴妆入小笔，隐隐拂残黛。"这首是从东平返回的诗。由太原往返东平，多次来去都经过这里。去年往东平，取道唐山（今邢台市隆尧县），唐山在鹊山北面，仅见鹊山之背；今年取道邢台，邢台在鹊山东南，故称"西北看"愈见奇秀也。遥望鹊山苍茫，浮云变幻，像时隐时现的带子环绕在鹊山之上。整个鹊山犹如女子妆容，正在拂去残黛。意象精巧，笔触细腻。

战国时期，赵都信都（邢台）北五里建有一座石桥，名"五里桥"。晋国义士豫让为报主恩涂漆吞炭，藏在桥下，伺机刺杀赵襄子。三次刺杀行动失败，面对赵襄子自杀于五里桥上。人们感念豫让忠义凛然、以死报主的精神，把五里桥改称"豫让桥"，也曾称之为"国士桥"。豫让成为"赵燕慷慨悲歌之士"的代表人物。《邢台县志》详细记载了豫让的事迹。豫让桥从此成为名胜，世代流传，至今仍是107国道必经的桥梁。唐代诗人胡曾，邵阳人，为官多年，历览各地历史遗迹，有《咏史诗》三卷。作《过豫让桥》一诗："豫让酬恩岁已深，高名不朽到如今。年年桥上行人过，谁有当时国士心。"①

明万历十八年，邢台县知事朱诰修建了豫让祠，祭祀香火不断，豫让桥是明清许多文人墨客吟咏的对象。陈维崧（1625—1682）清代词人、骈文作家，字其年，号迦陵。宜兴（今属江苏）人，参与修纂《明史》，与朱彝尊并称"阳羡派"词领袖。路经邢台时写下《南乡子·邢州道上作》："秋色冷并刀，一派酸风卷怒涛。并马三河年少客，粗豪，皂栎林中醉射雕。残酒忆荆高，赵燕悲歌事未消。忆昨车声寒易水，今朝，慷慨还过豫让桥。"这首词气魄宏大，风骨挺拔，洞察古今，神思飞扬，议论抒情纵横千里，集中体现了陈维崧豪迈奔放的词风。

清乾隆十五年（1750），顺德知府徐景增重建鸳水桥和鸳水亭，距离豫让桥很近，故称"豫让前桥"。作《鸳水亭记》《鸳水桥记》二记，文中记载："与僚属循行郊野，见新辟稻畦环青送碧，居然乐土矣。顾子子干旌无憩息所，仅得废寺小留。"郊游野外，稻田碧色，一望无际，旷野寂寥。昔日之邢州自然景观，令人神往。

清风楼是邢台的文化标志，现位于邢台市旧城中心，府前街北端。清风楼原坐落于府衙前，为府衙的组成部分。清风楼始建年代不详，据《顺德府志》记载，清风楼"建自唐、宋"，后因战乱等故被毁坏。明朝宪宗成化三年（1467），邢台知府黎光亨不惜巨资重新修建。重建后的清风楼具有典型的明代建筑风格，为重檐歇山式结构，楼高七丈余，下面砖石筑台，上面斗拱飞檐，气宇轩昂，庄严雄伟，是当时城区的最高点。陈音（1436—1494），字师召，福建莆田人，天顺八年（1464），登进士，改庶吉士，授翰林院编修，翰林院侍讲。陈音的《清风楼记》一文中，记叙了明代成化年间重修清风楼的经过，为邢台的历史文化留下了宝贵的文献资料，文中描绘了立足清风楼上的所见所感。登楼远望，春夏，云天壮阔，远山如黛，鹰击长空，水天一色；秋日，十里荷花，风送花香，槐荫垂杨，若隐若现；冬日，松柏傲雪独立，群山冰冻如玉。陈音不惜笔墨，雕琢铺陈，华美明快的字里行间流露着对清风楼，对邢台山水的热爱之情。"是楼也，高凌霄汉，俯绝尘埃，远近川泽之胜，举在指盼间，维时淑气方熙，群翎奏巧，嘉禾葱郁，远山如黛，画景舒长，云踪

---

① 见《全唐诗》第10册，卷647，7476页，北京，中华书局，1997。

出岫,槐柳垂阴,芰荷歆馥,玉露方浓,银蟾万里,鹰鹜高飞,水天一色,疑寒冱冻,竹松晚翠,积雪未消,列峰堆玉,四时万景,纷翠毕陈。"(《清风楼记》)

据《顺德府志》记载,明代尚书李京,曾担任顺德府正员,撰文记录了当时清风楼上所见的景色。"郡城内有楼焉,高十余丈,俯视城内外,望十五里远。西山爽气,入窗牖栏楯间,日夕万家烟火,如缕如织。城南七里河如带,百泉、达活泉如雨落星湾。鼓钟其上报晨昏,为郡谯楼。进府署由楼下行。建自唐宋。"李京还作诗表达对清风楼的喜爱,《郡楼晚眺》:"百尺丽谯不记年,千家灯火夕阳天。登临平讶乾坤合,荡漾低看日月悬。帘卷行山来暮景,窗开陆泽起寒烟。钟声报漏仍高望,夜气苍茫北斗边。"明代黎永明也留下了对清风楼的歌咏,《清风楼》:"人海红尘丈五深,夜来才息晓相寻。清风独在青宵外,故作层楼共古今。"

在悠悠的历史长河中,一些著名的文人或任职邢台、或学习于邢台、或旅居邢台,他们寓居邢台期间,与邢台山水风物结下了不解之缘。洪迈、李壁、范成大、耶律楚材、李攀龙、归有光、顾炎武等众多文学家,怀着对邢襄大地的深厚感情,倾情书写了邢襄文学的辉煌篇章。

12世纪,金兵南下,邢地遭受战乱,宋金南北对峙期间,邢地处于金统治区。洪迈、范成大、李壁等南宋官员北上出使金国路过邢地,记录了对邢地、对故国的一片深情。

洪迈(1123—1202),南宋饶州鄱阳(今江西)人,号容斋,南宋著名文学家。这首诗是诗人出使金国路过邢州,想到邢州的古今沧桑之变怅然赋诗。《过邢州诗》:"蕞尔邢侯国,巍然昭义军。未能为晋重,忽已被梁分。壤沃连三郡,时移出四君。苍茫怀古意,群丑漫纷纭。"

李壁(1159—1222),字季章,号雁湖,又号石林,眉州丹棱(今属四川)人。南宋礼部尚书,拜参知政事。开禧元年(1205)李壁出使金国贺生辰时,路过邢州(邢台),故土沦丧而无力光复,深为惭愧。《过邢州》:"北地霜重九月寒,驰裘破晓上征鞍。也知骨相非麟凤,惭愧州人向掌看。"

范成大(1126—1193),字致能,号石湖居士。平江吴郡(郡治在今江苏吴县)人。南宋诗人。曾出使金国路过邢州。《邢台驿》:"太行东麓照邢州,万叠烟螺紫翠浮。谁解登临管风物?枯荷老柳替人愁。"枯荷老柳指邢台的柳溪春涨景观,是老邢台的邢州八景之一。一个"愁"字表达了对邢州陷入敌手的忧虑。

金元之际,邢地成为华北军事重镇,文化中心。

耶律楚材(1190—1244),字晋卿,号玉泉老人,法号湛然居士。初仕金,1215年,燕京陷落,跟随忽必烈,征战四方。他是金元之际的文学家,旁通天文、地理、律历、术数及释老、医卜之说。耶律楚材曾出家邢州（邢台），拜邢州净土寺万松行秀为师，景贤为其在邢州时结交的朋友。耶律楚材在邢州参禅数年，对邢州感情深厚，曾随从成吉思汗和窝阔台远征四方，写下了大量诗歌，其中有许多首诗是寄给邢州师友景贤的。如："龙冈（古代邢台别称龙冈）漆水两交欢，纵意琴书做老闲"。"多谢龙冈怜老隐，新诗酬酢路无悭"（《寄景贤二首》）。"自从一识龙冈老，余子纷纷不足云"（《和景贤》）。"此身未退心先退，独有龙冈识我情"（《用李德恒韵寄景贤》）。

李攀龙（1514—1570），明代文学家，"后七子"之一，曾任顺德府知府，任职期间写下了《于郡城送明卿之江西》："青枫飒飒雨凄凄，秋色遥看入楚迷。谁向孤舟怜逐客，白云相送大江西。"视角由顺德府治所（河北邢台）转换到江西，展示的意象由近而远：楚天秋色，一片迷茫，离别的哀怨流转在字里行间。嘉靖年间，严嵩专权，兵部给事中吴国伦也因此受到牵连，贬谪至江西按察司知事，李攀龙于顺德府作此诗为好友吴国伦送行，表达对朋友的挂念和对权奸的怨愤之情。

归有光（1506—1571），字熙甫，别号震川，世称"震川先生"，江苏昆山人。曾任顺德府通判，是明代散文派别"唐宋派"的代表人物。归有光善于捕捉生活中的细节和场面，在平淡简朴的笔墨中，饱含着感人至深的真挚感情。譬如著名的《寒花葬志》《项脊轩志》《先妣事略》等文章，几百年后读起来仍似甘泉流入心脾。1568年秋季作者自吴兴调到邢州任副职，第二年夏季五月到任，主持郡里的马政，管畜牧及采购马匹。马政无事可做，只是收接转发太仆寺的文件而已。归有光自比白居易，身处逆境却能坦然自乐。文中谈自己在顺德府（今邢台市）的起居生活："余自夏来，忽已秋中，颇能以书史自娱。顾衙内无精庐，治一土室，而户西向，寒风烈日，霖雨飞霜，无地可避。几榻亦不能具。月得俸黍米二石。余南人，不惯食黍米。"文章短小精炼，围绕自己与白居易的共同经历抒发被贬官的心情，重点突出。对于邢州生活的琐事，只做了简单描述，详略得当，不愧为大家之作。

唐朝末期，河北一带藩镇割据，唯有邢州地区听命唐王朝，是中央在河北地区唯一能够控制的重镇。朝廷重兵驻守邢州，建立昭义镇节度，稳定北方局面。明代著名的思想家、文学家顾炎武在其《邢州诗》中，叙写邢州在唐代的重要性。千百年沧桑之后，旷野悲风，令人感慨万千："太行从西来，势如常山蛇。邢洺在其间，控压连九河。唐人守昭义，桀骜不敢过。凭此制山东，腹心实非他。事已邈悲风，芒然吹黄沙。乞食向野人，从之问桑麻。"

二、邢地作家的文学书写

在几千年的历史中，邢台地区诞生了大批文学家，路温舒、魏收、魏征、宋璟、张祜、常建、于濆、刘秉忠、元明善、曹鼐、魏裔介、顾随等众多知名作家他们生于斯长于斯，从这里走向全国。以他们卓越的文学才能，创作出家喻户晓的经典之作，名垂青史。

路温舒，字长君，巨鹿东里（今属河北平乡西南）人。生活在西汉中期，武、昭、宣时期。出身贫寒，自小牧羊，取水中的蒲叶来书写，勤奋好学。曾做过监狱小吏，负责起草司法文书，后又举孝廉。汉宣帝时期，担任临淮太守等职务，信奉儒家学说。汉武帝时期，任用酷吏，严法重刑，众多无辜者蒙冤屈死。公元前74年，汉宣帝即位之初，他上疏《论尚德缓刑疏》一文，请求整顿吏治，改变重刑罚，主张"尚德缓刑"。这篇文章不仅具有政治意义，还具有很高的文学价值。文章情感深切，赤子之心跃然纸上。逻辑严谨，字句整饬铿锵，掷地有声，文风醇厚，是汉代散文的代表作。标志着散文逐渐骈俪化的倾向，是文学史上的经典之作。主要观点有：一、希望汉宣帝像齐桓公、晋文公、汉文帝一样，顺应民意，施行仁政。二、他认为秦朝灭亡的原因有很多，刑法严苛这一弊政，至今还在。严刑逼供迫使罪犯编造假供，给狱吏枉法定罪开了方便之门。"故天下之患，莫深于狱；败法乱正，离亲塞道，莫甚乎治狱之吏。"三、他在奏疏中还提出废除诽谤罪，以便广开言路。"臣闻乌鸢之卵不毁，而后凤凰集；诽谤之罪不诛，而后良言进。""唯陛下除诽谤以招切言，开天下之口，广箴谏之路，扫亡秦之失，尊文、武之德，省法制，宽刑罚，以废治狱，则太平之风可兴于世，永履和乐，与天亡极，天下幸甚。"路温舒"尚德缓刑"的主张受到重视，宣帝曾下诏在廷尉府设置廷尉左、右平，这个官职专门负责案件的评审和复核，避免出现冤狱。汉宣帝整顿吏治，成就了西汉中兴，这当中路温舒有谏言之功。

魏收（505—572）字伯起，巨鹿（今河北邢台）人，仕魏及北齐，是北齐文坛领袖，与温子升、邢邵并称"北地三才子"。魏收的诗歌华美轻艳，文章则庄重凛然。《挟琴歌》"春风宛转入曲房，兼送小苑百花香"风格轻柔幽婉。《大射赋诗》"尺书征建业，折简召长安"则刚健豪壮。

魏征（580—643），字玄成，巨鹿人（今河北邢台巨鹿县）。唐初著名政治家、文学家。他一生著述颇丰，主编《隋书》《梁书》《陈书》《齐书》及《群书治要》，有《谏事》《次礼记》《时务策》等著作，撰文集二十卷。

作为一名学者，魏征在文化心态上是成熟稳健的。虽身为政治家，他没有一味强调文学服务于政治，没有忽视文学自身的特性和发展规律。在南北文风的问题上，魏征是文学史上最早论及南北文学思想对立的人。《隋书·文学传序》中论述道："江左宫商发越，贵于清绮；河朔词义贞刚，重乎气质。气质则理胜于词，清绮则文过其意，理深者便于时用，文华者宜于咏歌。此其南北词人得失之大较也。掇彼清音，简兹累句，各去所短，合其两长，则文质斌斌，尽善尽美矣。"这一论述体现了他通达自信的文学观。在唐诗发展的发轫期，魏征以宰辅之尊既主张文学的教化功能又强调文学绮丽的特征，将浓郁的个性情感和优美的形式熔于一炉。他的合南北文风于一体的文学思想，深刻影响了唐诗未来的发展方向。

在诗歌创作上，魏征的诗风刚健慷慨，集中体现了燕赵文人的贞刚之气，即便是高唱颂歌，也写得大义凛然，一扫柔媚之态。《全唐诗》存其诗歌三十六首。其诗大多是为朝会及宗庙祭祀而作的歌词，也有几首抒情之作。如《述怀》抒发其为唐朝建功立业的大志："请缨系南粤，凭轼下东藩"。沈德潜在《唐诗别裁集》中评价该诗云："气骨高古，变从前纤靡之习，盛唐风格，发源于此。"

魏征的谏议政论文内容丰富，逻辑严密，切中事理，对后代产生了很大影响。他的《谏太宗十思疏》是谏议政论文中的经典之作，力戒太宗认真做到"居安思危"、"戒奢以简"，时刻修炼自己的品德。"求木之长者，必固其根本；欲流之远者，必浚其泉源；思国之安者，必积其德义"。文章词旨恳切，气势雄峻，没有堆砌典故之病，表现出由骈入散的倾向，具有文学史意义，宋朝欧阳修、苏轼的奏议文章深受魏征的影响。①

宋璟（663—737），邢州南和（今河北省邢台市南和县阎里乡宋台村）人，唐代四大名相之一，辅佐唐玄宗成就"开元盛世"。宋璟幼年聪敏，刻苦好学，七岁即能作文。高宗调露二年（680），年仅十八即中进士。《全唐诗》存诗六首，《全唐文》存文赋十八篇。其诗多奉和应制之作，皆典重古朴。《送苏尚书赴益州》写得感情浓郁："我望风烟接，君行霰雪飞。园亭若有送，杨柳最依依。"诗通俗流畅，暗含典故，涵蕴丰厚。宋璟二十五岁时写的《梅花赋》为唐律赋名篇，初唐宰相、诗人苏味道钦佩《梅花赋》作者之才华和志气，向当朝力荐宋璟。晚唐文学家皮日休评说《梅花赋》"清便富丽"。《梅花赋》全篇共计五百六十字，以花喻人，赞美梅花不慕虚荣，卓然独立的品格。"棲迹隐深，寓形幽绝，耻邻市廛，甘遯岩穴"②。辞藻华美，对仗工稳，多处化用典故，铺陈扬厉，文采飞扬，备受历代文人所称道。

宋璟死后，大书法家颜真卿仰慕一代名相，撰文并书写宋璟神道碑，原文

---

① 胡蓉：《魏征文学成就综述》，载《邢台学院学报》，2011(4)，46～47页。
② [清]《全唐文》，影印嘉庆本，2089页，北京，中华书局，1985。

题目是《有唐开府仪同三司行尚书右丞相上柱国赠太尉广平文贞公宋公神道碑铭》。文章记叙了宋璟一生的事迹，赞扬了宋璟高贵的品格。"生知礼度，天纵才明。玉立殿天子之拜，介然秉大臣之节。震电凭怒，谠言而不有厥躬。鼎镬沸前，临事而义形于色"①。至今宋璟碑还矗立在邢台市东户村，具有很高的历史、文学和书法艺术价值。

清代乾隆皇帝对宋璟的品德和他的《梅花赋》推崇之至，于1750年秋，在十里铺（现河北省沙河市十里铺）梅花亭亲笔书录了宋璟的《梅花赋》，并赋诗一首《东川诗》。赞颂宋璟梅花骨格，忠心为国，并画古梅一幅。后人将赋、诗、画刊刻于石，镶嵌在梅花亭北侧的梅花堂内墙壁上，称之为"乾隆御书石刻"。

张祜，字承吉，邢台清河人。大约生于唐德宗贞元初年（785），卒于唐宣宗大中八年（854）。他是生活于中晚唐之交的著名诗人，其诗歌成就可与晚唐三大家李商隐、杜牧、温庭筠相颉颃。他很早就享有诗名。他在唐宪宗元和年间写下了不少宫词和山水诗，传唱一时。张祜与杜牧二人的忘年友情，在晚唐诗坛上传为佳话。当时诗人郑谷曾写诗说："张生故国三千里，知者惟应杜紫微"。张祜的诗体裁形式多样，数量最多的是近体诗，也有一些古体乐府诗。他的近体诗格律比较严谨，特别善于创造工整精巧的对仗句。晚唐诗人张为在《诗人主客图》中把张祜列为"广大教化主"白居易的入室弟子。晚唐著名诗人陆龟蒙评张祜诗"老大稍窥建安风格"。晚唐文人王赞评"张祜升杜甫之堂"。张祜的《题润州金山寺》："僧归夜船月，龙出晓堂云。树色中流见，钟声两岸闻。"是对仗工稳的名句。这首诗优美的诗句，矛盾而真实的心路历程，引起了众多诗人的共鸣。这首诗的流传唱和延续到清代，从唐代至清代很多诗人为这首诗次韵。

常建（生卒年不详），唐代诗人，字号不详，祖籍邢州（今邢台）。开元十五年与王昌龄同榜进士，仕宦不得意，后隐居于鄂州武昌（今属湖北）。其诗多为五言，常以山林、寺观为题材，也有部分边塞诗，选语精妙，境界超远，风格接近王、孟一派。他善于运用凝练简洁的笔触，表达出清寂幽邃的意境，诗中往往流露出"淡泊"襟怀。有《常建集》，《题破山寺后禅院》《宿王昌龄隐居》等是他的代表作。

唐代殷璠评常建诗歌艺术特点所说："建诗似初发通庄，却寻野径，百里之外，方归大道。所以其旨远，其兴僻，佳句辄来，唯论意表。"（《河岳英灵集》）精辟地指出常建诗的特点在于构思巧妙，善于引导读者在平易中入其胜境，而不以描摹和辞藻惊人。

---

①[清]《全唐文》，影印嘉庆本，3477页，北京，中华书局，1985。

于濆（832—?）字子漪，今河北邢台人。唐代咸通二年（861）登进士第，曾奔走于陕西、河南、江苏、浙江和北方边塞等地，一生郁郁不得其志，沉沦下僚，官终泗州判官。与刘驾、曹邺等皆不满于当时诗坛拘守声律、轻浮华艳的绮靡诗风，曾作《古风》三十篇以矫弊俗，自号"逸诗"。其诗擅长五古，短小精悍，质朴刚健，边塞诗也写得深沉痛切，独具一格。《全唐诗》录其诗四十五首，编为一卷。《古宴曲》[①]是于濆的代表作之一，抨击了奢华无度的权贵对民生疾苦的无知，表达了诗人对统治者的愤慨憎恶和对黎民疾苦的同情。运用特写和对比的方法，其中"十户手胼胝，凤凰钗一只"一句，像白居易的"一丛深色花，十户中人赋"和杜甫"朱门酒肉臭，路有冻死骨"一样，成为千百年来警策人心的名句。

刘秉忠（1216—1274），邢州（今河北邢台市）人，法名子聪。入仕后始更名秉忠，字仲晦，自号藏春散人。十七岁即为邢台节度使府令史，后隐居武安山中，为僧人。游云中，留在忽必烈身边，征大理、攻南宋。至元初，拜光禄大夫，位至太保，参预中书省事，对元代开国制度多有建树。曾主持建上都、中都两城。立国号"大元"，以中都为大都，都是刘秉忠的建议。刘秉忠是邢州集团的领袖，教育家，他所引领的邢州数术家群体，在天文、历法、水利、建筑、数学等科学技术领域做出了举世瞩目的成就。几千年来，当中国文人倾毕生之力在人文政治方面孜孜以求之时，刘秉忠领导的邢州学派则在沉寂的自然科学领域点燃智慧的火把，点亮了蒙元时期的文明之路，照耀着世界古代的科技之旅，并惠及现代。规划设计元大都，开凿通惠河，编纂授时历等科技成就影响至今。同时，刘秉忠还是元代文学家、诗人，在元初文坛占有一席之地。秉忠自幼善学，至老不衰，一生著述丰富，有《藏春诗集》六卷，《藏春词》一卷，《平沙玉尺》四卷，《玉尺新镜》二卷，又有诗文集三十卷。刘秉忠散曲《干荷叶》是元代散曲的经典之作。1246年，刘秉忠父刘润去世。1247年春，忽必烈赠送黄金百两，派人护送刘秉忠回邢台葬父。六月，到邢台作《丁未始还邢台》三首。十月，安葬祖父母及父母灵柩于今邢台市西郊贾村。诗中秉忠表达了离家多年又回到故乡的欣喜感慨，《丁未始还邢台》三首："十年朔漠到乡城，里巷传闻喜复惊。老者相看更相命，小童争拜又争迎。""布袍抖擞客途尘，闾里归来感慨频。一代衣冠风又变，十年城郭物还新。""清明左侧上归鞍，急到邢台六月间。万里春风吹绿鬓，一城和气暖朱颜。"秉忠返乡诗还有：《始到邢台》《庚戌再还邢台》。秉忠对故乡的思念之情，日日夜夜挥之不去，《夜雨》："接地阴云晚不开，故乡归梦到邢台。枕边

[①] 萧涤非：《唐诗鉴赏辞典》，1270页，上海辞书出版社，1985。

忽听雷声起,风雨搅搅一泼来。"①

　　元明善(1269—1322),字复初,清河(今河北邢台)人。元代著名文学家,儒学大师。曾任字丰、建康两州学正,升江西省椽,承直郎,湖广行中书省参知政事,翰林待制。仁宗延佑二年(1315),元朝第一次科举考试,任主考官。1322年3月,葬于清河王家原(今清河县王官庄附近)。曾撰修《武宗实录》和《仁宗实录》。马祖常《翰林学士元公神道碑》记载:"其文有赋五,诗凡一百六十三,铭赞传记五十九,序三十,杂著十五,碑志一百三十。"苏天爵的《元文类》中收录29篇文章,缪荃孙辑元明善诗文《清河文集》,收入藕香零拾丛书留世。元明善是元代散文家,在他的《清河集》(藕香零拾本)中,有多种文体,制、诏、记、表、碑、传、序跋等。元明善作为一位儒学大师,他的散文有凝重简约、清丽典雅的特点,但不局限于此,又有宏赡纵横、豁达奔放之风。他善于运用排比,造成奔放的气势。他能将儒家经典融会贯通,众体兼备,有韩愈纵横之风,在散文史上占有一定的地位。

　　万竹亭西靠雪山,东临岷江,在一片竹林中建亭子,所以称万竹亭。风雨雪月,溪水声与风竹声相和,冰释尘虑,与自然融为一体。元明善的《万竹亭记》优美清丽,文采华美,描绘出山水田园之美。在文章中我们看到元明善作为儒者之外的另一面,那就是超然世外的道家情怀。"亭之西雪山嵯峨,玉立霄汉,东则岷江之支洪流达海。亭并长溪,可汲可渔,抱亭几合而去与江会。每风日清美,目因境豁,群虑冰释,神情散朗,超然遗世。或风雨之夕,溪声与竹声乱,耳入清音,幽思以宣,肃如也。或雪或月,亭与竹尽宜,吾兄弟时相过而爱亭甚。日对哦夜对床者,春与秋多。将弃官归老矣,君与吾弟记之。"②

　　曹鼐(1402—1449),字万钟,谥文忠,明朝北平承宣布政使司真定府宁晋县(今河北省宁晋县)人。曹鼐是北宋政治家曹利用的后人。少年豪爽,有大志,博览群书。明宣宗宣德八年(1433)癸丑科一甲第一名进士(状元),初授翰林院修撰,官至吏部左侍郎兼翰林学士。正统十四年(1449)随英宗亲征,遇土木堡之变,在乱军中被杀。曹鼐墓至今尚存,在宁晋县东王里村,1993年成为河北省文物保护单位。曹鼐的代表作《中秋》,继承了李白、苏轼狂放自由的风神。秋高气爽风卷云舒,海天寥廓,明月孤悬,客醉狂歌,与嫦娥一道白芷起舞,与自然融为一体。此诗对仗工稳,流畅自然,豪俊犷放,体现了曹鼐不凡的气度和深厚的学养。"风卷浮云散九区,海天澄澈月轮

---

①杨镰:《全元诗》,第3册,196页,北京,中华书局,2013。
②胡蓉:《论元代散文家元明善》,载《邢台学院学报》,2012(2),50～51页。

孤。三秋爽气凌空碧，一点寒光照太虚。狂客醉酣歌白苎，素娥起舞击苍梧。何须更觅神仙术，我已藏身白玉壶。"

魏裔介（1616—1686）字石生，号贞庵、昆林，谥文毅。直隶柏乡（今邢台市柏乡县）人，清初大臣。顺治三年进士，选庶吉士。历任吏部尚书、保和殿大学士等职。有《兼济堂集》传世。曾为燕赵畿辅之民请命减赋："燕、赵之民，椎牛裹粮，首先归命。此汉高之关中，光武之河内也。今天下初定，屡奉诏蠲赋，而畿辅未沾实惠，宜切责奉行之吏，彰信于民。"《送友人白青玉归》："故园一片月，相照共生平。俭岁无忧色，山田惟力耕。床头留旧酿，世事尽浮名。余亦明年去，闲看春草生。"这首送别诗表达了作者与友人真挚的友谊和期望摆脱尘世浮名羁绊的情怀。这首五律风格平易自然，不事雕琢，外平淡而实美丽，颇有陶渊明的风神。

顾随（1897—1960），邢台清河人，字羡季，别号苦水，晚年号驼庵。他一生致力于古典诗词的研究、教学和创作，是一位古典文学研究专家又是诗词作家。其论词说诗见解深微、精彩卓绝，其诗词创作情真意切、沉郁流转，尽显大师风采。其著作主要包括《无病词》《苦水诗存》等诗词集，《稼轩词说》《东坡词说》《驼庵诗话》（讲录）《驼庵说诗》（讲录）《元明残剧八种》《揣籥录》《佛典翻译文学》等学术论著，顾随先生在诸多领域都取得了卓越的成就。

《木兰花慢·赠煤黑子》中成功地塑造了"煤黑子"的形象，续写白居易卖炭翁的感动。送煤工为了万千家庭的温暖，面目变得"黧黑"、"狰狞"，其中"白尽星星双鬓，旁人只道青青"一句饱含了对劳苦大众深厚的人文关怀。在创作上，顾先生极为重视思想感情的作用。他说："诗中最要紧的是情，直觉直感的情，无委曲相。一切有情，若无情便无诗了。"《贺新郎·咏驼》这首词诗人通过描写骆驼历经几千里大漠风沙的艰难旅程而从不放弃，表达了对骆驼坚韧深沉品格的崇敬。"一步步，几千里"，"驼不语，蹶然起"，担荷艰苦却无怨无悔的品格，令历经人生各种艰难的顾随获得了极大共鸣。顾先生以驼自喻，把自己的书房命名为"倦驼庵"。顾先生主张"高致说"，在作品内容上，追求以真为本的深远超脱之致；在作品形式上，强调"不可无心得，不可有心求"的文采之彰；在作家人格上，主张以"立诚"为核心的心行培养。并指出："三代以下之诗人，无过于屈子、渊明、子美、子瞻者。此四子者苟无文学之天才，其人格亦自足千古。故无高尚伟大之人格，而有高尚伟大之文学者，殆未之有也。"

邢台地区自古民风敦厚，尚忠义，少尖巧，正如《顺德府志》所载"邢州土厚水甘，人物产于其间者多实少浮，民俗淳厚，人心古朴。质厚少文，气勇尚义。丈夫相聚游戏悲歌慷慨。男勤耕稼，女修织纴，急公后私，尚于周恤，燕赵慷慨之风犹存。"与这种民风相应，邢襄文人具有重情尚实、豪迈慷慨的气质。邢襄文学呈现出一种质朴少文，慷慨重气，情感浓郁，粗犷质实的风格，是燕赵文化的重要组成部分。从尧舜到汉唐，从宋元到民国，邢襄文学刚健劲拔、朴实尚气、慷慨悲歌的风神一以贯之，血脉相承。无论是出生成长于邢地的魏征、刘秉忠、顾随等作家，还是旅居游宦于邢地的耶律楚材、李攀龙、归有光等人，无不沾汲邢襄文化朴实尚义的凛然之气，成就了中国文学永久的记忆。

（胡蓉：河北省邢台学院文学院副教授）

齐鲁文学地理

雍容舒缓歌大风
—— 《诗·齐风》语言的地域性研究之一[①]

唐旭东

《诗·齐风》的雍容舒缓的风格是学界一致认可的。此说由班固《汉书·地理志下》首先提出，[②] 后代学者皆承班固之说而阐扬之。如当代学者张启成《齐风的舒缓之体》[③] 引曹植《野田黄雀行》和刘向《说苑·善说》篇加以阐发，王洲明《周代地域文化与〈国风〉的风格》[④] 引张启成说进一步阐发，张启成又在自己《齐风的舒缓之体》成果的基础上撰成《论齐风》一文，对《诗·齐风》的舒缓之体的表现及其形成原因进一步阐发论述。[⑤] 其实《诗·齐风》的文本也是其雍容舒缓之体的直接表现和成因，而地理和文化传统的因素则是此种风格形成的间接原因。

一、《诗·齐风》的杂言长句与《诗·齐风》的舒缓之体

1. 《诗·齐风》杂言长句运用的统计和比较

《诗经》以四言句为主，四言以外还有一言、二言、三言、五言、六言、七言、八言等句式。十五"国风"160篇中纯粹的四言诗有79篇，杂言诗有81篇，绝大部分杂言诗以四言为主，其他杂言句式穿插其间，不用四言句式

[①]本文为作者参与自己的博士研究生导师邵炳军教授的国家社科基金一般项目"春秋时期政治变革与诗歌创作演化研究"（项目编号：09BZW016）的阶段性成果之一。
[②]［汉］班固：《汉书》，1659页，北京，中华书局，1962。
[③]载《临沂师专学报》，1984（4）。
[④]王洲明：《诗赋论稿》，117～118页，济南，山东大学出版社，2006。
[⑤]张启成：《论齐风》，载《黔南民族师范学院学报》，2002（4）。

的杂言诗只有6篇，它们是：《诗·卫风·木瓜》《郑风·缁衣》《齐风·著》《卢令》《魏风·十亩之间》和《桧风·素冠》。六篇中产生于河海文化区的有《齐风·著》《卢令》两篇，占三分之一，在十五"国风"中是数量最多的。

表1 数据反映了《诗·齐风》各篇各类句式的运用情况：

句式\篇名	鸡鸣	还	著	东方之日	东方未明	南山	甫田	卢令	敝笱	载驱	猗嗟	小计	比例
三言								3				3	2.1%
四言	9	3		8	12	20	12		12	16	18	110	75.9%
五言	3			2		4		5				14	9.7%
六言		6	6									12	8.2%
七言		3	3									6	4.1%

可知，《诗·齐风》以四言为主，杂有三言、五言、六言、七言几类句式。《诗·齐风》纯四言诗有《东方未明》《甫田》《敝笱》《载驱》《猗嗟》五篇，四言为主杂以杂言的有《鸡鸣》《东方之日》《南山》三篇，杂言为主四言为辅的有《还》一篇，纯杂言的有《著》和《卢令》两篇。

表2数据反映了"五土"之风的各类句式的运用情况：

表2 "五土"之风的各类句式的运用情况

句式\五土	统计项目	东土	南土	中土	西土	北土
一言	数量				3	
	比例				0.4%	
两言	数量				14	4
	比例				1.9%	0.54%
三言	数量	3	32	29	38	13
	比例	1.4%	7.1%	5.9%	5.3%	1.8%
四言	数量	178	402	401	587	668
	比例	84.4%	88.7%	81.5%	81.2%	90.5%

（续表2）

五土句式	统计项目	东土	南土	中土	西土	北土
五言	数量	12	17	43	46	42
	比例	5.7%	3.8%	8.7%	6.4%	5.7%
六言	数量	12	2	16	22	4
	比例	5.7%	0.44%	3.3%	3%	0.54%
七言	数量	6		3	9	3
	比例	2.8%		0.6%	1.2%	0.4%
八言	数量				4	4
	比例				0.5%	0.54%

通过比较可知，"五土"之风中四言句式的运用以产生于河淇文化区的"北土"之风运用的比例最高，其次为产生于江汉文化区和汉淮文化区的"南土"风诗，产生于河洛地区的"中土"风诗与产生于河汾文化区和河渭文化区的"西土"之风相对较低，比例皆在81%多一点。产生于河海文化区的"东土"风诗四言句式占"东土"风诗总句数比例排名居中。而就杂言长句的比例来看，"东土"风诗五言、六言、七言长句占"东土"风诗总句数的比例之和为14.2%，《诗·齐风》五言、六言、七言长句占《诗·齐风》的总句数比例之和为22%。而其他"四土"风诗五言、六言、七言、八言长句占本"土"风诗总句数的比例之和分别为"南土"4.24%、"中土"12.6%、"西土"11.1%、"北土"7.18%，可见"东土"风诗和《诗·齐风》杂言长句的比例比其他"四土"之风高得多。就《诗·齐风》而言，其四言句式的比例仅占《诗·齐风》总句数的75.9%，比其他"四土"之风四言句式占总句数的比例就明显低多了。而其五言、六言句式则分别占总句数的9.7%与8.2%，两项合计达17.9%，同其他"四土"之风五言、六言句式的比例相比，无论是单项比，还是两项之和，都明显高得多。就七言句的比例而言，其占"东土"风诗总句数2.8%、占《诗·齐风》总句数4.1%的比例，比"南土"之风的0、"中土"之风的0.6%、"西土"之风的1.2%和"北土"之风的0.4%都明显高得多。

可见《诗·齐风》四言句式的运用比例相比于其他"四土"风诗而言，相对少一点，而其五言、六言、七言长句的运用比例比其他"四土"风诗五言、六言、七言句式的运用比例则相对高得多。由此可知，《诗·齐风》舒缓的"齐体"从其杂言长句的句数和比例上已经可见端倪。

2.《诗·齐风》的杂言长句对《诗·齐风》舒缓之体的影响

①《诗·齐风》运用杂言长句使诗歌的节奏在整齐中插入跳跃跌宕的变奏，避免了呆板，同时比四言两节的节奏增加了音节，显得舒缓而婉转。如《鸡鸣》首章是整齐的四言四句格式，两字为节，节奏韵律呈现出有节律的跳跃和整齐划一的美。次章前两句仍为四言两节的结构和节奏，后两句"匪东方则明，月出之光"。五言句"匪东方则明"的节奏为"匪—东方—则明"，形成了"一二二"三节的节奏，避免了与前章重复的呆板。而且"匪"通"非"，平声字，音调平而长，加上这个字，使全句变得悠长舒缓。《还》在这方面尤为突出。以其首章为例，首句"子之还兮"是《诗经》中典型的四言两节结构，但其中只有两个实词，"之"字和"兮"字这两个虚词的使用延长了发音，使该句节奏变得舒缓。第二句"遭我乎猱之间兮"为七言长句，形成"遭我—乎—猱—之间—兮"的结构和节奏，比《诗经》典型的四言两节结构增加了三个小节，句子明显加长，尤其是"乎"、"之间"、"兮"这些平声调字的使用都使诗句变得语气悠扬绵长。第三句"并驱从两肩兮"为六言长句，为"并驱—从—两肩—兮"的节奏，比四言两节结构增加了两个单字音节，变成了六言四节。末句"揖我谓我儇兮"亦为六言长句，形成"揖我—谓我—儇兮"的三节结构。全章四句节奏各不相同，尤其是三个杂言长句，不但增加了音节，而且其各不相同的节奏使全章句式变化多姿，节奏明快跳跃，抑扬有致，既增强了韵律之美，又收到了一唱三叹的艺术效果。杂言长句和语气词的运用使诗句变得悠扬绵长，雍容舒徐，体现出鲜明的齐体特点。

②《诗·齐风》运用杂言长句使诗句在四言的基础上增加了一到三个字，丰富了诗的内涵，扩大了诗的内容，增强了诗的表现力。如《还》，文本为三重章，以首章为例，"子之还兮，遭我乎猱之间兮。并驱从两肩兮，揖我谓我儇兮。"第二句表达二人在猱山之间相遇，实词有"遭"、"我"、"猱"、"间"四个。但如果非要用四言表达这句话的意思，即使去掉语气词"兮"和介词"乎"，也还有五个字，如果再去掉"之"，表达就比较困难，显得非常勉强。加三个虚词变成七言句式，形成"遭我—乎—猱—之间—兮"的节奏，既使诗句意思得到了充分的表达，也使诗句节奏舒缓，雍容和谐。后两句除了两个语气词"兮"，其他词语任何一个都不可或缺，失去任何一个，意思的表达都不如原句意思丰足。而且，用杂言长句表达，使这两句呈"并驱—从—两肩—兮，揖我—谓我—儇兮"的节奏，打破了四言两节的僵化，使诗句呈现出活泼灵动、抑扬顿挫、流转圆润、跌宕多姿的美感。可知，齐风的作者在表达上绝不为了整齐而削足适履，而是遵从意思和情感表达的需要安排词句和句式，这种杂言长句增加了字数，丰富了诗的内涵，扩大了诗的内容，增强了诗

的表现力，而且增强了诗句的节奏韵律之美。

③《诗·齐风》运用杂言长句进行夸饰，便于表达丰富强烈的感情。《著》是《诗经》中为数极少的纯杂言诗之一，其三重章的文本大体一致，每句的核心词实际上都是四个字，如果去掉句中的虚词，意思照样可以表达明白。如第一章"俟我于著乎而，充耳以素乎而，尚之以琼华乎而"。如果去掉虚词，可以简化为整齐的四言诗："俟我于著，充耳以素，尚以琼华"。意思的表达不受影响，但这样一来，谁都能感觉到仿佛五彩的塑像剥去了漆雕彩绘，只剩下了泥胎，质木无文，读之令人兴味索然。原句中每句末加上语气词"乎而"，不但增加了一个节奏，比四言两节的结构复杂而且活泼，而且这个语气词表达了丰富强烈的感情，生动地表现了婚礼期间行三让登堂之礼时女子乍见新郎的巨大惊喜和对新郎的好奇心情。而第三句的"之"字在诗中也绝非可有可无，加上它，句子就有了口语化的色彩。它和前两句构成了脱口而出的艺术效果，生动地表达出了新娘乍见新郎的惊喜和好奇心情：见新郎俟己于著，是一重惊喜；见到新郎悬挂充耳的美丽丝线是一个发现，又一重惊喜；"尚之以琼华"似又一个重要发现，再一重惊喜。三见，三重惊喜，似一浪高过一浪，三章重章，她的惊喜就在重章中跌宕起伏而且逐层升高，颇有一山还比一山高的艺术效果。同时末句加上"之"字，形成了"尚之—以—琼华—乎而"这样的四节结构，比前两句的"2+2+2"结构变得更加丰富，收到了齐中寓变，活泼多姿的艺术效果。诗人用杂言长句对新郎的装饰进行夸饰，生动地表达其真挚强烈的感情，收到了很好的艺术效果。

二、《诗·齐风》虚词和语气词的运用与《诗·齐风》的舒缓语气

《诗·齐风》善于运用虚词和语气词强化诗的抒情性表达，使诗篇具有气韵悠长的艺术特点。十一篇中最典型的是《还》《著》《东方之日》《猗嗟》四篇及《甫田》之末章。《还》通篇在句末运用语气词"兮"字，《著》通篇在句末运用语气词"乎而"，增强了抒情性，也使全诗雍容舒徐，具有气韵悠长的特点，前之分析已有论及。《东方之日》两章重叠，各章首句"东方之日兮"、"东方之月兮"，其实这两句如果去掉"兮"字，在意思的表达上也完全不受影响，但这个"兮"字在此却绝非可有可无，它蕴含了抒情主人公对女子的无比喜爱，寄托了他喷涌而出的赞叹。第三句"在我室兮"、"在我闼兮"，"兮"字的运用不仅使诗句形成了整齐的四言两节句式，更重要的是它生动地表达出了抒情主人公在与女子同室而处时的无比激动的心情。末两句"在我室兮，履我即兮"和"在我闼兮，履我发兮"写男子所见女子在与男子

同室而处之时的情态表现，"兮"字的运用仍然充满了男子强烈的激动喜悦之情。全诗句尾连续使用"兮"字，生动真切地表达了强烈的感情，活画出抒情主人公直率无拘、一吐为快的性格，同样收到了一唱三叹的艺术效果，体现出气韵悠长的特点。《猗嗟》表达了对"甥"的喜爱赞叹之情，为齐人赞美鲁庄公之诗。该诗三章十八句，除第二章第四句之外句句用"兮"字，从气质风度、容貌（尤其是眼睛）、射技及其合礼的举止等方面，多角度表达对"甥"——鲁庄公的赞美之情。"兮"字作为句尾的语气词，不仅生动地表达出抒情主人公对鲁庄公的喜爱和赞叹之情，而且使全诗具有一唱三叹、气韵悠长、情蕴绵绵的艺术效果。

三、《诗·齐风》舒缓之体的文化渊源

1. 齐地的地理因素

司马迁《史记·货殖列传》已经谈到了地理因素对生活在这一地域内的人的性格的影响："齐带山海，膏壤千里，宜桑麻，人民多文采布帛鱼盐。临淄亦海岱之间一都会也。其俗宽缓阔达，而足智，好议论，地重，难动摇，怯于众斗，勇于持刺，故多劫人者，大国之风也。其中具五民。"① 齐地向被视为日出之地，其南部是东西绵亘的泰沂山脉，雄奇峻伟，泰山素有五岳独尊的高贵地位，有山林之饶；其北为纵贯东西的广袤平原，膏壤千里，多湖沼川泽，北面为浩渺无际的大海，鱼盐资源丰富，生活在这样广袤之地的人民多具有胸怀阔达、豪迈大气的特点。我国北方和西北牧区，草原辽阔，故人民慷慨豪放，热情好客。雄峻的山脉，辽阔的大海，广袤的平原，造就了齐人宽缓阔达的性格和习俗，这种文化性格对《诗·齐风》的创作有直接影响并通过诗篇反映出来。

2. 区域经济的影响

姜太公立国之初就确立了因地制宜大力发展桑麻鱼盐和工商业的经济战略和国策，其后代的统治者亦遵而行之，国因之以富，民因之以足。资源和物产的丰富、经济的富足对人的性情和性格有重要的影响。司马迁《史记·货殖列传》："《周书》曰：'农不出则乏其食，工不出则乏其事，商不出则三宝绝，虞不出则财匮少。'财匮少而山泽不辟矣。此四者，民所衣食之原也。原大则饶，原小则鲜。上则富国，下则富家。贫富之道，莫之予夺，而巧者有余，拙

---

① [汉] 司马迁：《史记》，顾颉刚等点校，3265页，北京，中华书局点校三家注本，1959。

者不足。故太公望封于营丘，地舄卤，人民寡，于是太公劝其女功，极技巧，通鱼盐，则人物归之，襁至而辐辏。故齐冠带衣履天下，海岱之间敛袂而往朝焉。其后齐中衰，管子修之，设轻重九府，则桓公以霸，九合诸侯，一匡天下；而管氏亦有三归，位在陪臣，富于列国之君。是以齐富强至于威、宣也。故曰：'仓廪实而知礼节，衣食足而知荣辱。'礼生于有而废于无。故君子富，好行其德；小人富，以适其力。渊深而鱼生之，山深而兽往之，人富而仁义附焉。"① 深刻指出了地理环境、资源条件和经济政策对国家和社会的经济水平的影响，经济水平又进一步影响到礼义的实施，影响到社会的风俗、社会的文明程度和人的精神文化风貌，使社会生活群体呈现出带有地域性特点的文化性格。俗话说"财大气粗"，盖富足则通常比较大气，不会斤斤计较，就像楚人卖珠，盛饰其椟，价高于珠；郑人买椟还珠，贵椟而贱珠，盖楚以三江辽阔之地，物产之丰，郑以商业中转之地，商业发达，弦高犒师富可比国君之使，郑楚经济之富足可见一斑。可知，物质贫乏和经济贫穷，则民性俭啬狼顾，斤斤计较；资源丰富，经济富足则民性宽缓阔达，雍容无争。又据《国语·齐语》，齐国庄公、僖公时期是齐国经济、军事力量都相对强盛的"小伯"时期，地域经济状况对地域文化氛围、人的地域文化气质和性格都有着明显的影响。文学说到底是对社会生活的能动反映，创作主体的气质、性格和个性渗透在文学作品中通过作品的内容表现出来。

3. 东夷传统风习的影响

东夷风习好"仁"，"'仁'的表现是淳朴善良，宽厚大度，好礼无争。"② 东夷风习的淳朴率真前文亦有论及，其文化风尚和族群性格反映到齐地风诗中，则有以口语为诗的倾向，直叙其事，直言其情。以叙事抒情的真切酣畅表达为旨，而不为了外在的整齐削足适履，这样就不免时时突破四言的传统格局，写出很多舒缓的杂言长句。《诗·齐风》中大量口语词的存在有力地证明了这一点。周蒙、冯宇《诗经百首译释》谈到《诗·齐风》"语言通俗浅显，读之琅琅上口。如'颠倒'、'狂夫'、'不能'等词汇，都是人们的口头语言，它们至今仍葆有生命力。"③ 据张启成《论齐风》搜集列举大量齐地的君王将相和士大夫之歌及土俗民歌实例，到春秋后期，仍然体现出杂言长句多用"乎"、"兮"的特点。对此张启成指出："《齐风》的部分诗歌之所以有舒缓之体的特点，之所以不受四言句式的限定，理所当然地应归之于齐地人民口头

---

①[汉] 司马迁：《史记》，顾颉刚等点校，3265 页，北京，中华书局点校三家注本，1959。
②徐刚：《〈诗·齐风〉的地域文化特色管窥》，载《现代语文》，2007（4），13 页。
③周蒙，冯宇：《诗经百首译释》，218 页，哈尔滨，黑龙江人民出版社，1986。

创作诗体形式的巨大影响。"① 虽然不是《诗·齐风》部分诗歌舒缓之体的全部原因，但齐地歌谣风习和形式对《诗·齐风》部分诗歌雍容舒缓之体的形成具有重要影响却是毋庸置疑的。

4. 齐地音乐文化风习的影响

齐人爱好并擅长乐舞，对此于孔宝《〈齐风〉与齐俗》② 描绘了齐国上下对乐舞的近乎狂热的爱好和迷恋，以及高超的乐舞艺术水平。当然，于孔宝这篇论文举证的文献反映的大规模的乐舞活动主要还是战国时期的情况。在《诗·齐风》产生的春秋前期，"礼乐征伐自天子出"向"礼乐征伐自诸侯出"的过渡时期，齐地乐舞活动未必如此之盛。但战国时期齐地乐舞活动之盛况当为春秋时期齐人重视和喜爱乐舞活动的合乎历史逻辑的发展。这里需要指出的是，编钟、镈、铜铃为打击金乐器，磬、缶为打击土乐器，陶埙为吹奏土乐器，陶鼓、建鼓当为打击皮乐器，琴、瑟为弹奏弦乐器，竽、笙为吹奏管乐器，"筑"当即"雅"，为敲击竹乐器。其中编钟笔者曾有幸在上海博物馆听过演奏，其声音清脆而悠扬，曲调婉转，适宜舒缓和谐的曲调，如果击打频率稍高则应该极为不谐。陶埙笔者曾有幸在陕西西安和河南淮阳听过吹奏，类似洞箫，声呜呜然或呦呦然，有清幽之态。有的真像苏轼《前赤壁赋》所言："其声呜呜然，如怨如慕，如泣如诉；余音袅袅，不绝如缕。"适宜演奏低缓清幽之曲。琴、瑟靠手指弹奏时弦的振动发声，弦的粗细和材质的不同决定其振幅的大小和声音的粗细高低，所以中国传统古琴的声音婉转悠扬，适宜演奏舒缓悠扬之曲。至于镈，笔者则只在西安博物馆见过其物，未闻演奏，但作为一种金属打击乐器，声音估计跟编钟当有些相似。这些乐器皆适合演奏舒缓的音乐，笙、竽笔者亦有幸听过民间音乐爱好者吹奏，其声宏扬嘹亮。其吹奏明快热烈的曲调时，乐手随着乐曲之势摇摆俯仰，很具有欢乐喜庆的气氛，是另一种风格。其他铃、鼓、筑之类一般用于"节乐"或辅助演奏，作为主要乐器单独演奏的情况极少。从齐地乐器的使用可以看到齐地音乐也有柔和舒缓的特点。前文已言及张启成之说，其引曹植五言诗《野田黄雀行》："秦筝何慷慨，齐瑟和且柔"③ 与刘向《说苑·善说》："雍门子周引琴而鼓之，徐动宫徵，微挥羽角，切终而成曲。"④ 概括指出了齐地音乐舒缓的特点。《诗·齐风》产生于这种文化氛围中，齐地音乐的特点也会在一定程度上反映到诗歌

---

① 张启成：《论齐风》，载《黔南民族师范学院学报》，2002（4）。
② 于孔宝：《齐风与齐俗》，载《管子学刊》，2000（4）。
③ 张启成：《论齐风》，载《黔南民族师范学院学报》，2002（4）。
④ 向宗鲁：《说苑校证》，281页，北京，中华书局，1987。

作品中，故而《诗·齐风》的许多诗篇反映出雍容舒缓的齐体特点。

当然，《诗·齐风》产生于齐地的广泛的社会生活和深厚的历史积淀所共同营造的丰富文化背景中，影响其雍容舒缓之齐体生成的社会生活和文化因素是很多的，限于篇幅，本文仅从上述方面管窥，以求有个大致的了解。

（唐旭东：周口师范学院文学院讲师，老子文化研究所研究员；豫东南文化传承与发展研究中心研究员，文学博士）

从元代水浒戏看梁山泊文学地理形态之演进

吴宪贞

"山不在高，有水则灵"，今山东济宁境内的梁山即属此类。提及梁山，人们总习惯性将之定位为《水浒》故事的渊源所在，是梁山好汉的聚义之地，而对于梁山所包蕴的丰富的地理、文学之意蕴鲜及探讨。因此，选择元代水浒戏中梁山为视角，将梁山泊的历史地理和文学的变迁演进进行梳理，或许能对水浒故事的认识和研究提供某些思路。

一

梁山泊英雄好汉的故事和传说，自南宋以来就为世人以不同的方式广泛流传，其中戏曲在期间占有一个非常重要的地位。至元代中期，梁山好汉的故事成为元杂剧的重要题材之一，涌现出一个以东平为中心的创作水浒戏的山东作家群，他们利用"地利"之便，大力创作水浒戏。据元人钟嗣成《录鬼簿》载录，元杂剧中的水浒戏有30多种，仅东平籍的高文秀就有8种，可惜大多都遗失不传。现在流传至今、完整的元代水浒戏仅存6种，分别是《李逵负荆》《双献功》《燕青博鱼》《还牢末》《争报恩》《黄花峪》；另外，剧文已失，尚存剧目的有22种。从现存的剧本和剧目中可大略知道，这些元代的水浒杂剧都是以梁山好汉为主角，以不同的关目和情节演绎着梁山好汉们杀富济贫、广行忠义的故事。而这些杂剧故事的发源地都从水泊梁山开始，又以梁山团聚结束，现就仅存的六种元代水浒戏有关梁山的戏文摘录如下：

高文秀《双献功》：

……某聚三十六大伙，七十二小伙，半坡来小喽啰，寨名水浒，泊号梁山。纵横河港一千条，四下方圆八百里。东连大海，西接济阳，南通巨野、金乡，北靠青、齐、兖、郓。有七十二道深河港，屯数百只战舰艨艟。三十六万座宴楼台，聚几千家军粮马草。风高敢放连天火，月黑提刀去杀人……

［正末云］……我将着这两颗头上梁山，宋江哥哥跟前献功走一遭去。

康进之《李逵负荆》：

宋江云：涧水潺潺绕寨门，野花斜插渗青巾。杏黄旗上七个字，替天行道救生民。某、姓宋名江字公明，绰号顺天呼保义。某曾为郓州城县把笔司吏，因带酒杀了阎婆惜，迭配江州牢城。路经这梁山过，遇见晁盖哥哥，救某上山。后来哥哥三打祝家庄身亡，众兄弟推某为头领。某聚三十六大伙，七十二小伙，半垓来的小喽啰，威镇梁山……

……老汉姓王名林，在这杏花庄居住，开着一个小酒务儿，做些生意……俺这里靠着这梁山较近，但是山上头领，都在俺家买酒吃……

［混江龙］可正是清明时候，却言风雨替花愁。和风渐起，暮雨初收。俺则见杨柳半藏沽酒市，桃花深映钓鱼舟，更和这碧粼粼春水波纹绉。有往来社燕，远近沙鸥。

［云］人道我梁山泊无有景致，俺打那厮的嘴！

［醉中天］俺这里雾锁着青山秀，烟罩定绿杨洲……

［末同鲁智深押二贼上云］那两个贼汉，擒拿在此，请哥哥发落……

李文蔚《燕青博鱼》：

某、姓宋名江字公明，绰号顺天呼保义。曾为郓州城县把笔司吏，因带酒杀了阎婆惜，迭配江州牢城营。因打梁山经过，遇见晁盖哥哥，救某上山。哥哥晁盖三打祝家庄身亡，众兄弟就让某为头领，聚三十六大伙，七十二小伙，半垓来的小喽啰……今某放众头领下山三日……有燕青，告了一个月假限，去了四十日……

［宋江云］……将二人绳缠索绑，到梁山明正典刑。

李致远《大妇小妻还牢末》：

今东平府有二人，乃是刘唐、史进，他二人有心待要上梁山泊来……一齐的同上梁山。

［刘云］将这两个泼男女拿到梁山上杀坏。与李孔目同见宋江哥哥去。

无名氏《争报恩三虎下山》：

［宋江词云］只因误杀阎婆惜，跳出郓州城，占下了八百里梁山泊，搭造起百十座水兵营，忠义堂高搠杏黄旗一面，上写着"替天行道宋公明"。聚义的三十六个英雄汉，那一个不应天上恶魔星……赢了时，舍性命大道上赶官军；若输呵，芦苇中潜身抹不着我影。某、宋江是也。俺这梁山上，离东平府不远；每月差个头领下山打探事情去。前者差大刀关胜下山……

［随尾］谢得你梁山泊上多忠义……

无名氏《鲁智深喜赏黄花峪》：

俺这梁山，寨名水浒，泊号梁山，纵横河阔一千条，四下方圆八百里。东连大海，西接咸阳，南通巨野金乡，北靠青济兖郓。有七十二道深河港屯，数百只战艘艨艟；三十六座宴台，聚百万军粮马草。声传宇宙，五千铁骑敢争先;名播华夷,三十六员英雄将。俺这梁山,一年喜的是两个节令:清明三月三,重阳九月九。时遇重阳节令,放众兄弟每下山,去赏红叶黄花……

[尾声]巨奈无徒歹禽兽,摘心肝扭下这驴头,与俺那梁山泊宋公明为案酒[1]。

由以上戏文可见,杂剧中的水泊梁山已不仅仅是单纯自然地理意义上的一个地名,它已成为戏剧中一个充满自由、平等、友情、仁爱的洞天福地,成为一个替天行道、公平正义的化身。至元代杂剧,梁山泊的意蕴日趋丰满,它实际上已有了一个由地理到文学的超越,进入到文学的殿堂。由一个实在的、纯自然的客体慢慢升格为象征意蕴浓厚的文学意象,使得水泊梁山成为中国文学史上一个永恒的记忆,到元末明初小说《水浒传》积累成型。不管人们注意不注意,水泊梁山已经成为"八方共域,异性一家"的令人神往之地,成为一个丰满的文学定格,成为水浒故事最高的诗意所在。由此观之,一个自然的梁山经过千百年的文学滋养,已渐渐升格为一座文学丰碑,家喻户晓。在这一升格过程中,元代水浒杂剧无疑是这一升格过程中不可或缺的重要环节。元代水浒戏中所描写的"八百里梁山泊"是元代剧作家来自历史的记忆还是自己真实的观摩?如果以此为线索,进行历时性梳理,可能会更翔实地展现梁山和水浒故事历史,地理向文学的变迁。

二

梁山和水泊关联在一起,成为一个专用地名,有一个漫长的演进过程。梁山之名,古已有之。在汉代,据载本为良山,后因避讳,改为现在之名梁山。《史记·梁孝王世家》:(梁王)"北猎良山。"索引:汉书作"梁山"。正义:括地志云"梁山在郓州寿张县南三十五里"。[2]到南北朝郦道元《水经注·济水》也有梁山的记载:"济水北经梁山东,袁宏《北征赋》曰:'背梁山,截汶波',即此处也。(《大清一统志》)"[3]至隋朝,有东平郡,下有"须昌有梁山"[4]。至唐末这里还发生了战争,据载:昭宗乾宁二年(895)"辛未,朱全忠自将击朱瑄,战于梁山,瑄败走还郓。"[5]至此,梁山还是一个独立的称谓,和泊、水泊没有任何关联。

"泊"字之称,应属今山东境内水的特定称谓,东汉许慎《说文解字》解曰:"泊,齐、鲁间水也"。成于宋仁宗宝元二年(1039)的《集韵》解曰:"泊是陂泽。……山东曰泊"。"梁山泊"连称的文字记载最早见于《资治通鉴》:后周世宗"显德六年(959)……浚五丈渠,东过曹济、梁山泊,以通青郓之漕。"[5]后周是五代十国最后一个朝代,可见,至迟在五代后期,梁山和泊字已结合在一起，成为一个专用地名称谓。其因应该与"以梁山为中心的水泊的形成和黄河的决溢及其变迁有着密切的联系。"[6]

五代至北宋时期，黄河决口频繁，因地势关系，多次夺济水河道，所造成的水患大多与梁山泊所属的郓州有关。据史书记载，五代时期，后唐"长兴二年（931）十一月壬子，郓州上言，黄河暴涨，漂溺四千余户"[7]。938年10月，"河决郓州"[5]。后晋"开运元年（944）六月，河决滑州，环梁山，入于汶、济"[8]。到北宋时期，关于黄河决口的记载极多，兹略例举与梁山泊相关者如下：宋"太祖乾德三年（965）秋，大雨霖，……澶、郓亦言河决"[9]。"太宗太平兴国七年（982）十一月，河大涨，蹙清河，凌郓州，城将陷，塞其门。"[9]"真宗咸平三年（1000）五月，河决郓城王陵埽，浮巨野，入淮、泗。"[9]"真宗天禧三年（1019）六月，滑州河溃溢，岸摧七百步，满溢州城，历澶、濮、曹、郓，注梁山泊。"[9]宋神宗"熙宁十年（1077）七月己丑，河遂大决于澶州曹村，坏田逾三十万顷，北流断绝，河道南徙。东汇于梁山、张泽泊，……凡灌郡县四十五，而濮、济、郓、徐尤甚。"[9]"宋神宗元丰五年（1082）八月，河决郑州原武埽，……归入梁山泊。"[9]由此可见，在宋代，梁山泊在黄河决口的影响下已经汇聚成绵延数百里的汪洋巨泊，具备了后世元代杂剧和元明之际的《水浒传》中所描绘的八百里的壮观场面。

那么，元代水浒戏的创作中关于梁山泊的描绘是东平作家群采自宋代的史志还是事实就是如此？历史上从宋到元，梁山泊又有怎样的变迁？是否依旧保持着宋代八百里水泊的壮观？

金朝统治时期，由于缺乏有效治理，河患频仍，1168年，"河决李固渡，水溃曹州城，分流于单州之境。"[10]（《金史·河渠志》）形成两支决口南流河道，"一支是黄河主流，向东南入淮。一支即李固渡决口的分流，经鄄城南、郓城南、嘉祥北，又东南入沛县，由徐州和黄河主流合而为一，形成横贯鲁西南的一支黄河岔道。岔道的东边便是梁山泊，此后黄河主流南行全河入淮，岔道水枯渐塞，梁山泊水源断绝淤填日高"[6]。据《金史》记载：（1181年）"上谓梁肃曰：'黄河已移故道，梁山泊水退，地甚广，已尝遣使安置屯田'。"（《金史·食货志》）[10]由此可知，那时的梁山泊已淤为农田，不复是宋时的巨泊。

到元代，由于黄河未得到根本治理，仍时有决溢，梁山泊亦有回复之势。据《元史·河渠志》载："元武宗至大三年（1310）十一月，……即今水势趋下，有复巨野、梁山泊之意。……不出数年，曹、濮、济、郓蒙害必矣。"[11]其后从1311年至1343年的三十多年间，由于该区域常年淫雨不断和黄河不时决口，加之梁山泊低洼的地势，梁山泊又恢复了宋代时的水势。直到1344年，元朝政府痛下决心，派贾鲁治理黄河，其后十多年，黄河流复故道，而梁山泊也渐趋干涸，风光不再。

而从现存的元代水浒杂剧看，东平作家群的作者虽生卒年不可考，但大致都生活在元代前期，元人钟嗣成《录鬼簿》把高文秀等人录入"前辈已死名公才人有所编传奇行于世者"，而《录鬼簿》成书于1330年，在1345年作了最后的修改和增补。由此可见，元杂剧中关于梁山泊的描写应该是真实的场景。

三

从梁山的文学蕴含演进来看，梁山从史志地理进入文学视野，其蕴含呈现出一个日趋丰满的演进。特别是元代水浒戏中的梁山描写已与小说《水浒传》中的梁山描写基本无差别，其文学蕴含已基本接近后世梁山名号的临界点，与梁山好汉的传唱演绎、累积成型形成一个同步上升的过程。

梁山进入到文学领域，早在东晋就有记载，袁宏（生卒约在328—376年间），其《北征赋》有"于是背梁山，截汶波，汛济清，傍祀阿"句，可见当时的梁山已在赋体文学中出现。到唐代，梁山又出现在唐诗中。盛唐诗人高适在宋地漫游时曾写有《宋中十首》，其四诗云："梁苑白日暮，梁山秋草时。君王不可见，修竹令人悲。九月桑叶尽，寒风鸣树枝"。[12] 又天宝五年（746）春，高适与卸任的卫县少府李寀分别，写下《东平别前卫县李寀少府》，其中有诗云："云开汶水孤帆远，路绕梁山匹马迟"。[12] 这三处都提到了"梁山"，其中两处都是作为"汶水（波）"的对句出现，未涉及泊字，可见在唐代前，当时梁山还是作为一个单独的地名使用。在赋体和诗歌中还是一个实实在在的客体，是实景实物，还没有被赋予诗歌意象的多义性和寄寓性，因而文学意味相对较淡。

随着梁山泊地理景观的形成，梁山泊渐渐进入到宋元的文学视野中，在不同的文学样式中诸如宋元诗、说唱话本和宋人笔记中都有所体现。北宋著名政治家韩琦（1008—1075）《安阳集》卷五有《过梁山泊》一诗：

巨泽渺无际，斋船度日撑。渔人骇铙吹，水鸟背旗旌。

蒲密遮如港，山遥势似彭。不知莲茭里，白昼苦蚊虻。[3]

北宋苏辙（1039—1112）《栾城集》卷六中有《和李公择赴历下道中杂咏十二首》，题咏梁山泊者为第十一首和第十二首：

梁山泊

近通沂泗麻盐熟，远控江淮粳稻秋。

粗免尘泥污车脚，莫嫌菱蔓绕船头。

谋夫欲就桑田变，客意终便画舫游。

愁思锦江千万里，渔蓑空向梦中求。

[时议者将干此泊以种菽麦]
梁山泊见荷花忆吴兴五绝
南国家家漾彩灵，芙蕖远近日微明。
梁山泊里逢花发，忽忆吴兴十里行。
终日舟行花尚多，清香无奈着人何。
更须月出波光净，卧听渔家荡桨歌。
行到平湖意自宽，繁花仍得就船看。
回头却向吴侬说，从此远游心未阑。
花开南北一般红，路过江淮万里通。
飞盖靓妆迎客笑，鲜鱼白酒醉船中。
菰蒲出没风波际，雁鸭飞鸣雾雨中。
应为高人爱吴越，故于齐鲁作南风。[3]

另一北宋大诗人陈师道《后山集》中亦有《梁山泊》长诗一首（节选）：
奔溃水势壮，爆肤波头立。前行后浪促，突起旁挟射。奔腾万骑来，倏忽一箭疾。

摧残蒲苇尽，簸荡鱼龙泣。私忧地轴脱，已分梁山没。向来万斛重，不作一叶直。

除诗歌外，梁山泊又多见于带有小说性质的宋人笔记记闻中，宋人邵博（约1122年在世）《闻见后录》卷三十载：
王荆公好言利。有小人谄曰："决梁山泊八百里水以为田，其利大矣。"荆公喜甚，徐曰："策固善，决水何地可容？"刘贡公在坐中，曰："自其旁别凿八百里泊，则可容矣。"荆公笑而后止。[3]

南宋人洪迈（1123—1202）笔记小说集《夷坚志乙志》卷六《蔡侍郎》条亦载：
…（蔡侍郎）回望某云："汝今归，便与吾妻说，速营功果救我。今只是理会郓州事。"夫人恸哭曰："侍郎去年帅郓时，有梁山泊贼五百人受降，既而悉诛之。吾屡谏不听也。今日及此，痛哉！"乃招路时中作黄箓醮，为谢罪请命。[3]

另，又见于对《水浒传》成书有重要影响的元初无名氏辑成的宋代话本《大宋宣和遗事》。该书多次提到梁山泊，或落草或投奔，在此不再赘述。

由上述例举的材料可以看出，梁山在宋代至元初的文学视野中，已经得到文人们足够的重视，已经从一道客观的地理景观渐渐地上升为一个文学意象。诗歌中对梁山泊景象的吟咏，已描绘出梁山壮观的风光，已经是一种审美的关照；而在宋元笔记和话本中，梁山泊已成为叙事文学的地理载体，有了传奇色彩和虚构元素，文学意味相当浓厚。水泊梁山已具有了地理景观和文学意象的双重蕴含，其文学的内涵和外延更是得到了极大地拓展和灌注，到元代水浒戏的大量出现，梁山的地理名谓渐渐淡出人们的记忆。人们不再追问梁山在哪里？梁山泊怎么样？它已自然而然成为一个似乎约定俗成的文学定格，其文学的演进基本完成，文学蕴含大体定型。

综上所述，梁山丰富的文学蕴含实得益于元杂剧所言"纵横河港一千条，四下方圆八百里"的水泊。正是水的作用，梁山才有了地理意义和文学意味的双重演进，才有了由地理景观到文学意象的升格。

参 考 文 献

[1] 傅惜华等编．水浒戏曲集［M］第一集．上海：上海古籍出版社，1985. 1—94.
[2] ［汉］司马迁．史记［M］．北京：中华书局，1959.2086.
[3] 朱一玄，刘毓忱．《水浒传》资料汇编［C］．天津：南开大学出版社，2002.1，2，18，86.
[4] ［唐］魏征，令狐德棻．隋书·地理志［M］．北京：中华书局，1973. 844.
[5] ［宋］司马光编著，胡三省音注．资治通鉴［M］．北京：中华书局，1956. 8475，9193，9595.
[6] 刘德岑．西南师范大学学报（哲社版）［J］．1990，（2）：24.
[7] ［宋］薛居正等．旧五代史·五行志［M］．北京：中华书局，1976. 1882.
[8] ［宋］欧阳修等．新五代史·晋本纪［M］．北京：中华书局，1974.94
[9] ［元］脱脱等．宋史·河渠志［M］．北京：中华书局，1985. 2257，2259，2260，2263，2287.
[10] ［元］脱脱等．金史［M］．北京：中华书局，1975.670，1047.
[11] ［明］宋濂等．元史·河渠志［M］．北京：中华书局，1976，1620.
[12] 全唐诗［M］．上海：上海古籍出版社，1986.499，504.

（吴宪贞：济宁学院中文系副教授）

荆楚文学地理

对神圣性精神家园的诗意期待
——荆楚巫祭文化与屈原的神秘主义书写

李揩吉

我们知道，一直以来由于中国历史文化对神圣的某种遮蔽，中国的文艺研究一直缺少一个神性视野。事实上，文学艺术的神性视野是客观而天然的存在，我们因为批评话语中神性视野的长期缺失而忽略了这样一个关注维度。尤其像屈原这样具有神秘主义倾向的诗人，当我们面对他所创造的"神"的世界和"美"的世界时，更不可以有所偏废，忽略其神性的一面。在笔者看来，以具有超越性价值和诗意性特征的神秘主义诗学去关注屈原的神性世界，会对其作品的深层解读和诗意把握有所助益。

从本质上看，神秘主义是对天地万物生命现象的诗意理解与诗性解释，是人类心灵用直觉的方式与神秘自然力量的对话沟通。现实具有自身固有的神秘性，而人类的语言在呈示现实时又表现出其局限性与模糊性，此二者是神秘主义的逻辑起点与理论基础。在神秘主义看来，人类不可能通过感官从现象世界获得真理，所以主张"闭上肉体的眼睛"，"睁开心灵的眼睛"，从熙熙攘攘的现象世界返回内心自我。在静观、沉思甚至迷狂的心理状态中与神灵或者某种最高原则结合，从而达到与最高真理的沟通。神秘主义诗学注重解释的完整性和内在性，崇尚阐释的空灵性与超越性，讲求创作与鉴赏过程的神秘体验和直觉感悟。在笔者看来，以具有超越性价值和诗意性特征的神秘主义诗学关注屈原的"神"性创作，是深层解读和把握其作品诗意的有效途径。

神秘主义是人类最早的哲学活动，巫术与神话就是人类对世界的最早的神秘主义解释，之后的哲学与宗教是神秘主义的进一步发展，而重返远古诗性智慧是神秘主义的更高阶段[1]。文学领域的"神秘主义书写"自古至今从未停止

---

[1] 毛峰：《神秘主义诗学》，59～61页，上海，三联书店，1998。

过。它是人类的一种特殊的、隐秘的、深层次的书写活动，它以"虔信"之心书写不可言喻者，用视觉语言谈论不可见者，用创造性文本体验人和神的融合①。显然，屈原是中国早期的神秘主义书写者，他是以诗性智慧诠释世界、解读人生的更高意义上的神秘主义诗人。我们从他的超越性的价值追求和神圣性的人格特质中，从他的神话思维、神灵崇拜、神性写作等生命活动中，不难看出一个神秘主义诗人的基本特质。而以他作品为主体的楚辞神话中的神性世界、神性话语以及神人交流的情境，更是神秘主义者对远古神圣世界的诗性言说，也是对人类超越性精神家园的诗意期待。笔者将从屈原具有神秘主义特质的书写语境、人格倾向和话语方式中审视其神话世界，以探寻屈原研究中不可小视但又被长期忽略的神性视野。

一、巫祭文化：屈原的神秘主义书写语境

楚地是一个既具有神奇灵异的自然环境，又充满神秘原始的宗教氛围的地方。屈原生于斯，长于斯，歌哭于斯，自然就带有与生俱来的神秘气质。尤其此地浓厚的巫祭之风，更是培养屈原宗教情怀与神秘主义人格的文化土壤，也是他构筑神话世界的神秘的书写语境。

自古以来，中国南方之民，自然环境得天独厚，"有江汉川泽山林之饶"，地广物丰，食物常足，不忧冻饿。与北方之民相比，他们更多感受到大自然的仁慈爱抚，心中更容易滋长对高山流水的亲切感情和浪漫幻想。尤其南国楚地的川泽山林既雄浑壮阔，又妩媚多姿，具有幽冥神奇、光怪陆离之境界，充满神秘诡谲、变幻莫测之氛围，所谓"叠波旷宇，以荡遥情，而迫之以崟嵚戌削之幽菀，故推宕无涯，而天采蠱发，江山光怪之气，莫能撝抑"②。显然，这种充满神奇浪漫色彩的地理环境、山川景色，是孕育屈原理想主义人格和浪漫主义情怀的必要土壤，也是他之所以构筑充满灵性光芒的神话世界以追寻神圣性精神家园的自然因素。

更重要的是，楚地充满原始神秘的宗教氛围，尤其"信巫鬼，重淫祀"（《汉书·地理志》）的巫祭之风，是屈原天然地趋向于宗教，形成其以"神"与"圣"为基调的神秘主义人格的外在原因。更何况屈原本人的身份也与巫者有着千丝万缕的联系，有人甚至说，屈原就是巫师。事实上，屈原是不是巫师很难确认，但屈原的职务无疑与楚国的巫术传统有着不可分割的关系。他所担任的三闾大夫、左徒一类的职务，从文化史的角度看跟巫祝、祭祀一类职事

---

① [英] 唐·库比特：《后现代神秘主义》，22～23页，北京，中国人民大学出版社，2005。
② [清] 王夫之：《楚辞通释·序》，5页，北京，中华书局，1975。

有着血肉联系。正是由于屈原所成长的文化母体及其社会角色与宗教职事之间的密切关系，使他与原始宗教之间存有了一种先在而又深度的亲和关系；在情感上天然地趋向于宗教信仰，希冀从中获得安慰和救助，都在情理之中。同时，也正是由于这种浓厚的原始宗教氛围的熏染，使屈原们保留下了人类童年的天真情怀和诗性思维，使他们对神奇而又亲切的大自然抱有热情洋溢的探究欲望，对人类远古的神圣世界充满着诗意的想象与期待。因而，我们借助于他们作品中的神性世界、神性话语以及神性意象，感受到的是他们灵魂深处的虔敬祈祷，他们具有人生终极意义的精神探索，以及超越世俗的浪漫情怀。

以亲鬼、敬神、好巫为显著特征的荆楚文化，在强势的中原主流文化之外，以神性的面貌营造了一个充满着浓郁神秘色彩的精神世界。这不仅是屈原超越性人格形成的直接文化土壤，更是他神性创作的思想背景和素材来源，有时甚至是他创作的目的。例如屈原的《九歌》就是以原始"九歌"为蓝本、以神圣的巫术祭祀为目的的再创作。原始"九歌"是南楚土著的祭祀乐歌，它与屈原的《九歌》有着很深的渊源关系，有人甚至认为原始"九歌"就是楚辞《九歌》。正如王逸所言："昔楚国南郢之邑，沅湘之间，其俗信鬼而好祠。其祠，必作歌乐鼓舞以乐诸神。屈原放逐，窜伏其域，怀忧苦毒，愁思沸郁。出见俗人祭祀之礼，歌舞之乐，其词鄙陋，因为作《九歌》之曲。上陈事神之敬，下见己之冤结……"（《楚辞章句》）。可见，《九歌》源于沅湘巫歌，屈原因"其词鄙陋"而修饰改造，虽寄其冤结，却并未改其巫祭事神之目的。除外，屈原其他代表作品，如《离骚》中的祭歌模式、巫祭意象与习语、人神恋爱情节，《天问》中的巫史内容，《招魂》的巫卜思维等，无不表明与楚地巫祭文化之间的密切关系。由此也可见屈原作为一个神秘主义书写者的超越性精神信仰、超越性人格及其作品的超越性话语，与楚地神秘原始的巫祭文化之间的深层关系。

可以说，屈原之所以对神圣世界充满诗意向往，更多的是仰赖于楚地原始神秘的宗教氛围。我们知道，所有宗教的终极目的都是对"家园"的追寻。也许屈原并非纯粹的宗教人士，楚辞也未必具有明确的宗教意图，但屈原与楚辞都显示出了深刻而又强烈的宗教精神，即对"家园"的追寻以及终极关怀。这种宗教精神不仅来自于楚文化中体现出的独有的精神取向和神秘主义文化氛围，也与屈原个人的人格面貌息息相关。

二、超越性追求：屈原的神秘主义人格倾向

所谓"一方水土养一方人"，考察屈赋创作的神性品格，首先不能忽略其神秘灵异的自然环境和文化土壤，更不可小视神秘原始的巫祭文化对创作主体

的深层浸染和人格塑造。

海德格尔有一个著名的命题：只有在世界的黑夜中，坚持终极关怀的诗人，才能称得上贫困时代的真正诗人。所谓"终极关怀"是指向宇宙和人生的两级的，它具有以存在的有限性而向往无限的超越性本质，并由此具有神圣性导向。因此，"终极关怀"是具有彼岸向度的某种超越性的家园期待与精神归宿，它指向价值、意义、超验的追求。屈原应该称得上是这样的"真正诗人"。当屈原面对着生命处境的烦扰窘困、价值的沦丧与意义的虚无时，依然向往着神圣世界的辉煌，寻求着彼岸世界的灵魂安顿。我们从屈原多次上天入地的"神游"求索中，从他所建构的充满原型意象的神话世界中，不难看出他超越世俗的神圣性价值期待。

我们知道，人类世界观的核心是要回答世界的起源、本质和归宿问题。而这个问题从根本上来说是不可回答的，于是就有了种种的诗性世界观。当我们说"世界是什么"的时候，其实就是一种诗性言说。神秘主义就是这样一种言说方式，它对天地万物、宇宙生命进行一种诗性解释，其核心价值观就是坚信世界的神性和生命的神圣，追求超越性价值。这种诗性世界观不仅反映出生命个体的价值理想，更投射出其人格面貌的神秘主义倾向。伊利亚德在《神圣与世俗》中认为，人类有两种存在模式——神圣和世俗。对一个有着宗教体验的人来说，空间、时间、自然物、仪式等各种不同的事物，因与"神"的关联而具有了不同的性质——"神圣"。大量研究显示，宗教信仰者对"神圣"具有一种殷切的渴望，他们渴望将自己的存在参与到这种"神圣"当中，渴望被赋予这种"神圣"的力量。而这种渴望是具有丰富的心理学内涵的。荣格认为，我们心灵的整体拥有一个核心——自性原型，在潜意识中表现为"上帝意向"。自性原型是个体集体潜意识的核心，围绕这个核心，个体的心理发展具有一种方向性。每个人都拥有不同的人格特征和生命历程，这种个性的发展过程其实都有一个方向，那就是实现每个人的"自性原型"。我们似乎受着一种潜藏在意识之下隐秘的力量和目标的约束而作出各种生活选择。这个指引我们的中心就是"自性原型"[①]。如果心灵失去这个"中心"，我们就会失去生存的意义感，意识将陷入彷徨迷乱。而自性体验，在荣格心理学中，是一种类宗教或神圣的体验。从这个意义上说，渴望"神圣"境界的人，其人格特征具有一些超越性的价值取向，潜意识中有一种"上帝意向"。也就是说，"诗性世界观"并不是人人都有，而是具有某种神秘主义气质的人才会具有。屈原就是具有神秘主义人格倾向的诗人。

[①] 荣格"自性"理论散见于荣格的许多著作与论文中，参看《爱翁》《金花的秘密》《超越功能》《自性化的个案》《论曼荼罗的象征》等。

从屈原有限的生平资料考察其一生行事、诗歌创作及其生命意象，不难发现其神秘主义的人格特征。屈原的人格面貌中，既洋溢着宗教精神，又蕴含着理性因素，而这种人格的双基构成主要是"神"（内美）与"圣"（外修）两种文化因子并存互渗、相摩相荡的结果。而无论是"神"还是"圣"，都是对一种超越性价值的追求。追求超越性价值恰是神秘主义人格的典型特征。

屈原的"神"性人格主要体现为宗教性，这也是他人格的核心。现代心理学认为，宗教是人的一种深层的心理期待与精神渴望，或者说是人的一种超越性需求，人本质上就有宗教向度。马斯洛认为具有"超越性需要"的人往往是更深刻的"宗教信仰者"或"超越世俗的圣人"，其高峰体验和其他超越性体验实际上也应该看成是"宗教的或神圣的"体验[1]。纯粹的宗教思维实际上是一种认真严肃的本体思考，是追本溯源的形而上学，是人面对大千世界，面对浩瀚宇宙，面对现实人生，力求从根本上把握人与世界的一种心灵远游，一种精神超越。无疑，屈原的人格中是具有一种深刻的宗教情结的。这除了荆楚地域原始神秘的巫祭文化在他心灵培植的宗教土壤外，更在于他灵魂深处的"自性原型"规定了他对神圣价值的超越性需求。

虽然屈原所成长的文化母体与原始宗教之间的密切关系使他天然地倾向于宗教，与宗教存有一种先在而又深度的亲和关系，但我们也不能忽视屈原毕竟是儒家思想培养起来的知识分子，实用理性思想对他的影响不可小视。从屈原的生平事迹我们似乎可以品到一种"突然跌入"的皈依味道。也就是说，早期仕途顺达时并未见屈原与宗教的深度关系，直到被怀王"怒而疏"，贬官直至"放流"后，他与宗教与神圣世界的关系才渐次明晰起来。令人疑惑的是，一向关注现实政治的屈原何以如此轻松地进入一个神的世界呢？有人甚至据《离骚》的"神游"情节说他只是一个"跪而向天的祈告者"，并由此推断说，这可以解释"天问"为什么只问而不答[2]。如果真是如此的话，它能解释的可不只这些。它最能解释的恐怕还是理性文化培养起来的屈原之所以如此轻松自如地进入一个神的世界，是因为他的世界里原本就有一个熟悉的"神"的世界存在，一旦遭遇现实困境和精神困境，就自然地到那里寻求解释，抑或寄托。

最早的宗教心理学家认为，具有某种气质或个性的人更容易产生对宗教的皈依倾向，尤其是突然出现或危急型皈依。但无论是现代心理学还是古典心理学都没有发现能确认潜在皈依者的个性标准。但我们可以试想，这个皈依者之前一定是失去"家园"的灵魂的漂泊者。尽管我们无法确认宗教皈依者的个

---

[1]［美］马斯洛：《自我实现的人》，69页，上海，三联书店，1987。
[2]刘小枫：《拯救与逍遥》，95～135页，上海，三联书店，2001。

性标准，但至少可以确认一个具有超越性追求的本体诗人的心理倾向。按照荣格对人格类型的归类，艺术家是"内倾直觉型"人格类型的典型代表。这些人往往不为一般人所理解，而自己又将自己看成不为人知的天才。由于他与现实和传统都不发生直接的功利关系，他也不能有效地与他人交流沟通，从而退回内心进行自我独白。他禁闭在一个充满原始意象的世界里，面对那些令人颤栗的原始意象的涵义却又并不理解，只是感受到人类远古的裂缝。他想传达那不可传达者，他内心的痛苦和骚动迫使他从一个意象跳跃到另一个意象，它不断告别一切已成之局，始终在追寻着那无限的新的可能性。尽管他也有常人所不能超越的界限，但他却拥有可供别人思考、整理并加以发展的瑰丽多彩和瞬间感悟的直觉。借此，他方能有同天启般地说警彻的生命预言①。从屈原的情感特质和人生选择看，我们很容易把他归于这种"内倾直觉型"人格类型，而他的这种人格建构主要基于他对"神圣"这种超越性价值的期待。这首先来自他对"自我"的神圣化，即屈原反复渲染的他的内美（神）和修能（圣）。我们从作品中看到，他对自我神圣化的描述，极尽誉美之辞。其出身不仅是高贵的王族，甚至攀援到辉煌的太阳神祖；其诞辰为非常吉祥并罕有的"三寅之诞"；其生命存在卓然独立于世俗世界之上，众醉独醒，品格高洁如芳草。其次是来自他对理想的神圣化。如他的"美政"理想，显然也是理想主义者的诗意期待。显而易见，他个人和现实与神圣化了的自我和理想之间不仅颇有距离，而且充满着矛盾，这代表着他不能与他人，尤其是与世俗世界有效沟通。尽管他具有杰出的政治才能，"入则与王图议国事，以出号令；出则接遇宾客，应对诸侯"（《史记·屈原列传》）。但他只是在表层公开的社会交往中似乎应对自如，而一旦涉及隐秘叵测的甚至充满阴谋的人际关系和政治居心时，他是那样幼稚天真，仅仅一个"夺稿事件"就将他毁灭。而当他与现实疏离之后，又只能沉浸于自己的主观世界中，神游在由一个个原始意象构筑的精神家园之中。而当这个"家园"不能安顿他的灵魂时，他只能永远地自我放逐，效法彭咸以水死方式回归到他心理上的精神父母——"太阳神"的怀抱②。

纵观屈原的一生，尽管资料有限，但我们依然可以看到他的人格面貌和性格趋向中有一个"神"性向度。这从他的神灵崇拜、神话思维、神性写作等生命活动中充分显现了出来。

屈原的"圣"主要体现为对自我价值的理想化期待与追求，也就是对

---

① [瑞士] 荣格：《心理类型》，481～490页，西安，华岳文艺出版社，2004。
② 李措吉：《太阳诗人的精神寻根·楚辞中的日神意象及其人类学解读》，载《青海民族研究》，2010（3）。

"君子人格"的倾心慕求，以及"美政"理想中的完满自我的诗意期待，这也是超越性动机使然。实现自我价值，从心理学上看，也是人的一种天然需要。只有当人真正实现了自己的价值，才能够感到精神上的满足和生命的尊严。屈原虽以诗人留名青史，但认真说来，他首先是政治家。屈原并非像我们现代人想当然理解的那样，自觉地要成为诗人。从现有的资料可见，他想要成为的是"君子"，其途径就是当一个出色的政治家，辅佐君王施行德政。而这个目标只有具备了君子人格才能达成，为此他倾尽全力培养自己的"君子人格"。可以说，屈原把作为道德理想的"君子人格"和作为政治理想的"美政"都看作达成理想自我的现实途径。

但毕竟屈原主要是作为诗人进入我们视野的，我们也不能忽略其与生俱来的诗人本质，即对世俗的超越性。海德格尔认为诗人具有一种至高无上的神性，因此在神性逃遁的时代，人类只有倾听诗人的吟咏，才能走向诗意栖居的精神家园。他说，特别是哲学家要自觉聆听诗人的述说，并要进一步阐发、传达诗人的述说。这是因为只有诗人才能向人们传达神性的消息和神的问候，指引人们返归故乡的路径[①]。显然，在神性缺乏的中国文化里，倾听屈原的吟哦与召唤，其意义颇为深远。这不仅是因为诗人屈原曾经抚慰了多少"无家可归"的中国文人，还因为屈赋的文本是中国文学史上少有的走向神圣的文本。其中所描写的大多是一个超越性的神的世界，而这明显和常常与之并举的《诗经》不同，《诗经》作者热衷表现的是一个现实的世俗世界。显而易见，屈原对神及神圣空间的形象和主题有着浓厚的兴趣并予以强烈的关注，而其根基正在于屈原对世俗世界的超越性兴趣。它代表着这样一种趋向：寻找神圣和超越现实的存在，以建构自己异于世俗的精神家园。如屈赋中的"神游"，就正是这种从世俗纷扰世界向纯精神的神圣世界的升华，意图寻求一种纯粹精神性的神圣的存在方式。屈赋中的"香草"世界，正是环绕主人公使之得以向神圣提升的超自然力的神秘意象。"朝饮木兰之坠露兮，夕餐秋菊之落英"等描述，也已不再是不明其意的闲笔，而是修治并拥有神秘超自然力、超世俗性的必经之路。屈赋中的"人神之恋"，更是屈原在"企慕情境"中达成的一种人格上的理想，境界上的神圣。正是这种对神圣世界的丰富性、神秘性和纯洁性的追寻，使得屈赋从超越的力量获得了自己的价值体系。

总之，"神"与"圣"是屈原人格的核心，而神格与圣格的融合，体现在屈原终身的政治活动、文学活动、精神追求乃至生命的取舍中。而无论是"神"还是"圣"，都是对一种超越性价值的追求，体现出诗人神秘主义的人格倾向。

[①] 刘小枫：《诗化哲学》，213～248页，济南，山东文艺出版社，1986。

三、隐喻象征：屈原的神秘主义话语方式

在中国文学史上，我们似乎很难找到第二个像屈原这样呕心沥血、把诗与生命融为一体来追寻自己精神家园的诗人。也许，平凡与常规不足以表达他内心深处的幽暗与深度，不足以承担他的神圣性的家园建构；于是，他常常把灵魂与笔触伸进遥远而隐秘的神话世界，伸到人类的远古记忆和"集体无意识"中，用隐喻象征的话语方式表达着幽深的内心世界，成为了一个"用原始意象说话的人"（荣格语）。

神秘主义的终极目标是达成人与神的交融合一，它常常表现为一种神秘的高峰体验。而心理研究表明，这种神秘体验不仅具有超越性、神圣性，而且还具有难以表达性，所以神秘主义写作者常常以隐喻象征的语言进行书写，以此暗示神谕，体悟宗教快乐。我们从屈原多次上天入地的"神游"求索中，从他所建构的充满原型意象的神话世界中，不难看出他虔敬的宗教情怀以及在精神困境中的神圣性家园追寻。尤其是他以神话思维构筑的独特的隐喻象征系统，如香草美人、人神之恋、日月龙凤、天地神游等一系列充满神性特质的原型意象中，无不隐含着存在的神秘力量，给予读者神秘性的精神启示。

以"香草美人"为例，它是屈赋众多的意象群中最富有经典意义的，诗人既寓情于草木，又托意于男女，以原型意象构筑了一个类宗教性的神圣世界。屈赋中的"香草"意象首先与巫术仪式关系密切，大多为祭祀圣品。屈原把它们写进诗歌，构成庞大的香草意象系统，又常常与宗教的"洁"与"不洁"观念相伴随。如"芳与泽其杂揉兮，唯昭质其犹未亏"；"户服艾以盈要兮，谓幽兰其不可佩"；"苏粪壤以充帏兮，谓申椒其不芳"；两两相对的意象中，暗示着"洁"与"非洁"、神圣与世俗、超然与本原的对立，其间隐隐透露着诗人的价值理想和宗教情怀。例如"兰草"，是诗人在众多"香草"意象中尤其钟情的。显然，对于在巫文化中成长起来、又与巫职关系密切的屈原而言，这种钟情，首先具有图腾、祭祀等宗教意义。图腾崇拜中，"兰"具有男女相爱、得子护魂、被除邪恶之功用[1]，因而"握兰怀香"、佩兰为饰成为习俗。楚辞中写到"扈江离与辟芷兮，纫秋兰以为佩"；"时暧暧其将罢兮，结幽兰而延伫"；"户服艾以盈要兮，谓幽兰其不可佩"（《离骚》）；都在说抒情主人公"纫兰为饰"的特点。而兰与若、荷、蕙等花草，在巫祭中是巫觋降神所服之物，古代认为有佐助降神的功用。后来基于兰花的宗教和图腾功能而产生的兰汤沐浴（祭祀神灵前以兰汤沐浴洁身）、"以兰为藉"（祭享天神的

---

[1] 周建忠：《"兰意象"原型发微·兼释〈楚辞〉用兰意象》，载《东南文化》，1999（1）。

肴蒸用芳香的兰草垫底)、"兰草炼膏"(以兰膏灌烛，祭祀中以兰之香气除邪近神)等习俗，都与芳香、洁净、驱邪之"原型"意义密切相关，因为其功用常常在祭祀巫祝场所出现而更具神圣色彩。屈赋中写到"浴兰汤兮沐芳，华采衣兮若英。灵连蜷兮既留，烂昭昭兮未央"(《九歌·云中君》)。"蕙肴蒸兮兰藉，奠桂酒兮椒浆"(《九歌·东皇太一》);"兰膏明烛，华容备些";"兰膏明烛，华镫错些"(《招魂》)。都是在巫术祭祀这样带有神圣意义的仪式前的准备，以表示一种虔敬和庄重，其中透露出的宗教情怀不言而喻。后来"兰"的神秘宗教功能逐步向审美功能、教化功能过渡，"兰"被赋予德行寓意，"以兰喻志"渐成风尚。"兰草"在祭歌中被一再礼赞歌咏，显然已成为一种明显的价值标志。加之"兰"本身的特点，生于深山幽谷，不为无人而不芳，不因清寒而萎顿，故有"花中君子"之誉，中国文化中常常以它为君子人格的象征。故此，芳洁的"君子人格"之意涵也应该是屈原追寻的核心价值。尽管兰图腾文化的"原型"、"远景"意义非常之隐秘、遥远，但我们还是可以依稀辨认其中的核心价值:芳香、圣洁。屈原对"兰草"的钟情，显然就是在这些原始意义层面上的核心价值的认同，其作品中的"兰草"意象无疑是有着对诗人高洁的人格和道德的隐喻。诗人通过抒情主人公对香草的种植、佩戴、餐饮、歌咏，塑造了一个光彩夺目、芳香四溢，而又孤芳自赏、遗世独立的人格典范。尤其幽香的兰草在图腾与巫祭文化的洗礼中被赋予了"圣洁"的品质，而在诗人眼中，高尚的道德情操也如同这幽香美洁的"兰草"般神圣而芬芳。诗人借此彰显自己美洁的品行，如同开在空谷的兰草，虽幽香却无人知，但即使如此，哪怕孤芳自赏也绝不阿世同俗。可以说，屈原对"兰"的钟情，以及屈赋中出现"兰"的意象，既透露着诗人的价值理想，又具有神圣的宗教色彩。

"美人"意象也是屈赋隐喻系统中最具典型化的原型意象。"美人"喻义所指，历来有"喻君"和"自喻"之说。"灵修美人，以媲于君"之喻义，建构了士大夫寻求君臣遇合的政治隐喻符码，"屈原自喻"则隐含着对君子人格中神圣"自我"的期待。"美人"意象中尤其对"神女"的迷恋更具有象征意义。屈原笔下的"人神之恋"几乎都有一个以追求始、以失落终的情节模式，其背后所关涉的首先是隐蔽的宗教仪式背景，它是比理性精神更为遥远的以人祭神的文化传统。屈原借助"人神恋爱"这一文学模式，创造出独特奇幻、深沉灵动的意象系统，将原始的宗教狂热转化为爱与美的崇拜，其中传达出的复杂与深厚，耐人寻味。而"人神之恋"的结局多以"失落"告终的深层意义，在于诗人借助宗教神话的声音传达着一种普遍的"不遇"之悲。无论是"恋神"、"恋君"还是"自恋"，诗人都把它置于一种虽不可得而心向往之的"企慕情境"中。这是一种文艺心理学上所说的"距离怅惘"，企慕的对象若隐若现，若即若离，如同水中月，镜里花，可望而不可求。尽管明知不可求，却又无法泯灭心之所往、情之所至，仍然一味寻求。这是一种"向"而不能"往"，"求"而不可"得"的企愿，是一种只可心仪、不可身及的悲剧情境。显然，"人神恋爱"，或者说世俗对神圣的向往，更容易表现为这种企慕的心境和状态。如《九歌》与《离骚》中的"人神恋爱"，都是以热烈的追求始，以哀婉的失落终。无论是《离骚》中对女神的追求，还是《九歌》中对天地神灵的祭祀，其悲剧的结局折射着诗人的心境，即对神圣世界的企慕以及企慕不成的失落与悲哀。在屈原笔下，"人神恋爱"不表现为婚姻事实，而着重述写人与神缠绵悱恻的情意，望穿秋水、心神恍惚的相思与期盼。虽然常常"不遇"，但它所营造的人与神在"接"与"不接"之间的那种神秘氛围，那么天然地暗合着人类普遍的对神圣意象的企慕和向往，又那么熨帖地表达了一种超越性的终极关怀，以一种与神沟通的姿态表达着个体生命为虚弱的心灵、苦难的灵魂寻求精神家园的渴望①。

卡西尔认为："神话创作者的心灵是原型，而诗人的心灵……在本质上仍然是神话时代的心灵"②。作为诗人的屈原以神话思维搭建了一个充满隐喻与象征的世界。尽管由于它是来自人类深层而又遥远的记忆，必然先天地带有残破零散和不完整性，但我们依然可以从《九歌》《离骚》《天问》《九章》《招魂》等篇章中依稀辨认其神圣的面貌，以及诗人以神话思维和隐喻象征系统探寻意义世界和价值世界的一种"形而上"的冲动。当屈原被曾经当作价值理想而全情投入的政治中心忽然抛离之后，他顿悟到了自己曾经确信不疑的意义世界的荒谬与虚妄，陷入了意义缺失后的困惑与痛苦，他需要确信一个新的意义世界，以成为他活下去的理由。于是，他发出了为一切存在寻求价值根据的"超验之问"，开始了上天入地的精神探索。几经周折的艰难探索后，他似乎找到了一个新的意义世界。这个"意义世界"就是诗人为其超越性的存在寻求到的一个充满光明的神圣性精神家园，是他想要安顿灵魂的所在。无论这里是否安顿了他的灵魂，但它至少表明了诗人曾经的希冀和探索。

（李措吉：青海师范大学人文学院教授）

---

① 李措吉：《神话昆仑：深层记忆中的神圣家园·屈原的精神困境与宗教情怀》，载《青海社会科学》，2011（1）。
② [德] 恩斯特·卡西尔：《人论》，94页，上海译文出版社，1985。

《全宋文》《全宋诗》失收及误收的江西作家与作品补订

刘双琴

作为我国宋代文献整理史上的重要成果，《全宋文》《全宋诗》的编辑出版嘉惠学林，功不可没。但因涉及的文献资料繁多，难免有所疏漏。近年来学者多有考订与补遗，取得了大量成果。笔者近因考录宋代江西进士，重新翻阅《全宋文》《全宋诗》等相关宋代文献典籍，发现仍有部分失收、误收的江西作家与作品。故撰此文，以请益于方家，并期有助于学界①。

一、补作者

《全宋文》《全宋诗》未收其人而实有文章、诗作可补者。因其人未收，故先列小传，次补作品。

1.《全宋文》失收的江西作家

①许载（生卒年不详），字德舆，萍乡（今属江西）人。端拱二年（989）进士。尝与王钦若御试，因醉再试，又中。真宗年间历知婺州、惠安县，大中祥符间官太常博士、潮州军州事。仕至都官员外郎、知歙州。著有《吴唐拾遗录》十卷，"所载多诸书未有者"（《容斋续笔》卷一六），惜已佚。事见明凌迪知《万姓统谱》卷七六，雍正《江西通志》卷四九，雍正《浙江通志》卷一一五，雍正《广东通志》卷二六，乾隆《福建通志》卷二三，同治《萍乡县志》卷一〇等。《容斋续笔》卷一六录其《劝农桑》一篇，此文对研究唐宋时期身丁钱物的除放过程以及货币的流通状况都有重要的史料价值，《全宋文》失收，可以补遗。

②倪师尹（生卒年不详），字得一，吉州太和（今江西泰和）人。绍兴八年（1138）进士。初任英州狱掾，兼领公库，为官清廉。平生刻苦好学，无书不读，尤长于四六。尝投启赵不积，有云："片言可以折狱，非曰能之；一介不以取人，固所愿也。"不积称赏。绍兴四年，清江刘楠知太和，兴学育才，县人为其立生祠。及解官三年，县人仍追思不已，形于吟咏。刘泽民将这

---

① 由于本人主要负责南宋绍兴五年至绍熙元年时段江西进士的考录工作，故本文所涉江西作家，亦主要集中于该时段。考录时如发现有漏收或误收的宋代其他时段的江西作家，也一并订补。

些诗编成一集，曰《去思》，师尹为之作序。事见嘉靖《江西通志》卷二六，万历《吉安府志》卷一八，同治《泰和县志》卷五等。县人所作的诗歌集今已无从考核，师尹所作序文仍存，同治《泰和县志》卷五收录之。此文对研究南宋初年金兵南侵后学校教育衰落与重振的发展历程有一定的参考意义，《全宋文》失收，此可补遗。

③袁去华（生卒年不详），字宣卿，一字定卿，洪州奉新（今属江西）人。绍兴十五年（1145）进士。授善化知县，以事谪醴陵县丞，迁石首知县而卒。学问渊博，尤长于词赋。尝登长沙定王台，赋《水调歌头》，见称于张孝祥。有《适斋类稿》八卷、《袁去华词》一卷。事见宋陈振孙《直斋书录解题》卷一八、二一，雍正《江西通志》卷五〇，同治《南昌府志》卷四，同治《奉新县志》卷五、八、一五等。有文《和丰桥记》一篇，同治《南昌府志》卷四、同治《奉新县志》卷五皆有收录，《全宋文》失收，此可补遗。

④陈孔休（生卒年不详），建昌军新城（今江西黎川）人。绍兴十八年（1148）进士。事见雍正《江西通志》卷五〇等。有文《新城县署记》一篇，嘉靖《江西通志》卷一五、正德《建昌府志》卷六、同治《建昌府志》卷九收录之；又有《知县厅题名记》一篇，正德《建昌府志》卷一二收录。此二文《全宋文》失收，可以补遗。

⑤陈孺（1118—?），字汉卿，抚州临川（今属江西）人。绍兴十八年（1148）进士。初授明州推官，明烛奸盗，放释无辜，人服其神。二十五年，因曹泳之荐，官左文林郎，行太学录，俄又兼实录院检讨官，寻以忧去。二十八年，除秘书省正字，忤秦桧，劾去。历知处州，有异政。时值岁旱，孺捐俸置赡民仓。乾道年间官左宣教郎，知荆南军事。后除福建运判，闽盗起，孺讨之，馘其渠魁，余党皆溃。移师江陵，中道而卒。平生慷慨有大节。善诗，曾有不少诗作。有《陈正字文集》。事见宋佚名《绍兴十八年同年小录》，宋李心传《建炎以来系年要录》卷一五七、一六九、一七九，正德《建昌府志》卷三、六、一二、一三，嘉靖《江西通志》卷二〇、二一，同治《临川县志》卷一一，光绪《江西通志》卷一〇七等。《绍兴十八年同年小录》录其文《论中兴之盛策》一篇，同治《临川县志》卷一一收其文《放生池记》一篇。此二文《全宋文》失收，可以补遗。

⑥刘允迪（生卒年不详），字德华，一字桂亭，信州玉山（今属江西）人。隆兴元年（1163）进士。淳熙八年（1181）知德安县，为政一本于儒术，以惠爱得民。后居家建刘氏义学，以教族子弟及乡人之愿学者，朱熹为之作《玉山刘氏义学记》。累官至朝奉郎参议沿海制置使军事。事见宋朱熹《晦庵集》卷八〇《玉山刘氏义学记》，明凌迪知《万姓统谱》卷五九，雍正《江西通志》卷八五，同治《广信府志》卷一一，同治《九江府志》卷二七，同

治《玉山县志》卷九等。允迪有《与徐安国书》一文，同治《玉山县志》卷九、同治《广信府志》卷一一皆有收录，《全宋文》失收，此可补遗。

⑦胡泳，初名栻，字贡仲，因避讳改名泳，字伯量，号洞源先生，南康军星子（今属江西）人。隆兴间登进士第。授朝散郎，任峡州太守，迁太师秘书丞。尝居星子八都金山下，徙建昌八载，后仍还故里。从朱晦庵讲学白鹿洞，衍说四子，羽翼圣经，编次丧礼，各立门目，学者咸尊之。嘉定间曾任白鹿洞书院堂长。后与黄干等十四人从祀白鹿洞朱子祠。著有《论语衍说》、《四书衍说》。事见清黄宗羲《宋元学案》卷六九，清毛德琦《庐山志》卷八，雍正《江西通志》卷九一，同治《南康府志》卷一六，同治《星子县志》卷一〇，光绪《江西通志》卷一〇一等。有《跋竹斋漫存遗藁》、《跋竹斋指南》二文，宋裘万顷《竹斋诗集》附录收录之；又有《枕流亭题志》一文，清毛德琦《庐山志》卷八、同治《南康府志》卷二二均有收录。此三文《全宋文》失收，可以补遗。

⑧赵师烜（生卒年不详），临江军清江（今江西樟树）人。宗室，师炳弟。乾道八年（1172）进士。注官教授。绍熙三年（1192），任富阳县丞。娶萧燧女为妻。事见宋周必大《文忠集》卷六七《资政殿学士宣奉大夫参知政事萧正肃公（燧）神道碑》，清徐松《宋会要辑稿》选举一七、一八，雍正《江西通志》卷五〇，光绪《富阳县志》卷三、一三等。乾隆《杭州府志》卷一〇、光绪《富阳县志》卷一三皆收录赵师烜《重整学宫圣贤像碑记》，落款为"绍熙四年五月望涿郡赵师烜记"。经查阅相关文献，绍熙年间并无他人名赵师烜者，此文作者疑即清江赵师烜。师烜既为宗子，涿郡疑为其郡望所在。《全宋文》未收赵师烜，此可补遗。

⑨欧阳朴（生卒年不详），字全真，临江军新喻（今江西新余）人。昌邦子。乾道八年（1172）进士。历文林郎、充荆湖北路提点刑狱司干办公事，终官衡阳知县。从学于谢谔，尝述其事实。事见明凌迪知《万姓统谱》卷一三一，清黄宗羲《宋元学案》卷二八，正德《袁州府志》卷一四，隆庆《临江府志》卷一〇，雍正《江西通志》卷五〇，同治《新喻县志》卷一一等。尝作《艮斋事实》，今佚。又有《分宜支移仓记》，正德《袁州府志》卷一四有收录，《全宋文》失收，此可补遗。

⑩徐啬（生卒年不详），抚州宜黄（今属江西）人。淳熙二年（1175）进士。历知贺州，官江西安抚司参议。曾游永州零陵县澹山岩，并留有题名。事见清徐松《宋会要辑稿》职官七四，清王昶《金石萃编》卷一三三，雍正《江西通志》卷五〇等。徐啬的《澹山岩题名》，清王昶《金石萃编》卷一三三、道光《永州府志》卷一八、光绪《湖南通志》卷二七三、光绪《零陵县志》卷一四均有收录，《全宋文》失收，此可补遗。

⑪戴翊羽（1149—1196），羽一作世，字汉卿，一字汉宗，吉州安福（今属江西）人，一作吉州庐陵（今江西吉安）人。淳熙二年（1175）进士。初授迪功郎、衡山县尉，升从政郎。八年，任于都县丞。十五年，调道州江华令，主管劝农公事。改奉议郎，知彭泽县。转承议郎，迁员外郎。终朝奉郎、江南东路提点刑狱司干办公事。卒于鄱阳，葬吉州庐陵县儒林乡。事见宋周必大《文忠集》卷七七《二戴君墓碣》，嘉靖《赣州府志》卷七，隆庆《永州府志》卷四，万历《吉安府志》卷一八，光绪《湖南通志》卷二八一等。有《宋赵师侠阳华岩诗并跋》一篇，光绪《湖南通志》卷二八一有收录，《全宋文》失收，此可补遗。

⑫赵师侠（生卒年不详），字介之，号坦庵，宗室，居临江军新淦（今江西新干）。燕王德昭七世孙。淳熙二年（1175）进士。曾为信丰县令，官终参议。工词，有《坦庵长短句》一卷。事见清陆心源《宋诗纪事补遗》卷九二《赵师侠》，清纪昀《四库全书总目》卷一九八之《坦庵词提要》，雍正《江西通志》卷五〇等。有《赵氏拜命历跋》一篇，元佚名《居家必用事类全集》丙集之《赵氏拜命历》有收录，《全宋文》失收，此可补遗。

⑬缪瑜（生卒年不详），字珍叟，赣州龙南（今属江西）人。淳熙十四年（1187）进士。嘉泰二年（1202），知高要县。嘉定七年（1214），为进贤令，有守有为，民甚德之。工于诗，为人称赏。撰有《硿峒集》、《嵩台记》，编有《嵩台集》，今皆不见传世。事见宋王象之《舆地纪胜》卷九二、九六，雍正《江西通志》卷五〇、九四，道光《肇庆府志》卷二一，同治《赣州府志》卷五〇，宣统《高要县志》卷一四等。有《放生池亭记》，道光《肇庆府志》卷八有收录，《全宋文》失收，此可补遗。

⑭施栝（生卒年不详），栝一作括，信州永丰（今江西广丰）人。师点子。淳熙十四年（1187）上舍释褐。历修职郎、福建转运使司干办公事。师点卒后，栝为之撰《资政殿大学士施师点圹志》，时为绍熙五年（1194）。嘉定十四年（1221）叶适为师点作墓志铭时，栝已卒。事见宋叶适《水心文集》卷二四《故知枢密院事资政殿大学士施公（师点）墓志铭》，嘉靖《江西通志》卷一一，嘉靖《广信府志》卷一四等。施栝所撰《资政殿大学士施师点圹志》，1984年出土于江西省广丰县，陈柏泉《江西出土墓志选编》收录之，《全宋文》未收施栝，可以补遗。

按：《资政殿大学士施师点圹志》一文对考补施师点的生平有重要史料价值。一是属籍：叶适《故知枢密院事资政殿大学士施公墓志铭》作玉山人，《宋史·施师点传》作上饶人，圹志则明记为永丰（今江西广丰）人。二是生平：《宋史》载施师点"乾道元年，陈康伯荐，赐对。……八年，兼权礼部侍郎，除给事中。时太子詹事已除，……假翰林学士、知制诰兼侍读使金。……

十年，除端明殿学士、签书枢密院事"。此条所云"十年"，承上文，当是指孝宗乾道十年，误，乾道无十年。据《圹志》可知，师点是在淳熙七年至九年间历兼太子右庶子，除秘书监、中书舍人，兼太子詹事，充金国贺正旦使；淳熙十年除端明殿学士、签书枢密院事兼参知政事，八月，除参知政事兼同知枢密院事。此外，何异《宋中兴东宫官僚题名》亦载施师点"淳熙七年九月除中书舍人升兼左庶子；八年九月除给事中兼詹事；十年正月除端明殿学士、签书枢密院事"。徐松《宋会要辑稿·职官》七之三二也有"（淳熙八年）九月二十七日，以给事中施师点兼太子詹事"的记载，此皆与《圹志》所载相合。据此亦可证《宋史》之误、《圹志》之真。

2.《全宋诗》失收的江西作家

①孙逢吉，徽州婺源（今属江西）人。太平兴国七年（982）知泉州，以精忠厚德见称。事见《大清一统志》卷三二八等。有《茅亭》诗一首，宋祝穆《方舆胜览》卷一二收录，全诗云："陈氏当年为胜概，吾徒今日作良游。时迁代谢皆如此，细雨灯花莫浪愁。"此诗《全宋诗》失收，此可补遗。

按：此诗之作者，历代文献记载多有谬误。宋祝穆《方舆胜览》卷一二"泉州"条记载："茅亭：陈洪进宴游之地，今废。太守孙逢吉诗：'陈氏当年为胜概，吾徒今日作良游。时迁代谢皆如此，细雨灯花莫浪愁。'"弘治《八闽通志》卷七三"泉州府·晋江县"录此条目，然称"宋郡守韩逢吉诗……"；后乾隆《晋江县志》卷一五"古迹·茅亭"亦录此条目，却又改为"宋郡守韩元吉诗云……"；道光《晋江县志》卷一二"城外古迹·茅亭"因之。清厉鹗《宋诗纪事》卷五三、曾燠《江西诗征》卷五则均将此诗归到南宋吉州龙泉孙逢吉名下。考《八闽通志》、《泉州府志》以及《晋江县志》所载泉州知州，均无韩逢吉、韩元吉，以及南宋吉州龙泉孙逢吉，仅有北宋婺源孙逢吉。故此诗实当为婺源孙逢吉所作。

②洪邦直（1113—?），字应贤，饶州乐平（今属江西）人。皓从孙。绍兴十八年（1148）进士。以左朝散郎知婺源县事。后出守永嘉，入为国子监丞，迁太常寺丞，卒。为官清廉，刚明有断，有政声，与袁采齐名。高宗察其廉贫，进官两秩，赐白金。县令增秩赠金，自邦直始。所著有《痴轩集》十卷，《柳文注》三十卷。事见宋佚名《绍兴十八年同年小录》，弘治《徽州府志》卷四，嘉靖《江西通志》卷九，同治《乐平县志》卷八等。同治《乐平县志》卷八收其诗《呈诸父景伯》一首，云："熏风不放柳阴繁，扑面黄沙老眼昏。梦里吴江时自永，床头周易有谁论。鄱湖县古花围屋，婺水城高竹绕门。何日沧浪纵归棹，一逢佳处一开樽。"此诗《全宋诗》失收，可以补遗。

③程宏图（生卒年不详），字士尚，一曰士南，饶州浮梁（今江西浮梁）

人。瑀从子。工词翰，负气节。绍兴三十一年（1161），时为太学生的宏图上书言事，请"正秦桧之罪，雪赵鼎、岳飞之冤"。绍兴讲和以来，金使道经，凡官私门额，悉覆之以楮。隆兴间金使往天竺，过太学门，临安尹命吏如例，幂"太学"二字，宏图襕幞立其下，正色曰："太学，贤士之关国家储才地，何歉于远人？"拒之不听。孝宗闻之，嘉叹不已。乾道二年（1166）登进士第，擢大理丞，卒。有《程士南文集》二十卷，惜不传。事见宋李心传《建炎以来系年要录》卷一九〇，元脱脱《宋史》卷三六五，明程敏政《新安文献志》卷上，雍正《江西通志》卷五〇、八八，道光《浮梁县志》卷一三、二〇等。道光《浮梁县志》卷二〇收"邑人程宏图"《题潭谷轩诗》一首，诗云："石锁溪头水如墨，沙停不辨龙蛇色。莫疑夜半金船光，疑是先生虚室白。"此诗《全宋诗》失收，可以补遗。

④曾焘（生卒年不详），字元宰，建昌军南丰（今属江西）人，一作常州武进人。鸿麟族孙。乾道二年（1166）进士。学精于史、诗，与赵与詟齐名。仕至奉议郎、监文思院。有《帝王统系图记》一卷，《甲子编年》一卷，《素园诗稿》二卷。事见咸淳《重修毗陵志》卷一一，雍正《江西通志》卷五〇，乾隆《江南通志》卷一二〇，同治《建昌府志》卷九，民国《南丰县志》卷一八等。同治《建昌府志》卷九《艺文志》收其诗《过杨梅砦》一首，诗云："有石何高耸，盘空入杳冥。悬崖亘绝壑，路险愁攀登。中道遇田父，鬓发白星星。历述在昔日，语我坐而听。自岁次丙辰，四野陈甲兵。城池坚不守，山砦相居停。聚岭成邨落，依岩结户庭。邻里交杂处，陋室亦以宁。睁目望遥远，盗贼多狰狞。烽烟迷昼夜，炮石走雷霆。军需滋索饷，声威震山城。大师张牙角，偏师救井陉。溅血征衣碧，骨肉饱苍鹰。妻孥各分散，莫知死与生。生者心胆裂，死者魂魄惊。黄沙蔽白日，磷火夜青青。余生幸苟免，犹得荷锄耕。茫茫黄泉下，幽怨更何明。"此诗《全宋诗》失收，可以补遗。

二、补作品

其人已见《全宋文》《全宋诗》，而文章、诗作有漏收者。因其人已收，故小传从简。

1.《全宋文》失收的江西作家作品

①胡洵直（生卒年不详），字次鱼，临江军新喻（今江西新余）人。绍兴十五年（1145）进士。《全宋文》第一九三册卷四二五三收其文《考正尚书武成自序》一篇。另，宋刘昌诗《芦浦笔记》卷二录有洵直《辨诸葛武侯疏脱误句读》一文，《全宋文》失收，可以补遗。

②刘清之（1133—1189），字子澄，学者称静春先生，临江军新喻（今江西新余）人，后徙居庐陵（今江西吉安）。绍兴二十七年（1157）进士。《全宋文》第二五八册卷五七九九收其文十一篇。另，宋吕祖谦《东莱集》附录卷二录有刘清之所作《祭吕祖谦文》一篇，《全宋文》失收，可以补遗。

③章颖（1141—1218），字茂献，一作茂宪，临江军新喻（今江西新余）人。孝宗即位（1163），应诏上万言书，礼部奏名第一。《全宋文》第二七七册卷六二六七收其文十七篇。另，宋郭象《睽车志》卷二收录章颖《道州孚惠庙神燕记》一篇，同治《新喻县志》卷二收录章颖《云津浮桥记》一篇、《刘氏墨庄记》一篇，卷九收录章颖《南渡四将传序》一篇。此四文《全宋文》失收，可以补遗。

④李燔（1163—1232），字敬子，号弘斋，南康军建昌（今江西永修）人。绍熙元年（1190）进士。《全宋文》第二九六册卷六七四四收其文《请弛民出售会子之禁札子》《重新学官记》二篇。另，宋周敦颐《周元公集》卷一一收录李燔《袁州萍乡濂溪书堂记》《南昌县先生祠记》二篇，《全宋文》失收，可以补遗。

按：《袁州萍乡濂溪书堂记》一文对考订李燔生卒年具有一定的史料价值。李燔的生卒年，《全宋诗》及《全宋文》皆作1156—1225年。然据《宋史》本传载，燔"入仕凡四十二年，而历官不过七考"，又称燔"卒年七十"，古人入仕一般自及第起，从绍熙元年（1190）算起，往后推四十二年，则燔之卒年当为1232年，生年为1163年。且李燔《袁州萍乡濂溪书堂记》亦有"嘉定甲申（1224）秋，燔之潭，道过萍乡……又三年，学长胡君安之过予庐阜之麓"之言。可见到宝庆三年（1227），燔仍健在，此亦可证《全宋诗》及《全宋文》李燔小传之误。

2. 《全宋诗》失收的江西作家作品

①谢谔（1121—1194），字昌国，号艮斋，又号桂山先生，临江军新喻（今江西新余）人。绍兴二十七年（1157）进士。《全宋诗》第三八册卷二一〇四收其诗十八首，残句一。另，宋魏齐贤、叶棻同辑《五百家播芳大全文粹》卷一〇二录有谢谔《高宗皇帝挽词》二首，云："炎正中兴日，真龙应运翔。山河重整顿，宗社镇安疆。付托归明圣，优游享寿康。自从遗诏下，痛泣遍遐荒。""孝德考千古，艰难助有神。佑陵崇吉壤，长乐奉慈亲。三纪规模远，群生雨露均。只今陶舜治，推本感尧仁。"另，宋陈郁《藏一话腴内编》卷上录其残句一，云："已向三长观亥市，便从双井问寅庵。"以上两首诗及残句《全宋诗》失收，可以补遗。

②林梦英（生卒年不详），字叔虎，一字应之，抚州临川（今属江西）

人。淳熙二年（1175）进士。《全宋诗》第五〇册卷二六五〇收其诗《碧涧书堂》、《金石台》（二首）共三首。另，同治《临川县志》卷一一收其诗《笔架山》一首，云："谓天高高由积气，谓山岩岩由积翠。山中云雾皆宝衣，天上星辰有奇字。相传笔架几千年，自是仙楼之十二。落霞孤鹜近西江，青带碧簪如八桂。我思其间光景异，夜月楼空人不寐。扁舟朝汛夕可至，谁其飞鸣一道士。"清陆心源《宋诗纪事补遗》卷五四亦收此诗，然名《永兴观积翠楼》。此诗《全宋诗》失收，可以补遗。

又：同治《临川县志》卷一八还收林梦英《留题祥符观大夫院诗》一首，全诗云："尘埃不扫心田静，竹石俱清待雨来。万里江山如画隐，一琴风月为诗开。"光绪《抚州府志》卷二〇亦收此诗，题名《祥符观诗》，然将作者题为宋林岊。林岊为福州古田人，工诗善文，嘉定中曾知抚州。此诗作者是林梦英还是林岊，待考。

③缪瑜，生平见前。《全宋诗》第五一册卷二七三六收其诗《遇灾报应诗》、《钓台》（二首）共三首及残句八。另，道光《肇庆府志》卷二一收录缪瑜《石室诗》一首，全诗云："蓬来山上□仙宫，□□□阙凌虚空。烟涛微□不可涉，徒有丹青人未□。如何大造□□□，□兀□台郡城北。洞门竟日锁烟霞，嵌□□□□□。□□北斗辞经躔，魁杓历历堕眼前。不与天公管喉舌，却于平地巢神仙。宝盖低垂自盘古，涓涓雪窦流膏乳。石床犹带神龙腥，石井幽深通水府。二李遗踪得访寻，扪萝□□□□□。□□□细□蛟龙，□□□□□□。绶　□□□□□□，□□□□□□。□□□□□，□□□□□□，□□□□□□。□□□□□□□，□□好入名山游。□□□□沧洲，未妨乘兴此夷犹。惜无大笔追曹刘，剩留记刻岩之幽。嘉泰□□腊月邑令□□缪瑜。"此诗《全宋诗》失收，可以补遗。

三、校　　订

《全宋文》《全宋诗》收录其人，但有一定谬误及遗漏者。

①孙逢辰与孙养晦当为同一人，《全宋文》误分两处。

《全宋文》第二七七册卷六二六九收孙逢辰文《贺陈参政启》《贺蒋参政启》《贺吴都运启》《贺谢提举启》四篇。据宋周必大《文忠集》卷七四《朝奉郎袁州孙使君逢辰墓志铭》，宋楼钥《攻愧集》卷九六《宝谟阁待制献简孙公神道碑》，雍正《江西通志》卷五〇等文献记载，孙逢辰（1142—1188）字会之，吉州龙泉（今江西遂川）人，乾道二年（1166）进士。初以左迪功郎尉潭州之衡山，用举主升从事郎，移赣州赣县丞。淳熙二年（1175），茶寇转剽江西，逢辰献策平寇有功。诏中书籍记，改宣教郎，审查特添差签书秀州军事判官厅公事。九年,转承议郎。以太令人年高,求知澧州,命下,丁内艰。服除,迁知袁州,未上,转朝奉郎。十五年,以疾卒于家。逢辰资性高朗,博观载籍,善为文辞,待交游诚信,轻财重义。平生著述有《养晦类稿》三十卷。从其文集名来看,孙逢辰当号养晦,孙养晦即孙逢辰。

《全宋文》第二六八册卷六〇六二收孙养晦文《贺太上皇天申节表》《贺太上皇寿七十表》《贺赵丞相启》《贺留参政启》《贺林金判启》《通刘司理书》《回赣县张知县书》《上刘司理启》八篇。史籍几无关于孙养晦生平的记载。据《贺太上皇寿七十表》一文可知,孙养晦淳熙间尝"持节南州",这与孙逢辰生平履历有相符之处。此外,据《回赣县张知县书》一文可以推测,养晦曾官赣县,这与孙逢辰曾任赣州赣县丞的仕宦经历高度吻合。故孙逢辰与孙养晦当为同一人。

②童宗说的《亦爱堂》诗《全宋诗》虽有收录,但只录了一部分,未收入全诗。

童宗说(生卒年不详),字梦弼,号南秀先生,建昌军南城(今江西南城)人。绍兴二十一年(1151)进士。《全宋诗》第三八册卷二一〇八自正德《建昌府志》卷一六辑得其诗《亦爱堂》一首。全诗云:"吾家小院千里驹,眉宇照人自秀整。平生尚友康山陶,拔俗翩翩有高骋"。然考正德《建昌府志》卷一一及嘉靖《江西通志》卷一五,亦收有此诗,题在"童藻之"名下。此诗更为完整,全诗云:"利名唤人呼不醒,一梦何曾堕清境。钟鸣漏尽几时休,华发萧萧雪满领。吾家小院千里驹,眉宇照人自秀整。平生尚友康山陶,拔俗翩翩有高骋。作堂烟霏最佳处,绕屋溪光伴山影。扣门载酒客来问,商确古今销昼永。他年拥鼻聊复尔,未许山林换钟鼎。何如痴叔元不痴,投老归来事幽屏。"史籍对童藻之几无记载,此童藻之与童宗说是否即为同一人,待考。

③刘兴祖未见诗歌传世,《全宋诗》误将南朝梁刘孝先、沈约之诗归到刘兴祖名下。

刘兴祖(生卒年不详),字孝先,南安军大庾(今江西大余)人。乾道五年(1169)进士。《全宋诗》第四八册卷二五七三收其残句三,分别为"无人赏高节,徒自抱贞心"(录自宋祝穆《古今事文类聚》后集卷二四)。"萌开箨已垂,结叶始成枝";"谁能制长笛,当为玉龙吟"(均录自宋陈景沂《全芳备祖》后集卷一六)。然经考证,这三联诗均非大庾刘兴祖所作。"竹生荒野外,梢云起百寻。无人赏高节,徒自抱贞心。耻染湘妃泪,羞入上宫琴。谁能制长笛,当为作龙吟"。为一首完整的诗,名《咏竹》,乃南朝梁刘孝先所作。唐徐坚《初学记》卷二九、唐释皎然《诗式》卷二均有收录。"萌开箨已垂,结叶始成枝。繁阴上蓊茸,促节下离离。风动露滴沥,月照影参差。得生君户牖，不愿夹华池"一诗，名《咏檐前竹》。乃南朝梁沈约所作，唐欧阳询《艺文类聚》卷八九有收录。

以上诗文，或有一定的文学价值，或具较高的史料价值，《全宋文》、《全宋诗》失收或误收，应予补正。

（刘双琴：江西省社会科学院文学研究所助理研究员）

湘西原始宗教与沈从文的文学感悟

肖向明

鬼神文化作为民众的一种原始信仰,是通过有关的仪式和行为体现出来的,其中巫傩文化与鬼神文化联系紧密,共同存在于原始宗教文化现象中,不可将其剥离和分开。沈从文是从保留原始气息浓郁的湘西世界走来,并一生钟情于湘西文化。"当沈从文搜寻小说素材时,很自然的,那些山岭岩洞的幽暗意象、鬼魅似的人物和难以索解的文化礼俗便悄然袭上他的心头。"[1] 湘西的文化个性之一——巫傩,必然在他的人生和创作之中产生极其重大的影响。

一、"湘西世界"里的巫傩文化

"楚文化追溯上去,是一种充满感性、悟性的巫鬼文化,充满着浪漫主义的因子。她很少受儒家文化的浸染,是一种自由自在的天马行空的鲜活的文化形态。"[2] 边地乡村男女对于神仙圣灵、傩神巫术、道士作法、叫魂放蛊等的虔诚和敬畏,都在沈从文的笔下得到生动展现。

苗族信仰多神崇拜的巫教,敬畏鬼神。人们的一切活动,都或多或少地包含着敬神驱鬼的成分。"人类采用一种原始互惠的办法和这些鬼神打交道:以如此这般的仪式供奉来换取如此这般的善行。"[3] 人们通过各种祭祀活动、巫术手段和千回万次虔诚的祈祷来通神、事神、祭神、献美食、为鬼神择偶、许愿等种种作法来讨好、拉拢、亲善鬼神,从而使鬼神心甘情愿地帮助人。"地方统治者分数种:最上为天神,其次为官,又其次才为村长同执行巫术的神的侍奉者。人人洁身信神,守法爱官。"[4] 直至近现代在湘西的苗民仍然"信鬼成俗,相沿至今",有所谓三十六神、七十二鬼,祭祖先、还傩愿等祭祀仪式二十六种之多。[5] 这里弥漫的巫风可谓源远流长。

沈从文早期小说《哨兵》写到凤凰军人信巫好鬼的执迷不悟,他们不怕死,不怕血,不怕一切残酷的事。但"他们怕鬼,比任何地方都凶。"人们的日常生活,完全听命于神巫。作者对此百思不得其解:"大概在许多年以前,

---

[1] 王德威:《现代中国小说十讲》,152页,上海,复旦大学出版社,2003。
[2] 聂鑫森:《楚文化传统的弘扬与现代神话意识的强化》,载《湖南文学》,1995(9)。
[3] [德] 马克斯·韦伯:《儒教与道教》,洪天富译,26页,南京,江苏人民出版社,2003。
[4] 沈从文:《我所生长的地方》,见《从文自传》,2页,北京,人民文学出版社,1997。
[5] 石启贵:《湘西苗族实地调查报告》第十章第一节"祈禳鬼神",长沙,湖南人民出版社,1986。

鬼神的种子，就放在沙坝人儿孙们遗传的血中了。庙宇的发达同巫师的富有，都能给外路人一个颇大的惊愕。地方通俗教育，就全是鬼话。"① 小说还仿照鬼故事的惯例，刻画出种种恐怖的物象，无论是暗影、罡风，还是猫的怪叫，都被哨兵臆想为鬼怪作祟。尽管鬼并没有现身，但在读者的心中却有挥之不去的鬼影。

如果有苗族人病了，就要请巫师来举行宗教仪式。沈从文在《湘西》中，记述了一个当地人用一碗"辰州符"的法水，医治了一位负了重伤的人的腿，（按照西医的办法只有截肢）。巫师到场后的第一个任务是确定作祟的是什么鬼灵精怪，这叫"望鬼"。巫师在"阴间"要把作怪的鬼调查出来，然后告诉通司。由通司报告病家。确定了是什么鬼怪作祟后，就要举行祭鬼仪式。所以，《阿黑小史》中，阿黑病了，被判定是鬼神附体。请来法师作法，为阿黑驱鬼。

除了望鬼、祭鬼之外，神判也是由巫师主持的工作之一。神判即神明判决，是一种借神明的名义让待判者通过某种神秘的考验作出的判决。苗族社区中对民事纠纷的处理调解无效，也交付神判。凡通过神明考验的，即宣布无罪；未通过考验的，则被视为于理有亏。《凤凰》中记述了这么一件事：大哥的嫂子有被某"老么"调戏的嫌疑，老么说一切出于诬蔑，各执一说，照规矩只得决之于神。用八张方桌重叠为一个高台，桌前掘出一土坑，用三十六把尖刀竖立坑中，刀锋向上，疏密不一，用浮土掩着，刀尖不外露。老么光身赤脚爬上那八张方桌顶上，向土坑跃下，如全身丝毫无伤，证实心地光明，一切出于受诬，反之则有罪。

巫师还在婚丧事务、生育、迁坟、释梦、护理小孩、预测吉凶祸福等方面起主要作用，对苗族社会生活有着广泛的深刻的影响。灾福的禳法，意愿的解释，善恶的惩判，恩仇的结消都无不依靠异己的天王、祖先等众神祇的拯救，以获得心理的调适和平衡，达到与现实的妥协。

从湘西文化来看，神性观念尚未解体，民间巫风炽盛正是该地域的文化风标。"一切事保持一种淳朴习惯，遵从古礼；春秋二季农事起始与结束时，照例有老年人向各处人家敛钱，给社稷神唱木傀儡戏。""岁暮年末，居民便装饰红衣傩神于家中正屋，捶大鼓如雷鸣，苗巫穿鲜红如血的衣服，吹镂银牛角，拿铜刀，踊跃歌舞娱神。"② 民俗个体为取悦神灵，借助民间禁忌、宗教仪式和歌舞等民俗，参与鬼灵的沟通交流。汉代王逸云："昔楚南郢之邑，

---

① 《沈从文文集》第 8 卷，117 页，广州，花城出版社，1983。
② 沈从文：《我所生长的地方》，见《从文自传》，2 页，北京，人民文学出版社，1997。

沅、湘之间，其俗信鬼而好祠，祠必作乐鼓舞以乐诸神。"① 自古以来，湘西民间傩巫之风十分盛行。它既是一种民间信仰又是民间一种普遍的宗教活动。人们通过疯狂放纵的歌舞形式，借助于巫的力量实现人神合一的愿望。信巫重鬼、好为淫祀，原始宗教使湘西文化在内质上成为一种"巫鬼神文化"。

从1902年出生于湘西凤凰县到1923年去北京，小小年纪的沈从文常跑到苗乡场集上看苗人"讨论价钱盟神发誓的样子"。随后几年在怀化、辰州等地的生活进一步丰富了他的湘西生活经历。湘西的山山水水、风土人情（这其中自然也包含着巫、傩文化）就这样扎根于沈从文的心灵深处，潜移默化地影响着他的个人气质及其思维方式。特别是在以后的人生道路上，经历了城市人的虚假伪善之后，儿时的故乡、淳朴的湘西人事化作浓浓的思乡情萦绕于心。

虽然沈从文并没有提出超自然的社会新秩序，但他充分肯定了鬼神附着的奇异想象力，认为这是使我们在现代的社会中，唯一能够保全生命完整的力量。② 应该说，地域氛围的特殊性和对苗族文化的精神确认，给沈从文接受"集体无意识"的创作灵感提供了有利条件。沈从文到北京后，受当时周作人、刘半农等人发起搜集、研究民间歌谣和开展"风俗调查"等各项活动的影响，曾辑录了大量湘西地方民俗材料，如出版了关于凤凰的民歌集以及描写苗族"还傩愿"③ 礼仪的诗《三兽牢堵坡》《堂人谣曲》。1926年5月6日，沈从文在《晨报副刊·诗镌》中发表了《还愿》一诗，记录了当时湘西民间傩巫风俗的盛行，以及傩事活动狂欢化的热闹场景，充满了现世的欢乐和诙谐的浪漫气息，深得楚辞的神韵。

傩，它的普遍意义是指人们在特定季节（岁尾年初）驱除疫鬼的祭仪，产生发展于远古的新石器时代，是一种具有特定内涵和性质的原始文化。傩者，苗语意味圣，即苗族的圣公圣母——伏羲女娲。"傩"作为一种原始宗教仪式，在长期的发展过程中，形成了一种以巫鬼意识为核心的中国民间十分广泛的民间信仰和民俗文化。在先民尚未能认识和把握外部世界时，巫、傩活动以特有的方式填补了他们心灵意识、思维领域的巨大空间。虽然现在的节俗中巫、傩多少摆脱了愚昧的束缚，但这种原始巫术思维方式中潜在的积极影响依然存在（如乐观精神和民族凝聚功能）。从某种意义上说："没有先民的原始

---

① 《楚辞章句·九歌序》，长春，吉林人民出版社，1999。
② 夏志清：《中国现代小说史》，刘绍铭等译，134页，上海，复旦大学出版社，2005。
③ 还傩愿，苗语叫"却浓"，是湘西一带重要的巫事活动。"还愿"是针对"许愿"而言的，主要目的是祈年、纳吉、消灾，有一套特定的仪式。主持的巫师说、唱、舞三位一体，施展法术、召唤神灵，时间持续数天，中间穿插傩堂戏，它也是当地民众的喜庆节日。

巫术思维，也就不会有各民族自身的进化。"① 然而，巫、傩毕竟已落后于时代需要，它的发展趋势必然向娱人功能上倾斜，成为一种民间风俗与艺术。原始宗教是边地生活的固有部分，因为"环境永远那么静寂"、"不可形容的寂寞"，因此边地的宗教尤其古老，而且受到苗族惯例的渗透和影响而更加奇异。

完整的傩事场面描写更为直观地为我们提供了一副生动鲜活的信傩、崇傩图景。《凤子》之中"神之再现"一章详尽地描述了一场谢土还愿的傩事活动。从傩事活动前众人忙碌准备的情景到巫师请神、献牲、奠酒、上表的法事活动，以及众人娱神、送神的场面，作者都进行了详尽的描述：在身穿鲜红如血的缎袍，手执铜剑、牛角的巫师的带领下，几百号人去感受神仙降临，鬼魅逃离的喜悦。牛角法号的呜呜声，巫师刀剑挥舞的沙沙声，巫师喃喃的咒语声……这是一幅多么神秘、庄严、壮观的景象。

正是这一派傩坛巫音唤醒了徘徊于人们心底的生命活力。在这一套交纳着庄严与诙谐"祭中有戏，戏中有祭"的傩事活动中，这一群"傩"的信徒将我们带入了一个神秘、幻想、浪漫的世界。随着社会的进步，人们能科学地解释一些自然现象和社会现象，巫术的力量便随之减弱。正是这样，湘西才令沈从文又痛苦又快乐。尽管作者的价值取向是向湘西的"快乐"倾斜，但湘西的"痛苦"还是隐隐诉诸作者的笔端。

二、原乡神话——现代文明的困惑

沈从文的作品少数是自传性的"生命的记录"，部分用以解剖和嘲讽带上"文明枷锁"的都市人性，而最属于沈从文"个性"的是《边城》《山鬼》《龙珠》之类的描写湘西古老习俗和原始生命的作品。即使现代文明所带来的纷扰与迷惑，乡村人生的悲剧与人性的忧郁，都在山灵水秀的静观之中得以洗礼和超越。

沈从文是冲出故园、置身都市后才开始创作的。尽管都市中有发达的现代文明，但热闹是别人的，他们所感受到的只是冷漠和自卑。他要寻求一个温暖的意象，或为旧情，或为家园。沈从文曾经感叹，"最明显的事，即农村社会所保有的那点正直素朴的人情美，几乎快要消失无余，代替而来的却是近二十年实际社会培养成功的一种唯实唯利的庸俗人生观。"② 故乡故园成了他审视和描写都市及其他事物的独特的参照系。

---

①杨昌国：《苗族舞蹈与巫文化》，138 页，贵阳，贵州民族出版社，1990。
②沈从文：《长河·题记》，见《从文自传》，129 页，北京，人民文学出版社，1997。

要建筑自己内心理想供奉"人性"的"希腊神庙"①，保持自己的独立人格，不与都市污浊同流，又要在都市生活下去，于是沈从文"重返"自然、"梦回"湘西。他要通过创作，通过想象和回忆来表达自己对自然的情感，表现他那丰厚的乡情。

五四文学主要是以启蒙民众为任务，沈从文则相反：他表现湘西人的蒙昧，其切入的视角不是为了超越蒙昧，而是逼近它、认同它。现代作家寻求民族拯救之路，五四主流作家呼唤的是理性、科学、民主，沈从文奉献的却是"一种原始民族精力"。② 面临自然之神崇高地位的动摇，沈从文不得不大声呼唤行将远逝的神，用笔来招回或重塑至高至尊之"神"。"沈从文笔下的大部分人物都是生活在天生的纯洁无邪这个本能的层次上的，他们是尚未投身于善恶斗争中的田园人物。"③ 他的《边城》就是"神"的招魂曲。他把人性中的善与美集中在了《边城》的人物身上。作者渴望将《边城》中的善与美保留于现实、改造于现实，返回到自然朴素的"神"的国度。于是吹奏起抒情的牧歌，召唤人性的回归。

"巫傩"作为湘西人心目中普遍存在的信仰文化，在精神方面起着维持湘西原始、古朴、封闭半封闭状态的作用。它在湘西人心中筑起了一道不受时代、不受社会风气支配的屏障，使自然的人性有一个自由、安宁的存在环境。傩文化与"人性"的融洽结合使得沈从文建造希腊小庙的文学理想与准则得以实现。正是在浸润着傩文化的湘西人事上，沈从文的文学理想得到更好地展现和发挥。

《月下小景》中傩佑与少女所追求的永远的爱情，"与自然的神意合一"④，却违反了风俗习惯。这种婚俗出自原始人以处女为禁忌的思想。一般人都回避娶处女，怕处女的出血害自己，使婚姻不幸，但以为族长、巫师、外来者可以使用魔力抵抗祸害。这一习俗显然源于迷信，且作者也认为它"不是神所同意"的，是魔鬼的习俗，但作者并不像另外一些乡土作家常做的那样将矛头直指这一习俗，揭露其"吃人本性"，而将它化作表现主人公对爱情的忠贞与迷狂并从中达到伟岸的力量的背景。"正是这种驱动爱与死、逾越与违逆的巨大神秘力量，导引沈从文在他的浪漫作品中思悟：自命理性的我们对于生命的热情和悲怆所知何其微薄；而只有通过主题和风格逾矩传统的方式，他方能引领我们对那个神秘世界作惊鸿一瞥。"⑤

---

①沈从文：《从文小说习作选集·代序》，见《从文自传》，119页，北京，人民文学出版社，1997。
②刘洪涛：《湖南乡土文学与湘楚文化》，283～284页，长沙，湖南教育出版社，1997。
③夏志清：《中国现代小说史》，刘绍铭等译，66～67页，上海，复旦大学出版社，2005。
④《沈从文文集》第5卷，53页，广州，花城出版社，1983。
⑤王德威：《现代中国小说十讲》，184页，上海，复旦大学出版社，2003。

沈从文家乡一带的鬼神观"影响到一切人，形成了一种绝大的力量。神或怪在传说中美丑、善恶不一，无不赋以人性"①。如：在表现以敬神、谢神为目的唱社戏（《神之再现》《长河》《我的教育》《神巫之爱》）、赛龙舟（《边城》《湘行散记·箱子岩》）、朝香进佛（《虹桥》）等一些社会性民间风俗作品里。作者倾笔描绘湘人生活和社会领域无处不有的人神相欢、天人合一的境界，用这些原乡神话去抵御现代文明的侵蚀和叨扰。

湘人单纯的人生观念鲜明地突兀于古朴的民俗中，这恰恰是作者着力探求的湘西民俗世界主体性精神的实质内涵。应该说，以鬼神为标志的原生态自然民俗，仅仅是沈从文描述湘西民俗世界的表层意义。它的深层涵义是探索和再现一种单纯自然的人性和生存形式。为了更好地揭示这一深层涵义，沈从文以自然人性为标志，从另一个角度，展示原始初民社会生活中的民俗现象：原始婚恋、原始生产和尚武的习俗。然而，"永恒的景色、人物和悠久不变的习俗，是反衬在一种无情的变化之下。"②

"城市对他的轻慢就不止是煽引起思乡的情绪，更激发了他一种向别处去寻找精神支柱的迫切愿望。"③ 民族的文化形象便在这种"返观"里获得了新的特质。

在小说《边城》中，沈从文津津乐道湘西端午节里狂欢化的划龙舟习俗，尽情地展示民俗个体原始强悍的激情和力的美感。沈从文一再描写的划龙船习俗，其主要的民俗意义大概在于传承楚越之地古老的水神祭祀仪式，又加入了追悼屈原和送瘟避凶的内容，使之成为富有游戏娱乐的民间节日。在这样一种民间的文化里，这些人物的善与美，都是自然而然发生的，也就是说是一种"自在状态"的本真形态，惟其自在，他们的生命才有自由舒展的魅力。沈从文要在湘西"这样一块穷山恶水间建立一个'世外桃源'般的'故乡'，沈从文的野心不可谓不大。化穷乡为神奇景致，甲边城于中原之上，沈浪漫激进的写作姿态往往为他平淡谨约的文字所掩盖"。④

《边城》以后的沈从文又写了《长河》等作品，但小说意境发生了很大变化。这种变化表明沈从文所追求的那种来自于民间的纯朴人性在日益变化的社会中开始出现了堕落的趋势，他的灵魂出现了失去凭借的焦虑。沈从文揭示了地方恶俗对人性的摧残与对生命的漠视。即使在一般读者觉得"别具一格，离奇有趣"的《从文自传》里，仍然"展示出生命卷入死亡恶性大循环的地

---

①沈从文：《凤凰》，见《从文自传》，55页，北京，人民文学出版社，1997。
②夏志清：《中国现代小说史》，刘绍铭等译，234页，上海，复旦大学出版社，2005。
③王晓明：《"乡下人"的文体与"土绅士"的理想——论沈从文的小说文体》，见王晓明主编：《二十世纪中国文学史论》修订版（上卷），449页，上海，东方出版中心，2003。
④王德威：《小说中国——晚清到当代的中文小说》，253页，台北，麦田出版有限公司，1993。

狱般图案"。① 湘西为闭塞落后之地，自然条件恶劣，理性精神尚处在蒙昧状态的乡民特别容易受蛊惑，以致迷信禁忌、拜神祈福等种种鄙风陋俗盛行，这种鄙陋习俗带给湘西乡民的不是福祉而是痛苦。"自然越是平静，'自然人'越显得悲哀：一个更大的命运影罩住他们的生存。"② 沈从文曾提醒读者："你们能欣赏我故事的清新，照例那作品背后蕴藏的热情却忽略了；你们能欣赏我文字的朴实，照例那作品背后隐伏的悲痛也忽略了"。③

就此，沈从文通过一系列作品如《萧萧》《巧秀和冬生》《一个女人》《月下小景》《凤凰》等展示了湘西的风俗：沉潭、远嫁、初夜权、赶尸、放蛊、行巫、童养媳习俗，揭示了封建宗法制度和夫权对情爱的野蛮摧残、对人性的残酷扼杀。作品中简单的死亡后面是他冷峻深思的目光，"道德的努力"体现出他对抗死亡的生命态度。同时，他关怀的目光投向的是芸芸众生，这是以他的现代死亡意识作为前提的。对于作家个体来说，艺术的重要性被阐示为"它在一切存在失去意义，本身亦因死亡毫无意义时，使生命之光煜煜照人，如烛如金。"④

总体上看，对故乡的情感态度和文学表现而言，如果萧红是神飘故园，停在空中，似恨又怜地用彩笔勾勒故园面貌，对笔下人物，指责多于关爱，批判甚于怀念；那么沈从文则是采取对现代文明怀疑和对抗的姿态，"招魂"故乡，以淡淡的朦胧去掩映故乡丑陋的面貌而聚焦于故乡的美丽和神秘。

三、"抽象的抒情"——独特文体的诗意之美

沈从文说："对于一切自然景物，到我单独默会他们本身的存在和宇宙微妙的关系时，也无一不感觉到生命的庄严。一种由生物的美与爱有所启示，在沉静中生长的宗教情绪。无可归纳，我因之一部分生命，竟完全消失在对于一切自然的皈依中。"⑤ 沈从文的许多作品，都流露出一种近似宗教膜拜的崇尚自然的情感，情感体验使他体察到存在于一切宇宙万物中的"神性"，并形成了他"抽象的抒情"的独特文体之美。

凌宇曾归纳，"楚文化的特质，可以概括为直觉的思维方式，强烈的神话

---

① 凌宇：《走出地狱之门》，见赵园主编：《沈从文名作欣赏》，22～27页，北京，中国和平出版社，2001。
② 刘西渭：《〈边城〉与〈八骏图〉》，见吴福辉主编：《二十世纪中国小说理论资料》第3卷，395页，北京大学出版社，1997。
③ 沈从文：《从文小说习作选集·代序》，见《从文自传》，117页，北京，人民文学出版社，1997。
④《沈从文文集》第5卷，64页，广州，花城出版社，1983。
⑤《沈从文文集》第10卷，288页，广州，花城出版社，1983。

意识，浓厚的浪漫主义色彩。"① 与自然景物的描写相媲美，沈从文小说中对乡风民俗的表现充满了神秘与浪漫。酉水岸边的吊脚楼、碾坊；碧溪岨的竹簧、白塔、渡船；以及逢年过节舞龙、耍狮子、燃放烟火、龙舟竞赛，无不带有湘西地区原始古朴的民间习俗。

在价值判断上，沈从文以人性为尺度追求原始的人性美，在思维方式上，与同时代的作家相比，他的作品更明显地透露出一种原始的"天人合一"的迹象。这种思维模式主要是运用在他的湘西作品中，与之相适应的是具有原始主义色彩的神话、巫术等有时成为作品的遥远的背景。沈从文笔下的湘西，完全是一个古风犹存的化外边地，带有古朴的原始气息。《月下小景》的故事发生的地点是一个带有原始蛮荒色彩、残留有古老陋俗的小寨，自始至终弥漫着一股如泣如诉的哀怨情调。铺满鲜花的石床，柔软的白白的月光，带来了一丝时空交错的神秘色彩。这是一种"回归山洞寻找永远的自然与神意合一的爱情"。与此相类似的故事还有《龙朱》《神巫之爱》《媚金、豹子与那羊》等神话、巫术带来的扑朔迷离融入小说的背景之中。"浪漫情绪和宗教情绪混合为一"的故事，离奇神秘，是楚地巫鬼神文化、精灵民俗文化的遗韵。

沈从文对湘西的"回眸"，"找到的却是自然之子的回归，是对中国农村'高尚田园'的重新肯定。"因此，他遇到的湘西的每个人物几乎都具有"高贵的野性"。② 而且止不住掩卷沉思，发现"这神秘的背后，隐藏了动人的悲剧，同时也隐藏了动人的诗"（《湘西·凤凰》）。优美中含有粗野，柔美中含有忧愁，正是这优美、古朴、奇异的风俗和令人伤心的美，深深地感染了读者。

湘西"意识形态各领域仍弥漫在一片奇异想象和炽烈情感的图腾——神话世界之中"③，沈从文对于湘楚地域的巫鬼神文化的精神心领神会，将其移植于他的文学创作中，由此获得了奇特的艺术效果。他利用巫术的征兆观，在小说中设置征兆描写，以增强气氛。如在《媚金、豹子与那羊》中，豹子为了约会时献给媚金一头好羊，来到地保家中寻觅，此中就有了不祥的征兆，悲剧结局果然应验了老人的谶语。

沈从文还爱好编织扑朔迷离的情节，以表现人物命运的不可知。《边城》就留下了一个模棱两可的结尾，傩送的出走，给了翠翠不可知的未来："这个人也许永远不回来了，也许明天回来！"读罢令人沉思，叹惋惆怅。《神巫之

---

① 凌宇：《重建楚文学的神话系统》，124 页，长沙，湖南文艺出版社，1995。
② 李欧梵：《现代性的追求》，79～80 页，上海，三联书店，2000。
③ 顾颉刚：《庄子和楚辞中昆仑和蓬莱两个神话系统的融合》，见苑利主编：《二十世纪中国民俗学经典·神话卷》，北京，社会科学文献出版社，2002。

爱》的结尾处，神巫终于找到了他苦苦寻觅的哑女，却坠入了深深的迷惑之中，"神巫疑心今夜的事完全是梦"。他究竟有无与那女子缔结永好，不得而知。

"美丽总是愁人的"①，"美丽总是令人忧愁"②。沈从文试图用一支美丽而忧伤的笔，诉说他对这种带有原始主义气息的古典文化理想——原始的人性美，古朴的道德之风的追寻与缅怀，其中也不乏一丝变动即将来临的忧伤。与之相适应的，他最显著的文体特征就是：先以歌咏田园般的散文笔调缓缓展开对湘西人纯朴风情的细致描述，最后却以一个突兀的转折，中断前面的牧歌色彩，把读者推入对人生无常的强烈预感的酸楚之中。③ 出入于现实与梦幻间，沈从文提供的这些梦境形式与内涵的艺术构思，里头蕴含着作家哲学的思考，美学的认知及文学的营造。

"万物有灵论"构成了原始人精神生活的基本特征，即"客观世界在开始被认识的同时，又被赋予了浓重的神秘意义和属性"的自然宗教色彩。④ 随着兴象所依赖的自然宗教性质和神秘性观念的逐步消解，失去了自然宗教观念内容的习惯性联想思维就逐渐演化为抽象联想的思维模式。原始宗教的诸多仪式其实就是一套象征，它对人间秩序具有传递、暗示与规范的意味，在人们的古老思想中，象征有时竟取代了事实，成为意义之所在。⑤ 在沈从文的作品中有津津乐道的神巫作法、民众虔信的描写，许多作品的场景、故事渲染了浓厚的宗教气氛。他笔下的边地人物往往半人半神，如幻如梦，古风野趣，神性毕现。也因为沈从文颂"神"、造"神"的表达方式用了诸如象征、夸张等手法，而使他的作品创造出了奇幻、美丽的浪漫主义意境。

在《月下小景·题记》里，沈从文说："我因为教小说史，对于六朝志怪、唐人传奇、宋人白话小说，在形体结构方面如何发生长成加以注意……"⑥ 作为一种文学传统，传奇创作所要求的作家的主观创造精神和驰骋不羁的文学想象，传奇所表达的对人生和命运思悟，对自由人性和超功利爱情敬畏和追慕的生命意识，传奇所曲折透露的疗救社会的济世意向等，一直深深地积蕴在历代文人心中并或隐或显地体现在几千年的文学实践中。沈从文本人评价他人作品时也称道"不只努力制造文字，还想制造人事，因此作品近于传

---

① 《沈从文文集》第9卷，175页，广州，花城出版社，1983。
② 《沈从文文集》第11卷，49页，广州，花城出版社，1983。
③ 王晓明：《"乡下人"的文体与"土绅士"的理想——论沈从文的小说文体》，见王晓明主编：《二十世纪中国文学史论》修订版（上卷），453页，上海，东方出版中心，2003。
④ [德] 恩斯特·卡西尔：《人论》，甘阳译，87页，上海译文出版社，1985。
⑤ 葛兆光：《中国思想史》第一卷，57页，上海，复旦大学出版社，2001。
⑥ 《月下小景·题记》，见《沈从文集》第5卷。

奇（作品以都市男女为主题，可以说是海上传奇）"①。沈从文在创作中有意地借鉴古代小说的传奇传统，以强化或者形成某种"传奇情结"、"传奇思维"。

当"传奇"在"启蒙"和"救亡"的时代被挤向边缘的时候，是沈从文身上固有的湘西民俗文化因子让他敏感地意识到"传奇传统"在当时再生和激活的可能，他利用"传奇"这种叙事模式书写湘西，挖掘人的生命意志，彰显关于"生命"和"神性"的深层内涵，同时也提供了尝试解决中国问题的另一种思路和设想。因此，尽管"主潮文学执著于现实和较少心灵余裕，使得借神话原型和民间原型的狂幻，去探索深层的人性、人格和种族精魂，成了一个未了的话题"②。沈从文的作品是传奇和湘西的结晶，是一部部关于生命的动人传奇。

应该指出的是，传奇也是有内在矛盾的。传奇理想主义的激情、瑰丽奇特的想象有可能对凡俗、日常的生活提供误导性的指引，也可能因此淹没理性的声音，而使其缺乏理智的力量。"沈从文竭力从形形色色的生命现象中归纳出一种永远处于'燃烧状态'的至纯至美的生命本质。……因此，他以极为执著的庄严感，往返于近乎迷狂的体验与失语的焦虑之中。"③ 从沈从文湘西文学创作实际的进程来看，就呈现出猎奇意味渐淡，对人性真谛、生存本质理性思考趋浓的态势。

在普通生活中显示"传奇"的审美选择表明，沈从文对传奇进行超越的同时也试图去解决一个悖论：他着力寻找一种恰切的想象湘西的方式，既能使生命"神性"的内在特质被充分认识，又不流于对相应的自然、社会背景的过度理想化。"挣扎和痛苦几乎是无法避免的，因为在沈从文的心里，其实是要用一些'抽象'的东西来直接应对现实的危机和个人的焦虑，无法落实是必然的。"④ 因此，也造成了他"抽象的抒情"的理想与实现之间的矛盾和困难。

只是，反而在叙事层面上，关涉巫傩、鬼神的传奇成为内在于"真实"世界的想象力量，成为对湘西乃至都市生活本身包含着的丰富的神奇性、偶然性和荒谬性的高度象征。沈从文所"传"之"奇"也就进一步逼近了生存的本质，一定程度上实现了他"抽象的抒情"的文学理想。

（肖向明：广东惠州学院中文系教授，文学博士后）

---

① 《沈从文文集》第11卷，204页，广州，花城出版社，1983。
② 杨义：《中国新文学图志·序言》，北京，人民出版社，1998。
③ 贺桂梅：《〈看虹录〉的追求与命运》，见钱理群主讲：《对话与漫游——四十年代小说研读》，138页，上海文艺出版社，1999。
④ 张新颖：《20世纪上半期中国文学的现代意识》，231～232页，北京，三联书店，2001。

岭南文学地理

唐宋历史地理与诗歌地理中的岭南[①]

侯 艳

"岭南"之名，有广义和狭义两说。广义的"岭南"指称的是五岭以南的广大地区，而狭义的"岭南"，所指地理区域就是现在的广东省辖区。但这一指称并不是一成不变的，历史上的"岭南"所指的地理区域随着历史的发展而有微妙的变化。从史学和文学的角度考量，可以说唐宋确立了"岭南"经由历史到文学及其由文学想象思维而来的创造性的文学内涵和文化审美意义。

一、唐宋历史地理中的岭南

岭南，顾名思义，即指五岭以南。关于五岭的记载，较早见于《史记》："（秦）北有长城之役，南有五岭之戍。"[1]此后五岭之说，诸家不一，但影响最大、最受认同的是汉裴渊和晋邓德明的说法。裴渊《广州记》曰："大庾、始安、临贺、桂阳、揭阳，斯五岭。"[2]邓德明《南康记》云："五岭者：台岭之峤，五岭之第一岭也，在大庾；骑田之峤，五岭之第二岭也，在桂阳；都庞之峤，五岭之第三岭也，在九真；萌渚之峤，五岭之第四岭也，在临贺；越城之峤，五岭之第五岭也，在始安。"[3]二者之说，有四岭同，一多揭阳，一多都庞。唐杜佑对五岭作注云："自北徂南，入越之道，必由岭峤，时有五处：塞上岭，一也，今南康郡大庾岭是；骑田岭，二也，今桂阳郡腊岭是；都庞岭，三也，今江华郡永明岭是；甿渚岭，四也，亦江华界白芒岭是；越城岭，五也，今始安郡北、零陵郡南、临源岭是。西自衡山之南，东穷于海，一山之

[①] 本文是教育部人文社会科学研究西部规划基金项目《地域、空间与审美——唐宋诗词岭南意象的人文地理学研究》（编号：13XJA751001）；广西高等学校人文社会科学研究一般资助项目《唐宋诗词中的岭南文化意象研究——基于空间与审美的视角》（编号：SK13YB098）的阶段性成果之一。

限也。"[4]宋王应麟亦认为："五岭在虔、郴、永、道四州。秦南守五岭，塞上岭，一也（今南安军大庾岭）；骑田岭，二也（今郴州腊岭）；都庞岭，三也（今道州永明岭）；甿渚岭，四也（今道州白芒岭）；越城岭，五也（今静江府北、永州南临源岭）。"[5]可知，历史上的岭南确切的是指东起揭阳，中经大庾、腊、临贺，西至越城以南的广大地区。由于历史上中央政府对该地区的控制强弱有别，因此，岭南的范围也随着时代的嬗变而有所变化。

秦王政二十五年（前222），秦灭楚后平定岭南。秦始皇三十三年（前214），秦在岭南地区设置南海、桂林和象三郡。汉武帝元鼎六年（前111），废南越国，在岭南设立南海、郁林、苍梧、合浦、儋耳、珠崖、交趾、九真、日南九郡。西汉后期又于苍梧郡广信县（今封开）设交趾部，监察九郡。东汉末，交趾改为交州，设刺史统之。三国时期，岭南由东吴统治。吴景帝永安七年（264），设广州，治番禺，下辖南海、苍梧、郁林、高梁四郡；而交州则辖交趾、九真、日南、合浦、珠崖五郡，州治龙编（今越南河内东）。六朝时期，岭南州、郡、县不断增置，统治机构交替更换。唐太宗时期分天下为十道，岭南道为其中之一，① 下设四十五州，分属广州、桂州、容州、邕州、安南（今越南河内）五个都督府（又称"岭南五管"）。高宗永徽（650—655）以后，五府皆隶于广州长官，称为五府（管）经略使，由广州刺史兼任。肃宗至德元年（756），五府经略使升为岭南道节度使。懿宗咸通三年（862），岭南道分为东、西两道，以广管为岭南东道节度使，治广州；邕管为岭南西道节度使，兼领桂、容、安南三管。五代十国时期，岭南归属南汉刘氏政权，都广州。宋太祖开宝四年（971），平南汉，于岭南设广南东西两路。广南东路辖肇庆府以及广、韶、循、潮、连、梅、南雄、英、贺、封、新、康、南恩、惠等十四州，治广州。② 广南西路辖桂、容、邕、融、象、昭、梧、藤、龚、浔、柳、贵、宜、宾、横、化、高、雷、钦、白、郁林、廉、琼、平、观等二十五州及昌化、万安、朱崖三军，治桂州。③ 故唐宋时期的岭南，实际包括今广西、广东、海南的广大区域和越南的一部分，其所指地理区域是广义的"岭南"。而岭南之名，在历史上亦出现了诸多别称。见诸于《史记》者有"陆梁地"、"领南"、"南越"。[6]此外还有"岭峤"、"岭外"、"五岭"、"岭表"、"岭海"、"峤南"等别称，宋代由于在岭南设广南东西两路，故岭南还有"广南"、"岭广"等代称。尽管"岭南"作为地域名，最早出现在《隋

---

① 至玄宗开元时又析为十五道，而岭南道皆为其中之一。
② 后英州升为英德府，康州升为德庆府。
③ 后桂州升为静江府，宜州升为庆远府，昌化改南宁军，朱崖改吉阳军。另徽宗大观年间，贺州改属广南西路。

书·地理志》，其文云"岭南诸州，多以盐、米、布交易，俱不用钱"。但"岭南"作为政治地理之名，则始于唐，一直沿用至今。另因先秦时期，岭南主要居民为百越，加之秦末汉初赵佗曾在岭南建南越国，班固在《汉书》中将岭南称为"南粤"，[7]直至现在，广东简称"粤"，其渊至此，这也就直接导致了"岭南"成为当代广东的专称。由是可知"岭南"所指的地理区域，是到了现当代，才有了其狭义。

由于五岭自东至西，形成一道天然的地理屏障，不仅使岭南山川形势呈现出南北各异的鲜明特点，亦使中原进入岭南相当困难，这在历史上曾长期阻碍了岭南与中原的经济和文化交流。郦道元称："古人云五岭者，天地以隔内外，况绵途于海表，顾九岭而弥邈，非复行路之岨径，信幽荒之冥域者矣。"[8]唐宋时期，依旧如此。韩愈言："衡之南八九百里，地益高，山益峻，水清而益驶。其最高而横绝南北者岭。郴之为州，在岭之上，测其高下得三之二焉，中州清淑之气，于是焉穷。"[9]郑樵则更是明确指出："雍州西境，流沙之西，荆州南境，五岭之南，所置郡县，并非九州岛封域之内也。"[10]正由于岭南不在九州封域之内，在唐宋文人的政治地理观念里，岭南给人以边远、偏僻、贫穷、蛮荒的信息，王风未被，春风不度，所以唐代杜佑在《通典·南蛮下》中说："五岭之南，涨海之北，三代之前是为荒服。"明确指出岭南远离政治中心、经济落后，一直是要服、荒服之区。因而，"仕宦谪籍岭南尤众"，唐宋之际岭南更是政府安置流人谪宦的聚居地，宋沈晦诗云："五岭炎热地，从来着逐臣。"据统计，两《唐书》所载唐代有名有姓且有具体贬谪地者共211人，其中岭南道就有138人，约占贬谪总人数的65%，此外载有人名无具体地名或有地名无具体人名的岭南谪宦还有约200人左右。[11]而宋代整个岭南地区的谪宦，仅见于史籍者，即有400多人次，湮没无考者，则更是不计其数。因此陈璀曾戏言："岭南之人见逐客不问官高卑，皆呼为相公，想是见相公常来也。"[12]唐代文人宋之问、沈佺期、杜审言、李峤、崔融、韦元旦、房融、韦承庆、张说、张九龄、王昌龄、李绅、韩愈、柳宗元、刘禹锡、李德裕，宋代文人卢多逊、蔡确、苏轼、苏辙、秦观、孔平仲、邹浩、黄庭坚、陈璀、孙觌、张浚、寇准、丁谓、张仲宜、李纲、郑侠、韦骧、李光、赵鼎、胡铨等都曾遭南贬。"国家不幸诗家幸，赋到沧桑句便工。"遭遇贬谪被流放的不幸经历，作为一种强大的内在动力，催生出绚烂的文学之花。宋祝穆所撰《方舆胜览》卷三十六"柳州"云："唐多迁客，弦诵为岭南之冠。"[13]此言中肯的道出了岭南历史地理与文学创作的相互作用，更道出了"岭南"逐渐经由历史到文学嬗变的历程，及其具有由文学想象思维而来的创造性的文学内涵和文化审美意义的缘由。

二、唐代诗歌地理中的岭南

柳宗元《别舍弟宗一》诗曰："一身去国六千里，万死投荒十二年。""去国"、"投荒"可以说是唐代文人对于贬所"岭南"的整体印象，此乃地理印象、历史印象与现实印象叠加的产物。由是唐代诗歌地理中的"岭南"，具有了超越于历史地理中的"岭南"更为丰富的内涵和审美意义。

因为岭南不在九州封域之内，尚在荒服之外，故此，在唐代文人的观念中，岭南即是遥远的象征。岭南到底离长安有多远？李郢说："回望长安五千里，刺桐花下莫淹留"（《送人之岭南》）。柳宗元说："一身去国六千里"，韩愈则言："一封朝奏九重天，夕贬潮州路八千"（《左迁至蓝关示侄孙湘》）。更多的诗人则以万里来形容，如："万里南游客，交州见柳条"（司空曙《送人游岭南》）。"万里孤舟向南越，苍梧云中暮帆灭"（刘长卿《江楼送太康郭主簿赴岭南》）。"苍梧万里路，空见白云来"（刘长卿《送裴二十端公使岭南》）。"昔陪天上三清客，今作端州万里人"（李绅《至潭州闻猿》）。"万里独飞去，南风迟尔音"（孟浩然《送袁十岭南寻弟》）。"过岭万余里，旅游经此稀"（张籍《岭表逢故人》）。唐代诗人认为岭南离中原太遥远了，远在天涯海角。如云："岭海看飞鸟，天涯问远人"（刘长卿《送独孤判官赴岭》）。"山鸟一声人未起，半床春月在天涯"（许浑《南海府罢南康阻浅行侣稍稍登陆…主人燕饯至频暮宿东溪》）。"岭外行人少，天涯北客稀"（李涉《鹧鸪词》）。"迢递天南边，苍茫海北涯"（白居易《送客春游岭南二十韵》）。"旧山临海色，归路到天涯"（孟贯《送江为归岭南》）。又曰："独上高楼望帝京，鸟飞犹是半年程"（李德裕《登崖州城作》）。"闻道衡阳外，由来雁不飞"（贾至《送夏侯参军赴广州》）。"雁飞难渡岭，书信若为通"（贾岛《送人南游》）。"森森三江水，悠悠五岭关。雁飞犹不度，人去若为还"（许鼎《登岭望》）。"北鸟飞不到，南人谁去游。天涯浮瘴水，岭外向潘州"（李明远《送韦觐谪潘州》）。"云端想京县，帝乡如可见"（李峤《安辑岭表事平罢归》）。岭南在唐人眼中，远在天涯、瘴水之中，是北鸟不到，南人都不愿游赏的地方，亦是雁难渡岭，书信难通的地方，更是远离帝乡，别恨悠悠的地方。在唐人心中岭南简直就是荒域、绝境。"岭外音书断"（宋之问《渡汉江》），"岭外行人少"（李涉《鹧鸪词》），"五岭难为客"（贯休《送友人之岭外》），"人烟岭外稀"（姚鹄《送僧归新罗》）是对岭南地理阻隔的直接感叹。"乘船浮鹢下韶水，绝境方知在岭南"（胡曾《自岭下泛鹢到清远峡作》）。"从此更投人境外，生涯应在有无间"（张均《流合浦岭外作》）。分明是岭南地理阻隔至生命处于艰难险境而又无所归属的大寂寞与大悲哀。是以岭南对于唐代诗人而言，即是远离政治中心，生命价值的无法实现，承载着唐代士人失意人生与生命沉沦的穷愁、惊惧、惆怅和悲苦。

而更令唐人惊惧的岭南地理环境，还有"瘴气"。瘴气发生的环境多是气候炎热，多雨潮湿之地，死亡的动物及植物落叶易于腐烂而产生岚雾瘴气；再加上山峦叠嶂，树林茂密，空气不通，瘴气郁结，不能稀释，最终就得以为患，乃至致病，危及生命。而岭南大多数地区由于山深地湿，郁林繁密，所以常常是雾气缭绕，瘴气氤氲。在诗歌中，唐代诗人常常把岭南的山、川、云、雾、烟、树、海、水、雨等等都与瘴联系起来，瘴雨、瘴烟、瘴云、瘴雾、瘴水、瘴海、瘴江等比比皆是。如："瘴雨欲来枫树黑，火云初起荔枝红"（许浑《送杜秀才归桂林》）。"瘴烟长暖无霜雪，槿艳繁花满树红"（李绅《朱槿花》）。"犹念天涯未归客，瘴云深处守孤城"（刘禹锡《酬马大夫登洭口戍见寄》一作《酬海南马大夫》）。"瘴雾南边久寄家，海中来往信流槎"（许浑《送黄隐居归南海》）。"红蕉花样炎方识，瘴水溪边色最深"（李绅《红蕉花》）。"林邑山连瘴海秋，牂牁水向郡前流"（柳宗元《柳州寄京中亲故》）。最突出的是李绅《逾岭峤止荒陬抵高要》诗：

"……衡山截断炎方北，回雁峰南瘴烟黑。万壑奔伤溢作泷，湍飞浪激如绳直。千崖傍笋猿啸悲，丹蛇玄虺潜蝾蛇。泷夫拟楫劈高浪，瞥忽浮沉如电随。岭头剌竹蒙笼密，火拆红蕉焰烧日。岭上泉分南北流，行人照水愁肠骨。阴森石路盘萦纡，雨寒日暖常斯须。瘴云暂卷火山外，苍茫海气穷番禺。鹧鸪猿鸟声相续，椎髻咒呼同戚促。百处溪滩异雨晴，四时雷电迷昏旭。鱼肠雁足望缄封，地远三江岭万重。鱼跃岂通清远峡，雁飞难渡漳江东。云蒸地热无霜霰，桃李冬华匪时变。天际长垂饮涧虹，檐前不去衔泥燕。幸逢雷雨荡妖昏，提挈悲欢出海门。西日眼明看少长，北风身醒辨寒温。贾生谪去因前席，痛哭书成竟何益……"

诗歌一连用了瘴烟、瘴云、瘴江来诉写岭南地理的穷、险、艰及由此而来的迁客之断肠愁骨。加之岭南奇风异俗，语音不通，所以历来被认为是蛮俗之地。刘禹锡曾作《蛮子歌》云："蛮语钩辀音，蛮衣斑斓布。"故唐代诗人，还常常将瘴与蛮连用，加强对岭南险恶地理、异俗人文的描写。如云："瘴雨出虹蜺，蛮江渡山急"（陈陶《番禺道中作》）。"黄鸟晚啼愁瘴雨，青梅早落中蛮烟"（郑谷《将之泸郡旅次遂州遇裴晤员外谪居于此话旧凄凉因寄二首》）。"瘴雨蛮烟朝暮景，平芜野草古今愁"（殷尧藩《九日》）。"柳叶瘴云湿，桂丛蛮鸟声"（张籍《送蛮客》）。"瘴水蛮中入洞流，人家多住竹棚头。一山海上无城郭，唯见松牌记象州"（张籍《蛮州》一作杜牧诗，题云《蛮中醉》）。"野市依蛮姓，山村逐水名。瘴烟沙上起，阴火雨中生"（王建《南中》）。可见，在唐代诗歌中，远离中原，远在天涯、荒服之外的岭南，瘴可谓无往而不在，蛮可谓无处而不存，从此以后，"瘴雨蛮烟"成为了表现岭南的经典意象。法国诗人兰波有句诗说"生活在别处"，它表达了人类对当下生存状态的永不满足以及对远方生活的永恒向往。如果说"杏花春雨"代表了北方人士对江南的美好想象，[14]那么，"瘴雨蛮烟"则代表了中原文人对岭南"在别处"的生命审美体认——岭南，荒服之地，远离中央，远在天涯；在岭南，去国投荒，九死一生，等同于失意人生与生命的沉沦。

三、宋代诗歌地理中的岭南

与唐人相比，宋代文人对岭南的体认，更具有矛盾的两重性。一方面，他们继承了唐代诗人对于岭南的传统观念，认为岭南是文化落后的瘴湿之地；①另一方面，受到儒释道思想融合的影响，对岭南的独特地理充满了自适。这种双重心态可以吕本中为代表。其《游阳山广庆寺》云："僧眠白日钟声静，花送青春鸟语闲。留醉岭南无所恨，不妨蜡屐恣跻攀。"但在《山水图》中却曰："岭南山水固多异，恨无中州清淑气"。而《夜坐有感》曰："中原北望四千里，三年不见南飞雁。着身天涯未为远，所至风沙莫深叹。时寒但趁僧房火，日暖可赴邻家饭。岭南无瘴便可老，江头有酒犹堪唤。"更是对岭南双重心态的纠结表现。可见唐人视岭南为瘴乡蛮地的传统地理观念是如此强大，它使得众多南贬的宋代诗人依然按照固有的认知模式来描绘他们所感知的岭南。如云："山林瘴雾老难堪，归去中原荼亦甘"（苏辙《和子瞻过岭》）。"想得读书头已白，隔溪猿哭瘴溪藤"（黄庭坚《寄黄几复》）。"慈亲违万里，瘴雨悲南荒"（寇准《述怀》）。"瘴海风土恶，地气侵腰膝"（苏过《枸杞》）。"冥冥蔽一天，瘴云埋日昏"（孙觌《发桂林刘帅立道同诸司出饯于甘棠渡口二首》其二）。"北风吹面过如冰，也胜南风瘴水滨"（邹浩《入湖南界》其四）。"惨惨瘴气青，薄薄寒日暖"（苏辙《过宜宾见夷中乱山》）。"海角人烟百万家，蛮风未变事堪嗟"（郑域《槟榔》）。"地蒸蛮雨接，山润海云交"

---

① 尽管随着政治与经济文化中心的逐渐南移，宋时入岭南的交通较唐有了很大的改善，同时随着中原人士大量南迁过岭定居，岭南与中原的联系日益密切，其经济文化发展和地位也较唐时有了很大进步和提高，但这对宋人深层观念中的岭南并没有起到根本性的影响。杨冠卿在《代贺广东经略程直阁启》中说："惟祝融之粤区，奠天子之南服，内制五岭，外控诸蛮。蜑俗群居，虽乐衣冠之化，鲸波万里，迭兴蛇豕之妖。故得人则尽治一边，而选帅则常重此镇"（《客亭类稿》）。晁补之曾言："百越之地，少阳多阳，其人疏理，鸟兽希毛，故性能暑，三月五月，春草黄茅，岚雾瘴氛，上炎下潦，飓风之所扇鼓，且土多毒虫、蛤蛇、沙虱，过而蹈者犹十三四焉"（《鸡肋集》）。而刘克庄在《即事》诗中几乎把岭南地理气候的怪异之处历数了个遍："峤南气候异中州，多病谁令作远游。瘴土不因梅亦湿，飓风能变夏为秋。方眠坏絮俄敷鞏，已著轻绨又索裘。自叹幻身非铁石，天涯岂得久淹留"（《后村先生大全集》）。在宋人内心深处，岭南依旧是险恶的瘴乡蛮地。

(梅尧臣《送番禺杜杆主簿》)。"蛮水如鲜血,瘴天已死灰"(陶弼《宜阳》)。根据电脑搜索《全宋诗》,与岭南相关的瘴、蛮意象。粗略统计,瘴海一词大约出现102频次,瘴雾87频次,瘴雨63频次,瘴烟45频次,瘴云32频次,瘴水9频次,瘴气7频次,瘴溪4频次,瘴树1频次,蛮风68频次,蛮烟36频次,蛮雨7频次,蛮云4频次,蛮树1频次,此外蛮村、瘴乡、瘴江、蛮鸟等等亦随处可见。同时,更引人注目的是,"瘴雨蛮烟"意象直接联用并举的频次由唐诗的4频次升至约45频次。或曰:"瘴雨蛮烟扫地空,众星环列拱天中"(孙觌《再和》其一)。"瘴雨蛮烟已萧瑟,可堪梅子欲黄时"(李纲《即事三首》其一)。"瘴雨蛮烟惊鼓角,朔云边雪满旌旄"(张孝祥《赠邕州滕史君》)。"绿蕉丹荔千山度,瘴雨蛮烟百粤居"(薛敏思《送欧阳令之任粤中》)。"瘴雨蛮烟暗桃榔,何时归安朝士坊"(楼钥《朱季公寄诗有怀真率之集次韵》)。"瘴雨蛮烟麞十载,谁料儋州海上人犹在"(曾丰《免解进士应致远过晋康见谓以上文字而忤权要听读藤州十余年得旨自便赋诗赠行》)。"天垂瘴雨蛮烟外,路入炎荒火树中"(吕定《度大庾岭》)。"身离瘴雨脱蛮烟,自幸得归如得仙"(曾丰《送广东潘帅移镇湖南十口号》其十)。或曰:"岂知角黍萦丝日,却堕蛮烟瘴雨中"(李纲《端午日次郁林州》)。"蛮烟瘴雨侵行李,每向南云有所思"(张孝祥《仲钦寄民为重斋诗和答》其五)。"路入天南庾岭根,梅花落尽已春深。中年气体须调护,莫受蛮烟瘴雨侵"(王炎《送简簿》其二)。"尽洗蛮烟瘴雨尘,药洲草木欣然春"(赵必象《饯实斋趋朝》)。"蛮烟瘴雨中,滋味更荼苦"(张九成《子集弟寄江蟹》)。"自怜无补朝廷事,又向蛮烟瘴雨中"(曾几《次韩叔夏送行韵》)。或曰:"念郎南行在桂林,蛮风瘴雨众毒侵"(释文珦《思远人四方四首》其二)。"人行瘦石枯藤上,路入蛮风瘴雨间"(胡仲弓《五峰岩》)。"天涯地角古来传,今在天涯地角边。日日江头望江水,蛮风瘴雨又凄然"(李公明《偶作》其二)。"瘴雨吹蛮风,凋零岂容迟"(苏轼《和陶和胡西曹示顾贼曹》)。很明显,宋代文人继承唐代诗人对岭南地理的普遍认知,如果说唐人确立了"瘴雨蛮烟"这一表现岭南地理经典意象的话,那么宋人则使其蔚然大观。

然而,更基本的现象是由于儒释道思想的融合,迁客骚人对岭南的体认来源在唐人的基础上发生了微妙的变化。岭南是宗教势力非常强盛的地区之一[①],宋时在岭南流传的各种宗教中,道教和佛教最为盛行,故参禅论道在宋

[①] 据《牟子理惑论》所记,东汉末年岭南的佛教已经相当兴盛。两晋和六朝时期,民众对佛教的信仰十分普遍且涌现出不少著名的僧人,使得岭南成为中国当时少数几个佛教重地之一。唐代南派禅宗的创立,更是使岭南佛教进入一个鼎盛时期。而道教作为本土的宗教,魏晋时期亦已由中原传入岭南,唐宋时期,由于统治阶级的推崇,道教在岭南开始大行其道。

代岭南谪宦中是非常普遍的现象。诸多岭南谪宦文人都以"居士"自号①,所谓"居士",即在家修行的佛教徒。郑侠对其进行了解释说明:"居士本儒,以孔氏为宗,得老氏之说以明,又得释氏而后大明。孔子之道,以三人名号不同耳,三氏之外,百家传记、历代史载,至于医方小说,见必取读。其于民物有补毫发,无不留意,此其学也。惟君为尧舜,民复太古,一饭一衣,而四方万里同饱暖也。一忧一乐,四方万里,同欣戚也。复古之上,无穷之下,大之天地,细至鳞介,犹若是也。而功无尸,物无府,此其志也。其视先后古今等,人与我等,我与人等,众生与佛等,佛与众生等,无一物,乃入于无取无舍,非即非离,以大清净圆摄为我住止,是曰'居士'。"[15]可知宋代谪宦文人仍然是儒家士大夫,他们怀抱"读书万卷,致君尧舜"的理想,但政治的失败导致理想破灭,参禅论道只是寻求从佛老思想中汲取精神力量,支撑自己度过逆境。因此他们学释,学的是空明心境与对宇宙人生的感悟,而非出世;他们学道,学的是通达自然与对苦难的超越,而非避世。他们的人生终极目标仍然直指现实关怀,但思想境界更加开阔,有儒家对理想追求的执着,又有释家的睿智和道家的达变。故儒家先贤所提倡的"达则兼济天下,穷则独善其身"的思想成为他们人生的理性框架。郑刚中谪居封州时,说:"民生各异俗,王制论不诡。惟兹封州郡,山之一谷尔。麦秋无青黄,霜冬有红紫。嗜好既殊尚,言语亦相抵。问之彼不通,告我此勿理。骇去如鹿麋,团聚若蛇虺。已而忽超然,天下同一理。岭南自岭南,勿用岭北比。况自江山情,雅故均邻里。"[16]这种对岭南地理的理性态度,深刻地影响了他们的诗歌创作。

综观宋代诗人对岭南的书写,有一个典型意象值得我们重视——江南。如云:"江乡时节逢寒食,花落未将春减色。岭南能有几多花,寒食临之扫春迹"(郑刚中《寒食》)。"岭南冬深花照灼,比至春初花已落。……江南此际春如何,红杏海棠开正多"(孔平仲《落花》)。"羁怀岭表芙蓉幕,归梦江南云水乡"(杨冠卿《游交广用帐干赵德纵韵》)。"岭外生逾老,江南首重回"(曾几《岭外出巡》)。可以看出宋代文人对江南的迷恋,其一是江南的美景,其二是由美景引发的乡梦与归情,江南是美好事物的代表,[17]是温暖人生的象征。[18]是以围绕"江南",宋代岭南谪宦诗人的作品中不仅大量出现与陶渊明、张翰、王子猷、兰亭雅集等魏晋江南风流人物或活动相关的意象[19],并且,咏陶和陶诗亦纷纷出现。其中最突出的是苏轼的诗歌。据释惠洪记

---

① 如郑侠别号"大庆居士",秦观别号"淮海居士",苏轼别号"东坡居士",邹浩别号"道乡居士",孙规别号"鸿庆居士",张浚别号"紫岩居士",李纲别号"梁溪居士",胡铨别号"澹庵居士",郑刚中别号"北山居士",又"观如居士"等等。(参见金强:《宋代岭南谪宦研究》,69页,广州,暨南大学出版社,2004。)

载:"东坡在惠州,尽和渊明诗。时鲁直在黔南,闻之,作偈曰:'子瞻谪海南,时宰欲杀之。饱吃惠州饭,细和渊明诗。渊明千载人,子瞻百世士。出处固不同,风味亦相似。'寻又迁儋耳。"[20]现存苏轼和陶诗135首,绝大多数是在惠州、儋州所作。其中如《次韵苏伯固游蜀冈送李孝博奉使岭表》诗曰:

> "新苗未没鹤,老叶方翳蝉。绿渠浸麻水,白板烧松烟。笑窥有红颊,醉卧皆华颠。家家机杼鸣,树树梨枣悬。野无佩犊子,府有骑鹤仙。观风峤南使,出相山东贤。渡江吊狠石,过岭酌贪泉。与君步徙倚,望彼修连娟。愿及南枝谢,早随北雁翩。归来春酒熟,共看山樱然。"

此诗风格冲淡平和,通过新苗、野鹤、春蝉、绿渠、松烟、机杼、梨枣、牛犊、贪泉、岭梅、北雁、春酒、春山等不带一丝荒蛮气味而富于自然悠闲气息的意象,借以使自己走进田园,融入自然,达到物我皆忘的人生境界。可见,苏轼对陶渊明的追和,不仅在于模仿其笔法,更在于对其诗中"道"的深刻体会及其超然物外性格的追慕。这种冲淡平和的风格,力图让自己的灵魂与自然达到和谐交融的境界,使苏轼诗呈现出一种至刚至大儒者之气象。如"江月照我心,江水洗我肝。……峤南瘴疠地,有此江月寒。乃知天壤间,何人不清安"(《藤州江上夜起对月赠邵道士》)。如"苏武岂知还漠北,管宁自欲老辽东。岭南万户皆春色,会有幽人客寓公"(《十月二日初到惠州》)。如"日啖荔枝三百颗,不辞长做岭南人"(《食荔枝二首》)。这些无不有一种身处逆境而英特豁达之超常的生命人格精神贯注其间,这使苏轼的诗对宋代岭南谪宦诗产生了很大的影响。尤其是"日啖荔枝三百颗,不辞长做岭南人"直接导致了随后宋诗岭南作品中大量出现关于岭南日常生活的描绘:

> 岭南卉木少珍奇,且喜逢春具数枝。
> 百禄大来唯酒美,一年全盛是花时。
> ——余靖《斋中芍药与千叶御米花对发招伯恭饮》
> 寂寂孤村竹映沙,槟榔迎客当煎茶。
> 岭南二月无桃李,夹路松开黄玉花。
> ——陈与义《和大光道中绝句》
> 五斗红腐可以疗饥,一室琴书可以自乐。
> 负暄扪虱度清昼,未觉岭南官况恶。
> ——黄公度《官舍闲居》
> 岭南风物似江南,笋如束薪蕨作篮。
> 先生食籍知几卷,千岩万壑皆厨传。
> ——杨万里《船中蔬饭》
> 岭南咫尺莫如虔,和暖严寒别有天。

一夜诗魂清到骨，晓霜封却钓鱼船。

——邓有功《客信丰寄刘起潜》

岭外云烟随梦远，江边鱼蟹为人肥。
还家嫁女都无事，卧读诗书尽掩扉。

——苏辙《喜王巩承事北归》

岭外梅疏初破腊，岩前松老不知秋。
晚风落日催归兴，更约闲时取次游。

——郑蕴《题玉岩次韵》

宋人在岭南的生活多姿多彩，饮酒、赏花、煎茶、品果、食蕨、弄琴、读书、吟诗、垂钓、闲游，呈现出一片"此心安处是吾乡"的自适闲逸。李纲赴海南，途经阳朔，作《阳朔山水奇绝二首》（其一）云："溪山此地蔼佳名，雨洗烟岚分外青。却恨征鞍太匆遽，无因一上万云亭。"丁谓于海南作《山居》诗曰："峒口清香彻海滨，四时芳馥四时春。山多绿桂怜同气，谷有幽兰让后尘。草解忘忧忧底事，花能含笑笑何人。争如彼美钦天圹，长荐芳香奉百神。"思想、心性、境界的变化，使诗人的情感基调发生了变化，进而也使诗歌中的岭南发生了变化。

总之，唐宋诗人的创作创造了诗歌地理中的岭南，从此以后，岭南不只是迁谪流放的瘴乡蛮地，亦是自然山水秀奇和生活自适闲逸的"大舜隐真之地，达人循迹之乡。"[21]而苏轼的"日啖荔枝三百颗，不辞长做岭南人"更是代表了曾生活于岭南的中原士人对岭南的歌咏赞美，遂成为千古绝唱。

历史描述中的岭南代表了人们对这区域的认知，这种认知或出于亲历，或出自传闻，或来自想象；而诗歌中岭南的书写，则表达了人们对这一地域的情感体验，唐宋诗人将自己的历史意识、人文关怀、政治抱负、生命理想投射于岭南地理之中，使岭南成为他们构建其诗意人生和文化人格的重要方式。事实上，岭南在人们心中的形象主要是通过文学才得以建构，从此意义而言，作为文学形象的岭南远比实存地理中的岭南更真实、生动，所承载的文化内涵亦更深厚，所以更令人向往。

参 考 文 献

[1][2][6][汉]司马迁.《史记》卷89《张耳陈余列传》、卷5《秦始皇本纪》、卷129《货殖列传》、卷113《南越列传》[M].北京：中华书局，1959年版，2573页，2574页引[唐]司马贞.《索隐》：253页，3269页，2967页.

[3][明]杨慎.《丹铅总录》卷2《五岭考》[M].景印文渊阁四库全书

本：第 11 页．

[4]［唐］杜佑．《通典》卷 184《州郡十四·古南越》[M]．杭州：浙江古籍出版社，1988 年影印本：978 页．

[5]［宋］王应麟．《通鉴地理通释》卷 5《十道山川考·岭南》[M]．景印文渊阁四库全书本：43 页．

[7]［汉］班固撰．［唐］颜师古注．《汉书》卷 95《西南夷两粤朝鲜传》[M]．北京：中华书局，1962 年版：3481 页．

[8]［汉］桑钦撰．［北魏］郦道元注．王国维校．《水经注校》卷 36 [M]．上海：上海人民出版社，1984 年版：1134 页．

[9]［唐］韩愈．《韩昌黎全集》卷 20《送廖道士序》[M]．北京：中国书店，1991 年版：288 页．

[10]［宋］郑樵．《通志》卷 40 [M]．杭州：浙江古籍出版社，1988 年影印本：549 页．

[11] 王雪玲．《两〈唐书〉所见流人的地域分布及其特征》[J]．中国历史地理论丛，2002（4）：79—85 页．

[12]［宋］佚名．《道山清话》[M]，景印文渊阁四库全书本：20 页．

[13] 转引自周晓琳，刘玉平．《空间与审美——文化地理视域中的中国古代文学》[M]．北京：人民出版社，2009 年版：234 页．

[14][17] 周明初．《为什么是江南？——从"杏花春雨江南"说起》[J]．社会科学，2011（5）：169—175 页．

[15]［宋］郑侠．《西塘集》卷 2《大庆居士序》[M]．景印文渊阁四库全书本：1 页．

[16]［宋］郑刚中．《北山集》卷 21《风俗》[M]．景印文渊阁四库全书本：24 页．

[18] 胡晓明．《"江南"再发现——略论中国历史与文学中的"江南认同"》[J]．华东师范大学学报，2011（2）：113—123 页，156—157 页．

[19] 侯艳．《唐宋诗学岭南意象的时空思维与生命审美抒写》[J]．广西社会科学，2012（6）：136—140 页．

[20]［宋］惠洪撰．陈新点校．《冷斋夜话》卷 7《东坡和陶诗》[M]．北京：中华书局，1988 年点校本：54 页．

[21]［宋］王象之．《舆地纪胜》卷 108《广南西路·梧州》[M]．台北：文海出版社，1971 年影印本：7 页．

（侯艳：广西贺州学院文化与传媒学院教授）

论地域环境与刘克庄入桂诗的精神世界

张 炜

南宋著名江湖派诗人刘克庄是宋代年寿较高，又十分多产的诗人之一。在他的青壮年时期即嘉定十五年（1222），应桂帅胡槻之邀曾有一段在桂林入幕的生活经历，这段远赴桂林的生活给后人留下了八十多首诗作，桂林特有的地域性也在诗人的精神世界中留下了一段十分特别的印记。

桂林地处广西东北部，北与湖南相接，是水路进入粤西的必经之地。南宋高宗绍兴三年（1133），桂州"以高宗潜邸，升府"①，是为静江府，桂林的政治地位随即进一步上升，成为广西的政治中心。南来诸士继轨唐宋前贤，进一步对桂林加以开发，一时间使其成为粤西重镇。然而这里毕竟仍地处边陲，无论气候、地貌还是风土人文都与南宋其他地区迥异，这些都对刘克庄在桂林的诗歌创作产生了重要影响。

一、偏远的地理位置

首先，桂林偏远的地理位置影响了刘克庄的创作心态，使他的入桂诗常常笼罩着落寞孤独的情绪。

刘克庄的入桂之行从一开始就是极不情愿的。嘉定十四年（1221），刘克庄监南岳祠，是年金兵大举攻宋，四月退兵，六月宋蒙通好，战乱稍歇，大概就在此时广西经略安抚使胡槻遣书请其入幕。在接到邀请之后，他曾毫不犹豫地作《辞桂帅辟书作》婉言谢绝，称自己"旧时椽笔今焚弃，孤负黄金百尺台"。不愿赴桂的原因，自然和桂林地处荒远、交通闭塞有关，正如《赴辟广西通帅启》所说："……然而谋之妻子，诚寂寂以难堪；畏我友朋，盖迟迟而未往。及申再命，始勇一行。……穷诡异瑰奇之观，忘羁旅漂泊之感。……"②携家带口远赴广西，又要远离亲朋好友，音信难通，刘克庄的顾虑是绝不奇怪的。后经母亲林氏勉励，刘克庄于是年冬季举家入桂。③之所以前拒后迎，多半是为了生计与仕途的现实考虑，正如是年所作《发枕峰》所言：

---

① [元]脱脱：《宋史·地理志》，1506页，北京，中华书局，2000。
② 曾枣庄，刘琳主编：《全宋文》，第328册，34页，上海辞书出版社，2006。
③ 程章灿：《刘克庄年谱》，62～63页，贵阳，贵州人民出版社，1993。

"苍头奉辟书,严装犯萧辰。岂不谋出处,岁俭水菽贫"。①《湘潭道中即事》诗中写道"败絮龙钟拥病身",正是这种窘况的写照。此诗作于嘉定十五年立春,当时正值金兵再一次南侵,故诗中又说"屈原章句无人诵",当有忧心国事,且自怜飘零之意。在赴桂途中,刘克庄多次流露这种无奈而低落的心境,同时又竭力自勉。《谒南岳》说"吾师太史公,江淮遍浪迹。兹焉又浮湘,汗漫恣游陟。虽然乏毫端,亦颇增目力"。举太史公壮游之事,显然是借前贤自慰,虽然内心不愿南来,但至少可以增加见闻,聊以自宽。又如《烟竹铺》:"灯与邻通眠未易,风从壁入避尤难。似闻南去加萧索,一夜披衣坐不安"。写路经废弃的驿站,前路荒疏而前程未卜,简陋的环境更增萧索与惶惑不安之感,一夜无眠。在《衡永道中》一首,又发出"过了衡阳雁北回,乡书迢递托谁哉"的感叹,是落寞加上忐忑不安双重心境的体现。"平生不识终南径"则流露出对此去桂林以入幕为跳板希图仕进的心理。路经祁阳县时,这个荒远偏僻、人烟稀少的湘南小县,使刘克庄久久流连不忍便去:"若无州帖至,令尹即神仙"(《祁阳县》)二句语气中颇含艳羡,可见此去桂林不仅仅是暂时改变处境的一步,还寄托着借此仕进的雄心。然而进入岭南到达全州,这样的安慰也难以寻觅了,寂寞的山路、孤独的僧塔无一不给刘克庄以零落之感:"寂寞全州路,家家荻竹扉。异僧留塔在,过客入城稀。传舍临清泚,官亭占翠微。沙头泊船者,多自岭南归"(《全州》)。尤其是后两句意在言外,暗示他人泊船无非是归乡,而自己一家行舟至此却是为了入桂,反其道而行,更增添了诗人内心的惆怅。正如《炎关》所说:"若非曾发看山愿,老大何因入瘴云"。在落寞踯躅中到达桂林后,老友叶岂潜的出现带给刘克庄意外的惊喜,颇有天涯遇知音之感。在《来至桂州叶潜仲以诗相迎次韵一首》中写道:"横草壮心空忼慨,覆蕉残梦懒寻思。羞将白发趋新府,却忆青山领旧祠"。表达自己空怀壮志无处施展的无奈。

其次,偏远的地理位置直接影响了刘克庄入桂诗的创作数量。由于地处偏远,交通不便,和亲友的通信也十分稀疏。在入桂许久之后,刘克庄接到了母亲寄来的家书,写了《得家讯一首》,诗曰:"不觉离乡久,南来驿使疏。羁臣一掬泪,慈母两行书。租税闻输毕,田园说歉馀。何时真宦达,处处奉潘舆。"老母曾力劝其到桂林,目的一方面鼓励其仕进,另一个重要方面也是为了生计考虑,此诗正应当时之情。毕竟是岭南之地,交通不便,家讯殊为难得,更加深了刘克庄在桂林的流寓之感和对走出困境,迈向宦达的渴望。来到桂林后,刘克庄与友人传寄次韵诗也极少,仅有《武冈叶使君寄诗次韵二首》,在诗中顾影自怜道:"词客纷纷载后车,谁能远寄病相如"。"北戍逢君

---

① 除标明出处者,本文刘克庄诗均见于傅璇琮等编:《全宋诗》,北京大学出版社,1991。

岁建寅，岂知今作落南人"。初到桂林的刘克庄内心的孤独可见一斑，和友人的交流受阻直接影响了他的交游诗创作。刘克庄是个十分多产的诗人，嘉定十二年三月刘克庄请监南岳祠，归里后曾尽毁少作数千首，此后到嘉定十四年接到入桂邀请的短短两年时间又焕发了创作热情："专力攻诗，得诗三百"（年谱62页）。然而他在桂林并非出任一地的最高长官，只是做一个幕僚而已，可是一年下来却只留下80余首诗作，尤其是初入桂之时诗作更少。正如他自己离开桂林之前在诗中所说："囊无金累贫如故，镜有丝生老奈何。一事尚堪夸北客，来时诗少去时多"（《榕台二绝》其二）。

二、迥异的气候类型

桂林属亚热带季风气候，春季多连绵的阴雨，秋冬季则多受寒流和大风天气的影响，并且能持续多日。对于内心敏感的诗人来说，无论是春季连绵不断的阴雨还是冬季肆虐不止的寒风都无疑会加重漂泊羁旅之感，这些在刘克庄入桂诗中都有所体现。

初到桂林正是春季，刘克庄创作了组诗《春日五首》，抒发了对桂林春季的真实感受：

眼边桃李过匆匆，镜里衰颜岂再红。久觉胃寒疏建焙，新因血热戒郫筒。
步入西峰不见人，数声涧鸟自啼春。下山欲与唐碑语，先遣奴兵细拂尘。
归到城门欲发更，马头惟有暮鸦迎。小窗了却观书课，几首残诗旋补成。
老懒何心更出嬉，闭门终日读陶诗。湘南二月花如扫，恰似扶疏绕屋时。
晓风细细雨斜斜，傍儑书生屋角花。想见水南僧寺里，一株落尽病山茶。

桂林地近卑湿，外人来此一般需要长时期的适应过程，故刘克庄因身体不适而戒酒。《武冈叶使君寄诗次韵二首》其二还有"瘴来客病邻山鬼，舶去乡书托海神。日送飞鸢偏恋土，梦随画隼共行春"之句。可见对当地气候水土的不适带来的疾患加剧了诗人的迁客之悲。西峰，大概就是桂林西山，此山石壁之上多有唐代碑刻造像之类。刘克庄抱病观揽，与唐碑对语，旧日友人皆已遥不可及，诗人唯有独处，年仅36岁而自称"老懒"。信马游览，马头唯有暮鸦同归，兴味何其索然，加之桂林春日多雨，而花卉往往早开，常有春雨过而落花满地的景象，此情此景也恰好符合诗人孤单落寞的心境。因此有"湘南二月花如扫，恰似扶疏绕屋时"；"晓风细细雨斜斜，傍儑书生屋角花"的感慨。类似的意境在多首诗中有所展现，如《舜庙》中的"雨打荒碑缺，苔封古洞深"。《湘南楼》中的"春天晴雨常多变，晦日文书得小休。尚有残钱沽老酒，落花时节约重游"等。另一首《即事》集中表现了他对桂林气候严重不适应的窘况：

> 峤南气候异中州，多病谁令作远游。瘴土不因梅亦湿，飓风能变夏为秋。方眠坏絮俄数箪，已着轻绨又索裘。自叹幻身非铁石，天涯岂得久淹留。

潮湿多雨的气候、夏秋之际的寒风、变化剧烈的温差，都是诗人难以承受的，不由发出"天涯岂得久淹留"的感叹，也使得刘克庄在桂林期间的诗作大体上始终笼罩着低回惆怅的情绪。桂林的大风，顷刻能使天气变为两重天，这也是桂林夏秋之际的常见现象，而冬季桂林的风更为肆虐，也给刘克庄留下了深刻印象，为此专门写下了一首《风》：

> 风于天地间，惟桂尤其雄。将由岩窍多，或是地形穹。不知起何处，但觉来无穷。浮埃晦白昼，奇响激半空。一怒动旬浃，小亦数日中。城堞凛欲压，况此半亩宫。尝闻古至人，御气犹轻鸿。刘季晚可怜，击筑悲沛丰。我老断恐怖，眠身等枯蓬。飘掷付大块，奚必分西东。

此诗对桂林冬季多风的气候原因做了自己的解释："将由岩窍多，或是地形穹"。这自然属于诗人式的猜测。不论是什么原因，这种气候对诗人敏感的内心都带来了强烈的冲击。在这种动辄持续十数日可怕的大风气候下，诗人的思乡情怀自然便一发不可收了，于是叹息"刘季晚可怜，击筑悲沛丰"。婉转借用了刘邦作大风歌以及营建沛丰的典故表达自己托身偏远，不能回归故土的悲哀。随后又进一步自怜道："我老断恐怖，眠身等枯蓬。飘掷付大块，奚必分西东"。恶劣的气候显然加深了刘克庄在桂林的流寓之感，希望早日结束这段流寓，离开桂林的心情可想而知。

特别的气候带来了桂林与其他地方不同的时令特征，刘克庄在《春日五首》中已经提到了"湘南二月花如扫"的特异景象，诗人另有《出城二绝》，也描述了这种时令上的错位：

> 日日铜瓶插数枝，瓶空颇讶折来稀。出城忽见樱桃熟，始信无花可买归。
> 小憩城西卖酒家，绿阴深处有啼鸦。主人叹息官来晚，谢了酴醾一架花。

诗人出城寻花而不得，却见樱桃已熟，借酒家之口叹息"谢了酴醾一架花"，对当地时令的陌生构成了这首诗戏剧性的情节，巧妙抒发了惆怅失落的心态。

三、独特的岩穴地貌

桂林属于典型的喀斯特地貌，大大小小的洞穴不计其数，由唐至宋得到了大量开发，其中著名的都成为文人士大夫争相游览题记的场所。范成大《桂海虞衡志》所记就有读书岩、伏波岩、叠彩岩、白龙洞、龙隐洞等有名的岩洞近二十处。① 宋代新开发的岩洞也有元丰二年（1079）曾布开发的曾公洞，绍兴年间吕愿中开发的中隐岩，崇宁年间程节发现的程公岩，以及淳熙年间理学家张栻发现的韶音洞等。②

刘克庄游览桂林岩洞诗的思想倾向主要有两个方面，第一个方面是由于感受到岩洞的深邃隔绝而产生隔世之感，进而表达对山林的向往。

刘克庄到桂林后初次游览就是观赏岩洞，作《游水东诸洞次同游韵二首》，但此时初来乍到，又是次韵，词句较为拘束。此后再次游览岩洞，作《五月二十七日游诸洞》，比之第一次时显然有所不同，心境已经有了变化。前者游洞，有心不在焉之感，且多应酬性的笔墨，如"岂敢轻题咏，同官尽柳刘"；"觉有登临约，甘为子执鞭"之类。而今次游洞则说"所得惟幽寻"，除了详细描写了洞内外的景物，感受到了片刻的舒畅："弃筇追野步，却扇开风襟"。然而很快地，诗人就又陷入到了惆怅之中。"炎方岂必好，差远鼙鼓音。且愿海道清，莫问神州沉"表达了自己虽然偏居一隅，远离战祸，但对时局仍然充满忧虑的心情。愉悦是短暂的，更多的是"常恐官事紧，佳日妨登临"的无奈。由此我们可以想象，由于胡帅的倚重，刘克庄在桂林的幕府生活是忙碌的，又因为人地生疏、水土不服而身体不佳，心情郁闷，他的桂林生活又是枯燥而缺少诗情的。正如此诗中所言："来南百虑拙，所得惟幽寻"。少有的好天气，偶然的游赏方能稍稍振作起久违的诗思。在这虚旷深邃的岩洞中，诗人对生命和时序有了深刻的领悟："徘徊惜景短，留滞畏老侵。昨游感莺唪，今至闻蝉吟"。最后说"常恐官事紧，佳日妨登临。譬如逃学儿，汲汲贪寸阴。何因释胶扰，把臂偕入林"。虽然和大多数宋人一样，出世隐居山林不过是说说而已，但比较刘克庄桂林之前的诗作，极少有这种倾向，可见对山林的向往的确是当时面对桂林岩洞时心情的自然流露。另一首《琴潭》也是如此：

  山形若覆盎，潭面如拭镜。奇哉几案物，千古弃荒夐。了无扳跻劳，坐惬幽野性。泉源黑难穷，崖色碧相映。阚深畏龙蛰，窥浅见鱼泳。可怜风水声，空山谁来听。我欲买兹丘，扫迹逃嚣竞。未言葺茅斋，先可理渔艇。③

琴潭，即桂林琴潭岩。仕途艰险，有时比这潭水更加深不可测。面对清幽深邃的岩洞，前路未卜的刘克庄很自然地将自己与陶渊明联系起来，这也是宋代多数文人共同的心路历程，而桂林众多深幽奇丽的岩洞地貌很可能对这种情

---

① 严沛校注：《桂海虞衡志校注》，5～20页，南宁，广西人民出版社，1986。
② 黄家城：《桂林旅游史略》，58～60页，桂林：漓江出版社，1998。
③ ［宋］刘克庄：《后村先生大全集》，186页，成都，四川大学出版社，2008。

绪的产生起了一定的催化作用。

另一个方面是重道抑佛。

入桂前后的刘克庄对佛道二家的态度是大不相同的。追溯刘克庄在入桂之前的诗作,与道教有关的作品数量远远不如与佛教有关的作品数量。提到与道家交游的有《赠玉隆刘道士》《赠钱道人》《紫泽观》《灵宝道院》等寥寥数首,而和佛教有关的诗作数量则较多,如《幽居寺》《大目寺》《铁塔寺》《雪峰寺》《题寺壁二首》《临溪寺二首》《赠风水僧》《访辟支岩绝顶二僧值雨》《空寂院》《东岩寺避暑》等二十多首。这些诗作足以说明刘克庄在入桂前出入的佛教寺院也较多,交游的密切程度也超过道教,但在桂林期间情况却正好相反,提及佛教的只有《春日五首》其五、《佛子岩》《辰山》《辰山道人》四首而已。其中《佛子岩》诗曰:

环郭洞府多,所患在卑湿。斯岩独虚敞,他境未易及。穹如层屋构,广可百客集。开窦送云出,扫壑延月入。穴居倘堪谋,径欲老樵汲。绝颠尤玲珑,苔磴不计级。惜为僧所涴,飞栋缘面发。佞佛堕痴想,明鬼趋陋习。遂令登眺者,欲往足若絷。何当一燎空,尽见万仞空。

此诗对佛教简直是到了切齿痛恨的地步,认为佛院玷污了"玲珑"的山峦,认为佞佛的行为是痴心妄想和陋习,由于阻挡了游人登览的道路,甚至还要将它焚毁。相比对道家的半信半疑,刘克庄在桂林期间对佛教不只是不信,真是到了欲除之而后快的地步。刘克庄早年所作不乏出入佛院、叩庐问道之作,如《夜过瑞香庵作》:"夜深扪绝顶,童子旋开扉。问客来何暮,云僧去未归。山空闻瀑泻,林黑见萤飞。此境惟予爱,他人到想稀。"与僧人交游也十分密切,如《雪峰寺》有"僧来叙旧约分茶"之句。监南岳庙后有《访辟支岩绝顶二僧值雨》《束岩寺避暑》《宿千岁庵听泉》《瑞峰寺》等。又有《寄泉僧真济》,赞颂僧人医术。观其入幕桂林以前的诗,从无如此痛加贬斥佛教的,最多不过是如《香山寺》一首以冷峻的口吻谈佛儒关系:"佛废何关儒者事,要知开创亦辛勤。居人公拆纯楞柱,巨室深藏旧记文。钟已毁楼移出寺,石犹镌字徒为坟。吾诗句句通阴骘,安得檀那子细闻。"语气虽然冷峻,但并无明显排斥、贬损之意,反而带有几分同情地说"要知开创亦辛勤"。然而观《佛子岩》一诗,却如此疾言厉色地排佛、毁佛,态度的剧变令人惊讶。

道家之事,刘克庄是持怀疑态度的,在他59岁时所作的《王隐居六学九书序》说:"近世丹家,如邹子益、曾景建、黄天谷皆余所善,惟白玉蟾不及识。然知其为闽清葛氏子。邹不曾七十,黄、曾仅六十,蟾尤夭。死时皆无它异,反不及常人。余益不信世之有仙,而丹之果可以不死也。"(年谱205页)直到晚年也是如此,如72岁时所写的《老道》诗,对炼丹修道也做了讽刺。(年谱307页)然而在桂林期间他的这种思想显然还未形成,而是对道家炼丹持半信半疑的态度。桂林期间的刘克庄对道教的态度，在《戴秀岩》一诗中有较为清晰的表达："尝闻学神仙，所得由专精。岂吾诸名士，羡彼一老兵。欣然约同志，嗣此将寻盟。安知无白鹿，绝顶来相迎"。诗中透露出对丹家的真幻抱着莫须有的态度，不像后来的怀疑甚至是否定。他在桂林期间之所以对道家存有一些幻想，叶岂潜等友人对他有一定影响，其《八桂堂呈叶潜仲》有"君言权位盛，孰若志意修。静观钟鼎族，起灭犹轻沤。祝君象韩吕，不羡熺与攸"等诗句，祝愿友人得道。除此之外，桂林岩洞众多的地理环境以及遍布其间浓郁的道家氛围无疑也对他产生了一定影响。观刘克庄在桂林有道教倾向的诗，也多与游赏岩洞有关。如《栖霞洞》说自己观洞后"尽捐滓秽念，遂有飞举势"。《泛西湖》借问"古洞半芜废，仙人今在亡"。《荔枝岩》叹息"心知仙圣居，欲到无飞羽"。《再游栖霞洞》憧憬"殷勤报有诗翁到，万一仙人肯出迎"。《刘仙岩》则称"绝顶来寻炼药踪，老仙端的是吾宗。寄声月白风清夜，定许相期第几峰"。傲然以仙人为宗。《程公岩》则流连忘返，欣然说"学道纵未得，著书亦可藏"。

有学者指出《桃花源记》与道教岩穴崇拜的密切关系，又指出岩穴、石室与道教的深厚渊源："岩穴意象描写，不是一般的景物描写，而是中国古代岩穴崇拜意识的原型表现，蕴含了道教岩穴崇拜的深厚文化意蕴"。[1] 在刘克庄游览桂林岩洞的诗中，"桃源"的意念和"仙人"的形象不断地反复出现，如前文所举的《栖霞洞》诗开头就说"往闻耆老言，兹洞深无际。暗中或识路，尘外别有世。几思绝人事，赍粮穷所诣"。这与《桃花源记》所述情节十分相似，出岩洞后"凭高眺城阙，扰扰如聚蚋"。眼前豁然开朗，这才得以"尽捐滓秽念，遂有飞举势"。前文所举的《戴秀岩》中"外狭中乃宽，始暗俄忽明"的描写与《桃花源记》中的情景也颇为相合。可以说，正是因为刘克庄把陶渊明《桃花源记》理想中的儒家精神和桂林岩穴文化中的道教氛围天衣无缝地融为一体，流连忘返于桂林大大小小深幽神秘的洞穴之中，也徜徉于儒道合一的精神世界，才导致了他入桂诗"重道抑佛"的思想倾向。

四、丰富的人文景观

桂林的人文景观丰富，有很多历史陈迹留存，或为历史上封疆大员所营建，或为贬谪之臣所流连居住，或为骚人迁客的摩崖题刻，这种种人文景观散落在桂林的青山绿水之间，是刘克庄在桂林期间的必游之地，也留下了一些诗作，这些诗作所映射出的思想倾向，按游览对象的不同分为两个方面。

---

[1]邓福舜：《〈桃花源记〉与道教岩穴崇拜》，载《大庆师范学院学报》，2009（2），83页。

第一，历史陈迹。由于这些历史陈迹多带有贬谪色彩，与刘克庄自身在桂林的心态十分契合，因此他在面对唐宋先贤留下的历史遗迹时，发怀古之幽思，感自身之流宕，产生钦慕和共鸣，同时生发出历史的沧桑感和虚无感。如《訾家洲二首》：

来访唐时事，荒洲暮霭青。遍生新草棘，难认旧池亭。毁记欺无主，存祠怕有灵。今人轻古迹，此地少曾经。

裴柳英灵渺莽中，鹤归应不记辽东。遗基只有蚕鸣雨，往事全如鸟印空。溪水无情流汨汨，海山依旧碧丛丛。断碑莫怪千回读，今代何人笔力同。

唐代柳宗元作有《桂州裴中丞作訾家洲亭记》，文中的訾家洲气象万千，而此诗中刘克庄所见景物却荒凉破败，令人唏嘘，映衬着当时社会凋敝、人才匮乏的现实。这种带着历史符号的人文景观显然使得刘克庄的桂林写景诗有了更深刻的思想内涵，而不仅仅是个人遭际的反映。类似咏訾洲的还有《三月十四日陪帅卿出游一首》。《曾公岩》诗，则对曾巩弟曾布被贬桂林的遭遇感慨唏嘘。《八桂堂呈叶潜仲》从八桂堂的兴衰联想到人生无常，王侯将相转眼幻灭，所谓"黑头去云远，白发来何稠"。"静观钟鼎族，起灭犹轻沤"。此外，北宋大诗人黄庭坚被贬宜州曾经过桂林，系舟于榕树下，刘克庄游览至此，作有《榕溪阁》一诗："榕声竹影一溪风，迁客曾来击短篷。我与竹君俱晚出，两榕犹及识涪翁"。感物思人，表达了对前辈诗人的敬仰，同时自视为迁客，以竹为友，有顾影自怜之意。

第二，摩崖石刻。刘克庄面对林林总总的摩崖石刻，态度主要有两个倾向，一是"贵古贱今"。相较之下，刘克庄对古代遗存的石刻十分看重，在入桂诗中多次有所表现，如《訾家洲二首》有"断碑莫怪千回读，今代何人笔力同"之句，语气中流露出对唐人文章的推崇和今不如古的感慨。初到桂林时的《春日五首》其二还有"下山欲与唐碑语，先遣奴兵细拂尘"两句，表达对唐碑的敬慕和喜爱。此外《泛西湖》也有"颇能读古碑，所恨侵夕阳"之句，情趣近似。二是重精品，轻庸品。桂林的摩崖石刻肇始于隋唐，而在两宋盛极一时，其中不乏精品，可以光耀千秋，但也不可避免地存在大量平庸之作。刘克庄不止一次在游览诗中表达在天然石壁上进行"到此一游"式题诗、题记的厌恶，认为这只会在岁月的检验中留下耻辱的印记。如《上巳与二客游水月洞分韵得事字》中有"涤崖去恶诗"之句，又说"岩扉滑如玉，岁月可镌识"。《伏波岩》一诗又说"惜哉题识多，苍玉半镌毁。安得巨灵凿，永削崖谷耻"。相反，他对真正有价值的石刻是很珍视的，如《龙隐洞》中有"我来欲题名，腕弱墨不食。摩挲狄李碑，文字尚简质。今人未知贵，后代始宝惜"之句。"狄李碑"，即记载大将狄青、孙沔、余靖等平定侬智高故事的

《平蛮三将题名》碑和李师中《宋颂》碑。可见刘克庄起初反对在石壁上题记的原因，在于他认为那些碑刻题记多为无谓之作，毫无价值可言，而在这次游览龙隐洞见到"狄李碑"，却一改以前轻蔑的语气，谦称自己虽欲追随前贤刻文于此，无奈弱于笔力不敢妄题。

刘克庄在桂林生活将近一年的时间，这在他的一生中只是一次短暂的停留，然而透过他入桂后的诗作可以看到，这段生活对他思想的形成和发展却不可忽视。在他带着失意来到桂林这个完全陌生的环境中时，迥异的地理和人文环境对其心态和思想也产生了很大的影响，和入桂前相比表现出了一些不同的特点。

（张炜：广西百色学院中文系讲师，文学博士）

怀旧式书写与广州城市文化身份的再造①

李俏梅

近十多年来，广州本土文学中出现了一个书写"老广州"的热潮，也可以称之为"怀旧潮"。比较有影响的小说包括梁凤莲的《西关小姐》《东山大少》，祝春亭、辛磊合著的《大清商埠》，李春晓的《西关大宅》等；散文集有黄爱东西的《老广州：屐声帆影》、王美怡的《广州沉香笔记》、梁凤莲的《情语广州》、张梅的《夜色依然旧》等，另有许多发表于广州各大报刊尚未结集的散文。说起来，伊妮1994年写高第街许氏家族的长篇历史纪实《千秋家国梦》是打了头阵，但大规模的怀旧潮似乎在2000年后才出现，至今方兴未艾。据我所知，有关十三行的影视剧还在筹拍之中，梁凤莲的"羊城四重奏"也还有两部未出。总之，虽然广州的"怀旧潮"似乎比上海等地的"怀旧潮"晚了些年，但现在还正当时。而在此之前比如二十世纪八九十年代，广州本土的城市书写是不怎么注重"老广州"的那一段的。在张欣、张梅等作家的笔下，广州是作为"时尚都市"的形象出现的。二十世纪八九十年代打响的"广味"影视片如《雅马哈鱼档》《外来妹》《商界》等表现的也都是作为改革开放潮头兵的广州"先行一步"的观念和生活，老广州怀旧是近些年来的事情。这一"怀旧潮"是一个值得解读的文学和文化现象。

一、"老广州"怀旧的历史文化背景

所谓"怀旧"，就是对已经逝去的过去的一种眷恋的情绪。进入现代社会以后，怀旧成为一种比较普遍的情绪，甚至有人说这是"现代性主体的宿命"②。马克思恩格斯在《共产党宣言》中就谈到过这种情绪，当资本主义把一切温情脉脉的面纱撕开，把一切田园诗似的东西抛在脑后，裸露出赤裸裸的金钱关系，怀旧就不可遏止地产生了。而随着现代社会的进一步发展，科技日新月异，"一切坚固的东西都烟消云散"③。现代性变成一种"流体状态"，未来难以把握，必然会使人转向过去，转向那些曾经有过且在历史记忆中稳定存

---

① 本论文是广州市社科规划共建项目"现当代文学中的广州记忆与想象"2012GJ63的阶段性成果，广东地方特色文化研究基地建设资助项目。
② 祈林：《被消费的"怀旧"：历史符号的再生产》，见陶东风，周宪主编：《文化研究》第8辑，77页，桂林，广西师范大学出版社，2008。
③ [美] 马歇尔·伯曼：《一切坚固的东西都烟消云散了》，周宪译，北京，商务印书馆，2003。

在的东西①，以那些东西作为心灵的归宿。20世纪90年代以来，中国进入现代化迅速发展的时段，一方面现代工业和城市的发展使人一时难以适应，另一方面在发展过程中又暴露出种种问题。这些都使人们产生各种各样的怀旧情绪，比如乡村怀旧，老城市怀旧，老唱片怀旧，对"毛泽东时代"的怀旧等等。怀旧成为20世纪90年代之后的文化特征之一，"老广州怀旧"当然首先也是在这样的一种集体氛围之中。

除了作为一种普遍存在的"现代性情绪"之外，我们还应该把"老广州"的怀旧纳入到全球化背景下城市建设的方向性问题上来看。在全球化背景下，在地方文化迅速消失从而变成一种稀缺的文化资源，而这一稀缺的文化资源又可以利用为一种经济资源、旅游消费资源之后，其实各个城市都在打"地方特色牌"。"越来越多的城市放弃了创建国际化大都市的目标，转而将精力放到如何建设富有地方特色和文化个性的城市形象上来，当代城市形象建设正在发生新的转向。"② 在这一新的转向中，广州是很敏感的，再加上作为一个在历代王朝中属于"山高皇帝远"的边远城市，广州的确有许多不同于北方城市的地方文化资源可供发掘，比如它的语言、饮食、建筑、民俗、它的某些独有的观念和生活方式等等。2002年7月开始，《南方都市报》开辟了一个专栏，叫做《广州地理》，由记者进行走访，对"老广州"的各个方面做展示，提炼了不少老广州的"文化符号"。文学作品中的"老广州"书写也与此相关，或者说是这个大的文化行动的一部分。

但是，与其他各个城市比如老北京、老成都、老西安等老城市不同，属于"老广州怀旧"的特殊背景和动力的，还有这样一种情况：广州长期以来被看作是没有什么文化底蕴的城市，在古代被视作"南蛮之地"，即使在经济领先的近三十年，也被看作是"文化沙漠"。记得20世纪90年代初，笔者初到广州的时候，黄树森、黄伟宗等学者和批评家就要我们这些年轻人撰写文章驳斥"文化沙漠说"或从正面树立"岭南文化"的地位。笔者当时对岭南文化所知不多，觉得无非是几个概念炒来炒去，比如开放性、兼容性等等，认为这是"关起门来自我表扬"，没多大意思，因此没有认真做。但其时是有不少人做出了文章的，而黄伟宗先生则是二十年如一日，一直在进行广东"海上丝绸之路"的研究，主编了系列丛书。待到笔者已在广州生活了二十余年，亲身体会到广州文化的魅力之后，2011年又在《粤海风》上看到曾大兴教授的文章《关于广东文化地位的指标》，还是在驳斥"文化沙漠说"。这篇文章开头提到自从2010年广东提出建设"文化强省"以来，已经沉寂了许久的"文化

---

① [英] 齐格蒙·鲍曼：《流动的现代性》，欧阳景根译，上海，三联书店，2002。
② 袁瑾：《媒介景观与城市文化》，36页，北京，中央编译出版社，2012。

沙漠"论又浮泛上来,一些官员、学者虽然不承认广东是文化沙漠,但是也承认"在传统文化方面,广东确有沙漠化的倾向"。在列举种种事实数据之后,文章最后的结论是:"客观地讲,广东的传统文化,在中国的传统文化格局中,属于中上等水平;广东的现代文化,在中国的现代文化格局中,则属于先进行列。关于广东是'文化沙漠'的说法,无论是从现代文化的角度还是从传统文化的角度来判断,都是不能成立的。"① 二十年间一直在为摘帽"文化沙漠"而鼓与呼,不能不说是有些悲壮的了。但是,要真正彻底"摘帽"可能还任重道远。汪洋在做广东省委书记期间是这样为广东文化做宣传的:"广东除了菜味还有文化味?其实菜味就是文化味,粤菜本身承载着广东的文化。我相信多吃广东菜的人,文化味一定会越来越浓。"② 好像广东除了"菜文化"就没有别的文化。作家叶曙明在《其实你不懂广东人》一书中谈到他的一位北方朋友对于广东"菜文化"之类的明显的不屑:"你说广州有文化,无非就是什么茶文化、酒文化、及第粥文化、食蛇文化、喝汤文化、逛街文化、彩票文化、拜神文化,因为广州没有文化底蕴,所以什么都可以称为文化。"③ 易中天的《读城记》对广州文化的评价也是相当低的。他说一件名牌西装,穿在广州人身上,也许只能穿出"阔气",而穿在上海人身上,便可穿出"教养"。"穿衣尚且如此,更遑论思想学术、文学艺术。文化的建设毕竟是一件需要长期积累的事情,不可能'生猛鲜活'地一蹴而就,历来只有经济上的'暴发户',却从来没有文化上的'暴发户'。但如果没有文化的建设做后盾,则经济上的'生猛鲜活'又能维持多久,也就是一个值得怀疑的问题。"④

改革开放以来,广州在经济上的确是走在全国的前列,但因此广州也的确是以"经济暴发户"的形象出现的,那些风靡一时的广式影视剧也是从时代的角度叙述广州的,缺少与广州历史地域文化的内在联系,广州因此以非常浮薄的形象出现在一般人的想象中:比如有钱,好吃,(男人)好色,一口怪异的普通话等等。而这种形象越来越与本土广州人或在广州久住的客家广州人的自我感觉不符。尤其是2000年以来,广州的经济优势也已经很不明显,内地特别是上海、北京等大城市的发展非常迅猛,也许广东或广州的GDP还可以,但广州人的钱袋子却是增长缓慢。有统计数据说广东是全国工资增长倒数第三的省份,所以一般的广州人也许并不觉得自己有钱。在经济增长放缓,也不再

---

①曾大兴:《关于广东文化地位的指标》,载《粤海风》,2011(2)。
②许琛,邓琼:《汪洋说压力:莫让岭南文化断代》,载《羊城晚报》,2010-7-3(A3版)。
③叶曙明:《其实你不懂广东人》,48页,广州,广东教育出版社,2005。
④易中天:《读城记》,上海文艺出版社,1999年。

能输出什么"时尚观念"的同时，广州人沉静从容的一面呈现出来了，或许是被遮蔽的一面得到了显现，或许是经济发展到一定程度之后必然出现的一种表现，广州开始关心自己的文化建设和城市文化身份。广州本土作家的怀旧式书写正是在这样的大背景里诞生的，他们宿命般地承担着广州城市文化形象再塑的使命。

二、怀旧散文如何重塑广州文化形象
——以《广州沉香笔记》[①] 等为例

闻一多曾用两个字表达他对中国文化的深爱——"韵雅"，读了王美怡等人的散文，你也不得不用"韵雅"来形容你对她们笔下广州文化的观感。这是一个对于读者来说具有相当陌生感的印象，因为一般人对于广州，如前所述，是很俗气的暴发户印象。王美怡的《广州沉香笔记》等作品则完全颠覆了这种印象，给出了一个"养在深闺人未识"的广州。下面我们以《广州沉香笔记》为主要文本，分析它对广州城市文化形象的改写。

《广州沉香笔记》据说曾当选为"中国最美的书"。这本书不但文字精美，还配有几位女画家特意为此书所作的插画，色泽古旧，可谓是图文并茂。书的序由作者的朋友程鹰所作，自跋，无论序跋，都说明作者是在一种定慧安闲的状态下写就，没有烟火味的。《序》中说："美怡的写作，一如她平日里的喝绿茶、临碑帖、听古琴，是毫无适俗韵且心远地自偏的。"[1]序4《跋》中引用某人说过的一句话，说"中国人看的书是闲书，说话是闲话，国家兴亡大事亦是渔樵闲话"，"只是读懂这闲话，亦须有玄心、妙赏、洞见、深情"[1]167。从这序跋，我们看到一个与人们印象中的广州人完全不一样的当下广州人形象，一种与人们想象中的生活不一样的广州生活：静慧安闲，志趣高雅。

既然是散文，那么"写实性"而非"虚构性"是它的基本特点。《广州沉香笔记》的内容一是来自于作者的亲自走访——"我日复一日地在这座城市的旧街巷里穿行"[1]168，二是来自于各种"地方志"或典籍，尤其是屈大均的《广东新语》。虽然是言之凿凿，其选择性和想象性也是十分明显的。本来，"选择性"和"想象性"就是"怀旧"的题中应有之义。有人曾比较过记忆、回忆和怀旧这三个"家族相似性"的词的细微区别，认为"记忆"涵盖了所有涉及过去的领域（包括历史）；"回忆"则是在记忆背景中的一种可能性，是对记忆的鉴别和挑选，并不一定会涉及到所有的过去；而"怀旧"又是对

[①] 王美怡：《广州沉香笔记》，广州，广东人民出版社，2010。下面有关本书的引用不再标注出，只在文中标注出页码。

回忆的遴选，只涵盖到过去的领域中真正美好或被想象成美好的部分。怀旧内在包含着价值取向，归根到底是一种"想象的文化记忆"①。问题在于向哪个方向想象，选择什么。

王美怡以一篇《素馨花笺》开始了对于旧广州的遥远记忆。文章的开头这样写："对于这座城市的追忆，最初是从一朵花开始的。这是一朵素馨花，浮在泛黄的书页之上，像一颗纪事珠。"[1]1 从一朵花开始对一座城市的记忆，这里选择的是城市记忆中最美、最浪漫的部分，选择的是城市记忆中的细节性成分。她把它们从巨大的背景中挑选出来，打上光圈，就像一些近距离的艺术摄影，大背景却是模糊的。王美怡的散文中，大的社会背景也是模糊的，甚至年代都有些模糊。她喜欢用"旧时广州"、"很久以前"、"遥想当年"这样的字眼，王美怡的广州记忆就在这样一种抒情语调中弥漫开来，文字的清新、优雅和书卷气也随之成为广州记忆不可分离的部分。王美怡接着在文章中告诉我们，这个记忆其实是一个叫屈大均的人留给我们的，他写下一部神奇的书，叫做《广东新语》，这是王美怡触摸老广州的中介，她是通过屈大均的记录向我们打开老广州的记忆之窗的。但是王美怡的文字远比屈大均的细腻、感性，她是在屈大均相对实描的基础上进行唯美化想象：

这故事是从一片花田开始的。

在珠江南岸那个叫做庄头的村庄里，方圆数里的田间都种满了素馨花。素馨花开放的时候，正逢南方的雨季，细小如珠的花骨朵被雨水浸润着，花心里满怀暗香。每个清晨，它们都在黎明的幽暗中小心地静默着，仿佛在等待木屐声由远及近地到来。[1]1-2

广州被誉为"花城"。广州的花有数百种，但王美怡选择了一种叫做"素馨花"的花进行追忆。广州给人的印象是一个热辣辣的亚热带城市，即使是花，人们首先想到的可能也是那些更热烈的花，而素馨花是给人陌生感的，不仅是花名，而且还有这种花所体现出来的广州气质。王美怡通过这篇文章把一种悠远淡雅的气质赋予了古老的广州。这种花在王美怡的追忆中不但自身素雅，采花的人也是"素面朝天的采花女"，花是装在"竹篮"里，她们清早就把花送到一个叫做"花渡头"的码头，真是配套地素雅优美。如今的广州城，既难觅素馨花的踪影，更没有了一个叫做"花渡头"的码头。王美怡会在文中不时地发出诸如此类的感慨：

花渡头，多好听的名字，可是我们今天已经找不到它了。很久以前的那些早晨，码头的青石板路上总是散落着星星点点的白色小花，在人潮散尽之后，它们很快也就被流水冲走了。[1]2

---

① 赵静蓉：《想象的文化记忆——论怀旧的审美心理》，载《山西师大学报》，2005（3），55页。

尤其动人的是对于素馨花在广州人生活中的位置的描写。

"吱呀"一声，所有的城门都在同一时候打开了。最先涌进城门的就是素馨花香。城门口挤满了前来采买素馨花的市民。富家仆人、贫家少妇、酒家伙计、卖花小贩，各路人马，在遍地如珠的花堆里穿梭着。据说这个早上，"城内外买者万家，富者以斗斛，贫者以升，其量花若量珠然。"[1]4

将王美怡的这本书称作"最美的书"不是没有道理的，我们仅需看看目录，就知道王美怡在旧广州记忆中替我们打捞出了怎样富有地方特色的精美物事：《茶事》《香语》《色识》《广作》《香云纱》《木屐》……《白云楼》《陈公馆》《小画舫斋》《太史第》等等。它试图"复活"一个历史深处的广州，一个优雅的、闲适的、有浓厚的传统文化意味的广州。即使是人们认为是"生活气息"或"俗文化"范围的饮食文化，在王美怡的笔下，也是有相当浓厚的"雅趣"的。写广州饮食文化的其中一篇文章叫做《太史第》。看了王美怡的文章，你才知道广州精美的饮食文化的源来所自，它既需要雄厚的经济基础，也需要精致生活的品味和趣味。在写江太史家的美食之前，王美怡写的是江太史"爱兰"，家中养兰一百二十种，书斋就叫"百二兰斋"。这个描写说明美食家并不是脑满肠肥的俗人，主人是富贵中含清雅的，饮食的"品味"也是很高的。食物的命名也充满了文化意味，比如有样小食叫"礼云子"，是用小螃蟹的卵子加工而成，名字竟来源于《论语》："礼云礼云，玉帛云乎哉？"——"据说古人见面拱手为礼，拱手之状恰如小螃蟹横行，故此得名。小小的礼云子，其实也暗含诗礼传家的寓意。在太史第品着美食长大的大家闺秀，她在回想礼云子的鲜美之时，记忆里也许还会有诗书礼乐的余音回响吧？"[1]82这就是王美怡笔下的广州"美食文化"，它是含有书香气的，儒道艺精神隐含其中，它不完全是美食，而是美食、文化和令人感慨唏嘘的世道人生的合一。

如果说王美怡以"散点透视"的方式替我们追溯了一个优雅韵致的遥远广州，那么女作家中的另外两位，黄爱东西和张梅，则书写了一个近在眼前的老广州。她们或者是回忆二十世纪六七十年代的童年生活，或者就在当下的生活里发现了老广州其实无处不在，从未走远。黄爱东西给自己的《老广州：屐声帆影》写了个很有意思的"代序"：《非要广州人怀旧》。她说"我们天天生活在旧里。新旧的交替是暧昧的，爱恨的纠缠也是含糊的。""我们的旧，是我们天天喝的例汤和茶。当一个广州人舍咖啡而要喝凉茶的时候，你根本毋须知道他是否怀旧。他，本身就是旧。"① 当然尽管如此说，这本散文集还是搜集了一切老广州带有"旧"的特征的物事来进行书写，如旧屋、骑楼、上

---

①黄爱东西：《老广州：屐声帆影·代序》，南京，江苏美术出版社，1999。

下九、屐声、帆影、花市、尼庵、寺庙、荔枝湾、十三行、西关、沙面等等。在《屐声》中作者写道:"现在回想起来,那时候的生活是安静的,街巷里时常飘来别家的饭香,或者是汤的鲜味。偶尔传来孩童们在巷子里追逐奔跑的声音,像鸟群噼噼啪啪地拍动翅膀,低低地飞过,然后又倏地远去了,而时光似乎也就是这样。不知道是什么时候,杂乱的屐声突然消失了,就像飞起的鸟儿,从此再没有回来。有很多你生活里熟悉的东西,都是这样,不知不觉地,无影无踪。等你蓦地发现的时候,你只看到岁月的影子。"① 他们是有着浓厚的怀旧情调的。但是正像黄爱东西指出的,上海人一怀旧就喝着咖啡,温情脉脉地提起外滩,而广州人对于洋的东西还是没多少感情,与外滩对应的沙面他们是不大想起的,他们还是津津有味地提起西关大屋和"一盅两件",是更传统,更地方化的。总之,几位作家的散文,呈现了一个"养在深闺人未识"的广州:安静的、雅致的、非商业气的广州。它宜居宜生,又有着深厚的历史文化底蕴。它不只是人们"搵食"的地方,它完全是心灵的家园。

三、长篇小说如何重塑广州城市文化身份
——以《西关小姐》等为例

每一个城市的怀旧文化总是既有细节性选择,同时又有时间性选择。一般来说,城市怀旧总是选择它最辉煌的一段。20世纪80年代以来,广州在经济上还算得上辉煌,但这种辉煌似乎只赢得了"文化沙漠"、"暴发户"的"美誉"。所以必须继续向历史深处追溯,追溯到它经济、政治、文化、建设等都比较辉煌的那一段,这一段就是清中叶至民国时期,这一段不但曾经辉煌,还很有故事性。大起大落,大悲大喜,各路英雄(文化精英、政治精英、商业精英、市政建设精英等)辈出,这是广州人引以为自豪的一段,文学中的广州怀旧主要怀的就是这一段,包括王美怡的《广州沉香笔记》。本文开头提到的几部长篇小说,也是取材于这一段。作为小说,虚构性原本是这一文体的天然权力,但是有意思的是,这几部作品都放弃了天马行空虚构的权力,非常重视对史料或地方民俗的切实掌握。《千秋家国梦》原本就是纪实,记录广州高第街著名的许氏家族的百年风云史,曾被冠以"报告文学"这样的文体分类。《大清商埠》写十三行的历史,据它的作者说,1995年就开始搜集史料,到2003年写出初稿,此后反复修改,基本上是忠实于历史的。梁凤莲的《西关小姐》《东山少爷》等创作,她借用瑞典诗人特朗斯特罗姆所言是"受雇于

---

①黄爱东西:《老广州:屐声帆影》,22页,南京,江苏美术出版社,1999。

一个伟大的记忆"①。虽然人物是虚构，但看得出作品对历史背景和地方民俗的忠实甚至拘泥，这些都看出作者对于表现"真实的"广州历史文化的使命感。

那么，这些描写广州本土历史文化的长篇在广州文化形象的重塑上做了什么工作呢？我们借梁凤莲的《西关小姐》来做一分析。

梁凤莲是一位有理论自觉的作家，她认为对于一个地方的文化就是要不断地重述和建构，而她就是那个自觉的重述者和建构者。她的《西关小姐》和《东山大少》，从题目上看，就有要为广州地方文化"树碑立传"的意思。对广州略有熟悉的人都知道，"西关小姐"和"东山少爷"几乎是老广州的两张文化名片。"西关小姐"指称的是近代以来随着广州城西区（"十三行"就在城西）成为对外贸易的中心，这里聚居了很多富商巨贾，他们的女儿就被称为"西关小姐"，"西关小姐"因此包含了时尚、美丽、知书识礼等含义。"东山少爷"是因为近代以来很多当官的都住在东山，民国以来的官员们和归国华侨在那里建了不少小洋楼，这些人家的子弟就被称作"东山少爷"。当然很显然富商家不只有"小姐"，官员家也不是只有"少爷"，但"西关小姐"和"东山少爷"这么一对称，就使这个城市有了几分潇洒浪漫的气息。而且文化上中西合璧，气质上刚柔相济，这是一个既传统又现代、既富贵又浪漫的城市，可以说就是这两个文化符号给与人的文化想象。而梁凤莲之所以执意演绎"西关小姐"、"东山少爷"的故事，也就在于要写出这个城市的这种文化气质。

梁凤莲的《西关小姐》借一个女人的一生演绎广州的文化形象，这里面是否受过王安忆《长恨歌》的那么一点影响，不得而知。但小说中的西关小姐李若荷是这样一个人物：虽不是出身大富大贵之家，但开裁缝铺和绸缎庄的父母是中年得女，自是百般宠爱。这样的一个出身设计使得李若荷这个形象可以打开较大的生活面，向下延伸一点就是普通市民，向上延伸一点就是富贵阶层。而况裁缝铺是接触各个阶层的。有意思的是，小说中写到连"公车上书"的康梁师生都是在这家裁缝铺做的衣服。而在若荷成长的阶段里，她也的确是既学到了父母的生意经和伶人女子的"粤剧"，又上了只有富贵人家的小姐才可以上的"文澜学堂"，接受中西合璧的教育，还上了广州的第一家女子中学，并成了第一个为自己学校设计校服的学生。由于家道中落，若荷以一个女儿之身支撑起一家大小的生活，努力开拓生意，经常一身潇洒的西装出入社交生意场所，但终因时局混乱，在抗战后陷入困局。而在恋爱婚姻上面，她可以说是第一代的"自由恋爱"者，虽以悲剧收场，最后接受了平凡的婚姻，

---

① 梁凤莲：《东山大少·后记》，379页，广州，花城出版社，2009。

但总归是勇敢的"第一代女权主义者"。而在描写李若荷的一生命运的同时，广州的风土人情、名胜古迹也得到了充分展示，并且也是中西合璧的，既有中国式的广州大年，又有圣诞晚会；既有华林寺庙，又有圣心大教堂。另外，如西关大屋、骑楼商号、粤剧粤菜、荷花荔枝、珠江泂艇……琳琅满目，移步换景，令人目不暇接。

读完《西关小姐》之后，梁凤莲的朋友张浩文替她撰序，序文中说，若荷就是广州文化的"形象代表"，就像沈从文的"翠翠"是湘西文化的形象代表一样。他说她"深谙中国文化又如饥似渴地吸收西方文化，既固守祖业又与时俱进，既顽强不屈又逢事变通，这一切无不体现了广州这个最早得欧风美雨的古老商埠的文化特色。"① 但是梁凤莲觉得光一个《西关小姐》还不足以完成她为近现代广州文化树碑立传的使命，于是又推出了《东山少爷》。后两部据说她准备写广州普通市民的生活了，拭目以待。

四、结语和余论

总的来说，对"老广州"的怀旧式书写对于重塑广州城市文化身份、提升它的文化形象是有意义的。相比于二十世纪九十年代初，那时广东文学界总是比较抽象地阐述岭南文化的特色，要外界承认岭南文化的兼容性、开放性、务实性等有价值的特征。文学中的怀旧式书写提供了更具体更感性更有感染力的广州，可触摸的广州；而且对于广州文化中的传统底蕴，尤其是偏向于深雅诗性一方面的特质进行了挖掘，展示了一个人们略感陌生然而更有魅力的广州。这不但对于提升广州的文化身份有意义，对于提升本身就生活在广州的人们的文化自信和认同也有莫大的意义。张浩文在给梁凤莲作序时可能说出了很多人的普遍感觉，他说"在相当长的一段时间里，我对广州的印象是这样的：这是中国最商业化、最欲望化的城市。这样的印象当然不是空穴来风，它是与最早的花花绿绿的走私货、遍地开花的三资企业、财大气粗的港客港商、声嘶力竭的粤语流行歌曲相伴共生的。"但是认识梁凤莲之后，他认为那只不过是外地人对广州的"隔岸观水"。只看到浮面，还有个深的海底世界没有看到，而"阿莲"就是那个海底世界的生物，她的《西关小姐》"将改变很多人对广州的认识，包括就生活在这座城市里的男男女女。"他们会因此认识一个更"悠久繁复"、韵味绵长的广州。这是完全可能的，相信这也是作家最愿意看到的写作效果。

所谓"怀旧"，从文化的意义上讲，是将"不在场"呼唤为"在场"。虽

---

①张浩文：《一个人改变了一座城市》，见梁凤莲：《西关小姐·序》，5页，广州，花城出版社，2005。

然"怀旧"本身就意味着"不在场",所写的都是"过去时",但是一经用符号表达,似乎就获得了某种超时空的意义。至少人们会认为,现在的广州与过去的广州有着"一脉相承"的联系,它刚离去,还看得见背影,唤一唤就会回来。甚至人们也能感觉得到,在自己的生活里其实还是有传统的影子的,只是通常没有意识到。而不同作家的怀旧式书写中,也有很多的同一性成分。他们用不同的语言语调从不同的角度用不同的方式去描写它们,相当于在相同的文化符号上一层层地涂抹,不断增加着它的内涵和色彩。比如上面提到的一些作家都写到老广州的木屐、窄巷、骑楼、早茶、西关大屋、桨声艇影、教堂、寺庙、书院……都成为了广州的文化符号,一闭眼,一个富有韵味的老广州就生动地浮现在眼前了。当然也不仅仅是文人们在文字的符号上,现在在广州的实物符号上,也总是看得见"老广州"。比如"万木草堂"、"城隍庙"、"大佛寺"、"华林寺"、"圣心大教堂"、"荔枝湾"等,或恢复或新建或一直存在,只要有心,的确可以发现广州是一个传统与现代同在的城市。而广东包括广州也是全国保存古老节日最多的地方,比如"波罗诞"、"冬至"、"人日"等。

但尽管如此,在广州的怀旧式书写里,还是有一些缺陷存在,尤其是在梁凤莲等土生土长的广州作家这里,我们发现了过度的地方文化使命感对文学自身的损害。以《西关小姐》为例,我们感觉到,实际上真正的主角不再是人,而是地方——广州文化。梁凤莲总是在千方百计见缝插针展示广州地方风俗或文化符号,整个小说几乎像一个地方文化和民俗的博物馆了。比如借李若荷的出生,就展示了蓬莱桥求子、"荷花诞"、华林寺(达摩西来初地)、泮塘美景和美食等文化符号。借若荷自家的生活,展示了西关大院、骑楼商家、功夫茶艺、紫檀木雕、时装服饰、香云纱等。通过去外公家,又展示了广州牙雕、过年习俗等。通过若荷自身的成长经历,又展示了粤戏、文澜书院、圣心大教堂、女子中学、海山仙馆、昌华苑等;广州文化物事之密集程度,令人咂舌。甚至连康梁的事,孙中山在圣心演讲的事,孙中山和宋庆龄在大沙头看飞机试飞,燕塘飞机试飞这样近代史上广州引为骄傲的事都写到了,真是怕遗漏了广州任何一处的好!但这样一来,人物成了道具,成了展览地方文化时装的衣服架子,实在是个莫大损失。如果小说本身的艺术性不是太高,那么它传播地方文化的功能显然就要受损!而在王美怡等人的散文里我们也发现,广州的丰富性或它比较世俗的一面也被遮蔽了,它变成一种带有消费特征的雅致——小资情调。实际上,广州的文化自卑从这一味的美化和雅化中也透将出来,广州的文化建设依然任重道远。

参 考 文 献

[1] 王美怡. 广州沉香笔记 [M]. 广州：广东人民出版社，2010：1—168.

（李俏梅：广州大学人文学院副教授，文学博士）

国 际 视 野

14世纪日中韩三国的汉诗对话
——以清拙正澄（中）·李齐贤（韩）·绝海中津（日）为例

海村惟一

关键词： 东亚民际交流（人流/物流）　环境影响/书籍影响
　　　　　汉诗对话　清拙正澄　李齐贤　绝海中津

一

本文主要是研究14世纪东亚汉字文化圈民间交流中各国的地理环境对异国诗人的影响，研究对象的焦点对准东亚三国的三位文人禅僧以及他们的作品。

来日元代僧侣清拙正澄禅师（1274—1339，1326年来日，在日本圆寂）及其《禅居集》。①

滞元朝鲜文人李齐贤（1287—1367，1315年赴元，1341年回朝鲜，居元

---

① 关于清拙正澄禅师，请参阅拙著：《五山文学の研究（五山文学研究）》，日语版，86，112，210，230页，东京，汲古书院，2004年。关于《禅居集》，请参阅上村观光编：《五山文学全集》，第一卷，374页。

26年）及其《益斋乱藁》。①

留明日本僧侣绝海中津（1336—1405，1368—1378年留明）及其《蕉坚藁》。②

通过对这三位三个国家的诗人的民间交流和旅游作品的考察、研究，来验证14世纪东亚民间交流的作用，以及地理环境对异国诗人文学创作的影响。

二

元朝泰定三年（1326），53岁的破庵派清拙正澄禅师应镰仓幕府第十四代将军北条高时之邀来日，住持镰仓五山第一建长寺（22代），后又转住镰仓五山第四净智寺（9代），镰仓五山第二圆觉寺（16代），受后醍醐天皇之敕命赴京都室町五山第三建仁寺（23代），日本五山之上南禅寺（14代）。刷新日本禅规，创立日本禅宗大鉴派，有《清拙和尚语录》《大鉴清规》《禅居集》传世。③

清拙正澄禅师来日时便带着他早已驰名于日中禅林的名作《潇湘八景》，来日之后对日本五山禅林产生直接刺激和巨大影响的效应。④ 故先全文录

---

① 见《文学百科大辞典》，575页，北京，华龄出版社，1991年。又见柳已洙编：《历代韩国词总集》，2007年。关于《益斋乱藁》，其弟子充春秋馆修撰官·知军簿司事韩山李穑著序曰："元有天下，四海既一，三光五岳之气，浑沦磅礴，动荡发越，无中华边远之异。故有命世之才，杂出乎其间，沉浸浓郁，揽结粹精，敷为文章，以贲饰一代之理，可谓盛矣。高丽益斋先生生是时，年未冠，文已有名当世，大为忠宣王器重。从居辇毂下，朝之大儒缙绅先生，若牧庵姚公、阎公子静、赵公子昂、元公复初、张公养浩，咸游王门，先生皆得与之交际。视易听新，磨砺变化，固已极其正大高明之学。而又奉使川属，从王吴会，往返万余里，山河之壮，风俗之异，古圣贤之遗迹，凡所谓闳博绝特之观，既已包括而无余。则其疏荡奇气，殆不在子长下矣。使先生登名王官，掌帝制，优游台阁，则功业成就，决不让向之数君子者。敛而东归，相五朝，四为冢宰，东民则幸矣，其如斯文何！虽然，东人仰之如泰山。学文之士，去其廱陋，而稍尔雅，皆先生化之也。古之人虽不登名王官，而化各行于其国，余风振于后世，如叔向、子产，何可少哉？佐天子，号令天下，人孰不慕之？而名之传否，有不在彼而在此，尚何恨哉？先生著述甚多，尝曰：'先东庵尚未有文集行于世，况少子乎？'故于诗文，旋作旋弃，人辄藏之。季子大府少卿彰路、长孙内书舍人宝林，相与衰集，为若干卷，谋所以寿之梓，命余序。余曰：'先生所撰国史，尚不免散逸于兵，刬片言只字，为人箧者，煨烬何疑，则若干卷，不可不亟刊行也。二君其勉之。'呜呼，余岂知言者哉！仍父子为门生，不敢让，姑志所见云。至正二十三年（1363）正月初吉，前应奉翰林文字、承事郎、同知制诰兼国史院编修官，正顺大夫密直司右代言，进贤馆提学，知制教。"

② 关于绝海中津禅师，请参阅拙著：《五山文学の研究（五山文学研究）》，日语版，80, 97, 133, 207, 230, 392, 401页，东京，汲古书院，2004。

③ 关于清拙正澄禅师，请参阅拙著：《五山文学の研究（五山文学研究）》，日语版，86, 112, 210, 230页，东京，汲古书院，2004年。关于《禅居集》，请参阅上村观光编：《五山文学全集》，第一卷，374页。

④ [日]上村观光编：《五山文学全集》卷1，见《禅居集》459～461页。

于下：

1. 潇湘夜雨

玉龙洒润楚云寒，衡水沉波漏未残。若具摩醯顶门眼，暗中一点不相瞒。

2. 洞庭秋月

天连八百里平湖，灏气清寒兔魄孤。谁向君山高处望，苍龙吞却夜明珠。

3. 烟寺晚钟

夕霭溟濛梵宇深，高楼清杵震鲸音。声边耳畔闲来往，唤尽时人万古心。

4. 远浦归帆

楚□吴樯次第回，高低云影近人来。自家认取波罗岸，更借在风阵阵催。

5. 江天暮雪

云笼暝色苦寒侵，洒玉飘琼水面沉。冻得虚空赤骨律，岸头何止没腰深。

6. 山市晴岚

野店村桥贸易多，暖烘宿雾接云萝。饱柴饱米宁论价，觌面拈来付与他。

7. 渔村夕照

野径腥风起暮尘，小舟无数集江滨。家家晒纲斜阳里，知是谁家得锦鳞。

8. 平沙雁落

水退汀洲岸碛斜，群鸿初下乱如麻。白苹红蓼孤湾外，一阵横飞避钓艖。

在此仅举一例，以证其所发挥的作用。圣福寺第十六代住持铁庵道生禅师（1262—1331）参禅于来日禅僧佛源派派祖大休正念，并嗣其法，延庆年间（日本年号，1308—1310）住圣福寺，为第十六代住持。①

铁庵道生禅师仿宋代沈括《梦溪笔谈·书画》所记载的宋迪在元丰（1078—1085）时所创作的《潇湘八景》之图，而马致远（1250—1321）的八首"寿阳曲"小令与其可谓词情画意相同，恐怕后人以马致远八首"寿阳曲"小令之名来命名宋迪《潇湘八景》之图。铁庵道生禅师在其住持圣福寺期间间接地受了马致远"寿阳曲"小令的影响，更是直接地接受了宋元代禅诗以及清拙正澄禅师的《潇湘八景》的影响，并在清拙正澄禅师来日之前，便已经化清拙正澄禅师的《潇湘八景》为其《博多八景》，全诗抄录如下：②

香椎暮雪（《潇湘八景》：江天暮雪）

绾螺③自白鸟边断，天地都无一寸青。归棹只随夕阳去，载家何处扣吟扁④。

---

①〔日〕上村观光编：《五山文学全集》卷1，见《禅居集》459～461页。
②见《五山文学全集》，第一卷，《纯铁集》，374页。
③"绾螺"是日本福冈博多湾香椎岸边的小海螺。
④"扁"是日本汉字的写法。

箱崎蚕市
行尽松阴沙嘴①路，路头尽处到江湄。东边卖了西边买，落日晚风吹酒旗。
长桥春潮
饥虹偃傍春霏饮，人踏饥虹饮处行。湍雪浑涛伍员恨，不知何日得澄清。
庄滨泛月（《潇湘八景》：洞庭秋月）
地角天涯行遍了，又于西海尽头游。桂枝露滴望东眼，蜃气薄时看白鸥。
志贺独钓
未美韩彭兴汉室，岂谋利禄废清游。扁舟一叶沧波上，载得乾坤不尽秋。
浦山秋晚
三十年前贪胜概，几回飞梦落烟峦。而今老倒看图尽，两鬓秋吹霜后山。
一崎松行
山奔海口逐奔鲸，激起秋涛月夜声。欲问巢云孤鹤梦，霜苔千载石根清。
野古归帆（《潇湘八景》：远浦归帆）
晚楼极目水天宽，云影收边山影寒。杳杳遥疑泛凫雁，梨花一曲过渔滩。

"香椎暮雪"之"暮雪"源于马致远"寿阳曲"小令"江天暮雪"的"暮雪"。但是，铁庵道生禅师的"青"、"扁"之下平九"青"通清拙正澄禅师的"沈"、"深"之下平十二"侵"，同韵便是最好的证据。"香椎"乃笔者自宅的所在地，亦是"遣隋使"、"遣唐使"的日本离港地。"野古归帆"之"归帆"源于马致远"寿阳曲"小令"远浦归帆"之"归帆"，而"野古"乃博多湾的古岛，亦是"遣隋使"、"遣唐使"离开香椎之后的第一个休息港口。而"庄滨泛月"则是化"洞庭秋月"；"志贺独钓"则是企图把宋代马远的"寒江独钓图"的难以用语言来表达的"独钓"意趣，用"诗偈"来表述"空疏寂静"的禅意："扁舟一叶沧波上，载得乾坤不尽秋。"虽然铁庵道生禅师未曾留学于宋元，但是就其点化宋元文学这一熟练的功夫而言，可谓其在深得宋代禅宗大师大休正念之衣钵的同时，也悟到了宋元文学之精华。铁庵道生禅师不仅为博多宋代禅寺圣福寺增添了"空疏寂静"的文学风景，而且还是一位为日本五山文学作出贡献的重要作家。在清拙正澄禅师来日之前就通过其"书籍影响"的这个民间交流方式，而得到日本五山禅林的认同，以致镰仓幕府的将军亲自出面邀请其来日。

清拙正澄禅师来日之后，受到日本岛国的"环境影响"，创作了一连串的佳作，选抄如下：②

---

①"嘴"是日本汉字的写法。
②上村观光编：《五山文学全集》卷1，《禅居集》，462～463页。

东山十境

慈视阁
有情无情入我眼，我眼偏入情无情。正见正知观自在，瞳人双倚玉栏横。

望阙楼
百级云梯眼界宽，不违咫尺觐天颜。夜摩走入三门上，亿万山河尽笑欢。

大悟堂
选佛场开集胜流，心空及第是良筹。谁从暗里轻移步，踏着文殊脚指头。

群玉林
垂棘悬黎蕴德辉，琳琅环植富瑰琦。莫愁大宝无酬价，世有良工尽得知。

入定塔
亲见虚庵得正传，色身坚似法身坚。凭谁为铸黄金磬，敲出萝龛个老禅。

乐神庙
吉备行祠自古灵，开山迎奉护禅庭。三千眷属常围绕，铁骑追风鬼眼青。

无尽灯
须弥为炷海为油，十面磨铜法界周。此土他方尘数佛，灼然不隔一丝头。

清水山
累崽奇峰绀色幽，寒泉千尺下峰头。百川浩浩知多少，个是圆通第一流。

第五桥
半虚空里独横身，接尽中途未到人。浊界众生何日了，谁知脚下是通津。

鸭川水
兔顶波光似汉江，靛青疑可染衣裳。曾从贺茂宫前过，滴滴醍醐彻底香。

海中初见山
轮囷紫气盖神州，一点青螺海际浮。下载清风有何限，六千余指在归舟。

悼古林和尚
金刚幢仆法梁摧，草木丛林尽发哀。一夜六朝古城下，深沙咬碎凤凰台。

清水寺
京华东峙峰如靛，宝树瑶林裹山面。气夺鸿濛紫翠深，白日冰霜洒寒练。
补陀大士化门启，绝壁浮空涌台殿。门门圣境各开辟，譬如一月千江现。
昆虫草木无敢犯，地主祠灵司赏谴。众生哀祷头戢戢，真慈普被皆随愿。
乾坤覆载德泽大，至化无私悉周徧。但令心地灭诸恶，更向人间弘众善。
汝身即是清水寺，六用门中发神变。闻思修入三摩地，见闻一一超方便。
华鲸无时吼空谷，红霞碧雾光流电。千奇万胜付重来，拭目云山绕畿甸。

甑浴 谢西庵主
七日盐蒸坐甑中，咸身咸面亦咸空。谁知万点流珠汗，尽是耆婆炼石功。

窗外石镜
锋棱磨尽见精英,鉴地辉天水一泓。不是对人头不点,为他妍丑太分明。
郁侍者游方
盖子忽然扑落地,鲤鱼白日飞上天。无根树下蹲龙虎,赤脚波斯蹋渡船。
瑞光庵初祖像 迎入寺祖堂
今日元弘似普通,南天王子示慈容。洛阳城外东山寺,一座移来少室峰。
和□翁和尚 送一侍者韵
六年不见师兄面,今日鸽原一信通。海水拍天千万里,鹿峰顶上望云峰。
和白云庵寄谢圣福石梁和尚韵
安国扶宗秉太阿,轻提重按活人多。法幢西海光从社,禅石东云裹薜萝。
书到鹿峰情愈厚,香消兽鼎意难磨。乡关梦冷乡音少,地阔天遥可奈何。
挂钟佛事
百斛洪撞重万钧,层楼高挂警昏晨。作兴礼乐丛林古,利益人天号令新。
五趣消停空九地,一音偏普入诸尘。堂堂北野铭光耀,永镇南禅祝紫宸。①

清拙正澄禅师的这些作品毫无疑问是在"环境影响"、"书籍影响"这一民间交流方式的催生之下而诞生的。尤其是他的新作"东山十境"对日后的日本五山(禅林)文学的诞生起到了催生的作用。

三

朝鲜高丽时期的诗人李齐贤(1288—1367)字仲思,号益斋,自幼受文学熏陶。1315年忠宣王王璋召其到燕京,与元朝文人阎复、赵孟頫等人有交往,在中国各地方留学26年。他和李奎报、崔致远为朝鲜三大诗人,是高丽文学的双璧。在朝鲜汉文史上,他既是汉词的引进者,又是杰出的汉词人。1862年清朝学者编辑《奥雅堂丛书》时,将他的全集《益斋集》编在第23集中,刊行问世。

在李齐贤去世4年前,由其弟子李穑作序的《益斋乱藁》于至正二十三年(1363)刊行问世,比清朝要早500年。《益斋乱藁》卷第一有其所作的《多景楼陪权一斋用古人韵同赋》,诗曰:

扬子津南古润州,几番欢乐几番愁。
佞臣谋国鱼贪饵,黠吏忧民鸟养羞。
风铎夜喧潮入浦,烟蓑暝立雨侵楼。

---

① [日] 上村观光编:《五山文学全集》卷1,《禅居集》,463～464页。

中流击楫非吾事，闲望天涯范蠡舟。

朝鲜高丽诗人李齐贤有"命世之才"，故与同僚登临名胜古迹之"多景楼"只是望景思古。"几番欢乐几番愁"，引出貌似闲聊实则深邃的以"吾"为主的半岛式的哲理："中流击楫非吾事，闲望天涯范蠡舟。"

李齐贤陪权一斋南下至姑苏，观赏了虎丘寺之后，又北上时再过北固山登临多景楼，留下《多景楼雪后》咏颂了镇江的风光。

楼高正喜雪漫空，晴后奇观更不同。
万里天围银色界，六朝山拥水晶宫。
光摇醉眼沧溟日，清透诗肠草木风。
却笑区区何事业，十年挥汗九街中。

此诗从形式来看可以明显地感受到大陆的影响，尤其是来自于曾巩《甘露寺多景楼》的影响。这里也同样体现了身临其境的"环境影响"、"书籍影响"这一民间交流方式的效应。首先是押的同一个韵，上平一东韵，同韵字有"中"、"风"，两个是相同的，占40%。再者同字有"楼"、"天"、"水"、"山"、"光"、"万里"，加上韵字共有9个是相同的，占16%。三是数字的多用：曾诗有"四"、"一"、"万"3个，李诗有"万"、"六"、"十"、"九"4个，比曾诗多1个。但是，尾联告诉我们依然和前诗一样，也是以"吾"为主的半岛式的自我反省。

《益斋乱藁》卷第一所录作品均为滞元期间的佳作，录其诗题于此，略作考察：1. 凤州龙湫；2. 杨花；3. 杨安普国公宴太尉沈王于玉渊堂；4. 七夕；5. 定兴路上（将之成都）；6. 过中山府感仓唐事；7. 井陉；8. 过祁县，感祁奚事；9. 汾河；10. 豫让桥；11. 黄河；12. 张希孟侍郎见示江湖长短句一篇以诗奉谢；13. 奉和元复初学士赠别；14. 蜀道；15. 八月十七日放舟向峨眉山；16. 诸葛孔明祠堂；17. 阻友符文镇；18. 登峨眉山；19. 雷洞平；20. 眉州；21. 思归；22. 上滩；23. 促织；24. 听寒道士弹秋风；25. 路上（自蜀归燕）；26. 函谷关；27. 渑池；28. 二陵早发；29. 渡孟津；30. 比干墓；31. 燕都送朴忠佐少卿东归；32. 和呈赵学士子昂；33. 松都送朴少卿忠佐北上；34. 登鹄岭；35. 送从兄君实典签赴任三陟（追录）；36. 九曜堂；37. 和崔拙翁进退格；38. 舟中和权一斋；39. 金山寺；40. 焦山；41. 多景楼陪权一斋用古人韵同赋；42. 吴江又陪一斋用东坡韵作；43. 姑苏台和权一斋用李太白韵；44. 皋亭山（伯颜丞相驻军之地）；45. 宿临安海会寺；46. 冷泉亭；47. 游道场山陪一斋用东坡韵；48. 虎丘寺十月北上重游；49. 多景楼雪后；50. 淮阴漂母墓；51. 西都留别邢通宪（君绍）；52. 北上；53. 寄远。李齐贤在中国大陆读书万卷，行路千里，交友八方。这才是真正的民间交流，才能酿出彼此的真切：人与人的，人与人文景观的，人与自然环境的真情实感。

冠于集首之卷，可见编者珍惜这段时光。此诗集的"卷第一"可谓"西游记诗集"，在旅途中的民间文人交流中亦可见诗人在元代文坛的地位。其中的第三十二首"和呈赵学士（子昂）"，便是其与赵孟頫的交往。

32. 和呈赵学士（子昂）
  珥笔飘缨紫殿春，诗成夺得锦袍新。
  侍臣洗眼观风采，曾是南朝第一人。
  风流空想永和春，翰墨遗踪百变新。
  千载幸逢真面目，况闻家有卫夫人。
  （学士夫人管氏，亦工书）

李齐贤不仅与赵学士子昂本人有和韵之交，对其"风流空想永和春，翰墨遗踪百变新"的书法的仰赏，引出了"千载幸逢真面目，况闻家有卫夫人"的结尾。并自注："学士夫人管氏，亦工书"。如此的交往才能产生理解。

四

晚生于高丽诗人李齐贤五十年的日本室町时代临济宗禅僧绝海中津（1336—1405），号蕉坚道人，被称为日本五山文学双璧之一的诗圣，在明代的江南地方留学十年。绝海中津回国时，应朱元璋之邀，抵南京接受会晤，回程路经镇江时登临北固山，写了这首七言律诗《多景楼》（收录在自编诗集《蕉坚藁》，1404年问世）。此诗被称为日本汉诗之绝唱：

  北固高楼拥梵宫，楼前风物古今同。
  千年城堑孙刘后，万里盐麻吴蜀通。
  京口云开春树绿，海门潮落夕阳空。
  英雄一去江山在，白发残僧立晚风。

与李齐贤一样，此诗从形式来看也可以明显地感受到大陆的影响，尤其是来自于曾巩《甘露寺多景楼》的影响。首先押的是同韵，上平一东韵，同韵字有"通"、"风"两个；再者同字有"楼"、"去"、"海"、"山"、"云"、"万里"、"一"、"在"，加上韵字有11个字是相同的，占20%；三是数字多用：曾诗有"四"、"一"、"万"，绝海诗有"千"、"万"、"一"，均有3个，且"万"、"一"相同。

若是顺便也把朝鲜高丽诗人李齐贤的《多景楼雪后》放进来作一下比较的话，我们首先会惊讶地发现三国三人用的竟是同一个韵：上平一东韵。而绝海诗与李诗的同韵字竟有"宫"、"风"、"同"、"空"4个是相同的，占80%。当然绝海诗的"空"与李诗的"空"不能同日而语。再者绝海诗与李诗的同字也有"楼"、"高"、"年"、"山"、"万里"，加上韵字共有10个是相同的，占18%。三是数字的多用：绝海诗有"千"、"万"、"一"3个，李诗有"万"、"六"、"十"、"九"4个，且"万"相同。

归纳三者形式比较的结果：第一，用韵相同，都是上平一东韵。李诗与曾诗的同韵字有"中"、"风"相同，占40%。绝海诗与李诗的同韵字竟有"宫"、"风"、"同"、"空"相同，占80%。绝海诗与曾诗的同韵字只有"风"相同，占20%。这个"风"是三者同韵，占20%。第二，同字情况。李诗与曾诗的同字有"楼"、"天"、"水"、"山"、"光"、"万里"，加上韵字共有9个是相同的，占16%。绝海诗与李诗的同字有"楼"、"高"、"年"、"山"、"万里"，加上韵字共有10个是相同的，占18%。其中三者同字的有"楼"、"山"、"万里"，加上同韵字"风"共5个，占9%。第三，数字多用情况。曾诗3个，李诗4个，绝海诗3个。三者相同的是"万"，绝海诗与曾诗相同的是"一"。

但是从内容角度来看，绝海诗颈联则显示出与大陆以及半岛的不同："京口云开春树绿，海门潮落夕阳空"。大陆以及半岛的文学积累告诉我们绝海诗此处的"空"应该是"红"，而更适合于禅宗的列岛自然环境使"红"变成"空"。

我们再从具体内容的角度来考察这三首诗的话，就会发现李诗的首联、颔联、颈联都是登高写景以表尾联"却笑区区何事业，十年挥汗九街中"的滞元感慨和暗喻街镇事业繁荣。曾诗首联"欲收嘉景此楼中，徒倚阑杆四望通"和颔联"云乱水光浮紫翠，天含山气入青红"登高写景。而颈联"一川钟呗淮南月，万里帆樯海外风"和尾联"老去衣衫尘土在，只将心目羡冥鸿"则明喻和暗示城市经济的繁荣。绝海诗首联"北固高楼拥梵宫，楼前风物古今同"由景入史。颔联"千年城堑孙刘后，万里盐麻吴蜀通"由古至今明喻贸易经济的繁荣。颈联"京口云开春树绿，海门潮落夕阳空"为尾联的拓展提供了一个自然环境和人文空间。尾联"英雄一去江山在，白发残僧立晚风"由面及点、时空交叉、化吾于宙，暗示新兴明朝的镇江，城市商业经济繁荣昌盛之中的物流与人物的文学风景。

这三首诗可以说是由"书籍影响"而连接的，都是登临多景楼凭栏远眺、面景抒情的作品，日本绝海中津承接宋代曾巩，朝鲜李齐贤承接宋代曾巩。三位都凭多景楼之栏眺望天际江畔、山光水色、港口繁荣、奇景多姿而吟之作。接下来我们再看看绝海中津的其他风景诗：

西湖归舟图

访僧寻寺去，随鹤棹舟回。
潇洒来往俱，宁惭湖上梅。

"归舟"见于杜甫思灞上之游诗："眼前今古意，江汉一归舟"。"随鹤棹舟回"之背景，恐基于宋代隐士林和靖之故事，其以梅为妻，以鹤为子，住西湖孤山，终其清高之一生。"潇洒"见于杜甫饮中八仙歌："宋之潇洒美少年，举觞白眼望青天"。"宁惭湖上梅"此句亦基于上述"随鹤棹舟回"之背景。绝海中津在留学中通过民间交流，受到了大陆的自然景观、人文景观等的"环境影响"，同时还受到了中华古典等的"书籍影响"，使"绝海文学"增添了几分"潇洒"。

绝海中津留明时期的汉诗创作还有一个特点就是"怀古诗"非常出色。首先解析"钱塘怀古次韵"，乃次其老师之韵。（左为绝海中津之诗，右为其师全室禅师之诗）：

其一

天目山崩炎运徂，	欲识钱塘王气徂，
东南王气委平芜。	紫宸宫殿入青芜。
鼓鼙声震三州地，	朔方铁骑飞天堑，
歌舞香消十里湖。	师相楼船宿里湖。
古殿重寻芳草合，	白雁不知南国破，
诸陵何在断云孤。	青山还傍海门孤。
百年江左风流尽，	百年又见城池改，
小海空环旧版图。	多少英雄屈壮图。

其二

兴亡一梦岁云徂，	天地无情日月徂，
葵麦春风久就芜。	凤凰山下久榛芜。
父老何心悲往事，	独怜内殿成荒寺，
英雄有恨满平湖。	空见前山映后湖。
朱崖未洗三军血，	塞北有谁留一老，
瀛国空归六尺孤。	海南无处问诸孤。
天地百年同戏剧，	蓬莱阁上秋风起，
燕人又献督亢图。	先向燕京入画图。

日本近代汉学造诣颇深的学问僧清潭以八字赞此诗："前无古人，后无来者。"昭和硕学泰斗豹轩老人更是绝赞不已："此亦一代绝唱"。

《蕉坚藁》是由绝海中津自选诗文，再由其高弟鄂隐慧奯（1357—1425，其中1386—1395年在中国留学）编辑而成的。在编辑成书之后，由鄂隐慧奯的师弟龙溪等闻随遣明正使明室梵亮带至中国，请明代著名诗僧道衍和如兰分别题序作跋。其目的是欲得到绝海中津的中国老师的首肯，这是当时日本禅林的一种风尚。我们先考察一下与其同时代的中国禅僧的评价。因为这是第一手资料，故不惜篇幅引其全文。由此，既可全面地理解中国禅僧对绝海的评价，

国际视野

又可以此来窥视室町时代和明代的民间文化交流之一斑。

明代著名诗僧僧录司左善世道衍（1325—1418）在其晚年为绝海中津的诗文集《蕉坚藁》写了序文，全文如下：

> 诗之去道不远也，盖其系风俗、关教化，兴亡治乱，足以有征；劝善惩恶，足以有诫。故闾巷思妇之赋，田野小子之作，其言出于性情之正者，而孔子亦取焉。况夫郊庙朝廷会盟燕飨，赞颂功德，被之于弦歌，奏之于金石者哉？
>
> 以斯论之，诗者其可以末技少之而已耶？故汉魏六朝之下，至于唐宋以来，大夫、士之尚于诗者特盛。然有一以风云月露之吟，华竹丘园之咏，留连光景。取快于一时，无补于世教，是亦玩物之一端也。
>
> 吾浮图氏之于诗，尚之者犹众。晋之汤休，唐之灵彻、皎然、道标、齐己，宋之惠勤、道潜，皆尚之而善鸣者也。然其处山林草泽之间，烟霞泉石之上，幽闲夷旷，以道自乐。故其言也，出乎性情之正，而不坠于庸俗。诵之读之，使人清耳目而畅心志也，盖亦可美矣。
>
> 日本绝海禅师之于诗，亦善鸣者也。自壮岁挟囊乘艘，泛沧溟来中国，客于杭之千岁岩，依全室翁以求道，<u>暇则讲乎诗文</u>。故禅师<u>得诗之体裁，清婉峭雅，出于性情之正</u>。虽晋唐休、彻之辈，亦弗能过之也。禅师平生所为诗，凡若干篇，其徒等闻，裒为一帙。题曰《蕉坚藁》，来求余序其卷首。
>
> 余谓禅师三住名刹，据大床座，以直指之道，开示学者，望重于海内。禅师之视于诗，犹土苴耳。况夫以蕉坚拟之，奚肯沈泥于吟咏者哉？无非游戏三昧而已也。
>
> 噫！为禅师之后，有尚于诗者，当以禅师为法。慎毋效留连光景，取快于一时，则去道远矣。去道远矣，无非玩物丧志，亦何益之有哉？
>
> 故余序于篇，端使学者观之，盖亦有所警焉。
>
> 永乐元年苍龙癸未十一月既望，僧录司左善世道衍序。

通观左善世道衍的序文，我们既可以了解中国禅僧道衍所谓的"诗之去道不远也"的诗文观；还可以知道其以此为基准来评论东瀛禅僧绝海中津的诗文，来告诫绝海之外的东瀛禅僧。若概括其评语之要旨，则绝海诗乃以《论语》所谓的"思无邪"来发自然之性情，故有清婉峭雅之诗风。连中国古代著名诗僧汤休、灵彻、皎然、道标等，亦无法匹敌。与之同时并告戒东瀛禅僧："噫，为禅师之后，有尚于诗者，当以禅师为法。慎毋效留连光景，取快于一时，则去道远矣。去道远矣，无非玩物丧志，亦何益之有哉。"但事实正与此相反，绝海禅师之后的日本五山禅林，"有尚于诗者"都非"以禅师为法"，均"效留连光景，取快于一时"；所以成了三四流的诗僧，五山汉诗亦最终走上了"玩物丧志"之道。

左善世乃僧录司之高官位。《增集续传灯录》卷五,《觉原慧昙禅师之章》曰:"洪武元年戊申春,开善世院诏师(道衍),领院事,令服紫衣及金襕方袍。"以此可知道衍于1368年"领院事"。

《释氏要览》《僧史略》等曰:"唐文宗开成中,初立左右僧录,即端甫法师为初,云云。掌内殿之法义,录左街僧事。""僧录司乃取缔寺院之官,始于唐代,明代洪武十五年立僧录司。置左右善世、左右阐教、左右讲经、左右觉义等官,掌有关佛教之事务。清朝置此官于礼部。道衍乃北京顺天府,庆寿独庵道衍禅师,其诗文之才乃过人。"

《续稽古略》卷三曰:"僧道衍乃苏州的长洲人,在相城妙智庵处祝发为僧,法名道衍,字斯道。时相城灵应观之道士韦应真者,读书学道法,兼通兵机。道衍以其为师,尽得其术,云云。或人荐道衍之文武异才于燕王,云云。靖难之图实起于道衍。燕王密问道衍:'人心之所向如何?'对曰:'天之所造,何论民心。'自是遂以道衍为军师。"又曰:"擢道衍为左善世,为太子之少师,始复其姚姓,赐名为广孝。上,自是称为姚少师云云。"①

明代文僧如兰②应邀为《蕉坚藁》写了"书蕉坚藁后"跋,其全文如下:

余闻蕴室以文章振世,其所传皆以文字禅广第一义。至于广智一变山林蔬笋之气,而为馆阁。其学之者,逮遍寰宇。及全室则遭遇明时,其道愈显真教门之木铎也。

今观《蕉坚藁》,乃知绝海得益于全室为多。<u>其游于中州也,睹山水之壮丽</u>,人物之繁盛,登高俯深,感今怀古。<u>及与硕师唱和,一寓于诗,虽吾中州之士老于文学者不是过也,且无日东语言气习,而深得全室之所传也</u>。信矣,其疏语绝类蒲室之体裁。<u>其文缜密简净</u>,<u>尤得一家之所传</u>。诚为海东之魁,想无出其右者。况其自叙曰:"时逢山水幽胜之处,披衣散策而陶冶于猿鸟云树之趣,悠然如游乎物化之元。"此皆乐道之至言,岂可与诗人流连光景,玩物丧志比拟哉?

兰也尝与全室往来乎钱塘、金陵之都会,相知颇久若宿契。然今观绝海之著作,则旧游风景俱在目前。其徒等闻上人又为之请,辄赘语于卷末云。③

大明永乐元年癸未腊月天竺　如兰

---

①道衍之事迹亦可参见林建福,陈鸣:《文苑佛光——中国文僧》,226～247页,见《中国佛教文化丛书》之六,北京,华文出版社,1997。
②如兰禅师乃绝海中津尝留学过的天竺寺当时的住持和尚。如兰禅师亦是绝海之师全室宗泐(季潭)禅师的同参,即笑隐禅师之法嗣,当时的大德之士。
③引自《蕉坚藁》,室町初期版,"五山版",国立国会图书馆所藏鹗轩文库本。

此"书蕉坚藁后"比道衍禅师的序仅晚了一个月，由此可见，龙溪、等闻欲速刊此书的心情是何等的紧迫。也许绝海晚年的健康状况是促使《蕉坚藁》刊行于翌年（1404）的一个重要因素。

　　道衍禅师的序以评诗为主，而如兰禅师的跋则以评文为主。因如兰禅师与绝海中津有师缘关系，故跋文便从这条法系上来展开了。

　　"蕴室"乃中国五山第一径山兴圣万寿寺第二十八世住持佛照德光（1121—1203）的法嗣，中国五山第四南山净慈报恩光孝寺第三十七世住持北涧居简（1164—1246）的室号①，字敬叟，敬叟居简禅师有声振中日禅林的名著《北涧文集》遗世。故如兰禅师有"蕴室以文章振世，其所传皆以文字禅广第一义"之言。"广智"是笑隐大欣禅师之号，笑隐大欣禅师乃中国五山之上的大龙翔集庆寺［天历元年（1328），元文宗捐金陵潜邸而开山为五山之上］的开山兼第一世住持，其有遗世之作《蒲室集》驰名中日禅林。故如兰禅师有"至于广智一变山林蔬笋之气，而为馆阁。其学之者，逮遍寰宇"之说。"全室"乃绝海中津之恩师，其亦有遗世之作《全室外集》远名日本五山禅林。故如兰禅师有"及全室则遭遇明时，其道愈显真教门之木铎也"之论。整理一下绝海中津的承传法系，便能明了其接纳中国的禅林文学观的因由，及影响东瀛之途径。其承传法系为：②

```
              (1118—1186) (1136—1211) (1178—1249) (1226—1286) (1241—1316) (1275—1351)
(虎丘派) 密庵咸杰→破庵祖先──→无准师范──→无学祖元──→高峰显日──→梦窗疏石
              (径25世)                  (径34世)    (归化诗僧)  (日本诗僧)  (日本诗僧)

           (1121—1203) (1164—1246) (1201—1268) (1238—1319) (1284—1344) (1318—1391) (1336—1405)
(大慧派) 佛照德光→敬叟居简→物初大观→晦机元熙→笑隐大欣→全室宗泐──→绝海中津
              (径28世)   (净37世)    (育44世)   (径46世)
                                                              └→如兰
```

　　上述之跋引有曲线的部分乃如兰对绝海文学的评价，概括而言，即绝海中津率直地接受了恩师全室宗泐之教诲。其诗毫无日本诗人多有的缺陷——所谓的"和臭"。其文才已达到了与中国著名文人同等的程度，故绝海中津作为日本诗人而言，诚可谓"海东之魁"。

　　《蕉坚藁》里有明代高僧清远怀渭禅师（1316—1375）的一首次韵于绝海之诗，其序曰：

　　　　绝海藏主，力究本参，禅燕之余，<u>间事吟咏</u>，<u>吐语辄奇</u>。予归老真

---

①禅师的"室号"与文人"斋号"相同。
②绝海中津就禅学而言，其承传了中国两大禅宗门派虎丘派、大慧派之精华；就外学而言，亦深得中国两大禅宗门派的硕学无学祖元、笑隐大欣之嫡传。

寂，特枉存慰，将游江东，留诗为别。有曰："流水寒山路，深云古寺钟。"气格音韵，居然玄胜，当不愧作者。予老矣，无能为也，不觉有愧后生之叹，遂次韵用答。诚所谓珠玉在侧，不自知其形秽也。

洪武六年，岁在癸丑，冬十二月二十日，书真寂山中。

这位曾经是绝海中津留学中国时的启蒙恩师，亦有"不觉有愧后生之叹"的激赏。绝海的诗品好人品也好，都有难能可贵之处是不言而喻的了。清远怀渭禅师谓："遂次韵用答。诚所谓珠玉在侧，不自知其形秽也"。是否有过度褒奖之音，为了证实这个问题，把二诗并列如下作一下比较：

绝海呈真寂竹庵和尚	清远次韵用答
不堪长仰止，	三韩辞海国，
渚上寄高踪。	五竺访灵踪。
◎流水寒山路，	◎洗钵龙河水，
◎深云古寺钟。	◎烧香鹫岭钟。
香花严法会，	安居全道力，
冰雪老禅容。	段食长斋容。
重获沾真药，	特枉留诗别，
多生庆此逢。	何时定再逢。

相比之下，诚如清远怀渭禅师自己所说的，绝海诗的颔联确实高于清远诗的颔联。"气格音韵，居然玄胜"的评价可谓贴切也。

清远怀渭禅师，号竹庵，住绍兴府宝相寺。南昌魏氏之子，乃笑隐（广智全悟、全室之师）的外甥，并嗣其法。按绝海年谱："应安元年戊申，师（绝海）三十三岁时，渡大明，于杭州中竺寺，师事于全室禅师。师（绝海中津）曾自云：'余渡大明，最初师事于清远，命侍者之役而辞退，遂依中竺寺季潭和尚。'"《续稽古略》卷二亦有清远怀渭禅师之传记。

同次此诗之韵的明代高僧易道夷简禅师的和诗之序曰：

绝海藏主，尝依今龙河全室宗主于中天竺寺中，参究禅学。暇则工于为诗，又得楷法于西丘竹庵禅师（清远怀渭禅师），故出语下笔，俱有准度。将游上国，观人物衣冠之盛，与夫吾宗硕德禅林之众。有诗留别竹庵，庵喜而和之。兹承见示，复征于予，遂次韵一首，奉答雅意云。[①]

易道夷简禅师指出绝海诗才之源乃参究于全室，得法于竹庵，故"出语下笔，俱有准度"。此亦可谓青出于蓝而胜于蓝。

在上述的引文里，有"＿＿＿"引线的乃是诸家所记述绝海在中国的留学情况；有"～～～"引线的乃是诸家之评价部分。下面对此作详细的分析。

[①]引自《蕉坚藳》，室町初期版，"五山版"，国立国会图书馆所藏鹗轩文库本。

1. 把"＿＿"引线部分的言辞表现按写作时间的先后作一个整理配列，以此探究绝海的所谓"青出于蓝而胜于蓝"的原因。清远的言辞表现为①，易道的言辞表现为②，道衍的言辞表现为③，如兰的言辞表现为④。

①a"间事吟咏"；b"将游江东"。

②a"暇则工于为诗"；b"将游上国，观人物衣冠之盛，与夫吾宗硕德禅林之众"。

③a"暇则讲乎诗文"。

④a"及与硕师唱和一寓于师"；b"其游于中州也，睹山水之壮丽，人物之繁盛"。

上述所示①②④都有a、b两个部分，而③只有a一个部分。a所表述的乃是参禅之余而工诗文，①②③④均有a的表述，亦可认为"主修禅暇习诗文"的行为在中国禅林亦是允许的。这里特别要注意的是，④"与硕师唱和"，即"以硕师为师"。b所表述的乃是绝海领略江南之风土人情之事，①②④有b的表述，即"以自然为师"。由此，可以确认绝海"青出于蓝而胜于蓝"的原因，在于a"以硕师为师"和b"以自然为师"的有机融合。

2. 有"～～"引线的乃是诸家评价绝海的部分。亦把它按写作时间的先后作一个整理配列，考察中国诗僧是如何评价绝海的。数字的顺序如1。

①a"吐语辄奇"；b"气格音韵，居然玄胜"；c"当不愧作者"。

②a"故出语下笔，俱有准度"。

③a"得诗之体裁"；b"清婉峭雅，出于性情之正"；c"虽晋唐休、彻之辈，亦弗能过之也"。

④a"且无日东语言气习"；b"其文缜密简净"；c"虽吾中州之士老于文学者不是过也，诚为海东之魁，想无出其右者"；d"深得全室之所传"，"其疏语绝类蒲室之体裁"，"尤得一家之所传"。

以上所示①②③④都有a部分，a所表述的是用语和体裁的问题，尤为重要的是④"且无日东语言气习"的表述。这是在近代日本汉学界里称之为"和臭"的问题，并以有无"和臭"来评定日本汉诗文之优劣。恐怕如兰的表述乃开近代日本汉学界"和臭"问题之先河。

①③④都有b部分，b所表述的是诗风问题，其中③"清婉峭雅"的表述，在我细读了《蕉坚藁》之后，尤感妥帖致极。绝海中津的诗风被道衍一言道白，乃"清、婉、峭、雅"四个字。

①③④亦都有c部分，c所表述的是对绝海诗的总合评价。①"当不愧作者"的总合评价诚为妥当。③的"虽晋唐休彻之辈，亦弗能过之也"和④的"虽吾中州之士老于文学者不是过也"似有过誉之感，实则未过。④的"诚为海东之魁，想无出其右者"的总合评价亦可谓切中要害。在如兰的时代，就

说至今为止在日本，除了江户末期的广濑旭庄之外确实无有"出其右者"。

只有④才有d部分，其所表述的乃是绝海文学的承传问题。绝海诗"深得全室之所传"；绝海的"疏语绝类蒲室之体裁"。总之，绝海文学"尤得一家之所传"。如此入髓之评价，唯有师叔如兰才能胜任。

综上所述，通过这些评价绝海诗文的文字资料，我们可以从另一个侧面来考察绝海中津与明代左善世道衍、如兰、清远、夷简四人的民间文化交流的内涵。汉字成为连接他们互相了解、互相理解的重要媒体，是一根心灵的纽带。

（海村惟一：日本福冈国际大学国际关系学院院长，教授，文学博士）

关于中国接受村上文学的社会文化背景
——以村上文学中译本的流行状况为例

海村佳惟

关键词： 春树现象（Haruki Phenomenon） 村上文学（Murakami Literary） 社会文化背景（Society Culture Context） 小资（The petty bourgeoisie） 网络（Internet）

前　言

村上春树的文学魅力风靡日本已久，被称为"春树现象"[①]。但是，现在的村上春树再也不是只流行于日本[②]，这股热潮已经涌向了全亚洲、全球华语圈[③]，以及全世界。

本文把研究的焦点锁定在中国接受"村上文学"的社会文化背景上。笔者通过细致的调查和考证基本上同意林少华的"三个阶段"之说[④]。但是，本文主要是把中国的"春树现象"分为两个时期的译本来考察，揭示其出现的社会文化背景，这两个时期的主要译本是 20 世纪 90 年代漓江出版社的版本与 21 世纪初期上海译文出版社的版本[⑤]。

一、20 世纪 90 年代中国接受"村上文学"的概况

1. 20 世纪 90 年代期间"村上文学"中译本的出版年月及销售量

20 世纪 90 年代是"村上文学"进入中国大陆读者视野的重要时期，这与翻译家林少华的努力是分不开的。

20 世纪 90 年代"村上文学"跨入中国的第一步是由林少华迈出的。这时期的译本以林少华翻译的"村上春树精品集"（漓江出版社）为主。"村上春树

[①] [日] 清水良典：《村上春树成为习惯》，9 页，14 页，朝日出版社，2006。
[②][③] 参看附录 1。
[④] 林少华：《村上春树和他的作品》，银川，宁夏人民出版社，2005。
[⑤] 中译本的具体出版时间与印刷版次、印刷数量请看附录 2。作品的日文书名与中译本书名的对照请看附录 3。

精品集"是由村上春树的代表作《挪威的森林》《寻羊冒险记》《世界尽头与冷酷仙境》《舞！舞！舞！》和中短篇集《象的失踪》五本书所组成的"漓江版中译本"。"漓江版中译本"至少刊行了 50 万册，其中《挪威的森林》30 万册①。

在林少华之外，还有六位译者翻译过村上的作品，分别是钟宏杰、马述祯译的《挪威的森林——告别处女世界》（北方文艺出版社，1990 年，50000 册）；张孔群译的《舞吧，舞吧，舞吧》（百花文艺出版社，1991 年，3000 册）；还有冯健新、洪虹译的《跳！跳！跳！》（漓江出版社，1991 年，18500 册）；三者共发行 71500 册②。后期更有高翔翰译的《听风的歌》《袋鼠通信》《发条鸟年代记（一）》《发条鸟年代记（二）》（北方文艺出版社，1999 年），此版本具体出版数不详。

总之，20 世纪 90 年代"村上文学"是以《挪威的森林》《寻羊冒险记》《世界尽头与冷酷仙境》《舞！舞！舞！》《象的失踪》《听风的歌》《袋鼠通信》《发条鸟年代记（一）》《发条鸟年代记（二）》这九种作品为媒体在中国大陆的读者层里（至少有近 60 万册，当然不包括盗版的，也不包括在大陆流行的台湾出版的村上春树中译本）迅速传播开来了。

2. 20 世纪 90 年代接受"村上文学"的社会文化背景

中国在 1978 年开始实行改革开放，到村上春树第一部作品被翻译成中文的 1989 年差不多已经实行了十年。在改革开放之前，呈现在读者面前的文学是严肃文学，几乎不能够满足大众的娱乐需要；而在改革开放之后，因为政治放宽了对文学的控制，人们可以自由地阅读通俗文学。读者的需求，使得通俗文学的市场扩大了。这也许是被认为有"通俗文学"倾向的"村上文学"迅速进入中国市场的一个重要原因。这样，村上的作品就成功地打入了中国市场：1989 年 7 月漓江版的《挪威的森林》印完了第一版的 3 万册后，在 1990 年 4 月又第 2 次印刷，这次印刷数量从 3 万册增加到 65000 册。这一现象清晰地传出了这样一个信息：中国读者是非常渴望"村上文学"的。

进一步促使漓江出版社推出"村上春树精品集"的原因是：1992 年邓小平南方谈话以后，中国的经济市场兴起了一股热潮，在传统的经济体制被打破的同时出现了社会主义市场经济。于是通俗文学亦足以有资格在文学市场上畅销。

在学术思想方面人们开始注重美学、后现代性、城市文化。到了 20 世纪 90 年代后半期，人们的生活也逐渐地富裕起来，进入小康社会。中国的经济状况、社会的文化环境、人们的心理状态都接近了"村上文学"中的日本 20

---

①林少华：《村上春树和他的作品》，60 页，银川，宁夏人民出版社，2005。
②参看附录 2。

世纪60年代的社会情况。"村上文学"大都是描写城市年轻人的爱情，同时运用描写细节体现出与现实非常相似的后工业都市世界，村上春树正是利用了这种世界的孤独感与无奈感来催发都市青年的内心世界与悲伤的情感体验。这样就使得这个时代的读者对这个既新鲜又陌生的"村上文学"产生了情感上的共鸣，也给读者们提供了一个崭新而辽阔的精神世界。

笔者认为上述的种种原因正是"村上文学"进入中国读者视野的当时中国的社会文化背景。"村上文学"赢得中国大陆读者的喜爱，还有一个重要原因就是村上春树自身的写作风格。村上春树的文笔简约、优美、干净利索，与以往的日本作家的作品相比有让人耳目一新的感觉。村上春树本人也曾就自己的文字作过评论，他说自己的写法好像是"将贴裹在语言周身的各种赘物冲洗干净……洗去汗斑冲掉污垢，使其一丝不挂，然后再排列好、抛出去"。他说自己的一个出发点就是"将语言洗净后加以组合"（《文学界》一九八五年八月号）[1]。

二、21世纪初期中国接受"村上文学"的概况

1. 21世纪初期"村上文学"中译本的出版时间及销售量

从2001年到现在，由上海译文出版社出版的村上春树文集以及村上春树的随笔系列共有32种[2]，其中《挪威的森林》则标明是全译本。那么这个"上译版中译本"与"漓江版中译本"有哪些不同的地方呢？全译本又补充了什么呢？

据笔者确认：1989年与1999年由漓江出版社出版的《挪威的森林》的"漓江版中译本"，与之后由上海译文出版社的全译本"上译版中译本"相比较，"漓江版中译本"被删去的部分主要是关于性方面的描写，还有一部分则是学生罢课的描写。此外，《挪威的森林》"漓江版中译本"在数字方面用阿拉伯数字比较多，但"上译版中译本"的数字则全部都是汉字数字。再有《挪威的森林》第一个版本把玲子的同性恋故事分出了一章，故有十二章，每章都有题目。而1999年漓江版"村上春树精品集"中的《挪威的森林》，又把章数还原为以前的十一章，各章没有题目。1989、1999、2001版本在各章中用＊分段的地方不同。最后，1989年版没有林少华自己的序言，1999年版除了加上林少华的《序》之外，书末还附有专家评论、作家访谈和村上春树

---

[1] 林少华：《村上春树和他的作品》，36页，银川，宁夏人民出版社，2005。
[2] 参看附录2。

的年谱,而2001年版则只有林少华自己写的《序》。这些差异都不能说是发行量增减的理由。

但是,上海译文出版社出版的32本中译本的销售量,根据林少华本人的计算:2001年上海译文出版社接盘,同年二月推出《挪威的森林》"全译本",……《挪威的森林》已印行19次,达90余万册,基本每两三个月便增印5万册。……粗算之下,村上作品三年印数已逾200万册。①

与20世纪八九十年代十一年发行总量的60万册相比,21世纪初期的三年间印数已逾200万册,其增长率之高,令人惊讶。其原因究竟何在?

2. 21世纪初期接受"村上文学"的社会文化背景

21世纪中国进一步改革开放,思想、文化上的相对开禁,使得"村上文学"的更多作品进入了中国市场,由上海译文出版社出版的《村上春树文集》更是焕然一新,更加赢得了读者们的喜爱。加上对通俗文学的政策宽松,原来在1989年出版的《挪威的森林》中没能完整翻译的部分,即被删除的关于性方面的描写以及学生罢课的描写,都被补充了进去。作为《挪威的森林》的"全译本"出现在读者的面前,使中国读者对异文化的认知有所改变,阅读欲望倍增,"村上文学"对中国读者的影响也在不断扩展和加深。《挪威的森林》"全译本"的畅销就充分地说明了这一点。2007年3月,上海译文出版社又推出了《挪威的森林(出版20周年纪念版)》,并且还是限印的,只有1万册。

从20世纪90年代后半期开始,中国掀起了电脑热;到了21世纪初期,中国几乎所有家庭都拥有了电脑。也正是从这个时期开始,文学的传播形式发生了变化,即由实物转化为虚物,如影像文本、网络文本等。通过多媒体的传播,"村上文学"的名声越来越大。尽管有了影像文本和网络文本等"村上文学"的传播,但是,这些并没能阻挡"村上文学"的中译本在中国的销售量。喜欢一个作家就想把他的作品收集起来,这种心情无论是哪国的读者都会有,中国读者也不例外。

除此之外,网络也是推广"村上文学"的重要途径之一。因为网络的普及,能够更轻松、更方便、更快地得到自己想要的东西,想知道的信息,想了解的东西。当代年轻人的生活也随之改变,他们通过网络阅读"村上文学",发表自己对"村上文学"的作品论、作家论等文章来互相影响;由此"村上文学"也不断地扩大并开拓读者层。网络犹如巨浪,所以现在把上网也叫作"冲浪"。"村上文学"的中译本亦乘上网络的巨浪向中国的各个角落一拥而去。

综上所述,与20世纪90年代相比,21世纪初期中国接受"村上文学"

---

① 林少华:《村上春树和他的作品》,60页,银川,宁夏人民出版社,2005。

的社会文化背景有了质的变化。改革开放的深化和网络媒体的普及，使中国的读者接受"村上文学"的状况也发生了质的变化，这种变化使得读者的生活方式以及思维方式也随之发生了质的改变。

三、读者生活方式以及思想、思维方式的改变

1. 读者的生活方式的改变

读者生活方式方面的改变，主要与"小资"有关。

在中国人心目中的"小资"是一个怎么样的形象呢？人们又是怎样定义"小资"的呢？

"小资"是20世纪90年代开始在中国大陆流行的名词，原本为"小资产阶级"的简称，特指向往西方思想生活，追求内心体验、物质和精神享受的年轻人。"小资"情调应该是一种追求生活品位的人。"小资"一般为都市白领，在社会中有一定的地位和财富，又与"中产阶级"相差一定距离——主要在经济方面。前些年，"小资"往往被当作贬义词，甚至成为颓废情绪的象征。这种人不思进取，不考虑国家大事，只追求个人生活的舒适。所以一直被认为是一种腐朽的生活方式，是无产阶级不能容忍的[1]。但是，一个真正的"小资"必须具有一定的生活品位、思想水准和艺术鉴赏能力。

这个概念是随着社会经济的迅速发展，出现了一大批"白领"之后才形成的。他们受过良好的教育，收入高，消费能力也强，他们对文学、音乐、旅游都有兴趣。因为村上春树本人有音乐、旅行等爱好，所以在村上春树的小说中常出现音乐、旅行。有人编辑出版了各种有关村上春树的书籍，他们从村上春树的小说中提炼出菜谱、音乐等等。还有的是有关于村上春树本人，再加上读者们的来信、留言等的书籍。如《倾听村上春树：村上春树的艺术世界》《村上春树与后虚无年代》《村上春树 RECIPE（味之旅）》《嗨，村上春树：献给每一位村上春树的热爱者》《相约挪威的森林：村上春树的世界》《村上春树音乐之旅》《遇见100%的村上春树》[2]。被称为"林家铺子"的林少华也出

---

[1] http://zhidao.baidu.com.
[2] [美]杰·鲁宾著，冯涛译：《倾听村上春树：村上春树的艺术世界》，上海译文出版社，2006。岑朗天：《村上春树与后虚无年代》，北京，新星出版社，2006。[日]猿渡静子：《村上春树 RECIPE（味之旅）》，海口，南海出版公司，2002。苏静，江江：《嗨，村上春树：献给每一位村上春树的热爱者》，北京，朝华出版社，2005。雷世文：《相约挪威的森林：村上春树的世界》，北京，华夏出版社，2005。王昕：《村上春树音乐之旅》，海口，南海出版公司，2004。稻草人：《遇见100%的村上春树》，北京，当代世界出版社，2001。

版了一本《村上春树和他的作品》。

在这些书中提倡了一种生活情调，同时村上本人也被塑造成为在实践这种生活情调的人。这些书也提供了不少"小资"们对生活的看法。人们在经济情况变得宽裕，消费能力变强时，在物质上（生存）、精神上（快欲）都可以达到一定满足，所以这些人会找寻一些可以超越它们的东西。于是有些"小资"在村上春树的小说中找到了自己可以接受的一种生活方式，同时他们也认同这种生活方式。这种生活方式被称为"村上式"的生活方式；"'小资'们积极地认同这种生活方式：三十多岁独身男人渡边的生活方式，摆脱了物质、精神两方面都在低水准挣扎的悲哀（这几乎是我们的宿命），宽容地对待他人的选择，骄傲地坚持自己的选择。不必太在意外界的事情，专心一意地过自己的生活。当然在选择一种相对自由的生活方式时，也将随之而来的孤独全盘接受，不带抱怨地生活着。不带抱怨，这是一种尊严。"[①] 接受孤独，不抱怨生活，心情要轻松愉快。村上作品中日本的20世纪七八十年代，与现在中国的经济发展情况和整个社会的氛围非常相似，经济景气，工作好找，人们在生活方面得到了满足。于是人们渐渐地把视线从外界转移至内心，开始发现内心深处的敏感问题。通过村上的作品能够找到如何处理好这些问题的范式。村上作品中专注于个人内心的审美化的生活方式，对"小资"的日常生活审美化也起了很大的作用。

林少华在稻草人编著的《遇见100%的村上春树》一书的"前言"中开门见山地说："现代社会的一大通病就是太匆忙，太浮躁，太急功近利。……害得人们疲于奔命，心力交瘁。而村上小说的主人公索性停止下来，去欣赏把玩停顿、沉默、孤独、寂寥的价值和妙谛。在这个意义上，可以说'村上文学'宣示的是孤独的美学、停止的美学，而这正是他叩问心灵、救赎心灵之路。其实这也是他给城里的小人物们提供的一种富于智性的诗意的活法，一种不失品位和尊严的生活情调。"[②]

"小资"们还非常喜欢电脑，在网络发达的时代，这对"村上式"生活方式在"小资"们中的传播也起了很大的作用。"小资"在网上发表文章、评论事物、建立论坛，这样的互动也加速了"村上式"生活方式的推广。

笔者在中国三大搜索引擎对"村上春树、论坛、小资"进行了搜索（也包括对村上春树的小资进行评论、反对的文章），结果如下：

---

①《小资是怎样的一群人》新华网 http://news.xinhuanet.com/life/2002-06/04/content_423362.htm《村上春树：中国是我人生中一个重要的记号》http://culture.163.com/05/1219/10/25B1Q9CP00281M4P.html《读书》快递：消费社会转型中的"村上现象"，见《读书》，2006（11）。http://www.ptext.cn/home4.php?id=883.
②稻草人：《遇见100%的村上春树》，北京，当代世界出版社，2001。

> Google 约有 13600 项符合"村上春树、论坛、小资"的查询结果；
> Yahoo 约有 18600 项结果；
> Baidu 找到相关网页约 164000 个。

现在很多女性白领把"村上式"作为衡量男性的标准，甚至有些女性把它作为结婚对象的标准。"村上式"生活方式在"小资"们的中间渐渐地成为了一种文化现象，一种时髦文化，一种符号文化。通过读者的议论、媒体的宣传、网络的传播，"村上式"生活方式便逐渐地像水纹似地扩散了出去。

2. 读者的思想、思维方式的改变

关于思想、思维方式的改变方面，主要从年青一代和学生进行考察。

村上小说中出现过很多大学校园，非常现实的大学生，披头士的音乐，学生时代心中的苦恼、空虚、无奈等等，这些给现在年青一代的学生们带来了同感与启示。现在的大学生、高中生、初中生基本都是独生子女，大多受到父母、爷爷奶奶、外公外婆的过度照顾，都是一个个小皇帝，在家里没有遇见过挫折，没有碰到过困难。但是在学校里就不一样了，集体生活是要大家合作，通过互相帮助才可以正常运转。现在的大学生刚进大学肯定很困惑，原来都是有父母的帮助，但是在大学要自我独立了。或者是到了大学以后就开始对自己的未来、想法迷茫了，不知道应该怎么办了，对学校的人际关系、生活上的困难、突然袭来的自由不知所措了。这些人读了村上的小说后，会发现主人公和自己一样，对发生在主人公身上的事情都会产生同感、共鸣。特别是那些大学生会产生这种感觉，自己正处于这种迷茫的状态中，他们的思维方式由外部转为内部，他们内心深处变得孤单、寂寞。

21 世纪是网络的时代，现在上网就像家常便饭。最近的问候语都变成了"你上网了吗？"在网上很多行为都是自由的，想说什么就可以坦白地说，这对传播村上春树的文学也带来非常大的帮助。现在中国已经有 1.37 亿网民。人们在网上的搜索量也是很大的，在 QQ、MSN、CY 或是各大搜索网站如雅虎、新浪、百度等地方，都可以拥有自己的博客。喜欢村上作品的读者可以在网上发表他的评论文，推介朋友或其他人看村上的小说。现在还有很多论坛，即供一群喜欢某种同一事物、人物的网民谈论、研究的地方。关于村上春树的论坛就有很多。

笔者分别用中国最常用的三个搜索引擎进行了搜索（也包括批评、反对的文章）：

> Google 约有 148000 项符合"村上春树论坛"的查询结果；
> Yahoo 约 215000 项结果；
> Baidu 找到相关网页约 1880000 个。

读过村上小说的人都会被他的文笔所吸引，他的文笔简略、干净、利索。不用华丽繁琐的语言来装饰，而是像口语中那样抓住关键点，简单、爽快。受村上的独特世界和清澈的文笔所影响的新一代作家也出现了不少，如木美子、安妮宝贝、卫惠、赵亮晨等。赵亮晨坦言村上春树在"生活方式和细节"上给了他影响。安妮宝贝称她喜欢《且听风吟》的原因是被男主人公的孤独形象所深深吸引："那个男人总是在深夜，独自开着车去大海边。在那里抽一根烟，然后沉默地离开。在海边，他坐在仓库石阶上一个人眼望大海。看完那篇小说后，就不想看他任何别的作品。一篇就够了。他是这样的琐碎而伤感。一本正经地告诉你，如何做出一个美味的三明治。可是在难过的时候，却一滴眼泪也掉不下来。"[①]

自由浪漫的爱情，伤感的过去，掩盖不了的孤独、失落、内心的纠葛，现实世界与梦想世界的对立加上村上韵味独特的文笔，这些给新一代作家很多新的创意、想法、灵感，也给了学生们或者将来的作家们一个启示。

3. 读者文化向度的改变

"80年代以前的大部分时间里，文学是阶级斗争的工具。80年代的文学以思想解放为主导，'反思'、'启蒙'的立场清晰可见，同样伫立于新的思想解放的意识形态大旗下。其间虽然有一些'无主题变奏'，但无碍大局。"[②] 从20世纪80年代初期到90年代初期的"思想解放"的十年间，读者的文化向度在中国主流文化的引导下开始面向世界经典。故注重阅读西方的思潮、美学、方法论等等。

正是在此期间，中国出现了一大批西方近现代的典籍译本。读者开始靠近了、接触了、理解了康德·新康德主义、黑格尔·新黑格尔主义、弗洛伊德主义、西方马克思主义、逻辑分析哲学等等。这便是"思想解放"时代改变了读者的文化向度。

但是，从20世纪90年代初期开始，中国政府推出了经济领域的改革与开放，并要与世界接轨，要全球化，随即又提出并实践了未曾有的社会主义市场经济。与此同时，那些大众文学也悄悄地进入了文学、文化市场。然而在市场发展的视野上，大众文学也是最容易打入市场、最能够广泛销售的一种商品。20世纪90年代的文学淡化了模式，开始了"转场"的历程。这个过程中有两

---

① 王志松：《〈读书〉快递：消费社会转型中的"村上现象"》，见《读书》，2006（11）。http：//www.ptext.cn/home4.php?id=883.

② 梁永安《九十年代文学的"无痛"转型》 http：//www.gmw.cn/02sz/2001-10/10/05-F49B285D05B7831048256B4C002631C1.htm.

个向度引人注目：一是文学的娱乐性大大膨胀，使文学从以往的"饭前祈祷"变调为大众化的"饭后消遣"。金庸小说的盛行，正是这个变化的一个侧面。二是"蹲下来看世界"的写作姿态悄然兴起，作品的兴奋点降低到人的下半身，从原欲、情欲角度窥视人生，并将所见所思毫无顾忌地倾泻到社会公共空间。[1]

正是在社会的转型、生活的富有、娱乐需求的变化下，人们渐渐地从以前原有的严肃文学走向了大众文学。随着商品经济对生活方式、精神价值的全方位的影响，人们的阅读心理变化得更快，对通俗文学的需求也更为强烈。而大陆通俗文学其时处于萌芽阶段，远远不能满足大众读者的需求，于是，港台与外国通俗文学乘机蜂拥而入，在文化市场上尽领风骚。虽然其中鱼龙混杂、泥沙俱下，饥不择食的读者却掀起了一阵阵阅读热潮。然而随着时间的推移，随着社会精神文明程度的提高，大众整体文化素养的提高，"人们对这些作品又产生了'审美疲倦'的阅读逆反心理，读者在获得某种消遣、宣泄、补偿之后，又产生了超越这一切的阅读渴望"。这并不意味着他们将回头去青睐严肃文学，（像近来有些论者乐观地论述的）"而是标志着大众读者需要较高品位的通俗文学，一种介乎于纯文学与商业性文学之间而又与它们有所区别的文学。"[2]

这种"'审美疲倦'的阅读逆反心理"所造成的读者文化向度的改变，正是村上文学出现在中国的一个重要原因。他作品的背景与中国的实际情况有些相近，中国的读者很快就接受了村上春树。从各个国家的发展趋势来看，大多会产生这种文化倾向：社会逐渐地安定了下来，人们为了寻求更多的刺激，文学市场由以前的精品、经典文学转向大众文学、通俗文学。村上文学被中国读者所接受正是符合了这种文化倾向。

结　　论

"村上文学"在中国被接受的原因，除了上述村上独特的魅力之外，一个重要的原因就是中国在20世纪90年代已经具备了接受"村上文学"的社会文化背景和社会文化意识。但是笔者还认为，另一个重要原因是译者们在进行日中两国语言转换的过程中，用了"意译"的手法做了大量的"汉化"工作，使得中国读者读起来能产生一种亲近感。尽管翻译的"汉化"有时也会给中

---

[1] 梁永安：《九十年代文学的"无痛"转型》，http://www.gmw.cn/02sz/2001-10/10/05-F49B285D05B7831048256B4C002631C1.htm.
[2] 秦宇慧：《文革后小说创作流程》，北京，燕山出版社，1997．

国读者带来一些"误导"或"误读",但是译文照顾到了读者的社会文化背景和时代语境,也是"村上文学"之所以备受中国年轻读者欢迎的不可忽视的要素。

参 考 文 献

[1] [日] 清水良典. 村上春树成为习惯 [M]. 朝日出版社,2006.
[2] 林少华. 村上春树和他的作品 [M]. 银川:宁夏人民出版社,2005.
[3] http://culture.163.com/05/1219/10/25B1Q9CP00281M4P.html.
[4] http://www.ptext.cn/home4.php?id=883.
[5] http://blog.sina.com.cn/u/4b0ddd9d010006bm.
[6] http://blog.sina.com.cn/u/48f36ce0010006hz.
[7] http://blog.sina.com.cn/u/48f36ce0010005xj.
[8] http://blog.sina.com.cn/u/48f36ce001000349.
[9] http://blog.sina.com.cn/u/48f36ce00100030r.
[10] http://blog.sina.com.cn/u/48f36ce0010002pv.
[11] http://blog.sina.com.cn/u/48f36ce0010005tk.
[12] http://yammeng.blog.hexun.com/3206880_d.html.
[13] http://chinaabc.showchina.org/gqbg/200704/t111825_1.htm.
[14] http://baike.baidu.com/view/452.htm.
[15] http://news.xinhuanet.com/life/2002-06/04/content_423362.htm.
[16] [美] 杰·鲁宾著. 倾听村上春树:村上春树的艺术世界 [M]. 冯涛,译. 上海译文出版社,2006.
[17] 岑朗天. 村上春树与后虚无年代 [M]. 北京:新星出版社,2006.
[18] 村上春树美食书友会. 村上春树 RECIPE 味之旅 [M]. 猿渡静子,译. 海口:南海出版公司,2002.
[19] 苏静,江江. 嗨,村上春树:献给每一位村上春树的热爱者 [M]. 北京:朝华出版社,2005.
[20] 雷世文. 相约挪威的森林——村上春树的世界 [M]. 北京:华夏出版社,2005.
[21] 王昕. 村上春树音乐之旅 [M]. 海口:南海出版公司,2004.
[22] 稻草人. 遇见100%的村上春树 [M]. 北京:当代世界出版社,2001.
[23] http://www.gmw.cn/02sz/2001-10/10/05-F49B285D05B7831048256B4C002631C1.htm.

附录1：（本表为笔者制作，参考过清水良典《村上春树成为习惯》）

発表年	長めの長編小説	中篇小説、あるいは短めの長編小説	短編集
1979		『風の歌を聴け』（1979.7 講談社/1982.7 講談社文庫）《听风的歌》（高翔翰译/1999/北方文艺出版社）《且听风吟》（林少华译/2001.8/上海译文出版社）	
1980		『1973年のピンボール』（1980.6 講談社/1983.5 講談社文庫）《一九七三年的弹子球》（林少华译/2001.8/上海译文出版社）	
1982	『羊をめぐる冒険』（1983.10 講談社/1985.10 講談社文庫）《寻羊冒险记》（林少华译/2001.8/上海译文出版社）		
1983			『中国行きのスロウ・ボート』（1983.5 中央公論社/1986.1 中公文庫）《去中国的小船》（林少华译/2002.6/上海译文出版社）『カンガルー日和』（1983.9 平凡社/1986.10 講談社文庫）《袋鼠通信》（高翔翰译/1999/北方文艺出版社）

（续上表）

発表年	長めの長編小説	中篇小説、あるいは短めの長編小説	短編集
1984			『蛍・納屋を焼く・その他の短編』（1984.7 新潮社/1987.9 新潮文庫）《萤》（林少华译/2002）（林少华译/2003.2/上海译文出版社）
1985	『世界の終りとハードボイルド・ワンダーランド』（1985.6 新潮社/1988.10 新潮文庫）《世界尽头与冷酷仙境》（林少华译/1992.8/漓江出版社）（林少华译/1996/第2版.桂林：漓江出版社）（林少华译/2002.12/上海译文出版社）		（『回転木馬のデッド・ヒート』（1985.10 講談社/1988.10 講談社文庫）《旋转木马鏖战记》（林少华译/2002.9/上海译文出版社）
1986			『パン屋再襲撃』（1986.4 文芸春秋社/1989.4 文春文庫）《再袭面包店》（林少华译/2001.8/上海译文出版社）
1987	『ノルウェイの森』（1987.11 講談社/1991.4 講談社文庫）《挪威的森林》（林少华译/1999）（林少华译/2001）		
1988	『ダンス・ダンス・ダンス』（1988.10 講談社/1991.12 講談社文庫）《舞！舞！舞！》（林少华译/2003.7/上海译文出版社）		

（续上表）

発表年	長めの長編小説	中篇小説、あるいは短めの長編小説	短編集
1990			『TVピープル』（1990.1 文芸春秋社/1993.5 文春文庫） 《电视人》（林少华译/2002.12/上海译文出版社）
1992		『国境の南、太陽の西』（1992.10 講談社/1995.10 講談社文庫） 《国境以南　太阳以西》（林少华译/2001.8/上海译文出版社）	
1994	『ねじまき鳥クロニクル　第一部　泥棒かささぎ編』（1994.4 新潮社/1997.10 新潮文庫） 『ねじまき鳥クロニクル　第二部　予言する鳥編』（1994.4 新潮社/1997.10 新潮文庫） 《奇鸟行状录》（林少华译/1997/译林出版社） 《发条鸟年代记》（第一部：鹊贼篇 预言鸟篇） 《奇鸟行状录》（林少华译/2002.11/上海译文出版社）		

（续上表）

発表年	長めの長編小説	中篇小説、あるいは短めの長編小説	短編集
1995	『ねじまき鳥クロニクル 第三部 鳥刺し男編』（1995.8 新潮社/1997.10 新潮文庫） 《奇鸟行状录》（林少华译） 《发条鸟年代记》（第二部：刺鸟人篇）（高翔翰译/1999/北方文艺出版社）		
1996			『レキシントンの幽霊』（1996.11 文芸春秋社/1999.10 文春文庫） 《列克星敦的幽灵》（林少华译/2002.9/上海译文出版社）
1997	『アンダーグラウンド』（1997.3 講談社/1999.2 講談文庫）		
1998	『約束された場所で』（1998.11 文芸春秋/2001.7 文芸春秋文庫）		
1999		『スプートニクの恋人』（1999.4 講談社/2001.4 講談社文庫） 《斯普特民克恋人》（林少华译/2001.8/上海译文出版社）	
2000			『神の子どもたちはみな踊る』（2000.2 新潮社 2002.3/新潮文庫） 《神的孩子全跳舞》（林少华译/2002.6/上海译文出版社）

（续上表）

発表年	長めの長編小説	中篇小説、あるいは短めの長編小説	短編集
2002	『海辺のカフカ』（2002.9 新潮社/2005.2 新潮文庫）《海边的卡夫卡》（林少华译/2003.4/上海译文出版社）		
2004		『アフターダーク』（2004.9 講談社/2006.9 講談文庫）《天黑以后》（林少华译/2005.4/上海译文出版社）	『象の消滅　短編選集』（2005.3 新潮社）
2005			『東京奇譚集』（2005.9.15 新潮社）《东京奇谭集》（林少华译/2006.7/上海译文出版社）

附录 2

	出版时间	作品名	翻译者	出版社	印刷版次及印刷数量	备注
20世纪八九十年代	1989 年	《挪威的森林》	林少华	漓江出版社	1989 年 7 月第 1 版第 1 次印刷 1～30000 册 1990 年 4 月第 2 次印刷 第二次印刷 30001～65000 册	
	1990 年 6 月	《挪威的森林——告别处女世界》	钟宏杰 马述祯	北方文艺出版社	1990 年 6 月第 1 版第 1 次印刷 1～50000 册	
	1991 年	《舞吧，舞吧，舞吧》	张孔群	百花文艺出版社	1991 年第 1 版第 1 次印刷 1～3000 册	
	1991 年 3 月	《青春的舞步》	林少华	译林出版社		存疑
	1991 年 6 月	《跳！跳！跳》	冯建新 洪虹	漓江出版社	1991 年 6 月第 1 版第 1 次印刷 1～18500 册	

(续上表)

	出版时间	作品名	翻译者	出版社	印刷版次及印刷数量	备注
20世纪八九十年代	1992年8月	《好风长吟》	林少华	漓江出版社	1992年8月第1版第1次印刷1～10000册	
	1993年3月	《舞！舞！舞！》	林少华	漓江出版社	50000册	
	1996年5月	《象的失踪》	林少华	漓江出版社		存疑
	1996年7月	《挪威的森林》	林少华	漓江出版社		存疑
	1996年7月	《世界尽头与冷酷仙境》	林少华	漓江出版社	1996年7月第1版第1次印刷1～12000册	
	1996年8月	《青春的舞步》	林少华	漓江出版社	1996年8月第1版第1次印刷1～12000册	
	1996年8月	《舞！舞！舞！》	林少华	漓江出版社		存疑
	1997年5月	《象的失踪》	林少华	漓江出版社	1997年5月第1版第1次印刷1～5000册	
	1997年5月	《寻羊冒险记》	林少华	漓江出版社	1997年5月第1版第1次印刷1～5000册	
	1997年9月	《奇鸟行状录》	林少华	译林出版社	1997年9月第1版 1998年5月第2次印刷	
	1998年	《末世异境》	赖明珠	远方出版社	1998年8月第1版第1次印刷1～8000册	
	1998年2月	《寻羊冒险记》	林少华	漓江出版社		存疑
	1999年	《挪威的森林》	林少华	漓江出版社	1999年第2版 1999年第7次印刷 86001～106000册	
	1999年	《世界尽头与冷酷仙境》	林少华	漓江出版社	1996年7月第1版 1999年11月第2版 1999年第2次印刷 22001～32000册	
	1999年3月	《舞！舞！舞！》	林少华	漓江出版社	1999年3月第2版 1999年11月第3次印刷 50001～60000册	

(续上表)

	出版时间	作品名	翻译者	出版社	印刷版次及印刷数量	备注
20世纪八九十年代	1999年12月	《听风的歌》	高翔翰	北方文艺出版社		存疑
	1999年12月	《袋鼠通信》	高翔翰	北方文艺出版社		存疑
	1999年12月	《发条鸟年代记（一）》	高翔翰	北方文艺出版社		存疑
	1999年12月	《发条鸟年代记（二）》	高翔翰	北方文艺出版社		存疑
21世纪初期	2001年	《挪威的森林》	林少华	上海译文出版社	30200册	
	2001年	《寻羊冒险记》	林少华	上海译文出版社		存疑
	2001年	《斯普特尼克恋人》	林少华	上海译文出版社	2001年8月第1版第1次印刷1~25100册	
	2001年	《一九七三年的弹子球》	林少华	上海译文出版社	2001年第1版第1次印刷1~15100册	
	2001年	《且听风吟》	林少华	上海译文出版社	2001年第1版第1次印刷1~15100册	
	2001年8月	《村上春树文集——国境以南太阳以西》	林少华	上海译文出版社	2001年8月第1版第1次印刷1~25100册	
	2001年8月	《村上春树文集——再袭面包店》	林少华	上海译文出版社	2001年8月第1版第1次印刷1~15100册	
	2001年8月	《夜半蜘蛛猴——村上春树文集》	林少华	上海译文出版社	7000册	
	2002年	《村上春树经典作品集(专著)》		北岳文艺出版社		存疑
	2002年	《萤》	林少华	上海译文出版社	2002年第1版第1次印刷1~20000册	

(续上表)

	出版时间	作品名	翻译者	出版社	印刷版次及印刷数量	备注
21世纪初期	2002年	《遇到百分之百的女孩》	林少华	上海译文出版社	2002年第1版第1次印刷 1～20000册	
	2002年	《世界尽头与冷酷仙境》	林少华	上海译文出版社	2002年第1版第1次印刷 1～30100册	
	2002年	《电视人》	林少华	上海译文出版社	2002年第1版第1次印刷 1～20000册	
	2002年	《爵士乐群英谱》	林少华	上海译文出版社	2002年第1版第1次印刷 1～10100册	
	2002年1月	《夜半蜘蛛猴(村上春树著 安西水丸绘 全彩插图本)》	林少华	上海译文出版社	2002年1月第1版第1次印刷 1～10100册	
	2002年4月	《象厂喜剧(村上春树著 安西水丸绘 铜版插图)》	林少华	上海译文出版社	2002年4月第1版第1次印刷 1～15000册	
	2002年6月	《村上春树文集——神的孩子全跳舞》	林少华	上海译文出版社	2002年6月第1版 2003年4月第4次印刷 35301～40400册	
	2002年6月	《去中国的小船》	林少华	上海译文出版社	2002年6月第1版第1次印刷 1～15100册	
	2002年9月	《旋转木马鏖战记》	林少华	上海译文出版社	2002年9月第1版第1次印刷 1～15100册	
	2002年9月	《列克星敦的幽灵》	林少华	上海译文出版社	2002年9月第1版第1次印刷 1～15100册	
	2002年11月	《奇鸟行状录》	林少华	上海译文出版社	2002年11月第1版第1次印刷 1～20000册	
	2002年	《舞！舞！舞！》	林少华	上海译文出版社	2002年第1版第1次印刷 1～30100册	

(续上表)

	出版时间	作品名	翻译者	出版社	印刷版次及印刷数量	备注
21世纪初期	2003年	《挪威的森林》	李季	西苑出版社	2003年第1版第1次印刷	
	2003年	《村上春树经典作品集(专著)》		南海出版公司		存疑
	2003年2月	《村上春树文集——萤》	林少华	上海译文出版社	2003年2月第1版第1次印刷1~15100册	
	2003年4月	《村上春树——海边的卡夫卡》	林少华	上海译文出版社	2003年4月第1版第1次印刷1~120000册	
	2003年7月	《村上春树文集——舞!舞!舞!》	林少华	上海译文出版社	30000册	
	2004年1月	《如果我们的语言是威士忌——村上春树文集》	林少华	上海译文出版社	2004年1月第1版2004年8月第2次印刷10101~18100册	
	2004年1月	《朗格汉岛的午后——村上春树文集》	林少华	上海译文出版社	2004年1月第1版2004年8月第2次印刷10101~18100册	
	2004年1月	《羊男的圣诞节》	林少华	上海译文出版社	2004年1月第1版2004年8月第2次印刷10101~18100册	
	2004年2月	《村上春树随笔系列——终究悲哀的外国语》	林少华	上海译文出版社	2004年2月第1版第1次印刷1~10100册	
	2004年6月	《村上春树随笔系列——村上朝日堂的卷土重来》	林少华	上海译文出版社	2004年6月第1版第1次印刷1~10100册	
	2004年6月	《村上春树随笔系列——村上朝日堂:嗨,嗬!》	林少华	上海译文出版社	2004年6月第1版第1次印刷1~10100册	

（续上表）

	出版时间	作品名	翻译者	出版社	印刷版次及印刷数量	备注
21世纪初期	2005年1月	《村上春树随笔系列——村上朝日堂》	林少华	上海译文出版社	2005年1月第1版第1次印刷1～10100册	
	2005年4月	《天黑以后》	林少华	上海译文出版社	2005年4月第1版第1次印刷1～40000册	
	2005年9月	《村上春树随笔系列——村上朝日堂是如何锻造的》	林少华	上海译文出版社	2005年9月第1版第1次印刷1～10100册	
	2005年9月	《村上春树随笔系列——村上朝日堂日记 旋涡猫的找法》	林少华	上海译文出版社	2005年9月第1版第1次印刷1～10100册	
	2006年7月	《东京奇谭集》	林少华	上海译文出版社	2006年7月第1版第1次印刷1～30100册	
	2007年3月	《挪威的森林（出版20周年纪念版）》	林少华	上海译文出版社	限印1万册	

注：（1）20世纪八九十年代是从1989年至2000年。
（2）21世纪初期是从2001年至2008年。

附录3　村上春树作品的日文书名与中译本的对照表

日文书名	中译本书名
『風の歌を聴け』	《且听风吟》《好风长吟》
『1973年のピンボール』	《一九七三年的弹子球》
『羊をめぐる冒険』	《寻羊冒险记》
『中国行きのスロウ・ボート』	《去中国的小船》
『カンガルー日和』	《袋鼠通信》
『蛍・納屋を焼く・その他の短編』	《萤》
『世界の終りとハードボイルド・ワンダーランド』	《世界尽头与冷酷仙境》《末世异境》

(续上表)

日文书名	中译本书名
『回転木馬のデッド・ヒート』	《旋转木马鏖战记》
『パン屋再襲撃』	《再袭面包店》
『ノルウェイの森』	《挪威的森林》 《挪威的森林——告别处女世界》
『ダンス・ダンス・ダンス』	《青春的舞步》《舞吧，舞吧，舞吧》 《跳！跳！跳》《舞！舞！舞!》
『TVピープル』	《电视人》
『国境の南、太陽の西』	《国境以南 太阳以西》
『ねじまき鳥クロニクル 第一部 泥棒かささぎ編』 『ねじまき鳥クロニクル 第二部 予言する鳥編』 『ねじまき鳥クロニクル 第三部 鳥刺し男編』	《奇鸟行状录》 《发条鸟年代记》 （第一部：鹊贼篇 预言鸟篇） 《发条鸟年代记》 （第二部：刺鸟人篇）
『レキシントンの幽霊』	《列克星敦的幽灵》
『スプートニクの恋人』	《斯普特尼克恋人》
『神の子どもたちはみな踊る』	《神的孩子全跳舞》
『海辺のカフカ』	《海边的卡夫卡》
『アフターダーク』	《天黑以后》
『象の消滅 短編選集』 『象工場のハッピーエンド』	《象的失踪》 《象厂喜剧》
『東京奇譚集』	《东京奇谭集》

（海村佳惟：北京大学留学博士生）

林罗山与朝鲜通信使的文学对话
——以江户文豪林罗山《和秋潭扶桑壮游一百五十韵并序》为例

陈秋萍

关键词： 东亚民间交流　朝鲜通信使　俞秋潭　林罗山　文学对话

一

本文以明历元年（1655）朝鲜通信使副使俞秋潭（1614—1692）《扶桑途中述怀兼叙壮游一百五十韵录示九岩茂源两老师求和》（下面简称《俞诗》）以及俞秋潭点名江户硕学林罗山（1583—1657）和韵的《和秋潭扶桑壮游一百五十韵并序》（下面简称《林诗》）为例，来考察汉字文化圈中的近世日韩民间交流主线，即日本各界与朝鲜通信使的友好交往；以笔谈的形式，以汉文学的内容所进行的实际对话状况。言及俞秋潭《扶桑途中述怀兼叙壮游一百五十韵录示九岩茂源两老师求和》的有大冢镫的论文等。言及两作品的有李元植，以及笔者的先行研究《汉字文化的再对话——关于近世日韩汉文学的语汇对话——以俞秋潭原作及林罗山〈和秋潭扶桑壮游一百五十韵并序〉为例》（"纪念韩中建交二十周年"之"第4届韩中日汉字文化国际论坛：汉字文化圈古代汉字文献资料之数字典藏建设和共享以及东西方之汉字文化新谈"，济州大学）。但是，对原作以及和韵之作的文学对话的研究，本文也许是开拓之篇。

二

林罗山（1583—1657）是日本朱子学的创立者，也是江户初期的文豪诗杰，侍从江户幕府四代将军。他从23岁至73岁，接待了江户初期第一次到第七次的朝鲜通信使,与朝鲜文人学者有着广泛的交流。① 从 1617 年起,朝鲜通信使的任务变成了以祝贺活动为主,比如泰平之贺、将军诞生之贺、将军袭职之贺等"外交事大"的交流活动。他们之间用汉字进行笔谈,双方就所关心的当时先进的中华文化,以及儒家思想、文化、历史,科举策律等问题进行了广泛的交流,同时也促进了日韩的文化交流。江户幕府虽然实行了锁国政策,但是对朝鲜并没有锁。本文主要的研究对象是第七次来日的朝鲜通信使以及此次所和韵的日韩两国的汉诗,即以林罗山《和秋潭扶桑壮游一百五十韵并序》为主的日朝民间文化交流。

三

第七次朝鲜通信使于 1655 年来日(乙未:朝鲜/孝宗六年,日本/明历元年)。这次总人数为 488 名(其中 103 名是大阪留置人员),② 仅少于第九次(1711 年)朝鲜通信使 12 名,为第二大规模的访日朝鲜通信使团。其目的是祝贺家纲袭职(朝鲜称谓:将军袭职之祝贺/日本称谓:家纲袭职之贺),即参加德川家纲就任幕府大将军的祝贺仪式。此年,林罗山 73 岁。

再看此次朝鲜通信使来访团的主要成员,其正使是赵珩(1606—1679),号翠屏。副使是俞玚(1614—1692),号秋潭,一说号潭翁。③ 从事官是南龙翼(1628—1692),号壶谷,28 岁。制述官(读祝官)是李明彬(号石湖)。

---

① 关于江户硕学林罗山之事迹以及与中国和朝鲜的关联,可参阅拙文:1.《论〈文选〉对日本江户初期文坛的影响——以林罗山为中心》,(中国语),见《论学谈言见挚情》,356~373 页,台湾,万卷楼出版公司,2002。2.《中国文化对日本江户时代初期的影响——以林罗山的哲学思想为中心》,(中国语),见《人文东方——旅外中国学者研究论集》,294~312 页,上海文艺出版社,2002。3.《二宫尊德与林罗山——以儒教的"仁"为例》,见《报德思想与中国文化》,(中国语),108~116 页,北京,学苑出版社,2003。4.《论日本江户硕学林罗山与〈楚辞〉》,(中国语),见《中国楚辞学第四辑》,243~261 页,北京,学苑出版社,2004。5.《关于林罗山的儒佛会通》,(中国语),(台湾华梵大学"第八届儒佛会通暨文化哲学学术研讨会",2005 年 3 月 5 日)。6.《关于林罗山的文论》,(中国语),见《追求科学与创新》,445~454 页,北京,中国文联出版社,2006。7.《关于林罗山的韩愈受容》,(日本语),见《清水凯夫教授退职纪念论集》,196~209 页,京都,立命馆大学人文学会,2007。8.《江户儒学者林罗山和朝鲜通信使的关系》,(日本语),见《中朝韩日文化比较研究丛书·日本言语文化研究》,308~316 页,延边,延边大学出版社,2010。9.《江户汉学泰斗林罗山对宋元文学与宗教的文化认知和扬弃》,(中国语),(香港浸会大学"宋元文学与宗教国际学术研讨会",2012 年 5 月 9 日)。10.《关于林罗山的〈孟子〉认知和受容》,(日本语),见《中朝韩日文化比较研究丛书·日本言语文化研究第二辑下》,246~253 页,延边,延边大学出版社,2012。
② 上野敏彦之说:485 名(其中 100 名是大阪留置人员)。请参阅[日]上野敏彦:《辛基秀与朝鲜通信使时代》,327 页,东京,明石书店,2005。
③ [韩]李进熙:《江户时代的朝鲜通信使》,29 页,东京,讲谈社,1987。

书记：裴穊、金自辉、朴文源。译官：洪喜男（第4次开始做译官，第5次至今为首席），金谨行、洪汝雨。写字官：金义信（号雪峰，第6次的单独写字官），柳应发、郑琛、尹德容。画员：韩时觉（号雪滩）。医员：韩亭国、崔栯、季继勋。

据《燕行录选集》的记载表明：正使赵珩、副使俞场、从事官南龙翼、译官洪喜男都作为"燕行使"访问过清国。[①] 朝鲜王朝时代根据"事大交邻"的外交政策，派往日本的是"通信使"，派往中国的是"燕行使"。所谓"燕行使"是冬至、正朝、圣节、谢恩、奏请、进贺、陈奏、陈慰[②]、进香、告讣、问安等的使行带着岁币[③]、方物[④]访问北京。从其频度来看，1637年至1881年使行502次，加上赍咨、赍奏行195次，总数达697次。[⑤] 这些"燕行使"一行在完成仪式之后，一边各处观光名胜古迹，一边亲身体验中国文物，开阔自己的视野。除此之外，还与中国文人学士均有深交，互赠诗文，引进清朝考证学和西洋科学，促进了本国实学的发展。在收入这些清国见闻的燕行录中可谓白眉[⑥]的有朴趾源《热河日记》和洪大容《湛轩燕记》。所以这些燕行使是把清朝优秀文化带回朝鲜的使者，他们再作为通信使去日本的话，当然会受到关心中国文化的日本文人的提问。[⑦]

由此可见，此次访日的朝鲜通信使成员的中华古典的素养极深，中华文化的视野极广，中华文学的功底极深。

对此，江户幕府派出的两位接伴僧也是五山禅林的高僧硕学。一位是圣一派的九岩中达禅师（1661年圆寂，即此次访日的朝鲜通信使回国6年后去世），建仁寺300代住持，有《鹅腿集》传世。另一位是一山派的茂源绍柏禅师（1667年圆寂，即此次访日的朝鲜通信使回国12年后去世），建仁寺303代住持，有《茂源录》传世。亦可谓旗鼓相当，日方也怕在文化交流上有

[①]《燕行录选集》（下）所收同文汇考补编卷之七，《使行录》，首尔，成均馆大学校大东文化研究所，1960。

[②]"陈慰"，表示慰问之意。

[③]岁币，指地方每年向朝廷缴纳的钱物。《明史武宗纪》："夏五月丙申，减苏、杭织造岁币。"这里把朝鲜当作"地方"。

[④]方物，即土产。此语见于《书经·旅獒》："毕献方物"。

[⑤]参阅《通文馆志》卷三《事大上·赴京使行》，见《朝鲜史料丛刊》第二十一，朝鲜史编修会编，1944。《燕行录选集》（下），《使行录》，首尔，成均馆大学校大东文化研究所，1960。先行研究——[韩] 全海宗：《使行的频度》，见《韩中关系史》研究二朝贡关系六，韩国，一潮阁，1970。

[⑥]"白眉"表示"出类拔萃"之意，出典于《三国志·蜀志·马良传》。

[⑦][韩] 李元植：《洪大容的入燕与清国学人的交欢——以〈蓟南尺牍〉为中心》，见《韩国史学论丛》，1991。

[韩] 李元植：《燕行使小考——以洪大容入燕与〈蓟南尺牍〉为中心》，见日本《近畿大学文艺学部论集》5卷1号。

逊色。

此次朝鲜通信使团在访日期间，除了参加幕府的大将军的祝贺仪式之外，还去东照宫礼拜，以及大犹院灵庙致祭。访日之后还留下了三种极有价值的使行录：赵珩《扶桑日记》、南壶谷《扶桑录》、李东老《日本纪行》。

从事官南龙翼在《扶桑录》中详细地记录了此行三使的职位、人数、持参品，还记录了行使途中所发生的各种事宜。

《扶桑录》附有《闻见别录》，其目录有：倭皇代序、关白次序、对马岛主世系、官制、州界、道里、山川、风俗十条、兵粮、人物。①南龙翼在《闻见别录·人物·林道春》对当时73岁的日本汉学界"硕儒文豪诗杰"②的林罗山作了如此评价："观其所为诗文，则赅博富赡多读古书，而诗则无调格，文亦犹昧蹊径。"③南龙翼又在《闻见别录·风俗十条·文字》里认为江户当时的文艺现状为："……所谓行文颇胜，而犹昧蹊径，诗则尤甚无形，多有强造语，写字则无非鸟足④，皆学洪武正韵。而字体轻弱横斜，不成模样。画则最胜，无让于我国，或有妙细，学唐画者。……"⑤通过这个对江户初期的日本诗文书画的全体评价可以看出评者自身的素养、视野、功底⑥，也能了解当时江户文艺界的现状。

四

在朝鲜通信使团将要离开江户之前，与林罗山一起在此团访日前起草给朝鲜国王回函的元建长寺180代住持，现南禅寺第274代住持大觉派最岳元良禅师（1657年圆寂），法号金地院，送三使诗之原韵如下：

聘礼修来星汉槎，望齐泰岳布声华。

小春好景盍停盖，江上为君放梅花。

接到此赠诗之后，随即次韵答赠。南龙翼《扶桑录》10月27日条曰："道春（林罗山）又送诗，良长老（金地院）亦书及诗皆答之。"三使次韵答诗如下：

---

① ［韩］郑章植：《从使行录看朝鲜通信使的日本观》，211页，东京，明石书店，2006。
② 参照第379页注①。
③《燕行录选集》（下）所收同文汇考补编卷之七，《使行录》，220页，首尔，成均馆大学校大东文化研究所，1960。
④ 鸟足，即"鸟之爪"。
⑤ 同注①。
⑥ 从事官南龙翼（号壶谷）是个文章家。在科举时代的文科甲科（韩国科举的文科有甲科乙科）考试中获首席，提拔为从事官。见［韩］郑章植：《从使行录看朝鲜通信使的日本观》，204页，东京，明石书店，2006。

次金地院寄示韵

穷河远学博望槎，节序偏惊换物华。
忽有佳篇翻入眼，吴藤揭彩绚生花。

      乙未孟冬　（正使赵珩）翠屏　沧洲散人

万里沧溟泛客槎，岁寒赢得鬓毛华。
知师结习磨应尽，几度天妃来散花。

      乙未孟冬　（副使俞场）秋潭奉　霁湖

银汉初回万里槎，忽惊装橐动光华。
维摩一语元无价，地上铺金更撒花。

    （从事官南龙翼）壶谷居士奉　壶谷居士　金地院玄楬

  朝鲜通信使团访日是外交行为，访日期间参加的各种仪式也都是外交行为。但是，还有很多场合，特别是在个人交往中发生的诸如此类的赠答诗，笔者认为是一种民间交流，或称之为文化交流。此三使的次韵答诗的墨迹还存留在日本，成为李元植的珍藏品，①为民间文化交流留下了一段佳话。良长老所作赠诗的结句"江上为君放梅花"；对此，正使赵珩次韵答诗"吴藤揭彩绚生花"；副使俞场次韵答诗"几度天妃来散花"；从事官南龙翼次韵答诗"地上铺金更撒花"。赠诗答诗均充满着人间真情。良好的外交政策给民间的友好交流奠定了坚实的基础。

五

  林罗山在《和秋潭扶桑壮游一百五十韵》的序里，对为何要"和韵"有这样的说明："秋潭公赋扶桑壮游长篇，使九岩茂源两禅衲示余，求其和章。"按俞秋潭《扶桑途中述怀兼叙壮游一百五十韵录示九岩茂源两老师求和》诗的落款有："乙未孟冬秋潭居士　须以此作转奉　罗山得其和韵投示幸甚"的文字。"九岩茂源两老师"有否和韵答诗不清楚。而林罗山则是彻夜挥笔和之，有《和秋潭扶桑壮游一百五十韵》的落款"乙未仲冬二日"为证。

  下面，从"中华典故"对话和"对方语汇"对话的两个"文学对话"的视角对林罗山彻夜挥笔和韵之诗《和秋潭扶桑壮游一百五十韵》（下略称《林》）与俞秋潭原诗《扶桑途中述怀兼叙壮游一百五十韵录示九岩茂源两老

---

①［韩］李元植：《朝鲜信使的研究》，565页，京都，思文阁出版，1997。

师求和》(下略称《俞》)作一考察。

(一)《俞》《林》两作的"中华典故"对话

对于朝鲜汉诗人俞秋潭、江湖汉诗人林罗山来说"中华典故"都是外国文学,可是从汉字的角度而言却有种"血缘"连接。就俞秋潭而言,曾作为"燕行使"访问过清国,百闻不如一见。而林罗山虽未出国门半步,但在此诗序里也表示"然韩孟之所为而非一手也,以中华文物之盛犹如此乎,岂得谓桑域无人乎?"我们具体看一下两者的对话情况。

1.《俞》《林》同韵的"中华典故"对话(3韵)

两诗同韵的"中华典故"对话有三韵,即3韵、4韵、6韵,非常精彩。具体的对话情况如下:

《俞》003 鲁国尼看小,沂川点浴狂。
《林》003 纣王尤慕逆,箕子乍佯狂。(鲁国←纣王,沂川←箕子)

《俞》004 功卑仲父管,学愧大夫场。
《林》004 洪范教相授,九畴伦既扬。(仲父←洪范,大夫←九畴)

《俞》006 为文师二汉,作句效三唐。
《林》006 卫蒲值刘汉,苏文敌李唐。(二汉←刘汉,三唐←李唐)

第3韵《林》诗上句的"纣王"和《俞》诗上句的"鲁国",《林》诗下句的"箕子"和《俞》诗下句的"沂川"。第4韵《林》诗上句的"洪范"和《俞》诗上句的"仲父",《林》诗下句的"九畴"和《俞》诗下句的"大夫"。第6韵《林》诗上句的"刘汉"和《俞》诗上句的"二汉",《林》诗下句的"李唐"和《俞》诗下句的"三唐"。和得非常精致、多彩。林罗山在此诗序里对俞秋潭作了高度的评价:"每联对偶精确。"所以林罗山也显示了一下不是"桑域无人",而是有人在。

2.《俞》诗的"中华典故"引用(27韵)

经笔者查证,《俞》诗的"中华典故"引用加上前3韵的话共30韵,占全诗150韵的20%。其中人名典故有3韵,占"中华典故"引用的10%;地名典故有10韵,占"中华典故"引用的33.3%;文学等典故有17韵,占"中华典故"引用的56.7%。具体的引用情况如下:

(1)人名:(3韵)
011 蜡屐追灵运,龙门慕子长。
026 聘辞非陆贾,回辔异王阳。
064 安期斟沆瀣,子晋奏笙簧。

(2) 地名：(10 韵)
013 北尽阴山外，南穷瘴海傍。
017 只恨遗枫岳，惟思陟妙香。
018 胸襟吞梦泽，俗物等毫芒。
088 螺鬟疑百越，襟带宛三湘。
089 齐郭笼华烛，随堤荫绿杨。
100 人烟俟建业，形胜较余杭。
111 建水形居屋，当开势扼吭。
112 连山开远郭，引海作回塘。
127 洞似天台豁，峰疑石廪昂。
137 文采吴中谢，风流稷下姜。
(3) 诗语：(14 韵)
001 堕地为男子，初心耻稻粱。①
002 磨斤②求郢质，③ 敛迹④避薪场。⑤
072 争称霄汉⑥使，望若月宫郎。
082 廛阓迷楚郢，⑦ 黎庶盛吴阊。⑧
121 珠箔探龙伯，⑨ 奇香取象王。⑩
122 褰帷⑪通翡翠，⑫ 凿水泛鸳鸯。⑬

---

① "稻粱"出于《诗经·唐风·鸨羽》："王事靡盬，不能蓺稻粱。"
② "磨斤"为自创，从"运斤"来，"运斤"见于《庄子·徐无鬼篇》。其用例见于《文心雕龙·神思》："独照之匠，窥意境而运斤。"
③ "郢质"源于《庄子·徐无鬼篇》，见[日]金谷治：《庄子》第三册，226页，东京，岩波书店，1982。"郢质"出于《晋书·嵇康传》："盖其胸怀所寄，以高契难期，每思郢质。"
④ "敛迹"，意为隐居，源于《晋书·张轨传》："实思敛迹避贤。"诗语见于[唐]岑参《终南山双峰草堂作》诗："敛迹归山田，息心谢时辈。"
⑤ "薪场"不见中华古典，恐自创。有《晋书·张轨传》"敛迹避贤"之义。
⑥ "霄汉"：1. 指遥远。[唐]杜甫《送陵州路使君赴任》诗："霄汉瞻佳士，泥涂任此身。"[宋]王安石《致仕虞部曲江谭君挽辞》："它日白衣霄汉志，暮年朱绂水云身。"2. 指帝王左右的人。[唐]杜牧《书怀寄中朝往还》诗："霄汉几多同学伴？可怜头角尽卿材。"3. 指高位。[明]何景明《画鹤赋》："吁嗟！鸟类比之君子，遇则霄汉，失则荆杞。"
⑦ "楚郢"——中国古典极少用"楚郢"，多用"楚都"。如杜甫《又作此奉卫王》："西北楼成雄楚都，远开山岳散江湖。"
⑧ "吴阊"：苏州古城阊门。[明]王世政《登岱》诗："依微白马吴阊在，欲向秋风问羽翰。"
⑨ "龙伯"指龙伯国的巨人。李白《大猎赋》："龙伯钓其灵鳌，任公获其巨鱼。"
⑩ "象王"，象中之王。佛经中常用以比喻佛的进退威仪。作为诗语极少。
⑪ "褰帷"：撩起帷幔。[东晋]葛洪《抱朴子·疾谬》："开车褰帷，周章城邑。"
⑫ "翡翠"指翠羽，用以装饰车服，编织帘帷。[唐]罗隐《帘》诗之二："翡翠佳名世共稀，玉堂高下巧相宜。"
⑬ "鸳鸯"，《诗经·小雅·鸳鸯》："鸳鸯于飞，毕之罗之。"

125 岳势蟠青陆,① 神居近紫皇。②
136 偕行皆俊逸,③ 同德比琼璂。④
143 白战相酬酢,⑤ 玄谈与颉颃。⑥
145 岁晏鸣鹈鴂,⑦ 天寒衣鹔鹴。⑧
147 杖节文身地,⑨ 留名添齿乡。⑩
148 殊方添鬓白,⑪ 几日见眉黄。⑫
149 壮观⑬浑如梦, 孤忠⑭信彼苍。
150 何当还魏阙,⑮ 联武⑯厕周行。⑰

上述《俞》诗所引用的 14 韵"中华典故"来源于下列经典,历代文人作品以及引用次数:《诗经》3 次、《易经》1 次、《礼记》1 次、《庄子》3 次、《楚辞·离骚》1 次、佛经 1 次、《文心雕龙》1 次、《抱朴子》1 次、《晋书》4 次。司马相如文 1 次、李白诗 3 次、杜甫诗 3 次、杜牧诗 1 次、元稹诗 1 次、罗隐诗 1 次、曾巩诗 2 次、王安石诗 1 次、韩维诗 1 次、王世政诗 1 次。故林罗山在和韵诗序赞其"可谓宏赡之才华,豪纵之巨笔也"。

3. 《林》和韵诗的中华典故引用

经笔者查证,《林》和韵诗的"中华典故"引用加上前 3 韵一共 27 韵,占全诗 150 韵的 18%。其中人名典故有 9 韵,占"中华典故"引用的 33.3%;地名典故有 2 韵,占"中华典故"引用的 7.4%;文学等典故有 16 韵,占

---

①"青陆":1. 指青道。2. 指东方。
②"紫皇":道教传说中最高的神仙。李白《飞龙引》之二:"载玉女,过紫皇。"
③"俊逸":英俊洒脱,超群拔俗。杜甫《春日忆李白》诗:"清新庾开府,俊逸鲍参军。"
④"琼璂",[宋]曾巩《应举启》:"梁栋瑰材,琼璂茂器,发文章之素蕴,当仁圣之盛期。"
⑤"酬酢":对应,对付。《易·系辞》:"显神明德行,是故可与酬酢,可与佑神矣。"
⑥"颉颃":相抗衡。《晋书·文苑传序》:"潘夏连辉,颉颃名辈。"
⑦"鹈鴂":鸟名,即杜鹃。《楚辞·离骚》:"恐鹈鴂之先鸣兮,使夫百草为之不芳。"王逸注:"鹈鴂,一名买鹒,常以春分鸣也。"
⑧"鹔鹴"相传为司马相如所著的袭衣,用鹔鹴鸟的皮制成。李白《怨歌行》:"鹔鹴换美酒,舞衣罢雕龙。"
⑨"文身",《礼记·王制》:"东方曰夷,被发文身,有不火食者矣。"
⑩"添齿",中国无此出典。
⑪"鬓白",造语。
⑫"眉黄",中国古典有"眉雪"而无"眉黄"。白如雪的眉毛,[宋]韩维《和景仁元夕》:"诗翁怀盛事,眉雪惨霜棱。"
⑬"壮观":雄伟的景象。司马相如《封禅文》:"此天下之壮观,王者之卒业,不可贬也。"
⑭"孤忠":忠贞自持,不求人体察的节操。曾巩《韩魏公挽歌词》:"覆冒荒遐知大度,委蛇艰急见孤忠。"
⑮"魏阙",《庄子·让王》:"身在江海之上,心居乎魏阙之下。"[唐]元稹《酬友封话旧叙怀十二韵》:"魏阙何由到,荆州且共依。"
⑯"联武",极有可能是造语。
⑰"周行",《诗·小雅·大东》:"佻佻公子,行彼周行。"朱熹集传:"周行,大路也。"

"中华典故"引用的59.2%。具体的引用情况如下：

(1) 人名：(9韵)

014. 缅想梦周聘，差催斐使装。
019. 赵张踪逐慕，籍湜污淋僵。
023. 仲宣登览远，重耳险阻尝。
025. 伯常依雁足，属国牧羝羊。
028. 甚笑吴寻海，应崇舜陟方。
031. 乐哉颜子巷，卓尔仲尼堂。
038. 伍相怒犹激，阳侫叱不遑。
104. 徐福药相觅，景濂曲既详。
145. 曹山谈雪鹭，子野识霜鹈。

(2) 地名：(2韵)

010. 旧纪改圈近，新图到乐浪。
053. 黄牛添暮色，赤壁溯流光。

(3) 诗语：(13韵)

001 丈夫腴在道，可不愿膏梁。
002 唯见先儒迹，无登举士场。
007 生才金氏笔，敛手刘家姜。
008 人有孔方癖，谁无分贝肓。
026 地理水兼谷，天时阴与阳。
040 弃掷求兼忮，订评否与藏。
051 气蒸疑混沌，虚廓见洪荒。
054 越鸟催思恋，巴猿增感伤。
071 逝梁渔父笋，度亩马行秧。
072 钓鳜玄真子，捞虾白水即。
089 吴船来万里，胡马系长杨。
115 入郭休与仆，参府捧珪璋。
138 唯淬尖毛兔，不鞭坟首牂。

与所和的《俞》诗相比，《林》和韵诗的"中华典故"引用少3韵。但是其内涵有所不同，就人名典故而言比《俞》诗多6韵；就地名典故而言，比《俞》诗要少8韵；就文学等典故而言，《俞》诗为17韵，《林》诗为16韵。也许，这正是林罗山彻夜努力所追求的一个目标吧。

(二)《俞》《林》两作的"对方语汇"对话

在这样特殊的民间文化交流中，还出现了一个颇有研究价值的现象。这就是使用"对方语汇"来进行文学对话，把"对方语汇"作为"诗语"，来抒情言志。

1. 《俞》诗的"对方语汇"对话（17韵）

经笔者查证，《俞》诗的"对方语汇"即"日语词汇"[①] 有17韵，占全诗150韵的11.3%；比"中华典故"引用少了13韵。其中关于人名的有1韵，占"对方语汇"对话的5.8%；关于地名的有14韵，占"对方语汇"对话的82.3%；关于动词的有1韵，占"对方语汇"对话5.8%；关于名词的有1韵，占"对方语汇"对话的5.8%。具体的引用情况如下：

（1）地名：（14韵）
044. 马州经夏暑，牛女报秋凉。
046. 篙师更理楫，歧岛又开洋。
050. 朝沽蓝浦两，夜泊赤间航。
052. 上关山水秀，西道士民强。
060. 十洲环咫尺，三岛接微茫。
062. 绛霞连析木，红日涌扶桑。
073. 大阪雄都会，和泉壮塞防。
086. 琵湖环水国，土岭废城隍。
087. 太守丰真食，浓州俙乃仓。
096. 行逢东武使，引接上房厢。
097. 暮涉天龙水，朝登日坂冈。
098. 骏河名剧邑，豪族接长廊。
101. 特地山称富，磨天岭号箱。
110. 镰仓控邑里，权现创程章。
（2）人名：（1韵）
142. 源师淳可爱，岩老气犹康。
（3）动词：（1韵）
047. 约束冯夷伏，驱奔鬼魅怔。
（4）名词：（1韵）
059. 水锦天孙濯，云屏彩凤翔。

与其自身的"中华典故"引用相比少了13韵。其中关于人名的"对方语汇"也少了2韵，关于地名的要多4韵。还有一个特殊现象，即在"对方语汇"里出现了动词1韵、名词1韵。这种主动受容的现象，在文化交流中值得重视。

---

① [韩] 李元植：《朝鲜信使的研究》，499页，京都，思文阁出版，1997。

2.《林》和韵诗的"对方语汇"对话（2 韵）

经笔者查证，《林》和韵诗的"对方语汇"即"韩语词汇"仅有 2 韵，均为地名。其具体使用情况如下：

地名：（2 韵）

011. 鸡林云霁快，鲲壑水流长。
013. 振衣罗道际，濯足釜山傍。

与《俞》诗相比，《林》和韵诗所用的"对方语汇"即"韩语词汇"要少 15 韵。其中人名、动词皆无；地名仅有 2 韵，比《俞》诗要少 12 韵；就名词而言，《俞》诗有 1 韵，《林》和韵诗则无。这点正显示出环境文学对诗人影响可谓重大。林罗山未出国门半步，况且还是"彻夜赶制"；[①] 而俞秋潭身临其境，耳闻目睹日语氛围，所以会在"对方语汇"的文学对话上出现这样的差距。换个角度来看的话，俞秋潭在这次自由的民间文化交流中的收获也是可观的。

六

在这样的民间文化交流中，除了上述来源于汉字"互益"的收获，同时也会出现来源于汉字"互疑"的猜测。就江户时代的日本外交用词（辞令）而言，对朝鲜通信使谓"来聘"，对琉球使曰"来贺"，称荷兰的"加比丹"（葡萄牙语 capitão，即荷兰商馆馆长）为"江户参府"。但是，李元植对"来聘"一词，做了这样的解释："可谓应招而来，亦可谓拿着聘物来访。"[②] 对于林罗山的"庆长十年乙巳二月京师蕃馆与朝鲜使僧松云笔语"的"蕃馆"（《罗山林先生文集》卷六十，杂著五，《韩客笔语》），以及《朝鲜信使来贡记》的"来贡"，李元植特意愤慨地指出："对于通信使访日，（林罗山）竟公然使用'来贡'，并称信使下榻的客馆或宾馆为'蕃馆'。"[③] 笔者认为在民间交流的过程中双方在用词方面一定要注意历史和现实的关系，体现平等友好的文化素养，以减少不必要的来源于汉字"互疑"的猜测以及误解。

我们顺便提一下郑章植在《从使行录看朝鲜通信使的日本观——江户时

[①] 原作的落款之文第一行：乙未孟冬秋潭居士。第二行：须以此作转奉。第三行：罗山得其和韵投示幸甚。即"须以此作转奉罗山，得其和韵投示幸甚"。又罗山的和韵之序文亦有："秋潭公赋扶桑壮游长篇，使九岩茂源两禅衲示余，求其和章，乃熏诵之，凡一百五十韵。"罗山对原唱有"且全篇不离格律，而每联对偶精确，扶桑之胜概，壮游之高兴，摹写如画，可谓宏赡之才华，豪纵之巨笔也。固以感叹焉"的高度评价。
[②] [韩] 李元植：《朝鲜信使的研究》，550 页，京都，思文阁出版，1997。
[③] 《燕行录选集》（下）所收同文汇考补编卷之七，《使行录》，首尔，成均馆大学校大东文化研究所，1960。

代的日朝关系》一书里，对第七次朝鲜通信使作了如下的总结：①

> 幕府在确立幕藩体制的最重要的时期以德川家纲就任将军为理由邀请朝鲜派遣通信使。正在这一时期，朝鲜也为了讨清在秘密地策划着"北伐"的计划，所以与日本维持平稳关系比什么都重要，就接受了幕府的要求。日光东照宫为德川家康举行祭祀，为将军家的权威高扬和支配力强化做出了贡献。但是，此时朝鲜以中国文明继承者的自负心，以及对日本的仇恨，这些都成为影响朝鲜客观地观察现实日本的重要原因。通信使从事官南龙翼把日本和中华比喻为被荒芜完了的夷，进而把朝鲜羁縻日本的国策比喻为对汤王之夷的教化政策，显耀朝鲜好像是明朝灭亡之后的中华文明继承国。朝鲜甘受经济负担和远程船旅的危险而派遣通信使，可谓卧薪尝胆，这也表明了绝非是忘记旧怨为了与日本亲和而派遣使臣。还有，对马被夹在朝鲜和日本之间，煽动日本要求朝鲜派遣通信使等。对奉承日本困扰朝鲜，犹如难以对付的滔天巨浪大海中的怪物。南龙翼在日本发现文化的同质性就认同存在于中华文化圈内的日本，如是发现了异质性的话，并不理解其为日本文化的特性，而瞬时视其为夷狄的倾向不时地流露出来。……南龙翼的作品从他的儒教观点来看日本便感觉其有变形之处。但是，也可以说毫无疑问地可以读出其内心的动摇之兆。六回（笔者认为是七回）使行积累的日本体验，其编撰了自《海东诸国纪》以来最为详细的日本研究《闻见别录》。至于《闻见别录》也没有任何改变，与《海东诸国纪》一样也是一本日本研究的教科书，就连《闻见别录》的日本研究也不能自拔对于先行研究的范畴。

郑章植所见未必有错，而且问题意识非常尖锐、独特。就其所谓的"中华文化圈内"的华夷问题，尤其是在清入关之后的"中华文化圈内"出现的一系列的变化主要是与"汉字文化"有着密切的关系。但是，通过这第七次的朝鲜通信使的来访交流，尤其是文人的民间文化交流，加深了双方的互相了解和理解。本文对原作以及和韵之作的文学对话的研究，也许是开拓之篇。②还望大家指教和正误。

（陈秋萍：华东师范大学东方文化研究中心研究员，日本久留米大学兼职教师）

---

① ［韩］李元植：《从使行录看朝鲜通信使的日本观——江户时代的日朝关系》，216页，东京，明石书店，2006。
② 言及《扶桑途中述怀兼叙壮游一百五十韵录示九岩茂源两老师求和》诗有三：其一，［日］大冢镫：《关于芳洲文库本朝鲜信使东槎纪行》，见《朝鲜学报》第10辑，1956。其二，［日］雨森芳洲文库本《朝鲜信使东槎纪行》（雨森芳洲文库目录稿），见《关西大学东西学术研究所纪要》第10辑，1977。其三，［韩］李元植：《朝鲜信使的研究》，京都，思文阁出版，1997。

许世旭先生的文学地理学初探

朴南用 郑元大

一、引 言

韩国汉学家德溪许世旭先生（1934—2010）是一位韩国很有名的中国文学研究家，也是一位用韩语、汉语双重语言来创作很多作品的诗人、散文家。他平生研究中国文学，留下了很多学术成果，为韩国的中国学界发展做了很大的贡献。他去世之后的 2011 年 11 月 5 日，韩国外国语大学中国学研究会举办的学术大会上发表了 7 篇文章，发表者是柳晟俊、李浚植、朴宰雨、李永求、池世桦、朴正元、朴南用。其中，韩国外国语大学中国文学研究家朴宰雨教授曾经说，将来在韩国对许世旭的研究一定会很大地扩大，比如中国文学史叙述研究、中国文学作品翻译研究、诗歌作品创作研究、散文作品研究、韩语—汉语双重语言创作研究、华文文学研究、韩中文化交流研究、韩中比较文学研究等多个方面。[①] 与此同时，在中国大陆、台湾、香港等地也发表了很多的哀悼文章。比方说，中国大陆的林非、谢冕、孙玉石、严家炎等人；台湾的洛夫、应凤凰、钟鼎文等人；香港的彦火、叶维廉等人。在这些方面，笔者对韩国汉学家许世旭先生的中国文化观念和文学地理学的看法进行了研究。笔者以许世旭先生的著作《两个面容的中国文化》《许世旭的中国文学论》和论文《中华文化的二层、二重结构》为研究对象，来探讨他对中国文化的概念定义、含义、范畴、结构、影响等的看法和对文学与地理互相结合的文学地理学的看法。其实在韩国对许世旭的研究不太多，通过这种研究，扩大对许世旭先生的研究，还要找寻许世旭先生文学研究和批评方法。特别是对他的中国文化论和文学地理学的看法进行研究，要分析许世旭先生在韩国的中国学研究状况和中国文学研究批评。

二、许世旭先生的生平、文学研究和文学创作

许世旭先生 1934 年出生于韩国全罗北道任实，成长于比较富有的地主家

---

① [韩] 朴宰雨：《怀念推广韩国文学于海外的许世旭先生》，见《支撑木 (버팀목)》，158～167 页，China House 出版社，2011。

庭环境和朝鲜独立斗士的家庭，从小受到有严格的儒家文化家庭背景的中国文化的影响和洗礼。后来他作为中国文化和文学的教育家和传道士，比任何人更喜爱中国、中国人和中国文化，特别对中国文学的关注和喜爱很深。从蓝星高中毕业以后，进入韩国外国语大学中文系，在大学期间发表了《轨道的对话》并在全国大学文艺大会上获得诗歌奖。大学毕业以后，到中国台湾进入国立师范大学中文系学习中国文学，1961年在台湾文学杂志《现代文学》上发表了《名字》《愿》两篇诗歌作品，也在月刊《作品》上发表了散文作品。回国后，担任韩国外国语大学中文系教授、韩国中国现代文学学会会长、中国学研究会会长等，一面研究中国文学养成后学，另外还创作了很多文学作品。许世旭先生的学问和文学创作的特征可分为以下几个方面。

首先，是文学方面的研究和著述。许世旭先生的文学研究主要在两个方面进行，一个是古典文学研究，另一个是现代文学研究。许先生在中国文化和文学知识的基础上，写了《中国古代文学史》《中国近代文学史》《中国现代文学史》等一系列文学史，从体裁的观点写了《中国随笔小史》《韩中诗话渊源考》《中国现代诗研究》《中国新诗论（汉语）》等著作。许先生的文学史写作是随着中国的历史时期来划分古代、近代、现代、当代四个时期，叙述各个时期的特征和作家及作品。因此韩国的成均馆大学中文系教授李浚植在《许世旭教授的中国古典文学研究》这一论文里概括他的文学史著作的最大特点在于丰富的资料搜集、独创的角度和叙述方向、明确的出处提示、对中国文学作品的自然性翻译等长处。[1]在笔者看来，许先生的主要学术成果在中国诗歌研究方面——古典诗研究和现代诗研究等，研究李白和杜甫、陶渊明等诗人，重视中国诗论的价值和性灵说的观点，翻译中国古代名诗和现代名诗，探讨中国诗史的抒情传统。通过文学方面的研究和著述，我们可以理解他的学术研究的主体性和学问研究精神。[2] 基本上，他一方面研究中国古典文学和现代文学，并受到中国古典诗学意象和意境理论的影响，比较喜欢王国维、朱光潜的意境论、境界说和意象论，非常重视中国诗学上的情景融合理论，强调"文学"和"情"的关系，呈现自然和人之间相互沟通的意象世界。另一方面，他也受到西方现代文学理论的影响，体现在东西方文学之间的沟通和融合。并且受到明代公安派性灵说和明末时代小品文的影响，重视现代文学新月派徐志摩性灵自由诗歌和非政治性的纯粹文学。

---

[1]［韩］李浚植：《许世旭教授的中国古典文学研究》，见《第92届中国学研究会定期学术发表会论文集》，25页，2011。
[2]［韩］柳晟俊：《德溪"古典诗研究"的学术意义》，见《第92届中国学研究会定期学术发表会论文集》，16页，2011。

其次，是许世旭先生的诗歌和散文作品创作。众所周知，许世旭先生是一位中国文学研究者，也是一位著名的诗人、散文家、翻译家。1961年他在中国台湾留学时，就用汉语开始诗歌创作和散文创作，在台湾《现代文学》上发表诗歌作品《名字》、《愿》等，进入台湾文坛。之后，他在台湾翻译大量的韩国文学作品，例如《韩国诗选》（文星书局，1964），《春香传》（台湾商务印书馆，1967），《徐廷柱诗集》（黎明文化公司，1978），《可思莫思花》（白云文化，1978），《过客》（朴木月著，百花文艺出版社，2005），《乡愁》（郑芝溶著，百花文艺出版社，2005）等作品。台湾诗人、画家楚戈在《八千里路云和月》上发表了欣赏许世旭文学世界的文章，他说："60年代的初期，从韩国浪迹到台北来的老许，很自然地就成为台北浪游俱乐部的会员了，好像这个人原本就是这一群人中的一分子一般……若是知道《白服》是韩民族的象征，那么读者就会感触到，一位异国的浪子手捧着胸膛，怅望着窗外开放着的《白云》，是什么滋味了……还有在他的散文《台北是一只云雀》中说到他回国的前夕，……黎明文化公司出版老许的《许世旭自选集》要我和痖弦写几句话，一段纪念我俩友谊的一些鸿爪这就算作跋吧。"①

台湾诗人痖弦在《转动着的故乡——许世旭的双语世界》中曾经说："黎明文化公司的作家自选集，已经出版一百多种，这一套为当代中国作家所构想的丛书，具有一定的历史意义与价值。世旭以一个外国人而得以进入此集，是非常不寻常的事……若干年后，当我们的文学史家检视这个年代的文学，世旭将会是研究的对象之一。除了韩国文坛讨论他的作品，记载他的文学业绩（以母语写的）外，中国的文坛，也将肯定他特殊的位置。近年来，世界上已有'双语人'和'双语文学'的出现，世旭在这方面可以说是很好的典范。"②

许世旭通过这样的作品翻译活动，给中华圈读者们介绍韩国文学作品。回国后，他在韩国外国语大学从事教育方面的工作，创作了很多的文学作品。他的文学创作成果一般分为诗歌、散文、翻译三个方面。

首先，是诗歌作品。许世旭老师从1961年初登文坛到2010年创作了很多诗歌作品，有五本韩文诗集《青幕》（一志社，1969），《땅 밑으로 흐르는 강（流向地层的河流）》（文村，1980），《바람이 멎는 곳（风向停止的地方）》（文学世界社，1989），《성냥 긋기（打火柴）》[세손（世孙），2003]，《산이 누워버린 까닭은（山卧之理由）》（诗文学社，2008）；也有四本中文诗集《藏在衣柜里的》（诗、散文集，台北，林白出版社，1971），《许世旭自

---

①[韩]许世旭：《许世旭自选集》，244～252页，台北，黎明文化事业股份有限公司，1982。
②同上，253页。

选集》（诗，散文集，台北，黎明文化公司，1981），《雪花赋》（联经出版事业公司，1985），《一盏灯》（百花文艺出版社，2005）；还有一本中文散文集《移动的故乡》（百花文艺出版社，2004）。他小时候受到古典汉文学的熏陶，也受到汉字教育，自由地创作各种诗文。所以他不仅在中国文学研究方面和韩汉双语创作方面有着非常卓越的成果，而且在韩国文学方面也创作了非常优秀的诗歌和随笔。因此他所涉猎的研究范围极为广泛，对后辈学者们有深刻的影响。因而在他的初创期，创作世界多是出现了自然、母亲、故乡母题诗歌和性灵自由纯粹母题诗歌作品。从第一本诗集《青幕》到第四本诗集《打火柴》的诗歌主题看来，最多的是对自然、故乡和母亲的回想意象和想象的表现。还有，在他的诗歌里，流露着对自然题材和异国题材的情感和心理。好像自然是母亲和故乡，是使他生命存在的理由。在《青幕》《怀旧》《木马行》等众多诗歌中，回想童年时节的记忆，表现着故乡中的自然抒情，主要诗语如下：青幕、黄昏、白鹭、风、云、雨、秋空、冬日海滨、绿色沙滩等。到了中后期，出现了取异国题材的诗歌作品。他比较喜欢去旅行、爬山，创作了很多纪行诗歌和旅行诗歌。通过台湾留学生活，美国交换教授生活，参加中国黄山、杭州、桂林、香港、新加坡等地的学术研讨会，体验到异国的自然风景和异国生活，表现自我和世界之间的沟通，追求时间和空间之间的合一，试图在传统和现代之间互相沟通。

  其次是许世旭先生华文文学上的贡献。在韩国从事华文文学、华人文学、华文诗歌研究的学者不过五个人。据上文，主要是许世旭、朴宰雨、金惠俊、池世桦、朴南用等。从20世纪90年代开始，第一次介绍华文文学、创作华文作品的是许世旭老师。关于华文文学，他已经写了三篇论文，创作了诗歌作品和散文作品，出版了四部诗集、一部诗选集、五部中文著作。因此，他在韩国文学史和世界华文文学史上留下了重重的一笔。许世旭先生在华文文学上的位置和意义如下：第一，在中国台湾留学期间，用汉语创作诗歌作品，成为中国文坛的一员，有非常大的意义。通过这样的韩汉双语创作生活，自然地追求与我国台湾、香港、大陆、以及新加坡等地的华文文学作家的交流和沟通，在韩国介绍华文文学概念和理论，激励了研究中国文学和华文文学的多数后辈学者。并且他积极参与初期世界华文文学组织的建立和东南亚华文文学学术研讨会，为发展目前世界华文文学理论建设、文化交流和创作方面，贡献了非常卓越的成果，可以说是给我们留下了很深刻的影响。通过这样的研究，可以理解许世旭老师对华文文学研究的意义和韩汉双语文学创作的关系。今后，还需要从更多的角度对其进行研究。

三、许世旭先生对中国文学地理学的看法

文学地理学是最近产生的文学批评观念,这个用语提出的时间不太长。文学地理学是文学与地理互相结合的概念,包括了文学作品创作空间和作品起源地的意义。韩国文学研究家张锡周教授在《场所的诞生》一书中说过:"文学地理学把特定地域的文学的资产与对自然地理的关系联结,包括其地理的位置、地形、人心、风俗、人物、气候、生态、历史、地域的方言分化、共同体文化体验等,是它们提供文学的营养,从美学的观点分析的。"[1] 这样看来,文学地理学可以看作是把自然地理和文化地理包括起来,研究与文学的相关性的新的文学批评概念。《韩国文学通史》的作者,韩国文学研究家赵东一教授,在《为文学地理学的出发线上的讨论》中提出文学地理学是与文学史学对照的一个概念。[2] 他提出文学史学以时间为主轴,文学地理学以空间为主轴。文学地理学可分为地方文学(乡下文学、山川文学、寺院楼亭文学等)和旅行文学(国内旅行文学、韩国人外国旅行文学、外国人韩国旅行文学等)两个文学类型。这样的文学地理学类型区分是按照空间的移动程度分为静和动两个次元。

在中国的文学地理学研究情况越来越多,成为最近研究者爱好的批评概念。在中国第一次提出以批评和研究为一个方法论来研究文学地理学的邹建军和周亚芬在《文学地理学批评的十个关键词》中提出对文学地理学批评、研究的一个理论基础。这篇文章提出了与文学地理学批评有关的十个关键词:"文学的地理基础、文学的地理性、文学的地理批评、文学作品中的自然意象与人文意象、文学的地理空间、文学的宇宙空间、文学的环境批评、文学的时间性与空间性、文学地理空间的限定域与扩展域、文学地理批评的人类中心与自然中心等。"[3] 还有一篇有关文学地理学与文化地理学之间相关性的文章,那就是汪娟写的《文化地理学与中国文学研究概观》。在文中,不但介绍从文学地理学观点的中国文化和文学的研究情况,而且从空间学的角度考察文学研究和文化地理学的结合。通过韩中两国这种文学地理学的批评论文,我们可以看到最近的新概念和新研究方向。在此,我们还要探讨许世旭先生提起的对文学地理学的观点和研究。

---

[1] [韩] 张锡周:《场所的诞生——韩国诗的文学地理学》,28~29页,作家精神,2006。
[2] [韩] 赵东一:《为文学地理学的出发线上的讨论》,见《韩国文学研究》,27辑,157~161页,东国大学韩国文学研究所,2004(12)。
[3] 邹建军,周亚芬:《文学地理学批评的十个关键词》,载《安徽大学学报》,哲学社会科学版,2010(2),35页。

1999年，许世旭先生写过一篇文章《中国文学地理学序说》[①]，较早提出文学地理学概念和用语。在韩国他提出的文学地理学主张比较早，提出这样的理论的时候，有一定开创的意义。他提出文学地理学问题的动机有多种：首先，他从20世纪80年代开始《中国古代文学史》《中国近代文学史》《中国现代文学史》等一系列文学史写作。第二，为了写作文学史，他直接寻访中国文学作品的具体现场空间。第三，他开始强调中国文学和空间问题的相关性。"文学者，虽以自我作为主体，但却以环境作为客体。而环境者，应以自然地理与人文地理作为主要内容，尤其人文地理者，就是以行政、经济、交通、社会、教育、艺术风俗等诸多原因所形成的结果。我所谓'文学地理学'者，究明文学的背景与盛因于自然地理与人文地理之间，当然包括文学作品之体裁、风格、思想等。譬如：谈到唐代文学的话，立即知道文坛的中心在陕西、河南之京兆、洛阳等地。以京、洛两地均是行政首城，应不外乎强政府之律法，文学所领略之伦理、农业文学。"[②] 许世旭先生的文学地理学主张是为了解文学的内容和风格，必须追究文学发生的原因及文学兴隆的条件。所以，他首先"从各种文学史、各地地方志、各种文学家辞典，调查历代文人之地理分布之后，加以整理每个地区的人文环境，并以每个地区的地形、地质、气候等自然环境，探究文人的成长背景与素质"。他这样的主张基本上是从文学社会学的角度和现实主义文学观点出发的，可以看到是以文学和文化为结合的综合性、总体性、有机体的观点。当然这种理论背景是与中国的长久历史和辽阔的领土相联系的。他整体地考察文人的中心活动地区的自然环境、人文环境、各种文化环境，来分析文学的诞生、环境、体型、风景等原型结构。

许世旭先生写的文章《中国文学地理学序说》中的中国历代文学家之地理分布，参考了曾大兴的《中国历代文学家之地理分布》（1995年）一书的统计结果[③]。首先，从王朝区别来把握文人的数量，再划分文人的分布地域。因而得到这样的结论："名胜古迹，已代表当地的文化积累。汉唐时期，曾是北方在辉煌；而宋明清，却是南方在兴隆。""中国文人的分布重心，随着政治、行政之转移。先从中原东渐，等到南宋时，才由北移南，等其工商之扩大，由东扩及西部。""上述之政治、经济、交通、文化，是究明文人分布原因之四大人为要素。除此以外，该加上一条自然地理。如果五个要素全部具备的话，是产生文学家的最充分条件。如果具备两个以上的条件，就是适宜于培

[①] ［韩］许世旭：《中国文学地理学序说》，见《许世旭的中国文学论》，265～275页，法文社，1999。
[②] 同上，265页。
[③] 曾大兴：《中国历代文学家之地理分布》，武汉，湖北教育出版社，1995年初版。北京，商务印书馆，2013年修订版。

养文人，或者蕴蓄文学之处。"①

许世旭先生主张文学地理学的根本原因是为了强调地理与文学之关系。他把先秦时代以前的文学分为以诗经与楚辞为代表的北方文学和南方文学，随之产生了每个地区的文学体裁和风格。"文学的体裁与风格也因地而生，如古诗、乐府、律诗、杂剧、笔记、传奇等大多重现实重权威性，又富侠义而古朴短简的文学，较适于北方。宋词、南戏、散曲、小说、诗话、民歌（吴声、西曲）等大多重个性重理性，又富幻想而柔美漫长的文学，较适于南方。尤其词、曲、通俗小说等，概由江南才子能所发挥的体裁。江浙地区的文人，自从南宋始，随着经济之富庶，趋向繁荣。但如明朝之高明、袁宗道、袁中道等人，均以自我意识，追求文学的个性化、世俗化，一时造成性灵解放的气流。结果，南方各地，却以文学体裁的同好与文学风格之共同趋向，自然形成很多流派，如公安派、竟陵派、常州派、桐城派、南社、春柳社等出现。"② 因此，许先生主张文学与地理的密切关系，文学的体裁与风格，也因地而生。许先生的这种观点可以说是很妥当的看法，重视中国文学史中的人文环境和自然环境。尽管如此，他在《结论》中说："自然环境对文人的气质品性，必有影响。自然环境与人才数量，却是无关。人文环境的影响，却比自然环境重要。"③

四、结　　语

如前所述，许世旭先生是一位很有名的韩国的中国文学家，给我们留下了很多的学术成果。他从中国文学史的写作开始就带有对中国文学地理学的关心，搜集中国文学资料，整理各位文人的人文环境和自然环境，考察中国文人的个性、流派、体裁和风格等。他的这种文学地理学主张较早，在韩国可以说是比任何理论家更体系、更科学的看法。通过笔者的研究，我们可以了解许世旭先生在韩国的中国文学学界上的学术成果和无穷的功劳。对于许世旭先生的文学史写作、作品创作、作品翻译、文化交流等问题，希望将来能持续研究。总而言之，我们可以了解结合中国文学和地理的许世旭先生的主张，并且平生不断地追求研究和探寻中国文学的原型。所以，可以看到许世旭先生给韩国的中国学界发展提供了一个新的研究观点和研究方法。

---

① [韩] 许世旭：《中国文学地理学序说》，见《许世旭的中国文学论》，268 页，272 页，法文社，1999。
② 同上，274 页。
③ 同上，275 页。

参 考 文 献

[1]［韩］许世旭. 两个面容的中国文化［M］. 中央M&B，2003.
[2]［韩］许世旭. 丝绸之路 文明纪行［M］. 大韩教科书，1996.
[3]［韩］许世旭. 许世旭教授的续热河日记［M］. 东亚日报社，2008.
[4]［韩］许世旭. 中国古代文学史［M］. 法文社，1986.
[5]［韩］许世旭. 中国文化概说［M］. 法文社，1987.
[6]［韩］许世旭. 许世旭的中国文学论［M］. 法文社，1999.
[7]［韩］许世旭. 许世旭自选集［M］. 台北：黎明文化事业股份有限公司，1982.
[8] 德溪许世旭教授追慕会. 支撑木（버팀목）［M］. China House 出版社，2011.
[9]［韩］张锡周. 场所的诞生——韩国诗的文学地理学［M］. 作家精神，2006.
[10]［韩］金光亿. 文化的多学问的接近［M］. 首尔大学校出版部，1998.
[11] 曾大兴. 中国历代文学家之地理分布［M］. 武汉：湖北教育出版社，1995. 北京：商务印书馆，2013.
[12] 汪娟. 文化地理学与中国文学研究概观［J］. 吉首大学学报：社会科学版，第35卷，第2期，2013（3）.
[13] 邹建军，周亚芬. 文学地理学批评的十个关键词［J］. 安徽大学学报：哲学社会科学版，2010（2）.
[14]［加］爱德华·雷尔夫著，［韩］金德玄，金贤珠，沈承喜，译. 场所和场所伤失［M］//论衡，2005.
[15]［日］若林干夫著，［韩］郑善泰，译. 地图的想象力［M］. 像山，2006.
[16]［韩］赵东一. 为文学地理学的出发线上的讨论［J］. 韩国文学研究，27辑，东国大学：韩国文学研究所，2004（12）.
[17] 第92届中国学研究会. 定期学术发表会论文集，2011.

（朴南用：韩国外国语大学Minerva教养学院助教授）
（郑元大：韩国外国语大学中文系硕士研究生）

运用文学旅行content的韩中出版文化交流研究

李永求 姜小罗

一、导　言

《文化content计划论》中说,在文化content（内容）的生产、制作、接受上,应首先考虑正确的精神文化与价值。它通过《文学地图content计划》强调将信息转变为知识文化content的"站台"（platform）作用。同时,在未来的创造产业上,确保地域固有故事的维持及运用地域固有故事制作的content开发可以起到良好的作用;而地域固有的文化产业与其他体裁的密切关系可以被看作是与市场销售相关的重要因素。①

鉴于未来的创造产业与文化content的密切关系,在文化产业方面,韩国一直把故事的不存在看作严重的问题。因而从1990年起,韩国政府将名人与故事结合在一起,对机构、出版社、作家的关心越来越多。2009年,韩国观光公司与"文学和知性社"出版社一起进行了韩国作家黄晳暎的作品《长庚星》的文学旅行。这次旅行组织读者一起去找寻作家的活动舞台、文学背景场所。黄晳暎是在世的作家,他生动地说明作家个人的公私两个领域。

按照韩国论文检测网站RISS的数据,从1990年到2014年,跟文学旅行有关的出版每年增长两倍。从出版作家来看,可以发现除了专业旅行家以外,像康信哉、朴婉绪、申京淑、李御宁等作家或者令人瞩目的经济界名人也参与了相关写作。这些事实表明,在人们对人文学关心度降低的现实情形下,对讲故事（story-telling）的关心反而增加了。虽然与文学旅行有关的名人写作活动仍不活跃,但他们的活动在人文学中占据重要位置。那么,其他国家的情况如何？

从中国的文化content计划及实践情况来看,2014年习近平利用中国国内基础设施,宣布中国为文学旅行的窗口。同年4月,为了增强中国文化软实力,在昆明、商洛地区的中国作家协会举办了以文学为主题的文学大赛。②为了开发文学作品当中的景点,他们将主题限制为与反映地域固有精神的故乡、民众、风景及描写经济发展形势等相关的内容。再看德国,德国用歌德的

---

① [韩] 李永求:《文化content计划论》,韩国外国语出版部,2013。
② 新华网陕西频道,http://www.sn.xinhuanet.com/2014-4/25/c_1110413626.htm,2014-4-25。

《意大利旅行记》制作了"歌德大道"（旅行过程），对旅客提供了文学旅行。英国也是以简·奥斯汀的文学旅行作为旅行社的商品提供给旅客。

目前，保护地球生态是人类共同的主题，因此作为硬件的生态开发重要性凸显。同时，世界各国有关强调'文化'软件开发的竞争格局也变得非常激烈。针对记录文化及有形与无形的文化资源的发掘正在兴起。从美国谷歌的情况来看，谷歌将信息与知识看成公共资源，在软件的基础上，推进了'谷歌数字图书馆计划'。但是，谷歌的计划包含歪曲历史与错误记录的可能性，而且在各国文化记录竞争激烈的情况下，谷歌的计划显示的是一种要先占'故事'的强烈意志。面对如此现状，韩中两国应将文化资源化的开发看作共同课题而推进。

现今，文学资源化的开发程度达到掌握基础设施，而现在处于活用有形资源与无形资源一起的阶段。从该意义来说，文学资源化开发的目标在于找到可活用的故事与文化资源。

如上，现今在开发文学资源产业时，韩中两国将会形成良好的合作关系。在文化产业上，韩中两国越来越集中于软件型 content 的开发。韩国以先发的国家保有'讲故事'的人力资源系统，而中国保有丰富的故事。有鉴于此，通过双方互补文学资源及其他系统，韩中两国促进交流，也将会开展运用有形与无形的人物、作品及文学资源的故事开发工作。那么，现在我们来看一下与文学旅行有关的研究进行到了何种阶段。

1. 文学旅行的研究现状

为了查看跟文学旅行有关的研究现状，首先在韩国论文检测网站 KISS（kiss. kstudy. com）、DBPIA（dbpia. co. kr）、RISS（riss. kr/index. do）等网站以"韩中文学旅行"、"旅行文学"、"文学旅行"为关键词去检索韩国国内研究资料。同时，针对有关中国的研究资料，在中国学者常用的网站万方数据、百度、百度百科辞典以"旅行文学"与"文学旅行"为关键词检索资料。

搜索结果简述如下，首先是韩国网站的搜索结果。通过韩国论文检测网站 KISS 搜寻到了语文学领域论文 35 篇、社会科技领域论文 4 篇、人文科学领域论文 2 篇、工学领域论文 1 篇，一共 42 篇。而在另一个检测网站 RISS 上，海内外跟文学旅行有关的研究资料包括单行本 6609 本、学位论文 553 篇、国内学术论文 656 篇。其次，从中国网站的搜索结果来看，在万方数据上共找到与文学旅行有关的论文有 39 篇。与韩国相比，中国大部分的论文跟文学方面有关。

从检索论文分析 1990 年到 2014 年文学旅行研究的增长势头来看，文学性要素可以在有关失去或消失记录的补充说明中得以显现，也就是回顾作家与作品的时代精神的旅行。在文化产业方面，鉴于目前尤其重视软件、推进软件的环境，可以预测跟文学旅行有关的content量将会增加。

下面看一下被检索论文的整体特征。从韩国作家来看，崔秀金（Sook In Choi）（2000）、金孝静（Kim Hyo Joong）（2006）用他人的视野来分析古典文学里的体验文学。而李熙春（Lee Hui chun）（1991）、李承秀（Seung Soo Lee）（2007）、金硕泰（Kim Seok tae）（2005）将古典文学当作一个通往过去的旅行窗口，一个实际空间跟新的世界连接在一起的窗口。除此以外，还以旅行的乐趣、教育的活用、民俗学、文学的旅行接纳作为主题进行了研究。但是，文学旅行的研究范围过于偏重于语言文学领域。并且，虽然关于文学旅行的关心有所增加，但是对中国文学旅行的研究篇数很少。大部分跟旅行文学有关的研究论文多倾向于德国、葡萄牙、法国、挪威等欧洲国家，跟中国有关的文学旅行资料却很难找到。那么，中国的情况如何？中国跟文学旅行相关论文的焦点一般在于旅行文学本身：内容、创造理论、形式、对空间的想象等。研究范围也限于英国、美国、德国、中国台湾，而跟文学旅行密切相关的论文只有3篇。[①]查看最近的资料，可以认知近来中国文学旅行的趋势与旅游市场营销的关系[②]、文学旅游资源的概念及分类[③]等。

如此，韩中两国对文学旅行的研究都偏重于少数领域，而且研究的范围与使用都处于初级阶段。有鉴于此，在文化产业分野上，我们将会关注对文学旅行的理解与对旅行方法认识变化的需求。那么在这种情况下，针对韩中出版交流的文学旅行content开发提案我们需要考虑些什么？

2. 研究方法及提问

看文学旅行相关的海外趋向，文学旅行的记录一般有宗教朝圣与公务执行的形式。并且大部分的记录者限于知识分子或者有财富而自由地接触异国文化的商人等。他们描写了殖民地的各种文化、风景、民俗等生活。我们由此可得知文学旅行的动力在于文学记录，而文学是在语言的基础上描写人类生活的文本，同时文学的存在也涉及人类学的研究成果。[④]

[①]廖永清，张跃军：《美国文学中的旅行与美国现实》，载《四川外语学院学报》，2008。洪英雪：《是旅行文学，也是文学式的旅行——论与张爱玲相关的旅游书写与观光效应》，载《苏州教育学院学报》，2013。王成：《旅行与文学——阿部知二的中国旅行与文学叙述》，载《日语学习与研究》，2013（5）。
[②]张霞：《旅游文学与旅游市场营销的关系分析》，2008。
[③]王军华，王磊：《试论我国文学旅游资源的概念及分类》，载《鄂州大学学报》，2005（2）。
[④]［土耳其］费利特·奥尔罕·帕慕克：《爸爸的手提箱》，见《诺贝尔文学奖获奖演说集》，文学地区，2009。

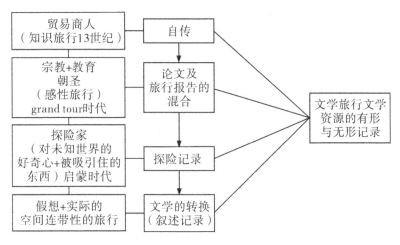

图1 文学旅行记录的发展阶段

图1是以美国与欧洲相关的研究论文为主整理的文学旅行记录的发展阶段。美国与欧洲将书籍中的记录开发成文学旅行,持续运用在地域观光的要素上,而且以出版物为媒介手段与地域固有的故事相连接。由于我们不能忽略美国与海外趋势,所以通过海外趋势,在韩中出版交流上,要导出文学旅行的未来方向,还应该考虑文学旅行实际接收情况中产生的问题,求索文学旅行content开发的针对性应对方法,要提出文学旅行开发。笔者对韩中文学旅行开发的研究范围考虑到了是否受限于出版物。但是,为了将文学旅行改为实践文学,不仅需要看文学旅行的出版,还要查看观光趋向的体验形式。因此,本文包括韩中旅行文学的记录,分析现实生活中文学资源开发的现状,并且将会选择软件系统提供给大家。有鉴于此,笔者会提出文学旅行content。那么,在运用"文学旅行"content开发上,有哪些问题?

韩国经历了1986年亚运会、1988年奥运会,到1989年海外旅行完全开放。由此,从1990年到2014年海外旅客每年增加两倍,而与旅行相关的主题旅行单行本、论文数量也增加了。运用IT技术开发的电子书使用比率的增加与电子书终端机市场增加的势头也影响到上述的研究结果。有鉴于此,现在与多样的文化产业接触或结合的不仅有国际信息,还有出版的流通与制作。谷歌数字图书馆计划也告诉我们出版产业市场的模式变化。但是,我们不能忽略谷歌数位图书馆计划中与著作权相关的问题。[1]这个著作权的问题将会是我们在开发文化content中应该注意的部分。但无论如何,谷歌的计划说:增建具有

---

[1] Stefanie Olsen:《谷歌数字图书馆计划〈被阻挠的知识财产权〉》,http://www.zdnet.co.kr/news/news_view.asp?artice_id=00000039138544&type=det,2005-8-5。

大众性特色的图书馆要求我们不但要进行出版产业的振兴与书籍的保存，还应促进私人、公认content的扩展使用。更值得一提的是，跟文化、艺术、政治、观光等文化产业的多样领域一起结合的文学使读者产生了文化意识。换句话说，现在的书籍不仅仅存在于纸媒。

林京顺（Kyung Soon Lim）在文学教育方面提出了纪行文学的问题。就文学旅行的趋向，她指明旅客体验的形象化发展为纪行文学，纪行文学由此具有强调审美性的部分与政治性的部分。同时，她批判了强调审美性、带政治性的文学旅行导致旅客欣赏能力、想象思维能力及对话思维能力的不足。[1]

除此之外，从中国的意识形态方面来看，我们还可以提出疑问。韩国的李郑仁（Lee Jung-in）[2]研究者以回顾旅行的主题分析了2000年诺贝尔文学奖获奖者高行健的作品《彼岸》。而在书籍研究上，韩国的李武研（Lee Uk-yeon）[3]研究者运用"向中国文学走的路"的观点研究了2013年诺贝尔文学奖获奖者莫言。这种现象可以说明两个研究者都在同一个层次上将中国文学看做文化的窗口。而他们得奖的事实明确表明在海外中国本身的文学及文学价值提高了。但是，若中国以革命的意识形态来评价他们两个作家，各个人的评价都不一样。总之，为了阻止海外文化产业在软件上的持续积极开发，在韩中文化产业中，中国必须摆脱革命的论理，鼓励市民意识和带有反省的观点。

但是，将文学看作描写人类生活的一个文本结果时，文学具有的审美性及政治性来源于社会环境下形成的思维。因此，我们将文学具有的审美性及政治性看作可以陈述自己意见的一种工具，考虑这些内容制作的content可以提供给读者或者旅客。笔者认为这就是文学旅行方法应该追求的方向。那么，以content为提案的文学旅行的类型与接受情况又是如何呢？

二、文学旅行的类型和接受形态

文学旅行和相关的欧洲出版倾向可以分为四个部分。首先，13世纪，商人自传的出版；其次，从18世纪到19世纪大旅行（grand tour）时期的贵族阶层的子弟们为了教育的目的或通过宗教巡礼对外国的风景留下的感性旅行记录；再次，从属于西方列强的支配国殖民地和探险家们对未知世界的旅行记

---

[1]［韩］林京顺（Kyung Soon Lim）：《旅行的意义与纪行文学教育的方向》，见《新的国语教育》，第79卷，382页，2008。
[2]［韩］李郑仁（Lee Jung-in）：《高行健的〈彼岸〉研究，向原始回忆的旅行》，见《中国学研究》，第36卷，2006。
[3]［韩］李武研（Lee Uk-yeon）：《向中国文学走的路，莫言与在韩国里的中国文学》，首尔，创批出版社，2005。

录；最后，从18世纪到19世纪，随着对叙事记录的关心的扩增，对幻想小说所赋予的空间的关注，对假想空间和实际空间的探索联系导致相关连带性旅行内容的登场。通过这些观察，可以看出在欧洲的旅行主要是以封建时代贵族教育和巡礼等为开始，及对新事物的探索为目的。并且可以了解到通过风光、美术作品、宗教等，在感性的旅行中，旅行在个人情感的流动中有了变化。

像这样的文学旅行的类型可以看成是自传、论文、旅行报告、探险记录、小说等其中的类型，是依据商人、知识分子、宗教人士、军人、探险家、小说家（文学家）等记录的东西。现在，文学旅行的类型在互联网上也可以找到。虽然约翰·古腾堡的活字印刷发明使资讯和知识可以被记录下来，使出版也开始变得活跃起来，但现在快速发展的IT产业带来的全球化，使出版产业也形成了电子书这样新的内容。这种新的内容在文化交流中一定需要文化旅行开发的发展模式。现在的互联网上，任何人不分地点、时间，除了写感性的文章以外，也发展为大众参与的记录自身的普遍趋势。这样的纪行文学像林京顺（Kyung Soon Lim）提出的研究结果一样，不仅有文字和声音，而且有伴随的插画、照片、影像等各种各样的形式。① 文学旅行的首要是有通过印刷品展现的文学旅行。其次，以首要印刷品为基础的主题型文学旅行。主题型文学旅行又称为实践文学。观察以上的结论，文学旅行类型可以分为传统的印刷品，将来的互联网环境，实践文学的现实经验，也形成了像印刷品和网络、互联网和文学旅行的体验等，或者两个以上结合的形态。那么，这种文学旅行是怎么接纳的呢？从接纳的层面来看一下文学旅行。

1. 地域性接纳

考察文学旅行的特性和机能时，可以考察地域性接纳的妥当性。观察这种特性的话，第一，旅行文学依赖于旅行期间形成的记录。第二，为说明地域的独特风俗，文学和旅行的特性都要强调。还有为了强调地域和那个地域的民族的固有性，可以看出具有地理的、地质学的机能和地域的古代和现代建筑等地域民族和地域特征。第三，有名的历史和人物、信息、民俗知识、自然科学知识、名人的生活逸闻等观光相关的知识。旅行文学不仅是享受美丽的事物，更可以是如领会知识一样接纳更多的信息。像这样，能发觉地域的固有特征的文学旅行可以体现出地域性的接纳。考量中国的状况，认为"行千里路，胜读万卷书"的司马迁在《史记》里记录了地域的风景和民俗等，自我省察的旅行体验是《史记》在文学上成功的重要因素。因此，《史记》里出现的地域的

---

① [韩] 林京顺（Kyung Soon Lim）：《旅行的意义与纪行文学教育的方向》，见《新的国语教育》，第79卷，369页，2008。

特性可以被文学旅行所接纳。司马迁和屈原、张说、杜甫、柳宗元、韩愈等作家一起，他们自身的诗文都是通过旅行被认为是进步的。考虑这样的事实时，各个作家所经过的地域在他们的文学作品及里面的内容可以发现，而且可以和文学旅行的地域相接轨。

2. 教育内和教育外的接纳

从教育内的层面考察文学旅行的接纳可能性。现今的旅行与其说是回顾自身和他人的旅行，不如说大部分是资本主义机制里实用的、商业的旅行。但是从教育的层面，为了考察文学旅行接纳机能应该设定文学旅行的目的、动机、方向。保罗·利科认为，读作品是读者解开作品的意思，寻找生活意义的工作。有鉴于此，林京顺（Kyung Soon Lim）（2008）强调了在被动消费的旅行中主动积极的旅行，文学的目的、动机、方向在旅行的经验中追求真正的生活被保留下来。鉴于此，旅行文学不是作为旅行者经验的形象化的结束，而是和读者世界的相见，给读者的经历带来刺激而引起变化的新意义由此诞生。[①] 在现今的资本主义时代，想到回顾自身的时间不足，文学旅行成为了满足现代人需要的机会，开发信息内容时，会增加这种文学旅行的需要。

从教育外的层面考察文学旅行的接纳可能性。韩国与中国和过去的汉朝、魏晋南北朝、唐朝、宋朝到清朝为止通过国际交流，留下了使臣、随员、弟子、军官们的燕行记、汉诗、山水画等。[②]这样的有形纪录和文学出版，使相关的自传、论文、旅行报告、探险记录、小说和诗等属于文学方面的成就与观光相结合。文学旅行鼓吹了读者们的爱国心，为了提高读者自身的能力，可以体验各种各样的风俗。并且这样的文学旅行从地域的角度，可以宣传描写古典和现代美的观光胜地。

像这样通过有形无形的记录，书的信息和知识向读者提供文学史的编年史，可以成为了解一个时代文化的旅行方法[③]，从教育内和教育外说明文学旅行的接纳可能性。

3. 读者（旅行者）接纳

从读者的立场考察文学旅行是如何能够接纳，又是如何接纳的。文学旅行

[①] [韩] 林京顺（Kyung Soon Lim）：《旅行的意义与纪行文学教育的方向》，见《新的国语教育》，第79卷，382～387页，2008。
[②] [韩] 李承秀：《韩国汉诗的特征与展开（1）：探索新的世界，文学与旅行：以朴齐家的燕行汉诗为中心》，《东方汉文学》，第33卷，339～369页，2007。
[③] Franco Moretti. *Graphs*, *maps*, *trees*, USA: verso, 2007. Martha Hopkins. *Language of the Land*. Washington: The Library of the Congress book of Literary Maps. 1999.

的体验大部分是在读者的接纳过程中,结束非经验的文章阅读后而形成的。但是有时在教育现场,为了准备文学旅行、文学讲座、文学庆典等活动,带着预先调查的目的,首先调查地域的位置、文学素材的内容、作家、作品背景、标志石碑等。在其他的现场,为了生产创意的信息内容,读者的文化旅行也形成了宗教巡礼的形态。

如此以文学素材为基石,文学旅行可以分为非经验和经验两种形态。非经验文学旅行形成了讲义和讲座的形式。虽然可以拿着已成为故人的作家及他的作品开讲座,但是实际上是聘请作家来进行讨论的。这种情况,因为读者参与讨论,读者预先在文学旅行中找到需要的记录,主持人应该为读者提供文学旅行的信息结构。那么,经验文学旅行如何?经验文学旅行需要文学实地勘察或纪行,以一天或两天以上的时间为要素。读者们是跟着书里的路线旅行的,不仅体会地域环境,而且体会文化和知识。

如此,文学旅行实现了时间上旅行前、旅行中、旅行后的阅读、写作和一起的多维的实地考察。这样的过程中,看出出产的文学纪行是向学习者(读者)用经历和体验参与写作的实践文学。整理出文学旅行通过非经验和经验性的过程,体现了读者可以接纳且正在接纳的事实。

到此,考察了文学旅行类型和接纳机能性,我们将会察看开发文学旅行时应该考虑的要素,并且提出开发文学旅行信息内容的建议。

三、开发文学旅行时应该考虑的要素及针对开发文学旅行信息内容的建议

根据李仁慧(Lee In hui)的研究(2013)[①],从18世纪到19世纪是旅行的'极光'消失的时代。因此,目前的旅行方法跟以前的方法相比,应当是有差别的,且她认为新的方法是以记录世界回忆的书籍来实现的。那么,这就要求我们考察一下需要看多少旅行的书籍,特别是与文化相关的书是否生产等。考察在韩国跟文学旅行相关的书籍,受人瞩目的大部分是将文学旅行看作是导出过去回忆的窗口,和探险新世界的文化窗口。由此看出,文学的确是让人们在路上增强想象力的魅力存在。

如此,文学的象征性吸引着许多读者、旅行者,而使地域故事的价值得以提升。并且因为联系着与地域相关的人物、作品、文学资源等,文学旅行提供给读者丰富的经验与体验。这样的文学旅行也给读者提供了自己来决定创造性新解析的机会。

---

① [韩] 李仁慧(Lee In-hui):《旅客的读书》,4~9页,booknomad出版社,2013。

如上所述，考虑时代的潮流与文学旅行的价值时，韩国与中国积极地合作开发了文化旅行 content。为了创造文学旅行发展的契机，中国已经首先选出在大众心里有名的作家与作品来进行制作 content，并且通过韩中出版交流率先开发文学旅行 content。在学校教育上，将世界文学应用在学校教材的实践，有必要相互介绍两个国家的文学 content 和文学旅行 content。那么，该考虑怎样的要素和开发怎样的 content 呢？

1. 以回忆为媒介的讲故事

开发文学旅行 content 时，我们应该考虑以回忆为媒介的讲故事的要素。就是让读者去找到对读者而言一直影响他们自己的作家、作品、作品中的人物、人物的旅程、文学背景等。为此，文学旅行网站与提供给读者的文学地图网站将会帮助读者。考虑到这样的要素，开发的文学旅行 content 会有助于旅客的知识体验，也会在实践的经验上起到有益的作用。让我们来考察一些例子。例如，意大利文学旅行网站（letteratour.it/TOURismi/index.asp）安排了以地域内有形无形的风景中，作家与作品的背景场所为文化资源的地方。不仅向一般旅客，连以文学旅行为主题的专门旅行的文学旅行者，那个网站也向他们提供文学资源的出处。

这样的活动让旅行者可以有效地计划地域访问，而给文学旅行者传达的精神文化更有效地贡献给国家的文化产业。还有，谷歌文学旅行（googlelittrips.com）、《纽约时报》的曼哈顿文学地图（Literary map of Manhattan）与宾夕法尼亚大学的网站（pabook.libraries.psu.edu）也都在帮助读者，以回忆为媒介的'讲故事'文学旅行。

除此之外，也有 Lee Hyeung-jun《欧洲童话城市研究》，莎士比亚之家（shakespeare.org.uk），歌德之家（goethezeitportal.de），韩国的金裕贞文学村的网站（kimyoujeong.org）可以参考。如上，在韩中文学交流上，我们提出开发文学旅行网站或者文学地图提供网站的建议，由此促进韩中两国的出版文化交流。

我们开发这样的文学旅行网站或者文学地图提供网站时，使用者的参与度是否积极也应该被考虑在内。韩国统营市政厅制作韩国有名的作家朴景利的作品地图时，他们让学生（使用者）参与了制作作品地图的过程。Vimeo（vimeo.com）、美国国会图书馆（loc.gov）、韩国文学馆协会（munhakwan.com）、文学—分享（www.for-munhak.or.kr）、远程文学广场—文章（radio.munjang.or.kr）也越来越重视公共资源的作用。鉴于此，我们也应考虑到，对于记录文化而言，使用者的参与和数据管理的层面。

此外，李永求（2009）将文学作品里的回忆限定在城市空间 content。它形成作家和作品连带的城市空间 content，将它看作是讲故事的要素。就是给读者们制作一条将故事的人物、事件、背景场所的路线限于"城市空间"的文学旅行路程。

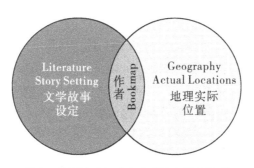

图2　地域活动领域中文学故事的位置①

参考图2的话，在《作家与城市》一书中《鲁迅与北京》里，作品的背景与地域和现在再现的公私记录一起形成互相的关系。如此，文学记录在地域的层面上，将会更细化再现为城市空间的概念。并且故事的路程，就是由受众活动的地域跟多样的文化基础设施一起连接，提高地域的位置，从而会形成文化上的象征。②

2. 网络

开发文学旅行 content 时，考虑的第二要素是"网络"。网络的发展对文化产业产生深远的影响。目前，我们不只通过书籍，更多是通过网络资源，学习和体验文化，得到知识。换句话说，通过网络，消费文化旅行的"平台"（platform）时代到来了。

在这种形势下，通过网络体验文化旅行的旅行者追求文化的发散，并且集中于精神上的行动。他们分为三种类型：第一种类型是为了得到地域、生活方式、传统习惯等相关信息的人们。第二种类型是对考古学、历史、圣地有兴趣的人们。第三种类型是对现代艺术感兴趣的人们。③

如上所述，通过网络空间旅行的旅行者跟通过实际空间旅行的旅行者相比，前者缺少不安的心理，因此知识的习得与传达方法的速度比较快。这样的旅客在网络上引导有影响力的知识空间，形成新的知识，将会引导新的创造

---

① Terence W. Cavanaugh & Jerome Burg, *Bookmapping-Lit Trips and Beyond*, 2010, p.81。
②［韩］李永求：《鲁迅与北京》，见《作家与城市》，32～60页，韩国外国语出版部，2009。
③［韩］Lee Seon-hui：《对现代观光的理解》，204～205页，DAEWANG 出版社，2003。

时代。

鉴于考虑网络旅游文化的需求，我们让文化旅行者体验其他的文化，而在网络与记录的基础上，也使他们经历文学旅行。为此，应加大与韩国文学、中国文学相关的知识体验产品的开发和交流力度。

3. 理性 + 感性

从文化学的角度来看文学研究，不将文学的研究对象限制于特定作者的作品，而是扩散为有形无形的文化现象。这种趋势影响到文学研究领域的扩展。也就是说，文学研究对象也包括不像虚构的书信、日记、旅行记、资料片的记录等。[1] 特别是我们将作家写作的体验旅行记录当作作家自己的思维产物，也间接认为是在作者所属的文化圈中情绪背景的结果产物。[2]

由于文学研究对象范围的扩大，游记内容一般包括客观看法和作家感性层面结合的描写。我们对此提出建议，文学旅行 content 不应只走单纯以客观事实为基础的路线，而要开发一些考虑到精神价值及情绪部分的内容和路线。这种提案是跟如前文所述的教育内的接纳性相连带的。

四、结　　论

文学旅行是有关当地名人、文学资源及开发文学资源路线的一种新型主题旅游形式。具体来说，文学旅行利用各种能够启发人们文学想象的文学素材，以故事叙述为特征，不仅可以加深对当地的理解，还可以给当地带来很好的经济效应及文化效应。由此当地特有的故事将有很大可能成为当地地标，而成为地标的故事又可以反过来提高当地的品牌价值，并促进当地新的文化 content 生产。

从受众的内心层面来看，通过文学旅行观赏当地名人、文学资源，聆听相关的文学故事，可以使他们认识自己内心的自我，从而客观地看待本质，以反省自己。若想提高此类文学旅行的价值，韩中出版文化交流中的文学旅行 content 交流是必不可少的。但正如前文所述，韩中有关文学旅行的研究仍尤为不足，或只集中在特定的一小部分，外受出版产业市场模式变化及著作权问题等挑战，内受读者对于文化旅行本身的内容、思想及相关文学的偏见加意识形态思想的挑战。出于这些方面的考虑，针对文学旅行的全面理解及相关旅行方法

---

[1]［韩］Lee Si-nae：《格奥尔格·福斯特的〈环球旅行〉里出现的启蒙主义世界认识观与哲学的写作方式》，见《德国教育》，第 58 集，198 页，2013。
[2] 同上，208 页。

的认识有待改变。有鉴于此,本文针对文学旅行类型、接受情况及文学旅行 content 开发时需要考虑的因素进行考察并提出三点建议,以促进韩中出版文化交流和韩中文化旅行 content 开发。首先,鉴于以回忆为媒介的故事叙述的特点,应开发文学旅行网站和文学地图网站。其次,针对现今时代以网络为平台进行文化旅行消费的特点,应加大与韩国文学、中国文学相关的知识体验 content 的开发和交流力度。最后,由于文学研究对象范围的扩大,游记内容一般包括客观看法和作家感情层面的描写,文学旅行产品不应只走单纯以客观事实为基础的路线,而要囊括精神价值及情感更进一步开发相关内容及路线。

现今韩国正逐渐从停滞不前的传统的文化遗产观光形式中脱离出来,以 K-culture(K 文化)为基础在整个文化产业中推广着韩流。中国国内正通过免费游览可称为文化窗口的国内博物馆等措施发展中国文化,从而进一步提高国家品牌价值。2009 年新设文化产权交易所,并逐渐将其向省级扩展,在解决与海外文化产权交流时的著作权问题上发挥着重要作用。[①]

在这种形势下,韩中两国各自扬长避短,友好合作,通过共同开发文学旅游产品及彼此的交流,可以满足彼此在经济及人们感性上的需要。

参 考 文 献

[1] Franco Moretti. *Graphs, maps, trees* [M]. USA:verso, 2007. Martha Hopkins. *Language of the Land* [M]. Washington:The Library of the Congress book of Literary Maps, 1999.

[2] 王军华,王磊. 试论我国文学旅游资源的概念及分类 [J]. 鄂州大学学报, 2005(2).

[3] [韩] 李武研. 向中国文学走的路,莫言与在韩国里的中国文学 [M]. 创批出版社, 2005.

[4] [韩] 李郑仁. 高行健的〈彼岸〉研究,向原始回忆的旅行:中国学研究 [M]. 第 36 卷, 2006.

[5] [韩] 李承秀. 韩国汉诗的特征与展开(1),探索新的世界,文学与旅行:以朴齐家的燕行汉诗为中心:东方汉文学,第 33 卷 [M]. 2007.

[6] [韩] 林京顺. 旅行的意义与纪行文学教育的方向:新的国语教育,第 79 卷 [M]. 2008.

[7] 廖永清,张跃军. 美国文学中的旅行与美国现实 [J]. 四川外语学院学

---

① 自 2009 年起,中国开展了与文学作品等相关的著作权与财产的贸易,先后在上海(shcaee.com)、北京、天津(tjcae.com)、广东(cnscee.com)、浙江、江苏、山东、成都(cdcee.com)、深圳(szcaee.cn)等 18 个省与大城市,设立了 26 座文化产权交易所。

报，2008.
［8］张霞．旅游文学与旅游市场营销的关系分析［M］．2008.
［9］［土耳其］费利特·奥尔罕·帕慕克．爸爸的手提箱［M］//诺贝尔文学奖获奖演说集．文学地区，2009.
［10］［韩］李永求．作家与城市［M］//鲁迅与北京．韩国外国语出版部，2009.
［11］［韩］李永求．文化content计划论［M］．韩国外国语出版部，2013.
［12］洪英雪．是旅行文学，也是文学式的旅行——论与张爱玲相关的旅游书写与观光效应［J］．苏州教育学院学报，2013.
［13］王成．旅行与文学——阿部知二的中国旅行与文学叙述［J］．日语学习与研究，2013（5）．
［14］［韩］李仁慧．旅客的读书［M］．booknomad出版社，2013.
［15］Terence W. Cavanaugh&Jerome Burg, Bookmapping-Lit Trips and Beyond，2010.
［16］新华网陕西频道，（http：//www.sn.xinhuanet.com/2014－04/25/c_1110413626.htm），2014－4－25．
［17］Stefanie Olsen．谷歌数字图书馆计划〈被阻挠的知识财产权〉．http：//www.zdnet.co.kr/news/news_view.asp?artice_id=00000039138544&type=det，2005－8－5．

（李永求：韩国外国语大学教授）
（姜小罗：韩国外国语大学中文系博士生）

李齐贤的中国纪行词考察

金贤珠 金瑛美

一、前　言

李齐贤（益斋，1287—1367）是高丽时代著名诗人也是词人，特别是在韩国词创作上，他的贡献极大。他28岁到54岁的26年间，旅居中国，创作了文学作品。高丽第26代忠宣王（1275—1325）在元朝首都大都购置了万卷堂，招致了李齐贤，他长期旅居中国，与元代文人学士交流。《高丽史·列传·李齐贤》云："忠宣佐仁宗定内乱，迎立武宗，宠遇无对。遂请传国于忠肃，以太尉留燕邸，构万卷堂，书史自娱。因曰：'京师文学之士，皆天下之选，吾府中未有其人，是吾羞也。'召齐贤至都。是时，姚燧、阎复、元明善、赵孟頫等，闲游王门，齐贤相从，学益进，燧等称叹不置。"①1314年27岁的李齐贤被忠宣王招到万卷堂，他完全可以与元朝文人相匹敌，他为高丽文人长脸了，堪称代表高丽文人。②由此可知包括李齐贤的高丽文人就在这里与元朝文人交游，出入万卷堂的元代文人就是阎复、姚燧、赵孟頫、元明善、张养浩等。元朝文人中赵孟頫对李齐贤词的创作有很深的影响，李词的《巫山一段云》是在中国不流行的词体，但在韩国高丽、朝鲜《巫山一段云》体是很流行的。在中国长期旅居的益斋，多次去很多地方旅游，8次燕行，还去过峨眉山、普陀山及朵思麻等。在中国纪行中，有趣的是李齐贤在旅行途中偶然作诗和词，却为创作作品而去中国之行的。因为这种非凡的旅游体验，对很多文学创作很有帮助，还有名山大川和史迹可能引起读者的共识。③李齐贤都使用15调作54首词（一首词只有词牌名），其中有纪行词14调22首，八景词1调32首（以《巫山一段云》词牌，创作了"潇湘八景"16首和"松都八景"16首）。1316年7月至11月李齐贤作为奉命使臣去四川峨眉山，这时创作了28首诗，20首词。1319年李齐贤陪同忠宣王去浙江普陀山，这时创作了14首诗，2首词。唐圭璋先生所编的《全金元词》中收录了李词全首。还有况周颐在《蕙风词话》卷三，提及益斋词《太常引·暮行》《人月圆·马嵬效

---

① 《高丽史·列传23》。
② ［韩］池荣在：《找个西征录》，27页，首尔：蓝色历史，2003。
③ 同上，29～32页。

吴彦高》《菩萨蛮·舟次青神》《巫山一段云·山市晴岚》,《前调·黄桥晚照》就如此说:"此等句,置之两宋名家词中,亦庶几无愧色。"①还有唐圭璋所编的《全金元词》里面收录了李词全首。可知李齐贤不仅是在韩国文坛上贡献极大的词人,也是中国文坛上成就高的词人。本文跟随李齐贤的中国旅程,分析他的中国纪行词的内容,并考察词中表现的情怀。

二、李齐贤的中国纪行词

1316年李齐贤作为奉命使臣至峨眉山祭祀,经过这次旅程,他创作了28首诗和20首词。元朝有一种规定,对岳镇海渎,名山大川,忠臣义士来祭祀。《元史·祭祀》云:"凡名山大川、忠臣义士载在祭祀典中,祭祀由所在地方官员主持。"②可知按照这种规定,李齐贤作为元朝皇帝的使臣去峨眉山。关于峨眉山的旅程,李齐贤在《栎翁稗说》后集卷一说:"延祐丙辰,予奉使祠峨眉山。道赵、魏、周、秦之地,抵岐山之南,踰大散关,过褒城驿,登栈道,入剑门,以至成都。又舟行七日,方到所谓峨眉山者。"③

现在北京到峨眉山坐火车2204公里,坐汽车2502公里,所以李齐贤的峨眉山之行要往返约为5000公里。赵、魏、周、秦之地就是现在的河北省、山西省、河南省、陕西省等地,李齐贤经过的地方就是大都路、九店、定兴、保定路、中山府、新乐、真定、井陉、冀宁路、祁县、晋宁路、汾河、卫辉路、孟津渡、河南府路、渑池、崤山、灵宝、河中府、风陵渡、黄河、华阴、华山、奉元路、兴平、马嵬坡、渭河、宝鸡、散关、凤州、褒城、兴元路、广元路、剑门站、成都路、眉州、青神、嘉定府路、符汶镇、峨眉山等地。其中他的词作中涉及的中国地方是华阴、茂陵、平山堂、大散关、华山、长安、鹤林寺等。

1319年李齐贤陪伴忠宣王去普陀山,《高丽史·世家》云:"六年三月,请于帝,降御香,南游江浙,至宝陀山而还。权汉功、李齐贤等从之,命从臣,记所历山川胜景,为行录一卷。"④李齐贤一行用元朝水路至浙江普陀山,这次旅途中途经的地方有通州、海津镇、临清、寿张、徐州、淮安路、扬州路、镇江路、平江路、吴江州、皋亭山、杭州路、绍兴路、余姚州、庆元路、定海、普陀山等。李齐贤途径普陀山之行,创作了14首诗和2首词。他在中

---

①况周颐著,俞润生笺注:《蕙风词话·蕙风词笺注》,266页,成都:巴蜀书社,2006。
②《二十四史全译·元史·祭祀(五)》,1489页,上海:汉语大词典出版社,2004。
③[韩]李齐贤:《栎翁稗说》,民族文化推进会编,见《国译益斋集》,50页,首尔:平和堂,1980。
④《高丽史·世家34》。

国的两次万里长征中，所作的22首词如下：《沁园春·将之成都》《江神子·七夕冒雨到九店》《鹧鸪天·过新乐县》《鹧鸪天·九月八日寄松京故旧》《鹧鸪天·饮麦酒》《鹧鸪天·扬州平山堂》《鹧鸪天·鹤林寺》《太常引·暮行》《浣溪沙·早行》《浣溪沙·皇帝铸鼎原》《大江东去·过华阴》《蝶恋花·汉武帝茂陵》《人月圆·马嵬效吴彦高》《水调歌头·过大散关》《水调歌头·望华山》《玉漏迟·蜀中中秋值雨》《菩萨蛮·舟中夜宿》《菩萨蛮·舟次青神》《洞仙歌·杜子美草堂》《满江红·相如驷马桥》《木兰花慢·长安怀古》《木兰花慢·书李将军家壁》。作为外域使臣的身份去降香的心情，可以在他的词作中看出，《沁园春·将之成都》云：

堪笑书生，谬算狂谋，所就几何。谓一朝遭遇，云龙风虎；五湖归去，月艇烟蓑。人事多乖，君恩难报，争奈光阴随逝波。缘何事，背乡关万里，又向岷峨。

幸今天下如家，顾去日无多来日多。好轻裘快马，穷探壮观；驰山走海，总入清哦。安用平生，突黔席暖，空使毛群欺卧驼。休肠断，听阳关第四，倒卷金荷。

这首词是在峨眉山行之前，即1316年7月25日前后作的，是他的纪行词中的第一首词，表现了作者自己的雄心壮志。李齐贤希望像范蠡那样仕宦立功，隐退生活，这种希望在他的诗中也有体现，如"中流击楫非吾事，闲望天涯范蠡舟"（《多景楼陪权一斋用古人韵同赋》）。"满酌金杯槌画鼓，不携西子亦风流"（《舟中和权一斋宰相汉功》）。"不解载将西子去，越宫还有一姑苏"（《范蠡》）等。本文把李齐贤的中国纪行词主要分为三个部分。

1. 客居的孤独感

李齐贤在中国长期居留，与元朝文人交游关系很密切，但作为外域使臣，他就像是异国人。李齐贤在词作中表现了客居的孤独感，如《江神子·七夕冒雨到九店》：

银河秋畔鹊桥仙，每年年，好因缘。倦客胡为，此日却离筵。千里故乡今更远，肠正断，眼空穿。

夜寒茅店不成眠，一灯前，雨声边。寄语天孙，新巧欲谁传。懒拙只宜闲处著，寻旧路，卧林泉。

这首词是1316年7月26日创作的，通过词题可知作者是在七夕填词的。七夕就是牛郎和织女相见的日子，但作者却离开亲戚朋友，客居的孤独感很深。"倦客胡为，此日却离筵"，"夜寒茅店不成眠"等句表现了羁客的孤独感及酸辛。作者是个孤独的游子命，"千里故乡今更远，肠正断，眼空穿"等句就表现了对故国的情思。例如《鹧鸪天·九月八日寄松京故旧》云：

客里良辰屡已孤,菊花明日共谁娱。闭门暮色迷红草,欹枕秋声度碧梧。
三尺喙,数茎须,独吟诗句当歌呼。故园依旧龙山会,剩肯樽前说我无。

这首词写于1316年9月24日(农历九月初八),峨眉山之行回程时在四川省附近填词的,就在重阳节前日。特别是独在异乡为异客,每逢节日,对故乡情思及对老友相思很深。这种感怀体现在上片第一句"客里良辰屡已孤",下片"故园依旧龙山会,剩肯樽前说我无"句是引用重阳节的典故来表现对老乡的情思。《晋书·孟嘉列传》的故事如下:

后为征西桓温参军,温甚重之。九月九日,温燕龙山,僚佐毕集。时佐史并著戎服,有风至,吹就嘉帽堕落,嘉不之觉。温使左右勿言,欲观其举止。嘉良久如厕,温令取还之,命孙盛作文嘲嘉,著嘉坐处。嘉还见,即答之,其文甚美,四坐嗟叹。①

李齐贤以历史典故为题材,以此来表达当时自己的感情。逢中秋节时他也感到孤独感,《玉漏迟·蜀中中秋值雨》就是如此:

一年唯一日。游人共惜,今宵明月。露洗霜磨,无限金波洋溢。幸有瑶琴玉笛,更是处、江楼清绝。邀俊逸。登临一醉,将酬佳节。

岂料数阵顽云,忽掩却天涯,广寒宫阙。失意初筵,唯听秋虫呜咽。莫恨姮娥薄相,且吸尽、杯中之物。圆又缺。空使早生华发。

这首词是1316年9月2日(农历八月十五日)中秋节所作。李齐贤的峨眉山之行是1316年7月26日七夕之前从大都出发,9月2日中秋节之前到成都,骑马的旅程大概需要38天。元朝的驿道是从陕西省宝鸡穿越大散关,途经陕西省汉中和四川省剑阁到成都。词的上片表现了过节时要喝酒的兴趣,可天气不好这些兴趣就消失了,他对老乡的情思比平时更深。

在《鹧鸪天·过新乐县》中可以感受到客居的孤独感。

宿雨连明半未晴,跨鞍聊复问前程。野田立鹤何山意,驿柳鸣蜩是处声。
千古事,百年情,浮云起灭月亏盈。诗成却对青山笑,毕竟功名怎么生。

这首词也表现了纪行的艰辛。李词以上片"跨鞍聊复问前程"句表现了羁客的孤独心态。下片第四句"诗成却对青山笑"就受李白"诗成笑傲凌沧洲"(《江上吟》)的影响。最后一句"毕竟功名怎么生",表现了作者对人生的感怀。李齐贤从早晨到深夜不停地奔波,这种情况在他的词作中都有所体现,如《太常引·暮行》云:

栖鸦去尽远山青,看暝色,入林坰。灯火小于萤,人不见,苔扉半扃。
照鞍凉月,满衣白露,系马睡寒厅。今夜候明星,又何处,长亭短亭?

这首词是1316年8月7日(农历七月十九日)前后创作的。上片第一句

---

① 《二十四史全译·晋书·孟嘉列传》,2216页,上海:汉语大词典出版社,2004。

"栖鸦去尽远山青"意为天已经黑了，乌鸦也都回它们的栖息地去了，周围没有人看见。"凉月"、"白露"、"寒厅"等词语就更加明显地表现了孤独又疲惫的羁客形象。《浣溪沙·早行》如下：

> 旅枕生寒夜惨凄，半庭明月露凄迷，疲僮梦语马频嘶。
> 人世几时能少壮，宦游何处计东西，起来聊欲舞荒鸡。

这首词是1316年8月8日（农历七月二十日）前后创作的，表现了羁客疲倦的样子。上片的末句"疲僮梦语马频嘶"描写的是羁客早晨出发之前的情景。下片的首句"人世几时能少壮，宦游何处计东西"表达了作者的人生观。

2. 咏史

在李齐贤的词中，我们不仅可以看到对中国景物的描写，还可以看到对著名历史人物的描写。就咏史这个专题中涉及的中国景物与中国历史人物来抒发作者自己的感怀。李齐贤也借用古人故事，表达自己的感怀，涉及皇帝、虞舜、司马相如、李白、杜甫、欧阳修等人。李齐贤探访与这些历史人物有关的地方，借用这些人物描写表达自己的情怀。

首先看李齐贤普陀山之行时创作的两首词，如《鹧鸪天·扬州平山堂·今为八哈师所居》云：

> 乐府曾知有此堂。路人犹解说欧阳。堂前杨柳经摇落，壁上龙蛇逸香茫。
> 云澹汀，月荒凉。感今怀古欲沾裳。胡僧可是无情物，毳衲蒙头入睡乡。

扬州即今江苏省扬州市，平山堂是宋代1048年时任扬州太守的欧阳修构置的地方。此词是1319年李齐贤去普陀山探访平山堂时想起欧阳修而创作的，表现了作者对古今变化的感怀。欧阳修在这里写的《朝中措》曰："平山阑槛倚晴空，山色有无中。手种堂前垂柳，别来几度春风。文章太守，挥毫万字，一饮千钟。行乐直须年少，尊前看取衰翁。"李齐贤普陀山纪行时创作的另一首《鹧鸪天·鹤林寺》如下：

> 夹道修篁接断山，小桥流水走平田。云间无处寻黄鹤，雪里何人开杜鹃？
> 夸富贵，慕神仙，到头还似梦悠然。僧窗半日闲中味，只有诗人得秘传。

这首词写于1319年12月19日（农历十一月八日）前后，从普陀山之行回来时。鹤林寺在江苏省镇江市，黄鹤山下。下雪后的晴天，李齐贤探访了鹤林寺，看到了杜鹃花上的积雪，写下了这首词。下片的"夸富贵，慕神仙。到头还似梦悠然"句，我们可以看出作者的坦率心情。李词中有两首华山词，其中第一首《水调歌头·望华山》如下：

> 天地赋奇特，千古壮西州。三峰屹起相对，长剑凛清秋。铁锁高垂翠壁，玉井冷涵银汉，知在五云头。造物可无物，掌迹宛然留。

记重瞳，崇祀秩，苔神休。真诚若契真境，青鸟引丹楼。我欲乘风归去，只恐烟霞深处，幽绝使人愁。一啸蹇驴背，潘阆亦风流。

这首词也涉及中国历史上有名的人物虞舜、潘阆。下片的"我欲乘风归去，只恐烟霞深处，幽绝使人愁"句，就受苏轼的《水调歌头》"我欲乘风归去，又恐琼楼玉宇，高处不胜寒"句的影响。李齐贤描写了华山的特点，用"重瞳"、"秩祀"等典故联想中华人物虞舜，追怀宋代诗人潘阆。另一首华山词《大江东去·过华阴》如下：

三峰奇绝，尽披露、一搦天悭风物。闻说翰林曾过此，长啸苍松翠壁。八表游神，三杯通道，驴背须如雪。尘埃俗眼，岂知天上人杰。

犹想居士胸中，倚天千丈气，星虹间发。缥缈仙踪何处问，箭筈天光明灭。安得联翩，云裙霞佩，共散麒麟发。花间玉井，一樽轰醉秋月。

这首词也是描写华山的绝境，华阴即今天的渭南华阴市。华山是中国五岳中的西岳，南边有落雁峰、东边有朝阳峰、西边有莲花峰再加玉女峰、云台峰。上片描写华山美丽的风景，下片抒怀感情。韩国车柱环教授对此词评说："格调苍劲，托意高远。"①

李齐贤还有对杜甫的感情，《洞仙歌·杜子美草堂》云：

百花潭上，但荒烟秋草。犹想君家屋乌好。记当年，远道华发归来，妻子冷，短褐天吴颠倒。

卜居少尘事，留得囊钱，买酒寻花被春恼。造物亦何心，枉了贤才，长羁旅、浪生虚老。却不解消磨尽诗名，百代下，令人暗伤怀抱。

这首词是1316年9月下旬从峨眉山回来时，再途经成都时创作的。上片第三句"犹想君家屋乌好"可知他对杜甫的仰慕。下片第四、五句"造物亦何心，枉了贤才，长羁旅、浪生虚老"就表现了作者作为外域使臣的艰辛。艰辛的旅途上，自己与杜甫有一样的感想。还有在《满江红·相如驷马桥》中涉及司马相如"汉代文章，谁独步、上林词客"，李齐贤到达成都驷马桥时回想了司马相如与其风流故事。他对长安的怀古，就在《木兰花慢·长安怀古》中，"望千里金城，一区天府"；"繁华事，无处问，但山川景物古今同"描写长安未变的风景，表现自己的感怀。在《浣溪沙·黄帝铸鼎原》中，黄帝铸鼎原在河南省灵宝县。关于黄帝的故事，他写道"见说轩皇此炼丹，乘龙一去杳难攀。"《蝶恋花·汉武帝茂陵》中："百岁真同昏于晓，羽化何人，一见蓬莱岛。海上安期今亦老。从教吃尽如瓜枣。"此词表现了作者对人间无限欲望的感怀。茂陵在陕西省兴平市，汉武帝刘彻晚年喜欢追求长生不老神仙术。李齐贤提及这件事，感叹人间无限的欲望。这体现于上片最后一句"茂

---

① [韩] 车柱环：《中国词文学论考》，274 页，首尔大学出版部，1997。

陵斜日空秋草"。

李齐贤途经中国的地方，不仅描写了中国历史及人物，还表现了自己的感怀。

3. 景物描写

李齐贤在词中描写的中国景物除了长安、华山、汉武帝茂陵、平山堂、鹤林寺、杜甫草堂以外，还有大散关。《水调歌头·过大散关》如下：

行尽碧溪曲，渐到乱山中。山中白日无色，虎啸谷生风。万仞崩崖叠嶂，千岁枯藤怪树，岚翠自濛濛。我马汗如雨，修迳转层空。

登绝顶，览元化，意难穷。群峰半落天外，灭没度秋鸿。男子平生大志，造物当年真巧，相对孰为雄。老去卧丘壑，说此诧儿童。

这首词是李齐贤在1316年峨眉山之行途中所作。大散关在陕西省宝鸡市西南。上片描写行转溪谷后至山中的光景。"我马汗如雨，修迳转层空"句，可知旅程充满艰辛。李齐贤途经大散关，以淋漓的笔致写出豪宕感激风格的词，让读者心目爽豁。[①]李齐贤峨眉山之行，在一个地方体验了当地的风俗习惯，就在自己的词作中描写。如《鹧鸪天·饮麦酒》云：

未用真珠滴夜风。碧筒醇酎气相通。舌头金液凝初满，眼底黄云陷欲空。

香不断，味难穷。更添春露吸长虹。饮中妙诀人如问，会得吹笙便可工。

这首词是李齐贤在1316年秋天回峨眉山途中，在四川省和陕西省之间所作。用独特的方法来喝酒这一当地的风俗对作者来说是奇异的经验，李齐贤在词的副题上加了很长的解释。这首词的副题就如此："饮酒其法不抽笮不压，插竹筒瓮中，座客以次就而吸之，傍置杯水，量所饮多少，挹注其中，酒若不尽，其味不喻。"李齐贤如此表现酒味："舌头金液凝初满，眼底黄云陷欲空。"

此外，李词中有关于风景描写的词，这些词中很少有羁客的孤单，多描写悠闲自在的样子，例如《菩萨蛮·舟中夜宿》云：

西风吹雨鸣江树。一边残照青山暮。系缆近渔家。船头人语哗。

白鱼兼白酒。径到无何有。自喜卧沧洲。那知是宦游。

词中描写的地方是在乐山市与青神之间，岷江沿岸的一个渔村。"自喜卧沧洲"就体现了作者的一种悠闲的心情。《菩萨蛮·舟次青神》也有这样的风流：

长江日落烟波绿。移舟渐近青山曲。隔竹一灯明。随风百丈轻。

夜深篷底宿。暗浪鸣琴筑。梦与白鸥盟。朝来莫漫惊。

[①] [韩] 车柱环：《中国词文学论考》，274页，首尔大学出版部，1997。

青神在四川省乐山市东北边的岷江中游。李齐贤在舟中夜宿,这里描写的不是孤单又疲倦的羁客,而是羁客悠闲自在的样子。

三、结　　论

通过以上考察,我们可以了解李齐贤的中国纪行词的大概内容。李齐贤是高丽时代著名的诗人、词人,也是政治家。高丽时代,他因在政治上的地位和文学上的成就,对当时文坛有极大影响。李齐贤被忠宣王招到元朝大都,他在中国居留的26年间,作为使者奉命出使去西蜀,陪同忠宣王降香江南,这期间他创作了大量汉诗和词。忠宣王构置了万卷堂,李齐贤在万卷堂与元朝文人进行文学交流。本文考察了李齐贤西蜀之行和江南之行时所作的词,其内容分为客居的孤独感、咏史、景物描写三个部分。在《江神子・七夕冒雨到九店》《太常引・暮行》《浣溪沙・早行》《江上吟》等作品中,我们可以感受到其客居的孤独感。李齐贤途经江南和西蜀,探访中华景物,在《鹧鸪天・扬州平山堂》《鹧鸪天・鹤林寺》《水调歌头・望华山》《大江东去・过华阴》《满江红・相如驷马桥》等作品中,都怀念中华人物虞舜、杜甫、苏轼、司马相如及其故事。在李词中还描写了作者体验的奇特的风俗等。通过本文分析,可以看出李齐贤的中国纪行词表现了很高的艺术成就。

参　考　文　献

[1] 高丽史[M].
[2] 二十四史全译[M]. 上海:汉语大词典出版社,2004.
[3] [韩]池荣在. 找个西征录[M]. 首尔:蓝色历史,2003.
[4] [韩]车柱环. 中国词文学论考[M]. 首尔大学校出版部,1997.
[5] 况周颐著. 蕙风词话・蕙风词笺注[M]. 俞润生,笺注. 成都:巴蜀书社,2006.
[6] 民族文化推进会. 国译益斋集[M]. 首尔:平和堂,1980.
[7] [韩]柳己洙. 历代韩国词总集[M]. 乌山:韩信大学校出版部,2007.
[8] [韩]柳己洙. 李齐贤及其词之研究[D]. 香港大学博士论文,1991.
[9] 李承梅. 韩国词文学通论[M]. 首尔:成均馆大学出版部,2006.
[10] 李宝龙. 论李齐贤词的多重渊源[J]. 东疆学刊,2011(1):28卷.

(金贤珠:韩国外国语大学教授,博士生导师)
(金瑛美:韩国外国语大学硕士研究生)

学科建设动态

中国文学地理学会第四届年会在西北民族大学举行

中国社会科学报甘肃讯（记者 朱羿） 7月14日，"中国文学地理学会第四届年会"在西北民族大学举行。来自广州大学、江西省社会科学院等高校和科研单位的200余位学者，就文学地理学学科建设、文学景观的文学价值及"丝绸之路文学景观带"等议题进行研讨。

与会专家就利用文学地理学推动"丝绸之路"的研究和"丝绸之路经济带"的建设谈了自己的看法。中国文学地理学会会长曾大兴表示，"丝绸之路申遗名单"中有11处申遗点是文学景观，如大雁塔、麦积山石窟等。这些文学景观不是单一的，它们构成了"丝绸之路文学景观带"。

西北民族大学教授高人雄说，文学是文化精细的载体，文学研究对文化发展、非物质文化遗产保护具有重要意义。推动丝绸之路经济带建设，复兴丝绸之路，不应局限于商贸方面，更应包括文化的交融和繁荣。以文学地理学的视角推动"丝绸之路经济带"的发展，将使"丝绸之路"呈现出丰富的内涵和广阔的发展空间。

（《中国社会科学报》2014年7月18日）

文学地理学：追寻文学存在的根脉

《中国社会科学报》记者 朱羿 实习记者 黄珊

文学地理学，是一门将文学研究与地理学研究融合贯通，以文学为本位、以文学空间研究为重心的新兴交叉学科。凭着自身的理论活力和学科渗透力，文学地理学研究在国内学术界不断升温。2011年，在中国文学地理学会首届年会上，与会专家首次提出将文学地理学建设成一门独立的学科，该学科的建设或将进入一个新的发展阶段。

一门本土成长起来的学科

"文学地理"这个概念，由近代学者梁启超首次提出，在沉寂近半个世纪后，再次引起学术界的重视。

"研究文学与地域的关系，是中国古代文学研究和中国文学批评的一个重要传统，我们可以从浩如烟海的古代文献中，找到大量与之相关的内容，虽然是零碎的、片断的，然而却是具体的、深刻的。"中国文学地理学会会长、广州大学教授曾大兴说，《诗经》中"十五国风"的采集和分类，是文学地理学最早的实践；《左传·襄公二十九年》所载吴国公子季札观周乐时对"国风"的评价，是文学地理学最早的言论。

20世纪80年代以后，中国文学地理学研究迎来了一个发展高潮。据中国文学地理学会统计，从那时起，公开发表的与文学地理学相关的学术论文不下千篇，学术著作不下200种。《文学地理学研究》《文学地理学会通》《中国古代文学地理形态与演变》等一批专著相继问世；研究队伍不断壮大，除研究中国古代文学的学者外，研究中国现当代文学、外国文学、比较文学、民间文学的学者，乃至研究文艺理论和地理科学的学者也参与其中，文学地理学成了文学研究中名副其实的热门。

中国社会科学院学部委员杨义表示，三十多年来的文学地理学研究实践，为文学研究提供了一种全新的视角和方法。即以时间和空间两个维度来考察和分析文学作品，解决了传统的文学研究所不能解决的诸多问题。展示了文学研究的丰富内涵，也为人文地理学、历史地理学等相关学科的发展提供了新的素材和思路。

为文学研究接通"地气"

"多年来,人们习惯于在面对线性发展的文学史时,以时间的思维去考察历史长廊中的作家作品。但是当停留在历史的任一截面做宏观或微观的考探时,必然会遇到空间归属的问题,而在很多情况下,文学研究的这一'空间'维度却往往被我们忽略和漠视。"浙江师范大学教授葛永海说。

浙江工业大学教授梅新林表示,文学地理学之所以存在并发展,主要是因为其有特定的研究对象,即文学中的地理空间问题。

文学地理学的基本任务就是对地理环境与文学要素之间的各个层面的互动关系进行系统的梳理,找出它们之间的内在联系及其特点,并给予合理的解释。杨义表示,文学地理学的最大特点就是使文学接通"地气",追寻文学存在的生命与根脉,开拓了大量地方的、民间的和民族的资源,与书面文献构成广泛的对话关系,为传统的文学理论研究注入新的活力,使文学研究敞开了新的思想维度。

文学地理学的另一个研究方向是文学景观研究,这已成为文学地理学应用研究的一个重要领域。所谓文学景观,是指那些与文学密切相关的景观,它比普通的景观多一抹文学色彩,多一份文学内涵。西北民族大学文学院教授高人雄认为,文学景观研究为旅游文化的研究提供了新的理论支撑,丰富了旅游文化的内涵,提高了旅游文化的品位,使旅游文化更具艺术的魅力,同时有利于推动对那些具有文学的色彩与内涵的自然和人文景观进行保护和人文利用。

警惕地方功利主义渗入

从地域角度切入中国文学的研究,是中国文学学科发展的自身需要。杨义认为,文学地理学是一种值得深度开发的文学研究的重要视野和方法,以"空间"视域介入打开了当代文学生产的层次与维度。

文学地理学作为一门交叉学科,当前依然处在学科构建阶段。首都师范大学文学院教授陶礼天认为,当务之急是依据文学和地理学相结合的研究方法或视角,挖掘出一批有学术生长点的相关专题,进行扎实而有成效的研究,为学科建设提供更多的理论支撑。

梅新林表示,建构文学地理学完整的学科体系,必须搞清五个问题:文学地理学是文学与地理学研究的跨学科研究;文学地理学并不是文学与地理学的简单相加,而是彼此有机的交融;文学地理学之文学与地理学研究的地位并非对等关系,而是以文学为本位;文学地理学研究主要是为文学提供空间定位,其重心落点在文学空间形态研究；文学地理学既是一种跨学科研究方法，也可以发展为一门新兴交叉学科。

曾大兴认为，文学地理学学科构建需要按照学科的规范进行顶层设计。文学地理学研究尤其要警惕狭隘的地方功利主义的渗入，避免简单、单纯以文学家的籍贯来划分地域文学。要全面理解本籍文化与客籍文化对文学家的双重影响，全面理解文学的地域性与文学的时代性和普遍性的关系。

(《中国社会科学报》2014年9月12日)

百余名专家甘肃探讨"丝路"文学欲推动非遗保护

中新网兰州 7 月 14 日电（记者 闫雅琪） 14 日上午，"中国文学地理学会第四届年会"在西北民族大学召开。此次活动的召集人西北民族大学高人雄教授表示，这次会议主要探讨"丝绸之路文学景观群"概念，试图从文学角度推动丝绸之路文化发展、非物质文化遗产保护的工作。

当日，在开幕式上，中国文学地理学会会长曾大兴说，现在中、哈、吉三国的经济学界、政界、商界都在热议"丝绸之路经济带"，其实在丝绸之路上还有一个文学景观带，其旅游价值是巨大的。

曾大兴说，"丝绸之路申遗名单"中的 22 处申遗点，其中有 11 处都是文学景观，如大雁塔、麦积山石窟等。丝绸之路上的文学景观不是单一的，它们构成了丝绸之路文学景观带或丝绸之路文学遗产廊道。

曾大兴表示，本次会议将在文献的收集、考证与理论的研究基础上联系文学景观对丝绸之路进行田野调查。他认为，邀请文学地理学学者参与规划丝绸之路文学景观带能有效避免建设时的缺陷。

高人雄表示，丝绸之路是文化交流的枢纽，具有文化意义。发展丝绸之路经济带不应仅仅局限于商贸方面，也应注重文化方面。文学是文化精细的载体，文学研究对文化的发展、非物质文化遗产的保留都很有意义。而文学和地理学的结合让文学的研究更为深入，也会有更多创新。

高人雄称，丝绸之路的研究已成为世界性显学，因此，对丝绸之路景观的文学性的研究的同时也开拓了文学地理学研究的新范畴和新阶段。

据了解，此次会议由西北民族大学、广州大学、江西省社会科学院、中国文学地理学会联合主办，有 200 余位专家学者参加，收到论文 139 篇，会议将持续至 16 日。

（《中国新闻网》2014 年 7 月 14 日）

文学地理学会第四届年会召开：
首提"丝绸之路文学景观带"

人民网兰州 7 月 15 日电（记者 郭颂霞） "中国文学地理学会第四届年会"14 日在西北民族大学召开。本次年会共有来自全国 29 个省、自治区、直辖市的 200 余位专家学者参加，收到论文 139 篇，参会人数和规模均创下了历史新高。

"丝绸之路文学景观带"概念的提出是本届年会的一个亮点。学者们结合西北的地域文化特点，首次提出了这一概念。与会专家认为，文学地理学的研究对建设丝绸之路经济带具有不可或缺的作用。而对丝绸之路景观的文学性研究，也将为文学地理学的研究开辟新的范畴。

文学地理学的研究在我国有悠久的历史。文学地理学的研究对象是文学与自然环境和人文环境的关系。在本届年会上，专家学者们将围绕文学地理学的基本原理、文学地理学的研究方法、西北文学地理、西北多民族文化与文学地理、丝绸之路文化与文学地理、中国其他区域文学地理、文学景观研究、语言与文学的地域性、民俗与文学的地域性、20 世纪 80 年代以来的文学地理学研究十个方面进行探讨。

（《人民网》2014 年 7 月 15 日）

中国文学地理学会年会提出"丝绸之路文学景观带"新概念

新华网甘肃频道消息（记者 李超） 7月14日至16日，中国文学地理学会第四届年会在西北民族大学举行，这也是历届年会中规模最大、代表性最强、学术成果最丰硕的一次会议。会议由西北民族大学、广州大学、江西省社科院和中国文学地理学会共同主办，共收到论文139篇，来自全国29个省、自治区、直辖市的200余名专家学者出席。

本次会议的重要收获之一，是提出了"丝绸之路文学景观带"这一新概念。这一概念的提出，对于充分认识丝绸之路经济带的文化与文学价值，挖掘、开发、利用丝绸之路经济带的文化与文学资源，具有重要的理论与实践意义。与会的专家学者一致表示，随着丝绸之路经济带建设成为国家战略，丝绸之路文学景观带作为最宝贵的文化资源，必将成为其中重要的组成部分。

（《兰州日报》2014年7月20日）

让文学地理学为丝绸之路经济带建设提供智力支撑

唐山劳动日报讯（记者　黄岩）　7月14日至16日，中国文学地理学会第四届年会在甘肃省兰州市西北民族大学举行。与会专家学者共发心声：随着丝绸之路经济带建设成为国家战略，丝绸之路文学景观带作为最宝贵的文化资源，必将成为其中重要的组成部分。这也为文学地理学服务于国家经济建设带来了难得的契机。我们应当努力发挥文学地理学的独特优势，为丝绸之路经济带建设提供有力的智力支撑。

本次会议的重要收获之一，是提出了"丝绸之路文学景观带"这一新概念。与会的领导和专家认为：这一概念的提出，对于充分认识丝绸之路经济带的文化与文学价值，挖掘、开发、利用丝绸之路经济带的文化与文学资源，具有重要的理论与实践意义。

据中国文学地理学会会长曾大兴教授介绍：学会自2011年创立以来，通过广泛的学术交流，吸引了国内外越来越多的学者从事这项研究。涌现出一批国家级、省部级的文学地理学研究项目，产生了一批具有重要创新价值的学术成果，包括理论性、学术性较强的专著、论文和应用性较强的调研报告，得到了学术界的充分肯定与有关部门的高度评价。

本届年会由西北民族大学、广州大学、江西省社科院和中国文学地理学会共同主办。据介绍，本次会议是中国文学地理学会历届年会中规模最大、代表性最强、学术成果最丰硕的一次会议。会议收到论文139篇，来自全国29个省、自治区、直辖市的200余名专家学者出席。

（《唐山劳动日报》）